10
18

12, AVENUE D'ITALIE. PARIS XIII$^{e}$

*Sur l'auteur*

Diplomate, historien, Jean-François Parot vit aujourd'hui en Bretagne. Pour écrire les aventures de Nicolas Le Floch, commissaire au Châtelet dans la France de Louis XV et de Louis XVI, il s'est appuyé sur sa solide connaissance du Paris du XVIIIe siècle. Il a reçu le prix de l'Académie de Bretagne pour *Le Sang des farines*. Son œuvre est traduite dans de nombreux pays et sa série est à l'origine du grand feuilleton de France 2. *La Pyramide de glace*, son dernier roman, a paru aux éditions Jean-Claude Lattès en octobre 2014.

Site web de l'auteur : www.nicolaslefloch.fr

JEAN-FRANÇOIS PAROT

# LES DEUX PREMIÈRES ENQUÊTES DE NICOLAS LE FLOCH

*L'Énigme des Blancs-Manteaux*

suivi de

*L'Homme au ventre de plomb*

10
18

Grands détectives

créé par Jean-Claude Zylberstein

JC LATTÈS

ISBN 978-2-264-06496-7

# L'ÉNIGME DES BLANCS-MANTEAUX

*À Madeleine et à Édouard*

# LISTE DES PERSONNAGES

NICOLAS LE FLOCH : chargé d'une enquête par le lieutenant général de police de Paris.

CHANOINE FRANÇOIS LE FLOCH : tuteur de Nicolas Le Floch.

JOSÉPHINE PELVEN : gouvernante du chanoine Le Floch.

MARQUIS LOUIS DE RANREUIL : parrain de Nicolas Le Floch.

ISABELLE DE RANREUIL : fille du marquis.

M. DE SARTINE : lieutenant général de police de Paris.

M. DE LA BORDE : premier valet de chambre du roi.

GUILLAUME LARDIN : commissaire de police.

PIERRE BOURDEAU : inspecteur de police.

LOUISE LARDIN : épouse en secondes noces du commissaire Lardin.

MARIE LARDIN : fille d'un premier lit du commissaire Lardin.

CATHERINE GAUSS : ancienne cantinière, cuisinière des Lardin.

HENRI DESCART : docteur en médecine.

GUILLAUME SEMACGUS : chirurgien de marine.

SAINT-LOUIS : ancien esclave noir, domestique de Semacgus.

AWA : compagne de Saint-Louis, cuisinière de Semacgus.

PIERRE PIGNEAU : séminariste.

AIMÉ DE NOBLECOURT : ancien procureur.

PÈRE GRÉGOIRE : apothicaire du couvent des Carmes déchaux.

LA PAULET : tenancière de maison galante.
LA SATIN : fille prostituée.
BRICART : ancien soldat.
RAPACE : ancien boucher.
LA VIEILLE ÉMILIE : ancienne prostituée, marchande de soupe.
MAÎTRE VACHON : tailleur.
COMMISSAIRE CAMUSOT : chef du Département des jeux.
MAUVAL : âme damnée du commissaire Camusot.
PÈRE MARIE : huissier au Châtelet.
TIREPOT : mouchard.
CHARLES HENRI SANSON : bourreau.
RABOUINE : mouche.

# PROLOGUE

*Prudens futuri temporis exitum*
*Caliginosa nocte premit Deus...*

« Un Dieu prudent cache tout ce qui est futur sous une nuit ténébreuse... »

HORACE

Dans la nuit du vendredi 2 février 1761, un équipage avançait péniblement sur la voie qui conduit de la Courtille à la Villette. La journée avait été sombre et, à la tombée du jour, de lourds nuages avaient éclaté en pluie et en tourmente. Quiconque aurait eu l'idée improbable de surveiller cette route eût remarqué ce chariot tiré par un cheval étique. Sur le banc, deux hommes, enveloppés de capes dont les pans noirs étaient à demi éclairés par la lueur d'un méchant falot, fixaient l'obscurité. Le cheval dérapait sur le sol détrempé et s'arrêtait toutes les dix toises. Déséquilibrés par les secousses des ornières, deux tonneaux s'entrechoquaient sourdement.

Les dernières maisons des faubourgs disparurent et, avec elles, les quelques rares lumières. La pluie cessa et la lune apparut entre deux nuées, jetant une lumière livide sur une campagne envahie par les masses incertaines du brouillard. Des collines couvertes de ronciers s'élevaient maintenant de part et d'autre du chemin. Le cheval, depuis quelque temps déjà, encensait et tirait nerveusement sur les rênes. Une odeur tenace flottait dans l'air froid de la nuit, dont l'insistance douceâtre fit bientôt place à une épouvantable puanteur. Les deux ombres avaient rabattu leurs manteaux sur leurs visages. Le cheval s'arrêta, poussa un hennissement étranglé, ouvrit grands ses naseaux, cherchant à identifier la vague immonde. Flagellé de coups de fouet, il refusa de repartir.

— Je crois bien que cette carne va nous lâcher ! s'écria le nommé Rapace. Pour sûr qu'elle sent la viande. Descends, Bricart, prends-la par le mors et tire-nous de là !

— J'ai déjà vu cela à Bassignano en 1745 quand je servais au Royal Dauphin avec le père Chevert. Les bestiaux qui tiraient les canons refusaient d'avancer devant les cadavres. C'était en septembre, il faisait chaud et les mouches...

— Arrête, on connaît tes campagnes. Tords la gueule à la bête, et dépêche-toi. Vois comme il récalcitre ! s'exclama l'homme en frappant à deux reprises sur la croupe décharnée.

Bricart grommela et sauta à bas du chariot. Il toucha le sol, s'y enfonça et dut s'aider des deux mains pour tirer de la boue le pilon de bois qui terminait sa jambe droite. Il s'approcha de la bête affolée, qui tenta une dernière fois de marquer son refus. Bricart saisit le mors, mais l'animal désespéré balança sa tête qui frappa l'homme à l'épaule. Il chut de tout son long, égrenant à nouveau un chapelet d'horribles jurons.

— Il n'avance plus. On va devoir décharger ici. On ne doit plus être très loin.

— Je ne peux pas t'aider avec cette boue ; cette foutue jambe me lâche.

— Je vais descendre les tonneaux et on les roulera près des fosses, dit Rapace. En deux fois, ce sera fait. Tiens le cheval, je vais en reconnaissance.

— Ne me laisse pas, gémit Bricart, je n'aime pas l'endroit. C'est vrai qu'ici on pendait les morts ?

Il massait sa jambe blessée.

— Il est beau, l'ancien des batailles ! Tu parleras quand nous aurons fini. Nous irons au bouchon chez Marthe. Je te paierai le guinguet et la boucaneuse avec, si le cœur t'en dit ! Ton grand-père n'était pas né qu'on ne pendait déjà plus ici. Maintenant, c'est le bétail mort en ville et ailleurs. L'équarrissage, c'était à Javel et maintenant c'est à Montfaucon. Tu sens pas l'infection ? En été, quand ça tourne à l'orage, même à Paris le nez vous grouille, jusqu'aux Tuileries !

— C'est vrai que ça pue et je sens comme des présences, murmura Bricart.

— Ferme-la. Tes présences, c'est des rats, des corbeaux et des mâtins, gras à faire peur. Toute cette chienlit se dispute les carcasses. Il n'est pas jusqu'aux raclures de crève-la-faim qui ne viennent ici se tailler de quoi garnir leurs pots. Rien que d'y penser, cela m'assèche. Où as-tu caché le cruchon ? Ah ! le voilà.

Rapace en but de longues gorgées avant de le tendre à Bricart qui le vida goulûment. Quelques couinements aigus retentirent.

— Tiens, les rats ! Mais assez bavardé, prends le falot et reste avec moi, tu m'éclaireras. Pour moi, la hache et le fouet : on peut faire des rencontres, sans compter la casse prévue…

Les deux hommes se dirigèrent avec précaution vers des bâtiments qui venaient de surgir sous le faisceau de la lanterne.

— Aussi vrai que je m'appelle Rapace, voilà l'équarrissage et les cuves à suif. Les fosses à chaux sont plus loin. Des murs de pourriture sur des toises et des toises, tu peux m'en croire.

À quelques pas de là, accroupie derrière une carcasse, une ombre avait interrompu la tâche qui l'occupait quand le hennissement du cheval, les jurons des deux hommes et la lueur du falot l'avaient alertée. Elle avait tremblé, croyant dans un premier temps que c'étaient les hommes du guet. Ils patrouillaient de plus en plus souvent afin de débusquer, sur l'ordre du roi et du lieutenant général de police, les malheureux qui, tenaillés par la faim, venaient disputer aux charognards quelques morceaux du festin.

Ce fantôme tapi n'était qu'une vieille femme en haillons. Elle avait connu des temps meilleurs et, dans son bel âge, fréquenté les soupers de la Régence. Puis la jeunesse s'en était allée et la belle Émilie était tombée dans la plus sale prostitution, celle des quais et des barrières, et même cela n'avait pas duré.

Malade, défigurée, elle vendait désormais, dans une marmite roulante, une soupe infâme en matière d'arlequin dont l'essentiel était constitué des morceaux dérobés à Montfaucon, au risque d'empoisonner ses pratiques et d'infecter la ville et ses faubourgs.

Elle vit les deux hommes décharger les tonneaux et les rouler avant d'en vider le contenu sur le sol. Comprimant les battements d'un cœur qui l'empêchait d'entendre les propos échangés à l'endroit où se poursuivait une besogne dont elle ne se hasardait pas à comprendre le sens, la mère Émilie écarquillait les yeux pour deviner les deux formes sombres – rouges, lui semblait-il – qui gisaient maintenant près du bâtiment des cuves à suif. Malheureusement, la lumière du falot était pauvre et des retours de la tourmente faisaient vaciller sa flamme.

Sans savoir ce qu'elle voyait, n'osant d'ailleurs rien imaginer, paralysée par une peur sans nom, la vieille était cependant tenaillée par une curiosité qu'accroissait encore l'incompréhension d'un spectacle qu'elle devinait ignoble.

À présent, l'un des deux hommes disposait à terre ce qui ressemblait à des habits. On battit le briquet, et une lueur jaillit, brève et éclatante. Puis un craquement sec se fit entendre. La vieille se tassa davantage contre la charogne dont elle ne sentait même plus l'âcre exhalaison. Elle ne respirait plus, le souffle bloqué, oppressée par une terreur inconnue. Son sang se glaça, elle ne vit plus rien qu'une lueur grandissante et elle se laissa glisser sur le sol en perdant connaissance.

Le silence revint autour de l'ancien gibet des hautes œuvres. Au loin, le chariot s'éloignait, emportant avec lui l'écho étouffé des paroles. La nuit régna de nouveau seule et le vent souffla en tempête. Ce qui avait été abandonné sur le sol fut peu à peu animé d'une vie indépendante. La chose semblait onduler et se dévorer de l'intérieur. De petits cris se firent entendre et des combats confus commencèrent. Dès avant l'aube, les grands corbeaux réveillés s'approchèrent, précédant de peu une troupe de chiens…

# I

## LES DEUX VOYAGES

> « Paris est plein d'aventuriers et de célibataires qui passent leur vie à courir de maison en maison et les hommes semblent, comme les espèces, se multiplier par la circulation. »
>
> J.-J. ROUSSEAU

*Vendredi 19 janvier 1761*

Le chaland glissait sur le fleuve gris. Des nappes de brouillard montaient des eaux et ensevelissaient les berges, résistant aux pâles lueurs du jour. L'ancre, levée une heure avant l'aube, comme l'exigeait le règlement, avait dû être remouillée tant était encore impénétrable l'obscurité. Déjà Orléans s'éloignait et les courants de la Loire en crue entraînaient rapidement la lourde embarcation. En dépit des rafales qui balayaient le pont, une odeur pénétrante de poisson et de sel flottait à bord. Outre quelques fûts de vin d'Ancenis, on transportait une importante cargaison de morue salée.

Deux silhouettes se dessinaient à l'avant du bateau. La première était celle d'un membre de l'équipage scrutant, les traits crispés par l'attention, la surface trouble des eaux. Il tenait à la main gauche un cornet semblable à celui dont usaient les postillons ; en cas de péril, l'alarme serait donnée au patron qui tenait la barre à l'arrière.

L'autre était celle d'un jeune homme en habit noir et botté, le tricorne à la main. Il y avait chez lui, malgré sa jeunesse, quelque chose de religieux et de militaire. La tête haut levée, la chevelure brune rejetée en arrière, son immobilité tendue faisaient de lui comme la figure de proue, impatiente et noble, du bâtiment. Son regard sans expression fixait, sur la rive gauche, la masse de Notre-Dame de Cléry, dont l'étrave grise fendait les nuées blanches des berges et paraissait vouloir rejoindre la Loire.

Ce jeune homme, dont l'attitude volontaire eût impressionné tout autre témoin que le marinier, se nommait Nicolas Le Floch.

Nicolas était tout à sa méditation. Un peu plus d'un an auparavant, il parcourait le même chemin en sens inverse, vers Paris. Comme tout était allé vite ! Maintenant, en route vers la Bretagne, il repassa dans sa mémoire les événements des deux derniers jours. Il avait pris la malle rapide pour Orléans, où il comptait embarquer sur un chaland. Jusqu'à la Loire, le voyage n'avait été émaillé par aucun de ces incidents pittoresques qui distraient généralement le voyageur de son ennui. Ses compagnons de voyage, un prêtre et deux couples âgés, n'avaient cessé de le considérer en silence. Nicolas, habitué au grand air, souffrait de la promiscuité et des odeurs mêlées de la voiture. Ayant tenté d'abaisser une glace, il en avait vite été dissuadé par cinq regards réprobateurs. Le prêtre s'était même signé, ayant sans doute pris cette velléité de liberté pour une possible manifestation du malin. Le jeune homme se l'était tenu pour dit et s'était encoigné, entraîné peu à peu par la monotonie du chemin à prendre la voie du rêve. À présent, la même songerie l'envahissait sur le chaland et, à nouveau, il ne voyait ni n'entendait plus rien.

C'était vrai que tout était allé trop vite. Clerc de notaire à Rennes, après avoir fait ses humanités chez les jésuites de Vannes, il avait été rappelé brutalement à Guérande par son tuteur, le chanoine Le Floch. Sans explications superflues, il avait reçu un équipement, une paire de bottes, quelques louis, ainsi que force conseils et bénédictions. Il avait pris congé de son parrain, le marquis de Ranreuil, qui lui avait remis une lettre de recommandation pour M. de Sartine, un de ses amis, magistrat à Paris. Le marquis était apparu à Nicolas à la fois ému et gêné, et le jeune homme n'avait pu saluer la fille de son parrain, Isabelle, son amie d'enfance, qui venait de partir pour Nantes chez sa tante de Guénouel.

Le cœur serré, il avait franchi les vieilles murailles de la cité avec un sentiment d'abandon et de déchirement encore accru par l'émotion visible de son tuteur et par les cris déchirants de Fine, la gouvernante du chanoine. C'était dans un état second que le long périple, par eau et par terre, l'avait acheminé vers son nouveau destin.

Il avait repris conscience à l'approche de Paris. Sa poitrine se serrait encore au souvenir de l'effroi ressenti lors de son arrivée dans la capitale du royaume. Jusque-là, Paris n'était pour lui qu'un point sur la carte de France pendue au mur de la salle d'étude du collège de Vannes. Abasourdi par le bruit et le mouvement qui se manifestaient dès les faubourgs, il s'était senti ahuri et vaguement inquiet devant une vaste plaine couverte d'innombrables moulins à vent aux ailes agitées qui lui avaient fait l'effet d'une troupe de géants emplumés, tout droit sortis du roman, qu'il avait lu plusieurs fois, de M. de Cervantès. Le va-et-vient incessant des foules en haillons aux barrières l'avait saisi.

Encore aujourd'hui, il revivait son entrée dans la grande ville : des rues étroites, des maisons prodigieusement hautes, une chaussée malpropre, boueuse, tant et tant de cavaliers et de voitures, des cris et ces odeurs innommables…

À son arrivée, il s'était égaré de longues heures, butant sans cesse sur des jardins au fond d'impasses, ou sur le fleuve. Au bout du compte, un jeune homme aux yeux vairons et à la mine avenante l'avait mené à l'église Saint-Sulpice et, de là, rue de Vaugirard, au couvent des Carmes déchaux. Là, il avait été accueilli avec force démonstrations par un volumineux religieux, le père Grégoire, ami de son tuteur et responsable de l'apothicairerie. Il était tard et une couchette dans une soupente lui avait été aussitôt attribuée.

Réconforté par cet accueil, il avait sombré dans un sommeil sans rêves. Ce n'est qu'au matin qu'il avait constaté que son cicérone l'avait délesté de sa montre en argent, présent de son parrain. Il avait pris la résolution de se montrer plus circonspect avec les inconnus. Heureusement, la bourse contenant son modeste pécule reposait toujours dans une poche secrète cousue par Fine, à l'intérieur de son sac, la veille de son départ de Guérande.

Nicolas trouva son équilibre au rythme régulier des activités du couvent. Il prenait ses repas avec la communauté, dans le grand réfectoire. Il avait commencé à s'aventurer dans la ville muni d'un plan rudimentaire sur lequel il notait, avec une mine de plomb, ses itinéraires hésitants, afin d'être assuré de pouvoir revenir sur ses pas. Les inconvénients de la capitale le rebutaient toujours, mais son charme commençait à agir. Le mouvement perpétuel de la rue l'attirait tout en l'angoissant. Plusieurs voitures avaient manqué l'écraser. Il était toujours étonné par leur vitesse et par la soudaineté de leurs apparitions. Il apprit bientôt à ne plus rêver debout et à se protéger d'autres menaces : boues infectes dont les taches dévoraient les vêtements, cascades des gouttières se déversant sur les têtes et rues transformées en torrents à la moindre pluie. Il sauta, gambada et esquiva, comme un vieux Parisien, au milieu des immondices et de mille autres écueils. Chaque sortie l'obligeait à brosser son habit et à laver ses bas : il n'en possédait que deux paires, et il réservait l'autre pour sa rencontre avec M. de Sartine.

De ce côté-là, rien n'allait. Il s'était rendu à plusieurs reprises à l'adresse indiquée sur la lettre du marquis de Ranreuil. Un laquais soupçonneux l'avait éconduit après qu'il eut graissé la patte d'un portier tout aussi méprisant. De longues semaines s'écoulèrent. Voyant sa peine, et pour l'occuper, le père Grégoire lui proposa de travailler à ses côtés. Depuis 1611, le couvent des Carmes déchaux fabriquait, à partir d'une recette dont les moines gardaient jalousement le secret, une eau médicinale qui se vendait dans tout le royaume. Nicolas fut affecté au broyage des simples. Il apprit à reconnaître la mélisse, l'angélique, le cresson, la coriandre, le girofle et la cannelle, tout en découvrant des fruits étranges et exotiques. Les longues journées consacrées à manier le pilon du mortier et à respirer les exhalaisons des alambics l'abrutirent à un point tel que son mentor s'en aperçut et l'interrogea sur ses soucis. Il lui promit aussitôt de s'enquérir de M. de Sartine. Il obtint un billet d'introduction du père prieur qui devait permettre à Nicolas de lever tous les obstacles. M. de Sartine venait tout juste d'être nommé lieutenant général de police, en remplacement de M. Bertin. Le père Grégoire agrémenta ces bonnes nouvelles d'un déluge de commentaires dont la précision témoignait suffisamment qu'il s'agissait de connaissances acquises de fraîche date.

— Nicolas, mon fils, te voilà sur le point d'approcher un homme qui pourrait incliner le cours de ta vie, si toutefois tu sais lui plaire. M. le lieutenant général de police est le chef absolu des administrations que Sa Majesté charge de veiller à la sécurité publique et à l'ordre, non seulement dans la rue, mais aussi dans la vie de chacun de ses sujets. M. de Sartine, lieutenant criminel au Châtelet, avait déjà un grand pouvoir. Que ne fera-t-il pas désormais ? On prétend qu'il ne laissera pas de décider arbitrairement… Et dire qu'il vient juste d'avoir trente ans !

Le père Grégoire baissa d'un ton une voix qu'il avait naturellement haute et s'assura qu'aucune oreille indiscrète ne pouvait saisir ses propos.

— Le père abbé m'a confié que le roi avait chargé M. de Sartine de trancher, en dernier ressort, en cas de circonstances graves, en dehors de son tribunal et dans le plus grand secret. Tu ne sais rien, Nicolas, dit-il en mettant un doigt sur sa bouche. Rappelle-toi que cette grande charge avait été créée par l'aïeul de notre roi – que Dieu le garde, ce grand Bourbon. Le peuple se souvient encore de M. d'Argenson qu'il appelait « le damné », tant il en avait le visage et les formes.

Il jeta brusquement un pot d'eau sur un brasero qui s'éteignit en grésillant et en dégageant une fumée âcre.

— Mais assez sur tout cela, je parle trop. Prends ce billet. Demain matin, tu descendras la rue de Seine et tu longeras le fleuve jusqu'au Pont-Neuf. Tu connais l'île de la Cité, tu ne peux t'égarer. Tu traverseras le pont. À main droite, tu suivras le quai de la Mégisserie. Il te conduira au Châtelet.

Nicolas dormit peu cette nuit-là. Sa tête résonnait des propos du père Grégoire et il mesurait sa propre insignifiance. Comment, seul à Paris, coupé de ceux qu'il aimait, doublement orphelin, trouverait-il l'audace d'affronter un homme si puissant, qui approchait le roi et dont tout laissait en effet pressentir qu'il aurait sur son destin un effet décisif ?

Il tenta en vain de chasser la fièvre qui lui martelait le crâne, et chercha à fixer une image paisible qui apaiserait son esprit. Le fin profil d'Isabelle apparut, le replongeant dans d'autres incertitudes. Pourquoi la fille de son parrain, sachant qu'il quittait Guérande pour longtemps, s'était-elle éloignée sans lui dire au revoir ?

Il revoyait la levée de terre au milieu des marais où ils s'étaient tous deux juré foi et amour. Comment avait-il pu la croire et être assez fou pour seulement imaginer que l'enfant trouvé dans un cimetière pouvait lever les yeux sur la fille du haut et puissant seigneur de Ranreuil ? Et pourtant, son parrain avait toujours été si bon avec lui… Cette pensée tendre et amère l'emporta finalement et, aux alentours de cinq heures, il s'endormit.

Ce fut le père Grégoire qui le réveilla une heure plus tard. Après avoir fait ses ablutions, il s'habilla, se coiffa soigneusement et, poussé par le religieux, il se jeta dans le froid de la rue.

En dépit de l'obscurité, cette fois il ne s'égara pas. Devant le palais Mazarin, le jour levant faisait peu à peu sortir de l'ombre l'ensemble des bâtiments. L'agitation était déjà intense sur les rives du fleuve, semblables à des plages boueuses. Çà et là, des groupes se tenaient serrés autour de feux allumés. Les premiers cris de Paris éclataient de toutes parts, signe que la ville s'éveillait.

Il fut soudain bousculé par un garçon limonadier qui, ayant failli faire tomber son plateau de « bavaroises », jura sourdement. Nicolas avait goûté cette boisson, jadis mise à la mode par la princesse Palatine, mère du Régent. C'était, lui avait expliqué le père Grégoire, un thé chaud, sucré avec un sirop de capillaire. Le Pont-Neuf était déjà noir de peuple lorsqu'il s'y engagea. Il admira la statue d'Henri IV et la pompe de la Samaritaine. Les ateliers du quai de la Mégisserie commençaient à ouvrir, les compagnons s'attelant à leur journée de travail dès le lever du soleil. Il parcourut cette berge nauséabonde, le mouchoir sur le nez.

Le grand Châtelet, sévère et sombre, se profila devant lui. Il le devina plus qu'il ne le reconnut. Il s'engagea, indécis, sous une voûte faiblement éclairée par des lanternes à huile. Un homme, en longue robe noire, le dépassa. Nicolas l'apostropha :

— Monsieur, je requiers votre aide. Je cherche le bureau de M. le lieutenant général de police.

L'homme le toisa de bas en haut et, après un examen sans doute concluant, lui répondit, l'air important :

— M. le lieutenant général de police tient son audience particulière. D'habitude il se fait représenter, mais aujourd'hui, M. de Sartine inaugure sa charge et la présidera en personne. Vous savez sans doute que ses services se trouvent rue Neuve-Saint-Augustin, près de la place Vendôme, mais qu'il conserve un bureau au Châtelet. Voyez ses gens au premier étage. Il y a un huissier à la porte, vous ne pouvez vous tromper. Avez-vous l'introduction nécessaire ?

Prudemment, Nicolas se garda de répondre, prit congé poliment et s'en fut vers l'escalier. Au bout de la galerie, une fois franchie la porte vitrée, il trouva une salle immense aux murailles nues. Un homme était assis à une table de sapin, qui semblait ronger ses mains. En s'approchant, Nicolas comprit qu'il s'agissait d'un de ces biscuits, secs et durs, dont usaient les marins.

— Monsieur, dit-il, je vous salue et vous serais obligé de m'indiquer si je puis être reçu par M. de Sartine.

— Voilà bien de l'audace, M. de Sartine ne reçoit pas !

— Permettez-moi d'insister. (Nicolas sentait que tout dépendrait, en effet, de son insistance et il s'efforça d'affermir sa voix.) J'ai, monsieur, audience ce matin.

Par une habileté instinctive, Nicolas agita devant le visage de l'huissier la grande missive scellée d'un sceau armorié du marquis de Ranreuil. Eût-il montré le petit billet du prieur qu'il aurait sans doute été immédiatement éconduit. Son coup d'éclat ferma la bouche à son interlocuteur qui, bougonnant, saisit respectueusement la lettre et lui désigna un banc.

— Comme vous voudrez, mais vous allez devoir attendre.

Il alluma sa pipe et se cantonna dès lors dans un silence que Nicolas aurait bien voulu rompre pour dissiper son angoisse. Il en fut réduit à considérer la muraille. Vers onze heures, la salle s'emplit de monde. Un petit homme en tenue de magistrat, un maroquin sous le bras, entra, enveloppé d'un bruissement de propos respectueux. Il disparut par une porte dont l'entrebâillement laissa entrevoir un salon brillamment éclairé. Quelques instants après, l'huissier gratta à la porte et disparut à son tour. Quand il revint, il fit signe à Nicolas d'entrer.

La robe du magistrat gisait à terre et le lieutenant général de police, en habit noir, se tenait debout devant un bureau de bois précieux dont les bronzes luisaient faiblement. Il lisait la lettre du marquis de Ranreuil avec une attention que marquait la crispation de son visage. Le bureau était une pièce disproportionnée, mêlant la nudité de la pierre et du sol carrelé aux splendeurs du mobilier et des tapis. Plusieurs chandeliers allumés, dont les lumières s'ajoutaient aux rayons d'un pâle soleil d'hiver et aux rougeoiements du feu dans la grande cheminée gothique, éclairaient le visage ivoirin de M. de Sartine. Il paraissait plus vieux que son âge. Son front, haut et dégarni, frappait dès l'abord. Ses cheveux naturels, déjà grisonnants, étaient soigneusement coiffés et poudrés. Un nez pointu accentuait la sécheresse des angles d'un visage éclairé de l'intérieur par deux yeux gris fer, pétillants d'ironie. La taille petite, mais redressée, soulignait la sveltesse du personnage sans pour autant diminuer l'autorité et la dignité qui en émanaient. Nicolas sentit la panique l'envahir, mais il se souvint des leçons de ses maîtres et calma le tremblement de ses mains. Sartine, maintenant, s'éventait avec la lettre, considérant son visiteur avec curiosité. De longues minutes s'écoulèrent.

— Comment vous nommez-vous ? demanda-t-il brusquement.

— Nicolas Le Floch, pour vous servir, monsieur.

— Me servir, me servir… Nous verrons cela. Votre parrain me dit de fort bonnes choses sur votre personne. Vous montez, vous êtes habile aux armes, possédez des notions de droit… C'est beaucoup de choses pour un clerc de notaire.

Il se leva et, les mains sur les hanches, se mit à tourner lentement autour de Nicolas qui rougit devant cette inspection accompagnée de ricanements et de petits rires aigus.

— Oui, oui, vraiment, ma foi, c'est fort possible..., poursuivit le lieutenant général.

Sartine considéra la lettre pensivement, puis marcha vers la cheminée et l'y jeta. Elle s'embrasa dans un éclair jaune.

— Peut-on, monsieur, faire fond sur vous ? Non, ne me répondez pas, vous ignorez à quoi cela vous entraîne. J'ai des projets sur vous et Ranreuil vous donne à moi. Savez-vous ? Non, vous ne savez rien, rien.

Il passa derrière son bureau et s'assit, se pinça le nez puis considéra à nouveau Nicolas qui fondait dans son habit, le dos au feu crépitant.

— Monsieur, vous êtes bien jeune et je m'engage beaucoup en vous parlant avec ouverture comme je le fais. La police du roi a besoin d'honnêtes gens et j'ai, moi, besoin de serviteurs fidèles qui m'obéiront aveuglément. Entendez-vous ?

Nicolas se garda bien d'acquiescer.

— Ah ! Je vois que l'on comprend vite.

Sartine se dirigea vers la croisée et parut captivé par ce qu'il voyait.

— Beaucoup à nettoyer..., marmonna-t-il. Avec les moyens du bord... Pas plus, pas moins. N'est-ce pas ?

Nicolas avait pivoté pour faire face au lieutenant général.

— Il convient, monsieur, que vous accroissiez vos connaissances en droit. Vous y consacrerez quelques heures, chaque jour, en guise de distraction. Car vous allez travailler, certes oui.

Il courut à son bureau et saisit une feuille de papier. D'un geste, il convia Nicolas à prendre place sur le grand fauteuil de damas rouge.

— Écrivez, je veux savoir si votre main est bonne.

Nicolas, plus mort que vif, s'appliqua de son mieux. Sartine réfléchit quelques instants, sortit une petite tabatière d'or de la poche de son habit, y cueillit une pincée qu'il plaça délicatement sur le dos de sa main. Il renifla, une narine après l'autre, ferma les yeux de contentement et éternua bruyamment, projetant des particules noires tout autour de lui et sur Nicolas, qui tint ferme sous l'orage. Le lieutenant se moucha avec de longs soupirs d'aise.

— Allons, écrivez : « Monsieur, il m'apparaît utile pour le service du roi et pour le mien que vous preniez, dès ce jour, comme secrétaire, gagé sur ma caisse, Nicolas Le Floch. Je vous saurais gré de l'accueillir, au pot et au feu, et de me rendre compte exactement de son service. » Portez l'adresse : « À M. Lardin, commissaire au Châtelet, en son logis, rue des Blancs-Manteaux. »

Puis, s'emparant prestement de la lettre, il l'approcha de ses yeux et l'examina.

— Soit, un peu bâtarde, oui, un peu bâtarde, déclara-t-il en riant. Mais cela ira pour un début. Il y a la plume, il y a l'action.

Il reprit son fauteuil abandonné par Nicolas, signa la missive, la sabla, la plia, enflamma un morceau de cire aux braises déposées dans un pot de bronze, l'écrasa sur le papier et y imprima son sceau, le tout en un tournemain.

— Monsieur, la charge que je vous veux voir prendre auprès du commissaire Lardin exige des qualités de probité. Savez-vous ce qu'est la probité ?

Nicolas, pour le coup, se jeta à l'eau.

— C'est, monsieur, l'exactitude à remplir les obligations d'un honnête homme et…

— Mais il parle ! Bon. Cela sent encore son collège, mais ce n'est pas faux. Vous devrez être discret et prudent, savoir apprendre et savoir oublier, être capable d'entrer dans le secret de la confidence. Il vous faudra apprendre à rédiger des mémoires suivant les choses qui vous seront commises, leur donner le bon tour. Saisir au vol ce qu'on vous dira et deviner ce qu'on ne vous dira pas, enfin rebondir sur le peu de mots que vous aurez saisi.

Il ponctuait ses paroles de son index levé.

— Non seulement cela, mais vous devez aussi être témoin juste et sincère de ce que vous verrez sans rien diminuer qui puisse en altérer le sens, ni paraître le changer en rien. Songez, monsieur, que de votre exactitude dépendront la vie et l'honneur d'hommes qui, fussent-ils de la plus basse canaille, doivent être traités selon les règles. Vraiment, vous êtes bien jeune, je me demande… Mais, après tout, votre parrain l'était aussi lorsqu'à votre âge il franchit la tranchée sous le feu au siège de Philippsburg avec M. le maréchal de Berwick qui, lui d'ailleurs, y laissa la vie. Et moi-même…

Il paraissait songeur et, pour la première fois, Nicolas vit briller dans son regard comme un éclair de compassion.

— Il faudra être vigilant, prompt, actif, incorruptible. Oui, surtout incorruptible. (Et il frappait de la paume sur la précieuse marqueterie du meuble.) Allez, monsieur, conclut Sartine en se levant, vous êtes désormais au service du roi. Faites en sorte que l'on soit toujours content de vous.

Nicolas s'inclina et prit la lettre qu'on lui tendait. Il approchait de la porte quand la petite voix moqueuse l'arrêta avec un ricanement.

— Vraiment, monsieur, vous êtes mis à ravir pour un bas Breton, mais maintenant vous êtes parisien. Allez chez maître Vachon, mon tailleur, rue Vieille-du-Temple. Faites-vous faire plusieurs habits, du linge et les accessoires.

— Je ne…

— Sur mon compte, monsieur, sur mon compte. Il ne sera pas dit que j'aurai laissé loqueteux le filleul de mon ami Ranreuil. Beau filleul, en vérité. Disparaissez et obéissez au moindre appel.

Nicolas retrouva les bords du fleuve, avec soulagement. Il respira profondément l'air froid. Il avait le sentiment d'avoir surmonté cette première épreuve, même si certaines phrases de Sartine ne laissaient pas de l'inquiéter un peu. Il regagna presque en courant le couvent des Carmes déchaux où le bon père l'attendait en pilonnant furieusement des plantes innocentes.

Grégoire dut tempérer l'ardeur de Nicolas qui finit par se laisser convaincre de ne pas rejoindre la demeure du commissaire Lardin le soir même. En dépit des rondes du guet, l'insécurité était grande et il craignait qu'il ne s'égare et ne s'attire, dans la nuit propice, quelque mauvaise affaire.

Il tâcha de calmer la fougue du jeune homme en se faisant conter par le menu l'audience du lieutenant général de police, et se fit répéter les moindres détails, n'hésitant pas à relancer le récit par des digressions suivies de nouvelles questions. Il décelait partout des intentions qui nourrissaient d'interminables commentaires.

Le père Grégoire s'émerveilla à part lui, et malgré son pressentiment initial, que, du petit provincial inconnu encore à moitié assommé par la ville, M. de Sartine ait pu faire si vite un instrument de sa police. Il présumait bien qu'il y avait sous ce quasi-miracle, aussi promptement consommé, un mystère dont les arcanes ne lui apparaissaient pas. Aussi contemplait-il Nicolas avec ébahissement, comme une créature qu'il aurait mise en marche et qui lui aurait soudain échappé. Il en éprouvait une tristesse sans aigreur et ponctuait ses remarques de « Miséricorde » et de « Cela me surpasse » répétés à l'infini.

L'heure du dîner surprit les deux complices qui se hâtèrent vers le réfectoire. Puis Nicolas s'apprêta pour une nuit qui ne fut guère plus reconstituante que la précédente. Il devait tenter de maîtriser le vagabondage de son imagination. Elle était souvent fiévreuse et débridée et lui jouait de méchants tours, soit en lui faisant apparaître l'avenir sous de funestes auspices, soit, au contraire, en écartant de son esprit ce qui aurait dû être objet de souci et de précautions. Il prit à nouveau la résolution de se corriger et, pour se rassurer, s'assura qu'il savait tirer profit de l'expérience. Pourtant, il retrouva vite l'angoisse familière en songeant que, le lendemain, commençait une nouvelle existence dont il devait se garder de rien imaginer. À plusieurs reprises, alors qu'il s'assoupissait, cette idée le poigna, et il était bien tard quand il sombra enfin dans le sommeil.

Au matin, après avoir écouté les dernières recommandations du père Grégoire, Nicolas lui fit ses adieux, accompagnés, de part et d'autre, de promesses de se revoir. De fait, le moine s'était attaché au jeune homme et il aurait volontiers continué à l'initier à la science des simples. Il n'avait pas été sans remarquer, au fil des semaines, les qualités sérieuses d'observation et de réflexion de son élève. Il lui fit écrire deux billets pour son tuteur et pour le marquis, qu'il se chargerait d'acheminer. Nicolas n'osa y ajouter un message pour Isabelle, se promettant bien d'user de sa liberté nouvelle pour le faire un peu plus tard.

À peine Nicolas avait-il franchi les portes du couvent que le père Grégoire gagna l'autel de la Vierge et se mit à prier pour lui.

Nicolas reprit le même chemin que la veille, mais son pas était plus allègre. Passant devant le Châtelet, il se remémora l'entrevue avec M. de Sartine et un dialogue auquel lui-même n'avait guère participé. Ainsi, il était sur le point d'entrer « au service du roi » … Il n'avait pas, jusque-là, mesuré l'exacte portée de ces paroles. À bien y réfléchir, elles n'avaient pas de sens pour lui.

Le roi, ses maîtres et le marquis lui en avaient parlé, mais tout cela lui semblait appartenir à un autre monde. Il avait vu des gravures et un profil sur des monnaies et il avait ânonné la liste interminable des souverains, et cela avait autant de réalité pour lui que la succession des rois et des prophètes de l'Ancien Testament. Il avait chanté, dans la collégiale de Guérande, le *Salve fac regum* le 25 août, jour de la Saint-Louis. Son entendement ne faisait pas le lien entre le roi, figure de vitrail et symbole de foi et de fidélité, et l'homme de chair et d'os qui exerçait le pouvoir d'État.

Cette réflexion l'occupa jusqu'à la rue de Gesvres. Là, de nouveau attentif à ce qui l'entourait, il découvrit avec stupeur une rue qui traversait la Seine. Après avoir débouché sur le quai Pelletier, il se rendit compte qu'il s'agissait d'un pont bordé de maisons. Un petit Savoyard attendant la pratique, la marmotte sur l'épaule, lui apprit que c'était le pont Marie. Se retournant plusieurs fois sur ce prodige, il rejoignit la place de Grève. Il la reconnut pour l'avoir vue un jour sur une estampe, apportée par un colporteur, qui représentait le supplice du bandit Cartouche, en novembre 1721, devant un grand concours de peuple. Nicolas, enfant, rêvait devant elle et s'imaginait qu'il entrait dans la scène et qu'il se perdait dans la foule, jeté dans des aventures sans fin. Il eut un choc : son rêve était devenu réalité, il foulait le théâtre des grandes exécutions criminelles.

Laissant le port aux blés à sa droite, il entra dans le cœur du vieux Paris par l'arcade Saint-Jean de l'Hôtel de Ville. Le père Grégoire, en lui indiquant son itinéraire, l'avait vivement mis en garde contre cet endroit : « Voilà, disait-il en joignant les mains, un lieu aussi triste que dangereux par lequel défile tout ce qui vient de la rue Saint-Antoine et du faubourg. » L'arcade était le lieu de prédilection des voleurs et de faux mendiants qui guettaient le passant sous sa voûte solitaire. Il s'y engagea prudemment, mais n'y croisa qu'un porteur d'eau et quelques gagne-deniers qui se dirigeaient vers la Grève pour y trouver du travail.

Par la rue de la Tissanderie et la place Baudoyer, il gagna le marché Saint-Jean. C'était, lui avait dit son mentor, le plus vaste de Paris après les Halles, et il le reconnaîtrait à une fontaine située en son centre, près du corps de garde, ainsi qu'à la foule qui venait s'y approvisionner en eau de Seine.

Nicolas, accoutumé à l'ordre bonhomme des marchés provinciaux, dut se frayer un chemin au milieu d'un véritable chaos. Toutes les denrées étaient entassées pêle-mêle sur le sol, sauf la viande qui bénéficiait d'étals particuliers. La tiédeur de l'automne aidant, les odeurs étaient fortes, et même infectes du côté de la marée. Il ne pouvait croire que puissent exister d'autres marchés plus vastes et plus animés que celui-ci. Les emplacements de vente étaient resserrés, la circulation impraticable, et pourtant des équipages s'y engageaient, menaçant de tout écraser sur leur passage. Les marchandages et les querelles allaient bon train et il remarqua, surpris par les parlers et les tenues, que nombre de paysans de la banlieue venaient ici vendre leurs produits.

Emporté par les courants et les contre-courants, Nicolas fit trois ou quatre fois le tour du marché avant de trouver la direction de la rue Sainte-Croix-de-la-Bretonnerie. Celle-ci le conduisit, sans encombre, rue des Blancs-Manteaux où, entre la rue du Puits et la rue du Singe, il découvrit la demeure du commissaire Lardin.

Indécis, il considérait la petite maison de trois étages, bordée de chaque côté de jardins protégés de hauts murs. Il souleva le heurtoir, qui retomba en éveillant de sourds échos à l'intérieur. La porte s'entrouvrit et un visage de femme apparut, coiffé d'une charlotte blanche, mais si large et si mafflu qu'il semblait le prolongement d'un corps énorme dont le haut était engoncé dans un caraco rouge, le tout encadré par deux bras dégoulinant de lessive et en proportion de l'ensemble.

— Que foulez-vous ? demanda-t-elle avec un accent étrange que Nicolas n'avait jamais entendu.

— Je viens porter un pli de M. de Sartine au commissaire Lardin, dit Nicolas qui se mordit les lèvres aussitôt d'avoir, dès la mise, jeté son seul atout.

— Donnez-moi.

— Je dois le remettre en main propre.

— Berzonne à la maison. Attendez.

Elle repoussa la porte brusquement. Il ne restait donc à Nicolas qu'à faire preuve de cette patience dont il se confirmait qu'elle était la vertu la plus nécessaire à Paris. Sans oser s'éloigner de la maison, il fit les cent pas, tout en examinant les alentours. Sur le côté opposé de la rue, fréquentée par de rares passants, il apercevait des bâtiments, couvent ou église, noyés au milieu de grands arbres dépouillés.

Fatigué par son périple matinal, le bras gourd du poids de son sac, il s'assit sur le perron de la maison. Il avait faim, n'ayant pris le matin, au réfectoire des Carmes, qu'un peu de pain trempé dans une soupe. Une cloche proche sonnait trois heures quand un homme, taillé en force, la tête couverte d'une perruque grise et appuyé sur une canne qui ressemblait beaucoup à un gourdin, lui demanda sèchement de laisser le passage. Présumant à qui il avait affaire, Nicolas s'écarta, s'inclina et prit la parole.

— Je vous demande pardon, monsieur, mais j'attends le commissaire Lardin.

Deux yeux bleus le fixaient intensément.

— Vous attendez le commissaire Lardin ? Moi, j'attends depuis hier un certain Nicolas Le Floch. Vous ne le connaissez pas, par hasard ?

— C'est moi, monsieur, vous me voyez…

— Point d'explications…

— Mais…, bredouilla Nicolas, en tendant la lettre de Sartine.

— Je sais mieux que vous ce que le lieutenant général de police vous a ordonné. Je n'ai que faire de cette lettre que vous pouvez garder en relique. Elle ne m'apprendra rien que je ne connaisse et ne peut que me confirmer que vous ne vous êtes pas plié aux instructions que vous aviez reçues.

Lardin heurta la porte et la femme réapparut dans l'encadrement.

— Monsieur, je n'ai bas voulu…

— Je sais tout cela, Catherine.

Il fit un geste péremptoire, autant pour interrompre sa servante que pour inviter Nicolas à entrer. Il se débarrassa de son manteau, découvrant un pourpoint de cuir épais sans manches, et, retirant sa perruque, dévoila un crâne entièrement rasé. Ils entrèrent dans une bibliothèque dont la beauté et le calme étonnèrent Nicolas. Un feu finissant de se consumer dans une cheminée de marbre sculptée, un bureau noir et or, des bergères tapissées de velours d'Utrecht, les boiseries blondes des murs, les gravures encadrées et les livres, richement reliés, alignés sur leurs rayons – tout concourait à créer une atmosphère que quelqu'un de plus roué que Nicolas eût qualifiée de voluptueuse. Il ressentait confusément que ce cadre raffiné correspondait assez peu à l'apparence fruste de son hôte. Le grand salon, encore à moitié médiéval, du château de Ranreuil avait été, jusqu'à ce jour, sa seule référence dans ce domaine.

Lardin resta debout.

— Monsieur, vous débutez de bien étrange manière dans une carrière où l'exactitude est essentielle. M. de Sartine vous confie à moi et j'ignore ce qui me vaut cet honneur.

Souriant avec ironie, Lardin fit craquer les jointures de ses doigts.

— Mais j'obéis et vous devez obéir aussi, poursuivit-il. Catherine vous conduira au troisième. Je n'ai qu'une mauvaise mansarde à vous offrir. Vous prendrez vos repas à l'office ou dehors, à votre guise. Chaque matin, vous vous présenterez à moi dès sept heures. Vous devez, me dit-on, apprendre les lois. Pour cela, vous irez chaque jour deux heures chez M. de Noblecourt, ancien magistrat, qui mesurera vos talents. J'attends de vous une assiduité parfaite et une obéissance sans murmure. Ce soir, pour fêter votre arrivée, nous dînerons en famille. Vous pouvez disposer.

Nicolas s'inclina et sortit. Il suivit Catherine qui l'installa dans une petite chambre mansardée. Il fallait, pour y parvenir, traverser un grenier encombré. La pièce le surprit agréablement par son volume et par la présence d'une fenêtre donnant sur le jardin. Elle était simplement meublée d'une couchette, d'une table, d'une chaise, et d'une commode-toilette surmontée d'un miroir, avec sa cuvette et son broc. Le parquet était recouvert d'un tapis élimé. Il rangea ses quelques effets dans les tiroirs, retira ses souliers, s'allongea et s'endormit.

Quand il se réveilla, la nuit était déjà tombée. Il rafraîchit son visage et se coiffa, avant de descendre. La porte de la bibliothèque où il avait été reçu était à présent fermée, mais celles des autres pièces donnant sur le couloir étaient demeurées ouvertes ; il put ainsi satisfaire une prudente curiosité. Il vit d'abord un salon aux teintes pastel à côté duquel la bibliothèque lui parut soudain d'une grande austérité. Dans une autre pièce, trois couverts étaient dressés. Au fond du couloir, une autre porte donnait sur la cuisine, à en juger par les odeurs qui s'en échappaient. Il s'approcha. La chaleur était intense dans la pièce et Catherine s'essuyait le front avec un torchon à intervalles réguliers. Quand Nicolas entra, elle ouvrait des huîtres et, à la surprise du jeune Breton, qui les grugeait vivantes, elle dégageait le contenu de leurs coquilles et le déposait dans une assiette de faïence.

— Puis-je vous demander ce que vous préparez, madame ?

Surprise, elle se retourna.

— Ne m'abelez pas matame, abelez-moi Catherine.

— Bien, dit-il, je m'appelle Nicolas.

Elle le regarda, son visage ingrat illuminé par une joie qui l'embellissait. Elle lui montra deux chapons désossés.

— Je fais un potache de chapons aux huîtres.

Nicolas avait aimé, enfant, regarder Fine cuisiner les plats fins, péché mignon du chanoine. Il avait même appris, peu à peu, à réussir quelques plats, comme le far, le kouign amann ou le homard au cidre. Le marquis, son parrain, ne dédaignait pas, lui non plus, de se livrer à cette noble occupation qu'il disait participer des « péchés capiteux », au grand scandale du chanoine.

— Des huîtres cuites ! s'exclama Nicolas. Chez nous, nous les mangeons crues.

— Fi, des bêtes fifantes !

— Et ce potage, vous le préparez comment ?

Nicolas s'attendait à être chassé par la cuisinière, ayant l'expérience des réactions de Fine qu'il avait dû longuement espionner pour découvrir ses recettes.

— Vous si aimable que je vais le dire. Vous prenez deux beaux chapons, et désossez. Vous farcissez un avec chair de l'autre à laquelle vous ajoutez lard, jaunes d'œufs, sel, poivre, muscade, un paquet et des épices. J'attache le tout avec ficelle et je poche au consommé à petits bouillons. Bendant ce temps, je passe mes huîtres à la farine et les fais frire au beurre avec des champignons. Je découpe le chapon, je dispose les huîtres, j'arrose du bouillon et je sers avec un filet de citron et un peu de ciboule, bien chaud surtout.

L'enthousiasme de Nicolas n'avait plus de bornes et cela se voyait. En écoutant Catherine, l'eau lui était venue à la bouche et sa faim s'en était trouvée augmentée. Ce fut ainsi qu'il fit la conquête de Catherine Gauss, native de Colmar, ancienne cantinière à la bataille de Fontenoy, veuve d'un garde-française et cuisinière du commissaire Lardin. La redoutable servante avait définitivement adopté Nicolas. Il avait déjà un allié dans la place et il se sentait rassuré par son pouvoir de séduction.

Le dîner laissa à Nicolas des souvenirs confus. La splendeur de la table avec ses cristaux, son argenterie, le damas éclatant de la nappe, lui procura un sentiment de bien-être. La chaleur de la pièce aux boiseries grises rechampies d'or et les ombres portées par la lueur des chandelles créaient une atmosphère ouatée qui, s'ajoutant à son état de faiblesse, alanguit Nicolas à qui le premier verre de vin monta à la tête. Le commissaire n'était pas là et seules sa femme et sa fille l'entouraient. Elles paraissaient avoir presque le même âge et il comprit assez vite que Louise Lardin n'était pas la mère de Marie, mais sa belle-mère, et que les deux femmes n'éprouvaient guère d'affection l'une pour l'autre. Autant la première paraissait soucieuse de manifester une autorité un peu coquette, autant l'autre demeurait réservée, observant leur invité sous ses cils baissés. L'une était grande et blonde, l'autre menue et brune.

Nicolas fut surpris de la délicatesse des mets servis. Le potage de chapons aux huîtres fut suivi d'un entremets d'œufs marbrés, d'une capilotade de perdrix, d'un blanc-manger et de beignets aux confitures. Nicolas, dont l'éducation dans ce domaine avait été bien faite, reconnut dans le vin de couleur cassis qu'on lui servait un cru de Loire, sans doute un bourgueil.

Mme Lardin l'interrogeait discrètement sur son passé. Il eut le sentiment qu'elle souhaitait surtout éclaircir l'origine et la nature de ses relations avec M. de Sartine. La femme du commissaire avait-elle été chargée par son mari de le faire parler ? Elle lui servait à boire avec tant de générosité que cette idée l'effleura, puis il n'y pensa plus. Il parla beaucoup de sa Bretagne, avec mille et un détails qui firent sourire. Le prenait-on pour un objet de curiosité, pour quelque habitant de la Perse ?

Ce n'est que plus tard, en retrouvant sa mansarde, que des doutes l'envahirent : il se demanda s'il n'avait pas été trop loquace. En réalité, lui-même était si mal informé des raisons qu'avait M. de Sartine de s'intéresser à lui qu'il se convainquit aisément que rien de compromettant n'avait pu lui échapper ; Mme Lardin avait dû en être pour ses frais. Revinrent aussi à son esprit les mines irritées de Catherine quand elle servait ou écoutait Louise Lardin qui, elle-même, traitait la servante avec distance. La cuisinière marmonnait entre ses dents, l'air furibond. Lorsqu'elle servait Marie au contraire son visage s'adoucissait jusqu'à prendre par instants un air d'adoration. Ce fut sur ces constatations que le jeune homme acheva sa première journée rue des Blancs-Manteaux.

Commença alors pour Nicolas une nouvelle existence, ordonnée par la succession régulière des tâches. Tôt levé, il faisait ses ablutions à grande eau dans un appentis du jardin dont, avec la complicité de la bonne Catherine, il s'était approprié l'usage.

Il avait complété sa modeste garde-robe chez Vachon où le nom de M. de Sartine lui avait ouvert les portes et le crédit d'un tailleur qui avait même un peu forcé la commande, à la grande confusion de Nicolas. Les glaces lui renvoyaient désormais l'image d'un jeune cavalier sobrement mais élégamment vêtu, et le regard insistant de Marie lui avait confirmé son changement d'apparence.

À sept heures, il se présentait au commissaire Lardin, qui lui communiquait son emploi du temps. Les leçons de M. de Noblecourt, petit vieillard bienveillant, magistrat amateur d'échecs et de flûte traversière, étaient des moments de détente appréciés. Grâce aux conseils avisés de son professeur, il devint assidu aux concerts.

Nicolas poursuivit sa découverte de Paris et des faubourgs. Jamais, même à Guérande, il n'avait autant marché.

Le dimanche, il fréquentait les concerts spirituels qui se donnaient alors dans la grande salle du Louvre. Un jour, il se trouva assis à côté d'un jeune séminariste. Pierre Pigneau, né à Origny, dans le diocèse de Laon, aspirait ardemment à rejoindre la société des Missions étrangères. Il expliqua à Nicolas, admiratif, son vœu de dissiper les ténèbres de l'idolâtrie par les lumières de l'Évangile. Il voulait rejoindre la mission de Cochinchine, qui subissait, depuis quelques années, une terrible persécution. Le jeune homme, un grand gaillard au teint vif qui ne manquait pas d'humour, tomba d'accord avec Nicolas sur la qualité médiocre de l'exécution d'un *Exaudi Deus* par la célèbre Mme Philidor. L'enthousiasme du public les indigna tant qu'ils sortirent ensemble. Nicolas raccompagna son nouvel ami au séminaire des Trente-Trois. Ils se séparèrent en se donnant rendez-vous la semaine suivante.

Les deux jeunes gens prirent bientôt l'habitude d'achever leurs rencontres chez Stohrer, pâtissier du roi, dont la boutique, rue Montorgueil, était un rendez-vous à la mode depuis que l'artisan fournissait la cour en gâteaux de son invention que goûtait particulièrement la reine Marie Leszczyńska. Nicolas se plaisait beaucoup en la compagnie du jeune prêtre.

Au début, Lardin – dont les fonctions n'étaient pas attachées à un quartier particulier – lui ordonna de le suivre dans ses missions. Nicolas connut, au petit matin, les poses de scellés, les saisies, les constats ou plus simplement les arbitrages des querelles, entre voisins, si fréquentes dans les maisons de rapport des faubourgs où s'entassaient les plus nécessiteux. Il se fit connaître des inspecteurs, des hommes du guet, des gardiens des remparts, des geôliers et même des bourreaux. Il dut se cuirasser devant les spectacles insoutenables de la question et de la grande morgue. Rien ne lui fut dissimulé et il comprit que la police devait s'appuyer, pour fonctionner, sur une foule d'indicateurs, de « mouches » et de prostituées, monde ambigu qui permettait au lieutenant général de police d'être l'homme de France le mieux informé des secrets de la capitale. Nicolas mesura aussi de quel précieux réseau de pénétration des consciences disposait M. de Sartine avec le contrôle de la poste et des correspondances particulières. Il en tira, pour lui-même, de sages précautions et demeura prudent dans les billets réguliers qu'il adressait en Bretagne.

Ses relations avec le commissaire n'avaient guère évolué, ni en bien ni en mal. À la froideur autoritaire de l'un répondait l'obéissance silencieuse de l'autre. Durant de longues périodes, le policier paraissait l'oublier. M. de Sartine, au contraire, n'hésitait pas à se rappeler à lui. Parfois, un petit Savoyard lui portait des billets laconiques le convoquant au Châtelet ou rue Neuve-Saint-Augustin. Ces rencontres étaient courtes. Le lieutenant général interrogeait Nicolas. Il semblait à ce dernier que certaines questions tournaient étrangement autour de Lardin. Sartine se fit décrire minutieusement la maison du commissaire et les habitudes de la famille, poussant l'enquête jusqu'au détail de la table. Nicolas était quelquefois un peu gêné de cette inquisition et perplexe sur sa signification.

Le lieutenant général de police lui ordonna d'assister aux audiences criminelles et de lui en résumer les séances par écrit. Un jour, il le chargea de lui rendre compte de l'arrestation d'un homme qui avait mis en circulation des lettres de change dont les signatures avaient été contestées. Nicolas vit en pleine rue les exempts attraper un individu aux yeux vifs, à la figure étonnante et qui parlait français avec un fort accent italien. L'homme le prit à témoin :

— Monsieur, vous qui me paraissez honnête homme, voyez comme on traite un citoyen de Venise. On se saisit du noble Casanova. Témoignez de l'injustice qui m'est faite. C'est un crime contre quelqu'un qui vit et écrit en philosophe.

Nicolas le suivit jusqu'à la prison de For-l'Évêque. Sartine, quand il lui fit son rapport, se mit à jurer sourdement et s'écria :

— Il sera libre demain : M. de Choiseul protège cet escroc, plaisant homme au demeurant.

L'apprenti policier tira diverses conclusions de cet épisode.

Une autre fois, il dut proposer l'achat de bijoux à un courtier en horlogerie qui se faisait délivrer, pour la revente, quantité d'objets précieux, mais dont la banqueroute était attendue. Nicolas devait se faire passer pour un envoyé de M. Dudoit, commissaire de police au faubourg Sainte-Marguerite, que Sartine soupçonnait d'avoir partie liée avec le courtier. Le chef de la police parisienne tenait son monde serré, ne souhaitant pas qu'éclatent à nouveau, comme en 1750, des émeutes populaires contre la malhonnêteté de certains commissaires. Même le monde du jeu ne resta pas étranger à Nicolas, il sut bientôt faire la différence entre recruteurs, embaucheurs, tenanciers, rabatteurs, receveurs de loterie et tout le monde de la cocange[1] et du bonneteau.

Tout à Paris, dans le monde du crime, tournait autour du jeu, de la débauche et du vol. Ces trois mondes communiquaient entre eux par d'innombrables canaux.

En quinze mois, Nicolas apprit son métier. Il connut le prix du silence et du secret. Il vieillit, sachant désormais mieux maîtriser ses sentiments en refrénant une imagination toujours trop agitée à son gré. Ce n'était plus l'adolescent que le père Grégoire avait accueilli à son arrivée à Paris. La lettre de Guérande qui lui annonçait l'état désespéré de son tuteur trouva un autre Nicolas. La silhouette sombre et sévère qui, dans ce matin froid de janvier 1761, se tenait à la proue du chaland, face à la Loire sauvage, c'était déjà celle d'un homme.

1. Le jeu. L'origine de ce terme provient de la demi-noix de coco qui servait à un joueur clandestin pour des paris s'apparentant au jeu du bonneteau.

## II

## GUÉRANDE

*Passion da Vener*
*Maro dar Zadorn*
*Interramant d'ar Zul*
*Dar baradoz hec'h ei zur.*

Agonie le vendredi
Mort le samedi
Enterrement le dimanche
Au paradis ira sûrement.

Dicton de basse Bretagne

*Lundi 22 janvier 1761*

La Loire se montra clémente jusqu'à Angers. La pluie, mêlée de neige, n'avait pas cessé et pendant la nuit, passée à Tours, le niveau du fleuve avait continué de monter. Parfois, dans une trouée de brume, une cité fantôme surgissait, grise et morte. Les rives défilaient, invisibles. En arrivant à Angers, le chaland fut pris dans des remous contraires. Il heurta la pile d'un pont, tournoya plusieurs fois sur lui-même puis, désemparé, démembré, s'échoua sur un banc de sable. L'équipage et les passagers purent regagner la rive à bord d'une plate.

Après s'être réconforté d'un vin chaud dans une auberge de mariniers, Nicolas s'enquit des possibilités de gagner Nantes. Plusieurs jours s'étaient écoulés depuis son embarquement. Pourrait-il arriver à Guérande à temps pour revoir son tuteur ? Il mesurait avec angoisse les nouveaux retards qui menaçaient de s'accumuler. Le fleuve était de moins en moins praticable et aucun bâtiment ne se hasarderait en aval pour le moment. La route ne paraissait pas meilleure pour les berlines, et il renonça à attendre la prochaine malle.

Confiant dans ses qualités de cavalier, Nicolas décida de se procurer une monture et de poursuivre son chemin à franc étrier. Il disposait désormais d'économies provenant des gages versés par Lardin. Une quarantaine de lieues le séparaient de sa destination. Il irait au plus direct d'Angers à Guérande. Nicolas se sentait de taille à affronter les brigands. Il devrait aussi compter avec les troupes de loups affamés qui, en cette saison, erraient, à la recherche de proies, et qui n'hésiteraient pas à l'attaquer. Mais, rien ne pouvait ébranler sa volonté d'arriver au plus vite. Il choisit donc un cheval qu'il paya à prix d'or – le maître de poste hésitait, par ce temps, à hasarder ses pensionnaires – et piqua des deux dès qu'il eut franchi les murailles de la ville.

Le soir même, il couchait à Ancenis et, le lendemain, il s'enfonça dans les terres. Il parvint, sans encombre, à l'abbaye de Saint-Gildas-des-Marais, où les moines l'accueillirent avec curiosité, heureux de cette distraction inattendue. Tout près des bâtiments, des loups s'acharnaient sur une charogne ; ils ne prirent pas garde à lui.

À l'aube, il gagna la forêt de la Bretesche. Son parrain, ami des Boisgelin, y courait le sanglier chaque automne. Seules les bases des tours du château se devinaient au loin. Il abordait des paysages connus.

Pendant la nuit, le vent s'était levé en tempête, comme il arrive souvent dans ces régions. Sa monture peinait. La tourmente hurlait de telle manière que Nicolas en était comme sourd. Le chemin détrempé, qui longeait les tourbières, était jonché de branches arrachées. Les nuages volaient si bas que la pointe des grands pins semblait les déchirer.

Parfois, la fureur des éléments cessait d'un coup. Tout se figeait et, dans le silence revenu, on entendait le cri aigu des grands oiseaux de mer qui, chassés du littoral, planaient au-dessus des terres.

Mais la tourmente ne tardait pas à reprendre. Le sol était parcouru de lambeaux d'écume blanche qui se poursuivaient, s'arrêtant puis se dépassant. Certains s'agglutinaient dans les halliers ou dans le creux des souches, comme une neige marine. D'autres glissaient sur la surface encore gelée des marais. Les vagues, à quelques lieues de là, laissaient sur la grève des masses blanches aux reflets jaunes que la tempête dissociait, démembrait, en allégeant les débris qu'elle emportait dans les terres. Nicolas sentit, sur ses lèvres, la trace salée de l'océan.

La vieille cité féodale apparut à travers un bouquet d'arbres. Elle flottait au milieu des marais comme une île détachée des terres blanches et noires qui l'entouraient. Nicolas poussa son cheval et gagna au galop la ceinture des murailles.

Il entra dans Guérande par la porte Sainte-Anne. La ville semblait désertée de ses habitants et les pas de son cheval, répercutés par les vieilles pierres, réveillaient les échos des rues.

Place du Vieux-Marché, il s'arrêta devant une maison de granit, attacha sa monture à un anneau du mur et pénétra, les jambes tremblantes, dans le logis. Il se heurta à Fine qui, ayant entendu du bruit, s'était précipitée pour l'accueillir.

— Ah ! c'est vous, monsieur Nicolas ! Merci, mon Dieu !

Elle l'étreignit en pleurant. Sous la coiffe blanche, le vieux visage ridé, contre lequel il avait caché ses chagrins d'enfant, se crispait, les pommettes violacées.

— Quel grand malheur, Jésus, Marie, Joseph ! Notre bon Monsieur s'est trouvé mal le soir de Noël, durant la messe. Deux jours après, il a pris froid en allant ranimer la sainte lampe. Depuis, tout a empiré, la goutte s'y est ajoutée ; le docteur dit qu'elle est remontée. Le voilà perdu. Il n'a plus sa tête. Il a reçu les sacrements hier.

Le regard de Nicolas se posa sur un coffre. Le manteau, le chapeau et la canne de son tuteur y étaient posés. À la vue de ces objets familiers, le chagrin lui monta à la gorge.

— Fine, allons le voir, fit-il d'une voix étranglée.

Petite et menue, Fine tenait le grand cavalier par la taille tandis qu'il montait l'escalier. La chambre du chanoine était dans la pénombre, seulement éclairée par les flammes de la cheminée. Il reposait immobile, la respiration hachée et sifflante, les deux mains crispées sur le haut du drap. Nicolas se jeta à genoux et murmura :

— Mon père, je suis là. M'entendez-vous ? Je suis là.

Il avait toujours usé de cette formule pour s'adresser à son tuteur. En vérité, c'était bien son père qui se trouvait là, mourant. Celui qui l'avait recueilli, qui s'était occupé de lui avec constance et lui avait manifesté en toutes circonstances une égale affection.

Désespéré, Nicolas prit conscience de l'amour qu'il avait toujours porté au chanoine ; et que de cela, il n'avait jamais parlé, tant la chose allait de soi et que, jamais plus, il n'aurait l'occasion de le lui dire. Il entendait encore la voix de celui qui gisait là lui dire doucement – avec quelle tendresse, il le comprenait maintenant – : « Monsieur mon pupille. »

Nicolas prit la main du vieillard et l'embrassa. Ils restèrent ainsi longtemps.

Quatre heures sonnaient quand le chanoine ouvrit les yeux. Une larme apparut au coin d'un œil et coula le long d'une joue amaigrie. Ses lèvres s'agitèrent, il tenta d'articuler quelque chose, soupira longuement et mourut.

La main de Nicolas guidée par celle de Fine lui ferma les yeux. Il avait le visage serein.

La fidèle gouvernante prit les choses en main avec une sorte d'acharnement têtu. Comme le voulait la coutume de sa Cornouaille natale, dont le chanoine aussi était originaire, elle fit un signe de croix au-dessus de la tête du mort, puis ouvrit toute grande la croisée, pour aider l'âme à s'échapper du corps. Après quoi, elle alluma un cierge au chevet du lit et envoya la servante prévenir le chapitre et la femme du porte-bannière, experte en ces cérémonies. Lorsqu'elle arriva, le glas sonnait à la collégiale. Les deux femmes firent la toilette du mort, placèrent ses paumes l'une contre l'autre, et nouèrent les mains avec un chapelet. Une chaise fut disposée au pied du lit, sur laquelle on posa une assiette d'eau bénite et un brin de buis.

Les heures qui suivirent parurent interminables à Nicolas. Glacé, il n'avait aucune conscience de ce qui se passait autour de lui. Il dut répondre aux salutations de tous ceux qui se succédaient dans la chambre mortuaire. Des prêtres et des religieuses, se relayant au chevet du mort, récitaient la litanie des trépassés. Comme c'était l'usage, Fine servait crêpes et cidre aux visiteurs dont beaucoup demeuraient dans la grande pièce à parler à voix basse.

M. de Ranreuil était arrivé dans les premiers, sans Isabelle. Cette absence avait troublé l'émotion de Nicolas à revoir son parrain. Sous son ton cavalier, le marquis dissimulait mal son chagrin de voir partir un vieil ami et, avec lui, une complicité de trente ans. Il eut à peine le temps, dans la presse, de dire à Nicolas que M. de Sartine lui avait écrit qu'il était content de lui. Il fut entendu que le jeune homme se rendrait à Ranreuil après les funérailles, qui devaient se dérouler le dimanche.

Au fur et à mesure que s'égrenaient les heures, Nicolas observait les changements sur le visage du disparu. Le teint cireux des premières heures avait peu à peu viré au cuivre, puis au noir, et les chairs avalées sculptaient maintenant le profil d'un gisant de plomb. La tendresse fuyait devant cette chose qui se défaisait et qui ne pouvait plus être son tuteur. Il dut se ressaisir pour écarter cette impression, qui revint pourtant l'envahir plusieurs fois jusqu'à la mise en bière, le samedi matin.

Le dimanche, le temps fut beau et froid. Dans l'après-midi, la bière fut conduite sur un brancard à la collégiale toute proche. Nicolas chercha en vain Isabelle dans la foule qui s'y était rassemblée.

Il suivait machinalement les chants et les prières, refermé sur lui-même. Il considérait le vitrail qui surmontait le maître-autel et qui représentait les miracles accomplis par saint Aubin, patron du sanctuaire. La grande ogive de verre et de pierre, aux dominantes bleues, perdait peu à peu son éclat dans l'ombre hivernale qui montait. Le soleil avait disparu. Il s'était épanoui le matin dans la transfiguration du levant, il avait resplendi dans la gloire du milieu du jour, il déclinait maintenant.

Tout homme, pensait Nicolas, devait ainsi parcourir le cycle de sa vie. Son regard retomba sur la bière recouverte d'un drap noir orné de flammes d'argent qui miroitaient faiblement à la lueur incertaine des cierges du catafalque. Il se sentit à nouveau submergé par le chagrin et la solitude.

L'église était à présent envahie par les ténèbres. Le granit, comme il arrive en hiver, pleurait à l'intérieur. Aux fumées de l'encens et des cierges se mêlait une vapeur d'eau exsudée par les murailles sombres. Le *Dies irae* éclata comme une conclusion sans espoir. Tout à l'heure, et dans l'attente de la sépulture définitive, les pauvres restes seraient déposés dans la crypte, près des gisants jumeaux de Tristan de Carné et de sa femme.

Nicolas songea que c'était précisément là qu'il avait été abandonné, et que le chanoine Le Floch, il y aurait bientôt vingt-deux ans, l'avait découvert et recueilli. L'idée que son tuteur retrouvait la terre à cet endroit même lui fut comme une mystérieuse consolation.

Le lundi fut morne et Nicolas subit le contrecoup des fatigues et des chagrins. Il ne se décidait pas à rendre visite au marquis qui, à l'issue du service, lui avait renouvelé son désir de le voir.

Fine, oublieuse de sa propre peine, ne savait comment le distraire de ses pensées. Elle eut beau lui préparer les plats préférés de son enfance, il ne consentit pas à y toucher, se contentant d'un morceau de pain. Il passa une partie de la journée à errer à travers les marais, les yeux fixés sur la ligne de la mer qui blanchissait l'horizon. Un désir de départ et d'oubli l'envahissait. Il poussa même jusqu'au bourg de Batz, montant, comme il le faisait chaque fois avec Isabelle, au sommet du clocher de l'église. Coupé du monde, dominant les marais et l'océan, il se sentit mieux.

Quand il revint, trempé, il trouva maître Guiart, le notaire, qui l'attendait le dos au feu. Il invita Nicolas et Fine à écouter la lecture d'un testament fort court, dont les dispositions essentielles résidaient dans la mention finale : « Je meurs sans richesses, ayant toujours donné aux pauvres le surplus que Dieu avait bien voulu me réserver. La maison que j'habite appartient au chapitre. Je prie la providence de pourvoir au besoin de mon pupille. Il lui sera remis ma montre en or à répétition, pour remplacer celle qui lui fut naguère dérobée à Paris. Quant à mes biens propres, hardes, meubles, argenterie, tableaux et livres, il comprendra qu'ils soient vendus pour constituer une rente viagère, au denier vingt, à Mlle Joséphine Pelven, ma gouvernante qui, depuis plus de trente ans, s'est dévouée à mon service. »

Fine pleurait et Nicolas s'efforçait de la consoler. Le notaire rappela que le jeune homme devait régler les gages de la servante, les frais du médecin et de l'apothicaire, ainsi que les tentures, chaises et cierges des funérailles. Les économies de Nicolas diminuaient à vue d'œil.

Après le départ du notaire, il se sentit étranger dans sa maison, et désespéré de voir Fine prostrée sur une chaise. Ils restèrent longtemps à parler. Elle repartirait chez elle, où elle avait encore une sœur dans un village près de Quimper, mais s'inquiétait surtout de ce qu'il adviendrait de celui qu'elle avait élevé. Un à un, les liens qui attachaient Nicolas à Guérande se rompaient et lui-même dérivait, comme un bateau désamarré, emporté par des courants contraires.

Le mardi, Nicolas se décida enfin à répondre à l'invitation de son parrain. Il voulait fuir le logis de la place du Vieux-Marché où maître Guiart avait commencé l'inventaire et la prisée des biens du défunt, tandis que Fine achevait ses paquets.

Il cheminait lentement, songeur, ayant mis sa monture au pas. Le temps était revenu au beau, mais le gel couvrait les landes d'une résille blanche. La glace des ornières craquait sous les sabots du cheval.

En approchant d'Herbignac, il se remémora les traditionnelles parties de soule. Ce jeu violent et rustique, venu du fond des âges, exigeait un corps vigoureux, du courage, du souffle, et une résistance à toute épreuve quand coups et horions pleuvaient sur les participants. Nicolas en gardait le souvenir sur son corps. Une arcade droite ouverte avait laissé une cicatrice encore visible. Quant à sa jambe gauche, brisée par un coup de galoche, elle se rappelait à lui dès que le temps passait à la pluie.

Il éprouvait pourtant une certaine jubilation au souvenir de ces courses effrénées où le soulet, cette vessie de porc bourrée de sciure et de chiffons, devait être apportée au but. La difficulté tenait à ce que le terrain était illimité, que le porteur du soulet pouvait être poursuivi n'importe où, y compris dans les mares ou les ruisseaux qui abondaient dans cette campagne, et que les coups de poing, de tête et de bâton étaient permis et même encouragés. Les fins de parties voyaient les adversaires épuisés et sanglants se retrouver pour des ripailles fraternelles, après que le baquet les avait débarrassés de la gangue de glaise ou de vase qui les recouvrait. Car il arrivait que la poursuite gagnât parfois jusqu'aux rives de la Vilaine.

Ces méditations avaient rapproché le jeune homme de sa destination. Au fur et à mesure que montaient au-dessus de la lande les grands chênes du lac et le sommet des tours du château, s'affermissait sa volonté d'éclaircir le mystère de la disparition d'Isabelle.

Rien, aucun signe, depuis son départ de Paris. À aucun moment, elle ne s'était manifestée, même pour le deuil de Nicolas. Peut-être l'avait-elle oublié, mais le plus cruel était l'incertitude actuelle. Il appréhendait bien la souffrance d'une séparation définitive, mais il ne parvenait pas à imaginer l'avenir au cas où son amour serait encore partagé. Il n'était rien, et son expérience parisienne lui avait enseigné que la naissance et la richesse l'emportaient toujours sur tout. Ses pauvres talents ne pesaient pas bien lourd.

La vieille forteresse, tapie au milieu des eaux et des arbres, était maintenant à portée de voix. Nicolas franchit un premier pont de bois qui le mena dans la barbacane, protégée de deux tours. Il laissa son cheval aux écuries, puis s'engagea sur un promontoire de pierre jusqu'au pont-levis. Par rapport à la masse énorme de l'édifice, le portail d'entrée était plutôt étroit – vestige des précautions anciennes qui voulaient qu'un cavalier ne puisse entrer à cheval à l'intérieur. La cour centrale, vaste et pavée, donnait toute sa dignité au corps de bâtiment flanqué de deux tours gigantesques qui en occupaient le fond.

Midi sonna à la chapelle. Nicolas, qui avait ses habitudes au château, poussa la lourde porte de la grande salle du logis. Une jeune fille blonde, simplement vêtue d'une robe verte à col de dentelle, travaillait assise près de la cheminée. Au bruit que fit Nicolas en entrant, elle leva la tête de son ouvrage.

— Vous m'avez fait peur, mon père, s'écria-t-elle sans se retourner. La chasse a-t-elle été bonne ?

Comme personne ne répondait, elle s'inquiéta.

— Qui êtes-vous ? Qui vous a permis d'entrer ?

Nicolas repoussa la porte et ôta son chapeau. Elle poussa un petit cri et réprima l'élan qui la portait vers lui.

— Je vois, Isabelle, que désormais je suis bien un étranger à Ranreuil.

— Comment, monsieur, c'est vous ? Vous osez vous présenter, après ce que vous avez fait !

Nicolas eut un geste d'incompréhension.

— Qu'ai-je fait, sinon vous faire confiance, Isabelle ? Il y a quinze mois, j'ai dû obéir à votre père et à mon tuteur, et partir sans vous revoir. Vous étiez, paraît-il, à Nantes, chez votre tante. C'est ce que l'on m'a dit. Je suis parti, et depuis tant de mois, seul à Paris, pas un mot, pas une réponse à mes lettres.

— Monsieur, c'est moi qui devrais me plaindre.

La colère de Nicolas montait devant tant d'injustice.

— Je pensais que vous m'aviez donné votre foi. J'étais bien stupide de croire une infidèle, une…

Il s'arrêta, à bout de souffle. Isabelle le regardait pétrifiée. Ses yeux, couleur de mer, s'emplirent de larmes, de colère ou de honte, il ne savait.

— Monsieur, vous me paraissez bien habile à inverser les rôles.

— Votre ironie me touche, mais l'infidèle, c'est vous qui me fîtes partir.

— Infidèle, comment et pourquoi ? Ces propos me dépassent. Infidèle…

Nicolas se mit à arpenter la pièce, puis s'arrêta soudain devant le portrait d'un Ranreuil qui le considérait sévèrement dans son cadre ovale.

— Tous les mêmes, depuis des siècles…, grommela-t-il entre ses dents.

— Que dites-vous là et de quelle conséquence cela peut-il être ? Croyez-vous qu'il va vous répondre, monsieur le soliloqueur, et descendre de son cadre ?

Isabelle lui parut soudain frivole et détachée.

— Infidèle, oui, vous. Infidèle, répéta sombrement Nicolas en s'approchant d'elle.

Il la dominait, fou de rage, le sang au visage, les poings serrés. Elle eut peur et éclata en sanglots. Il revit la petite fille qu'il consolait de ses peines d'enfant et sa fureur l'abandonna.

— Isabelle, que nous arrive-t-il ? demanda-t-il en lui prenant la main.

La jeune fille se blottit contre lui. Il prit ses lèvres.

— Nicolas, bégayait-elle, je t'aime. Mais mon père m'avait dit que tu allais te marier à Paris. Je n'ai pas voulu te revoir. J'ai fait répondre que j'étais à Nantes, chez ma tante. Je ne pouvais croire que tu avais violé notre serment. J'étais perdue.

— Comment as-tu pu croire une chose pareille ?

La douleur qui le tenaillait depuis tant de mois se dissipa soudain dans une bouffée de bonheur. Il serra tendrement Isabelle contre lui. Ils n'entendirent pas la porte s'ouvrir.

— Cela suffit ! Vous vous oubliez, Nicolas..., fit une voix dans son dos.

C'était le marquis de Ranreuil, son fouet de chasse à la main.

Un instant, les trois personnages parurent figés comme des statues. Était-ce le temps qui s'était arrêté ? Était-ce cela, l'éternité ? Puis, tout se remit en marche. Nicolas conserverait de cette scène un souvenir atroce qui allait désormais hanter ses nuits. Il lâcha Isabelle et, lentement, fit face à son parrain.

Les deux hommes étaient de la même taille et la colère qui les animait les rapprochait douloureusement. Ce fut le marquis qui parla le premier.

— Nicolas, je veux que vous laissiez Isabelle.

— Monsieur, je l'aime, répliqua le jeune homme dans un souffle.

Il se rapprocha d'elle. Elle les regardait tour à tour.

— Mon père, vous m'avez trompée ! s'écria-t-elle. Nicolas m'aime et j'aime Nicolas.

— Isabelle, cela suffit, laissez-nous ! J'ai à parler avec ce jeune homme.

Isabelle mit sa main sur le bras de Nicolas qu'elle serra et, sous ce geste où il y avait tout, il blêmit et chancela. Elle sortit en courant, ramassant dans ses mains les flots de sa robe.

Ranreuil, qui avait repris son calme habituel, dit à voix basse :

— Nicolas, comprends-tu que tout cela m'est très pénible ?

— Monsieur, je ne comprends rien.

— Je ne veux plus que tu voies Isabelle. Entends-tu ?

— J'entends, monsieur, que je ne suis rien d'autre qu'un enfant trouvé, recueilli par un saint homme et que je dois m'effacer.

Il soupira.

— Mais sachez, monsieur, que je me serais fait tuer pour vous.

Il salua et s'apprêtait à sortir, quand le marquis l'arrêta en le saisissant aux épaules.

— Mon filleul, tu ne peux comprendre. Fais-moi confiance, un jour tu sauras. Je ne peux rien t'expliquer maintenant.

Ranreuil parut soudain vieilli et fatigué. Nicolas se dégagea et sortit.

À quatre heures, le jeune homme quittait Guérande au galop sans espoir d'y revenir jamais. Il n'y laissait qu'un cercueil non encore enseveli et une vieille femme qui pleurait dans une maison dévastée. Il y abandonnait aussi son enfance et ses illusions. Il ne se souviendrait plus de ce voyage de retour insensé.

Tel un somnambule, il franchit forêts et rivières, villes et villages, ne s'arrêtant que pour changer de monture. Épuisé, il dut toutefois se résoudre à prendre la malle rapide à Chartres.

C'était le jour même où la vieille Émilie épiait deux individus suspects à Montfaucon.

# III

# DISPARITIONS

*Y quieran que adivine*
*Y que no vea...*

Et veulent qu'il devine
Sans qu'il voie…

Francisco de QUEVEDO Y VILLEGAS

*Dimanche 4 février 1761*

L'entrée dans Paris ramena Nicolas sur terre comme un réveil brutal. Il émergeait après un long engourdissement.

La nuit était tombée depuis longtemps quand la malle arriva à la poste centrale, place du Chevalier-au-Guet. Sa voiture avait pris du retard en raison des chemins détrempés et, par endroits, inondés. Il retrouva un Paris qu'il ne reconnaissait pas. En dépit du froid et de l'heure avancée, un vent de folie soufflait sur les quartiers. Il fut à l'instant enveloppé, bousculé, étouffé et tourmenté par des bandes hurlantes dont les membres, masqués et ricanants, gesticulaient et se dépensaient en mille folies.

Un convoi en soutanes, surplis et bonnets carrés figurait la pompe funèbre d'un mannequin de paille. Un misérable vêtu en prêtre et portant une étole contrefaisait un officiant. Le tout était environné de filles travesties en religieuses qui simulaient des femmes grosses, pleurant et se lamentant. Tout ce cortège marchait à la lueur de flambeaux et bénissait le public avec un pied de porc trempé dans de l'eau sale. Chacun semblait pris de frénésie et les femmes étaient de loin les plus audacieuses.

Une fille masquée se jeta sur Nicolas, l'embrassa, lui murmura à l'oreille : « Tu es triste comme la mort » et elle lui tendit le masque grimaçant d'un squelette. Il se dégagea vivement et s'éloigna sous un chapelet d'injures.

Le carnaval avait commencé. Du début de l'année au mercredi des Cendres, les nuits seraient à la merci d'une jeunesse déchaînée se mélangeant à la canaille.

Peu avant Noël, M. de Sartine avait réuni tous les commissaires des quartiers, et Nicolas, à l'écart, avait assisté à ce conseil de guerre. Échaudé par les scandaleux excès qui avaient marqué le carnaval de 1760, le premier de son mandat, le lieutenant général de police ne souhaitait pas que se renouvelassent des débordements dont le roi lui-même s'était inquiété. Les amendes et les arrestations ne suffisaient plus. Il était nécessaire de tout prévoir et de tout maîtriser ; la machine policière devait mettre en marche ses plus infimes rouages.

Confronté aux réalités de la nuit, Nicolas comprit mieux les propos de M. de Sartine. Tout au long de son chemin, la licence régnait sans partage sur la ville. Il regretta vite de ne pas s'être masqué comme la fille lui avait conseillé de le faire. Il serait passé inaperçu en prenant ainsi la livrée de l'autre camp et n'aurait pas eu maille à partir avec des bandes déchaînées, qui cassaient les vitres, éteignaient les lanternes et se livraient à toutes sortes de dangereuses facéties.

Ce sont de vraies saturnales, pensait Nicolas en constatant que tout était à l'envers. La prostitution, qui, d'ordinaire, se cantonnait à quelques lieux réservés, offrait ses divers visages en toute impunité. La nuit devenait le jour, avec ses huées, ses chansons, ses masques, ses musiques, ses intrigues et ses invites.

Le quartier Saint-Avoye, où se situait la rue des Blancs-Manteaux, paraissait plus calme. Nicolas fut étonné de voir le logis des Lardin largement éclairé, car le commissaire et sa femme recevaient peu, et jamais le soir. La porte n'étant pas fermée au verrou, il n'eut pas à utiliser sa clé particulière. Venant de la bibliothèque, les échos d'une conversation animée lui parvinrent. La porte était ouverte, il entra. Mme Lardin lui tournait le dos. Elle se tenait debout et parlait avec véhémence à un homme en manteau, petit et corpulent, que Nicolas reconnut comme étant M. Bourdeau, l'un des inspecteurs au Châtelet.

— Ne pas m'inquiéter ! Mais enfin, monsieur, je vous dis et vous répète que je n'ai pas vu mon mari depuis vendredi matin. Il n'est pas rentré depuis… Nous devions souper hier chez mon cousin le docteur Descart, à Vaugirard. Passe encore que son service l'ait retenu toute une nuit : j'ai le malheur d'être l'épouse d'un homme dont j'ignore toujours l'emploi qu'il fait de son temps. Mais trois jours et bientôt trois nuits sans nouvelles, cela me passe…

Elle s'assit et se tamponna les yeux avec un mouchoir.

— Il lui est arrivé quelque chose ! Je le sais, je le sens. Que dois-je faire, monsieur ? Je suis au désespoir !

— Madame, je crois pouvoir vous dire que M. Lardin avait mission de découvrir une banque de jeu clandestin. C'est une affaire bien délicate. Mais voilà M. Le Floch. Il pourra m'aider demain si votre mari, ce que je me refuse à croire, ne réapparaissait pas.

Louise Lardin se retourna, se leva en joignant les mains, et laissa tomber son mouchoir. Nicolas le ramassa.

— Oh ! Nicolas, vous voilà ! Je suis bien aise de vous voir. Je suis si seule et désemparée. Mon mari a disparu et… Vous m'aiderez, Nicolas ?

— Madame, je suis votre serviteur. Mais je suis de l'avis de M. Bourdeau : le commissaire a sans doute été retenu par cette affaire que je crois connaître et dont les tenants sont en effet délicats. Prenez du repos, madame, il est tard.

— Merci, Nicolas. Comment se porte votre tuteur ?

— Il est mort, madame. Je vous remercie de votre sollicitude.

La mine apitoyée, elle lui tendit la main. Il s'inclina. Louise Lardin sortit sans un regard pour l'inspecteur.

— Vous savez calmer les femmes, Nicolas, commenta celui-ci. Mon compliment. Je suis désolé pour votre tuteur…

— Je vous remercie. Quel est votre sentiment ? Le commissaire est homme d'habitudes. Il découche quelquefois, mais il prévient toujours.

— D'habitudes… et de secret. Mais l'essentiel était de calmer pour ce soir les inquiétudes de sa femme. Vous vous y êtes mieux entendu que moi !

Bourdeau considéra Nicolas en souriant, les yeux pétillants d'une ironie bienveillante. Chez qui Nicolas avait-il remarqué la même expression ? Peut-être chez Sartine qui, souvent, le regardait pareillement. Il rougit sans relever le propos.

Les deux hommes devisèrent encore quelques instants et décidèrent d'aviser à l'aube. Bourdeau prit congé. Nicolas allait gagner sa soupente quand Catherine, qui avait tout écouté dans l'ombre, surgit. La large face camuse paraissait livide à la lumière du bougeoir.

— Bauvre Nicolas, je te blains. Quel grand malheur ! Tu es seul, baintenant. Tout va mal, tu sais, ici auzi. Très mal, très mal.

— Que veux-tu dire ?

— Rien. Je sais ce que je sais. Je n'ai pas les oreilles sourdes.

— Si tu sais quelque chose, il faut m'en parler. Tu n'as plus confiance en moi ? Tu veux ajouter encore à ma peine. Tu es sans cœur.

Nicolas regretta aussitôt sa mauvaise foi à l'égard de la cuisinière, qu'il aimait tendrement.

— Moi, une sans-cœur ! Nicolas ne beut pas dire cela.

— Alors, parle, Catherine. Songe que je n'ai pas dormi depuis plusieurs jours.

— Bas dormi ! Mais, mon betit, il ne faut pas. Voilà, il y a eu une grande querelle entre Bonsieur et Badame jeudi dernier au sujet de Bonsieur Descart, le cousin de Batame. Bonsieur l'accusait d'être coquette avec lui.

— Avec ce dévot hypocrite ?

— Tout juste.

Pensif, Nicolas rejoignit sa chambre. Tout en défaisant son bagage, il réfléchissait aux propos de Catherine. Certes, il connaissait maître Descart, le cousin de Louise Lardin. C'était un grand type efflanqué qui faisait toujours penser Nicolas aux échassiers des marais de Guérande. Il n'aimait pas son profil fuyant, encore accentué par l'absence de menton et par un nez osseux et busqué. Il se sentait mal à l'aise en sa présence : avec son ton prédicant, sa manie des citations obscures tirées des Écritures et ses hochements de tête entendus, le personnage l'agaçait. Comment la belle Mme Lardin pouvait-elle s'en laisser conter par un Descart ? Il s'en voulut de ne pas s'inquiéter davantage du sort de Lardin et, sur ce, il s'endormit.

*Lundi 5 février 1761*

De bon matin, il quitta une maison assoupie où seule Catherine, morose et silencieuse, rallumait son potager. De toute évidence, le commissaire n'était pas rentré. Nicolas gagna le Châtelet par des rues que le désordre, comme une marée qui se retire, avait jonchées des débris de la fête. Il vit même, sous une porte cochère, un pierrot au costume souillé qui ronflait au milieu des ordures. Dès son arrivée, il prit le temps d'adresser deux billets, l'un au père Grégoire et l'autre à son ami Pigneau pour les informer de la mort du chanoine et de son retour. Alors qu'il portait ses billets à la poste, le petit Savoyard habituel apparut avec un message de M. de Sartine lui demandant de venir, toutes affaires cessantes, le rejoindre rue Neuve-Saint-Augustin.

Nicolas fut témoin d'un curieux spectacle lorsqu'il pénétra dans le bureau du lieutenant général de police. Assis dans un fauteuil, l'homme le plus grave de France paraissait plongé dans une méditation qui crispait son front. Il croisait et décroisait sans cesse les jambes et hochait vigoureusement la tête au grand désespoir d'un garçon coiffeur qui tentait de disposer ses cheveux en boucles ordonnées. Deux valets ouvraient des boîtes oblongues et en sortaient, avec précaution, différents types de perruques qu'ils essayaient, l'une après l'autre, sur un mannequin, revêtu d'une robe de chambre écarlate. Nul n'ignorait, dans Paris, que M. de Sartine avait une marotte : il collectionnait avec passion les perruques. Une manie aussi innocente pouvait être tolérée chez un homme à qui on n'attribuait aucune autre faiblesse. Mais ce matin-là, il ne paraissait pas satisfait par la présentation et grommelait dangereusement.

Le garçon coiffeur, après lui avoir protégé le visage d'un écran, lui poudrait la tête d'abondance, et Nicolas ne put s'empêcher de sourire au spectacle de son chef environné d'un nuage blanchâtre.

— Monsieur, je suis bien aise de vous voir, dit Sartine. Ce n'est pas trop tôt. Comment va le marquis ?

Nicolas se garda de répondre, comme il était accoutumé de le faire. Mais, pour une fois, Sartine appuya sa question.

— Comment va-t-il ?

Il dévisageait intensément Nicolas. Le jeune homme se demanda si Sartine, toujours bien informé, ne savait pas déjà tout ce qui s'était passé à Guérande. Il décida de rester dans le vague.

— Bien, monsieur.

— Laissez-nous, fit Sartine, congédiant d'un geste les serviteurs qui l'entouraient.

Il s'appuya contre son bureau, posture qui lui était familière et, exceptionnellement, invita Nicolas à s'asseoir.

— Monsieur, commença-t-il, je vous observe depuis quinze mois et j'ai toute raison d'être satisfait de vous. N'en tirez aucune gloire, vous savez peu de chose. Mais vous êtes discret, réfléchi et exact, ce qui est essentiel dans notre métier. Je vais aller droit au but. Lardin a disparu. J'ignore ce qu'il en est exactement et j'ai quelques raisons de m'interroger. Je l'ai, vous le savez, commis, sous ma seule autorité, à des affaires particulières desquelles il ne doit de rapport qu'à moi-même. Sur votre tête, monsieur, conservez devers vous ce que je vous confie. Lardin, en tout cela, use d'une grande liberté. D'une trop grande liberté, peut-être. D'autre part, vous êtes trop observateur pour ne point avoir remarqué que je m'interroge quelquefois sur sa fidélité, n'est-ce pas ?

Nicolas opina prudemment.

— Il est sur deux affaires, poursuivit Sartine, l'une particulièrement délicate, car elle engage la réputation de mes gens. Berryer, mon prédécesseur, m'a transmis le mistigri à son départ des affaires. Je m'en serais bien passé. Sachez, monsieur, que mon chef du Département des jeux, rouage essentiel de la police, le commissaire Camusot, est soupçonné, depuis des années, de protéger des officines clandestines. En tire-t-il profit ? Chacun sait que la frontière entre l'utilisation nécessaire des mouchards et des compromissions condamnables est bien étroite. Camusot a une âme damnée, un certain Mauval. Ce personnage est dangereux. Méfiez-vous-en. Il sert d'intermédiaire pour organiser des parties truquées avec des provocateurs.

De là, descentes de police et saisies. Et vous savez que les confiscations, suivant les ordonnances…

Il fit un signe de tête interrogateur.

— Une partie des sommes confisquées revient aux officiers de police, dit Nicolas.

— Voilà bien le bon élève de M. de Noblecourt ! Compliments. Lardin travaillait également sur une autre affaire dont je ne peux vous parler. Qu'il vous suffise de le savoir et de vous souvenir qu'elle nous dépasse. Vous ne me paraissez pas, outre mesure, surpris de mes propos. Pourquoi dois-je vous parler ainsi ?

Il ouvrit sa tabatière, puis la referma sèchement, sans priser.

— En fait, reprit-il, je suis entraîné par la nécessité et dois avouer que, dans cette occurrence, il me faut sortir des sentiers battus. Voici une commission extraordinaire qui vous donnera tout pouvoir pour enquêter et requérir l'aide des autorités. Je préviendrai de cela le lieutenant criminel et le lieutenant du guet. Quant aux commissaires des quartiers, vous les connaissez déjà tous. Prenez les formes, cependant, tout en restant ferme avec eux, sans rompre en visière. N'oubliez pas que vous me représentez. Élucidez-moi ce mystère, car il y a apparence qu'il y en ait un. Mettez-vous à la tâche immédiatement. Commencez par les rapports de nuit, qui sont souvent fort éloquents. Il faudra savoir les rapprocher, joindre les parties cohérentes et tenter de faire cohérer les parties disparates.

Il tendit à Nicolas le document déjà signé.

— Ce sésame, monsieur, vous ouvrira toutes les portes y compris celles des geôles. N'en abusez pas. Avez-vous quelque demande à me soumettre ?

D'une voix calme, Nicolas s'adressa au lieutenant général.

— Monsieur, j'ai deux requêtes…

— Deux ? Vous voilà bien hardi, soudain !

— Premièrement, je souhaiterais pouvoir disposer de l'inspecteur Bourdeau pour me seconder dans ma tâche…

— L’autorité vous vient au grand galop. Mais j’approuve votre choix. Il est essentiel de savoir juger des hommes et des caractères, et Bourdeau m’agrée. Et encore ?

— J’ai appris, monsieur, que les informations ne sont pas marchandises gratuites…

— Vous avez parfaitement raison et j’aurais dû y songer avant vous.

Sartine se dirigea vers l’angle de la pièce et ouvrit la porte d’une armoire-coffre. Il en sortit un rouleau de vingt louis qu’il tendit à Nicolas.

— Vous me rendrez compte exactement et fidèlement de tout ce que vous entreprendrez et tiendrez les comptes de cet argent. S’il vient à manquer, demandez. Allez, il n’est que temps. Faites au mieux et retrouvez-moi Lardin.

Décidément, M. de Sartine surprendrait toujours Nicolas ! Il sortit de son cabinet tellement ému que, si le poids du rouleau d’or n’avait pas autant tiré sur la poche de son habit, il se serait pincé pour vérifier que tout cela n’était pas un songe. La joie d’avoir été distingué et chargé d’une mission importante le cédait pourtant devant une sourde angoisse. Serait-il à la hauteur de la confiance mise en lui ? Il pressentait déjà les obstacles qui ne manqueraient pas de s’accumuler sur sa route. Son âge, son inexpérience et les chausse-trapes que susciterait immanquablement une faveur aussi déclarée compliqueraient encore sa tâche. Et pourtant, il se sentit prêt à affronter cette nouvelle épreuve. Il la comparait à celle des chevaliers dont les aventures emplissaient les ouvrages de la bibliothèque du château de Ranreuil.

Cette idée le ramena vers Guérande ; la douleur était toujours là avec les visages de son tuteur, du marquis et d’Isabelle… Il lut la commission que Sartine lui avait remise.

*Nous vous mandons que le porteur du présent ordre, M. Nicolas Le Floch, est, pour le bien de l’État, placé en mission extraordinaire et nous représentera dans tout ce qu'il fera et jugera bon d'ordonner, en exécution des instructions que nous lui avons données. Mandons aussi à tous les représentants de la police et du guet de la prévôté et vicomté de Paris de lui apporter aide et assistance en toutes occasions, à quoi sommes assuré que vous ne ferez faute.*

Cette lecture emplit Nicolas de fierté et il se sentit investi d'une autorité nouvelle. Il perçut tout d'un coup ce qu'était le « service du roi » et sa grandeur.

Assuré d'être le modeste instrument d'une œuvre qui le dépassait, il rejoignit le bureau de l'Hôtel de police où étaient centralisés les rapports des commissaires et des rondes du guet. Il verrait Bourdeau plus tard et voulait se mettre sans attendre à son travail de recherche, comme Sartine le lui avait ordonné.

Nicolas était connu des commis ; il fut donc reçu sans questions intempestives. On lui communiqua les derniers rapports de nuit, et il se plongea dans la lecture répétitive des petits événements qui émaillaient les nuits et les jours de la capitale, dans cette période agitée du carnaval. Rien n'attira son attention. Il se pencha avec plus d'intérêt encore sur les copies des registres de la Basse-Geôle[1] qui dénombraient les trouvailles macabres rejetées par la Seine. Un filet tendu en aval de Paris permettait de retenir les corps flottants, dérivant dans les eaux du fleuve. Là, non plus, la morne répétition des mentions ne lui fournit aucun indice.

*Un cadavre masculin, que l'on nous a dit s'appeler Pacaud, a été suffoqué par les eaux.*

*Un cadavre masculin d'environ vingt-cinq ans, sans plaie ni contusion, mais portant les signes d'une suffocation par les eaux.*

1. On nommait ainsi la morgue située dans les sous-sols du Châtelet.

*Un cadavre masculin d'environ quarante ans, sans plaie ni contusion, mais aux signes que nous avons vus estimons que ledit particulier est mort d'apoplexie terreuse.*

*Un corps d'enfant sans tête, que nous estimons avoir servi aux démonstrations anatomiques et avoir séjourné sous les eaux.*

Nicolas repoussa le registre et mesura l'ampleur de la tâche qu'on lui avait confiée. Il retombait dans le doute. Se pouvait-il que M. de Sartine se fût moqué de lui ? Peut-être ne souhaitait-il pas qu'on retrouvât Lardin ? Confier une telle enquête à un débutant était peut-être une façon de l'enterrer. Il écarta ces mauvaises pensées et décida de se rendre au Châtelet, afin d'y visiter la Basse-Geôle et de se concerter avec l'inspecteur Bourdeau.

Les recherches de l'inspecteur avaient été tout aussi infructueuses que les siennes. Nicolas ne savait comment faire part à l'inspecteur des décisions de M. de Sartine. Il trouva plus simple de lui tendre, sans un mot, les ordres du lieutenant général de police. Bourdeau, en ayant pris connaissance, releva la tête et, considérant le jeune homme avec un bon sourire, dit seulement :

— Cela s'appelle une nouvelle. J'ai toujours su que vous iriez vite et loin. Je suis heureux pour vous, monsieur.

Il y avait du respect dans son ton et Nicolas, touché, lui serra la main.

— Cependant, reprit Bourdeau, vous n'êtes pas au bout de vos peines. Il ne faut pas sous-estimer la difficulté. Mais vous avez pleins pouvoirs et, si je puis vous aider, n'hésitez pas à faire fond sur moi.

— Précisément, M. de Sartine m'a autorisé à disposer d'une aide. À vrai dire, j'ai sollicité quelqu'un pour me seconder. J'ai proposé un nom. En fait, le vôtre. Mais je suis très jeune et inexpérimenté et je comprendrais fort bien que vous me refusiez.

Bourdeau était rose d'émotion.

— N'ayez aucun scrupule. Nous sommes hors des règles. Je vous observe depuis que vous nous avez rejoints, et la valeur n'attend pas… Je suis flatté que vous ayez pensé à moi et il me plaît de travailler sous votre autorité.

Ils demeurèrent un moment silencieux, et ce fut Bourdeau qui continua :

— Tout cela est fort bon, mais le temps presse. J'ai déjà parlé au commissaire Camusot. Il n'a pas vu Lardin depuis trois semaines. M. le lieutenant général vous en a-t-il parlé ?

Nicolas se dit, à part lui, que M. de Sartine se faisait des illusions sur le secret des enquêtes et ne répondit pas à la question de l'inspecteur.

— Je voudrais visiter la morgue. Non que j'aie trouvé quelque chose dans les rapports, mais il faut ne rien négliger.

Bourdeau tendit sa tabatière ouverte à Nicolas qui, pour le coup, en usa largement. Il était dans les habitudes bien ancrées du Châtelet de respecter cette petite cérémonie avant d'affronter les puanteurs de la Basse-Geôle. Nicolas connaissait bien ce lieu sinistre pour y avoir accompagné Lardin. C'était une cave hideuse, un réduit infâme, éclairé par une moitié de fenêtre. Un grillage et une rampe séparaient les corps en décomposition du public autorisé à les examiner. Pour éviter une trop rapide destruction des corps, du sel était jeté, à intervalles réguliers, sur les plus décomposés. Ici étaient reconnus – ou rejetés dans l'anonymat – les cadavres rendus par la Seine ou découverts sur la voie publique.

L'heure des visites n'avait pas encore sonné et pourtant un homme était déjà là, dans un angle sombre du caveau. Il considérait avec attention les pauvres restes allongés sur des dalles de pierre parmi lesquels Nicolas reconnut avec saisissement ceux qui avaient été décrits dans les rapports. Mais il y avait une grande différence entre la froideur des registres et la réalité sordide. Il n'avait pas pris garde à cette ombre silencieuse, et ce fut Bourdeau qui lui désigna cette présence insolite par un léger coup de coude et un clin d'œil. Nicolas se dirigea vers l'inconnu.

— Monsieur, peut-on savoir ce que vous faites ici et qui vous a autorisé à entrer ?

L'homme se retourna. Le front contre le grillage, perdu dans ses contemplations, il ne les avait pas entendus s'approcher. Nicolas eut un mouvement de surprise.

— Mais c'est le docteur Semacgus !

— Oui, Nicolas, c'est bien moi.

— Voici l'inspecteur Bourdeau.

— Monsieur… Mais vous-même, Nicolas, quel mauvais vent vous conduit en ces lieux ? Toujours votre apprentissage ?

— Mais oui, et vous ?

— Vous connaissez Saint-Louis, mon domestique ? Il a disparu depuis vendredi et je suis fort inquiet.

— Depuis vendredi… Docteur, l'endroit ne me paraît pas se prêter à la conversation. Regagnons les bureaux, voulez-vous ?

Ils retrouvèrent l'antichambre des audiences dans laquelle Nicolas avait attendu sa première entrevue avec Sartine. Désormais, l'huissier le saluait poliment. Nicolas se revoyait avec attendrissement en petit Breton timide. Il s'en voulut de toujours céder à la nostalgie du passé : c'en était fait de beaucoup de choses de sa première existence ; il fallait qu'il se donnât corps et âme à sa mission actuelle. Ils s'approchèrent d'un méchant bureau qui servait aux policiers de permanence. Nicolas pria Semacgus d'attendre quelques instants et s'isola avec Bourdeau.

— N'est-ce pas une curieuse coïncidence ? fit-il. Vous ne connaissez pas le docteur et, par conséquent, vous ne pouvez être aussi étonné que moi devant la conjonction de deux événements si semblables.

Il resta un moment rêveur, et reprit :

— Guillaume Semacgus est un chirurgien de marine formé à l'école de Brest. Il a beaucoup navigué sur les bateaux du roi, puis s'est embarqué sur les navires de la

Compagnie des Indes. Il est resté plusieurs années dans nos comptoirs d'Afrique, à Saint-Louis du Sénégal. C'est un savant et un original, anatomiste réputé. C'est aussi un ami de Lardin, je n'ai jamais compris pourquoi. C'est chez lui que je l'ai rencontré…

Une idée lui traversa l'esprit, qu'il préféra garder pour lui.

— Il est servi par deux esclaves nègres qu'il traite fort bien. Saint-Louis lui sert de cocher et Awa, sa femme, de cuisinière. Il vit en solitaire à Vaugirard.

Une autre idée germa dans son esprit, qu'il repoussa pareillement.

— Allons recueillir officiellement sa déposition.

Nicolas ouvrit la porte et invita Semacgus à entrer. En pleine lumière, l'homme apparaissait de haute stature, et de ceux qui ne passent pas inaperçus. Il était beaucoup plus grand que Nicolas, qui pourtant dominait son monde. Il portait un habit sombre à boutons de cuivre, de coupe militaire, une cravate éclatante de blancheur et des bottes souples, et s'appuyait sur une canne à pommeau d'argent aux sculptures exotiques. Le visage aux yeux bruns était massif et coloré. Il émanait du personnage une autorité tranquille. Il s'assit devant une petite table sur laquelle Bourdeau étalait ses papiers, après avoir taillé sa plume. Nicolas demeura debout derrière le docteur.

— Maître Semacgus, il vous plaira que nous recueillions votre déposition…

— Nicolas, ne le prenez pas mal ; mais d'où vous vient cette assurance et de quel droit…

Ce fut l'inspecteur Bourdeau qui répondit :

— M. Le Floch a reçu délégation extraordinaire de M. de Sartine.

— Soit, mais comprenez ma surprise.

Nicolas ne releva pas.

— Docteur, qu'avez-vous à déclarer ?

— Comme vous voulez… Vendredi soir, j'étais invité par un ami à un médianoche. C'est carnaval, n'est-ce pas.

Je me suis fait conduire rue du Faubourg-Saint-Honoré par Saint-Louis, mon domestique, qui me sert à l'occasion de cocher pour un petit cabriolet que je possède. À trois heures du matin, je n'ai retrouvé ni mon cocher ni ma voiture.

La plume grinçait sur le papier.

— Depuis trois jours, j'ai fait le tour des hôpitaux et, en désespoir de cause, je suis venu à la Basse-Geôle, dans le cas où...

— Vous y êtes entré en dehors des heures d'ouverture, observa Nicolas.

Semacgus réprima un mouvement d'agacement.

— Vous savez bien que je me livre à des études d'anatomie et Lardin m'a donné un billet qui me permet d'entrer à tout moment pour examiner les corps déposés à la morgue.

Oui, Nicolas, tout d'un coup, s'en souvenait.

— Pouvez-vous me dire qui était cet ami qui vous avait convié vendredi soir ? demanda-t-il.

— Le commissaire Lardin.

Bourdeau ouvrit la bouche, mais un regard appuyé de Nicolas l'arrêta.

— À quel endroit, cette partie fine ?

Le docteur sourit avec ironie et haussa les épaules.

— Dans un endroit mal famé que la police connaît bien. Chez la Paulet, au *Dauphin couronné*, rue du Faubourg-Saint-Honoré. Au rez-de-chaussée, on soupe ; à la cave, table de pharaon[1] et aux étages, les filles. Un vrai paradis de carnaval.

— Vous y avez vos habitudes ?

— Et quand cela serait ? Mais ce n'est pas le cas. J'étais invité par Lardin, ce qui m'a d'ailleurs surpris. Il m'était bien revenu qu'il était friand de ce genre de raout, mais il n'avait jamais souhaité que j'y participasse.

1. Jeu de cartes où le banquier est seul contre un nombre indéterminé de joueurs.

— Vous y avez pris plaisir ?

— Vous êtes bien jeune, Nicolas. La chair était fine et les filles étaient belles. À l'occasion, je ne boude pas ces sortes de plaisirs.

— À quelle heure êtes-vous arrivé ?

— Onze heures.

— Et vous en êtes sorti ?

— À trois heures, je vous l'ai déjà dit.

— Lardin est sorti avec vous ?

— Il y avait longtemps qu'il avait décampé. Et pour cause, après tout ce scandale.

— Ce scandale ?

— Vous savez, sourit le docteur, nous étions masqués… Lardin avait beaucoup bu, des vins et du champagne. Peu avant minuit, un homme est entré dans la salle. Il a bousculé Lardin, ou le contraire. Lardin lui a arraché son masque. J'eus la surprise de reconnaître Descart. Il est, vous le savez peut-être, mon voisin à Vaugirard. Je l'ai connu chez Lardin, Mme Lardin est sa cousine. C'est grâce à lui que j'ai trouvé une maison, à mon retour d'Afrique. Descart chez la Paulet ! Nous naviguions en pleine folie. Ils se sont empoignés tout de suite. Lardin était hors de lui, il écumait. Il a accusé Descart de vouloir lui prendre sa femme. Descart s'est retiré et Lardin est parti peu après.

— Seul ?

— Oui. De mon côté, je suis monté, avec une fille. Mais tout cela a-t-il vraiment à voir avec la disparition de Saint-Louis ?

— Le nom de cette fille ?

— La Satin.

— Descart vous a-t-il reconnu ?

— Non, il n'était pas minuit et j'avais donc encore mon masque.

— A-t-il été reconnu ?

— Je ne crois pas, il s'est remasqué immédiatement.

Nicolas éprouvait quelque gêne à retourner ainsi sur la sellette un homme pour lequel il avait toujours éprouvé des sentiments de sympathie qui répondaient tout naturellement à l'attention bienveillante que Semacgus n'avait cessé de lui porter.

— Je dois vous prévenir d'une autre disparition, dit-il. Le commissaire Lardin n'a pas été revu depuis vendredi soir. Vous êtes, apparemment, la dernière personne à l'avoir vu.

La réponse de Semacgus fut simple et surprenante.

— Cela devait arriver.

La plume de Bourdeau se remit à crisser de plus belle.

— Que voulez-vous dire ?

— Que Lardin, à force de mépriser le genre humain, devait s'attirer des ennuis.

— C'est votre ami…

— L'amitié n'empêche pas la lucidité.

— Puis-je me permettre de vous faire observer que vous parlez de lui comme s'il était mort…

Semacgus regarda Nicolas avec commisération.

— Je vois que le métier rentre, monsieur le policier. L'apprentissage est apparemment terminé.

— Vous ne m'avez pas répondu.

— C'est juste une intuition. Mon souci va beaucoup plus au sort de mon domestique, que vous semblez bien oublier.

— Saint-Louis est un esclave. Le propre des esclaves est de prendre la fuite.

Les yeux bruns regardèrent Nicolas tristement.

— Voilà des idées bien convenues dans une jeune tête, et qui ne vous ressemblent guère, Nicolas. D'ailleurs, Saint-Louis est libre ; je l'ai affranchi. Il n'a aucune raison de s'enfuir. D'autant plus que sa femme, Awa, est toujours à la maison.

— Vous donnerez son signalement exact à M. Bourdeau. Nous allons le faire rechercher.

— Je souhaite qu'on le retrouve, j'y suis fort attaché.

— Encore une question. Lardin avait-il son sempiternel gourdin, vendredi soir ?

— Je crois bien que non, répondit le docteur.

Il regarda à nouveau Nicolas avec, cette fois, une lueur de curiosité amusée.

— Ce sera tout, docteur, fit celui-ci. Voyez avec Bourdeau pour Saint-Louis.

Quand Semacgus se fut retiré, les deux policiers restèrent un long moment plongés dans leurs réflexions. Bourdeau tapotait le bureau du bout des doigts.

— Pour un premier interrogatoire, personne n'aurait pu faire mieux, dit-il enfin.

Nicolas ne releva pas cette remarque, qui pourtant lui fit plaisir.

— Je retourne rue Neuve-Saint-Augustin, fit-il. M. de Sartine doit être immédiatement avisé de tout cela.

Bourdeau hocha la tête négativement.

— Pas de zèle, jeune homme, il est surtout l'heure d'aller déjeuner ! Elle est même passée de beaucoup. D'ailleurs, le lieutenant général n'est pas visible l'après-midi. Je vous invite. Je connais un petit cabaret où le vin est bon.

Après avoir longé la Grande Boucherie, dont les bâtiments étaient situés à l'arrière du Châtelet, ils s'engagèrent dans la petite rue du Pied-de-Bœuf. Nicolas avait fini par s'accoutumer aux habitudes et même aux odeurs du quartier. Les bouchers abattaient le bétail dans leurs boutiques et le sang ruisselait au milieu des ruelles, où il caillait sous les pieds des passants. Mais cela n'était rien à côté des exhalaisons qui sortaient des fonderies de suif animal. Bourdeau sautait d'ornières en flaques, insensible à la puanteur. Nicolas, qui rentrait tout juste de sa Bretagne et avait encore sur sa peau le souffle des tempêtes, mit son mouchoir sur son visage, au grand amusement de son compagnon.

Le tripot était accueillant. Il était fréquenté par des commis d'échoppes et par des clercs de notaires. L'aubergiste était du même village que Bourdeau, près de Chinon. Il en vendait le vin. Ils s'attablèrent devant une fricassée de poulet, du pain, des fromages de chèvre et un pichet de vin. En dépit du caractère peu ragoûtant de la promenade, Nicolas fit honneur à l'ambigu[1] et s'y attaqua gaillardement. La conversation consista en plans de campagne : prévenir M. de Sartine, mener des enquêtes à Vaugirard et rue du Faubourg-Saint-Honoré, interroger Descart et la Paulet, et poursuivre l'examen des rapports de police.

Il était près de cinq heures quand ils se séparèrent. Nicolas ne trouva pas Sartine à son hôtel ; il était à Versailles, appelé par le roi. L'idée lui vint d'aller rendre visite au père Grégoire, mais le couvent des Carmes était bien loin, la nuit tombait et il décida de rentrer sagement rue des Blancs-Manteaux.

La maison était décidément fort agitée en son absence. À peine y avait-il pénétré qu'il entendit à nouveau deux personnes converser, cette fois dans le salon de Mme Lardin.

— Il savait tout, Louise, disait une voix d'homme.

— Je sais, il m'avait fait une scène affreuse. Mais enfin, Henri, expliquez-moi, si vous le pouvez, la raison de votre présence dans cette maison.

— C'était un piège. Je ne peux rien vous dire… Vous n'avez pas entendu un bruit ?

Ils se turent. Une main s'était plaquée sur la bouche de Nicolas, une autre le poussait dans l'obscurité et l'entraîna dans l'office. Il ne voyait rien et n'entendait qu'une respiration haletante. On le lâcha. Il sentit un souffle et respira un parfum qui ne lui était pas étranger, puis des pas s'éloignèrent et il se retrouva seul dans le noir, attentif et immobile. Peu après, la porte d'entrée se referma et il entendit Louise Lardin qui regagnait ses appartements au premier. Il attendit encore quelques instants et monta dans sa soupente.

1. Repas où l'on sert à la fois la viande et le dessert.

## IV

## DÉCOUVERTES

« À mesure qu'on est plus éclairé,
on a moins de lumière. »

Prince de LIGNE

*Mardi 6 février 1761*

À son réveil, Nicolas tenta de se remémorer dans les plus petits détails la scène qui avait marqué son retour rue des Blancs-Manteaux. Le parfum fugace qu'il avait respiré ne pouvait être que celui de Marie Lardin. Si Catherine, la cuisinière, l'avait ainsi saisi, il l'aurait reconnue à l'instant par l'odeur composite dont son vêtement était toujours imprégné. Mais pourquoi Marie l'avait-elle entraîné ainsi ? Elle voulait sans doute le protéger, mais contre qui ? Il avait bien reconnu les voix de Descart et de Mme Lardin, et leurs propos n'avaient pour lui rien de mystérieux. Plusieurs conclusions en découlaient toutefois. Descart avait avec Louise Lardin des relations particulières. Il lui avait raconté l'incident du *Dauphin couronné*, et elle avait été scandalisée par sa présence dans cette maison. Mais pourquoi avait-il parlé de « piège » ? Était-ce manière de se disculper d'avoir été là ?

Pour Nicolas, ce court dialogue prenait un sens spécial à la lumière de l'agression protectrice dont il avait fait l'objet. Le fait que quelqu'un – Marie Lardin – avait jugé qu'être témoin de cet entretien constituait un danger donnait à tout cela une dimension inquiétante. Le mieux, désormais, était de jouer l'innocent et de ne marquer sa curiosité à aucun des habitants de la maison. Chacun apprendrait bien assez vite, si cela n'était déjà fait, qu'il était l'enquêteur désigné par Sartine pour résoudre l'affaire de la disparition du maître de maison.

Tout en songeant, Nicolas se surprit à chantonner un air du *Dardanus* de Rameau. Cela ne lui était pas arrivé depuis son départ de Guérande. La vie reprenait donc ses droits. Il était impatient de commencer sa journée. Cette carrière de policier, il l'avait épousée sans le vouloir. Jeté dans Paris, pris en main par Sartine, tout s'était enchaîné. Maintenant l'action et ses rebonds, ses surprises, ses découvertes et parfois ses embûches l'animaient d'une énergie nouvelle, même si certaines questions demeuraient pour lui sans réponses et si des scrupules apparaissaient dans le feu de la manœuvre. L'interrogatoire de Semacgus lui laissait un sentiment confus d'amertume. Il se demanda s'il devait demeurer chez les Lardin, alors que tout conduisait à penser qu'il serait contraint de les interroger un jour, eux aussi.

Tandis qu'il achevait une toilette rapide à l'eau glacée, le silence de la maison le frappa soudain. Certes, le quartier était calme, mais il semblait tout d'un coup étouffé comme sous une chape. Un coup d'œil au-dehors l'éclaira : l'aube qui montait jetait une lumière jaunâtre sur un jardin recouvert de neige.

La montre du chanoine sonna la demie de sept heures. Quand Nicolas descendit, Catherine n'était pas là, mais elle avait laissé, sur un coin du potager, un poêlon de soupe qu'il savait lui être destiné. Du pain frais l'attendait sur la table. Le mardi, la cuisinière quittait la maison de bonne heure avec deux immenses paniers d'osier, pour se rendre au marché Saint-Jean. Elle se hâtait autant que le lui permettait sa corpulence, afin de profiter de l'heure matinale, car, avec un peu de chance, elle pourrait trouver le poisson encore vivant, les chalands qui rapportaient la marée de basse Seine étaient pourvus de viviers d'eau de mer pour le transport des belles pièces.

Il s'apprêtait à sortir quand la voix de Louise Lardin l'appela. Assise au bureau de la bibliothèque, elle écrivait dans la pénombre. Seul un bougeoir, dont la chandelle était presque consumée, éclairait un visage défait et fatigué.

— Bonjour, Nicolas. Je suis descendue très tôt, je ne pouvais pas dormir. Guillaume n'est toujours pas là. Je ne vous ai pas entendu rentrer hier soir. Quelle heure était-il ?

La préoccupation était nouvelle et la question directe.

— Bien après huit heures, mentit Nicolas.

Elle le regarda avec une expression dubitative et il remarqua pour la première fois l'absence de son sourire habituel, et à quel point ce visage, ni coiffé ni maquillé, pouvait être dur avec ses lèvres serrées.

— Où peut-il être ? demanda-t-elle. Avez-vous vu Bourdeau, hier ? On ne me dit rien.

— Les recherches continuent, madame, soyez-en assurée.

— Nicolas, il faut tout me dire.

Elle s'était levée et souriait à présent. Oubliant sa tenue négligée, elle revenait à son attitude habituelle de séduction. Elle lui fit penser soudain à la magicienne Circé et son esprit se mit à vagabonder. Il s'imagina soudain transformé en pivert comme le roi Picus ou en pourceau comme les compagnons d'Ulysse. La soupe de Catherine ne lui semblait pas de nature à le protéger des maléfices de Louise. Cette rêverie mythologique, qui sentait encore un peu son pédant de collège, lui fit perdre son sérieux.

— Cela vous fait rire ? demanda Louise Lardin.

Nicolas se ressaisit.

— Non, madame, aucunement. Pardonnez-moi, je dois sortir.

— Allez, monsieur, allez, personne ne vous retient. Peut-être rapporterez-vous de bonnes nouvelles. Mais plus je vous examine et plus je me persuade que je n'ai rien à espérer de vous.

Il franchissait le seuil de la porte quand elle le rappela et lui tendit la main.

— Pardonnez-moi, Nicolas, je ne voulais pas dire cela. Je suis nerveuse et inquiète. Vous êtes mon ami, n'est-ce pas ?

— Je suis votre serviteur, madame.

Il s'empressa de prendre congé de cette femme dont l'évidente duplicité l'intriguait. Il ne discernait pas la nature exacte des sentiments qu'elle lui inspirait.

La neige avait cessé de tomber, le froid était vif mais la journée promettait d'être belle. À l'Hôtel de police, Nicolas rencontra M. de Sartine dans l'escalier. Le lieutenant général était pressé et impatient et ce fut sur une marche que Nicolas dut rendre compte des premiers résultats de ses investigations. S'il s'était attendu à une approbation flatteuse, il lui fallut déchanter : il dut se contenter d'un grognement indistinct.

Nicolas, qui voulait se rendre à Vaugirard pour y interroger le docteur Descart, se hasarda pourtant à solliciter la permission d'emprunter une monture dans les écuries du service. Il lui fut répondu, sur un ton fort crêté, par un personnage écarlate, qu'ayant reçu une commission, dont on commençait à regretter de l'avoir octroyée, il n'avait qu'à en faire bon usage sans excéder le monde avec de bas détails et qu'il pouvait bien prendre un, douze ou cent chevaux, ânes ou mulets, pourvu que cela fût pour le service du roi.

Mortifié, Nicolas alla rejoindre Bourdeau. Il lui fit le récit de l'algarade, ce qu'il regretta aussitôt comme une faiblesse qui lui aurait échappé. L'inspecteur l'écoutait avec amusement et tenta de le persuader de l'insignifiance de la chose, dans laquelle seul son amour-propre était en cause. Nicolas rougit et l'admit volontiers.

Bourdeau lui fit observer que M. de Sartine avait cent affaires sur les bras, que la disparition de Lardin n'était sans doute pas la plus grave, qu'il avait à compter avec M. le comte de Saint-Florentin, ministre de la Maison du roi, qui avait Paris dans son portefeuille et, au-dessus, avec les principaux ministres qui avaient leur mot à dire et, enfin, avec le roi lui-même qu'il approchait directement, et duquel il tenait ses ordres. Pouvait-on imaginer position plus délicate et soucis plus constants ? Cela justifiait amplement quelques sautes d'humeur et un amour immodéré pour les… perruques. Qu'étaient-ils eux-mêmes, au regard de cela, sinon de misérables rouages de l'immense machine policière ? Que Nicolas entende la leçon et enfonce son chapeau par-dessus.

Le jeune homme, encore marri, se le tint pour dit et changea de sujet en remerciant le ciel de lui avoir commis un compagnon qui sache lui dire la vérité. Après avoir chargé Bourdeau de lire les derniers rapports, il alla choisir un cheval aux écuries, où il n'y avait ni mulets ni ânes, et se mit en route pour Vaugirard.

Nicolas franchit la Seine par le pont Royal et gagna l'esplanade des Invalides. Là, il s'arrêta, saisi par la splendeur du spectacle. Le soleil jetait de côté des traits de lumière qui traversaient de sombres nuées. Aidé par le vent, un maître de ballet invisible animait des changements incessants qui balayaient cet immense panorama d'éclairages successifs et opposés. Le rideau d'ombre percé d'éclairs cédait, à chaque instant, la place à son contraire : la clarté vacillait alors, dévorée d'obscurs incendies.

Au centre, dominant la scène, et vraiment royal, le dôme de l'église Saint-Louis, reflétant les ombres intermittentes, paraissait pivoter autour de son axe de pierre.

La partie resplendissante du dôme était encore soulignée par la ligne horizontale des toitures où l'ardoise humide brillait aux endroits où la neige avait déjà glissé. Des masses blanches s'accumulaient autour des mansardes et des cheminées et s'effondraient par paquets, couronnant l'édifice de volutes poudreuses. Nicolas, rêveur impénitent devant les ciels océaniques, était émerveillé par la palette composite des gris, des noirs, des blancs, des ors et des bleus profonds. Tant de beauté le paralysait et son cœur battait de bonheur. Il se surprit à aimer Paris qui lui offrait cette émotion, et il comprit pour la première fois le sens profond de la phrase des Écritures : « Et la lumière fut. »

Le vent qui lui giflait le visage le tira de ses songes et le replongea dans la sourde crainte d'affronter Descart. Ayant mis son cheval au galop, il s'enivrait maintenant d'air glacé. Le chapeau à la main, de peur qu'il ne s'envole, il redressait le buste, le visage haut levé. Sa chevelure libre flottait, comme la crinière brune de sa monture, et, de loin, cet assemblage mouvant de muscles, de tissus et de cuirs devait figurer quelque centaure fantôme. Le choc répété des sabots sur la neige produisait des chuintements assourdis dont l'irrégularité accentuait l'étrangeté de l'apparition qui traversait vaporeusement l'esplanade. Une fois franchie la barrière de Vaugirard, de mornes collines s'échelonnaient depuis le chemin de ronde jusqu'aux hauteurs de Meudon. Les moulins, semblables à des tours de glace, montaient la garde ; de leurs ailes dentelées de givre pendaient de fines lances de cristal. Tout était blanc, soyeux et cassant. L'ivresse de la course et la réverbération du ciel engourdirent à nouveau Nicolas, éclair sombre d'un monde incolore.

Au milieu d'une armée pétrifiée de pieds de vigne apparurent des masures ensevelies et de petites maisons de maître. Il eut l'impression d'être à cent lieues de la capitale. Au lieu dit « la Croix-Nivert », un carrefour l'obligea à s'orienter. Il était déjà venu une fois chez le docteur pour lui remettre un pli de Lardin. Descart l'avait reçu sur le pas de la porte, sans daigner lui dire un mot.

Nicolas repéra finalement la demeure. C'était une large bâtisse entourée de hauts murs dont le faîte était couronné d'éclats de verre pris dans le mortier. Un chien se mit à hurler et le cheval fit un tel écart qu'un cavalier moins expérimenté que Nicolas eût été désarçonné sur-le-champ. Il calma la bête furieuse en lui flattant l'encolure et lui murmura des paroles apaisantes.

Sautant à terre, Nicolas hésita un instant, pour finir par tirer une poignée qui fit retentir une cloche au loin. Le chien reprit ses hurlements. Il ne venait personne. Nicolas s'aperçut alors que le portail était entrouvert, et il s'engagea dans le jardin par une allée bordée de buis. Les volets étaient clos, mais la porte céda à la première pression qu'il exerça sur sa poignée.

Il fut surpris de se retrouver sur une sorte de terrasse intérieure qui se révéla être la partie supérieure d'un escalier de pierre descendant dans une vaste salle par deux révolutions symétriques. Une odeur étrange le saisit, comme un remugle de moisi, de feutre mouillé, d'encens refroidi et de chandelle éteinte, le tout dominé par un effluve douceâtre, métallique et acide que Nicolas ne parvenait pas à identifier.

Le jeune homme considéra la scène qui se déroulait au-dessous de lui, dans une pièce carrelée percée aux deux bouts de croisées dissimulées par de lourds rideaux, avec une cheminée faisant face à l'escalier. Des poutres apparentes noircies formaient un plafond élevé. Des étagères de bois couvraient la presque totalité des murs. Au-dessus de la cheminée, un grand crucifix offrait la vision tourmentée d'un christ d'ivoire aux bras allongés vers le haut. Il attira l'attention de Nicolas : son tuteur, le chanoine, aurait réclamé, sinon un billet de confession, du moins une bonne et entière profession de foi à tout paroissien qui en eût possédé un semblable[1]. Dans un angle de la pièce, Descart, un tablier maculé couvrant son habit, achevait la saignée d'une femme âgée dont le bras droit, maintenu par des bandages et des attelles, paraissait brisé. Le contenu d'une cuvette de métal où miroitait sombrement un lac pourpre indiquait que plusieurs palettes avaient déjà été tirées. La patiente, le visage cireux, renversée sur le dossier du fauteuil, se trouvait mal et Descart lui tamponnait les tempes avec du sel de vinaigre. Nicolas s'éclaircit la gorge et toussa. Le docteur se retourna.

— Ne voyez-vous pas que j'opère ? fit-il d'un ton furieux. Sortez.

La femme revenait à elle et se mit à geindre sourdement, accaparant l'attention du médecin.

— Monsieur, dit Nicolas, une fois achevé ce que vous faites, je souhaiterais vous entretenir. Vous interroger, en fait.

Il s'en voulut une fois de plus de cette impossibilité, qu'il avait notée déjà chez lui, à user du bon terme dès l'abord, comme un cheval qui renâcle devant l'obstacle.

— M'interroger ? s'exclama le docteur. M'interroger ! Un laquais m'interroger ! Je vous ordonne de sortir.

Nicolas, blême, dévala l'escalier et se campa devant Descart qui rompit d'un pas, le visage pris de tremblements.

— Monsieur, dit Nicolas, je vous prierai de ne pas m'insulter. Il pourrait vous en cuire de diverses manières. Je ne sortirai pas et vous m'écouterez.

La femme, ahurie, regardait alternativement les deux hommes.

— Je vais lâcher mon chien et vous partirez, je vous le prédis, gronda Descart.

Il releva sa patiente, la soutint par le bras valide et la dirigea vers la porte.

1. Le christ à bras non ouverts était celui des jansénistes.

— Madame, regagnez votre logis. Il vous faut repos entier et diète absolue. Je vous verrai demain. De nouvelles saignées seront nécessaires. Tout est dans la révulsion par les antagonistes. Allez.

Personne n'avait entendu l'homme qui s'était introduit sans bruit et qui, depuis quelques instants, dominait la scène dans la pénombre.

— À ce régime-là, mon distingué confrère, vous n'aurez bientôt plus de malades vivants.

Nicolas avait aussitôt reconnu la voix de Semacgus.

— Il ne manquait plus que le diable s'y mît ! s'écria Descart, en poussant la femme hors de la pièce.

Semacgus descendit dans la salle et salua Nicolas, d'un clin d'œil. Il marcha sur Descart.

— Cher confrère, j'ai quelques mots à vous dire.

— Vous aussi ! Mais « confrère » est vite dit. Vous vous parez des plumes du paon, monsieur le garçon chirurgien[1] ! Je finirai par vous faire interdire. Un homme qui rejette la saignée, qui s'en remet à la nature et qui soigne sans titres !

— Laissez mes titres qui valent bien les vôtres. Quant à la saignée, vous êtes, en ce siècle éclairé, le fruit sec des vieilles doctrines.

— Vieilles doctrines ! Il insulte Hippocrate et Galien. « L'enseignement du sage est source de vie. »

Semacgus prit une chaise et s'assit. Nicolas pressentit qu'il souhaitait ainsi se prémunir contre la violence de son tempérament. Cette position, il l'avait observé, préservait des excès, et la colère montait moins vite assis que debout.

1. Fondé en 1689, le service de santé de la Marine comprenait notamment des chirurgiens. Les médecins, titulaires de lettres de docteurs, sont formés à l'université alors que les chirurgiens de marine le sont dans les écoles de chirurgie de Rochefort, Toulon et Brest. Tout au long du siècle, les docteurs ont tenté d'interdire aux chirurgiens l'exercice de la médecine et même le droit de panser les malades.

— Votre enseignement à vous est source de mort. Quand entendrez-vous donc que la saignée, utile en cas de pléthore, est néfaste dans beaucoup d'autres ? Comment pouvez-vous soigner la fracture de cette pauvre femme, en l'affaiblissant ? Et, de surcroît, vous l'affamez, alors qu'il faudrait lui prescrire bonne chère et vin de Bourgogne. Cela aiderait à sa guérison.

— Il blasphème avec les Écritures ! glapit Descart. « Dans le forfait des lèvres, il y a un piège funeste. » Si vos médiocres réflexions se voulaient un peu pourpensées[1], vous sauriez, comme l'enseigne Batalli[2], que « le sang, dans le corps humain, est comme l'eau dans une bonne fontaine : plus on en tire, plus il s'en trouve ». Moins de sang, plus de sang. Tout est évacué et tout se dissout, les fièvres, les humeurs, l'âcreté, les acrimonies et la viscosité. Plus on saigne, mieux on se porte, pauvre ignorant !

Un peu d'écume apparaissait à la commissure de ses lèvres minces. Machinalement, il avait saisi sa lancette et traçait des volutes sur le miroir sanglant de la bassine.

— Brisons là, monsieur, l'exemple est fort mauvais. Le pauvre Patin[3] exigea d'être saigné sept fois et il mourut. Auteur pour auteur, je préfère m'en remettre à notre ami Sénac, le médecin du roi, que vous connaissez sans doute ? Quand on prétend détourner le sang de la tête, on le détourne du talon. Vous n'êtes ni savant, ni civil, ni honnête, et je m'en vais vous demander très directement…

Nicolas décida d'interrompre cette querelle qui le dépassait, bien qu'il comprît confusément que les arguments de Semacgus étaient frappés au coin du bon sens. Cette réaction n'était sans doute pas équitable, car sa préférence pesait sur son jugement. Mais il était aussi gêné de voir Semacgus se prendre au jeu, répondre aux

1. Examinées soigneusement.

2. L. Batalli. Médecin italien, auteur du *De Curatione per sanguinis missionem* (1537).

3. G. Patin (1605-1672), professeur au Collège de France.

provocations de Descart, et s'engager dans cette controverse ridicule.

— Messieurs, cela suffit, jeta-t-il, vous débattrez un autre jour. Monsieur Descart, si je suis ici, c'est au nom de M. de Sartine, lieutenant général de police, de qui je tiens tout pouvoir pour enquêter sur la disparition du commissaire Guillaume Lardin. Nous savons que vous fûtes parmi les derniers à l'avoir rencontré.

Descart fit quelques pas et tisonna le feu qui repartit en crépitant avec un vif éclat.

— Tout arrive dans ce monde d'iniquités, soupira-t-il. Ce petit jeune homme…

— J'attends votre réponse, monsieur.

— J'ai, en effet, dîné chez les Lardin, il y a dix jours.

Semacgus fit un mouvement, Nicolas le retint, une main sur son bras. Il sentit le bouillonnement intérieur qui l'agitait.

— Vous ne l'avez pas revu depuis ?

— Je vous ai répondu. « Vous êtes mes témoins, oracle de Dieu. »

— Avez-vous rencontré Lardin depuis ?

— Pas le moins du monde. Quelle est cette inquisition ?

Semacgus ne put s'empêcher de prendre la parole, mais sa question ne fut pas celle que Nicolas redoutait.

— Descart, qu'avez-vous fait de Saint-Louis ?

— Rien du tout, Votre nègre ne m'intéresse pas. Il souille la terre du Seigneur.

— On m'a dit…, intervint Nicolas.

Et il fut à nouveau surpris par la réponse de Descart.

— Que j'ai tiré dessus, à la Saint-Jean ? Ce diable volait des cerises dans mon jardin. Il n'a eu que ce qu'il méritait, une volée de gros sel.

— J'ai mis deux heures à les lui retirer, vos grains de sel, s'emporta Semacgus. Mon domestique ne vous avait pas volé, il passait devant chez vous. Maintenant, il a disparu. Qu'en avez-vous fait ?

Nicolas observait avec intérêt la tournure que prenait la confrontation. Deux morceaux de silex frappés l'un contre l'autre produisent une étincelle. Laissons les hommes débattre, se disait-il, la vérité en jaillira peut-être.

— Expliquez donc plutôt à ce petit jeune homme ce que vous faites avec la femelle de cet esclave ! ricana Descart. « Leur visage est plus sombre que la suie. » Tout le monde sait dans quelle fange vous vous roulez avec elle. La bête jalouse vous a menacé et vous l'avez tuée, voilà tout !

Semacgus se leva. Nicolas lui pressa fortement le bras ; il se rassit.

— La calomnie fait bon ménage chez vous avec la dévotion, à ce qu'il paraît, monsieur le Décalogue. Sachez que je ne vous laisserai pas un instant tranquille, que je n'aie retrouvé mon serviteur, dont je vous apprends qu'il n'est pas esclave, mais un être humain comme moi, comme M. Le Floch et peut-être même comme vous, monsieur le saigneur.

Descart serrait convulsivement la lancette qu'il avait toujours à la main. Les trois hommes se turent jusqu'au moment où Nicolas, d'une voix froide et avec une autorité qui les surprit, abaissa le rideau sur la scène.

— Docteur Descart, je vous ai entendu. Sachez que vos propos seront vérifiés et que vous aurez à comparaître devant un magistrat qui vous interrogera sur la disparition du commissaire Lardin, mais aussi sur celle de Saint-Louis. Monsieur, je suis votre serviteur.

Et entraînant rapidement Semacgus, il entendit Descart proférer une dernière citation :

— « J'ai été en opprobre à mes voisins et en horreur à ceux de ma connaissance. »

L'air froid leur fit du bien. Le visage de Semacgus, déjà naturellement coloré, était rouge brique et une veine violacée battait fortement à sa tempe.

— Nicolas, je n'ai pas tué Saint-Louis. Vous me croyez, n'est-ce pas ?

— Je vous crois. Mais je voudrais vous croire aussi pour Lardin. Vous figurez parmi les suspects, vous en conviendrez.

— C'est vous, maintenant, qui parlez comme si Lardin était mort.

— Je n'ai pas voulu dire cela.

— Mais pourquoi m'avoir empêché de lui parler de la soirée chez la Paulet ?

— Vous me l'avez dit vous-même : rien n'indique qu'il y ait été reconnu. Ce serait votre parole contre la sienne. J'attends d'autres témoignages qui corroboreront votre déclaration. Mais pourquoi vous hait-il autant, au-delà de vos controverses médicales ?

— Ne les sous-estimez pas, Nicolas. Elles participent de la vieille rivalité entre médecins et chirurgiens. Je soigne quelques pauvres gens ; il estime que j'empiète sur son territoire et détourne sa pratique…

— Mais vous avez été amis ?

— Des connaissances, tout au plus. À cause de Lardin.

— Répondez-moi, y a-t-il eu quelque chose entre Louise Lardin et vous ?

Semacgus leva la tête vers l'azur éclatant. Il cligna les yeux, les reporta sur le visage tendu de Nicolas, soupira et, posant la main sur l'épaule du jeune homme, se mit à parler à voix basse.

— Nicolas, vous êtes bien jeune, je me répète. Pour dire le vrai, je crains que Louise Lardin ne soit une femme dangereuse dont il faudra, vous aussi, vous méfier.

— Est-ce une réponse ?

— La réponse est que je lui ai cédé une fois.

— Lardin le savait ?

— Je l'ignore, mais Descart nous a surpris.

— Il y a longtemps ?

— Un an à peu près.

— Pourquoi Descart n'en parle-t-il pas ?

— Parce qu'il est lui-même dans la même situation. Qu'il m'accuse et cette accusation pourra être retournée contre lui.

— Qui le sait, pour Descart ?

— Interrogez Catherine, elle sait tout. Et si Catherine le sait, Marie l'apprendra très vite, elle ne lui cache rien.

Nicolas tendit la main à Semacgus avec un sourire lumineux.

— Nous sommes toujours amis, n'est-ce pas ?

— Bien sûr, Nicolas. Personne ne souhaite plus que moi que vous aboutissiez et n'oubliez pas, par Dieu, le pauvre Saint-Louis.

Nicolas revint rue Neuve-Saint-Augustin, grave de ce qu'il venait d'apprendre, mais le cœur léger d'avoir retrouvé l'amitié de Semacgus. Il songea gaiement que M. de Sartine serait privé d'informations et qu'il ne lui ferait rapport que lorsqu'il aurait aliment plus substantiel à lui mettre sous les yeux. Il lui conservait toujours une petite rancune de leur dernière rencontre.

Bourdeau l'attendait, l'air affairé et mystérieux. Un rapport du guet l'avait intrigué. Une certaine Émilie, marchande de soupe, avait été arrêtée le samedi 3 février vers six heures du matin par une ronde de la garde des barrières. Interrogée au commissariat du Temple, les détails qu'elle avait donnés étaient si extravagants qu'on avait supposé l'histoire inventée et qu'on ne les avait relevés que pour la forme. La vieille femme avait été relâchée. Bourdeau avait fait son enquête. Elle était connue de la police pour de menus délits et comme ancienne fille galante tombée, avec l'âge, dans la crapule, puis dans la misère. Bourdeau avait sauté dans une voiture, retrouvé la vieille Émilie et venait de l'interroger au Châtelet où elle était retenue. Il tendit son rapport à Nicolas.

Du mardi 6 février 1761

Par-devant nous, Pierre Bourdeau, inspecteur de police au Châtelet, est comparue Jeanne Huppin, dite « la vieille

Émilie », marchande de soupe et ravaudeuse en chambre, demeurant en meublé, rue du Faubourg-du-Temple, près de la Courtille.

Interrogée, a dict, en ces mots : « Hélas, mon Dieu, où en suis-je réduite, ce sont mes péchés qui ont fait tout cela. »

Enquis si elle s'était portée au lieu dit « la Villette », au Grand Équarrissage de Montfaucon pour y dérober viande pourrissante qu'on a trouvée sur elle et cela de manière illicite et contrairement aux ordonnances.

A répondu à ce que nous lui demandions, s'être bien rendue à Montfaucon pour y recueillir quelque aliment.

Interrogée si cette viande n'était pas destinée à son commerce de soupe.

A répondu qu'elle avait l'intention d'en user pour elle-même et que misère et besoin créant nécessité l'y avaient contrainte.

A dict qu'elle voulait faire révélation à condition qu'on lui promette d'en tenir compte et cela non pour excuser son geste mais pour faire acte de bonne chrétienne qu'elle était et décharger sa conscience d'un lourd secret.

A dict qu'étant occupée à couper, avec un grand tranchoir, un morceau de bête morte, elle avait entendu un cheval hennissant et deux hommes approcher. Qu'elle s'était dissimulée par peur et crainte d'être surprise par ce qu'elle prenait pour une ronde du guet qui surveille quelquefois ces lieux. A vu lesdits hommes, s'éclairant d'un falot, vider deux tonnelets d'une matière qui lui parut sanglante, le tout accompagné de vêtements. A ajouté qu'elle avait entendu comme un craquement et vu quelque chose brûler.

Interrogée pour savoir si elle avait distingué ce qui avait brûlé.

A répondu qu'elle avait trop peur et que son épouvante lui avait ôté le sens. Le froid l'ayant ranimée, elle s'était enfuie sans rien vouloir examiner de crainte d'attirer sur elle une bande de chiens errants qui s'étaient rassemblés.

Elle franchissait la barrière de la ville quand la garde l'avait arrêtée et interrogée.

Bourdeau proposait de se porter rapidement à Montfaucon, afin d'examiner ce qu'il en était. La vieille Émilie devait être du voyage et justifier sur place l'exactitude et la cohérence de ses propos. Si ceux-ci étaient vérifiés, cela indiquerait en tout cas qu'un drame sanglant avait eu lieu au cours de la nuit durant laquelle Lardin avait disparu. Nicolas objecta que la capitale recelait, la nuit, bien des mystères et qu'il n'y avait aucune raison de penser qu'il existait un lien entre cette affaire et leur enquête. Il accepta pourtant d'accompagner Bourdeau.

D'un naturel généreux, Nicolas était néanmoins économe des deniers qu'on lui avait confiés et il hésita à écorner le pécule de M. de Sartine, pour louer une voiture de place. La vieille Émilie fut extraite de sa cellule du Châtelet et ils la laissèrent ignorer le but de leur déplacement. Nicolas comptait sur les affres de l'incertitude pour affoler la miséreuse et saper ses défenses. Elle était maintenant assise à côté de Bourdeau. Nicolas, qui lui faisait face, pouvait à loisir observer l'ancienne fille galante. Jamais il n'avait vu spectacle plus lamentable que ce reste dérisoire de splendeurs passées. La vieille portait des hardes disparates, les unes sur les autres. La pauvre femme craignait-elle qu'on ne les lui dérobât, ou cherchait-elle à se préserver du froid ? Cet amoncellement de tissus, déchirés et crasseux, était comme empaqueté dans une sorte de houppelande faite d'une matière inconnue qui aurait pu être du feutre si le temps ne l'avait transformée en une sorte de couverture floconneuse. Ce vêtement laissait par endroits resplendir des vestiges préservés de riches étoffes, de bouts de dentelles jaunies, de strass et de broderies de fils d'or et d'argent. Tout un passé défilait ainsi dans les strates qui recouvraient ce naufrage humain. D'un bonnet informe serré par un ruban surgissait une face à la fois étroite et bouffie dans laquelle deux yeux gris souris, agités par l'inquiétude, ne cessaient de se mouvoir, soulignés plus que de raison par un noir presque bleu qui rappela à Nicolas les moustaches dessinées au charbon de son enfance. Une bouche déformée, à demi ouverte sur quelques chicots, laissait passer un bout de langue étonnamment rose.

Le regard grave que Nicolas posait sur elle finit par intriguer la vieille Émilie. Par habitude, elle lui décocha une œillade qui le fit rougir jusqu'aux cheveux. Il était horrifié de ce que ce geste pouvait signifier. Elle comprit aussitôt qu'elle faisait fausse route et reprit son attitude affaissée. Puis, elle fourragea dans une sorte de réticule de satin vert, qui avait connu des jours meilleurs, pour étaler sur ses genoux ses derniers trésors : un quignon de pain noir, un éventail de jais cassé, quelques sols, un petit couteau de corne, une boîte à rouge en laiton et une brisure de miroir. D'un doigt sale, elle recueillit un peu de rouge et, se considérant dans le triangle de glace, se mit à maquiller ses pommettes. Elle retrouvait, peu à peu, les gestes habituels et émouvants de la femme qu'elle avait été. Elle clignait des yeux, reculait la tête pour mieux apprécier le soin de ses efforts, pinçait les lèvres, souriait et essayait de retendre son front ridé. À la pauvresse qui lui faisait face, Nicolas crut voir se substituer la silhouette de la jeune fille charmante et enjouée qui, quarante ans plus tôt, approchait chaque soir le Régent. Ému, Nicolas détourna le regard.

Ils furent bientôt hors les murs et la vieille Émilie, qui, depuis quelque temps, observait le paysage par la glace de la voiture, reconnut la direction prise. Elle les regardait l'un après l'autre, pitoyable dans son angoisse. Nicolas regretta aussitôt de ne pas avoir tiré les rideaux de cuir et se promit de mieux veiller, à l'avenir, à ce genre de détails. C'est ainsi qu'il se forgeait sa propre doctrine au gré des événements et que les règles non écrites de son métier s'inscrivaient dans sa mémoire jour après jour. Il progressait dans la domination de la matière criminelle en y apportant sa sensibilité, son sens de l'observation, la richesse de son imagination et ses mouvements inattendus dont la justification lui apparaissait après coup. Il était son propre maître, se décernant à lui-même blâme ou louange. Il avait surtout retenu que seule une méthode souple, fondée sur l'expérience, permettait l'approche de la vérité.

La voiture s'arrêta et Bourdeau descendit pour parlementer avec des manœuvres qui s'étaient approchés, intrigués par leur arrivée. Sur une colline proche, un cavalier solitaire les observait près d'un grand chêne dont les branches portaient une multitude de corbeaux. Nicolas nota la chose sans s'y attarder et aida la vieille à descendre. Sa main était moite et brûlante, elle tenait à peine sur ses jambes et paraissait en proie à la plus vive terreur.

— Mon Dieu, je ne peux pas…

— Allons, un peu de courage, madame. Nous sommes avec vous. Vous n'avez rien à craindre. Montrez-nous l'endroit où vous étiez dissimulée.

— Je ne reconnais rien, avec toute cette neige, mon brave monsieur.

Le ciel était sans nuages, mais le froid, ici, était plus vif qu'à Paris. La neige craquait sous leurs pas. Ils avancèrent à l'aveuglette et finirent par tomber sur des monticules informes d'où sortaient des sabots couverts de givre. Bourdeau interrogea l'un des équarrisseurs.

— Depuis combien de temps ces carcasses sont-elles là ?

— Quatre jours, au moins. Avec le carnaval, nous n'avons travaillé ni samedi ni dimanche. De toute façon, entre-temps, le gel s'y était mis. À cette heure, il faut attendre le redoux pour manier la viande morte.

La vieille Émilie tendit une main et désigna l'une des masses. Bourdeau balaya la neige qui la recouvrait et dégagea le corps d'un cheval. L'une de ses cuisses avait été entamée.

— C'est celui-là ? Au fait, qu'avez-vous fait de votre tranchoir ?

— Je ne sais plus.

Bourdeau continuait à travailler, agenouillé sur le sol. Un éclair bleuté brilla dans la neige. Il leva un grand coutelas de boucher.

— Ce ne serait pas votre outil, par hasard ?

Elle s'en saisit, le serra contre elle comme s'il s'était agi d'un objet précieux.

— Oui, oui, c'est bien lui, mon couteau.

Bourdeau dut la forcer un peu pour le lui reprendre.

— Je ne peux vous le laisser, pour le moment.

Nicolas intervint.

— Rassurez-vous, on vous le rendra. Dites-moi simplement où vous étiez placée.

Cette voix tranquille la calma. Comme une automate, elle se pencha vers le sol et se tapit contre la carcasse, le regard tendu vers l'angle d'un bâtiment de brique situé à quelques toises.

— C'est là-bas, murmura Nicolas sourdement, en la relevant et en époussetant la neige qui la couvrait. N'ayez crainte, l'inspecteur et moi, nous irons seuls. Restez là et attendez-nous.

Ils butèrent assez vite contre plusieurs monticules neigeux. Nicolas s'arrêta, réfléchit et pria Bourdeau d'aller chercher un instrument pour dégager la neige. D'évidence, il ne s'agissait pas de carcasses d'animaux. Pour tromper son attente, il creusa un peu dans l'un des tas. Ses doigts touchèrent une matière dure, en plusieurs morceaux, comme les dents d'un râteau géant. Il se contraignit à saisir cela à pleines mains et tira fermement. Une chose lourde se décolla de la terre gelée et, horrifié, il vit monter vers lui une charogne qu'il reconnut aussitôt comme les restes d'un thorax humain. Quand Bourdeau revint avec un balai de brins de bruyère noués, Nicolas, blême, se frottait vigoureusement les mains avec de la neige.

Un coup d'œil suffit à l'inspecteur pour comprendre l'émotion du jeune homme. Sans échanger une parole, ils dégagèrent avec soin le terrain alentour, mettant au jour plusieurs débris humains, mêlés de paille, et des ossements presque entièrement décharnés auxquels ne demeuraient attachés que quelques lambeaux gelés et noircis.

Ils déposèrent ces restes les uns à côté des autres et reconstituèrent peu à peu ce qui avait été un corps. L'état du squelette sorti de sa gangue de neige montrait assez combien la vermine des rats et des bêtes de proie s'était acharnée sur lui. Il ne fallait pas être grand anatomiste pour constater que de nombreux ossements manquaient, mais la tête était là, mâchoire fracassée. Près de l'endroit où Nicolas avait fait sa première découverte, ils recueillirent des vêtements, un pourpoint de cuir, une chemise noirâtre et lacérée, qui paraissait trempée de sang.

Leur dernière trouvaille confirma les craintes de Nicolas. Le gourdin de Lardin apparut, avec ses motifs étranges sculptés sur l'argent du pommeau et cette espèce de serpent qui s'enroulait autour de sa hampe. L'inspecteur hocha la tête ; lui aussi avait compris. D'autres indices suivirent : une culotte de calmande grise et des bas, poisseux d'une matière sombre, et deux souliers dont les boucles avaient disparu. Nicolas décida de joindre ces objets à tout ce qu'ils avaient trouvé et de procéder plus tard à leur examen minutieux. Il chargea à nouveau Bourdeau de trouver quelque chose qui permette d'emporter leur macabre moisson. Celui-ci revint assez vite avec une vieille malle en osier achetée à un équarrisseur qui en usait pour garder son tablier de travail et ses instruments. Elle fut aussitôt remplie, les os soigneusement enveloppés dans les vêtements.

Cependant, Nicolas paraissait chercher autre chose et furetait, accroupi, le nez au sol. Soudain, il demanda à Bourdeau de lui donner un morceau de papier, et se mit à estamper de petits cratères qui marquaient un peu partout le sol et s'étaient imprimés dans la glaise avant qu'elle ne soit recouverte de neige et durcie par le gel. Nicolas ne fit aucune remarque particulière. Il ne souhaitait pas transmettre le fruit de sa réflexion, même à Bourdeau. Il ne s'agissait pas de méfiance, mais il ne lui déplaisait pas d'envelopper de quelque mystère la subordination dans laquelle les événements avaient placé l'inspecteur. Il s'en voulut un peu de cette précaution qu'il jugea pourtant préférable aussi longtemps que lui-même restait dans le vague et ne s'était pas encore expliqué certaines de ses observations.

À un regard interrogateur de son compagnon, il répondit par un coup de menton et par une mimique sceptique. Ils emportèrent la malle. Ils avaient oublié la vieille Émilie qui les considérait, l'air hébété, et reculait devant leur cortège. Nicolas, au passage, la prit par un bras et la ramena à la voiture. Elle pleurait silencieusement et les larmes, délayant ses fards, transformaient si atrocement son visage que Nicolas sortit son mouchoir et lui essuya, avec une infinie douceur, les traînées noires et rouges qui coulaient le long de ses joues.

Le retour fut morne. Nicolas restait silencieux, plongé dans ses pensées. La nuit tombait quand ils franchirent la barrière. Nicolas ordonna brutalement au cocher de s'engager dans une ruelle perpendiculaire et d'éteindre le falot. Il n'eut que le temps de sauter à terre pour apercevoir un cavalier qui passait au galop dans la rue principale ; c'était le même homme qui les observait au Grand Équarrissage.

Au Châtelet, Nicolas fit mettre en sûreté, à la Basse-Geôle, la malle contenant les restes présumés du commissaire. Il entendait aussi conserver sous la main la vieille Émilie pour l'interroger lui-même à nouveau et il lui fit donner une cellule à pistole[1], qu'il paya avec recommandation d'y servir un repas chaud. Il se retira ensuite dans le bureau de permanence pour y rédiger un rapport succinct à l'intention de M. de Sartine, relatant sa visite à Descart et le transport à Montfaucon, en omettant sa conversation avec Semacgus. Il concluait, sous réserve des vérifications qu'il se proposait de poursuivre, sur la possibilité que les restes découverts fussent bien ceux de Guillaume Lardin.

1. Cellule de personnes privilégiées qui payaient pour les occuper et pouvaient se faire apporter leurs repas de l'extérieur.

# V

# THANATOS

> « Mais voici pour notre victime le chant
> sans lyre qui sèche les mortels d'effroi. »
>
> ESCHYLE

Nicolas était rentré tard rue des Blancs-Manteaux. La maison était silencieuse et il espérait que Catherine, comme elle était accoutumée de le faire, lui avait laissé quelque fricot dans un plat qu'elle maintenait sur le potager éteint qui conservait longtemps sa chaleur. Il trouva en effet son couvert mis sur la table avec du pain et une bouteille de cidre. Il aperçut un ragoût d'un légume étrange – une racine que Catherine avait découverte lors de ses campagnes en Italie et en Allemagne et dont elle cultivait un carré dans le jardin derrière la maison. Ces « pommes de terre[1] » en civet embaumaient l'office. Il s'attabla, se versa à boire et

1. Mentionné la première fois en Europe en 1533, ce tubercule fut introduit en Espagne en 1570 ; plus tard en Italie, en Allemagne et en Irlande. Présente en France dès 1616, la pomme de terre déclenche des polémiques. On l'accuse de donner la lèpre. C'est Parmentier (1737-1813) qui vulgarisera ce légume sous le règne de Louis XVI. Le monarque, dit-on, en mangeait à tous ses repas.

emplit son assiette. L'eau lui venait à la bouche à la vue des légumes noyés dans une sauce brillante que rehaussaient les pelures de persil et de ciboulette. Catherine lui avait donné la recette de ce plat succulent. Il fallait choisir des pommes de terre de bonne taille, puis procéder avec une extrême lenteur, laisser le temps transformer les divers éléments et surtout ne manifester aucune impatience si on voulait aboutir aux résultats espérés. Tout d'abord elle « belait » ses grosses, comme elle disait, avec soin et en favorisant les arrondis sans angles. Ensuite, il convenait de tailler des carrés de lard gras qu'on laissait fondre insensiblement et qui devaient être retirés du plat ayant exprimé tout leur suc et surtout avant de prendre couleur. Alors, précisait-elle, il fallait coucher les pommes de terre dans la graisse brûlante et les laisser blondir et dorer lentement avec des gousses d'ail non épluchées et une jetée de thym et de laurier. Ainsi, les légumes s'enroberaient d'une couche croustillante. La cuisson se prolongeant, ils s'attendriraient jusqu'au cœur, alors et alors seulement, une franche cuillère de farine les recouvrirait, le plat serait vigoureusement agité à la main et, quelques minutes après, une demi-bouteille de bourgogne inonderait le tout. Il faudrait encore saler, poivrer et laisser mijoter à petits bouillons pendant deux bons quarts d'heure. La sauce prendrait consistance, elle deviendrait douce et veloutée, satinée, nappant sans lourdeur ni fluidité excessives des pommes de terre qui demeureraient blondes et fondantes sous une croûte parfumée. L'amour seul, disait Catherine, faisait la bonne cuisine.

L'assiette de Nicolas n'était pas d'aplomb et il s'aperçut qu'elle dissimulait un papier sur lequel il reconnut l'écriture difficile et presque enfantine de la cuisinière. Le message était bref : « La putain m'a insultée ce soir, demain je dirai tout. » Il termina rapidement son repas. Il était hors de question d'aller trouver Catherine sur-le-champ pour la questionner ; elle logeait dans une chambre garnie à quelques maisons de là. Il constata avec remords que, habitant chez Lardin depuis plus d'un an, il n'avait jamais eu la curiosité de savoir où demeurait précisément son amie. Il montait l'escalier quand Marie surgit sur le palier et l'entraîna quelques marches plus haut. Elle se serra contre lui, à tel point qu'il sentit son parfum. Sa joue effleurant la sienne, il constata qu'elle pleurait.

— Nicolas, murmura la jeune fille, je ne sais plus que faire. Cette femme me fait horreur. Catherine lui a dit des choses affreuses que je n'ai pas comprises. Elles se sont battues. Elle a chassé Catherine. C'était une deuxième mère pour moi. Et mon père, où est-il ? Avez-vous des nouvelles ?

Elle se tenait agrippée à son habit. Il lui caressait les cheveux pour la calmer, quand un bruit les fit sursauter. Elle s'arracha de lui, le poussa vers le haut et se colla au mur. Une ombre portant une lumière arpenta le palier, puis tout rentra dans l'ordre.

— Bonsoir, Nicolas, chuchota-t-elle.

Elle s'enfuit vers sa chambre, légère comme un oiseau, et Nicolas regagna sa soupente, en se promettant d'avoir avec elle une longue conversation. D'ordinaire, quand des soucis occupaient son esprit, il avait du mal à trouver le sommeil. Pour le coup, ceux-ci étaient si nombreux qu'il ne put se fixer sur aucun d'eux en particulier et qu'il sombra aussitôt dans un repos réparateur.

*Mercredi 7 février 1761*

Nicolas quitta la maison de bon matin. Elle semblait étrangement silencieuse. Remettant à plus tard le soin d'élucider les événements de la nuit, il se hâta vers le Châtelet, impatient de relancer l'enquête. Il avait fait déposer les restes trouvés à Montfaucon dans un petit réduit situé à côté de la Basse-Geôle et souvent utilisé pour dissimuler, aux yeux du public autorisé à morguer les cadavres, les spectacles par trop effroyables ou défiant l'honnêteté. Interdiction avait été donnée d'en ouvrir la porte à tout autre visiteur que Nicolas ou Bourdeau.

Cette précaution n'était pas inutile car, dès son arrivée, il apprit qu'un homme s'était présenté, tard dans la soirée, à l'inspecteur de permanence. Il venait, avait-il dit, mandaté par le commissaire Camusot, pour examiner le dépôt. Il avait eu beau mener force débats, menacer et tempêter, il n'avait pu obtenir d'être introduit auprès des pièces à conviction. Cet incident conforta Nicolas dans l'idée qu'il était surveillé et, cela, dès l'instant où M. de Sartine lui avait confié cette mission, et que l'individu en question était certainement le cavalier mystérieux qui les épiait au Grand Équarrissage. La première idée qui lui vint fut qu'il s'agissait de ce Mauval, le confident du commissaire Camusot. Si son hypothèse était fausse, il n'excluait pas que l'espion pût être une créature du lieutenant général de police chargée d'opérer un contrôle en partie double sur sa propre enquête.

Nicolas persistait à penser que M. de Sartine ne jouait pas franc-jeu avec lui. Il pouvait le comprendre, mais mesurait les conséquences de cette incertitude, marque de sa subordination et de son peu de poids. Son chef ne pouvait lui exposer certains faits, au mieux pour des raisons supérieures, au pire parce que lui, Nicolas, n'était qu'un jouet pris dans les engrenages d'intérêts politiques supérieurs, un pion aveugle qu'on se plaisait à promener d'un bout à l'autre de l'échiquier pour tromper l'adversaire. De fait, M. de Sartine lui avait ouvert la voie sans pour autant peser sur la conduite de l'enquête.

Une fois de plus, le dévergondage de sa pensée conduisait Nicolas à des remises en cause incessantes, incapable qu'il était d'attendre sans imaginer et d'espérer sans craindre. Nicolas comprit qu'il avait encore beaucoup à apprendre, mais il se promit de devenir loup parmi les loups, avec ses propres armes.

Cette résolution le réconforta et, sur les conseils de Bourdeau, il ordonna de faire procéder à l'examen des débris humains dans la salle de la question, qui jouxtait le greffe du tribunal criminel. C'était une sombre pièce ogivale, seulement éclairée par d'étroites croisées à meneaux, dont les ouvertures étaient munies de hottes en métal disposées de telle sorte qu'elles empêchaient tout cri d'être perçu de l'extérieur, tout en interdisant au regard de plonger trop directement sur les séances sanglantes de l'instruction criminelle. Plusieurs tables de chêne massif, des fauteuils, des tabourets offraient un confort sévère aux magistrats, policiers et greffiers qui fréquentaient ce lieu. Soigneusement rangés le long des murailles, les instruments du bourreau attiraient le regard. Chevalets, planches de bois, coins, marteaux, maillets – tous de tailles différentes –, tenailles, pinces, seaux, entonnoirs, lits de sangle, barres à rompre, glaives et haches d'exécution, tout l'arsenal de cauchemar de la question et de la mort judiciaire s'étalait ici. Nicolas ne put s'empêcher de frémir à la vue de cet appareil d'autant plus menaçant qu'il paraissait avoir été bien rangé par un bon artisan après sa journée de travail.

La mine gourmée et l'air impatient, Bouillaud, médecin ordinaire du Châtelet en quartier[1], et son acolyte Sauvé, chirurgien, attendaient Nicolas. Bourdeau les avait fait chercher au petit matin, le premier rue Saint-Roch et l'autre rue de la Tisseranderie. Tous deux avaient déféré de mauvaise grâce à cette invite qui heurtait les règles routinières de leur emploi. Ils semblaient irrités et toisaient Nicolas. Celui-ci comprit aussitôt qu'il ne s'imposerait qu'en montrant sa force dès l'abord ; il ne devait surtout pas se perdre dans des paroles inutiles. Considérant d'un œil noir les deux importants personnages, il tira de sa poche la commission du lieutenant général de police, qu'il déploya et tendit aux deux praticiens. Ils la parcoururent, l'air pincé.

1. Les médecins et chirurgiens des cours criminelles du Châtelet étaient de service une semaine sur quatre.

— Messieurs, commença Nicolas, je vous ai demandé de venir m'aider de vos lumières. Je dois vous dire en premier lieu que les avis que vous me rendrez ne devront, en aucun cas, être divulgués. Ils sont destinés à M. de Sartine qui se réserve cette affaire et qui compte sur votre discrétion. Me suis-je bien fait comprendre ?

Les deux médecins acquiescèrent en silence.

— Vos vacations habituelles vous seront payées.

Un double soupir d'aise détendit l'atmosphère.

— Messieurs, reprit Nicolas, voici ce qui a été découvert hier, en fin d'après-midi, à Montfaucon, sous plusieurs couches de neige. Les vêtements que vous voyez n'enveloppaient pas les membres. Nous avons quelques raisons de penser que ces restes appartiennent à un homme assassiné dans la nuit de vendredi à samedi dernier. Nous allons procéder tout d'abord à l'inventaire des vêtements, puis vous nous direz votre sentiment sur les ossements.

Tous s'approchèrent de la grande table. Bouillaud et Sauvé, saisis par l'odeur qui se dégageait, déployèrent de grands mouchoirs blancs et Bourdeau prisa. Nicolas aurait bien voulu faire de même, mais c'était à lui d'opérer sur les vêtements et il retint sa respiration.

— Une culotte déchirée, tachée d'une matière noirâtre. *Item* pour une chemise, deux bas noirs, un pourpoint de cuir noir…

Pris d'une soudaine inspiration, il fouilla d'une main discrète les poches du vêtement. Dans celle de droite, il sentit sous ses doigts un fragment de papier et une rondelle de métal. Il allait les examiner, mais décida de les dissimuler dans sa main. Il reprit son inventaire.

— Deux souliers de cuir appartenant, semble-t-il, à une même paire. Les boucles ont été arrachées. Enfin, une canne de bois sculpté à pommeau d'argent. Messieurs, je vous écoute.

Bouillaud, hésitant, regarda son collègue et, après un geste d'encouragement de ce dernier, joignit ses deux mains, ferma les yeux et décréta :

— Nous sommes en présence de restes humains. D'un cadavre, si vous préférez.

Nicolas le considéra, goguenard.

— Je suis dans le plus grand plaisir de constater que vos hypothèses coïncident avec les miennes. Nous avançons donc à grands pas. L'essentiel étant dit, pourriez-vous avoir l'obligeance extrême d'en venir aux détails ? Prenons la tête, par exemple. Je constate que le haut du crâne est intact, lisse, sans trace de chevelure…

Il se pencha vers la table, narines et lèvres pincées, et désigna une zone précise au sommet du crâne : une tache plus noire, avec une sorte de dépôt.

— Selon vous, de quoi peut-il s'agir ?

— Sang coagulé, sans aucun doute.

— La mâchoire semble brisée, les dents n'ont pas été retrouvées, sauf les molaires restées sur l'os. La tête était séparée du tronc. Quant à celui-ci, il est comme écorché. D'où provient cette apparence ?

— Décomposition.

— Pouvez-vous me dire s'il s'agit d'un homme ou d'une femme, et surtout à quand remonte la mort ?

— Cela est difficile à dire. Il était recouvert de neige, avez-vous dit ? Il a sans doute été gelé.

— Que pouvez-vous donc conclure ?

— Nous ne souhaitons pas nous engager dans une affaire qui sort d'une manière aussi patente de l'ordre des choses habituelles.

— Vous pensez qu'un crime est une chose normale ?

— Nous trouvons anormales, monsieur, les conditions que vous imposez à l'exercice de notre ministère. Ce secret, ce mystère, ne nous conviennent point. En un mot comme en cent, vous avez là les pièces d'un corps mort décharné et rongé par le gel, nous n'en pouvons dire plus. Cela, d'ailleurs, n'est pas inhabituel et vous semblez ignorer, monsieur, que nous alignons, chaque année, dans les registres de la Basse-Geôle, les descriptions de restes humains trouvés sur les berges de la Seine, misérables vestiges de corps ayant servi aux étudiants en médecine pour les démonstrations anatomiques.

— Mais les vêtements, le sang ?

— Le corps avait été volé, on s'en est débarrassé à Montfaucon.

Le chirurgien n'avait cessé d'opiner mécaniquement de la tête aux phrases sonores de son collègue.

— Je relève l'aide précieuse que vous avez consenti à m'apporter, dit Nicolas. Soyez assurés que M. de Sartine sera informé de votre zèle à servir sa justice.

— Nous ne dépendons pas de M. de Sartine, monsieur, et n'oubliez pas nos vacations.

Ils quittèrent la salle d'un air compassé ; Bourdeau dut s'effacer pour les laisser passer.

— Nous voilà bien, Bourdeau, soupira Nicolas. Comment pourrons-nous prouver l'identité de notre cadavre ?

Il avait oublié le papier et la pièce de métal qu'il avait enfouis dans sa poche.

— Messieurs, peut-être puis-je vous être utile ?

Nicolas et l'inspecteur se retournèrent, surpris par une voix douce qui venait du fond obscur de la pièce. Elle reprit :

— Je suis au désespoir de vous avoir surpris. J'étais là bien avant vous et, par discrétion, je n'ai pas cru devoir vous interrompre. Vous savez, je fais partie des murs.

Le personnage s'avança dans la lumière qui se déversait de l'une des croisées. C'était un jeune homme, de taille moyenne, d'une vingtaine d'années, déjà corpulent. Il avait un beau visage plein, aux yeux candides, qu'une perruque blanche et strictement coiffée ne parvenait pas à vieillir. Il portait un habit couleur puce, avec des boutons de jais, gilet noir, culotte et bas de la même couleur. Ses souliers cirés reflétaient la lumière sur leur surface.

Bourdeau s'approcha de Nicolas et lui murmura à l'oreille.

— C'est « Monsieur de Paris », le bourreau.

— Vous me connaissez sans doute, reprit celui-ci. Je suis Charles Henri Sanson, exécuteur des hautes œuvres. Ne vous présentez pas, je sais qui vous êtes depuis longtemps, monsieur Le Floch, et vous aussi, inspecteur Bourdeau.

Nicolas fit un pas en avant et lui tendit la main. Le jeune homme recula.

— Monsieur, vous m'honorez, mais ce n'est pas la coutume.

— Monsieur, j'insiste.

Ils se serrèrent la main. Nicolas sentit celle du bourreau trembler dans la sienne. Son mouvement avait été instinctif ; il avait éprouvé une sorte de solidarité avec un garçon de son âge qui, certes, exerçait un terrible emploi, mais qui participait avec lui du service du roi et de sa justice.

— Je crois pouvoir vous être utile, dit Sanson. Il se trouve que, dans ma famille, et pour des raisons que vous comprendrez, nous sommes versés dans l'étude et la connaissance des corps humains. Nous soignons à l'occasion, et redressons les membres démis. Moi-même, dans une circonstance atroce, qui me valut d'ailleurs plusieurs heures de cachot et contraignit mon oncle Gilbert, bourreau de Reims, à résigner sa charge, j'ai appris à mes dépens l'utilité de cette science.

Il ajouta avec un sourire triste :

— Les gens se font une curieuse idée du bourreau. Pourtant, ce n'est qu'un homme comme les autres, contraint par son état à de plus grands devoirs et à une plus grande rigueur.

— De quelle atroce circonstance parlez-vous, monsieur ? demanda Nicolas, intrigué.

— De l'exécution du régicide Damiens en 1757[1].

Nicolas revit en un éclair la gravure de son enfance représentant le supplice de Cartouche.

— En quoi cette exécution différa-t-elle des autres ?

— Hélas, monsieur. Il s'agissait d'un homme qui avait porté la main sur la personne sacrée de Sa Majesté. Il était passible de supplices particuliers observés en cette occurrence. Je nous revois, mon oncle et moi, revêtus, comme c'est l'usage, de la tenue des exécuteurs. Nous avions la culotte bleue, la veste rouge brodée d'une potence et d'une échelle noires avec le bicorne incarnat sur la tête et l'épée au côté. Nos quinze valets et aides étaient revêtus, eux, de tabliers de cuir fauve.

Il s'interrompit un moment comme s'il laissait venir à lui des souvenirs très lointains.

— Sachez, monsieur, que Damiens – que Dieu ait son âme, il a par trop souffert – non seulement avait tenté de se suicider en se tordant les parties naturelles, mais, en préalable de son exécution, dut subir la question ordinaire et extraordinaire, dans cette même salle. On souhaitait qu'il dénonçât ses complices, mais d'évidence il n'en avait pas et ne faisait que répéter : « Je n'ai pas eu l'intention de tuer le roi, sinon je l'aurais fait. Je n'ai porté le coup que pour que Dieu le touche et l'engage à remettre toutes choses en place et la tranquillité dans ses États. » Jamais il ne fit allusion à autre chose, et pourtant il avait l'estomac distendu par les eaux, les chevilles brisées par les brodequins et la poitrine et les membres brûlés par les fers rougis au feu. Il ne pouvait plus faire un geste ni se tenir debout.

1. Damiens, Robert, François (1715-1757). Soldat puis domestique, il frappa Louis XV d'un coup de canif inoffensif, pour lui rappeler les devoirs de sa charge. Son supplice fut à la mesure de la peur éprouvée par le souverain, qui s'était cru perdu dans les premiers instants après l'attentat. L'auteur a emprunté nombre de détails à l'ouvrage très documenté de Martin Monestier, *Peines de mort. Histoire et techniques des exécutions capitales des origines à nos jours*, Paris, 1994.

Nicolas écoutait, fasciné, le récit que ce jeune homme, qui sans doute serait passé inaperçu dans la rue, faisait d'une voix douce. Il donnait à la fois l'impression de prendre une grande distance avec son récit, tout en trahissant son émotion par le tremblement de ses mains et les gouttes de sueur qui lui perlaient au front.

— Arrivé place de Grève et étendu sur l'échafaud, Damiens eut à subir la peine des régicides. La main qui avait tenu le canif criminel fut consumée au-dessus d'un brasero de soufre ardent. Il redressa la tête et poussa un hurlement en considérant son moignon. Il supporta ensuite les tenailles. Celles-ci arrachaient des morceaux de chair, laissant d'horribles plaies sur lesquelles étaient versés le plomb fondu, la poix enflammée et le soufre en fusion. Messieurs, il hurlait, écumait et même, dans l'excès de ses douleurs, criait : « Encore ! Encore ! » Je revois ses yeux qui semblaient sortir de ses orbites.

Sanson se tut un instant ; il avait la gorge serrée.

— Je ne sais pourquoi je vous raconte tout cela, reprit-il difficilement, je n'en avais jamais parlé à personne. Mais nous sommes du même âge et je sais M. Bourdeau homme d'honneur et de probité.

— Nous sommes sensibles, monsieur, à votre confiance, dit Nicolas.

— Le pire cependant était à venir. Le supplicié fut placé sur deux madriers cloués en forme de croix de Saint-André. On lui enserra étroitement le buste entre deux planches, elles-mêmes fixées à la croix afin d'éviter qu'aucun des chevaux attachés à chacun de ses membres ne puisse le tirer en entier. Il s'agissait, vous le devinez, de procéder à l'écartèlement.

Sanson s'appuya sur un fauteuil et s'essuya le front.

— Un aide armé d'un fouet dirigeait les chevaux, quatre bêtes formidables que j'avais achetées la veille pour quatre cent trente-deux livres. C'est moi qui donnai le signal des opérations. Les chevaux partirent dans quatre directions opposées, mais les attaches du corps tenaient ferme et les membres s'allongeaient démesurément, tandis que le patient faisait entendre un hurlement atroce. Au bout d'une demi-heure, je dus ordonner qu'on fasse changer de direction aux deux chevaux qui étaient attachés aux jambes afin de faire subir au condamné ce que nous appelons dans la profession « l'écart de Scaramouche ». Pour cela, les quatre chevaux devaient tirer parallèlement dans la même direction. Enfin, les os des fémurs se déboîtèrent, mais les membres continuèrent à s'étirer sans se rompre. Au bout d'une heure, les chevaux étaient si fatigués que l'un d'eux s'abattit et que les aides eurent le plus grand mal à le faire se relever. Je me concertai avec mon oncle Gilbert. On décida de les aiguillonner par le fouet et par les cris. Ils repartirent à la tâche. Dans la foule, des spectateurs s'évanouissaient, notamment le curé de Saint-Paul qui récitait la prière des agonisants. D'autres, hélas, prenaient plaisir à ce sacrifice[1].

Il s'arrêta, le regard fixé sur le sol.

— N'y avait-il pas moyen, demanda Nicolas, d'abréger les souffrances du condamné, tout en respectant les formes de la loi ?

— C'est ce que je me décidai de faire. Je chargeai M. Boyer, le chirurgien de service, de courir à l'Hôtel de Ville dire aux juges que le démembrement était impossible, que rien ne pouvait être attendu si l'on n'emportait pas les gros nerfs. Je sollicitai donc l'autorisation de les faire trancher. Boyer revint, ayant emporté l'assentiment des magistrats. Le problème se posa alors de trouver l'instrument nécessaire. Il fallait rechercher un couteau aiguisé pour trancher dans la chair, à la manière des bouchers. Le temps pressait et j'ordonnai à Legris, un de mes valets, de prendre une hache et de tailler à la jointure des membres. Il fut inondé de sang. Je fis repartir le quadrige. Les chevaux, pour le coup, emportèrent deux bras et une

1. Casanova, qui assista au supplice, à partir d'une fenêtre donnant sur la place de Grève, a laissé à ce sujet un témoignage éloquent.

jambe. Cependant Damiens respirait encore. Ses cheveux s'étaient dressés sur sa tête et passèrent du noir au blanc en quelques instants ; son tronc se convulsait et ses lèvres tentaient de dire quelque chose, qu'aucun d'entre nous n'entendit. Il respirait encore, messieurs, quand il fut jeté dans le bûcher. C'est pourquoi, depuis, n'ayant rien oublié de ce jour funeste, j'ai décidé d'étudier l'anatomie et le fonctionnement du corps humain, afin de remplir ma tâche le mieux possible, sans excès inutile de cruauté. Je prie, chaque jour, le ciel, messieurs, que plus jamais un Français ne porte la main sur la personne sacrée de nos rois. Je ne veux pas revivre tout cela[1].

Un long silence suivit cette déclaration. Ce fut Sanson lui-même qui le rompit en s'approchant de la table.

— Je m'étais permis, avant votre arrivée, d'examiner les restes que vos deux bonnets carrés ont si prestement classés dans leur registre habituel. Je comprends votre désappointement et vais tenter de vous ouvrir quelques voies. Premièrement, je puis vous dire, sans risque de me tromper, que l'état de ce corps n'est pas dû au gel. Celui-ci, tout au plus, dessèche et fixe l'état dans lequel le corps se trouvait à l'origine. En fait, il a été dévoré par des bêtes de proie, rats, chiens et corbeaux.

Il se retourna et les invita à se rapprocher.

— Voyez ce qu'il reste de cet os d'une jambe. Ce morceau a été broyé par une mâchoire puissante, celle d'un chien ou d'un loup. En revanche, le tronc, presque intact, a été rongé par des milliers de petites dents – les rats. Si vous observez maintenant la tête, vous pouvez encore apercevoir les coups des becs acérés. Les corbeaux, messieurs. Le lieu où vous avez retrouvé le corps est un

1. Les propos de Charles Henri Sanson sont d'autant plus remarquables que c'est lui qui exécutera Louis XVI le 21 janvier 1793. Il renoncera d'ailleurs à sa charge immédiatement après ce supplice et établira une fondation pour la célébration annuelle d'une messe expiatoire en l'église Saint-Laurent.

élément de plus qui recoupe ces faits indubitables et la lecture que nous en faisons.

— Et la tête, qu'en pouvez-vous dire, monsieur ? demanda Nicolas.

— Beaucoup de choses. Tout d'abord, qu'il s'agit d'un homme. Considérez ici, à la base de la boîte crânienne, ces deux éminences osseuses que nous appelons apophyses. Chez l'enfant et chez la femme, elles sont peu marquées. La tête de l'enfant se reconnaît, en outre, à ses fontanelles, non encore ou pas suffisamment fermées, et à sa dentition incomplète. Or, nous sommes devant une tête d'individu dans sa maturité : voyez que je peux la saisir par les deux apophyses et la soulever. Il s'agit donc d'un homme. En outre, comme vous l'aviez vous-même observé, monsieur Le Floch, la mâchoire a été brisée, un morceau en a été emporté par les bêtes de proie et la partie qui subsiste possède une brisure franche due à un outil d'acier ou de fer, épée ou hache. Croyez-m'en. Enfin, la vermine ne dévorant pas les cheveux, la victime ne pouvait être que chauve ou scalpée, à la manière des Iroquois, mais la chose paraît peu vraisemblable. Toutefois, je ne m'explique pas la tache noire au sommet du crâne.

Nicolas et Bourdeau ne cachaient plus leur admiration.

— Et le tronc ?

— Même observation, il a été séparé du corps par un instrument tranchant, le même vraisemblablement qui a fracassé la mâchoire. Il est vide d'organes, ne subsistent que quelques lambeaux desséchés. La *cavitate pectoris* est également vide de sang, même coagulé. Le cadavre était donc vidé de son sang quand il a été déposé à Montfaucon. Voulez-vous mes conclusions ?

— Monsieur, nous vous en prions.

— Nous sommes en présence des restes d'un individu chauve, de sexe masculin, dans la force de l'âge. Il a sans doute été tué par une arme tranchante ou piquante. Lorsqu'il a été déposé à Montfaucon, il avait été découpé auparavant au moins en deux parties, sinon vous eussiez remarqué un flot de sang sur le sol. Le corps, ou ce qu'il en restait, a été maltraité par les bêtes ignobles, lesquelles ont dispersé nombre de pièces anatomiques qui manquent. La chose n'est pas étonnante, nous savons que la carcasse d'un cheval est, en ce lieu immonde, décapée en une nuit. La mâchoire a été volontairement fracassée. Enfin, permettez-moi, messieurs, de vous rappeler ce que vous aviez vous-mêmes constaté : les vêtements n'enveloppaient pas les restes. Je crois que le mort ne pouvait pas les porter au moment de son assassinat, autrement ils eussent été bien plus largement imprégnés de sang. Enfin, je crois que votre hypothèse est la bonne : ce corps mutilé a été recouvert par la neige et le gel qui l'ont conservé jusqu'aujourd'hui dans un état que je qualifierais de fraîcheur – la teinte rouge sombre en est la preuve. Le processus de décomposition n'a commencé que depuis que vous l'avez fait déposer à la Basse-Geôle. Je peux toujours me tromper, mais je crois que l'homme, dont nous avons ici les restes, a bien été assassiné dans la nuit de vendredi à samedi, puis abandonné à Montfaucon immédiatement avant que tombe la neige du carnaval.

— Je ne sais, monsieur, comment vous remercier de votre aide et vous dire…

— Vous l'avez déjà fait en m'écoutant et en me serrant la main. Messieurs, je vous salue et demeure votre serviteur si vous veniez à souhaiter consulter mes pauvres connaissances.

Il s'inclina et sortit. Nicolas et Bourdeau se regardèrent.

— Voilà un moment que je n'oublierai pas, dit l'inspecteur. Ce petit jeune homme m'a étonné. La jeunesse, décidément, me surprend par le temps qui court.

— Monsieur Bourdeau, vous êtes un flatteur.

— Il nous a réglé la chose en deux temps trois mouvements. Il s'agit bien de Lardin : un homme chauve, force de l'âge, la canne, le pourpoint de cuir. Que vous en semble ?

— Tout concourt, en effet, à rassembler un faisceau de présomptions qui nous entraîne naturellement vers cette hypothèse.

— Vous devenez bien prudent !

Nicolas était à l'écoute d'une voix secrète qui l'engageait à la réflexion. Elle lui soufflait que l'apparence ne conduisait pas toujours à la vérité. Il regrettait que tout cela devînt soudain trop simple, que tout parût s'imbriquer comme dans une construction. Il ressentait une sorte d'enfermement de son esprit qui se rebellait contre les certitudes, alors que tant d'éléments du drame demeuraient encore obscurs. Il songea soudain à ce qu'il avait découvert dans la poche du pourpoint de cuir et, fiévreusement, sous le regard interloqué de Bourdeau, déposa sur la table une feuille de papier plié et une pièce de métal.

— D'où sortez-vous tout cet attirail ? demanda l'inspecteur.

— Du pourpoint du mort.

— De celui de Lardin ?

— Celui du mort, pour le moment. Ceci est un morceau de billet déchiré, sans cachet ni adresse.

Nicolas se mit à lire.

*pour vous assurer de mes respects et pour*
*personne qui surpasse infiniment celle dernière*
*st fort jolie, grande et bien faite, car il semble*
*qu'elle que sa vue vous fera plaisir car, de surcroît,*
*elle a beaucoup d'entretenir par sa conversation.*
*Aussi, j'attends votre visite pour endredi et vous prie*
*de tenir ci-joint le déguisement nécessaire en arnaval.*
*Je suis, monsieur, votre humble servante.*

*La Paulet*

Bourdeau, au comble de l'excitation, se mit à sauter sur place, en criant :

— La preuve, la voilà la preuve ! C'est le papier qui était dans la poche de Descart, lorsqu'il en est venu aux mains avec Lardin au *Dauphin couronné*.

Nicolas jeta un œil sur la pièce métallique. Elle était un peu oxydée et il dut la frotter sur sa manche pour qu'apparaisse le dessin d'un poisson surmonté d'une couronne.

— Curieuse monnaie de singe ! Encore le *Dauphin couronné* !

— Il s'agit d'une tout autre volaille, monsieur. Ceci est un jeton de maison galante. Vous entrez, vous payez à la mère maquerelle, en échange elle vous donne un jeton que la fille vous réclamera une fois… une fois… la bouteille vide. Je vous l'apprends ?

Nicolas rougit et ne répondit pas à cette question directe.

— Il paraît donc bien que ce jeton provient du *Dauphin couronné*. Les présomptions s'accumulent, les preuves nous sont offertes. Le destin nous est par trop propice.

— Plaît-il ?

— Je vous dis que la voie facile n'est pas la voie de la vérité et que le destin nous fait des cadeaux douteux. Il reste que tout cela doit être précisément vérifié. Bourdeau, faites libérer la vieille Émilie ; elle ne peut rien nous apprendre de plus, pour le moment. Remettez-lui cette petite somme de ma part. Ensuite, courez rue des Blancs-Manteaux et tâchez de retrouver Catherine Gauss, la cuisinière des Lardin. Elle veut me parler et, comme elle a été chassée, je n'ai pu la voir ce matin. Quant à moi, je file de ce pas rue du Faubourg-Saint-Honoré faire connaissance de la Paulet.

— Doit-on annoncer à Mme Lardin la mort de son époux ?

— Provisoirement.

— Provisoirement ?

— Oui, mais je m'en chargerai. Quant aux pièces – et il désignait ce qu'il y avait sur la table – faites-les enfermer dans un endroit frais. Je garde le billet et le jeton. À bientôt, Bourdeau.

Nicolas décida de se rendre à pied rue du Faubourg-Saint-Honoré. La promenade serait longue, mais le temps froid se maintenait au beau. Le gel avait de nouveau durci le sol et le jeune homme arpentait gaillardement le pavé inégal et les fondrières gelées des rues de la capitale. Il avait toujours aimé marcher ; cet exercice était, pour lui, inséparable de la réflexion. Dans sa Bretagne natale, il aimait, sur les grèves désertes, voir se profiler à l'horizon les pointes des plages perdues dans les brumes. Il s'agissait de les atteindre et d'en découvrir une nouvelle qu'il faudrait à son tour rejoindre. Cette marche matinale lui fit du bien. Elle lui nettoyait l'âme. L'image des restes présumés du commissaire Lardin hantait son esprit et se mêlait au récit terrible de Sanson.

Quelque chose n'allait pas. Pourquoi ce corps tronçonné, ces vêtements dispersés, ce dépôt à Montfaucon, alors qu'il eût été si facile de le jeter à la Seine ? Pourquoi le ou les assassins n'avaient-ils pas soigneusement fouillé les poches du pourpoint de cuir, afin d'en retirer ce qui pouvait constituer des indices et les faire accuser ? Indices qui semblaient au contraire avoir été placés là pour qu'on les découvre aisément. Pourquoi cette mâchoire volontairement brisée et cette tache inexplicable sur le crâne ? Et, pour faire bonne mesure, que se passait-il rue des Blancs-Manteaux ? Quels desseins poursuivait Mme Lardin ? La haine de Catherine avait-elle pour seule raison le rejet d'une marâtre ayant usurpé la place de la mère de Marie ? Et ce cavalier insistant et omniprésent auquel répondait, plus lointaine, l'image menaçante du commissaire Camusot ? Et par-dessus tout cela, M. de Sartine, proche et inaccessible, dont il sentait la volonté de le pousser dans des chemins de traverse incertains…

Nicolas avait atteint un espace immense où commençait à s'organiser, en lieu d'un ancien marécage, une place sur laquelle les échevins de Paris souhaitaient ériger une statue équestre du monarque régnant. L'endroit était toujours animé comme une fourmilière, mais la rigueur de l'hiver avait interrompu les travaux. Au bord du fleuve, et tout autour du périmètre, commençait à prendre forme l'enceinte octogonale d'un large fossé. Vers la ville, deux immenses bâtiments symétriques[1] sortaient de terre. Les échafaudages de bois, couverts de givre, leur donnaient l'aspect d'éphémères palais de cristal. Le tout formait un chaos de blocs titanesques à demi dissimulés sous la neige, glacier urbain sillonné de failles, de cavernes, de couloirs et de précipices. Sous le soleil éclatant, cela miroitait et transpirait une eau glacée qui, dans sa diffraction, jetait çà et là les feux multicolores du prisme.

Nicolas fit un long détour par la berge et traversa les jardins pour rejoindre la rue de la Bonne-Morue qui coupait, à angle droit, celle du Faubourg-Saint-Honoré. À quelques maisons de là, il repéra un immeuble de bonne apparence, à deux étages, que seule une enseigne de fer forgé, représentant un dauphin couronné, distinguait des autres demeures.

Il souleva le marteau de la porte.

1. Il s'agit des hôtels symétriques des Ambassadeurs extraordinaires qui deviendront, par la suite, l'hôtel de Crillon et l'hôtel de la Marine.

# VI

## ÉROS

> Ici, nulle pudeur et nulle retenue :
> Sans honte, à vos regards, Cybèle paraît nue,
> Modulant à son gré sa lascive chanson.
> Chaque convive, ici, nomme tout par son nom.
>
> JUVÉNAL

Une négrillonne, tout enveloppée de madras, ouvrit la porte et lui demanda, en zézayant, ce qu'il désirait. Un petit singe travesti en arlequin sautait autour d'elle. Quand il vit Nicolas, il se hissa prestement sur les épaules de la fillette, agrippant le tissu de ses petites mains. Une fois sur la coiffe, il s'y cramponna et, pétillant de colère, se mit à lorgner le visiteur en crachant et en hurlant. La demoiselle rappela à l'ordre le fagotin[1] en le tirant par la queue. Il cessa son manège et poussa un jappement bref auquel répondit assourdi, de l'intérieur de la maison, un cri rauque suivi d'un : « Entrez, beaux Messieurs. »

1. Singe habillé de vêtements.

Informée qu'il souhaitait s'entretenir avec la Paulet, la servante, sans marquer de surprise, le fit entrer dans une antichambre au carrelage ciré et aux murailles nues. Une frise géométrique courant le long de la corniche et un grand lustre à pendeloques de cristal égayaient un espace seulement occupé par deux banquettes en vis-à-vis, recouvertes de velours gris. Elle écarta une portière du même tissu et l'invita à pénétrer dans un salon où, sans un mot, elle le laissa.

La pièce était de bonne dimension et cette impression était renforcée par la profusion de grandes glaces qui couvraient les murs. Les plinthes et les corniches étaient enrichies de sculptures dorées. D'épais tapis étouffaient les bruits de la rue. Des ottomanes et des bergères tapissées en pékin jonquille, blanc, rose, bleu et vert donnaient à l'ensemble un éclat allègre et printanier. Les murs dépourvus de glaces étaient tendus de damas gris et décorés de gravures encadrées dont les sujets, plus que lestes, surprirent Nicolas. Du côté opposé aux fenêtres, un grand rideau de velours gris dissimulait une sorte d'estrade. Nicolas, dont le goût naturel s'était peu à peu affiné, ne fut pourtant pas dupe de l'éclat de cette décoration. Il eut le loisir de constater que ce luxe ostentatoire couvrait une réalité plus modeste. La qualité médiocre des tissus constellés de taches, l'or des sculptures qui n'était que de la peinture et l'usure des tapis pouvaient passer inaperçus à un rapide coup d'œil d'un visiteur attentif à d'autres tableaux, mais un examen de détail démentait vite la splendeur de ce spectacle rutilant.

— Vous plaît-elle ? Vous plaît-elle ? Bougre de ! Bougre de !

Il se retourna. Sur un perchoir dans l'embrasure de la fenêtre, une patte levée et sa petite tête penchée de côté, un volatile qu'il reconnut comme étant un perroquet le considérait. Mme de Guénouel, la tante d'Isabelle, en possédait un qui ne la quittait jamais. Mais il était vieux, déplumé, acariâtre et attaché à sa seule maîtresse. Celui-ci était fort beau, le gris brillant de son corps contrastant avec le rouge éclatant de sa queue. Ses yeux pailletés d'or paraissaient plus curieux qu'agressifs. Il se mit à arpenter gravement sa barre, tout en modulant des sons roulants et câlins. Nicolas, qui avait jadis éprouvé quelques déconvenues avec son semblable, lui tendit prudemment le dos de sa main afin d'offrir une moindre prise à une éventuelle attaque. L'oiseau s'arrêta, perplexe, s'ébroua en gonflant son plumage, puis frotta son bec contre la main offerte en poussant de petits cris pâmés.

— Je vois que Sartine vous fait confiance. C'est bon signe.

Surpris, Nicolas fit volte-face.

— Il sait choisir ses amis. Je lui fais toute confiance, c'est mon lieutenant général à moi. Mais qu'est-ce qui vaut à la Paulet la visite d'un aussi beau jeune homme ?

Nicolas, qui s'attendait à tout, n'aurait pu imaginer la maquerelle telle qu'elle s'offrait à son regard. D'un volume presque monstrueux, accru par sa taille courte et ramassée, elle l'emportait de beaucoup sur la bonne Catherine, déjà forte femme. Ce ragot[1] de graisse accumulée possédait un visage enflé dans lequel les yeux paraissaient enchâssés. Une palette de fards violents le couvrait en couches épaisses sous le foulard noué. Le corps disparaissait dans une robe informe de mousseline violette à raies rouges. Le collier de pierres noires tenait plus de la ceinture que de la parure. Les doigts boudinés éclataient hors des mitaines de soie. Enfin, les flots de tissus laissaient, par instants, entr'apercevoir des pieds d'hydropique débordant de vieux souliers de castor usés et distendus comme des savates. Cette caricature était animée, quand les chairs laissaient passer le regard, par des yeux sans cesse en mouvement, froids comme ceux d'un reptile sur le qui-vive. Le perroquet, irrité du peu d'attention qu'on lui prêtait, se mit à pousser des cris stridents et à battre violemment des ailes.

1. Personne courte et grasse.

— Coco, la paix ou j'appelle le guet, dit la Paulet en ricanant.

Nicolas, qui n'avait pas préparé de plan, et qui, pour une fois, était parvenu à ne pas imaginer à l'avance sa rencontre avec la Paulet, envisagea, en un éclair, une ouverture possible. La chose était risquée, mais il n'avait pas le choix. Avec un sourire charmant, il s'écria :

— Madame, vous voulez la police, elle est à vos pieds.

La réaction de la maquerelle dépassa tout ce que Nicolas aurait pu espérer.

— Foutre ! Camusot est bien pressé pour son petit cadeau du mois. Il précède le terme. Mais il a voulu se faire pardonner en vous envoyant et je ne perds pas au change. Le gaillard habituel, ce Mauval d'enfer, a un regard qui me glace, et il en faut beaucoup pour m'effrayer ! Il est si mal disant que je me retiens des quatre fers pour ne pas rompre en visière avec lui. Quand il vient, il s'impatronise, lutine les filles, boit mon vin et dérange la pratique. Toute bonne fille que je sois, il faut que j'aime la police pour supporter ce tiercelet de maquereau !

Elle lui décocha une œillade grimaçante qui lui rappela celle de la vieille Émilie dans le fiacre qui les conduisait à Montfaucon.

— Je sais, madame, ce que nous vous devons. Et la police vous le rend bien.

— Ouais, ouais, j'aime mieux les preuves ! Il faut vivre, rien n'est parfait. Je rends service, j'écoute, je m'informe, je rapporte, je préviens et je prête la main. On me protège. C'est un très honnête marché pour moi, où je trouve mon compte et vous aussi. Un peu cher cependant !

— Mes chefs vous tiennent en haute estime. Vous connaissez d'autres commissaires, madame ?

La pointe était un peu directe et la feinte sans finesse. Il comptait sur son air innocent et son pouvoir de séduction pour endormir la méfiance de la Paulet. Elle le fixa un moment sans répondre, mais le visage du jeune homme ne reflétait qu'un air de candeur naïve et elle s'y laissa prendre.

— De vieux amis, nous sommes tous de vieux amis, Cadot, Thérion, ce sacré Camusot et ce coquin de Lardin, un sacré numéro celui-là !

— Un client à vous aussi ?

— À moi ? Vous êtes bien urbain. Moi, je suis une bête de réforme, encore qu'à l'occasion… Non, Lardin, c'est un joueur, vous le savez, vous êtes de la Maison Camusot.

— Certes, mais comment tout cela est-il arrivé ? Je n'ai eu que le gros du récit sans les détails, et vous êtes si aimable…

— Je veux bien vous le conter, il faut instruire les jeunes gens, mais auparavant faites-moi l'honneur de vous asseoir. Je fatigue vite debout, c'est mauvais pour mon teint.

Nicolas se demanda ce que le teint venait faire là ; sous la couche de blanc plâtreux qui recouvrait ce visage, sa couleur naturelle ne devait d'ailleurs pas transparaître souvent. Paulet se carra dans une large bergère qu'elle emplissait toute et l'invita à s'asseoir près d'elle, sur une ottomane. Elle attira d'une main un petit cabaret en bois des îles, placé sur un guéridon, et l'ouvrit. Plusieurs carafes de liqueurs apparurent, flanquées de leurs petits verres.

— Le récit va être long. Je prends des forces et vous m'accompagnerez en galant homme. J'ai là un ratafia qui me vient directement de l'île Saint-Louis. Un planteur de mes amis m'en fait tenir chaque année. Allons, le diable n'est pas au fond de la bouteille, et vous m'en direz des nouvelles !

Elle emplit deux verres et lui en tendit un.

— Madame, je suis confus de vos bontés.

— Mon mignon, avec des manières comme les tiennes, tu iras loin ou tu n'iras nulle part. Mais revenons à nos oiseaux. Le Lardin, c'est un cas. Il a voulu venir brouiller les cartes, c'est le cas de le dire. Mais il n'était pas de taille, en dépit des Berryer et des Sartine. On voulait qu'il nettoie un piège dans lequel il était déjà pris jusqu'au cou. Quand il a été chargé par Berryer d'enquêter sur nos petits accords, Camusot a pris peur. Mais moi, la Paulet, j'ai gardé la tête froide. Le Lardin, il jouait gros jeu ici même. Il gagnait, il perdait, c'est la règle. Mais au pharaon, son jeu préféré, le banquier n'est qu'un fripon avoué et le ponte une dupe dont il est convenu de ne pas se moquer. On peut toujours changer les règles ou du moins orienter le hasard… Alors, plus son enquête se resserrait, plus sa chance au jeu tournait. Couic !

Elle but son verre et se resservit aussitôt.

— Couic ?

— Oui, mon croupier de pharaon lui avait longtemps bouilli le lait[1]. Il ne se sentait plus, il jouait de plus en plus gros. Un jour, il a tenté de faire sauter la banque. Un saut que, foi de commère, je n'avais jamais vu, un saut mortel…

— Mortel ?

— La somme était telle qu'il ne pouvait se refaire. Il était ruiné et il devait payer coûte que coûte. Je lui ai mis Camusot aux basques. En voilà un qui jubilait ! Sur ce coup-là, nous ferons part à deux, enfin, deux pour lui, un pour moi.

— Mais pourra-t-il payer ? Vous le dites ruiné.

— Il trouvera et il paiera ou alors…

Nicolas préféra ne pas relever ce que ce mot recelait de menaces.

— Mais enfin, qu'avait-il besoin de jouer autant ?

— Allons, un beau grand corps comme le vôtre doit être arrosé.

Elle lui versa une nouvelle rasade et remplit son propre verre.

— C'est une ancienne histoire. Lardin et moi sommes de vieux complices. Il y a dix ans de cela, après la mort de sa première femme, il s'est trouvé bien seul. Il a pris

1. Faciliter les choses.

l'habitude de venir au *Dauphin couronné*. Mon établissement reçoit le meilleur monde. J'ai des hommes de la Cour qui viennent ici en carrosses sans écussons ni armoiries, avec des laquais sans livrées. La maison est courue par la plus riche pratique. Achalandée comme je le suis, je réservais toujours à Lardin quelque nouvelle caillette, des morceaux de roi. On n'imagine pas le soin que je me donne pour contenter les honnêtes gens ! Il dînait, faisait une partie gentille, puis montait avec l'une ou l'autre de mes filleules.

— Sans payer ?

— Cela faisait partie de nos habitudes. Le secret de la réussite est d'avoir quelques amis bien placés. Un soir, il y avait théâtre…

— Théâtre ?

— Oui, mon mignon, ne prenez pas cet air ahuri. Voyez ce rideau, il s'ouvre sur une scène où se donnent de petits spectacles de genre, enfin… un peu relevé. Vous n'avez pas l'air très dégourdi !

— Je bois vos paroles, madame.

— Buvez plutôt votre verre. Certains riches amateurs se plaisent à voir représentées au naturel de petites pièces équivoques et galantes. Ces représentations excitent les sens des plus blasés. Cela tourne à la… M'entendez-vous, à la fin, avec vos yeux innocents ? À la débauche la plus crapuleuse. Bref, pour dire les choses, des scènes qui auraient fait bander M. le duc de Gesvres[1] lui-même. Un soir, le mélange des genres fut tel que Lardin se trouva apparié avec un tendron au charme irrésistible. Il m'avait déjà étouffé un demi-panier de bouteilles de champagne. Il en tomba sur-le-champ éperdument amoureux. Lui offrir un tel bijou à bon marché eût été offenser Dieu ou le diable, comme vous voulez. Sur mes conseils, la fille le fit languir

1. Affaire célèbre au XVIII^e siècle. La duchesse de Gesvres tenta de faire casser son mariage en raison de l'impuissance de son mari. L'affaire n'était toujours pas tranchée en 1717 quand elle mourut.

et lanterner. Il séchait sur pied. Ce grand malin me pria de m'entremettre, les hommes sont comme cela. Une somme rondelette me revint, nous avions prétexté de petites dettes à régler. Il l'a épousée, et il est entré en enfer. Elle lui a mis autant de cornes que Paris a de clochers. Et la garce est gourmande, vorace, coquette, aimant les beaux atours, son bien-être et la bonne chère !

— Mais, dit Nicolas, n'est-elle pas de bonne famille ? Un homme fortuné est son parent, à ce qu'on dit ?

Les yeux de la Paulet s'ouvrirent et le fixèrent froidement. Elle s'humecta les lèvres.

— Mon mignon, vous avez l'air d'en savoir aussi long que moi sur la question…

Nicolas se sentit envahi d'une sueur froide.

— Le commissaire Camusot m'avait dit qu'un sien cousin était docteur…

Le nom du commissaire parut la rassurer.

— C'est avec raison que Camusot vous a dit cela. Les parents de la Lardin sont morts de la petite vérole alors qu'elle n'avait que quatorze ans. Son cousin Descart, le docteur, s'est arrangé pour capter l'héritage et mettre l'enfant en apprentissage chez une modiste. Arriva ce qui devait arriver, elle se trouva dans la situation de s'offrir et de céder au premier venu. C'est ainsi qu'elle arriva chez moi, ayant, pour le moins, rôti le balai[1]. Et moi, dont le cœur est si tendre, je lui ai ouvert les bras et l'ai lancée dans le monde.

Elle s'essuya avec insistance le coin d'un œil où perlait une larme improbable et vida son verre d'émotion.

— Elle doit bien haïr ce parent dénaturé ? risqua Nicolas.

— Quand vous connaîtrez mieux les femmes, mon mignon, vous apprendrez qu'avec elles le probable n'est jamais tout à fait certain. Elle serait au contraire du dernier bien avec lui. Elle sait où elle va et m'est avis

1. Avoir mené une vie dissolue.

qu'elle récupérera un jour son héritage, d'une manière ou d'une autre. La connaissant, je la crois capable de se venger plus cruellement encore, d'autant que le bougre en question, autre client de ma maison, ne vaut pas la corde pour le pendre. Un paillard honteux, un puant de sacristie à qui il faut servir du chocolat à l'ambre et à la cantharide[1] pour lui permettre de mener à bien son affaire. Ce matagot qui dispute le moindre denier et à qui il faut organiser des rendez-vous discrets, à précautions, à simagrées et à masques, à qui il ne faut que des morceaux friands de premier choix qu'il n'est pas même foutu d'honorer…

— À ce point ?

— Pire. Imaginez qu'il est venu, vendredi dernier, et a trouvé moyen de se prendre de querelle avec ce coquin de Lardin. Ils m'ont mis un beau gâchis !

— Était-ce bien prudent pour un homme que vous me décrivez comme si soucieux de sa réputation de venir ici un soir de carnaval ?

— Justement, mon mignon, un soir de carnaval il est d'usage d'être masqué et personne n'aurait dû le reconnaître. Je ne sais comment tout cela est arrivé. Enfin, le plus curieux, c'est que… Mais assez sur ce jean-foutre. Examinons plutôt nos affaires.

Plus tard, Nicolas revivrait cet instant comme celui de sa véritable entrée dans la police. En quelques minutes, il avait en effet franchi la frontière qui sépare l'honnête homme, ancré sur des vérités solides, aux contours délimités, et la créature de police qui ne doit jamais perdre de vue le but ultime de sa recherche. Cet art difficile impose des reniements, des calculs et… des scrupules à écarter. Il comprit que, pour marcher avec efficacité dans la voie difficile qu'il avait choisie, il devait sacrifier tout ce qu'il

1. Aphrodisiaques utilisés au XVIIIe siècle. L'excès de poudre de cantharide (mouche tropicale) pouvait être mortel.

croyait jusque-là être beau et noble. Il mesura avec effroi les choix que cela impliquait.

Il réfléchit si vite qu'il n'eut pas vraiment le sentiment de ce marchandage intime. Jamais, par la suite, il ne parviendrait à reconstituer le fil de sa méditation et l'étincelle qui l'avait déclenchée. Une voix intérieure, et pourtant étrangère, lui soufflait ce qu'il devait faire. Il céda à son impulsion, se pencha vers la Paulet et, lui saisissant les deux mains, lui dit d'un air sarcastique :

— Le plus curieux, en effet, madame, c'est que vous savez parfaitement que cette rencontre n'était pas fortuite et que, si Descart était là, c'est qu'il y était invité.

Sans doute sensible au changement de ton de Nicolas, le perroquet se mit à piailler, tandis que la Paulet s'agitait et tentait, sans succès, d'échapper aux poignes de fer qui enserraient ses bras. Elle remuait la tête, la bouche vermillon s'ouvrait comme si elle ne parvenait pas à reprendre sa respiration. Un fragment de blanc tomba sur la robe et se dissipa en un léger nuage. Sous l'effet de la surprise et de la colère, son masque se fissurait en débâcle.

— Sale petit pouacre. Lâche-moi, tu me fais mal ! Qu'as-tu à fouiller ainsi ? Tu es plus mouchard que les mouches ! C'est Descart qui t'a dit cela ? Je lui réserve un chien de ma chienne.

— Non, c'est Lardin, jeta Nicolas qui attendit la réaction.

Elle le regardait, hébétée.

— Ce n'est pas possible.

— Et pourquoi donc ?

— Mais… je ne sais pas.

— Moi, je sais quelque chose, lâcha en rafale Nicolas, c'est que la Paulet file un mauvais coton, que la Paulet, croyant parler à un acolyte du commissaire Camusot, s'est trompée de public, qu'elle a lâché beaucoup de propos graves et circonstanciés qui font qu'il y a mille raisons de fermer le *Dauphin couronné*, d'arrêter ladite Paulet, de la transférer au Châtelet, de l'y faire interroger par le bourreau, de la faire condamner et enfermer à vie, toute brisée et sanglante, à l'Hôpital général ou à la Grande Force. Que toutes ses prétintailles d'arguments n'y feront rien, ni ses protections qui s'évanouiront à l'annonce de son arrestation. En un mot, madame, vous avez eu le malheur de me prendre pour qui je ne suis pas.

— Mais enfin, qui êtes-vous ?

— Je suis l'envoyé de M. de Sartine, lieutenant général de police, madame.

Nicolas, à la vue de la Paulet effondrée, sut que le poisson était ferré et qu'il devenait politique de laisser un peu de mou dans la prise. Il revit une petite anse rocheuse, dans l'embouchure de la Vilaine, entre Camoël et Arzal, où il allait, avec des coquins de son âge, pêcher les grands saumons qui remontaient le courant. La Paulet était prise, il fallait la forcer à cracher le morceau.

— Que voulez-vous de moi, monsieur ?

— Allons, allons, nous ne sommes pas mauvais garçon. Vous m'avez très aimablement accueilli ; vos bontés n'ont pas touché un ingrat. Mais il faut être sérieux. Si vous voulez que j'arrange vos affaires, vous devez, sans barguigner, vous ranger du bon côté, c'est-à-dire du côté du plus fort, du côté où les sûretés seront les plus assurées. Voilà, dans votre situation, un argument à ne pas négliger.

Le poisson reprit mouvement et tenta de faire diversion.

— Je ne peux vous aider en rien. Je ne suis qu'une pauvre femme victime des méchants. J'ai obéi à la police. Réglez vos comptes entre vous.

— J'écarte cette affaire-là, que nous reprendrons plus tard. Ce que je veux savoir, c'est pourquoi et comment Descart s'est trouvé là vendredi soir.

— Je n'en sais rien.

— Il avait coutume de venir à l'improviste ?

— Sans doute.

Le poisson gagnait du terrain, sa nage était plus ample et il songeait à rompre la ligne. Il n'était que temps de faire à nouveau sentir la pointe. Il sortit la montre de son tuteur, qui venait de sonner onze heures.

— Je vous donne trois minutes pour me dire, de la manière la plus précise et la plus exacte, les conditions de la visite, ici, vendredi soir, du docteur Descart. Ce délai écoulé, je vous traîne au Châtelet.

— Le commissaire Lardin l'avait invité.

— Pour se battre ensuite avec lui ? Cela n'a pas le sens commun.

— C'est tout ce que je sais.

— Ou c'est tout ce que vous voulez dire ?

La Paulet paraissait butée. Le visage fermé, tassée sur elle-même, elle ressemblait à une de ces idoles païennes dont l'ami Pigneau avait montré des gravures à Nicolas, un jour qu'il rêvait à son voyage futur dans les Indes orientales. Le jeune homme décida de sortir le poisson de l'eau. Il brandit, sous les yeux de la Paulet, le morceau de billet trouvé dans le pourpoint de cuir de l'inconnu de Montfaucon. Il le tenait de telle manière qu'elle ne puisse voir qu'il n'avait que la moitié du document.

— Vous reconnaissez votre écriture et votre signature, madame ?

La Paulet se tordit en arrière et poussa un hurlement strident. Prise de frénésie, elle déchirait ses vêtements. Le salon cossu se transforma d'un coup en pandémonium. Le perroquet s'envola, se cogna aux murs et au lustre dont les tintements cristallins ajoutèrent à la cacophonie ambiante. La négrillonne entra en coup de vent, hurlant elle aussi, et criant à l'assassin. Elle était suivie du singe qui se mit à sauter et à tourner sur lui-même comme un derviche de la Porte. Nicolas, impassible, se leva, saisit un des carafons du cabaret et, visant un espace de carrelage entre deux tapis, le fracassa sur le sol. Le geste et le bruit les frappèrent de stupeur.

La Paulet se redressa, le perroquet se posa sur le Cupidon qui surmontait la pendule de la cheminée et entreprit de mettre en pièces la chandelle d'un bougeoir ; le singe se réfugia sous la jupe de sa petite maîtresse, qui se figea, les mains sur la tête et la bouche grande ouverte sur des dents éclatantes de blancheur. Ce visage frappa Nicolas, qui ne parvint pas à saisir la pensée furtive que sa vue suscitait en lui.

— Il suffit, dit-il. Jeune fille, apportez-moi de quoi écrire.

Ce fut le singe qui quitta la pièce le premier. Il jaillit de la jupe et, ventre à terre, fila dans le vestibule. La négrillonne obéit et sortit à son tour.

— Madame, reconnaissez-vous ce papier ?

— Je n'ai été qu'un instrument, mon bon jeune homme, répondit la Paulet, qui reprenait ses esprits. Lardin m'a demandé un service. Il s'agissait d'inviter Descart, sous le prétexte de rencontrer une nouvelle fille. Le billet était accompagné de l'envoi d'une lévite noire et d'un loup à chute de satin. J'ai obéi. C'est tout, foi de Paulet. Je vous conjure de me croire. Je suis, dans mon genre, une honnête femme. Je donne aux pauvres et fais mes Pâques.

— Je ne vous en demande pas tant. Vous êtes désormais sous ma protection. Protection gracieuse, voyez comme vous gagnez au change.

La servante lui tendit un plateau avec du papier, une plume et un encrier. Il écrivit quelques mots et tendit la feuille à la Paulet.

— Si vous avez besoin de moi, ou s'il advient quelque chose que vous jugez utile de me faire connaître, envoyez-moi ce message sans signature.

Elle lut le papier où étaient inscrits ces mots : « Le saumon est sur la berge. »

— Que signifie…

— Peu vous importe, cela signifie beaucoup pour moi. Une dernière chose. Écrivez : « Je reconnais être l'auteur du billet adressé à M. Descart, l'invitant au *Dauphin couronné*, le vendredi 2 février 1761. »

Elle s'évertuait, en tirant la langue, à former des mots d'une écriture enfantine.

— « Et cela à la demande expresse du commissaire Lardin. » Signez… Je vous remercie, madame, notre entretien fut des plus fructueux.

Nicolas quitta les lieux très satisfait de lui-même et avec le sentiment du devoir accompli. Son enquête avait considérablement progressé, d'autant plus que l'affaire des jeux et celle de la disparition de Lardin paraissaient désormais s'articuler entre elles. Il disposait à présent d'un témoin précieux. Les manigances de Camusot s'éclairaient d'un jour nouveau, dévoilant la collusion entre les deux magistrats de police. Il s'avérait que Lardin était bien tombé dans un piège lié à l'enquête qu'il menait dans les milieux du jeu et qu'un chantage s'exerçait sur lui. Son image ressortait bien abîmée de ces découvertes successives.

Quant à sa femme, les impressions de Nicolas se confirmaient et il comprenait mieux la raison du malaise où le plongeait chacune de leurs rencontres. Si son mari avait vraiment été assassiné, plusieurs hypothèses apparaissaient plausibles. Soit qu'il ait été dans l'impossibilité de faire face à ses dettes et que les menaces de ses créanciers aient été mises à exécution, soit encore que Descart, démasqué dans ses turpitudes, se soit vengé en le tuant. Quels étaient, dans ce cas, le rôle et la responsabilité de Louise Lardin ?

L'avantage de tout cela c'était que Semacgus paraissait hors de cause, n'ayant été ni de près ni de loin compromis dans ces affaires, à l'exception de sa passade avec Mme Lardin. Enfin, Nicolas comprenait maintenant les réticences et la discrétion de M. de Sartine, incertain de la loyauté de Lardin et soucieux de ne pas donner l'alarme au commissaire Camusot.

Guilleret, Nicolas courait presque, sautant les monticules de neige et glissant joyeusement sur les plaques de glace. Il était impatient, pour le coup, de faire un compte rendu complet à M. de Sartine dont il imaginait déjà la surprise et la satisfaction.

Pour rejoindre au plus vite le Châtelet, où le lieutenant général tenait son audience du mercredi, il décida de prendre un fiacre. Comme il observait la rue afin de trouver quelque voiture disponible, il entendit derrière lui, assourdi par la neige, le bruit d'un véhicule qui menait grand train. Il remarqua, en un éclair, le cocher au visage emmitouflé. Il lui fit signe d'arrêter mais, à vingt pas, le conducteur fouetta son cheval qui partit au galop. La voiture fonçait maintenant sur lui. Son dernier geste conscient fut de tenter de s'écarter, mais l'espace entre lui et les maisons était trop restreint ; il fut brutalement heurté à l'épaule, projeté en l'air et retomba sur le pavé glacé où sa tête rebondit. Un grand éclair jaillit devant ses yeux, puis il sombra dans l'inconscience.

## VII

# BRUITS ET FUREURS

*I pall in resolution, and begin*
*To doubt the equivocation of the fiend*
*That lies like truth...*

Ma résolution s'affaiblit, et je commence
À soupçonner une équivoque du démon
Qui ment tout en semblant dire vrai...

SHAKESPEARE

— Eh bien, Nicolas, comment te sens-tu ? Tu m'as fait une jolie peur !

Il tenta d'ouvrir les yeux, porta la main à sa tête et sentit, derrière l'oreille gauche, une énorme bosse recouverte d'un morceau de taffetas. Il était allongé, nu, dans un lit. Une jeune femme en chenille[1], assise sur une chaise auprès de lui, le regardait en souriant. Il remonta le drap jusqu'au cou et l'interrogea du regard.

— Tu ne me reconnais pas ? Antoinette, ton amie.

1. En tenue déshabillée.

— Mais oui… Que m'est-il arrivé ? Je rêvais d'une chute de cheval.

— Il s'agit bien d'un cheval ! Ce matin, au sortir de chez moi, j'ai vu un fiacre essayer de t'écraser. Tu peux m'en croire, on voulait te tuer, et le cocher a dirigé sur toi. Tu as été renversé et il ne s'est pas arrêté. J'ai couru, tu perdais du sang et tu étais si blanc que j'ai eu peur. Je t'ai fait porter dans ma chambre et j'ai appelé un voisin barbier qui t'a pansé et saigné. Il a dit que tu n'étais qu'assommé. Et te voilà réveillé, j'en suis bien heureuse.

— Qui m'a dévêtu ?

— Eh quoi ! Toujours aussi pudique ! C'est moi, et ce n'est pas la première fois… Tu ne voulais pas que je gâche ma couchette avec tous tes vêtements boueux et sanglants ?

Il rougit. Antoinette avait été, au début de son premier séjour à Paris, une petite distraction dont il s'accusait souvent en pensant à Isabelle. La gentillesse et la simplicité de la jeune fille l'avaient séduit et ému. Elle travaillait comme femme de chambre chez l'épouse d'un président au Parlement. Toujours rieuse et discrète. Elle ne lui avait jamais rien demandé. Il éprouvait pour elle une tendre amitié et lui avait fait de petits cadeaux – un châle, un bouquet, un dé à coudre en argent – et l'avait quelquefois emmenée, aux beaux jours, déjeuner dans une guinguette des faubourgs.

— Quelle heure est-il donc ?

— L'Angélus vient de sonner à Saint-Roch.

— Comment, si tard ? Il faut que je parte.

Il tenta de se lever, mais un vertige le rejeta sur sa couche.

— Tu dois te reposer encore un peu, Nicolas.

— Mais, toi ? Ton service ?

Elle détourna le regard et ne répondit pas. Elle frissonna, la chambre n'étant pas chauffée. Elle entra dans le lit et se blottit contre lui. Il éprouvait une grande reconnaissance pour elle. Il retrouva son parfum, sa douceur, et il lui sembla rejoindre un rêve interrompu. Il ne la vit pas se dévêtir et n'eut pas le courage de la repousser. Il se laissa aller aux gestes habituels et toujours nouveaux, mais il n'avait jamais ressenti pareille langueur. Ses gestes étaient ralentis et ses sensations exacerbées. Avant de s'abandonner à une torpeur heureuse, il éprouva sans remords le bonheur de ce moment d'apaisement.

*Jeudi 8 février 1761*

Une odeur de café[1] réveilla Nicolas. Il se sentait dispos, même si sa blessure à la tête se rappelait à son souvenir par des élancements douloureux. Antoinette, déjà vêtue, lui tendit un bol de café et un petit pain. Elle était descendue faire ses emplettes au petit matin. Nicolas l'attira vers lui et l'embrassa. Elle se dégagea en riant.

— Les chutes te réussissent, tu n'étais pas le même hier soir. Plus tendre, plus…

Il buvait son café sans répondre. Il la considérait avec un mélange d'attendrissement et de confusion.

— Antoinette, tu n'es plus logée chez le président ?

Il se souvenait d'une petite chambre et d'un escalier de service en colimaçon qu'il gravissait, les souliers à la main, tremblant d'être découvert.

— C'est une longue histoire, répondit la jeune fille. J'étais heureuse depuis deux ans dans cette maison. La tâche n'était pas rude et Madame était douce avec moi. Mais, il y a un an, un cousin de Monsieur s'est installé dans leur hôtel et a commencé à me tenir des propos de galanterie. Au début, j'ai ri et les ai ignorés en lui disant que je n'étais pas entrée dans cette maison pour y trouver mon déshonneur et que je n'étais pas faite pour le liber-

1. Le café devient rapidement, au XVIII$^{e}$ siècle, une boisson très populaire, notamment mélangé avec le lait.

tinage, qu'il avait d'ailleurs une femme, jeune et jolie, à laquelle il devait se consacrer…

Nicolas s'en voulut de penser que, sa vertu, elle l'avait jetée par-dessus les moulins en sa compagnie.

— Dès lors, reprit-elle, il n'a cessé de me poursuivre, tellement qu'un soir de janvier de l'année dernière, alors que je sortais de la chambre de Madame et regagnais ma mansarde, il m'a suivie dans ma chambre, m'a prise à bras-le-corps et je me suis évanouie…

— Et alors ?

— Il a profité de ce moment. Quelque temps après, j'ai eu la suppression de mes mois. J'ai tout avoué à la présidente qui, très dévote, m'a turlupinée sur cette affaire. Elle n'osait en parler à son mari, tant il était entiché de son cousin. Finalement, j'ai été chassée et jetée à la rue. J'ai fait mes couches en décembre et le coupable a refusé de m'aider. J'ai placé l'enfant en nourrice à Clamart. Que pouvais-je faire, seule, sans appui et sans recommandations ? Madame m'avait tout refusé.

— Pourquoi ne m'as-tu pas prévenu ? Et l'enfant, es-tu assurée qu'il n'est pas de moi ?

— Tu es gentil, Nicolas. J'ai fait mes comptes et il y avait longtemps déjà que tu ne me voyais plus. C'est ainsi que j'ai dû m'abandonner à une nouvelle vie. Tu n'apprendras que trop vite, dans ton office, que je travaille pour la Paulet. On m'appelle désormais « la Satin ».

Nicolas se redressa brusquement et lui saisit les poignets. Toujours spectateur de lui-même, il nota que cette manière d'imposer sa volonté aux femmes qu'il interrogeait devenait une habitude. À cette constatation ironique se mêlait le sentiment d'effroi dans lequel l'avait plongé ce que venait de dire Antoinette. Quel génie malicieux et pervers orientait ainsi sa vie, pour qu'à la coïncidence de son accident, sous les yeux de la jeune femme, s'ajoute le fait qu'elle se trouvait être un témoin important de son enquête ?

Prompt à tirer les leçons de ses erreurs, il s'en voulut aussitôt de ne pas avoir poussé plus avant l'interrogatoire de la Paulet. Il aurait pu ainsi vérifier l'exactitude des dires de Semacgus sur le détail de la soirée du 2 février. Il était bien revenu de sa première satisfaction ; c'était vraiment du travail d'apprenti et il était encore un enfant dans ce métier difficile ! Il obéissait trop à des impulsions qu'il qualifiait vite d'intuitions. Rien de tout cela ne remplaçait une bonne méthode…

Ainsi, la fille avec laquelle Semacgus avait passé la nuit, c'était Antoinette ! Il en éprouva un malaise confus où se conjuguaient un peu de honte sur lui-même et de la compassion pour son amie que le destin contraignait à mener cette vie.

Antoinette, pâle et effrayée, était redevenue la petite fille qu'elle était il n'y avait pas si longtemps. Les cheveux blond cendré relevés laissaient voir la nuque délicate où il aimait tant presser les lèvres. Son visage se marbrait de plaques rouges.

— Tu m'en veux, Nicolas ? Je le vois bien, tu me méprises.

Il desserra son étreinte et lui caressa la joue.

— Antoinette, ce que je te demande est très important. Tu vas me promettre de répondre avec la plus grande sincérité. Il y va de la vie et de l'honneur d'un homme.

— Je te le promets, répondit Antoinette, surprise.

— Qu'as-tu fait vendredi dernier ? Plus exactement dans la nuit de vendredi à samedi ?

— La Paulet m'avait demandé d'attendre un client.

— Tu le connaissais ?

— Non, elle m'avait seulement recommandé d'avoir l'air innocent, et un peu fille de qualité. J'en aurais profité pour essayer de lui tirer quelques deniers de plus ; c'était un peu particulier…

— Que s'est-il passé cette nuit-là ?

— Le visiteur prévu n'est pas venu et quelqu'un d'autre est monté.

— Et celui-là, tu le connaissais ?

— Non plus. Pourquoi ?

— Peux-tu le décrire ? fit Nicolas sans répondre.

— Un grand homme rubicond, un vieux dans les cinquante ans, mais je n'ai pas eu le temps de le dévisager. Il m'a remis le jeton et m'a donné un louis en me demandant de dire que nous étions restés ensemble jusqu'à trois heures du matin, et puis il est parti.

— Qui l'a vu sortir ?

— Personne, il a pris la porte dérobée du jardin par laquelle les joueurs se retirent en cas de descente de police.

— Il était quelle heure ?

— Un quart d'heure passé minuit. Je n'ai rien dit à personne, même à la Paulet. À l'aube, je suis rentrée ici.

— Où sont mes habits ?

— Tu me quittes déjà, Nicolas ?

— Il le faut. Mes vêtements.

Il était fébrile et impatient de quitter cette chambre où, depuis quelques instants, il étouffait en dépit du froid.

— Je les ai brossés ce matin et recousus par endroits, dit timidement Antoinette.

Il sortit du lit pour s'habiller, puis il fouilla dans ses poches et en sortit le jeton trouvé dans le pourpoint de cuir. Il le lui montra.

— Tu reconnais cela ?

Elle éleva l'objet au-dessus du bougeoir pour l'examiner.

— C'est un jeton du *Dauphin couronné*, mais pas celui habituel. Ce modèle est donné par la Paulet à ses amis pour s'amuser gratis. Tu vois, il n'y a pas de numéro à l'envers.

— Celui de ton client en portait-il un ?

— Oui, le 7.

— Je te remercie, Antoinette. Voici quelque argent pour la nourrice…

Il s'arrêta, confus, et la reprit dans ses bras.

— Ce n'est pas pour cette nuit, tu comprends cela ? Je ne voudrais pas que tu croies… C'est pour l'enfant.

Elle lui sourit gentiment et tapota son habit.

Lorsque Nicolas se retrouva dans la rue, quelque chose s'était brisé en lui. Il était loin de la fébrilité joyeuse qui l'avait saisi au sortir de chez la Paulet. Il subissait le contrecoup des derniers événements et éprouvait un remords qu'il ne parvenait pas à s'expliquer. Il était également obsédé par l'idée que Semacgus l'avait trompé : le chirurgien redevenait un suspect, et non des moindres, s'il s'avérait que le corps retrouvé était bien celui de Lardin.

Le jour tardait à se montrer. Le dégel commençait et Nicolas ne voyait pas à trois pas. La rue était une sorte de tunnel noir empli d'un épais brouillard. Il marchait à l'aveuglette, pataugeant dans des gadoues immondes, heurtant des ombres blafardes, incertaines, qui se hâtaient ou semblaient piétiner en silence. Parfois, la nappe s'entrouvrait, laissant apparaître les murailles brunes des maisons ; il fut contraint, un long moment, de les suivre en tâtonnant.

La traversée des rues était périlleuse, et Nicolas conservait de l'agression de la veille la peur d'entendre surgir derrière lui une voiture qui tenterait à nouveau de l'écraser. Il n'avait jamais autant songé à sa mort qu'aujourd'hui. Il mesurait, plus encore que dans l'église de Guérande, lors des funérailles de son tuteur, la fragilité de l'être humain. Que sa tête eût porté un peu plus rudement sur le pavé, et il serait, à cette heure, un de ces débris disloqués et sanglants que la pierre froide de la Basse-Geôle recueillait chaque matin. Il aurait voulu prendre un fiacre, mais où en trouver au milieu de ces nuées ? Il se souviendrait longtemps de cette errance, qui lui parut durer des siècles. L'aube, peu à peu, s'ébauchait avec effort. Une clarté pâle dominait les ténèbres des rues. Nicolas retrouva des visages et un semblant de vie reprit autour de lui avec ses cris et ses appels habituels. Après s'être égaré plusieurs fois, il finit par se retrouver rue Saint-Germain-l'Auxerrois et, de là, regagna le Châtelet par la Grande Boucherie et la rue Saint-Leuffroy.

Au moment où il s'engageait sous le porche obscur de l'édifice, une voix l'appela par son nom. Il se retourna et se trouva devant une sorte de trapèze ambulant dont le centre était constitué par un homme coiffé d'un haut chapeau. Il semblait avoir des ailes repliées de chaque côté de son corps. Nicolas reconnut Jean, un Breton de Pontivy, et son chalet de nécessités. Plus connu sous le nom de « Tirepot », ce personnage s'était pris d'amitié pour lui et le faisait profiter des observations que son occupation lui permettait de recueillir au cours de ses déambulations à travers la ville. Ce n'était pas une mouche attitrée, mais une sorte d'officine de renseignements et d'anecdotes, une chronique vivante de la capitale. Ses informations s'étaient souvent révélées fort utiles.

Les latrines publiques manquaient cruellement à Paris et le promeneur était fort embarrassé, dans les rues populeuses, quand le besoin le pressait. Sauf à chercher un endroit désert, difficile à trouver, ou à se soulager dans une maison inconnue, avec tous les risques que cela comportait, on avait recours à ce personnage curieux, qui dissimulait, sous une ample robe de toile, deux seaux suspendus à une barre transversale portée sur les épaules. Tirepot avait perfectionné le système en se fixant, en bas du dos, un tabouret qui lui permettait de s'asseoir pendant que ses pratiques officiaient, ce qui facilitait la conversation.

— Nicolas, installe-toi, j'ai des choses graves à te conter.

— Je n'ai pas le temps. Mais reste dans les parages, je te verrai tout à l'heure.

Jean acquiesça et reprit sa tournée. Son cri habituel : « Chacun sait ce qu'il a à faire » résonna sous les voûtes. Nicolas entra au Châtelet. Jamais l'édifice de police et de justice, baignant dans sa lumière livide de crypte, avec ses relents de moisissure, ne lui avait paru aussi sinistre et conforme à sa réputation. Une lourde torpeur commençait à l'engourdir ; il était las de corps et d'esprit, et savait cependant qu'une journée difficile l'attendait. Il tenta de se ressaisir et de chasser les pensées sinistres qui le tourmentaient.

Comme il s'engageait dans le grand escalier, il ne prit pas garde à un personnage immobile, campé sur un degré, qui le regardait monter. La suite fut rapide et brutale. Une ombre surgit devant lui, dont il ne perçut, au début, qu'un remugle aigre de sueur et de cuir mouillé. Il fut jeté contre la muraille, son chapeau tomba et sa tête, encore douloureuse, heurta la paroi. Sa blessure se rouvrit et une main le saisit à la gorge. Il distinguait maintenant le visage de son agresseur, que celui-ci ne cherchait d'ailleurs pas à dissimuler. C'était celui d'un homme encore jeune, le crâne aux cheveux courts sillonné d'une cicatrice. Au premier regard, il offrait une impression d'équilibre et de douceur, mais cette première image était aussitôt détruite par la lueur implacable des yeux immobiles. La bouche aux lèvres minces se serrait si fort, quand elle se crispait, que l'ensemble du visage, vide de sang et de vie, était celui de la mort.

L'homme tenait fermement Nicolas. Ses traits se remodifièrent du tout au tout, reprenant leur beauté première. Nicolas fut terrifié d'être à la merci de cet être double.

— Un conseil, monsieur le Breton ; tu y as échappé hier, tu ne t'en tireras pas aussi bien la prochaine fois. Oublie ce que tu sais, ou alors…

L'homme fit un geste plus violent et Nicolas sentit qu'une arme le blessait à hauteur des côtes, mais sans pénétrer vraiment. Il fut lâché, repoussé contre la muraille où sa tête se heurta à nouveau. L'homme bondit, dévala les degrés et disparut.

Nicolas sut qu'il n'oublierait jamais ces yeux pâles et verts. Ce regard sans vie, il l'avait reconnu, c'était celui d'un reptile. Il se revit enfant, accroupi dans le marais près de Guérande, s'apprêtant à saisir au bond une grenouille qu'un pétale de coquelicot, accroché au bout d'un fil, avait attirée. Une couleuvre monstrueuse s'était dressée qui, avant de s'emparer de la proie, avait froidement fixé Nicolas de son regard immobile.

Cette nouvelle agression, accomplie de sang-froid dans l'édifice même des lois, prouvait en tout cas à quel point son enquête menaçait de sombres intérêts et combien ceux qui avaient armé son agresseur se sentaient intouchables pour le frapper ainsi, en plein jour.

Nicolas se traîna jusqu'au palier. Son cœur battait à coups si précipités qu'il ne parvenait pas à reprendre son souffle. Dans l'antichambre du lieutenant général, son vieil ami l'huissier, assis à sa table de sapin, ne le vit pas entrer. Il était absorbé tout entier par l'une de ses occupations favorites : il râpait une carotte de tabac et le produit de cette opération était ensuite récupéré avec soin, de manière à n'en perdre aucune miette, et placé dans une petite boîte d'étain. La respiration précipitée de Nicolas lui fit lever la tête et il poussa une exclamation de surprise en découvrant le jeune homme tout ensanglanté.

— Ma Doué, comme vous voilà fait, monsieur Nicolas ! Je vais quérir du secours. M. Bourdeau vous cherche et il ne doit pas être loin. Marie, Joseph, que vous est-il arrivé ?

— Ce n'est rien, une blessure à la tête qui s'est rouverte. Cela saigne toujours beaucoup à cet endroit. Il faut que je voie M. de Sartine sur-le-champ. Est-il là ?

Nicolas dut s'appuyer des deux mains sur la table pour ne pas piquer du nez ; sa vue se troublait et tout vacillait autour de lui. L'huissier sortit d'une de ses poches une fiole de verre et, après avoir vérifié d'un coup d'œil qu'ils étaient bien seuls, l'invita à boire.

— Buvez, c'est du bon ! Dame, par ces froids, j'ai toujours sur moi ma petite réserve de rhum, comme tout vieux matelot. Allez, cela vous requinquera.

L'infâme tord-boyaux fit tousser Nicolas, mais le contrecoup de l'alcool lui remit de la chaleur au corps et lui rendit ses couleurs.

— À la bonne heure, vous avez déjà meilleure mine ! Vous êtes plus gaillard, hein ? Voulez voir M. de Sartine, cela tombe bien. Il m'a ordonné de vous introduire sans lambiner si vous paraissiez. Il n'était guère de bonne humeur, lui toujours si égal. Il tourmentait sa perruque, c'est tout dire…

Décidément, tout le monde l'attendait, ce matin !

L'huissier gratta la porte, guetta une invite qui ne vint pas, passa outre et s'effaça devant Nicolas.

La pièce familière paraissait vide. Seuls, le ronflement du feu dans la cheminée et le craquement d'une bûche qui s'effondrait en projetant une pluie d'étincelles troublaient le silence du cabinet. La chaleur saisit Nicolas, accompagnée d'une langueur bienfaisante. Depuis qu'il avait quitté Antoinette, c'était le premier instant de bien-être qu'il connaissait. Immobile et proche de l'engourdissement, il aperçut tout à coup, dépassant des dossiers des fauteuils placés devant le bureau, les sommets de deux perruques. Incapable de faire un geste, il entendit, plus qu'il n'écouta, la conversation qui se déroulait.

— Mais, mon bon, comment en sommes-nous arrivés là ? s'écriait Sartine. Et j'apprends ce matin, par un courrier, une rumeur courant à Londres : Lally, assiégé dans Pondichéry, aurait capitulé[1] ! Nos possessions de l'Inde menacées après celles du Canada, il y a un an…

Une voix aigrelette interrompit le lieutenant général de police.

— Que voulez-vous, nous avions déjà la guerre avec l'Angleterre et il a fallu y ajouter l'alliance avec l'Autriche. À la guerre maritime s'est jointe la guerre terrestre. À courir deux lièvres à la fois… De plus, tout cela demande de l'or, beaucoup d'or, et des chefs. Oui, surtout des chefs. Dans le chaos où le militaire est plongé par le nombre et l'inexécution des lois, par l'avilissement des gradés, l'incapacité des supérieurs et le dégoût des subalternes,

1. Général français, d'origine irlandaise (1702-1766). Après avoir échoué devant Madras, il capitulera à Pondichéry, après une défense héroïque. Accusé de trahison, il fut condamné à mort et exécuté. Son fils obtiendra sa réhabilitation, avec l'aide de Voltaire.

il n'y a que désordres, ambitions effrénées et querelles de cour…

— Mais tout cela n'a-t-il pas été bien pesé ?

— Pesé et pourpensé, monsieur. Mais le chant des sirènes a été le plus fort. Et quand je dis les sirènes… M. de Kaunitz[1], alors ambassadeur de son impériale souveraine, a été la coqueluche de Paris et de Versailles, il a amusé la galerie avec ses valets enfarineurs de perruques…

Une main surgit au-dessus d'un dossier qui vérifia la tenue d'une perruque.

— … Il a fait le joli cœur auprès de la bonne dame[2] à qui on a fait miroiter la reconnaissance impériale. Elle s'est alors découvert des talents de diplomate et un nouveau rôle à jouer, ceux des saynètes des petits appartements ne lui suffisant plus. La dévotion feinte et les grandes affaires, voilà l'avenir des favorites royales vieillissantes ! Pour moi, si je prenais la liberté de juger de l'état de la France, je conclurais que ce royaume ne se soutient plus que par miracle et que c'est une vieille machine délabrée qui achèvera de se briser au premier choc. Je suis tenté de croire que notre plus grand mal est que personne ne voie le fond de notre état. Que c'est même une résolution prise de ne le vouloir pas.

— Mon ami, vous êtes bien imprudent.

— Nous sommes seuls et, en vous parlant, Sartine, je me parle à moi-même ; nous sommes de vieux complices. On dit à Paris que la bonne dame fait rassembler tout ce qui a été écrit sur Mme de Maintenon…

— On le dit et cela est vrai.

— Vous êtes le mieux placé pour le savoir… Mais je m'égare. De fait, il fallait choisir ou la guerre avec l'Angleterre et les charges que cela imposait, ou le retournement hasardeux des alliances avec le risque de la guerre sur terre. Mais ces têtes légères imaginaient que la guerre

1. Chancelier d'Autriche (1711-1794).
2. Jeanne Poisson, marquise de Pompadour.

serait courte. Et les avantages escomptés pour le royaume ? Du vent, de la poudre aux yeux…

— Comment cela ?

— Mais oui ! Chacun a piqué au triple galop enfourchant des chimères. Ah ! Têtes françaises, têtes légères. L'Autriche faisait miroiter tant de choses ! L'infant don Philippe, le gendre du roi, échangeant ses petits duchés italiens contre un établissement aux Pays-Bas. Ostende et Nieuport donnés en gage à la France et occupés par nous, protégeant notre frontière du Nord, si vulnérable. Que n'a-t-on promis pour cet accord, et même des avantages pour nos alliés de Suède, du Palatinat et de la Saxe ! Enfin, l'Autriche, prodigue en belles paroles, s'engageant à ne pas s'opposer aux prétentions du prince de Conti au trône de Pologne. La bonne dame se figurait déjà tenant ces fils fragiles. La fin des hostilités avec l'ennemi Habsbourg était considérée comme un chef-d'œuvre exemplaire de prudence et de politique. Que ne disait-on pas ? Que la paix serait fondée et que l'alliance l'affermirait ! « On » s'est empressé de graver des pierres et des médailles… C'était sans compter avec les Anglais et ce « Salomon du Nord[1] », tant vanté par M. de Voltaire, pour qui le sang français versé est prétexte à églogues.

— La guerre avec l'Angleterre n'a pas dépendu de nous, observa Sartine.

— C'est bien vrai, ils ne nous ont pas laissé le choix. Des pirates, oui des pirates…

Le bruit d'un poing martelant le rebord du bureau fit sursauter Nicolas, qui se demandait s'il devait ou non signaler sa présence.

— Ils nous ont saisi trois cents navires et enlevé six mille marins, sans déclaration, reprit la voix aigre. Et aujourd'hui, notre marine, vous le savez, est entre les mains d'un incapable. Ce Berryer, votre prédécesseur, qui s'est forgé une réputation auprès de la bonne dame, en

1. Frédéric II, roi de Prusse.

caressant ses marottes, en lui rapportant les ragots de la ville et en déjouant d'imaginaires complots, est ministre en charge de ce département. Et M. de Choiseul a voulu un débarquement en Écosse. Un mien ami, qui a servi sur les vaisseaux du roi, m'avait démontré, cartes en main, l'inanité d'un tel projet. De plus…

L'une des perruques disparut, la voix se fit confidentielle.

— De plus, nous étions trahis.

— Comment cela, trahis ?

— Oui, Sartine. L'un de mes collègues, commis aux Affaires étrangères, vendait nos plans aux Anglais.

— A-t-il été arrêté ?

— Que non ! Il ne fallait pas donner l'éveil à Londres. Nous le contrôlons maintenant, mais c'est trop tard. Le mal est fait, le désastre a eu lieu et nous avons encore des vaisseaux de ligne bloqués dans l'estuaire de la Vilaine par la croisière anglaise.

Nicolas se souvint que, dans une de ses dernières lettres, le chanoine Le Floch lui avait conté être allé, avec le marquis de Ranreuil, voir les bateaux français à l'ancre du côté de Tréhiguier.

— Mon ami, demanda Sartine à voix basse, cette trahison a-t-elle un lien avec l'affaire qui nous occupe ?

— Je ne le crois pas, mais le résultat serait le même. La situation est telle que rien ne doit venir compromettre les intérêts de Sa Majesté ou ceux de son entourage. Hélas, depuis notre défaite à Rossbach[1], il convient de ne rien négliger. On a pris le roi de Prusse pour un imbécile et un inconséquent, et voyez le résultat. Tout fut gâché le jour où ce pillard de Richelieu – vous savez que ses soldats l'appellent « le père la maraude » – négocia avec Frédéric au lieu de l'écraser.

— Vous êtes injuste avec le vainqueur de Port-Mahon.

1. Défaite française où Frédéric II écrase le maréchal de Soubise et les Impériaux.

— À quel prix, Sartine, à quel prix ! L'attitude du maréchal en Allemagne a été pire qu'une trahison, c'était de la bêtise. Voilà ce qui arrive, quand on laisse une femme diriger les affaires de son boudoir. La bonne dame voulait laisser à son ami Soubise tout le mérite d'une probable victoire sur Frédéric. Quel autre résultat voulez-vous espérer d'une tactique préparée à trois cents lieues du champ de bataille par son protégé et munitionnaire aux armées, Paris-Duverney[1] ? Depuis, succès et revers alternent avec une désespérante régularité. Et pour quoi, pour quels enjeux, désormais ? Je suis las et triste.

— Allons, allons, vous ne m'avez pas accoutumé à cela. Nous finirons par l'emporter et le roi…

— Parlons-en ! Vous qui le rencontrez, comment le trouvez-vous ?

— Je l'ai vu à mon audience hebdomadaire, dimanche soir à Versailles. Il m'est apparu également bien las et triste. Il avait le visage bouffi, le teint jaune…

— Les petits soupers, les venaisons, le vin… Ce n'est plus de son âge.

— L'humeur était morose, reprit Sartine. Il ne prêtait même pas attention aux petites anecdotes galantes pour lesquelles il a tant de goût et dont je lui apporte toujours de nouvelles. Ce soir-là, ce n'était que considérations sur des morts récentes, de préférence subites, prières des agonisants et autres sujets funèbres. Cela tourne souvent à l'obsession, chez Sa Majesté.

— Surtout depuis l'attentat.

— Vous êtes dans le vrai. Vous connaissez la réponse qu'il fit à La Martinière, son médecin, venu sonder la plaie faite par le canif de Damiens et qui le rassurait en lui disant que la blessure n'était pas profonde ? « Elle l'est plus que vous le croyez, car elle va jusqu'au cœur. » Il m'a également cité son aïeul en me confiant « que l'on n'était plus heureux à son âge ». Il est pourtant beaucoup

1. Financier (1684-1770), ami de Mme de Pompadour.

plus jeune que Louis le Grand, lors des revers de la fin du dernier règne. Enfin, il a longuement évoqué Saint-Denis, « que ne voient jamais les rois, car seuls leurs cercueils les y conduisent le jour de leur pompe funèbre ». Il m'a, bien sûr, pressé sur ce que vous savez...

— La bonne dame a sa responsabilité dans tout cela. Sous le prétexte de divertir le roi de ses idées noires, elle multiplie les occasions de distractions, quand elle ne les organise pas elle-même, dans un certain domaine.

— L'esprit public la prendra en horreur, si nos malheurs continuent. La guerre, la lutte avec les parlements et nos affaires religieuses, tout cela fait beaucoup.

— Pour en revenir à nos affaires, fit l'inconnu, y a-t-il du nouveau ? Je suis perclus d'angoisse à l'idée que... Pouvez-vous me donner espoir ?

Un long silence suivit. Nicolas n'osait plus respirer.

— J'ai mis un de mes gens sur l'affaire. Il ne sait pas ce qu'il cherche. Il est à la fois mon chien et mon lièvre. Il a surtout l'avantage de n'être point connu et de ne pas connaître.

Nicolas sentit ses jambes se dérober sous lui, il se rattrapa de justesse, mais sa main heurta le sol. Ce faible bruit fit l'effet de la foudre tombant dans la pièce. En deux mouvements inversement symétriques, M. de Sartine se retourna et découvrit Nicolas pétrifié, tandis que son hôte tournait le dos tout en dissimulant son visage derrière un chapeau. Puis, le lieutenant général fit un geste impérieux, désignant une bibliothèque derrière son bureau. Le visiteur y courut en sautillant, appuya sur les moulures dorées du meuble. Les rangées de livres pivotèrent, ouvrant un passage dans lequel l'homme s'engouffra et disparut. La scène n'avait pas duré trois secondes.

Maintenant, bras croisés, M. de Sartine considérait Nicolas en silence.

— Monsieur, je ne voulais pas...

— Monsieur Le Floch, ce que vous venez de faire est sans excuses ! Moi qui vous faisais confiance... Sur votre vie, vous n'avez rien entendu. Mais dans quel état êtes-vous ? Voilà ce qu'il en coûte de se vautrer chez les filles. Eh bien, monsieur, qu'avez-vous à dire ?

M. de Sartine se redressa, avec ce petit air vainqueur que lui donnait toujours la satisfaction de prouver qu'il demeurait l'homme le mieux renseigné de France.

— Monsieur, puis-je vous dire très humblement que je ne mérite ni votre colère ni votre ironie. Vous me voyez au désespoir de ce qui vient d'arriver. Je ne l'ai ni cherché ni voulu. L'huissier m'a fait entrer, me disant que vous me cherchiez et aviez ordonné de m'introduire sans désemparer. Étourdi par ma blessure et quasiment en faiblesse, j'ai cru votre bureau vide, et quand je me suis aperçu que vous étiez là avec votre visiteur, je n'ai pas cru devoir me manifester, je ne savais que faire.

Le lieutenant général demeurait silencieux, manifestant ce laconisme dont on disait à Paris qu'il faisait parler les muets et trembler les plus décidés. Nicolas n'en avait jamais éprouvé les effets, son chef ayant toujours été, jusque-là, disert et courtois, avec certains accès de brusquerie ou d'impatience.

— Vous êtes mal renseigné, monsieur…

Nicolas attendit, en vain, une réaction à sa pointe.

— Je n'étais pas chez les filles, comme vous le dites. Hier, mon enquête sur la disparition du commissaire Lardin m'a conduit dans une maison de plaisir tenue par une maquerelle appelée la Paulet. Vous connaissez, sans doute, le *Dauphin couronné* ? Au sortir de cette maison, un fiacre a tenté m'écraser. Renversé sur le pavé, j'ai perdu connaissance. Une fille m'a secouru et m'a conduit dans sa chambre pour me panser.

Nicolas ne crut pas nécessaire d'allonger et de compliquer son récit par des détails particuliers qui ne regardaient que lui.

— Ce matin, j'ai gagné en toute hâte le Châtelet où j'espérais avoir l'honneur de vous parler. Gravissant le grand escalier, j'ai été attaqué une nouvelle fois par un spadassin, qui m'a menacé et blessé, et que j'ai tout lieu de supposer être M. Mauval. Voilà, monsieur, ce qui explique ma tenue et l'égarement dans lequel je me trouvais en entrant chez vous.

Il s'animait de plus en plus et haussait le ton. Sartine demeurait impénétrable.

— Cela étant, monsieur, si j'ai le malheur de vous avoir déplu, ou si je ne jouis plus de votre confiance, il ne me reste plus qu'à repartir dans ma province. Auparavant, je tiens toutefois à vous dire ceci. Sans famille et avec des appuis incertains, écarté brutalement d'un office modeste qui me satisfaisait, j'ai été jeté dans Paris. Vous m'avez accueilli avec bonté et pris à votre service. Ma reconnaissance vous est due. Vous m'avez placé auprès de Lardin dans des conditions qui auraient suggéré au plus imbécile que vous souhaitiez le faire surveiller. Vous m'avez chargé d'une mission par beaucoup d'endroits extraordinaire : enquêter sur la disparition de Lardin. Mais, ce que j'ai été contraint d'entendre à l'instant m'a éclairé sur ce point ; vous ne m'avez accordé nulle confiance et n'êtes pas entré avec moi dans vos arrière-pensées. Je sais que l'incertitude est la marque de la subordination, vous me l'avez appris, mais comprenez bien que je suis parti à l'aveuglette, sans aucune information qui m'aurait pu éviter certains pièges. Avant de prendre congé de vous, je crois utile, monsieur, de vous faire un dernier rapport.

Le lieutenant général ne manifestait toujours aucune réaction.

— Le commissaire avait disparu, reprit Nicolas, et vous m'aviez donné pleins pouvoirs pour le retrouver. Que savons-nous à ce jour ? Lardin devait assister, le soir de sa disparition, à une partie fine au *Dauphin couronné* ; en même temps que son ami, le docteur Semacgus. Une querelle a opposé le commissaire à Descart, cousin de sa femme. On découvre aussi, en enquêtant sur le même Descart, l'animosité qui l'oppose à Semacgus – rivalités de médecins ou autres. Que Descart dissimule sa présence à la soirée chez la Paulet. Survient la vieille Émilie, marchande de soupe, qui, par son récit effroyable, nous conduit à Montfaucon. Le transport de justice au Grand Équarrissage est surveillé par un mystérieux cavalier. L'examen des fragments de corps trouvés dans la neige n'emporte la certitude ni dans un sens ni dans un autre. Le cadavre découvert demeure méconnaissable, mais la canne et le pourpoint de Lardin sont ramassés à ses côtés. Nos observations permettent de douter du lieu du crime. Dans le pourpoint, un fragment de lettre de la Paulet et un jeton de bordel sont trouvés. Ces indices pourraient avoir été arrachés lors de la rixe avec Lardin. Je poursuis mon enquête, trompe la vigilance de la Paulet, apprends que le commissaire Camusot et Mauval font chanter Lardin sur de grosses dettes au jeu. Ainsi, l'enquête de Lardin sur Camusot ne pouvait que tourner court. Je découvre que Lardin est un habitué du *Dauphin couronné*, tout comme Descart, qu'il y a trouvé sa femme, alors « pensionnaire », et que celle-ci le ruine et le trompe : elle est notamment la maîtresse de son cousin, le docteur Descart. Enfin, il se confirme que Lardin avait fait inviter Descart par la Paulet, à la soirée durant laquelle il disparaît. J'apprends, en outre, que le docteur Semacgus n'a pas passé la nuit avec une fille du bordel et que son serviteur nègre, Saint-Louis, a également disparu. Voilà, monsieur, avec deux agressions commises sur la personne de votre représentant, le résumé d'une enquête que je confie à votre réflexion. Je découvre aujourd'hui que je n'étais entre vos mains qu'un instrument : je ne savais pas ce que je cherchais ni quel lièvre je devais courir. J'ose supposer que vous avez de hautes raisons pour me traiter de la sorte. Monsieur, je vous demande mon congé, en vous priant de croire que je demeure votre très humble, très obéissant et très reconnaissant serviteur.

En dépit de son émotion et du sang qui martelait ses tempes, Nicolas se sentit libéré par son discours. L'étau qui comprimait sa poitrine s'était peu à peu desserré au fur et à mesure que s'envolaient les mots irréparables. Ce qu'il éprouvait en cet instant n'était pas éloigné de la jubilation. Si précis qu'eût été le résumé de son enquête, il avait laissé de côté certains détails. Il n'en était pas autrement fier ; cette petitesse ne le grandissait pas à ses yeux, mais, ayant brûlé ses vaisseaux, c'était sa petite vengeance, sa réponse à l'humiliation ressentie. Il éprouvait toujours une colère sourde d'avoir été considéré comme un poids négligeable par un homme qu'il respectait et qui lui avait confié une tâche à laquelle il s'était consacré corps et âme. Tout était consommé, il pouvait se laisser aller. L'avenir, son destin, le lendemain, tout ce qui avait été sa vie à Paris lui étaient, pour le moment, indifférents.

Il s'apprêtait à quitter la pièce quand M. de Sartine eut un geste brusque invraisemblable. Il avait arraché sa perruque, qui voltigea jusqu'au centre du bureau, et fourragé nerveusement dans sa chevelure. Il se dirigea vers la cheminée et tisonna le feu assoupi, puis, avec détermination, il marcha sur Nicolas qui, surpris de la rapidité du mouvement, ne put s'empêcher de faire un pas en arrière. Le magistrat le saisit aux épaules et l'attira près de lui. Les yeux inquisiteurs le fixèrent un long moment. Le jeune homme supporta sans sourciller cet examen. Puis Sartine l'entraîna doucement vers un fauteuil où il le força à s'asseoir. Il lui tendit un mouchoir de fine batiste.

— Prenez ceci, Nicolas, et appuyez-le fortement sur votre plaie.

Il s'écarta et gagna la porte. Nicolas l'entendit s'adresser à l'huissier.

— Père Marie, vous avez bien votre fiole… Oui, votre fiole. Ne faites pas la bête, et donnez-la-moi.

Il y eut quelques balbutiements confus. Le lieutenant général revint et tendit à Nicolas une petite bouteille de verre dont il avait déjà fait connaissance.

— Avalez une gorgée de ce poison, cela vous fera du bien. Le père Marie se figure que j'ignore ses petites habitudes.

Nicolas se sentit gagné par le fou rire. Du coup, il avala l'alcool de travers et s'étrangla. Il en résulta un hoquet incoercible qui déclencha le rire redouté. Sartine parut un peu inquiet. Il s'appuya contre son bureau.

— Vous êtes bien insolent à l'occasion, monsieur le clerc de notaire qui veut le redevenir. Quelle verve ! Quelle fougue ! Quel talent ! Mes compliments.

Nicolas fit mine de se lever.

— Allons, ne faites pas l'enfant, écoutez-moi. Je ne croyais pas, monsieur, que vous vous hausseriez au niveau de la difficulté de la mission confiée. Une enquête délicate, en effet. Vous avez avancé vite et bien. Je ne suis pas un homme à être surpris, mais vous m'avez étonné. Des ombres subsistent cependant… Il est vrai que, plongé par moi dans les ténèbres, vous ne risquiez pas de trouver la lumière. Le but secret de tout cela… Ah ! Que les choses sont délicates à dire…

Nicolas ressentait la gêne de Sartine et la partageait. À son malaise s'ajoutaient les agitations régulières d'un hoquet persistant, que ses efforts pour le maîtriser ne faisaient qu'augmenter. Le fou rire le reprit, si convulsif qu'il gagna Sartine. Nicolas ne l'avait jamais vu rire, et il s'aperçut que son chef paraissait, dans ce débordement, beaucoup plus jeune. Il se souvint que huit ou neuf ans seulement les séparaient et ce constat le rasséréna. Ils retrouvèrent leur sérieux. Sartine toussa, confus de s'être ainsi débondé.

— J'ai eu tort, grand tort, de vous sous-estimer et de vous utiliser comme si vous n'étiez qu'un automate, dit-il en reprenant son sérieux. Vous avez prouvé votre valeur. J'oublierai ce malentendu…

Nicolas jugea, à part lui, que M. de Sartine la lui baillait belle en tirant un trait sur ce « malentendu ». Toutefois, les torts reconnus balançaient la chose et la « valeur » proclamée pansait bien des plaies.

— Je vois bien qu'il me faut m'ouvrir à vous de mes pensées les plus secrètes. Vous en savez déjà beaucoup. Écoutez-moi.

Nicolas aurait écouté n'importe quoi. Tout à fait maître de lui à présent, Sartine poursuivit :

— J'avais chargé Lardin d'enquêter sur Camusot, que Berryer, mon prédécesseur, soupçonnait de corruption dans la police des jeux. Il s'agissait de nettoyer les écuries d'Augias. J'ai assez vite compris que le commissaire me lanternait et qu'il n'était plus dans ma main. Ranreuil vous a recommandé à moi. Je vous ai placé auprès de Lardin, et ce que vous me rapportiez, innocemment ou non, m'a convaincu de son infidélité. Mais le pire était ailleurs.

La gravité de son propos incita le lieutenant général à recoiffer sa perruque.

— Par les obligations de sa charge, Lardin, à la fin du mois d'août 1760, fut appelé, avec le commissaire Chénon, à poser les scellés et à relever les papiers du comte d'Auléon, ancien plénipotentiaire à Saint-Pétersbourg, qui venait de décéder ; c'est une pratique habituelle pour tous ceux qui ont pris part à des négociations d'État. L'ordre venait de M. de Choiseul. Or, nous avons acquis la certitude que Lardin a dérobé plusieurs documents et, notamment, des lettres de la main du roi et de Mme la marquise de Pompadour. Quelques jours avant sa disparition, je l'ai convoqué. Il m'a menacé – vous entendez, menacé – de divulguer ces pièces auprès de puissances étrangères, si des poursuites étaient menées contre lui. En pleine guerre, dans la situation que vous connaissez…

— Mais, monsieur, que ne l'avez-vous fait embastiller ?

— J'y ai bien songé, mais c'est un risque que je ne pouvais prendre. Et moi, Gabriel de Sartine, lieutenant général de police, j'ai dû supplier ce misérable, qui joint la trahison au crime de lèse-majesté, de ne rien tenter. J'ignorais alors ce que vous m'avez appris, qu'à tous ces forfaits il ajoute des crapuleries de tripot. J'imaginais que ces papiers dérobés lui servaient seulement de sauvegarde. Désormais, nous pouvons craindre qu'il ne les monnaye à n'importe qui. De là, l'importance de savoir si Lardin est vraiment mort et, si c'est le cas, ce que sont devenues les lettres volées.

— Il faut arrêter Camusot et Mauval.

— Tout doux, Nicolas. Ce serait perdre toute trace pour une satisfaction hasardeuse et gratuite. Vous apprendrez que le salut de l'État peut, quelquefois, emprunter des voies bien obliques. Outre cela, Camusot est depuis si longtemps dans notre maison qu'il en sait beaucoup sur bien des gens. Il y a des risques qu'un serviteur du roi doit se garder de prendre. Cela est bien peu moral, n'est-ce pas ? Mais souvenez-vous de ce que disait le cardinal de Richelieu : « Tel qui ferait son salut comme homme privé se damne comme homme public… »

Il se tut, comme si la simple évocation de son nom allait faire surgir l'ombre du grand cardinal.

— C'est pourquoi, reprit-il au bout d'un instant, il demeure de la dernière urgence de savoir si Lardin est mort ou vivant. Pouvez-vous m'assurer que le cadavre découvert à Montfaucon est le sien ? Vous paraissez incertain à cet égard…

— Les preuves manquent, en effet, répondit Nicolas. Ma seule certitude, c'est que les restes en question ont sans doute été apportés depuis le lieu du crime jusqu'au Grand Équarrissage et que…

— Voilà qui ne me satisfait point. Dans cette conjoncture, il…

M. de Sartine fut interrompu par des coups violents frappés à la porte. Elle s'ouvrit et l'inspecteur Bourdeau parut, rouge de confusion. Le lieutenant général se redressa, l'œil flamboyant.

— Ah ça ! On force ma porte ! Monsieur Bourdeau, que signifient ces manières ?

— Mille pardons, monsieur. Seul un événement grave m'a conduit à cette intrusion. Je voulais rendre compte, à vous-même et à M. Le Floch, qu'hier soir le docteur Descart est mort assassiné et que tout laisse supposer que Guillaume Semacgus est son meurtrier.

# VIII

## DE CHARYBDE EN SCYLLA

> « Garde tes pensées et fuis la malice, afin que l'intelligence enténébrée ne prenne pas une chose pour une autre. »
>
> THALASSIUS L'AFRICAIN

Insensible à la déambulation maniaque de M. de Sartine scandée de coups de tisonnier nerveux dans le feu, Bourdeau avait entrepris le récit de sa journée. Il paraissait fier de discourir devant un pareil auditoire.

Chargé par Nicolas de retrouver Catherine, qui avait disparu après avoir été chassée de la maison des Blancs-Manteaux, il avait mené son enquête dans le voisinage. La chance lui avait souri, car un gagne-deniers était venu chercher un paquet de hardes laissé par la cuisinière à sa logeuse. Bourdeau n'avait pas été autrement surpris de découvrir que Catherine avait trouvé refuge chez le docteur Semacgus. Pourvu de ce précieux renseignement, l'inspecteur s'était fait véhiculer à Vaugirard mais, comme il l'expliqua avec quelque confusion, il s'était attardé dans un tripot du faubourg, transi de froid, pour se restaurer d'un lapin en gibelotte et d'un petit vin un peu trop vert à son goût.

M. de Sartine lui fit signe de passer outre et de poursuivre son rapport. Rouge de confusion, Bourdeau décrivit ses retrouvailles avec Catherine intarissable d'éloges sur la bienveillance de son hôte, qui, lui, « avait la reconnaissance du ventre et l'avait accueillie comme une vieille amie ». Toutes désemparées qu'elles fussent, les deux cuisinières, l'une sans travail ni logis, et l'autre, Awa, bouleversée par la disparition de Saint-Louis, s'étaient vite rapprochées. Awa avait été conquise par la jovialité de Catherine. Elles en étaient déjà à échanger leurs secrets et Bourdeau fut, dès son arrivée, pris à témoin pour juger de la réussite d'une tourte aux volailles d'où s'échappaient, en volutes parfumées, les arômes mêlés de la truffe et de la muscade.

À nouveau, le lieutenant général ramena l'inspecteur au fil de son propos par un dodelinement menaçant de la perruque. Bref, le docteur Semacgus n'était pas là et Bourdeau, qui souhaitait l'entretenir de la situation de Catherine, l'avait attendu une partie de l'après-midi. Il avait saisi l'occasion pour faire parler l'intéressée, qui ne demandait d'ailleurs que cela.

À l'en croire, elle aurait quitté son service de toute façon. Mme Lardin, qualifiée par elle d'un certain nombre d'épithètes malsonnantes, n'avait fait que conclure une situation irréparable. Une chose était d'être traitée comme une malpropre – elle qui avait fait Fontenoy avec le maréchal de Saxe –, une autre était d'être témoin des turpitudes d'une femme sans mœurs. Le pire, pour Catherine, était la manière dont la marâtre traitait la douce Marie. L'affection réciproque de Catherine et de la fille du commissaire avait longtemps retenu la cuisinière de rendre son tablier ; et puis, Lardin, si cassant avec les autres, n'était pas si méchant avec elle.

De fil en aiguille, Bourdeau avait fini par apprendre que, non seulement, Louise Lardin entretenait des relations adultères avec son cousin Descart et Semacgus, mais qu'elle coquelinait aussi avec un godelureau à mine de spadassin qui hantait la maison des Blancs-Manteaux depuis la disparition de Lardin.

Sur le coup de six heures, Semacgus, l'habit en désordre, était enfin arrivé prononçant des mots sans suite, attitude surprenante chez un homme d'habitude si maître de lui. On avait fini par comprendre que Descart venait d'être assassiné.

Après l'avoir réconforté, Bourdeau l'avait prié de se reprendre et de narrer les choses par le menu.

Semacgus, raconta-t-il, avait reçu, par la voie d'un billet plié glissé sous sa porte, une demande d'entrevue de la part de Descart. La démarche lui avait bien semblé inattendue de la part d'un homme avec lequel ses relations étaient tout sauf bonnes. Toutefois, le ton pressant du billet l'avait convaincu que seule une raison grave, touchant peut-être à l'exercice de la médecine, justifiait cette espèce de convocation. L'heure fixée était la demie de cinq heures. Il avait passé la journée à Paris, vaquant à ses occupations, puis avait pris un fiacre au Jardin du roi pour revenir à Vaugirard, afin d'être à temps à son rendez-vous. Il était arrivé en avance chez Descart, aux environs de cinq heures. Surpris de trouver toutes les portes ouvertes, celle du jardin comme celle de la maison, il en avait franchi le seuil à tâtons, car la nuit était tombée et aucune lumière n'était allumée. À peine sur le balcon qui dominait les escaliers et la grande pièce, il avait buté contre ce qui lui parut d'abord un sac posé à terre. Il s'agissait en réalité d'un corps inerte.

Affolé par le tour que prenait la situation, Semacgus était descendu dans la salle et avait trouvé une chandelle qui, une fois allumée, lui avait permis de reconnaître le cadavre de Descart, poignardé par une lancette à saignée. Il était resté un long moment comme hébété, puis avait décidé de rentrer chez lui afin d'alerter les autorités.

Bourdeau avait aussitôt fait appeler le guet, laissé Semacgus sous bonne garde et couru chez Descart afin de vérifier la mort du docteur et procéder aux premières constatations.

La maison était plongée dans la nuit, le bout de chandelle allumé par Semacgus s'étant depuis longtemps éteint. Il avait trouvé à grand-peine de quoi s'éclairer et s'était livré à une observation minutieuse du cadavre, qui gisait sur le flanc, une lancette effectivement plantée dans la région du cœur. Le corps était encore souple. Sur la face empourprée et marbrée de taches noirâtres se lisait une expression d'intense surprise, accrue par l'ouverture démesurée de la bouche, comme si la victime avait, dans ses derniers instants, voulu crier quelque chose ou désigner quelqu'un.

Le sol était couvert d'empreintes mouillées de pas. Bourdeau avait procédé à une visite rapide des lieux, sans rien remarquer d'anormal, puis avait fait enlever le cadavre pour le faire porter à la Basse-Geôle, où ces messieurs pourraient le voir.

Quant à Semacgus, il avait jugé nécessaire de le faire provisoirement incarcérer dans une cellule du Châtelet. Il était le seul témoin du drame et se trouvait aussi, malheureusement pour lui, le principal suspect, compte tenu des relations difficiles que chacun avait pu observer entre les deux médecins. Enfin, Bourdeau avait quitté Vaugirard non sans avoir soigneusement fermé les portes de la demeure, scellant les issues avec du pain à cacheter et emportant les clefs avec lui.

Un long silence suivit le récit de l'inspecteur. M. de Sartine n'avait pas cessé sa déambulation. Il fit un geste de la main, signifiant à Bourdeau sa volonté de demeurer seul avec Nicolas.

— Je vous remercie, monsieur Bourdeau. Laissez-nous, j'ai des instructions à donner à votre chef.

Nicolas entendit cette phrase avec un bonheur qu'il eut du mal à dissimuler : elle était pour lui la confirmation de sa mission.

— Avec votre permission, monsieur, une petite question à Bourdeau.

Sartine hocha la tête avec un peu d'impatience.

— Semacgus était-il couvert de sang ?

— Pas une goutte.

— Le docteur Descart, lui, était sans doute ensanglanté, observa Nicolas. Lorsque le corps est tombé dans les bras de Semacgus, il aurait dû avoir ses vêtements tachés de sang, vous ne pensez pas ?

L'inspecteur parut interdit.

— Maintenant que vous me parlez de cela, répondit-il, je prends conscience qu'il n'y avait du sang nulle part. Ni sur le cadavre, ni sur le sol.

— Ne vous éloignez pas, nous aurons encore à parler. Nous irons voir le cadavre et interroger Semacgus.

Bourdeau sortit, non sans avoir jeté un regard plein d'admiration sur Nicolas. M. de Sartine, que l'épisode avait quelque peu agacé, reprit la parole.

— Tout cela ne fait que compliquer encore davantage les choses. Monsieur Le Floch, j'entends que vous aboutissiez rapidement. Ne perdez pas d'instants précieux à tenter de régler une affaire qui peut ne rien avoir de commun avec la nôtre. Faites diligence, je donnerai toutes instructions pour que rien ni personne ne vienne vous mettre des bâtons dans les roues. L'essentiel, vous le comprenez bien, c'est le service de Sa Majesté et le salut de l'État. Le sort de Lardin m'indiffère, c'est le risque de voir les papiers en question passer en de mauvaises mains qui m'inquiète. Me suis-je bien fait comprendre ?

— Monsieur, répondit doucement Nicolas, je connais maintenant toute la dimension de l'enquête que vous avez bien voulu me confier, mais je dois vous dire que, selon moi, tous les événements que nous avons connus, et le dernier ne fait pas exception, me paraissent liés entre eux, et que tous les fils de l'intrigue peuvent faire remonter à son origine. Je ne peux donc négliger nulle piste. Tous ceux qui, de près ou de loin, ont approché Lardin et surtout ceux qui passèrent avec lui la soirée au *Dauphin couronné* sont susceptibles d'être mêlés, d'une manière ou d'une autre, au grave secret sur lequel vous avez consenti à m'éclairer.

Sartine ignora la remarque du jeune homme.

— Je dois encore vous mettre en garde sur autre chose, reprit-il, même si cela, je le crains, doit troubler la vision candide que je vous soupçonne de nourrir sur notre justice. J'ai été et demeure un magistrat. Vous l'êtes par délégation de par la commission qui vous fait mon plénipotentiaire. Nous devons respecter les règles de notre état d'autant que nous n'instrumentons que par une autre délégation, celle du Souverain, alpha et omega de toute autorité. Il faut en user avec honneur. Le pouvoir du juge vient du trône et l'hermine couvrant nos simarres est un morceau symbolique du manteau du sacre.

Il caressa le devant de son habit avec componction, comme s'il avait été revêtu de sa robe d'apparat un jour de lit de justice au palais.

— Pour faire bref, j'ai pouvoir de retenir dans ma main certaines affaires qui intéressent le salut du royaume. Vous concevez que le cas sur lequel vous enquêtez est de celles-là. La gloire et la sûreté de l'État sont à ce prix et, cela, encore davantage en temps de guerre. Chaque jour, nos soldats meurent sur les champs de bataille et une âme sensible et amoureuse de son pays ne saurait imaginer sans frémir que l'ennemi fût à même de s'emparer de moyens susceptibles de compromettre le nom de Sa Majesté et de ceux qui l'entourent.

Il fixa Nicolas au fond des yeux et quitta son ton solennel.

— Tout doit rester secret, Nicolas, du secret le plus muré et le plus impénétrable. Il est hors de question de respecter les étapes habituelles de la procédure telles que M. de Noblecourt a dû naguère vous les enseigner. Je ne veux pas de magistrat désigné dans cette enquête pour le moment ; nous ne pouvons nous fier à personne. Il faut être implacable. Au besoin, demandez-moi des lettres de cachet pour la Bastille : la sécurité y est plus grande que dans nos geôles encombrées de populace, de prostituées et des familles des détenus qui entrent et qui sortent sans contrôle. Avez-vous des cadavres, cachez-les ! Avez-vous des constatations à faire, enveloppez-les de ténèbres ! Vous avez, à juste raison, approché M. Sanson ; utilisez-le, c'est un tombeau. Ce secret, étendu sur toutes choses, vous conduira au bout du labyrinthe. Vous êtes mon plénipotentiaire hors des règles et des lois, et n'oubliez pas que, si vous échouez et compromettez mon pouvoir, ma main se retirera de votre tête… Vous êtes votre maître. Vous avez ma confiance et mon appui. Faites au mieux et touchez rapidement au but.

Nicolas, ému par la grandeur qui émanait du lieutenant général, le salua sans un mot. Il se dirigeait vers la porte quand Sartine le retint par l'épaule.

— Nicolas, prenez garde à vous. Vous savez maintenant à qui vous avez affaire. Cette canaille est redoutable. Pas d'imprudences. Nous avons besoin de vous.

Assailli de questions par le père Marie, qu'intriguait tout ce remue-ménage, l'inspecteur Bourdeau attendait Nicolas dans l'antichambre. Fort dépité de ne rien apprendre, l'huissier, concentré sur son brûle-gueule, s'était enveloppé d'un âcre nuage de fumée. Il activait avec rage la combustion à grandes aspirations chuintantes et précipitées.

Nicolas voulut entraîner Bourdeau vers la Basse-Geôle, afin d'examiner le corps du docteur Descart, mais l'inspecteur objecta que lui-même, Nicolas, était à faire peur, que sa blessure n'était pas encore fermée, ses vêtements déchirés et que, dans l'état où il se trouvait, une nouvelle faiblesse était assurée. Il devait se restaurer et reprendre des forces. Bourdeau supposait que Nicolas n'avait rien mangé depuis leur dernière rencontre de la veille.

De fait, Nicolas lui avoua n'avoir rien avalé à part le ratafia de la Paulet, une tasse de café chez Antoinette et deux gorgées du tord-boyaux de l'huissier ; il avait le ventre creux.

Bourdeau entraîna d'abord Nicolas dans la rue de la Joaillerie vers l'officine d'un apothicaire de ses amis qui avait la pratique des hommes du guet quand une opération de police un peu vive amenait quelques blessés. Le praticien nettoya la plaie à la tête après que Nicolas se fut livré à une très sommaire toilette. Il trempa un peu de charpie dans une pommade sombre et puante et l'appliqua sur la plaie, en précisant, avec componction, que ce n'était pas de l'onguent « miton-mitaine[1] ». La sensation de brûlure initiale fit place aussitôt à une sorte d'insensibilité qui surprit le patient, dont la tête fut enveloppée d'une bande de toile si adroitement nouée que rien ne dépassait sous le tricorne. La coupure au flanc fut pareillement traitée après avoir été sondée. L'apothicaire y plaça un taffetas gommé. Cela devait faire l'affaire, assura-t-il, et, au bout de quelques jours, il n'y paraîtrait plus.

Nicolas n'apprécia pas le ricanement de l'homme qui avait qualifié sa blessure de « piqûre à la Damiens ». Il lui déplaisait qu'un attentat de lèse-majesté – un frisson sacré le saisissait à cette idée – pût fournir à cet homme un motif de dérision.

Comme ils quittaient l'officine, ils tombèrent sur Tirepot. Il ne s'était guère éloigné du Châtelet et attendait, en patrouillant dans les rues avoisinantes, de retrouver Nicolas. Bourdeau lui proposa de les accompagner dans son habituelle taverne, rue du Pied-de-Bœuf, où ils comptaient se réchauffer et se réconforter. Une lumière dense et jaunâtre tombait d'un ciel bas et laissait dans l'ombre les ruelles tortueuses de la Grande Boucherie. Les chalands, semblables à des spectres, apparaissaient puis disparaissaient. Seuls leurs visages fermés et verdâtres

1. Expression populaire. Un onguent fait de mie de pain et qui n'a aucun effet.

s'imposaient aux regards en suscitant l'inquiétude. Le bruit des pas dans la neige mouillée n'évoquait plus le craquement sec et joyeux du gel, mais plutôt le raclement d'une pioche dans le sable humide s'évertuant à quelque tâche innommable.

Ils furent joyeusement accueillis par le tavernier qui rallumait ses fourneaux. Bourdeau négocia avec son pays un en-cas réconfortant. Bientôt attablés, ils virent arriver une soupe de haricots dans laquelle nageaient des bouts de lard gras, puis des œufs à la tripe qu'ils arrosèrent sans lésiner de plusieurs bouteilles de vin blanc. Puis Bourdeau, mystérieux, les quitta pour aller préparer un apozème[1] de son cru, qui constituerait un excellent remontant et qui remettrait Nicolas de toutes ses fatigues. Il cassa, tout d'abord, du sucre qu'il mélangea avec du poivre, de la cannelle, des clous de girofle, du miel et deux bouteilles de vin rouge, fit chauffer le tout dans un coquemar, en versa le contenu bouillant dans un grand bol où il versa encore une demi-bouteille d'eau-de-vie. Il enflamma le tout et le rapporta triomphant à la table de ses deux compères.

Nicolas avait dévoré comme jamais et bu en proportion, mais il se jeta avec avidité sur le breuvage brûlant, dont l'action, combinée à celle de tout ce qu'il avait déjà bu, le plongea dans une douce somnolence. Il se sentait plein de bienveillance pour le monde en général et pour ceux qui l'entouraient en particulier. Lui, si réservé d'habitude, devint volubile. Il risqua quelques plaisanteries qui surprirent ses commensaux, et dut, à la fin, quitter la table soutenu par ses deux acolytes qui le menèrent dans l'arrière-salle et l'allongèrent sur une banquette. Cela fait, ils regagnèrent leur table, demandèrent des pipes et achevèrent, sans hâte et la mine satisfaite, le bol de vin enflammé. Une heure sonnait quand ils virent réapparaître Nicolas, le visage sévère et contrarié.

1. Décoction ou infusion d'une ou plusieurs substances végétales.

— Monsieur Bourdeau, vous êtes un traître fieffé. Je me méfierai désormais de vos mixtures.

— Vous portez-vous mieux, monsieur ?

— À vrai dire, je me sens fort bien…

Nicolas consentit à sourire.

— Et même, j'en reprendrais bien un petit gobelet…

La mine de Bourdeau s'allongea. Piteusement, il désigna le poêlon vide.

— Je vois. Vous en aviez besoin vous aussi…

Nicolas retint Bourdeau qui se précipitait vers le potager pour renouveler l'expérience, et se tourna vers leur compagnon.

— Alors, Tirepot, tu avais des choses à nous dire ?

— Oui-da, Nicolas. Tu sais que j'ai toujours bon œil et bonne oreille. Je suis comme cela, moi. J'aime l'ordre et les choses claires. Et je n'oublie pas ce que je te dois. Je ne serais pas là si…

Nicolas fit un geste pour arrêter un récit dont il connaissait par cœur tous les détails. Tirepot lui vouait une reconnaissance éternelle depuis que le jeune homme l'avait tiré d'un mauvais pas. Accusé par l'une de ses pratiques d'avoir dérobé une bourse, il n'avait dû son salut qu'à la perspicacité du jeune policier qui avait su démonter une mise en scène organisée par un concurrent jaloux.

— Je sais, Tirepot. Mais presse-toi de parler, Bourdeau et moi sommes attendus et nous n'avons que trop perdu de temps.

Bourdeau baissa le nez, l'air faussement confus.

— Voilà, commença Tirepot. Hier soir, chez Ramponneau[1], j'avais posé ma boutique et je prenais un petit verre de réconfort, en attendant la foule qui sort après souper. C'est à ce moment-là que je fais mon meilleur chiffre. Dame ! les gens sont pleins, et, plus ils sont pleins, plus ils doivent se vider, c'est la vie. J'en fais mon profit. Se posent près de moi deux lascars à la mine basse qui

1. Aubergiste parisien à la mode.

me lampent, en un rien de temps, trois fois ce que nous avons bu tantôt. L'un d'eux paraissait un vieux soldat, le parler militaire, la jambe de bois et le verbe haut comme quelqu'un qui a longtemps entendu chanter le canon. Il fessait le vin comme pas un. Ces deux traîne-potences avaient beau parler bigorne[1], je les comprenais, et j'ai bien entendu qu'il s'agissait d'un mauvais coup, fait ou à faire. Ce qui m'a laissé à quia, c'est que, tout en clabaudant, ils manipulaient des piles de quibus[2] comme je n'en avais jamais vu. Ils ont parlé aussi de la vente d'une voiture et d'un cheval qui seraient cachés dans une grange de la rue des Gobelins, au faubourg Saint-Marcel. À un moment, ils m'ont repéré et ils sont partis. Cela m'a donné de la tablature et je suis sorti par-derrière, au cas où.

— Le soldat, à droite ou à gauche, la jambe de bois ?

Bourdeau sentit, sans se l'expliquer, le frémissement de Nicolas.

— Attends, il faut que je me repère. Ils étaient à table, à main droite, l'un sur la même ligne que moi et, l'autre, le vétéran, lui faisait face, sa mauvaise jambe allongée dans ma direction. Donc, c'était sa jambe droite. Cela est sûr. Tu le connais ?

Nicolas, le front soucieux, ne répondit pas. Il réfléchissait et les deux autres n'osèrent interrompre sa méditation.

— Tirepot, dit-il enfin, tu vas te mettre à la recherche de ces deux lascars. Agite un peu les mouches, et voilà pour toi.

Il lui tendit plusieurs écus d'argent, et nota la dépense, avec une mine de plomb, sur un petit carnet noir.

— Tu m'affliges, Nicolas, je travaille pour t'être agréable, par plaisir et par reconnaissance, foi de Breton.

— Ce n'est pas pour toi. Je te remercie de tes bonnes pensées, mais la recherche que tu vas faire te coûtera et tu perdras peut-être des pratiques. Comprends-tu ?

1. Parler argot.
2. Des écus.

Tirepot opina du chef sans se faire autrement prier. Mais, par habitude, il vérifia d'un coup de dent la qualité des pièces, au grand amusement de Nicolas.

— Me prends-tu pour un faussaire, par hasard ? On te retrouvera, comme d'habitude, autour du Châtelet, quand tu auras des informations sur les oiseaux en question. Il faut les dénicher.

Le monde, quand ils sortirent, était toujours hostile et l'après-midi n'avait apporté aucune éclaircie. Le froid lui-même reprenait le dessus. Ils se hâtèrent vers le Châtelet. Nicolas se sentait mieux et contait, par le détail, ses aventures et ses découvertes à un Bourdeau ébahi. Il avait l'impression que son ivresse, suivie d'un bref repos, lui avait redonné une acuité d'esprit nouvelle et chassé son atrabile, comme si, dans l'aventure, le sang perdu, ajouté à l'action de l'alcool, l'avait purgé de ses angoisses et de ses pensées noires. Le sentiment de fragilité, suscité en lui par les attentats perpétrés à deux reprises contre sa personne, avait laissé place à une froide détermination.

Il fit le point sur lui-même, suivant son habitude. M. de Sartine s'était montré, au bout du compte, presque paternel. À cette pensée, une douleur lui serra le cœur et la vision du chanoine Le Floch, celle du marquis de Ranreuil s'imposèrent puis se dissipèrent pour laisser la place au sourire d'Isabelle. Il chassa ces images et, pour se réconforter, mesura la confiance nouvelle dont il était investi par son chef. Il continuait son enquête et il ne s'agissait pas d'un banal cas criminel, mais bien d'une affaire d'État. Un long soupir le libéra et il se sentit décidé à aboutir, quoi qu'il pût lui en coûter.

Quand ils furent descendus dans le caveau d'exposition de la Basse-Geôle, où se pressait une foule silencieuse de familles inquiètes ou éplorées et de curieux venus là comme au spectacle, Bourdeau lui dit à voix basse que le corps n'était plus là et qu'il devait sans doute avoir été porté dans la salle d'examen où les médecins ordinaires du

Châtelet avaient coutume de pratiquer les constatations de routine et, pour les cas les plus troublants, les ouvertures.

C'était un petit caveau voûté, avec une grande table de pierre munie de rigoles permettant de la laver à grande eau et d'évacuer celle-ci par un trou pratiqué dans le pavage du sol. Dans la pièce, chichement éclairée par quelques chandelles fumantes, un homme immobile contemplait le corps du docteur Descart. Il se retourna au bruit de leurs pas et ils reconnurent Charles Henri Sanson. Nicolas lui tendit la main qui, cette fois, fut saisie sans hésitation et même, lui sembla-t-il, avec quelque ferveur.

— Je n'imaginais pas avoir le privilège de vous revoir aussi vite, monsieur Le Floch. Mais si j'en juge par le message que m'a fait parvenir M. Bourdeau, vous souhaitez, comme je vous l'avais proposé, profiter de mes faibles lumières.

— Monsieur, dit Nicolas, j'eusse aimé vous rencontrer en d'autres circonstances, mais le service du roi a de ces obligations qu'on ne saurait remettre. Je sais pouvoir compter sur votre discrétion.

Sanson leva la main en signe d'assentiment.

— Le cadavre que vous examiniez a sans doute quelque chose à voir avec les restes que vous avez si éloquemment fait parler hier matin.

Nicolas s'essuya le front. Il lui semblait qu'un siècle s'était écoulé depuis son retour à Paris et il s'apercevait avec effroi qu'il n'y avait que quatre jours qu'il était rentré de Guérande. Il avait beaucoup vieilli en quatre jours. Sanson le contemplait avec amitié.

— Nous sommes devant une nouvelle énigme, dit-il en avalant sa salive. L'homme que voici a été trouvé mort, une lancette à saignée plantée dans le cœur.

— Elle s'y trouve toujours, intervint Bourdeau. Je n'ai pas cru devoir toucher au cadavre et l'ai fait emporter en l'état.

— Je rends grâce au ciel de votre précaution, monsieur l'inspecteur, dit le bourreau, elle facilitera notre étude.

Monsieur le Floch, vous sollicitez mon avis, mais je vous sais attentif, précis et apte à discerner les détails. Voulez-vous être mon élève et me confier vos premières remarques ?

— Maître Sanson, j'ai en effet beaucoup à apprendre avec vous.

Il écarta le linge qui couvrait le corps. Dévêtu, il ne conservait que la chemise transpercée par l'instrument. La face était effrayante. Le front, sous l'empire de la mort, s'était ridé, les yeux enfoncés dans les orbites demeuraient ouverts mais obscurcis par une membrane trouble. Les tempes étaient creusées et ce creux se prolongeait par l'enfoncement des pommettes. L'homme était méconnaissable. Seule l'absence de menton, encore soulignée par l'ouverture de la bouche, évoquait, en caricature, ce qui, de son vivant, frappait dès l'abord chez Descart.

— Une première impression. Nous savons, par le témoin qui a découvert le corps et par l'inspecteur, qu'il n'y avait nulle trace de sang sur la victime ni aux alentours. Peut-on poignarder quelqu'un sans effusion de sang ? Enfin, j'observe que le visage paraît congestionné, la bouche démesurément ouverte et que des taches sombres apparaissent là… et encore là…

Les doigts voltigeaient au-dessus de la face du cadavre.

— … de vilaine couleur noirâtre, acheva Nicolas. Elles sont étranges.

— En vérité, approuva Sanson, vous avez suivi la bonne méthode ; la froide constatation qui conduit à la question juste, sans intervention d'émotion ou d'imagination. Je n'avais considéré, avant votre venue, que le visage, et je puis déjà vous dire qu'il était éloquent pour le modeste praticien que je suis. Si je n'avais vu que lui, j'aurais conclu que la victime avait été étranglée, et peut-être aussi empoisonnée. Tout se complique avec cette lancette.

Sanson s'approcha de la table de pierre. Il examina la tête de Descart, se pencha, renifla, murmura quelques mots indistincts, puis, introduisant deux doigts dans la bouche ouverte du mort, il en retira délicatement quelque chose qu'il disposa avec précaution sur son mouchoir. Il tendit sa trouvaille aux deux policiers.

— Que vous en semble, messieurs ? Qu'est ceci ?

Bourdeau chaussa ses bésicles. Nicolas, dont la vue était celle d'un jeune homme, répondit le premier.

— Une petite plume.

— Il s'agit bien d'une plume. D'où provient-elle ? D'un carreau ou d'un oreiller ? Je vous laisse le soin de le déterminer. Mais que peut-on en conclure, monsieur Le Floch ?

— Que la victime a été étouffée...

— ... Et non étranglée, car il n'y a aucune marque de strangulation autour de son cou. Et comme un homme de cet âge ne se laisse pas étouffer si aisément, il y a fort à parier qu'il a été, au préalable, étourdi par une drogue. Il règne encore une étrange odeur, autour de cette bouche...

— Mais alors, maître Sanson, que vient faire cette lancette dans tout cela ?

— C'est à vous de le découvrir, cela sort de mon domaine. Mais il y a quelques rencontres dans la vie où la vérité et la simplicité sont le meilleur manège du monde. Cette mise en scène de la lancette m'apparaît comme visant à égarer les soupçons et cela est d'autant plus assuré...

Il s'était de nouveau penché sur la poitrine du cadavre. Il tira doucement la lancette.

— ... que cette lancette n'avait pas, en réalité, le pouvoir de tuer. Elle n'est pas plantée dans le cœur et elle n'intéressait aucune partie essentielle.

Nicolas réfléchit un moment, avant de poser sa question.

— Mais si le coup de lancette n'était pas mortel, cette mise en scène pourrait-elle indiquer que son auteur n'avait aucune connaissance en anatomie ?

Bourdeau sourit, il suivait pas à pas la démarche intérieure de Nicolas.

— C'est probable. Il me semble que l'assassin ne voulait pas tuer de manière sanglante. Il a ensuite ordonné une mise en scène dont il vous appartient d'élucider les raisons profondes. Ce faisant, il a commis deux erreurs.

La première consistait à vouloir faire croire à une blessure mortelle au cœur, alors qu'il n'y avait pas d'effusion de sang, et la seconde, à ne pas frapper au bon endroit. J'en conclus, dans un premier mouvement, qu'il était ignorant en anatomie. Cependant, dans un second mouvement, je me dis que toute cette mise en scène pourrait avoir été le fait d'un assassin dont chaque acte était réfléchi et qui disposait au contraire des connaissances nécessaires.

— Mais alors, dit Nicolas, pourquoi aurait-il commis tant d'erreurs ? Car, dans les deux hypothèses, les erreurs subsistent…

— Comprenez-moi bien, expliqua Sanson. L'assassin use d'une drogue pour étourdir sa victime. Il l'étouffe, il organise sa mise en scène et l'erreur de la blessure par lancette constitue un élément particulièrement pervers de son forfait. Il est délibéré. S'il s'agit d'un praticien, il en profitera pour crier son innocence en s'appuyant sur le fait qu'une erreur aussi grossière ne peut avoir été commise par un homme de l'art.

Bourdeau et Nicolas se regardaient, stupéfaits de la maîtrise du jeune bourreau et des perspectives qu'elle ouvrait.

— Je n'oublie pas vos taches noires, reprit Sanson. Il se trouve qu'un défunt allongé a, sans grand délai, le visage livide, le sang se retirant de la circulation en surface. En revanche, les points de contact avec la couche – omoplate, fesses et arrières des jambes – se colorent d'une teinte rosé-pourpre. J'en conclus, hâtivement peut-être, que la victime a été étouffée face contre terre et maintenue ainsi un certain temps. Voyez, d'ailleurs, comme cette teinte affecte tout le devant du corps. Ce phénomène apparaît au bout d'une demi-heure environ après la mort et n'atteint son plein effet qu'après cinq ou six heures. Avant cela, il est possible de la faire évoluer en changeant la position du corps, mais au-delà, la coloration devient permanente et s'assombrit rapidement pour tourner au violet-noir.

— Il était couché sur le ventre quand je l'ai trouvé, dit Bourdeau, et nous l'avons emmené dans cette position. Ce n'est qu'à la Basse-Geôle qu'il a été retourné, plusieurs heures après.

— Cela confirme mes propos. Nous sommes devant la conjonction de deux phénomènes : la congestion due à l'étouffement et la transformation habituelle d'un cadavre due à la position du corps. Pour conclure, je dirai que ce cadavre est celui d'un homme qui, drogué, a été étouffé face contre terre et maintenu dans cette position assez longtemps – plus d'une demi-heure, en tout cas – pour être ensuite maladroitement poignardé avec une lancette à saignée. Cette dernière blessure n'était pas mortelle et, compte tenu de l'état cadavérique du corps à ce moment-là, n'a pas occasionné d'épanchement sanguin.

Nicolas était confondu.

— Monsieur, s'écria-t-il, je suis dans l'admiration et vous remercie de votre aide ! Cependant, et je le rappelle au nom de M. de Sartine, cette affaire exige le secret le plus absolu. L'ouverture de ce corps me paraît nécessaire pour confirmer nos présomptions, mais que puis-je attendre de nos médecins du Châtelet ? La triste expérience d'hier, la première pour moi, m'a convaincu que la routine l'emportait chez eux sur l'art et la curiosité. Auriez-vous l'obligeance de vous charger de l'opération ?

— Je ne suis pas médecin, répondit Sanson, mais avec l'aide d'un mien neveu qui achève sa médecine, je pourrais m'y consacrer.

— Vous répondez de sa discrétion ?

— Comme de la mienne et sur ma tête.

Après avoir longuement remercié Sanson qu'ils laissèrent seul avec le corps de Descart, Nicolas et l'inspecteur se dirigèrent vers la partie du Châtelet où se trouvaient les cellules. Nicolas, pensif, s'arrêta soudain et, prenant le bras de Bourdeau, le retint d'aller plus loin.

— Je ne tiens pas à interroger Semacgus maintenant, Bourdeau. Vous avez compris qu'il peut être indifféremment l'acteur ou la victime de cette macabre mise en scène.

Il me faut d'autres éléments pour me faire une opinion sur son cas. Je dois partir du terrain et retourner à Vaugirard, sur le lieu du crime. J'ai le sentiment que le temps vous a manqué hier soir pour examiner la maison en détail et pour recueillir des indices.

— Je le reconnais volontiers, dit Bourdeau, mais rien d'insolite ne m'a frappé. Ne comptez pas sur moi pour vous laisser aller là-bas seul. Vous devez vous attendre à tout, maintenant.

— Mon cher Bourdeau, il n'en est pas question. Il importe que vous restiez avec Semacgus. C'est ici que tout peut arriver. Comme je n'entends pas le mettre dans une de ces fosses immondes où sa sécurité ne serait assurée qu'au détriment de sa santé, je souhaite que vous le gardiez en attendant que je l'interroge. Cependant, vous pouvez m'aider. Trouvez-moi un falot ou une lanterne sourde. La nuit viendra tôt et je ne veux pas errer dans l'obscurité. Faites-moi également quérir une voiture.

Pendant que Bourdeau disparaissait pour exécuter ses instructions, Nicolas gagna le bureau des permanences. Il ouvrit un placard empli de tenues disparates, de perruques et de chapeaux. Toute cette friperie aurait fait le bonheur d'un revendeur à la toilette et comportait de quoi vêtir une cour des Miracles. Nicolas fit son choix dans cet étalage poussiéreux où puisaient ses collègues lorsqu'une affaire délicate imposait de passer inaperçu dans le Paris ténébreux du crime. Bourdeau réapparut, rapportant avec lui une petite lanterne sourde. Avec un sourire timide, il tendit aussi à Nicolas un petit pistolet, une poire à poudre et un sac de balles.

— Vous savez vous en servir. Il ne tire qu'un coup, mais il est discret, vu sa taille, et peut sauver la vie. C'est le deuxième exemplaire d'un spécimen sans suite dont m'a fait cadeau un armurier de la rue des Lombards à qui j'avais rendu service… Permettez-moi de vous en faire présent. Et promettez-moi d'en user sans hésiter.

Nicolas serra la main de Bourdeau. Il était sensible à l'affection que lui manifestait son adjoint qui, sous une apparence rustique, dissimulait des trésors de dévouement. Il plaça le pistolet dans la poche de son habit et, un balluchon à la main, sortit du Châtelet pour se hisser dans un fiacre qui l'attendait sous les voûtes. Il eut l'impression d'être suivi du regard, mais ne put distinguer l'endroit où se tenait le guetteur, et il ordonna au cocher de gagner à toute allure l'église Saint-Eustache.

Lorsque la voiture arriva devant l'édifice, il la fit arrêter devant le portail principal, se jeta dehors et entra dans l'église. Il connaissait bien les lieux pour y avoir souvent entendu la messe. Il aimait la nef immense et la clameur des orgues qui résonnait sous les voûtes. Il tira l'énorme verrou de la porte. En semaine, les ouvertures latérales étaient closes, et même si elles avaient été ouvertes, le temps qu'aurait mis son éventuel poursuivant pour les atteindre lui laissait tout loisir de conduire son plan jusqu'à son terme.

Il se réfugia dans un coin sombre d'une chapelle latérale, y abandonna son vêtement après avoir vidé ses poches, enfila une autre tenue qu'il recouvrit d'une houppelande usée. Une perruque antique, des lunettes sombres et le chapeau Régence à haut bord le rendaient méconnaissable. Il vérifia son déguisement dans un petit miroir de poche. Pour parfaire le tout, il se salit la peau du visage avec du noir de fumée emprunté à un porte-cierges. Le pistolet en main, dissimulé dans une poche, il risqua le tout pour le tout et tira le lourd verrou. Mauval se tenait devant lui. Son regard froid, qui contrastait avec l'animation de la course, frappa de nouveau Nicolas. Il prit les devants d'une voix chevrotante.

— A-t-on idée de tirer le verrou ! Monsieur, aidez-moi donc à ouvrir cette porte. Ce coquin qui vient d'entrer m'a bousculé sans vergogne.

Mauval l'écarta sans ménagement et s'enfonça en courant dans la nef. Le fiacre avait attendu Nicolas et prit aussitôt la direction de la Seine.

# IX

## FEMMES

« Ah çà ! Parlons sérieusement. Quand finira la comédie que vous donnez sur mon compte ? »

MARIVAUX

La nuit tombait quand Nicolas arriva à Vaugirard. Il aurait voulu conserver la voiture afin d'assurer son retour à Paris, mais le cocher, en dépit d'une très honnête proposition, refusa tout net de l'attendre. Il n'avait pas l'habitude, disait-il, de s'attarder la nuit hors les murs, surtout quand la neige menaçait. Nicolas lui régla sa course et n'insista pas. Il se retrouva seul sur le chemin désert.

L'obscurité était maintenant totale et le vent soufflait en rafales. Assourdi par le bruit, il se sentit à nouveau vulnérable. Pourtant, il avait bel et bien semé son poursuivant. Il resta un long moment immobile dans l'ombre, épiant le moindre signe suspect. Son malaise ne faisait que croître. Il n'avait jamais aimé l'obscurité et, enfant, chantait des cantiques à tue-tête lorsque Joséphine l'envoyait chercher des bûches au fond du jardin, le soir venu. Il accomplissait sa tâche aussi vite que le lui permettait le poids de sa charge.

Un autre souvenir lui revint. Son parrain, le marquis de Ranreuil, lui avait fait un jour le récit de sa panique alors qu'il franchissait, sous le feu, la tranchée du siège de Philippsburg. Son chef, le maréchal de Berwick, lui avait crié, sous la mitraille qui sifflait autour d'eux : « Tête haute, monsieur, et faites comme si ! » La peur, lui avait expliqué le marquis, n'était souvent que l'expression de la crainte d'en être saisi. Il fallait passer outre et, dans le feu de l'action, elle se dissiperait comme par enchantement.

L'image du père d'Isabelle, pour sensible que cette évocation fût pour lui, eut un effet heureux sur Nicolas. Il battit le briquet, mais dut s'y reprendre à plusieurs fois pour allumer la petite lanterne sourde dont la flamme, en son fragile habitacle, tremblait dangereusement.

Il ouvrit le portail et s'avança dans le jardin. Ainsi, tout recommençait et deux jours seulement après que Descart et Semacgus s'étaient violemment opposés dans ce même endroit. Le gel revenu avait figé le sol et son désordre d'empreintes confuses. Nicolas imaginait les allées et venues des hommes du guet et de Bourdeau, la levée du corps, le brancard et le chariot cahotant sur la route mal empierrée. Il s'arrêta à mi-chemin de la maison encore plus sinistre que dans son souvenir. La pâle lueur de la lanterne jouait faiblement sur sa façade sombre aux croisées toujours fermées. Nicolas avait toujours été sensible aux impressions mystérieuses, attachantes ou repoussantes, qui dévoilent l'âme profonde des pierres. Devait-il ce trait au caractère rêveur de son âme celtique ou aux expériences de sa jeunesse ?

Une rafale plus violente le ramena à la réalité. Il tressauta, comme tiré brutalement d'un rêve. La fatigue de la journée et ses blessures, dont la douleur sourde réapparaissait en pulsations accordées à celles de son cœur, lui donnaient l'envie d'en finir au plus tôt. Cependant il savait ne rien devoir négliger. Il n'avait pas voulu peiner Bourdeau, mais, hier soir, le travail avait été bâclé et réduit aux seules apparences. Il espérait que l'agitation des exempts et des gardes n'avait pas bouleversé le théâtre du drame, détruisant à jamais d'utiles indices.

Nicolas vérifia que les scellés en pain à cacheter n'avaient pas été rompus et il ouvrit la porte. Il fit un pas et se retrouva sur cette espèce de balcon depuis lequel l'escalier descendait dans la pièce principale. Pour l'instant, il ne voyait que l'endroit où avait été trouvé Descart et la rambarde de bronze. Au-delà, c'étaient les ténèbres où se perdait l'incertain faisceau de sa lampe.

L'étrangeté de la demeure le frappa plus encore qu'à sa première visite. En fait, elle ne possédait pas de cave, et la salle où Descart recevait ses patients prenait ses assises dans le sous-sol, ce qui expliquait l'emplacement élevé des fenêtres. L'endroit tenait davantage de la crypte que de la maison.

Il examina le palier soigneusement sans rien noter de particulier. Il prit ensuite l'escalier de droite, passant chaque marche au crible. Il recommença l'opération de l'autre côté, puis descendit dans la salle. Il chercha d'abord les chandeliers de la cheminée, et les alluma. Le grand christ d'ivoire, aux bras fermés, surgit de l'ombre.

Nicolas repéra d'abord des marques de pas qui avaient laissé des souillures noirâtres sur le sol carrelé, puis, relevant la tête, il découvrit un spectacle de désolation. La pièce était entièrement dévastée. La grande table qui servait de bureau à Descart avait été débarrassée des papiers et des objets qui la couvraient et qui gisaient maintenant éparpillés sur le sol. Un encrier renversé avait laissé échapper une mare d'encre noire dans laquelle quelqu'un avait piétiné. Les chaises paillées étaient intactes, mais trois fauteuils, recouverts de tapisserie, avaient été éventrés et vomissaient leur bourre et leur crin. Les bocaux et les livres des étagères avaient été balayés par une main rageuse qui s'était acharnée à briser les uns et à arracher les reliures des autres. Les instruments de médecine étaient répandus un peu partout. Les placards avaient subi la même dévastation.

Nicolas poursuivit ses investigations. À droite de la cheminée, une porte ouvrait sur un couloir donnant sur une cuisine, une salle à manger, un petit salon et une buanderie. Un autre escalier montait vers le premier étage. Cette étrange disposition permettait de remettre à niveau l'arrière de la maison. Toutes les pièces étaient dans le même état de destruction systématique et Nicolas ne cessait d'écraser des débris.

Il commença par le premier étage. Partout, il tombait sur le même spectacle : matelas éventrés, habits et linge couvrant le sol, bibelots brisés, meubles forcés. Nicolas remarqua que des montres précieuses et des objets de prix avaient été dédaignés par les auteurs de cette désolation. Pourtant, ils cherchaient quelque chose. Sur le sol, il trouva même une petite bourse de velours emplie de louis d'or. Tout ce qui aurait pu servir de cachette avait été fouillé, démembré, écrasé. Même les tableaux avaient été retournés. Que pouvait-on traquer d'une manière aussi brutale ?

Des empreintes noires attirèrent l'attention de Nicolas qui se mit à les suivre. Elles apparaissaient partout et le conduisirent dans l'escalier. D'évidence, l'inconnu qui avait renversé et brisé l'encrier avait ensuite gagné les étages. Il trouva, en effet, des pas identiques montant et descendant. Il s'attacha à ces derniers, s'arrêtant quand des traces confondues troublaient sa recherche, revenant alors en arrière et faisant jouer, pour mieux les discerner, la lumière de sa lanterne sourde. Il en fit même le relevé à la mine de plomb sur un petit carton. Il parvint ainsi à reconstituer, dans ses moindres détails, l'itinéraire de l'inconnu qui, semblait-il, avait agi seul.

Nicolas avait recouvré son sang-froid et l'action avait éteint en lui tout autre sentiment que la passion de la recherche. Il finit par aboutir dans la buanderie, petit réduit où s'entassaient des objets hors d'usage. Un souffle d'air glacé le frappa. Un vieil escabeau était plaqué contre le mur, sous une fenêtre ouverte. La sparterie du meuble était souillée de traces d'encre. Des traces apparaissaient encore sur le torchis du mur, écorché à plusieurs endroits. L'inconnu, après avoir mis la demeure sens dessus dessous, s'était enfui par cette fenêtre.

Nicolas frémit en mesurant la portée de cette constatation. Si l'homme s'était enfui par là, c'était parce que les portes étaient fermées et scellées. C'était donc que l'inconnu était encore dans la maison quand Semacgus avait découvert le cadavre et qu'il avait décidé de se cacher afin de fouiller la maison plus tard, sans crainte d'être dérangé. Il ne pouvait donc s'agir que de l'assassin de Descart.

Nicolas se souvint que Semacgus avait dit à l'inspecteur Bourdeau être arrivé une demi-heure plus tôt que l'heure fixée à son rendez-vous : il avait peut-être dérangé les plans de l'assassin. Cette hypothèse paraissait, en tout cas, innocenter Semacgus. Beaucoup de choses, néanmoins, restaient inexpliquées, et d'abord la raison de cette mise à sac qui ne pouvait être portée au compte de Semacgus, sauf à penser qu'il disposait d'un complice. En effet, Bourdeau n'avait rien remarqué et avait fermé les portes sur une maison intacte.

Tout restait donc possible et les combinaisons envisageables se multipliaient au gré des hypothèses. Que cherchait-on qui fût si précieux qu'on laissât de côté bijoux et argent ?

Nicolas, songeur, considérait la fenêtre. Il monta sur le tabouret et, avec un bout de ficelle, mesura l'ouverture. Enfin, il repéra soigneusement l'emplacement de la pièce, plaça des scellés sur toutes les fenêtres puis, certain de n'avoir rien oublié, il moucha les chandelles, ferma la porte et la rescella.

Dehors, il fit le tour de la maison pour rejoindre la fenêtre de la buanderie. Elle s'ouvrait à peu près à une toise[1] du sol. Nicolas s'agenouilla sur la terre gelée.

1. 1,949 mètre.

Des moulages en creux étaient pris dans la glace, et ces empreintes étaient beaucoup plus nettes que les traces repérées dans la maison. Il en releva l'estampage qu'il considéra d'un air perplexe. Les empreintes traversaient une partie du jardin au milieu des poiriers et rejoignaient le mur de clôture. Il n'était pas difficile de grimper sur le mur.

Ayant accroché la lanterne sourde à son habit, Nicolas, prenant appui sur une saillie de pierre, put examiner le faîte de la muraille. Il espérait y trouver des traces de sang, prouvant que l'inconnu s'était blessé sur les tessons de bouteilles fichés dans le mortier de couverture. Il n'y en avait pas. En revanche, Nicolas recueillit un bouton avec un fragment de tissu qu'il rangea précieusement dans sa poche.

Peu désireux de se blesser en tentant l'escalade, il gagna le portail qu'il ferma à clef. Du côté du chemin, les mêmes empreintes apparaissaient, puis se perdaient au milieu des ornières des charrois. Nicolas fut surpris par la morsure du froid. Il se retrouvait seul, sans moyen de transport, et avec une lanterne qui menaçait de s'éteindre. Il vérifia l'heure à sa montre, il était sept heures. Il décida de se rendre chez Semacgus et d'y interroger Catherine. C'était aussi un bon prétexte pour revoir la cuisinière à laquelle il était fort attaché. Et puis, Semacgus possédant, outre le cheval de l'équipage qui lui avait été volé, une monture de selle, Nicolas se proposait de l'emprunter pour rejoindre Paris.

Son attention fut soudain attirée par un léger sifflement qu'il prit d'abord pour une fantaisie du vent dans les branches, mais le phénomène recommença, et une voix, à peine distincte, se fit entendre.

— N'ayez pas peur, monsieur Nicolas, c'est moi, Rabouine, la mouche à Bourdeau. Je suis derrière le buisson, dans une petite cabane à outils. Ne vous tournez pas, faites semblant d'arranger votre botte. L'inspecteur m'a envoyé ici hier soir. Quelle nuit ! Je n'ai pas bougé depuis. Heureusement, j'avais de l'eau-de-vie et du pain. Je suis prévoyant pour ce genre d'expédition. Ne bougez surtout pas, on ne sait jamais.

Nicolas s'en voulut d'avoir suspecté Bourdeau de négligence. Celui-ci avait, au contraire, pris des dispositions intelligentes qui allaient peut-être se révéler utiles. Le manque d'insistance de l'inspecteur à l'accompagner aurait dû le mettre en éveil. Son adjoint n'était pas le genre d'homme à le laisser affronter seul d'éventuels dangers. Il savait que Rabouine serait là pour lui prêter main-forte le cas échéant.

— Heureux de te voir, mais comment m'as-tu reconnu ?

— Au début, je vous ai pris pour un autre, un inconnu quoi ! Très réussi, votre carnaval. Mais quand je vous ai vu sortir et remettre des scellés, je me suis dit : « Voilà notre Nicolas. » Vous ne pourriez pas me faire relever ? J'ai l'onglée, des engelures et je n'ai plus de provisions. La nuit risque d'être rude.

— Tu peux rentrer au bercail. Ta surveillance a-t-elle été au moins utile ?

— Je le crois, car hier soir, environ une heure après le départ de l'inspecteur et des hommes du guet, un inconnu est apparu sur le faîte de la clôture du jardin – tiens, justement où vous vous trouviez tantôt...

— Tu peux me le décrire ?

— À vrai dire, je n'ai pas vu grand-chose. Il m'est apparu lourd et léger.

— Comment cela ?

— Il y avait quelque chose qui clochait. L'homme paraissait tout en volume, pourtant j'aurais juré qu'il se déplaçait en souplesse. Il portait un masque et ses vêtements étaient sombres. Il marchait avec précaution...

— Avec précaution ?

— Oui, comme s'il choisissait où poser les pieds. Cela m'a surpris, car le froid n'avait pas encore gelé le sol.

— Tu ne l'as pas suivi ?

— M. Bourdeau m'avait prescrit de ne bouger sous aucun prétexte et je n'ai pas cru devoir désobéir.

Nicolas retint un mouvement de désappointement.

— Tu as bien fait. Tu peux partir, maintenant. Il ne se passera plus rien ici, ce soir. Mais rends-moi service : trouve-moi une voiture et envoie-la chez le docteur Semacgus, près de la Croix-Nivert. C'est la seule maison de maître à cet endroit au milieu des masures, le cocher ne peut se tromper.

Il lui tendit quelques pièces.

— Voilà pour toi. Tu as bien travaillé. Je le dirai à Bourdeau.

— L'inspecteur m'a déjà payé, monsieur Nicolas. Mais ce n'est pas de refus, pour la gratification. Je ne veux pas vous désobliger. C'est un plaisir de travailler pour vous.

Nicolas s'engagea sur le chemin gelé. Le sol inégal était parsemé d'aspérités et de flaques glacées sur lesquelles les bottes trébuchaient ou dérapaient. Il faillit à plusieurs reprises se tordre les chevilles, et tomba une fois. Il n'aurait plus manqué qu'il se blessât, dans l'état où il se trouvait déjà ! Heureusement, il fut bientôt devant le logis du chirurgien. Celui-ci se composait d'un ensemble de bâtiments sans élévation, ordonné en U autour d'une cour fermée d'un haut mur.

La porte cochère céda sous la main. Elle n'était jamais fermée, le maître des lieux professant que « la porte d'un officier de santé devait être ouverte en permanence à toute détresse ». La cuisine, à l'angle des communs et du logis proprement dit, était faiblement éclairée par une lueur dansante.

Nicolas s'approcha de la porte-fenêtre, l'entrouvrit doucement et découvrit une scène énigmatique. Près de la haute cheminée, où brûlait un feu d'enfer, Catherine accroupie tenait dans ses bras Awa à moitié dévêtue et la tête renversée. La cuisinière semblait chanter une berceuse à l'oreille de sa nouvelle amie qui, la peau couverte d'une sueur luisante, gémissait faiblement. Parfois, Awa se cambrait et se contorsionnait, en prononçant des mots inaudibles. Tout son corps s'arquait alors et tremblait, maintenu à grand-peine par Catherine.

Levant les yeux, Catherine poussa un cri en découvrant Nicolas et tenta de se lever. Elle laissa choir Awa qui, inconsciente, glissa sur le sol, puis chercha des yeux un instrument quelconque pour se défendre. Nicolas ne comprenait rien à sa réaction. L'aspect patibulaire qu'offraient sa tenue de friperie et son grossier maquillage au noir de fumée lui était sorti de l'esprit. Mais Catherine n'était pas femme à craindre sans réagir. Cantinière dans sa jeunesse, elle avait été mêlée à nombre de coups tordus, embuscades et échauffourées avec la soldatesque ou la canaille, et elle s'en était toujours tirée avec les honneurs. Attrapant un grand coutelas sur la table, elle hasarda un coup de pointe vigoureux vers l'inconnu. Pendant ce temps, Awa était entrée en convulsions et se souillait dans le sang répandu d'un coq à la tête tranchée gisant sur le carreau de la cuisine.

Nicolas para le coup, laissa passer Catherine emportée par sa course, et se retrouva derrière elle. Il réussit à la ceinturer et put alors lui parler à l'oreille.

— Alors, ma bonne Catherine, c'est ainsi que tu accueilles Nicolas ?

L'effet de ses paroles fut immédiat. Elle laissa tomber son eustache et se jeta en pleurant dans les bras du jeune homme qui, prudemment, la fit asseoir sur une chaise.

— Ah, ça ! Ce n'est bas des façons à faire à ses amis, surtout habillé à faire beur, comme tu es !

— Pardonne-moi, Catherine, j'avais oublié en quelle mascarade je me trouvais.

Il ôta son grand feutre et découvrit sa tête enturbannée dans un pansement ensanglanté.

— Mon Dieu, Nicolas, que t'est-il arrivé, mon bauvre bedit ?

— Ce serait trop long à te conter. Explique-moi plutôt tout ce sabbat. Awa est malade ?

Catherine paraissait gênée ; elle tortillait autour de son doigt une longue mèche grise qui dépassait de la charlotte couvrant son vieux visage camus. Elle se décida enfin à parler.

— Elle n'est bas malade. Elle a voulu interroger ses diables.

— Comment cela, ses diables ?

Catherine se mit à dévider l'histoire à toute vitesse.

— Dans son pays, on bratique des choses étranges pour interroger les esprits. Elle a bréparé une sorte de tisane qu'elle a respirée. Ensuite, il a fallu couper la tête d'un coq. Elle s'est mise à danser comme une bossédée. On aurait dit une chèvre qui cabriolait. Ensuite, la bauvrette a regardé la mare de sang. Elle a poussé un hurlement et a voulu se déchirer le visage. J'ai eu beaucoup de mal à la calmer, elle est encore très agitée.

— Mais, pourquoi tout cela ?

— Elle voulait savoir ce qui était arrivé à Saint-Louis. Enfin, à la mode de chez eux. C'est une brave fille que j'aime beaucoup. Tu sais qu'elle connaît un moyen pour les œufs…

Nicolas, qui savait Catherine intarissable sur les questions culinaires, l'arrêta aussitôt.

— Et qu'a-t-elle conclu de toute cette sorcellerie ?

Catherine, effrayée, se signa.

— Ne brononçons pas ce mot, ce sont des habitudes à eux. Il ne faut pas juger, nous ne connaissons pas leurs coutumes. Peut-être, les nôtres leur paraissent tout aussi étranges. Tu sais, Nicolas, j'ai beaucoup voyagé et j'ai vu beaucoup de choses que je n'ai bas comprises.

Nicolas admira le bon sens et le cœur de cette femme simple. Elle reprit :

— À voir l'accablement où elle est plongée debuis, je crois que la réponse n'a bas été favorable. Quel malheur !

Et ce pauvre M. Semacgus qui a été arrêté ! Nicolas, tu vas le sortir de là, n'est-ce bas ?

— Je ferai tout mon possible pour connaître la vérité sur tous ces événements, répondit prudemment le jeune homme.

Awa, toujours étendue sur le sol, paraissait avoir retrouvé son calme. Elle reposait, comme assoupie. Nicolas prit les mains de Catherine et la regarda dans les yeux.

— Parle-moi de Mme Lardin, demanda-t-il. Et ne me cache rien, car j'en sais déjà suffisamment pour discerner le vrai du faux. D'ailleurs, tu m'avais laissé un billet que j'ai trouvé dans la cuisine mardi soir, sous mon assiette...

— Il fallait que tu abrennes qui était vraiment cette femme. Elle n'a cessé de tromper le pauvre Monsieur. Il ne savait que faire bour lui rendre la vie agréable. Toilettes, parures, bijoux, meubles, tout son argent y passait. Et cette bête de l'enfer, blus il donnait, blus elle demandait. Et puis, elle avait des coquins, Descart, le bauvre Semacgus et un cavalier balafré. Celui-là, il me faisait beur. Tout cela lui est passé sur le ventre, à cette garce ! Et toujours des demandes et des exigences. Elle s'est bien empli le jabot. Monsieur, lui, je l'aimais bien. Il était bon avec moi, lui, si dur et si revêche avec tout le monde et avec toi, mon bauvre Nicolas. Encore qu'il avait bien des torts, lui aussi. Il courait la gueuse quand elle se refusait. Il jouait gros jeu au lansquenet et au pharaon. Et blus il jouait, blus il berdait. Il me revenait au petit matin dans des états...

— Mais alors, comment a-t-il pu continuer à mener un tel train ?

Catherine sortit son mouchoir et s'essuya les yeux. Elle soupira, puis mouilla de salive le morceau de toile et tenta d'essuyer, comme on débarbouille un enfant, le noir qui couvrait le visage de Nicolas. Il se laissa faire ; il crut un instant se retrouver à Guérande et le visage de la vieille Fine se superposa à celui de Catherine.

— C'est moi qui l'aidais. Toutes mes économies y sont bassées. La cantine ne nourrit pas sa femme. Quelquefois, des bénéfices de butins ou de pillages, mais seulement quand on est en veine de victoires. Une fois mon homme mort, j'ai hérité d'un petit bien que j'ai vendu. La somme était rondelette et je la gardais pour plus tard. Le commissaire m'a tellement serinée que j'ai fini par la lui donner à petits bouillons. Depuis un an, il ne me payait même plus mes gages. C'est moi qui ai fait tourner le pot, en faisant du ravaudage dans le voisinage. Et puis, il y avait Marie, si gentille, que je ne voulais bas abandonner et c'est à cause d'elle que je ne suis pas partie avant.

— Tu as fini par le faire…

Catherine soupira.

— Mardi, il y a trois jours, j'ai entendu la marâtre ordonner à Marie de faire ses paquets. Elle voulait qu'elle parte le lendemain à Orléans chez sa marraine, qu'on ne connaît ni d'Ève ni d'Adam. Marie criait, pleurait, suppliait, la bauvre brebis. Mon sang n'a fait qu'un tour, je suis entrée dans la danse et j'ai dit mes vérités à la dame. Elle a bris la chose de haut, me traitant comme un chien. Je n'ai pu emborter un pouce de terrain, la mauvaise avait du vif-argent dans la langue et, malgré tout ce que je disais, elle a rompu toutes mes mesures. Elle s'est jetée sur moi, griffes en avant, et a manqué m'étrangler. Je suis mordue et égratignée de bartout.

Elle montrait ses gros bras couverts d'écorchures.

— Elle m'a chassée sur-le-champ, malgré les cris de ma bauvrette. Que pouvais-je faire ? Je suis partie comme une folle. J'ai réfléchi toute la nuit pour savoir où aller. J'ai pensé à M. Semacgus, toujours si aimable et bon avec moi, et j'ai pris mes résolutions. Le lendemain, je suis arrivée ici. Je me disais : « Au moins lui, quoique tombé dans les pièges de la bête comme les autres, me comprendra beut-être. »

Elle caressait le front de Nicolas.

— Tu sais, Nicolas, je n'ai blus rien, je suis une pauvre femme qui sera bientôt vieille. Je suis gaillarde encore et peux rendre de bons services. Que vais-je devenir ? Il n'y a bas de remèdes à mon malheur. À mon âge, on tombe vite dans la misère pour finir à l'hôpital. Je bréfère mourir. J'irai me jeter dans la Seine. Je ne ferai honte à bersonne, puisque je suis seule[1]. Dommage, avec mon petit pécule, j'aurais pu faire binet[2].

Le pauvre visage ingrat de Catherine se crispa et les larmes coulèrent à nouveau. Elle hoquetait en tentant de se reprendre et sa large poitrine se soulevait de désespoir. Elle ne criait pas et laissait seulement échapper un souffle rauque et contenu. Nicolas ne put supporter cette détresse.

— Catherine, arrête, je te promets de t'aider, tu peux compter sur moi.

Elle renifla et le regarda, le visage soudain illuminé.

— Mais d'abord, reprit-il, tu dois répondre à mes questions. T'en sens-tu capable ? C'est très important.

Elle hocha la tête, apaisée et attentive.

— La nuit où le commissaire a disparu, étais-tu rue des Blancs-Manteaux ? demanda Nicolas.

— Non, cela est sûr. La Lardin m'avait donné ma soirée. Je suis restée chez ma logeuse à manger des beignets et à écouter la chienlit qui hurlait dans la rue. Je me suis couchée vers onze heures et, le lendemain, j'étais à mon office à sept heures à rallumer mon potager.

— Rien ne t'a frappée, ce matin-là ?

— Attends… Madame s'est réveillée fort tard.

— Plus tard que d'habitude ?

— Oui, vers midi. Elle m'a dit qu'elle avait bris froid. Et ce n'était pas étonnant, vu que ses bottines étaient trempées. Gâchées à coup sûr, brûlées par la neige, je lui en ai fait la remarque et je me suis fait houspiller, comme

1. Sous l'Ancien Régime, le suicidé était quelquefois jugé et même pendu aux fourches patibulaires et sa famille déshonorée. Même si cette pratique avait peu à peu disparu, il en restait des traces dans la mentalité populaire.

2. Vivre de son reste.

d'accoutumée. Elle m'a dit qu'elle était allée aux vêpres. Aux vêpres, en tenue de carnaval et masquée !

— Cela t'a surprise ?

— Oui et non. Il arrivait qu'elle aille faire sa mijaurée à l'église. Bas pour le bon Dieu, c'est sûr, mais pour se faire voir, pardi, et coquelucher. Elle a même précisé qu'elle était allée à l'église du Petit-Saint-Antoine. Mais dans cette tenue…

— Elle aurait pu aller aux Blancs-Manteaux.

— C'est bien ce que j'ai pensé. Par le temps qu'il faisait, vendredi, c'était blus facile de traverser la rue.

— Autre chose. Les vêtements du commissaire, tu en avais la charge ?

— Il ne voulait pas qu'on y touche. Il y avait toujours des papiers dans ses poches. Je lavais les chemises et les dessous.

— Qui était son tailleur ?

— Tu le connais, Nicolas, c'est maître Vachon, celui qui t'a équipé quand tu es arrivé si drôlement habillé à Paris.

Nicolas avait décelé une gêne chez Catherine. Elle croisait ses mains si fortement que la peau bleuissait. Il se hasarda à pousser plus avant.

— Comment sais-tu qu'il y avait des papiers dans ses poches ?

Elle se mit à pleurer silencieusement.

— Catherine, je dois insister. Comprends que cela peut m'aider dans mon enquête. Si tu ne te confies pas à moi, à qui pourrais-tu le faire ?

— Je fouillais toujours ses habits, reprit Catherine, en sanglotant. Quand il avait gagné gros jeu, il jetait les écus en vrac dans ses poches. Plutôt que de tout laisser reperdre, je prélevais une betite bart pour le soin du ménage. J'en avais bris l'habitude quand je me suis aberçue qu'il ne comptait jamais. Mais, Nicolas, je te jure que ce ne fut jamais pour moi. Je ne suis bas une voleuse…

Elle redressa la tête avec défi.

— Et bourtant, j'aurais eu quelque droit à me rembourser de mes avances et de mes gages non payés !

— Et dans les papiers, tu n'as rien remarqué de particulier ?

— Jamais, sauf la veille de sa disbarition. Je n'y avais bas songé depuis, mais peut-être cela a-t-il de l'importance. Peut-être ou peut-être bas. Il y avait un petit morceau découpé, avec ton nom dans l'angle.

— Mon nom ? Te souviens-tu de ce qu'il disait ?

— Ah ! oui, c'était très court et ça m'a intriguée. C'était comme un proverbe, oui, c'est cela : « Des trois une paire et celui qui les ferme se donne à tous. »

— Et tu n'as pas revu ce papier ?

— Jamais, bas blus que je n'ai revu Monsieur.

Nicolas estima ne rien avoir à attendre de plus des propos de Catherine. Après l'avoir encore réconfortée, il l'aida à déposer Awa sur sa couche et il quitta la demeure de Semacgus.

Rabouine avait tenu parole et un fiacre l'attendait sur le chemin. Les ténèbres enveloppaient la voiture. La neige atténuait les bruits et renforçait l'impression d'enfermement causée par l'exiguïté de la caisse. Elle tombait sans hâte, en gros flocons, qu'une rafale entraînait parfois en tourbillons ascendants, au travers desquels les rares lumières provenant des maisons formaient des halos fragiles.

Rencogné dans l'angle de la voiture, la tête appuyée contre le velours de garniture, Nicolas regardait sans voir. Il ne regrettait pas d'être allé à Vaugirard ; il avait l'impression d'y avoir fait œuvre utile. Une chose était certaine : la maison de Descart abritait un mystère. D'autre part, il se disait que l'inconnu pouvait avoir trouvé ce qu'il cherchait, comme il pouvait y avoir renoncé. Mais que cherchait-il ?

La suite n'avait en rien éclairé sa lanterne – sinon qu'aux portes de la capitale l'Afrique installait sa sorcellerie et ses pratiques païennes. Il se rappela soudain un événement de sa jeunesse encore proche. Un jour qu'il s'était abîmé le coude, au cours d'une de ces rixes qui ponctuaient les parties de soule, Fine l'avait conduit chez une repasseuse de coiffes qui bénéficiait d'une réputation de rebouteuse à vingt lieues à la ronde. Tandis que sa nourrice multipliait les signes de croix, la vieille avait commencé une étrange mélopée puis, après avoir tourné plusieurs fois sur elle-même, lui avait mis un clou dans la main et lui avait demandé un liard. Alors, elle avait attiré sa tête contre sa cotte noire dont il sentait encore, dix ans après, l'étrange fumet. Elle avait plongé sa main dans un pot empli d'une matière visqueuse et vigoureusement frotté l'endroit malade, en prononçant, à haute voix, cette formule en breton, dont il se souvenait encore : « *Pa 'z out ar jug braz, Otro Saint Erwan ar Wirionè Clew ac 'hanan*[1]. » Son bras, qu'il ne pouvait plus étendre l'instant auparavant, avait miraculeusement retrouvé sa souplesse. La vieille l'avait prévenu que désormais il sentirait la pluie venir par des douleurs à cet endroit, qui deviendraient permanentes dans sa vieillesse. Ce temps-là n'était pas encore venu.

Ainsi, la pauvre Awa s'était contentée de respecter sa propre coutume pour tenter de connaître le sort de son compagnon. Nicolas n'avait pas, lui non plus, oublié Saint-Louis, mais plus le temps passait et plus l'espoir de retrouver le serviteur de Semacgus diminuait.

La conversation avec Catherine avait confirmé ce que Nicolas savait déjà sur Mme Lardin et sur son libertinage. Le commissaire, dans les propos de sa servante, était réduit au rôle peu flatteur de mari trompé, de joueur impécunieux et de maître sans scrupule. Le personnage lui semblait pourtant avoir une tout autre dimension, plus inquiétante, que la femme au grand cœur, dans sa simplicité, ne mesurait pas. Quant à cette phrase sibylline

1. « Puisque tu es grand juge, monseigneur Saint-Yves de la Vérité, entends-moi. »

trouvée dans les poches de l'habit de Lardin, la veille de sa disparition, il ne voyait vraiment pas à quoi elle pouvait correspondre.

Nicolas mesura encore une fois l'ampleur de sa tâche. Les paroles de M. de Sartine résonnaient dans sa tête. Il songea soudain au roi qui, lui aussi, devait attendre des nouvelles de son lieutenant de police. Il entrevit le fond dramatique de toute cette histoire, la guerre qui se poursuivait, les soldats sur les champs de bataille dans la neige et dans la boue, les monceaux de morts et les vols de corbeaux. Un long frisson le parcourut.

Nicolas avait décidé de rentrer rue des Blancs-Manteaux. Il lui fallait se changer, faire toilette, la barbe commençant à lui pousser dru. Il devait aussi renouveler son pansement. Enfin, il lui fallait annoncer à Mme Lardin les présomptions convergentes sur la mort de son mari : il serait intéressant de mesurer la nature et l'intensité du chagrin de la veuve putative.

Il pensa à Marie. Qu'était-elle devenue ? Serait-elle là pour l'accueillir ou déjà partie chez sa marraine ? Nicolas avait déjà pris une décision à la fois pratique et morale : il ne pouvait plus demeurer chez les Lardin. La responsabilité de l'enquête imposait ce choix ; il était trop difficile, en conscience, d'être à la fois l'inquisiteur et le locataire. Il songeait déjà à faire surveiller les alentours de la maison, au cas où Bourdeau, toujours si exact et précautionneux, n'aurait pas encore ordonné la mesure. D'autre part, il ne pouvait vivre sans que son linge fût tenu et il ignorait si Louise Lardin avait remplacé Catherine ou était restée seule, soucieuse de faire le vide autour d'elle.

Sa songerie l'avait conduit, sans qu'il s'en rendît compte, à l'intérieur de la ville. Les lumières étaient plus vives et plus nombreuses. Comme sa voiture approchait de la Seine, elle traversa, au milieu des cris et des rires, le charivari d'un groupe de masques. L'un d'eux grimpa sur le marchepied et, d'une main, dispersa la neige qui recouvrait la vitre et y colla sa face représentant une tête de mort. Nicolas dut soutenir de longues minutes ce tête à tête avec la camarde qui, depuis des jours, tournait autour de lui comme une bête fidèle.

Il retrouva bientôt une rue des Blancs-Manteaux toujours aussi paisible et déserte en apparence, où il décela cependant une présence tapie sous le portail de l'église. Dans le doute, il fit mine de n'avoir rien remarqué. Il s'agissait soit d'un mendiant soit d'une mouche de Bourdeau. Décidément, l'inspecteur pensait à tout et, sous son air placide, dissimulait des trésors d'expérience et de pratique policière. En tout cas, il ne pouvait être question de filature ou alors l'ennemi lisait dans ses pensées et avait prévu son retour.

Remettant à plus tard la résolution de cette énigme, il introduisit sa clef dans la serrure et s'aperçut que celle-ci avait été changée et qu'il ne pouvait entrer. Il se décida à soulever le heurtoir, opération qu'il dut répéter plusieurs fois.

La porte s'ouvrit enfin et Louise Lardin apparut, un flambeau à la main, l'air revêche. Elle portait une robe de bal à dos flottant, de couleur blanc cassé à rebrodures d'argent. Le corsage, ajusté et fortement échancré, laissait entrevoir une gorge poudrée. Les pans de la robe étaient ouverts en rond et prolongés par-derrière en une queue très étoffée relevée sur le panier. Tout le jupon était ainsi mis à découvert et laissait voir deux ou trois nuages d'immenses falbalas. Le visage, poudré et maquillé à l'excès, était parsemé de mouches, les pommettes marquées de rouge vif, les lèvres passées au vermillon. Deux grandes tresses de cheveux « en dragonne » tombaient derrière la nuque, sur les épaules.

— C'est vous, Nicolas ? fit-elle d'une voix aiguë. Je vous croyais disparu vous aussi. À considérer votre tenue et votre allure, vous êtes simplement tombé dans la crapule. Quoi qu'il en soit, j'avais décidé de vous demander de quitter cette maison. Prenez vos hardes sur-le-champ, je ne suis pas d'humeur à héberger un vagabond.

— C'est, madame, la tenue de mon état quand la conjoncture me l'impose, répondit Nicolas. Votre jugement est bien hâtif. Quant à votre désir de me voir décamper, il ne fait que précéder l'expression d'une décision que j'avais déjà prise. Je vois bien que je ne suis pas le bienvenu.

— Il n'a tenu qu'à vous d'y être désiré, Nicolas.

L'ambiguïté du propos fit rougir le jeune homme.

— Brisons là, madame. Je partirai demain matin, car par le temps qu'il fait et à l'heure qu'il est il me serait difficile de trouver un abri pour la nuit. Mais, auparavant, je dois vous entretenir de choses graves.

Elle ne bougeait pas, toujours campée au centre du couloir.

— Remarque pour remarque, ajouta-t-il, permettez-moi, madame, de m'étonner de surprendre en robe de bal une femme dont le mari a disparu.

— Vous voilà bien insolent, soudain ! Il se trouve, en effet, que je suis en robe de bal et que je m'apprêtais à sortir afin de me distraire et prendre le bon temps qu'une femme de mon âge se doit de ne pas laisser perdre. Cela vous suffit-il, monsieur le suppôt ?

— Cela suffirait sans doute au suppôt, mais en aucune façon au représentant du lieutenant général de police.

— La tête vous enfle, monsieur.

— La vôtre, madame, me paraît bien irritable et bien éloignée des tristes soucis qui m'amènent.

Louise Lardin se redressa, l'air provocant, les deux mains sur les accoudoirs de son panier, en une pose canaille qui choqua Nicolas. En un instant, sous le vernis éclatant, reparaissait la fille qui faisait les beaux soirs de la maison Paulet.

— Des soucis ? Vous êtes-vous mis en tête de me parler de cette charogne que vous êtes allé déterrer dans les ordures de Montfaucon ? Cela vous surprend ? Je suis mieux informée que vous ne l'espériez. Il s'agit de mon mari, c'est cela ? Que voulez-vous que cela me fasse ?

Vous êtes allé gratter la fange et vous en avez eu pour votre argent. Qu'attendiez-vous ? Que je vous joue la comédie de la veuve éplorée ? Je n'ai jamais aimé Lardin. J'en suis débarrassée. Je suis libre, libre et je cours au bal, monsieur.

Nicolas la trouva soudain très belle dans son animation, transformée par une sorte d'orgueil. Elle s'agitait et, tout autour d'elle, les queues de sa robe battaient l'air avec un sourd bruissement de satin.

— Comme il vous plaira, madame, mais vous devrez répondre d'abord à quelques questions qui, dans l'affliction où je vous trouve, ne devraient pas susciter chez vous d'émotion trop excessive. Ma tâche s'en trouve facilitée et j'irai droit au but. J'ajoute que j'attends de votre grandeur d'âme qu'elle vous inspire de répondre sans détour, sinon je me verrai dans l'obligation regrettable de recourir à d'autres moyens.

— Soit, monsieur l'apprenti commissaire. Je cède à la force, de peur des brodequins… Mais faites vite, je suis attendue.

— Vendredi dernier, dans la soirée, vous êtes sortie. Où êtes-vous allée et à quelle heure êtes-vous rentrée ?

— Qu'ai-je à me rappeler telle ou telle journée ! Je ne suis pas greffier de mon temps.

— Je vous signale, madame, afin de rafraîchir votre mémoire, que votre mari a disparu justement ce soir-là.

— Il me semble que je suis allée aux vêpres.

— Aux Blancs-Manteaux ?

— Peut-on aller aux vêpres ailleurs que dans une église ?

— Dans celle-ci ou dans une autre ?

— Ah ! je comprends que la soudarde a parlé… Je suis allée au Petit-Saint-Antoine.

— En cape noire et masquée ?

— Et quand cela serait ? Une femme de qualité ne saurait s'aventurer à la tombée de la nuit en temps de carnaval sans risquer des outrages que seule une tenue de circonstance lui permet d'éviter.

— Et cette cape protégeait de la neige ?

Elle le regarda fixement et s'humecta les lèvres.

— Il ne neigeait pas. Elle me préservait du vent.

Nicolas se tut. Un long silence s'installa jusqu'à ce que Louise Lardin demandât d'une voix rauque :

— Pourquoi me détestez-vous, Nicolas ?

Elle s'approcha de lui. Son odeur le saisit, qui mêlait les senteurs de la poudre des cheveux, des fards, un trouble parfum d'iris et un autre plus sauvage qui l'emportait.

— Madame, je ne fais que mon devoir et j'aurais aimé qu'il me conduisît dans une autre maison que celle où j'ai été si longtemps accueilli.

— Il ne tient qu'à vous que le passé ressuscite. Mon mari n'est plus, qu'y puis-je ? Que dois-je faire pour vous convaincre que j'ignore tout des causes de sa mort ?

Nicolas ne voulait pas se laisser détourner de son but. Il tenta autre chose.

— On dit que le nouveau motet de Dauvergne[1], chanté ce soir-là au Petit-Saint-Antoine, était fort beau.

Elle évita le piège.

— Je n'ai aucun goût pour la musique et n'y entends rien.

— Qu'avez-vous fait, hier ? Êtes-vous restée ici ?

— J'étais avec un de mes amants, monsieur, car j'ai des amants, comme vous le savez. Que peut-on attendre d'autre d'une fille perdue et achetée ?

Une particule de poudre se détacha du visage et tomba sur le corsage. Son accent de sincérité la rendait pitoyable.

— Vous êtes satisfait ?

— Je vous sais gré de votre franchise, répondit Nicolas en rougissant un peu. Vous plairait-il de me donner le nom de cet homme ?

1. Violoniste et compositeur (1713-1797). Il fut surintendant de la musique royale en 1764 et membre de l'Académie royale de musique, qu'il dirigea à trois reprises.

— Pour vous montrer ma bonne foi, je vous dirai qu'il s'agit de M. Mauval, un homme qui sait aimer et qui, vous ne l'ignorez pas, sait aussi corriger les faquins.

Nicolas ignora l'insulte, mais nota la menace. Le monde lui parut soudain bien petit.

— À quelle heure vous a-t-il rejointe ?

— À midi et il m'a quittée ce matin très tôt. J'ai honte pour vous, monsieur, de cette inquisition.

— J'oubliais, madame, de vous présenter mes condoléances pour le décès de votre parent.

Il avait risqué ce coup sinueux, espérant désarçonner l'adversaire et trouver la faille. Ce fut peine perdue. Louise Lardin ne paraissait pas connaître la mort de son cousin Descart.

— Un mari imposé n'est pas un parent, répondit-elle. Au reste votre sollicitude soudaine me touche peu. Sur ce, monsieur, je dois vous quitter, car j'entends la voiture qui arrive pour me prendre. J'espère que demain matin vous aurez quitté ma maison.

— Encore un mot, madame, où se trouve Mlle Marie ?

— Chez sa marraine, à Orléans. Elle souhaite se retirer du monde et entrer en noviciat chez les Ursulines.

— Voilà une vocation bien soudaine.

— Les voies du Seigneur ont de ces raccourcis.

— Où était Marie, le soir de la disparition du commissaire ?

— En ville, chez une amie.

— Madame, qui a tué votre mari ?

Elle eut un demi-sourire, s'enveloppa dans un mantelet à col de fourrure et virevolta.

— Les rues sont dangereuses en période de carnaval. Il aura rencontré quelque masque assassin.

Et elle sortit en claquant la porte derrière elle, sans un regard pour Nicolas.

Nicolas demeurait figé sur place. Ce duel l'avait laissé sans forces et avait encore accru sa fatigue. Ou bien Louise Lardin était innocente et ses propos étaient seulement frappés au coin du cynisme et de l'amoralité, ou bien c'était une comédienne hors pair. Il se dit aussi que cet excès de provocation, cette fermeté dans l'étalage de sa perdition pouvaient vouloir dissimuler autre chose. Qu'irait-on soupçonner chez une âme qui, d'elle-même, requerrait contre sa propre vertu en usant des plus formidables arguments ? Nicolas n'était pas accoutumé à affronter un adversaire de cette nature. Sa jeunesse était un inconvénient et son registre d'expériences était trop limité. Il venait tout juste de commencer sa collection d'âmes. Il aimait que les formes fussent respectées, et le cynisme le déconcertait comme une monstruosité de l'esprit. Et pourtant, depuis une semaine, il avait tourné, haletant, bien des pages. Les propos de Louise Lardin l'offensaient comme un manque odieux aux règles qui régissaient le commerce de la société. Une autre idée lui traversa l'esprit : l'attitude de Louise n'était peut-être, au fond, que la dernière tentative d'une âme perdue pour ne pas tomber dans des désordres encore plus graves, et sa sincérité un hommage que le vice rendait à la vertu.

Mais ce n'était guère l'heure de philosopher. Nicolas était seul dans la maison et il fallait en profiter. Il écarta les scrupules qui se présentèrent ; ils étaient de peu de poids en regard de l'importance de sa mission. Dans la bibliothèque, quelqu'un – le commissaire, Louise ou un tiers – avait fait le vide dans les papiers. La chambre de Mme Lardin ne lui offrit rien non plus. Il regarda, songeur, le lit ravagé. Une bouteille vide et deux verres donnaient quelque apparence de vérité aux ébats de deux amants. L'ombre aux aguets dans la rue des Blancs-Manteaux, s'il s'agissait bien d'un homme de Bourdeau, aurait peut-être quelque chose à dire sur les horaires de Mauval et de sa maîtresse.

Nicolas examina avec soin les vêtements et les chaussures, et fit de même dans la chambre de Marie. Dans celle-ci, une chose l'étonna. La garde-robe de la jeune fille semblait complète. Était-elle partie sans bagages ? Il compara les empreintes de pas relevées à Vaugirard avec une paire de bottines pleines de boue, elles coïncidaient.

La fatigue finit par l'emporter. Nicolas gagna lentement sa mansarde et se rappela qu'il devrait le lendemain la quitter pour toujours. Il n'y avait été ni heureux ni malheureux, uniquement soucieux d'apprendre et de bien faire durant les mois de son apprentissage. Elle prendrait place dans son souvenir et dans son regret comme toutes les choses et tous les êtres abandonnés au bord du chemin, parce que la vie, la mort ou une petite lumière mystérieuse en décident sans appel.

Il réunit ses vêtements et prépara son portemanteau. Mettant la main dans la poche de l'habit qu'il porterait le lendemain, il tomba sur un petit papier plié en quatre. Il l'ouvrit et vit tout d'abord son prénom dans l'angle du document, avant de déchiffrer une phrase qu'il connaissait déjà :

*Des trois une paire*
*Et celui qui les ferme*
*Se donne à tous.*

Ainsi, Lardin, alors que Nicolas était encore à Guérande, avait souhaité lui laisser ce message sibyllin. Mais pour quelle raison, et que voulait-il dire ? C'est en y songeant que le jeune homme, vaincu, s'endormit.

# X

# TOURS ET DÉTOURS

*Quippe series vinculorum ita adstricta ut*
*Unde nexus inciperet quove se conderet*
*Nec ratione nec visu perspici posset.*

Car la série des nœuds était si compacte
Que ni la réflexion ni la vue ne permettait
De saisir d'où partait cet entrelacement
[et où il se dérobait.

QUINTE-CURCE

*Vendredi 9 février 1761*

Étendu sur le sol, il sentait le soleil rougeoyer derrière ses paupières closes. Après une course folle sur la lande, il avait attaché son cheval aux vestiges d'une barque démembrée, à demi ensablée sur la grève. Le ressac l'avait assoupi. Et soudain le bruit familier s'était éteint ; il n'avait jamais observé, jusque-là, que l'océan pût cesser son éternel mouvement. L'air lui manqua, il se redressa et ouvrit les yeux, qu'il referma aussitôt, ébloui par la lumière. Il fut saisi par un tourbillon de sensations et se retrouva, transi de froid, dans sa couchette. La veille, après une journée d'épreuves, il avait sombré, tout habillé, dans l'inconscience. Il n'avait pas pris le soin habituel de fermer ses volets et un rayon de soleil hivernal avait trouvé le chemin de son visage. Il s'étira comme une bête, membre après membre, avec précaution. Une nuit de sommeil avait chassé la douleur et laissé la place à un engourdissement et à une raideur assez semblables à la fatigue d'une journée à cheval quand l'habitude en est perdue. Comme chaque matin, il respira profondément pour chasser l'angoisse des ténèbres et se jugea prêt à affronter une nouvelle journée.

Nicolas se sentait sale et courbatu. Il avait besoin d'un bon bain. La chose lui parut difficile à obtenir. Après y avoir réfléchi, il décida d'user des moyens du bord. Catherine utilisait un grand baquet de bois cerclé pour tremper le linge, il ferait l'affaire. Il allumerait le potager de la cuisine et ferait chauffer de l'eau. Ragaillardi par cette perspective, il s'approcha de la croisée. Au premier plan, le jardin était une nappe blanche, sur laquelle se lisaient les traces recoupées d'oiseaux ou de chats. Le jour était magnifique et froid. Plus loin, sur les toits des maisons avoisinantes, la neige étincelait avec des reflets bleus.

Il compléta son bagage en réunissant les pauvres objets auxquels il tenait : une minuscule gravure naïve, représentant sainte Anne, ses livres de droit avec les quatre volumes du *Grand Dictionnaire de police* de Delamare, un vieil exemplaire des *Curiosités de Paris* par Saugrain l'aîné dans une édition de 1716, une coutume de Paris, un vieux missel ayant appartenu au chanoine Le Floch, l'*Almanach royal* de 1760, deux volumes des pensées du père Bourdaloue, de la Compagnie de Jésus, sur divers sujets de religion et de morale, *Le Diable boiteux* de son compatriote Lesage, né à Sarzeau, lu et relu, comme le *Don Quichotte*, tout au long de son enfance, un éventail cassé offert par Isabelle, et, enfin, une dague de chasse donnée par le marquis, son parrain, le jour où il avait servi sa première bête noire[1]. Il se souvenait encore, avec amertume, de la réprobation de ceux qui avaient été scandalisés qu'on réservât cet honneur à un enfant trouvé, sans nom et sans naissance. Il avait acheté, à vil prix, chez un revendeur une antique malle de cuir cloutée qui, outre son portemanteau, constituerait tout son déménagement.

Où irait-il ? Il lui faudrait trouver un logis pas trop onéreux. En attendant, il avait bien pensé demander asile à Bourdeau mais, outre que celui-ci occupait avec sa femme et leurs trois enfants un logis exigu, il paraissait à Nicolas peu digne de faire appel à son adjoint, au risque de se placer dans une situation fausse qui troublerait une entente à laquelle il tenait par-dessus tout. Le père Grégoire serait sans doute heureux de l'accueillir à nouveau rue de Vaugirard, mais le supérieur du couvent pouvait refuser, et le mode de vie de Nicolas, lié aux emplois du temps incohérents de son état, ne paraissait pas compatible avec le fonctionnement régulier d'un couvent. Certes, il pouvait s'en ouvrir à M. de Sartine, mais son chef se tenait de préférence au-dessus de ce type de contingence et Nicolas préférait ne pas se risquer à affronter certain regard ironique qu'il connaissait bien. Il devait se débrouiller tout seul.

Il repensa soudain à une proposition déjà ancienne de son maître, M. de Noblecourt. L'ancien procureur au Parlement, veuf sans enfant, s'était vite rendu compte de la froideur de Lardin à l'égard de son élève, et il avait plusieurs fois proposé à celui-ci de venir partager sa solitude épicurienne en occupant une chambre agréable qui ne servait à personne. Nicolas avait alors décliné cette offre, car, même si le lieutenant général de police ne lui en avait jamais formellement touché mot, il se considérait comme en mission dans la maison des Blancs-Manteaux. Les interrogations régulières de M. de Sartine l'avaient

1. « Achever le sanglier », en termes de vénerie.

confirmé dans cette manière de voir. Désormais, plus il y pensait, plus l'idée de faire appel à M. de Noblecourt lui semblait providentielle. Il éprouvait d'ailleurs une sincère affection pour le vieux magistrat bienveillant et spirituel. Rasséréné, il décida de faire toilette.

La demeure était silencieuse et rien n'indiquait que Louise Lardin fût rentrée. Nicolas avait rallumé une chandelle avant de s'aventurer dans l'obscurité de l'escalier. Avec ces réflexes de limier qui commençaient à devenir chez lui une seconde nature, il examina avec soin les degrés puis le carrelage du corridor. Nulle trace de neige ou de boue n'était visible. À l'évidence, personne n'était entré dans la maison depuis la veille au soir.

Il gagna l'office afin de se consacrer à la préparation de ses ablutions. Il convenait tout d'abord de rallumer le potager. Il connaissait l'endroit où Catherine entreposait les brindilles et le charbon de bois nécessaires à cette opération. Aussitôt, il fut saisi d'une nausée déclenchée par l'odeur douceâtre et écœurante qui planait dans la pièce. Il pensa que quelque rat, empoisonné par les appâts à l'arsenic que disposait régulièrement la cuisinière, avait dû crever dans un trou ou sous un meuble. Il chercha en vain, puis tenta d'oublier l'odeur. Il souffla sur le brasier qui crépitait joyeusement. Il ne restait plus qu'à remplir une marmite à la fontaine intérieure et attendre que l'eau se dégourdisse.

Le baquet était toujours rangé dans le caveau avec les vins, les pots de graisse et la réserve de lard et de jambons – ces derniers protégés par des sacs de toile, sur lesquels Catherine veillait avec un soin jaloux. Nicolas ouvrit la porte en ogive qui donnait sur un escalier de pierre conduisant au caveau. Celui-ci avait fait partie d'une bâtisse antérieure, aujourd'hui disparue, dont il avait constitué les anciennes fondations. De nouveau Nicolas fut saisi à la gorge par la même odeur âcre. Il descendit les degrés et éleva sa chandelle : à l'un des crocs de boucher pendait une masse informe enveloppée dans un tissu de jute brun. Une mare de sang coagulé couvrait le sol sous cette masse.

Retenant sa respiration, tant l'air était vicié par les miasmes qui s'en dégageaient, Nicolas, le cœur battant et trop assuré de ce qu'il s'attendait à découvrir, tira sur le sac. Il tomba sur le sol faisant apparaître un sanglier, à demi décomposé, pendu par les antérieurs. La bête avait-elle été abandonnée après le départ de Catherine ou déposée depuis ? Il savait que le gibier devait être mortifié et sa petite enfance avait été obsédée par les têtes d'oiseaux grouillantes de vers du gibier d'eau que le marquis adressait au chanoine, amateur de cette chair forte. Joséphine attendait que les becs se détachassent des corps pour les cuisiner. Cependant, il n'avait jamais vu cette opération menée jusqu'à la putréfaction. Sur le sol, il y avait beaucoup d'empreintes, dont certaines s'arrêtaient devant un grand châssis de bois sur les traverses duquel s'alignaient des bouteilles. Il les observa longuement. Ayant trouvé son baquet, il remonta, pressé de fuir cette atmosphère confinée et puante pour retrouver l'office où l'eau commençait à bouillir.

Nicolas se déshabilla et jeta un œil vers une grande casserole de cuivre étincelant qui lui servait souvent de miroir. Il était à faire peur, avec la barbe poussée et le corps couvert de bleus et d'écorchures. Il ôta ses pansements ; les plaies de la tête et du côté étaient fermées et saines ; l'apothicaire avait fait du bon travail. Il versa l'eau bouillante dans le baquet, mais la fontaine était vide. Ouvrant la porte qui donnait sur le jardin, il emplit, en frissonnant, un pot avec de la neige propre et put ainsi refroidir son bain. Il y ajouta un peu de potasse[1] dont usait Catherine pour ses lessives, s'accroupit dans le baquet et s'arrosa avec la louche. La chaleur de l'eau chassa peu à peu les contractures. Il se laissa aller à une torpeur heureuse, jouissant de cet instant de répit.

1. Produit utilisé pour la lessive en guise de savon.

Le chanoine, son tuteur, n'aurait pas manqué de lui reprocher ce plaisir, lui qui décriait si acrimonieusement les nouvelles modes de propreté. C'était, avec les philosophes et l'*Encyclopédie*, un sujet de controverses incessantes et animées entre son tuteur et son parrain. Le chanoine allait répétant qu'il n'était pas d'intimité susceptible d'échapper au regard de Dieu et que la bienséance voulait qu'en se couchant on se cache à soi-même son propre corps. Pour lui, les soins devaient se passer de tout recours à l'eau et ignorer le corps à l'exception du visage et des mains, seules parties visibles. C'était sur le linge que tous les efforts devaient porter. Le marquis, qui raffolait de ces joutes amicales, ricanait et évoquait en « voltairien » l'odeur de sainteté des religieux de tout poil, qu'il disait souhaiter voir plonger, en guise de purgatoire, dans des bains de lessive. Sa vie militaire lui avait démontré l'utilité de ce qu'il nommait d'un mot nouveau « l'hygiène ». Le marquis assurait même avoir échappé à des épidémies grâce à cette habitude. Aussi avait-il incité Nicolas à adopter son système. Le jeune homme avait souffert, au collège des jésuites de Vannes, de ne pouvoir satisfaire ce qui était devenu pour lui un besoin nécessaire et quotidien.

Il sortit enfin du baquet et s'essuya avec soin. Il avait l'impression d'avoir laissé l'homme ancien dans l'eau du bain. Les croûtes de ses plaies avaient été ramollies par l'eau chaude. Il avait décidé de sacrifier une chemise usée pour en faire de la charpie, une ceinture de toile destinée à tenir le pansement du côté et un bandeau pour la tête. Il se rappela que Catherine gardait des onguents et du vinaigre médicinal dans un tiroir du buffet, où il trouva en effet une petite bouteille de « Liqueur romaine » enveloppée dans une notice d'emploi. Il en lava ses plaies, refit ses pansements et s'habilla de frais après s'être rasé. Il renonça à avaler quelque chose, écœuré qu'il était par l'odeur toujours aussi obsédante, remit toutes choses en place, remonta prendre son bagage et, après avoir vérifié qu'il n'avait rien oublié, quitta sa mansarde d'apprenti.

Il lui fallait maintenant trouver une voiture pour transporter ses affaires. Il pouvait laisser son bagage devant la porte et partir à la recherche d'un cocher en maraude, mais le risque était grand de ne rien retrouver au retour. Et il ne pouvait rouvrir la porte de la maison une fois celle-ci fermée, ne disposant pas des nouvelles clefs.

Il songea alors à l'ombre de la veille. Il ouvrit et observa le portail des Blancs-Manteaux. L'homme était toujours là, battant la semelle et frappant dans ses mains. Nicolas lui fit signe. Il hésita et regarda à droite et à gauche avant de traverser la rue enneigée, et Nicolas le reconnut aussitôt comme l'un des indicateurs qu'utilisait l'Hôtel de police. Il lui demanda de se porter rue Vieille-du-Temple, près de l'hôpital Saint-Anastase, et de lui trouver une voiture. Pendant ce temps, lui, Nicolas, ferait le guet. L'homme lui confirma que Louise Lardin n'avait pas regagné son domicile.

Un fiacre apparut bientôt et la mouche en descendit. Nicolas embarqua ses impedimenta et donna au cocher l'adresse de son professeur, rue Montmartre, au lieu dit « pointe Saint-Eustache », en face l'église du même nom. Il s'agissait d'une maison de cinq étages, qui appartenait au magistrat et dont il avait loué les parties supérieures pour ne conserver que les étages nobles du premier et du deuxième. Le rez-de-chaussée était partagé entre une boulangerie et des communs qu'occupaient Marion, la gouvernante, et un laquais nommé Poitevin, presque aussi âgé que son maître. Nicolas se disait qu'il pourrait peut-être récupérer ses vêtements dissimulés dans la pénombre d'une chapelle latérale de Saint-Eustache, si ceux-ci avaient échappé à la vigilance experte des mendiants qui hantaient l'édifice.

La voiture se déplaçait sans bruit, mais les grelots du cheval sonnaillaient allégrement. La ville se dégageait des brumes et de la chape plombée des nuées qui l'avait recouverte des jours durant. À partir du carreau des Halles, la presse fut de plus en plus grande et les embarras presque inextricables. Enfin, sa voiture doubla la pointe Saint-Eustache, et entra dans la rue Montmartre.

Nicolas reconnut avec plaisir la haute demeure de l'ancien procureur au Parlement. Ventrue et posée de guingois, elle paraissait solidement ancrée dans le sol parisien. Avec les années, ses flancs s'étaient élargis et bombés comme ceux d'un ancien galion échoué. La ligne sinueuse des balcons décorés de fer forgé, pareille aux lèvres d'une gigantesque statue, offrait le dessin d'un sourire énigmatique et cependant bienveillant. Nicolas, à sa vue, se sentit ragaillardi ; il aimait cette maison. Après avoir réglé sa course, il déposa son bagage sous la voûte de la porte cochère où flottait l'odeur de pain chaud de la boulangerie voisine. Il monta au premier et frappa à la porte. Le visage ridé de la vieille Marion se plissa de plaisir quand elle le reconnut.

— Ah ! monsieur Nicolas, comme je suis aise de vous voir ! Monsieur se plaignait, hier encore, d'être délaissé de vos visites. Vous savez combien il vous aime.

— Bonjour, Marion. Je serais venu lui présenter mes devoirs plus tôt, si certains événements ne m'en avaient empêché.

Un petit barbet, boule grise et frisée, surgit comme une fusée d'artifice et se mit à sauter autour de Nicolas en poussant des cris joyeux.

— Voyez comme Cyrus vous fait fête ! dit Marion. Il connaît bien ses amis et ceux de Monsieur. Je dis toujours, les bêtes ont plus de sens que nous…

On entendit une voix qui s'enquérait du visiteur.

— Je crois que Monsieur s'impatiente. Il prend, comme d'habitude, son chocolat dans sa chambre. Suivez-moi, il va être si content.

La chambre de M. de Noblecourt était une belle pièce aux lambris vert pâle rehaussés d'or. Elle donnait sur la rue Montmartre par une double porte-fenêtre ouvrant sur un balcon. Le maître de maison avait souvent expliqué à son élève le plaisir qu'il prenait, chaque matin, vêtu d'une robe de chambre de perse fleurie et le chef couvert d'une calotte pourpre, à rêvasser en prenant son chocolat. Il regardait, dès l'aube, croître l'animation de la rue, observant avec philosophie les mille et un petits incidents de la vie quotidienne. Il se laissait aller à l'engourdissement heureux où la chaleur du breuvage exotique et l'espèce de langueur que celui-ci lui procurait le plongeaient dans une béatitude parfois suivie d'un somme. Cyrus faisait des allées et venues entre Nicolas et son maître, puis il sauta sur les genoux du magistrat.

— Le soleil et Nicolas sont de retour, alléluia ! s'écria le vieil homme. Mon enfant, asseyez-vous. Marion, vite, une chaise et une tasse. Rapporte-nous bien vite du chocolat chaud et quelques-uns de ces pains mollets que me fournit mon boulanger de locataire.

Sous la calotte s'épanouissait un visage poupin, aux yeux étonnamment clairs. À droite du nez fort et coloré, une verrue attirait le regard, que Nicolas, qui n'avait pas encore oublié ses humanités, comparait à celle de Cicéron. Deux bajoues couperosées pendaient autour d'une bouche spirituelle et gourmande que prolongeait un menton qui avait été fort, mais qui se perdait maintenant dans une triple épaisseur de chairs.

— Voyez que je demeure dévot à mes habitudes, faute de l'être d'une autre manière, reprit M. de Noblecourt. Je m'abandonne à l'âge qui vient, sans trop de surprises, sans trop de secousses… Bientôt, je ne bougerai plus de ce fauteuil. Je m'en ferai faire un autre, un antique, avec des oreillettes et une tablette et, pourquoi pas, des roulettes. Il ne restera plus qu'à le percer pour que je n'en sorte plus ! La maréchale de Luxembourg avait bien fait monter sa chaise à porteurs dans son salon pour se protéger des vents coulis, une année où l'hiver était fort rude. Je ne bougerai plus, et un matin le fantôme de Marion – qui, notez-le, est beaucoup plus vieille que moi – me trouvera le nez dans mon chocolat.

Nicolas connaissait son vieil ami. Tout cela n'était que provocation ; il attendait des protestations et, ne seraient-elles pas venues, qu'il aurait poursuivi pour les susciter.

— Je vous trouve le ton fort inspiré pour un futur podagre, monsieur, répondit-il. Votre tasse n'a rien à craindre. Vous voilà derechef imitant votre ami, M. de Voltaire – votre contemporain, sauf erreur –, qui annonce, depuis un quart de siècle, qu'il ne passera pas l'année et que l'armée coalisée de ses maux va incontinent le retirer à l'admiration de l'Europe et à la vénération de ses amis. Vous êtes du bois dont on fait les centenaires. Et j'ajouterai que vous vous devez à vos amis plus jeunes. À qui parleront-ils, si vous leur faites défaut ? Il n'y a pas tant d'honnêtes hommes que l'on puisse se satisfaire de les voir disparaître.

M. de Noblecourt, ravi, se mit à applaudir et Cyrus à manifester son approbation en aboyant.

— Soit, monsieur, je m'incline. Vous connaissez votre monde et savez faire votre cour. Il est dans l'ordre des choses qu'un jour l'étudiant en remontre au maître. Mais je suis un vieux bavard. Nicolas, vous me devez quelques explications sur votre soudaine disparition.

D'une main encore potelée, il caressait le barbet qui, calmé, s'était retourné et présentait, pattes écartées, un ventre rose.

— Monsieur, la mort de mon tuteur m'avait appelé en Bretagne. Après lui avoir rendu les derniers devoirs, je suis revenu à Paris où j'ai trouvé une situation difficile. Vous avez sans doute appris que le commissaire Lardin a disparu. M. de Sartine m'a chargé de l'enquête.

Le visage plein et bonasse de l'ancien procureur, qui avait tout d'abord exprimé toute la part qu'il prenait au deuil de Nicolas, changea soudain. Les yeux s'ouvrirent et la bouche s'arrondit ; la surprise le disputait à l'incrédulité d'apprendre que son élève s'était poussé si vite dans cette carrière.

— Quelle nouvelle ! Le représentant de M. de Sartine ! Voilà qui l'emporte sur la disparition de Lardin. Celui-là était un ami, certes, mais qu'il me plaisait de tenir à distance. Je l'avais encore vu la semaine passée.

Marion l'interrompit avec autorité en disposant sur la table à jouer une deuxième chocolatière d'argent, une tasse et sa soucoupe en porcelaine de Rouen, ainsi qu'une assiette des fameux pains mollets et un confiturier.

— Je vois, Nicolas, que vous avez des intelligences dans la place. Je n'ai pas droit, pour ma part, à ces délices fruitiers.

— Il ferait beau voir ! s'écria Marion. Vous en aurez quand vous m'aiderez à éplucher les coings, comme le fit, un jour de septembre dernier, M. Nicolas. Et puis vous êtes trop gourmand.

Marion versa le breuvage fumant tout en continuant à vitupérer sourdement. Les tasses s'emplirent d'un liquide mousseux marron clair d'où s'exhalaient l'arôme chaleureux du chocolat et la touche subtile de la cannelle. Cyrus sauta sur les genoux de Nicolas dont il connaissait la générosité à son égard. Le jeune homme, chez qui le chasseur ne sommeillait jamais que d'un œil et qui suivait toujours son idée fixe, attendit que Marion sorte avant de relancer le procureur sur Lardin.

— Quel jour m'avez-vous dit l'avoir rencontré ?

— Jeudi dernier.

— Vous êtes donc l'une des dernières personnes, à ce qu'il paraît, à l'avoir vu.

— La rencontre fut brève. Il me parut sombre à l'excès, davantage que d'habitude. Vous le connaissez, avec son humeur secrète, vindicative et agitée, l'homme n'est guère aimable. Un bon policier toutefois, et c'est ce qui nous rapprochait. Jeudi dernier, il était semblable à lui-même. Pourtant, en le quittant il m'a fait pitié, il paraissait désemparé hors de toute mesure.

— Et Mme Lardin ?

M. de Noblecourt sembla considérer dans le vide quelque charmante apparition.

— La belle Louise ? Il y a beau temps que je n'ai eu l'avantage de lui présenter mes hommages. Le morceau est friand, quoique proche de la trentaine, mais il n'est plus de mon âge. Encore qu'avec elle l'âge ne fait rien à l'affaire et que, jeune gardon ou vieux barbon, tout fait bouche, si j'ose dire, pourvu que certain tintement de bon aloi se fasse sentir…

Il souligna son propos d'un clin d'œil si énergique que sa calotte se dérangea et glissa de travers sur le front. Le vieil homme but une gorgée de chocolat, s'essuya la bouche, rompit un pain, puis le reposa avec un soupir en se penchant vers Nicolas. Il reprit d'une voix basse :

— Il y a quelque anguille sous roche, mon cher enfant. Je ne suis pas assez retiré du monde pour ignorer les rumeurs qui courent sur Lardin. Ni assez candide pour ne pas avoir compris à quels motifs obéissait M. de Sartine en vous plaçant, contre toute raison, chez ce couple diabolique.

Il s'arrêta, mais Nicolas resta de marbre.

— Ne me dites pas que la Lardin ne vous a pas fait des avances ?

Pour le coup, Nicolas devint écarlate.

— Hé, hé, fit le vieillard, à ce point-là ? Serviteur, monsieur. Mais je n'en veux rien savoir. Le malheur planait sur cette maison. Ne me demandez pas pourquoi, mais je le sentais s'approcher. Je voyais Lardin promis à de tristes aboutissements, débauche secrète ou passion à laquelle on sacrifie tout. La convoitise de la chair ou de l'or, cette « sangsue » dont parle Salomon, c'est l'esprit du siècle. On veut jouir sans restriction. S'il était possible de percer les murailles et de pénétrer dans les demeures les plus secrètes, on découvrirait ce qui s'y passe de plus infâme. Moi, vieux sceptique, épicurien s'il en fut, je contemple mon temps et j'en stigmatise les mœurs après en avoir puni les crimes.

Il hochait la tête d'un air attristé en considérant, l'un après l'autre, le pain et la confiture. Cyrus s'était dressé et tremblait d'excitation en observant le manège de son maître. Après avoir vérifié que Marion n'était pas dans les parages, M. de Noblecourt se saisit prestement d'une moitié de pain, la couvrit d'une épaisse couche de gelée et engloutit le tout en deux bouchées voraces.

— Ma présence était, en effet, bien pesante aux Lardin, dit Nicolas. Désormais elle est devenue impossible. Il doit vous apparaître comme à moi que, chargé de l'enquête sur la disparition du commissaire et sans vous dévoiler les secrets d'une investigation délicate, je ne puis continuer à demeurer en un lieu où je serais juge tout en restant un obligé.

— « *Opum contemptor, recti pertinax, constans adversus metus*[1] », cita avec satisfaction le magistrat. Vous ne pouvez, en effet, rester rue des Blancs-Manteaux.

— Je l'ai quittée ce matin même et j'étais venu vous demander conseil, incertain de ce que…

— Mon cher Nicolas, je partage l'opinion de M. de Sartine sur l'excellence de vos qualités et sur la distinction de votre éducation. Je vous avais déjà proposé de prendre ici vos quartiers. Soyez mon hôte et ne me remerciez pas, c'est un plaisir que je me fais à moi-même. Marion, Marion !

Il frappa dans ses mains, déclenchant une crise d'allégresse chez Cyrus qui se mit à tourner comme une toupie dans la chambre, avant de filer dans le logis à la recherche de la gouvernante.

— Monsieur, votre bonté m'accable et je ne sais comment…

— Allons, allons… Voici les règles de la maison. C'est une annexe de l'abbaye de Thélème où sont révérées la liberté et l'indépendance. Vous logerez dans

1. Bien jugé. « Il méprisait la richesse, était entêté dans le bien et inaccessible à l'intimidation » (Tacite, *Histoires*, Livre IV, 5).

la chambre du deuxième. Je sais que vous ne craignez pas les livres, les murs en sont couverts ; ma bibliothèque, déjà pleine, y a débordé. Vous disposerez d'une entrée particulière, une porte donne sur le petit escalier qui descend aux communs. Marion et Poitevin vous serviront. Vous souperez et vous dînerez avec moi quand vous le souhaiterez, ou quand vous le pourrez : je connais trop bien, pour les avoir éprouvées moi-même, les servitudes de votre état. Que cette demeure soit votre havre. Où est votre bagage ?

— En bas, monsieur. Croyez que je ferai tout pour éviter de vous déranger trop longtemps. Je vais me mettre en quête…

— Monsieur, cela suffit, vous allez m'encolérer. Ne voilà-t-y pas que l'ingrat veut déjà abandonner la place ! Je requiers votre obéissance. Consacrez-vous sans remords à votre tâche et ne répliquez pas.

Marion apparut, guidée par un Cyrus piaffant qui était allé la quérir dans l'office.

— Marion, M. Nicolas sera désormais des nôtres. Préparez la chambre bleue. Demandez à Poitevin d'y monter le bagage de notre ami. Secundo, j'offrirai, dimanche, un souper. Nous ferons aussi un peu de musique. Nous serons cinq, avec Nicolas et ses amis, le père Grégoire des Carmes et ce jeune séminariste, M. Pigneau, que vous me présentâtes un jour au concert spirituel ; enfin nous aurons M. Balbastre, l'organiste de Notre-Dame[1]. Je vous donnerai des billets à faire porter. Quant au repas, Marion, je compte que vous me ferez honneur. Il n'y a pas plus fines gueules que les prêtres et les musiciens, sauf, peut-être, les magistrats.

Marion avait écouté son maître, avec une satisfaction visible, en joignant ses mains de contentement. Elle disparut aussi vite que le lui permettaient ses vieilles jambes, afin d'apprendre la bonne nouvelle à Poitevin.

1. Compositeur et organiste français (1727-1799).

Nicolas découvrit avec ravissement la chambre qui lui était destinée. L'alcôve, qui abritait un petit lit, était entourée de deux bibliothèques installées dans l'épaisseur du mur et pleines de la plinthe jusqu'à la corniche. Les livres paraissaient toujours monter une garde silencieuse autour de lui. Enfant, il avait passé bien des heures en leur compagnie, dans le grenier de la maison de Guérande, et plus tard dans la bibliothèque du marquis, à Ranreuil. Rien ne pouvait advenir de mauvais, lorsqu'on était protégé par des alignements de reliures fraternelles. Il suffisait d'ouvrir un volume pour que s'élève une petite musique toujours émouvante et jamais semblable. Un secrétaire à cylindre, un fauteuil, une table de toilette et une petite cheminée complétaient l'ensemble de l'ameublement de la chambre tapissée d'un papier bleu à motif fleuri. Jamais Nicolas n'avait vécu dans un tel luxe. Il n'y avait pas de comparaison possible avec la mansarde des Blancs-Manteaux.

Après l'heureuse conclusion de sa visite rue Montmartre et le beau temps aidant, Nicolas rejoignit le Châtelet tout attendri de contentement. Il inspecta cependant les alentours du sombre monument, mais l'objet de sa recherche, le sagace Tirepot, ne parut pas. Sans doute ses recherches n'avaient-elles pas encore abouti. Il est vrai qu'elles exigeaient beaucoup de prudence. Nicolas savait que ce type de démarche aventurée mettait souvent en danger la vie des informateurs. On ne pouvait leur reprocher de prendre leur temps et de multiplier les précautions lorsque leur enquête les conduisait au cœur des ténèbres du Paris criminel.

Dès son arrivée, il s'enquit auprès du geôlier en chef de la cellule dans laquelle l'inspecteur avait fait incarcérer Semacgus. Il lui fut répondu que M. Bourdeau était demeuré enfermé toute la nuit avec un prisonnier inconnu enregistré sous le nom de « M. d'Issy » ; il s'y trouvait d'ailleurs encore. C'était une cellule à pistole, au confort décent, avec un ordinaire pouvant être commandé à l'extérieur. Nicolas admira la prudence de son adjoint.

Après s'être fait reconnaître, le jeune homme entra dans la pièce et fut frappé par l'atmosphère confinée, mélange d'odeur de paille et d'âcreté de corps en sommeil. Au-dessus de tout cela flottaient des miasmes de fumée froide. Semacgus et Bourdeau avaient dû sacrifier à leur penchant commun du tabac. L'inspecteur était en redingote, la cravate dénouée et sa chevelure grise ébouriffée. Semacgus, allongé sur la paille de la couchette, dormait, le tricorne sur les yeux. Sur la table, des carcasses de poulets, deux verres et trois bouteilles vides témoignaient que les événements tragiques de Vaugirard n'avaient pas coupé l'appétit aux deux compères. Nicolas songea que ce n'était pas là la manière de faire d'un assassin présumé. Il se corrigea aussitôt ; la remarque pouvait tout aussi bien confirmer la dureté de cœur et l'insensibilité d'un criminel avéré. Il prit la chose comme une leçon. Toute apparence avait une double face, selon le jugement porté *a priori* dans un sens ou dans un autre. Il mesura ainsi la fragilité des témoignages humains soumis aux humeurs et à la première impulsion donnée.

Après avoir considéré Semacgus allongé, il pria Bourdeau d'aller faire toilette et de le rejoindre ensuite ; il souhaitait demeurer seul avec le suspect. Bourdeau obéit, non sans dissimuler le désappointement que cet éloignement lui causait. De fait, Nicolas avait ses raisons de préférer une entrevue sans témoin. Il la justifiait – sans se convaincre lui-même – par la nécessité de préserver son mystère, et par conséquent son autorité, aux yeux de son adjoint. La vérité, plus prosaïque, résidait dans le fait que, n'ayant pas tout dit à Bourdeau de ses aventures de la veille et de sa nuit chez la Satin, il ne voulait pas être pris en flagrant délit de dissimulation.

Nicolas hésita encore un moment avant de secouer l'épaule de Semacgus. Il avait scrupule à tirer de son repos un homme promis aux plus graves accusations et pour lequel ses sentiments n'avaient pas varié. Semacgus soupira, se redressa et son chapeau roula à terre. L'effroi fugitif qui se dessina sur son visage disparut lorsqu'il reconnut Nicolas.

— Le vin de M. Bourdeau est plus efficace par ses qualités narcotiques et soporatives que l'élixir opiacé le mieux concentré, dit-il en bâillant. Par Dieu, quel sommeil ! Mais vous voilà la mine bien sérieuse, mon cher Nicolas…

Il se leva et saisit une chaise sur laquelle il s'installa à califourchon.

— C'est sans doute à vous que je dois d'être logé dans cette chambre ? Je vous en sais gré.

Il y avait à la fois de la reconnaissance et de l'ironie dans sa voix.

— Je crois, en effet, que vous le pouvez, sourit Nicolas. Outre que vous auriez pu passer la nuit dans l'un de ces séjours divins que sont « La Barbarie » ou « Les Chaînes », on eût pu préférer vous accueillir dans « La Fin d'aise », célèbre par ses reptiles et son ordure, ou encore dans « La Fosse », en cône renversé, dans laquelle, le dos courbé et les pieds dans l'eau, il vous aurait été loisible de méditer sur l'inconvénient de ne pas faire confiance à ses amis[1].

— Oh ! Oh ! Voilà, je le crois, une pierre dans mon jardin qui impose que celui qui la jette en fournisse aussi l'explication.

Nicolas s'assit sur l'autre chaise.

— J'ai voulu que cet entretien n'ait pas de témoin, reprit-il. Ce n'est pas un interrogatoire officiel. La chose viendra peut-être mais, pour le moment, je voudrais vous parler de certains faits avec la plus grande ouverture. N'y voyez ni malice ni ruse de ma part. Vous y discernerez sans doute un peu de candeur, mais c'est une part préservée

1. Les plus célèbres fosses du Châtelet. Dès 1670, Louis XIV avait édicté que « les prisons du Châtelet soient saines », mais c'est Louis XVI, en 1780, qui décida de les supprimer.

de moi-même que je n'entends pas encore abandonner. La forteresse est pourtant investie et vous y avez contribué...

Semacgus écoutait, sans trace d'émotion particulière.

— Vous n'avez, à aucun moment, joué partie claire avec moi. Dès notre rencontre à la Basse-Geôle, vous vous êtes montré fuyant, imprécis et dissimulé. Reprenons, si vous le voulez bien. Vous m'avez déclaré être parti de chez la Paulet à trois heures du matin. Cette précision m'avait alors étonné chez quelqu'un qui sortait d'une partie fine. Dès cet instant, vous étiez suspect...

— Du meurtre de Lardin ?

— Suspect. C'est vous qui, pour la deuxième fois, évoquez l'assassinat hypothétique du commissaire. Vous étiez aussi convaincu de dissimulation ; ainsi m'avez-vous déclaré plus tard n'avoir cédé qu'une seule fois à Louise Lardin. Or, il appert, selon des témoignages recevables, que votre liaison avec la femme de votre ami durait encore, et dure peut-être à l'heure où nous sommes. Enfin...

Nicolas sortit de la poche de son habit un papier vierge qu'il feignit de lire.

— « A déclaré avoir reçu un louis pour dire et affirmer que ledit inconnu était demeuré avec elle jusqu'à trois heures du matin et pour n'avouer jamais qu'il était parti bien avant. Interrogée sur ce point, a dit et répété que ledit inconnu était sorti sans que quiconque pût l'apercevoir par la porte dérobée du jardin par laquelle les joueurs se retirent en cas de descente de police. À la question à quelle heure était-il parti, ladite fille a répondu : Un quart d'heure après minuit. » Cette fille s'appelle la Satin. Inutile de vous demander si vous la connaissez, n'est-ce pas ?

— Nicolas, vous faites les questions et les réponses. De plus, tout cela a-t-il quelque chose à voir avec le meurtre du docteur Descart ?

— En effet, la chose reste à prouver. Je tente simplement de vous faire comprendre qu'un magistrat qui ne vous connaîtrait pas et qui procéderait à l'examen de votre cas, concernant la disparition de Lardin, en viendrait, en toute bonne foi, à douter de vos déclarations. Imaginez ensuite que ce même magistrat vous retrouve dans une affaire de meurtre et, qui plus est, dans le meurtre d'un homme avec lequel, de notoriété publique, vos relations étaient pour le moins difficiles, mettez ensemble toutes ces conjonctions d'impressions et de faits et concluez vous-même sur les issues vraisemblables. Mesurez alors la chance d'avoir affaire à moi, à un ami qui – c'est ainsi – détient un pouvoir discrétionnaire sur l'instruction de ces deux affaires et qui espère que vous n'êtes pour rien dans ces deux drames. Considérez donc ma position et jugez si le moment n'est pas venu de vous ouvrir à moi des circonstances vraies et réelles et des conditions dans lesquelles vous y avez été mêlé.

Un long silence suivit cet exorde prononcé d'une voix appuyée et que Nicolas avait ponctué, à plusieurs reprises, en martelant de ses paumes la surface crasseuse de la table. Semacgus, pensif, se leva, fit quelques pas dans la cellule, se rassit, puis, après un soupir, prit la parole.

— Je suis sensible, mon cher Nicolas, à vos propos et aux sentiments qui les inspirent. Je n'avais pas mesuré la chance d'avoir un ami pour enquêteur. Pardonnez-moi, mais votre élévation a été si soudaine que, malgré l'estime que je vous porte, j'étais loin d'avoir dans vos capacités la confiance requise par les circonstances. Aussi, je vous le demande en grâce, faisons table rase de mes tergiversations passées. Je suis prêt à répondre à toutes vos questions. Mais je vous préviens, l'évidence peut conduire parfois à de fausses certitudes. C'est un innocent qui vous parle.

— Mon ami, voilà ce que je voulais entendre. Je vais d'abord vous demander de m'expliquer – Bourdeau m'a déjà fourni les détails sur la découverte du corps de Descart – les conditions dans lesquelles vous avez été appelé à le rencontrer avant-hier soir.

Semacgus réfléchit un moment, et commença :

— Vers neuf heures, on a tiré la sonnette de ma demeure. Awa, qui ne cesse d'attendre des nouvelles de Saint-Louis, s'est précipitée à la porte. Elle a trouvé à terre une lettre pliée en quatre et fermée d'un pain à cacheter. Ne sachant qu'en faire, elle me l'a aussitôt portée. Je l'ai ouverte…

Semacgus fouilla dans le revers de sa manche droite et en sortit un petit billet qu'il tendit à Nicolas.

— Pas d'adresse…, constata celui-ci. Aucune marque sur le pain. Voyons… « Venez ce soir à la maison, je vous attendrai à la demie de cinq heures. Guillaume Descart. » Le papier a été déchiré…

— Il l'était quand je l'ai reçu des mains d'Awa. Mais Descart était économe, pour ne pas dire avare.

— Awa aurait-elle pu en couper un morceau ?

— Impossible, elle ne sait pas lire, et considérez l'ensemble ; les pliures coïncident, y compris avec les traces de pain à cacheter.

— C'est vrai. Quelle fut votre première réaction à la lecture de ce billet ? L'écriture de Descart ne vous était pas étrangère.

— En effet, du temps où nos relations étaient plus suivies, il m'envoyait certaines pratiques indignes de sa science. J'ai donc parfaitement reconnu son écriture. À vrai dire, le laconisme de la lettre m'a intrigué, mais le personnage était étrange et j'ai pris l'invitation pour ce qu'elle paraissait être, une demande d'entretien. Je me suis creusé la tête pour deviner son objet. Notre dernière rencontre, vous étiez là, avait tourné court. Au fond, je ne m'attendais guère à une offre de réconciliation.

— Vous avez dit à Bourdeau que seule une raison grave, touchant à l'exercice de votre état, pouvait justifier cette convocation.

— Certes, je pouvais imaginer qu'il tînt à m'informer de l'état de la procédure qu'il avait engagée visant à m'interdire l'exercice de la médecine, à moi, chirurgien de marine. Ce genre de provocation l'aurait rempli d'aise.

— Pour quelle raison êtes-vous arrivé en avance à Vaugirard ?

— Je devais déposer un herbier de plantes tropicales au Jardin des plantes. J'avais vu large dans mon horaire ; le temps était menaçant. Je suis donc rentré à Vaugirard et n'ai pas cru pendable de me présenter chez Descart avec un peu d'avance.

— Lorsque vous avez découvert le corps de Descart, rien ne vous a frappé ?

— J'étais hors de moi, ayant compris aussitôt dans quel piège j'étais tombé et que j'allais faire un suspect sur mesure. J'ai constaté le décès. J'ai vu la lancette. Elle m'a rappelé notre controverse sur la saignée et qu'ainsi l'instrument du crime allait témoigner aussi contre moi ! Je n'ai rien vu d'autre. N'oubliez pas que je n'avais qu'un bout de chandelle pour m'éclairer.

Nicolas fit durer le silence qui s'était établi. Semacgus se tenait la tête entre les mains.

— Mon ami, dit le jeune homme, des éléments, de moi seul connus, m'incitent à considérer votre récit comme véridique. Mais, maintenant, il va falloir me répondre sur ce que je suis fondé à estimer être une suite de mensonges. À quelle heure avez-vous quitté l'établissement de la Paulet, vendredi dernier ?

— Vous me posez la question et vous savez la réponse.

— Je voulais vous l'entendre confirmer de votre propre bouche. Cela n'explique pas que vous me l'ayez dissimulé la première fois que je vous l'ai demandé. Pourquoi toute cette comédie avec cette fille ?

— Vous me contraignez, Nicolas, à admettre ce que je voulais vous cacher pour ne pas compromettre une tierce personne…

— Avec laquelle vous n'avez pas rompu et que vous continuiez à fréquenter…

Semacgus fixait Nicolas.

— Je ne m'étonne plus que M. de Sartine vous ait confié cette enquête. Vous pensez et déduisez avec un temps d'avance. Vous serez un redoutable adversaire pour les criminels.

— Pas de flatteries, Semacgus. Expliquez-moi plutôt pourquoi vous êtes allé retrouver Mme Lardin cette nuit-là, alors que son mari venait de quitter en fureur le *Dauphin couronné* et que vous pouviez juger plus que probable son retour au logis ?

— Vous m'obligez à entrer dans des détails humiliants, Nicolas. Il avait toujours été convenu entre Louise et moi que la voie était réputée libre quand elle plaçait une chandelle allumée à la croisée de sa chambre. Et, connaissant Lardin, il y avait gros à parier que sa fureur l'engagerait à errer, de tripot en tripot, jusqu'à l'aube. Aussi, je ne risquais pas grand-chose.

— Jusqu'à quelle heure êtes-vous resté rue des Blancs-Manteaux ?

— Six heures. J'ai bien failli me heurter à Catherine qui venait prendre son service.

— Avez-vous revu Mme Lardin depuis ce jour ?

— Non, à aucun moment.

— Vous saviez que Descart était son amant, vous me l'aviez dit. Cela ne vous gênait pas un peu ?

— Vous êtes cruel, Nicolas. La passion fait admettre bien des choses que la morale réprouve.

— Vous m'avez dit aussi que Catherine savait pour Descart. Pensez-vous qu'elle se soit confiée à Marie Lardin ?

— Sans nul doute, tout ce qui pouvait porter préjudice à Louise, Catherine en faisait son pain blanc. Elle confiait tout à Marie, qui haïssait sa belle-mère. Sous son air de couventine et en dépit de son âge, c'est un caractère ardent. Elle adorait son père, qui le lui rendait bien.

Nicolas réfléchissait. Se pouvait-il que la douce Marie… Il repensa aux empreintes relevées à Vaugirard, si conformes aux chaussures de la jeune fille dans sa chambre des Blancs-Manteaux.

— Semacgus, comment pouvez-vous aimer Louise Lardin ?

— Je ne vous souhaite pas d'en connaître les raisons. Sachez que le pire est d'aimer sans estimer. Nicolas, avez-vous des nouvelles de Saint-Louis ?

— Aucune et je ne veux pas vous donner de fausses espérances à son sujet.

Semacgus baissa la tête et se retourna vers la muraille, accablé.

— Mon ami, reprit Nicolas après un silence, je dois vous demander encore quelque chose. Pour votre sécurité, comme pour la bonne marche de l'enquête, il me faut vous maintenir au secret. J'espère aboutir le plus rapidement possible. Je n'ai aucune confiance dans les cellules du Châtelet, où quiconque peut entrer. Je vais vous faire conduire à la Bastille, je vous assure que cela est préférable. Il y va de votre vie et certaines cellules valent leur portion d'arsenic et prédisposent à d'étranges suicides, cela s'est vu. L'instruction est alors close et les vrais coupables assurés de l'impunité. Il y a, dans ces deux affaires, des gens rien moins que recommandables.

— Que puis-je faire, sinon m'en remettre à vous ?

— Rien, en effet, mais ne perdez pas confiance. Travaillez à votre ouvrage. Je donnerai les ordres nécessaires pour qu'on ne vous refuse rien à la Bastille. Faites-moi une liste de ce dont vous avez besoin. Pour le monde extérieur, vous disparaissez ; cela diminuera les risques. Fiez-vous à moi.

Semacgus lui jeta un regard résigné. Nicolas le salua, sortit, referma soigneusement à clef la cellule et partit à la recherche de l'inspecteur Bourdeau. Il finit par le découvrir dans le bureau de permanence, attablé devant un bol de soupe que lui avait procuré le père Marie.

Nicolas se sentait coupable d'avoir, d'une manière si cavalière, écarté l'inspecteur de l'entretien avec Semacgus, mais Bourdeau lui évita toute gêne en lui tendant, sans un mot, deux plis. L'un portait son adresse formée d'une écriture haute et ferme et était fermé d'un sceau de cire rouge, portant « d'or à la bande d'azur chargée de trois sardines d'argent[1] », qu'il reconnut comme étant celui de M. de Sartine. L'autre, d'une écriture fine, lui fit bondir le cœur dans la poitrine. Il compta mentalement les jours qui s'étaient écoulés depuis sa dernière rencontre avec Isabelle. C'était le temps – plus d'une semaine – qu'il fallait à la poste royale pour joindre Guérande à Paris. La lettre avait dû être postée le samedi à midi, ou le lundi. Il la rangea dans sa chemise, à même la peau, dans l'intention de la lire plus tard, à loisir. Il ouvrit celle du lieutenant général de police. Le message était laconique et indiquait que, le roi accompagnant Mme de Pompadour à son château de Choisy, l'audience hebdomadaire qu'il accordait à M. de Sartine, chaque dimanche à Versailles, était reportée. Cette circonstance « offrait un délai supplémentaire pour éclairer rapidement l'affaire en question ». Il concluait en incitant Nicolas « à n'épargner rien ni personne pour aboutir ». Le temps pris à cette lecture avait permis à Bourdeau de se faire plus amène, ses bouderies ne durant jamais très longtemps. Sans un mot, Nicolas tendit à ce dernier le billet de Descart et, pendant que l'inspecteur l'examinait, il dut se retenir de reprendre la lettre d'Isabelle.

— Que vous en semble, Bourdeau ? demanda-t-il.

— Je crois, monsieur, que ce papier pourrait bien appartenir au corps d'une lettre et avoir été découpé après coup, pour un usage particulier.

— Je vois que nos avis concordent sur ce point. Reste à savoir la raison et l'auteur de ce montage. Mes compliments pour le soin que vous avez pris à Vaugirard. J'ai vu Rabouine, qui m'a été fort utile, tout autant que votre homme rue des Blancs-Manteaux.

1. Armoiries d'Antoine Gabriel de Sartine qui, récemment anobli (comte d'Alby), avait tenu à faire figurer dans celles-ci l'image de ce poisson vendu jadis par un de ses aïeux, épicier, et qui faisait écho à son patronyme.

Bourdeau rosit de plaisir et parut tout à fait remis de sa déception.

— L'homme m'a fait rapport, après qu'il eut été relevé, dit-il. Il a vu Mme Lardin sortir à neuf heures et...

— Impossible, s'écria Nicolas, il m'a dit lui-même ne l'avoir point vue rentrer de la nuit. Ou alors il s'est assoupi, ce qui serait pardonnable par ce froid.

— J'allais tout juste vous signaler ce fait. Mon homme m'assure ne pas s'être endormi. J'ai tendance à le croire, je l'ai souvent éprouvé sans jamais trouver rien à redire à son service.

— Allons, il faut chercher : tout mystère a une explication. Redoublez la surveillance de la maison Lardin. Peut-être faudrait-il faire filer la femme du commissaire, que vous en semble ?

— Je me suis permis de l'ordonner ce matin.

— Vous êtes parfait, Bourdeau.

— Tellement parfait, qu'on me cache l'essentiel.

Nicolas s'était réjoui trop tôt, il s'en mordit les lèvres. Il n'avait pas encore l'usage suffisant des êtres. Il trouva cependant le biais pour se tirer d'affaire, il éclata de rire.

— Monsieur Bourdeau, vous êtes un sot. Vous n'avez donc pas compris que je n'avais rien à attendre d'un homme de l'âge et du caractère de Semacgus, qui eût été interrogé devant vous, homme respectable et pareillement âgé. Je croyais que vous aviez compris que vous n'étiez pas en cause. Et pour vous le prouver, voilà où nous en sommes. Semacgus nous avait menti, il avait quitté le *Dauphin couronné* à minuit quinze, pour rejoindre Mme Lardin avec laquelle il était resté jusqu'à six heures. Pour Vaugirard, ma conviction est qu'il est hors de cause. Rabouine a dû vous dire que la maison était habitée pendant votre transport et qu'elle a ensuite été dûment visitée. Voilà, mon cher Bourdeau, de quoi panser les plaies de votre amour-propre.

Bourdeau hocha la tête sans répondre.

— En parlant de Rabouine et des autres mouches, reprit-il, il faut, monsieur, que je vous soumette un état des frais et vacations déboursés par moi, depuis lundi, dans les deux affaires qui nous occupent. J'ai avancé, sur mes deniers, les dépenses faites. Vous trouverez, ici, le détail des opérations et leur coût. La coutume veut que l'état soit signé par M. de Sartine, puis adressé au chef du Bureau des fonds et contentieux du Contrôle général qui expédie un mandat pour régler la dépense en question. C'est long…

— À enquête extraordinaire, règlement extraordinaire. M. de Sartine m'a pourvu du nécessaire, pour ce qui est de la dépense.

Nicolas considérait, perplexe, le papier que lui tendait Bourdeau. Il portait, imprimé à gauche, la justification des dépenses et, à droite, des colonnes pour le décompte des journées d'officier et d'archer, ainsi que les totaux. Il releva, avec curiosité, les dépenses extraordinaires engagées par l'officier (Bourdeau) et ses observateurs, ainsi que le nombre des fiacres et brouettes utilisés pour se déplacer au cours de l'enquête. L'activité des diverses mouches était aussi indiquée, ainsi que les honoraires de Sanson et ceux des deux médecins du Châtelet. Plus les frais de déplacements à Montfaucon et à Vaugirard, ainsi que les cellules à pistole de la vieille Émilie et de Semacgus. Le total général s'élevait à quatre-vingt-cinq livres, que Nicolas voulut régler sur le fonds de réserve donné par Sartine. Il s'aperçut que son viatique de vingt louis, déjà bien écorné, ne suffirait pas. Il partagea ce qui restait et en donna la moitié à Bourdeau.

— Voilà un acompte. Je fais diligence pour le reste. Donnez-moi un reçu.

Bourdeau griffonna quelques mots au dos du mémoire.

— Je vais vous donner un billet pour M. de Sartine, afin de l'informer des derniers événements, lui demander des fonds et solliciter la signature d'une lettre de cachet, afin de mettre Semacgus en sûreté à la Bastille où vous le conduirez sous bonne garde. Non que je craigne qu'il ne s'échappe, mais pour éviter toute tentative contre lui. Nous ignorons à qui nous avons affaire. Durant ce temps, j'irai procéder à certaines vérifications. J'oubliais de vous dire, Bourdeau, que j'ai déménagé. Je ne pouvais rester chez les Lardin, vu les circonstances et, d'ailleurs, Mme Lardin m'a proprement mis à la porte. Je suis donc hébergé, pour le moment, chez M. de Noblecourt, rue Montmartre. Vous le connaissez.

— Ma demeure est à votre disposition, monsieur.

— Je suis sensible à votre offre, Bourdeau, mais vous avez déjà charge d'âmes.

Nicolas s'assit pour écrire le billet destiné à Sartine. Il prit congé de l'inspecteur et sortit du Châtelet. Impatient de prendre connaissance de la lettre d'Isabelle, il se dirigea à grands pas vers la Seine.

# XI

## FARE NIENTE

« Semblable à un voyageur que les besoins de la nature obligent de se reposer sur le milieu du jour, quoiqu'il soit pressé par le temps, l'archange s'arrêta entre le monde détruit et le monde réparé. »

MILTON

La Seine coulait aux pieds de Nicolas. La grève était envahie d'une couche inégale de neige et de boue gelées qui laissait entrevoir, par endroits, la vase liquide. Les eaux grises et tumultueuses défilaient si vite qu'elles ne permettaient pas à l'œil d'en suivre le débit. Des troncs d'arbres, arrachés en amont de la ville, surgissaient puis disparaissaient dans les remous de la crue. Un contre-courant remontait le rivage en mouvements violents qui recouvraient la plaque gelée comme un ressac. Fermant les yeux, Nicolas aurait pu se croire au bord de l'océan. Cette impression était renforcée par les cris aigus d'oiseaux de mer qui planaient, ailes déployées contre le vent, guettant quelque charogne dérivant au fil du courant. Seules les odeurs, que dégageait la vase en dégel ameublie et ranimée par le flot, dissipaient l'illusion. La contemplation du fleuve n'avait pas chassé le doute qui assaillait Nicolas. Pour la troisième fois, il relisait la lettre d'Isabelle. Les mots dansaient devant ses yeux. Il ne parvenait pas à comprendre ce que ce message signifiait, tant il lui paraissait inquiétant, confus et contradictoire :

*Nicolas,*

*Je confie cette lettre à la Ribotte, ma femme de chambre, pour qu'elle la porte aux Messageries de Guérande. Je prie le Seigneur qu'elle vous parvienne. Mon père est d'une humeur fort sombre depuis votre départ et me surveille étroitement. Depuis hier, il est alité et ne consent à dire mot. J'ai fait chercher l'apothicaire. Je ne sais plus que penser de cette horrible scène. Mon père vous aimait et vous le respectiez. Comment en êtes-vous arrivés là ?*

*Pour ma part, je demeure affligée d'être séparée de vous encore une fois. Je ne sais si je fais bien de vous avouer l'affliction dans laquelle m'a plongée votre départ si précipité. Seul l'attachement que je vous sais avoir pour ma personne procure un faible soulagement à ma douleur. Je vous imagine l'âme suffisamment tendre et généreuse pour cependant ne pas poursuivre un cœur qui ne peut se livrer sans contrainte à son inclination. Voilà que je ne sais plus ce que je dis. Adieu, mon ami. Donnez-moi de vos nouvelles, leur détail me dédommagera de la tristesse qui m'accable. Non, oubliez-moi, plutôt.*

*Au château de Ranreuil, ce 2 février 1761.*

Le jeune homme tenta, une nouvelle fois, de démêler les raisons de son malaise. La joie de recevoir une lettre de son amie s'était peu à peu transformée en une sourde inquiétude, au fur et à mesure que les mots se succédaient. Le souci de la santé de son parrain l'emportait d'abord. Tout le reste n'était qu'incertitude qu'aggravaient les termes choisis et l'ordonnancement des phrases. Depuis plus de deux années à Paris, il avait eu l'occasion d'aller à l'Opéra. Le message d'Isabelle aurait pu appartenir à quelque mauvais libretto. Les sentiments exprimés paraissaient forcés. Il soupçonnait, sans se l'expliquer, une sorte de comédie et, pour tout dire, une forme de coquetterie en désaccord avec la gravité de la situation. Il se souvint que cette impression l'avait déjà effleuré, lors de ses retrouvailles avec Isabelle au château de Ranreuil. La scène qu'ils avaient jouée, alors, tous les deux appartenait à un répertoire connu. Il s'agissait bien de celle du dépit amoureux, si souvent répété par les jeunes amants, dans les pièces de M. de Marivaux. Se pouvait-il qu'à son engagement entier ne correspondent, chez Mlle de Ranreuil, qu'un jeu ou qu'une apparence de passion destinés à lui procurer les émotions futiles de la comédie amoureuse ? Peut-être s'était-il inventé une amante et n'avait-il pas mesuré les risques de s'abandonner à un rêve. Au plus profond de lui-même, il pressentait qu'un amour qu'on doit protéger comme une terre menacée, que l'on doit expliquer et défendre comme un avocat devant un tribunal, était peut-être déjà un amour expirant. Et lui-même, ne s'était-il pas engagé avec légèreté et inconscience dans un attachement qu'une enfance partagée et les prestiges envoûtants d'une haute et puissante famille pouvaient expliquer ? Comment avait-il osé croire qu'un enfant trouvé pût regarder si haut, dans une direction si éloignée de sa propre condition ? Un flot d'amertume le submergea et, avec lui, les rancœurs accumulées des humiliations passées. Parfois, l'espoir le reprenait et les mots d'Isabelle revêtaient aussitôt un autre sens. Il finit par décider de remettre à plus tard ce débat avec lui-même et, après avoir erré un moment, la tête perdue, il se retrouva devant l'Hôtel de Ville.

Il avait gaspillé beaucoup de temps avec ces vaines songeries. Il s'en voulut, puis décida que rien, au fond, ne le pressait en cet instant. Il choisit de prendre au plus long et, laissant l'Hôtel de Ville à sa gauche, il longea le fleuve, gagna l'église Saint-Gervais, dédaigna l'agitation du marché Saint-Jean pour rejoindre l'entrée de la rue Vieille-du-Temple. L'échoppe de maître Vachon, maître tailleur, ne donnait pas sur la rue. Il fallait franchir la porte cochère d'un vieil hôtel particulier dont les propriétaires avaient été contraints, par le malheur des temps, à louer les communs et le rez-de-chaussée à des artisans. Le maître des lieux avait naguère expliqué à Nicolas que sa réputation d'artiste n'étant plus à faire, la discrétion forcée de sa boutique qui s'ouvrait sur une cour pavée était devenue un avantage aux yeux de ses riches pratiques. Les voitures pouvaient déposer leurs occupants à la porte du tailleur, sans que ceux-ci fussent importunés par la curiosité populaire, ni obligés de se souiller dans la boue fangeuse de la rue.

La visite de Nicolas avait plusieurs objectifs. D'une part, il souhaitait renouveler une garde-robe qui commençait à s'user et qui avait été diminuée par la perte des vêtements abandonnés à Saint-Eustache et, d'autre part, il entendait faire parler M. Vachon sur les habitudes d'une autre de ses pratiques, le commissaire Lardin.

Quand Nicolas eut poussé la porte, il fut frappé par les inconvénients intérieurs de la situation de la boutique. L'obscurité devait être combattue par la multiplication des lumières dans l'atelier et l'on ne parvenait à remédier à cet inconvénient qu'à grand renfort de chandelles. Ainsi, ce temple de l'élégance apparaissait-il au chaland non prévenu comme une chapelle brillamment illuminée. Maître Vachon, vêtu de drap gris, discourait avec force tout en frappant le sol d'une de ces cannes en usage au siècle précédent. Son propos s'adressait à trois apprentis qui, noyés dans des flots de tissus, cousaient assis en tailleur sur le comptoir de chêne clair.

— Époque maudite où le roi tolère cette sotte engeance financière ! clamait Vachon. Il a suffi qu'un contrôleur général des Finances nous accable d'impôts excessifs pour que se déchaînent d'imbéciles réactions. On tombe d'accord pour juger et décider que tout le monde est désormais à la gêne. Chacun devient alors d'une excessive mesquinerie, non pour prouver que le ministre a tort, mais pour se moquer. Et comme en France la mode est maîtresse des esprits, chacun y va de sa surenchère. Plus de plis, messieurs, plus de goussets, plus d'ornements : l'ampleur disparue, la basque écourtée, le devant échancré pour gagner du flot... L'aiguillée, étourdi ! L'aiguillée plus longue ! Je ne cesse de vous le répéter, mais c'est comme si je le chantais...

Il tonnait devant l'un des apprentis qui, sous l'orage, se tassait jusqu'à presque disparaître au milieu du satin.

— Et les broderies ? Là aussi, économie, pour ne pas dire avarice ! Les maîtres joailliers se désespèrent, les pierres sont remplacées par de vulgaires paillettes, du verre aventuriné[1] et du strass, cette désastreuse invention étrangère[2]. Ah ! misère... Mille grâces à M. de Silhouette[3] ! Nous le pendrons en effigie, comme enseigne à nos boutiques. Les métiers le maudissent et... Mais, c'est M. Le Floch qui nous fait l'honneur de sa visite.

M. Vachon s'inclina et son vieux visage jauni s'éclaira d'un sourire charmant. C'était un grand homme mince, dans les soixante ans, et la force de sa voix surprenait toujours, émanant d'un corps si maigre.

— Maître Vachon, je vous salue, dit Nicolas, et constate que la santé est bonne, si j'en juge par votre ardeur.

— De grâce, ne me trahissez pas. Vous savez la susceptibilité du négoce quand ses intérêts sont en cause.

— Loin de moi une telle pensée. Je viens pour renouveler un peu ma garde-robe. J'envisage un habit pour le jour, solide et résistant, un manteau, des culottes et peut-être aussi quelque chose de plus relevé, de plus élégant, à porter indifféremment à la ville ou à l'Opéra. Mais vous

1. Verre dans lequel étaient incluses des paillettes de cuivre.
2. Pâte de verre imitant les pierres précieuses.
3. 1709-1767. Contrôleur général des Finances en 1759. Il lança la mode des portraits découpés en contour sur ombres portées.

savez ces choses mieux que moi et ce sont vos conseils que j'attends.

Vachon s'inclina à nouveau, posa sa canne et considéra les montagnes de tissus entreposées dans ses rayonnages. Son regard faisait l'aller et retour entre les draps et le client.

— Homme jeune… Souvent dehors… De l'aisance. Ce drap marron me paraît devoir vous convenir. Je vous le propose en habit gansé, garnitures d'olives pour éviter que le vent ne le fasse voltiger, culotte de même. Ne me parlez plus de manteau, cela est bon pour les provinciaux en voyage et les soldats de cavalerie. Ce n'est plus à la mode. C'est une redingote qu'il vous faut, une belle redingote de drap lainé, doublée et surdoublée. Elle sera bien chaude pour cet hiver glacé. Et je vous ferai – pour vous et pour le même prix – deux rotondes au lieu d'une, tant pis pour M. de Silhouette. Pour l'habit, disons de cérémonie, il me vient une idée. Que diriez-vous de celui-ci ?

Il sortit, avec précaution, de son enveloppe de papier de soie, un habit de velours vert sombre, discrètement surbrodé d'argent.

— Celui-ci, magnifique, me reste sur les bras à la suite du départ précipité d'un baron prussien. Il était à peu près de votre taille. Il y aura juste quelques petites retouches à faire, ainsi qu'à débroder cet ordre qui avait été commandé. Voulez-vous le passer ?

Nicolas le suivit dans un petit réduit meublé d'une psyché. Après s'être dépouillé de ses vêtements, il revêtit, sans y prêter grande attention, l'habit vert. Quand il releva la tête pour se considérer dans le miroir, il eut le sentiment de voir un étranger. La tenue était exactement coupée et taillée pour lui. Elle l'amincissait en soulignant la perfection des proportions. Le nouveau personnage, qui le regardait, avec une réserve étonnée, lui rappela les seigneurs hors de portée qu'enfant il observait à la dérobée dans le salon du marquis de Ranreuil. Il se retourna et fit quelques pas dans la boutique. Vachon, qui houspillait un de ses apprentis, s'arrêta brusquement, chacun retint son souffle devant la noblesse d'une apparition encore renforcée par la décoration qui brillait à l'emplacement du cœur. Nicolas se crut, un instant, transporté dans une autre existence. Le tailleur rompit le charme. Il paraissait gêné.

— Il vous va trop bien, je veux dire parfaitement. Il ne vous manque que l'épée pour paraître à Versailles. Qu'en pensez-vous ?

— Je le prends, répondit Nicolas. Faites débroder l'ordre et relâcher légèrement la culotte. Quand pourra-t-il être prêt ?

— Dès demain. Je vous le ferai livrer chez le commissaire Lardin. Comment se porte-t-il ?

Nicolas jubilait ; Vachon lui avait, de lui-même, offert l'ouverture recherchée.

— Il y a longtemps que vous ne l'avez vu ?

— Juste après l'Épiphanie. Il est venu me commander – ce n'est pourtant pas ma pratique – quatre capes de satin noir, avec leurs masques, et aussi un de ces pourpoints de cuir dont il aime se revêtir depuis des années.

— Toutes de la même taille, les capes ?

— Identiques.

— Vous les avez livrées ?

— Que non pas ! Le commissaire est venu les chercher dans les derniers jours du mois de janvier. Mais, monsieur, vous m'inquiétez, n'auraient-elles pas donné satisfaction ?

— Vous saurez toujours assez tôt, monsieur Vachon, que, depuis le 2 février dernier, M. Lardin n'a pas réapparu à son domicile et que la police – votre serviteur – est à sa recherche.

Nicolas avait cru que la soudaineté de cette annonce inciterait maître Vachon à lâcher quelque remarque. Il n'en fut rien. Le premier moment de stupeur passé, il ne fut plus question que de détails subalternes, de prises de mesures et d'assurances obséquieuses que tout serait déployé pour satisfaire le protégé de M. de Sartine qui précisa sa nouvelle adresse.

Quand il se retrouva dans la rue Vieille-du-Temple, Nicolas eut l'idée de pousser jusqu'à la rue des Blancs-Manteaux toute proche. Il repéra vite la nouvelle mouche de relève et se fit reconnaître. Mme Lardin était au logis. La rumeur s'étant répandue dans le voisinage que la cuisinière avait été chassée, plusieurs matrones et une jeunesse étaient venues proposer leurs services. La mouche, joli garçon, avait facilement lié conversation avec elles ; elles n'étaient que trop heureuses de commenter aigrement leur déconvenue. Reçues par une Louise rechignée et hautaine, elles s'étaient vu répondre « qu'on n'avait besoin de personne » et claquer sèchement l'huis à la figure. Nicolas avait remarqué, lors de sa dernière nuit dans la maison, combien elle était laissée à l'abandon. Jamais, par exemple, Catherine n'aurait laissé pourrir une venaison dans le caveau. Mille et un détails de l'intérieur du logis témoignaient du laisser-aller le plus complet. Comment Mme Lardin, si raffinée et exigeante, pouvait-elle tolérer un tel désordre domestique ? Nicolas sentait bien qu'elle ne souhaitait plus de témoins dans sa demeure. C'est pour cette raison que Catherine et lui avaient été chassés, et Marie éloignée.

La mouche indiqua également à Nicolas qu'un personnage ressemblant au commissaire Lardin était apparu à la porte de l'église des Blancs-Manteaux. Il s'était engouffré dans l'édifice en apercevant l'indicateur qui s'était aussitôt jeté à sa suite, mais en vain. Il est vrai que le couvent possédait d'autres issues. Interrogée sur les raisons qui lui faisaient penser qu'il s'agissait du disparu, la mouche répondit avoir reconnu le pourpoint de cuir si caractéristique du commissaire, mais il n'avait pu entrevoir le visage de l'inconnu.

Nicolas, qui n'avait dans le ventre que le chocolat et le pain mollet de M. de Noblecourt, se sentait tenaillé par la faim. Il lui restait toutefois une démarche à accomplir. Descart mort, qui disposerait de ses biens et de sa fortune ? Selon certaines affirmations, notamment celles de la Paulet, ceux-ci n'étaient pas négligeables. Par chance,

Nicolas avait entendu les Lardin citer le nom du notaire de Descart à l'occasion de la vente d'un verger à Popincourt dont le commissaire, pressé de dettes, souhaitait se séparer. Il s'agissait de maître Duport, dont l'étude se trouvait rue de Bussy, rive gauche du fleuve. Le temps se maintenant au beau, Nicolas décida de s'y rendre à pied. L'air était limpide et glacé et pénétrait la poitrine comme une eau-de-vie blanche. Une lumière éclatante, qui venait juste de franchir le zénith, hésitait à se dissiper. La ville était comme reconstruite par la clarté et le gel. Ne voulant pas s'attarder outre mesure dans le quartier Saint-Avoye, le jeune homme prit au plus court, avec l'intention de se restaurer à l'un des étals de la rue des Boucheries-Saint-Germain.

Tout en marchant, il se remémorait sa matinée. De toute évidence M. de Noblecourt éprouvait des réserves à l'égard de Lardin et soupçonnait d'étranges menées autour du couple, dont il ne cachait pas la désunion.

Quant à la visite à maître Vachon, elle prouvait en tout cas deux choses. La première, qui ne lui avait pas paru alors avoir de signification particulière, était que Lardin disposait de plusieurs pourpoints de cuir. Les débris de l'un d'eux, découverts à Montfaucon, constituaient une des pièces à conviction de la mort du commissaire et tendaient à confirmer l'identité du cadavre. Cette constatation prenait un tour plus étrange, après le rapport de l'indicateur de la rue des Blancs-Manteaux. La seconde était la commande, par Lardin, de quatre capes de satin noir. Pourquoi *quatre* vêtements de carnaval ? Nicolas voyait parfaitement à qui étaient destinés trois d'entre eux : un pour Lardin, un pour Semacgus et un pour Descart. Le compte y était pour les participants à la « partie » au *Dauphin couronné*. Mais pour qui était la quatrième cape ? Louise Lardin était, elle aussi, sortie ce vendredi soir – le témoignage de Catherine était formel – vêtue d'une cape de satin noir. Était-ce l'une de celles de maître Vachon ou une autre ? Si c'était celle du tailleur, pourquoi le commissaire l'avait-il donnée à sa femme ? Il y avait là bien du mystère. Nicolas ne se souvenait pas d'avoir vu cette cape, lors de sa perquisition dans les chambres de la maison Lardin. Il faudrait, à nouveau, interroger Catherine pour savoir ce qu'elle avait fait du vêtement, ou alors…

Il franchit la Seine par le Pont-Neuf et gagna le carrefour de Bussy par la rue Dauphine. Il aimait ce quartier qu'il avait souvent sillonné lorsqu'il logeait au couvent des Carmes. Il songea avec affection au père Grégoire, qu'il retrouverait dimanche au dîner prié de M. de Noblecourt.

Nicolas estima peu habile de déranger le notaire à l'heure du repas, et il se dirigea vers la rue voisine des Boucheries-Saint-Germain. Il en connaissait les ressources, et il avait découvert qu'une boucherie parisienne était un monde bien à part. La profession était régie par des règlements et par les usages d'une corporation jalouse de ses droits et de ses privilèges. Il avait appris avec surprise que les prix étaient fixés par le lieutenant général de police, selon les cours du bétail sur pied. Les poids de vente et leur véracité étaient également vérifiés par l'administration. Nicolas avait eu ainsi à connaître de quelques affaires. La police organisait la répression des « mercandiers » qui colportaient la viande à la sauvette, sans qu'on sache exactement sa provenance. Les bouchers assuraient toujours qu'il s'agissait de viande volée, avariée et malsaine – accusations auxquelles les mercandiers rétorquaient qu'ils avaient leur clientèle et qu'ils vendaient moins cher que les maîtres bouchers membres des jurandes. Il avait eu également à traiter des innombrables contestations opposant les services du lieutenant général de police, les bouchers et leur clientèle. L'éternel problème des « réjouissances » agitait le petit peuple des quartiers et des faubourgs. Il s'indignait particulièrement de voir vendues les parties non comestibles avec celles qui l'étaient.

Un ruisseau de sang à demi gelé dans la rue indiqua à Nicolas qu'il avait atteint son but. Il franchit une porte cochère qui donnait sur une allée ouverte desservant des étals de viande. Dans la cour qui suivait s'ouvraient un abattoir, un échaudoir, un fondoir et, plus loin encore, des étables contenant bovins et moutons. Les bouchers se chargeaient de la préparation et de la vente des abats, parties que le peuple appréciait pour la modicité de leur prix.

M. Desporges, chez qui Nicolas venait chercher pitance, avait loué un petit local à une tripière qui accueillait le client affamé autour de quelques tables bordées de bancs. Elle y servait tripes, abats, pieds, foies, poumons et rates traités de toutes sortes de manières. Nicolas commanda une écuelle de gras-double dont il raffolait, mais la tenancière, la mère Morel, subissant, comme d'autres, la séduction du jeune homme, lui conseilla, à mots couverts, d'essayer une autre de ses spécialités, la fricassée de pieds de porc. Elle en usait avec discrétion, car elle n'avait pas le droit de servir la chair de cet animal dont la vente était expressément réservée aux charcutiers. Les pieds étaient cuits dans le bouillon du pot afin, disait-elle, de les rendre plus douillets. Après, les os se détachaient d'eux-mêmes. Il convenait alors d'assaisonner d'épices et d'oignons hachés et de faire frire le tout dans le lard et le beurre fondu, presque roux. Il fallait ensuite fricasser, d'une main ferme et rapide, en agitant une vingtaine de fois. Une louche du bouillon devait mouiller l'ensemble réduit l'espace de deux ou trois Pater. Avant de servir, il était essentiel de délayer un peu de moutarde dans du verjus et du vinaigre pour faire liaison avant de servir le tout chaudement. Ce qui fut dit fut fait et Nicolas céda si bien au conseil qu'il en reprit trois fois. Il se sentait rasséréné, réchauffé et prêt à affronter un notaire. Ces nourritures triviales lui procuraient toujours un surcroît d'énergie. Il aimait les habitudes du peuple. Il s'y était souvent mêlé et une partie de son charme tenait à ce qu'il usait des mots justes et d'attitudes qui, sans effort, lui attiraient des fidélités et des dévouements auxquels il ne prêtait pas toujours attention.

Il avait eu raison de reprendre des forces. Maître Duport était de cette race d'importants qui ne s'en laisse pas conter facilement. Il commença par opposer un refus net aux courtoises interrogations de Nicolas sur l'état de fortune de Descart et sur l'existence d'un testament. Le tabellion faillit même appeler ses clercs pour jeter l'intrus à la rue. Nicolas dut se résigner – il eût préféré en imposer à son interlocuteur par sa propre autorité – à brandir la commission de M. de Sartine, après quoi le notaire se résigna à répondre, avec beaucoup de mauvaise grâce, aux questions de Nicolas. Oui, M. Descart était possesseur d'une importante fortune constituée en terres et fermes situées dans le Hurepoix, à Saint-Sulpice-de-Favières, ainsi qu'en rentes sur l'Hôtel de Ville. Il disposait, en outre, de sommes d'argent déposées chez un banquier. Oui, il avait bien rédigé ses dernières volontés, il n'y avait pas très longtemps, à la fin de 1760. Elles désignaient, comme légataire universel, Marie Lardin, fille du commissaire.

Nicolas était étourdi de ce qu'il venait d'apprendre. Ainsi, Descart, peu avant sa mort, avait éprouvé le besoin de mettre ses affaires en ordre. Mais, au lieu de le faire au bénéfice de sa seule parente connue, sa cousine Louise Lardin, il avait porté son choix sur la fille du commissaire, étrangère à son sang… Il était difficile de ne pas rapprocher ce fait de l'attitude de Lardin se manifestant, après sa disparition, par un message sibyllin. Chacun d'eux, par-delà la mort et l'évanouissement, adressait au vivant des signaux énigmatiques. Pourquoi Descart avait-il testé en faveur de la douce Marie, qui ne lui était rien ? Avait-il été séduit par son charme et son innocence, lui, le dévot hypocrite et dépravé ? Ou bien la personnalité, en apparence effacée, de la jeune fille dissimulait-elle des aspects plus ténébreux ? Descart avait-il voulu simplement prendre des précautions à l'égard d'une maîtresse dont il avait percé à jour le naturel infidèle et rapace ? Tout cela n'impliquait pas qu'il s'attendît à disparaître.

Tout en réfléchissant, Nicolas repassa la Seine et courut au Châtelet. Bourdeau n'y était pas : il était parti accompagner Semacgus à la Bastille. Il avait laissé un message dans lequel il donnait succinctement le résultat des examens de Sanson sur le cadavre de Descart. La victime avait été empoisonnée par une pâtisserie bourrée de matière arsenicale. Descart était vraisemblablement tombé inconscient avant d'être achevé par étouffement, la tête enfoncée dans un coussin. Nicolas fut frappé par la sophistication de cet assassinat qui mariait deux manières de tuer, la mise en scène de la troisième destinée à environner de doute, sinon à dissimuler, les deux premières. Il était dit que tout devait apparaître masqué dans cette affaire comme la camarde elle-même, en vrai cauchemar de carnaval.

Il sortit du Châtelet et, pour la première fois depuis son retour à Paris, il se sentit désœuvré. Il était déjà tard et la nuit tombait en même temps qu'un froid vif, accru par un vent renforcé. Il s'autorisa une halte chez le pâtissier Stohrer, rue Montorgueil, où il fit une orgie de ses babas préférés. Quand il rentra chez M. de Noblecourt, Marion veillait, auprès du feu, sur le bouillon double que prenait le magistrat avant de se coucher. Il était en ville à un souper. Nicolas se retira dans son nouveau domaine. Après avoir rangé son maigre bagage et s'être déshabillé, il choisit un livre au hasard parmi tous ceux qui l'environnaient. C'était *Vert-Vert*, de Gresset[1]. Il l'ouvrit et deux vers tombèrent sous ses yeux :

*Ah ! Qu'un grand nom est un bien dangereux.*
*Un sort caché fut toujours plus heureux.*

Il eut un sourire amer. Remontait soudain la tristesse suscitée par la lettre d'Isabelle et par les sombres réflexions qu'elle avait entraînées. Avec elle resurgit la vision du jeune homme élégant, dans le miroir de maître Vachon,

1. 1709-1777. Poète et dramaturge, auteur du poème comique *Vert-Vert*.

cette image qui était à la fois lui et un autre, sentiment tentateur et menaçant. Nicolas lâcha le livre et s'allongea. La chandelle de l'alcôve se mit à filer. Une longue colonne noire montait vers les solives, dessinant peu à peu une tache sur leur surface laquée. Il la regardait pensivement. Il se leva pour moucher la mèche entre ses doigts humectés et se recoucha tout aussitôt, habité par une pensée qu'il ne parvenait pas à fixer mais qui cheminait en lui. Cette empreinte sur la solive lui rappelait quelque chose – et, soudain, il revit la tache sombre sur le haut du crâne du cadavre de Montfaucon. Il s'endormit sur cette découverte.

*Dimanche 11 février 1761*

Nicolas avait laissé s'écouler la journée du samedi dans la volupté de l'inaction. Levé tard, il avait profité du temps toujours éclatant pour errer dans Paris. Son vagabondage l'avait conduit dans des églises, puis au Vieux Louvre où il avait admiré les devantures des marchands d'estampes et de tableaux. En fin d'après-midi, il avait soupé dans une taverne proche de la Halle. Sur le chemin du retour il n'avait pas réussi à échapper à des troupes de gamins criant « À la chienlit ! lit ! lit ! » et qui lui donnèrent, à plusieurs reprises, des coups de « battes à rat[1] ». Il dut faire appel au service d'un brosseur pour nettoyer son vêtement des empreintes de craie dont il était couvert. Rompu, il était discrètement rentré au logis et avait lu fort tard. Le lendemain matin, il avait assisté à la grand-messe à Saint-Eustache, dont il aimait les vastes proportions et la résonance propice aux tempêtes des grandes orgues.

1. Les enfants avaient coutume, durant le carnaval, de marquer les passants d'un morceau de drap découpé en forme de rat et frotté avec de la craie.

Midi avait sonné depuis longtemps quand il revint rue Montmartre. Un flot harmonieux l'accueillit. Il pénétra sur la pointe des pieds dans la bibliothèque de M. de Noblecourt. Pour le coup, celle-ci s'était transformée en salon de musique. Vêtu d'une ample robe d'intérieur à motifs de cachemire, le maître de maison accompagnait au violon deux autres musiciens. Le premier, à la surprise de Nicolas qui ne lui connaissait pas cette passion, était le père Grégoire, également au violon ; l'autre, petit personnage au visage aigu et à la perruque outrageusement blonde, devait être ce M. Balbastre, l'organiste de Notre-Dame, il s'évertuait devant un clavecin. Son ami Pigneau, debout près de l'instrument, maintenait le rouleau de la partition éclairé par un bougeoir à bobèche. Un peu confus de constituer à lui seul le public, le jeune homme prit place dans une bergère et s'abandonna au plaisir de la musique. Les mimiques des concertistes retinrent d'abord son attention. Les sourcils froncés et la mine empourprée de concentration, M. de Noblecourt paraissait souffrir, mais parfois, sa bouche s'ouvrait et laissait échapper de petits cris d'approbation devant certaines improvisations inattendues du claveciniste. Le père Grégoire s'absorbait dans son exécution avec encore plus d'attention que lorsqu'il dosait les quantités d'extraits ou de décoctions de la liqueur des Carmes et marquait la mesure en frappant le sol de son pied droit. Balbastre, lui, offrait l'image parfaite du virtuose. Il touchait son instrument sans presque consulter la partition et ses doigts volaient, dans le flot agité de la mousseline de ses manchettes, au-dessus des tables du clavecin.

La sonate en trio s'achevait. Un long silence marqua la fin de son exécution. M. de Noblecourt poussa un long soupir avant d'ôter sa perruque et de s'essuyer le front avec un grand mouchoir sorti de sa manche. Son regard tomba soudain sur Nicolas. Il s'ensuivit un moment de confusion, d'échanges de salutations et de présentations. Nicolas tomba dans les bras du père Grégoire et de

Pigneau qui manifestèrent, tous deux, leur joie de revoir leur ami. Nicolas salua M. Balbastre avec toutes les formes de respect que devait employer un jeune homme inconnu vis-à-vis d'une célébrité. Il rougit de confusion d'être présenté comme « le confident plein d'avenir de M. de Sartine ». Marion et Poitevin interrompirent les politesses en apportant du vin. Chacun s'assit et se mit à trinquer gaiement avec son voisin. Pigneau, qui avait coutume de commenter avec Nicolas la qualité des concerts auxquels ils assistaient, l'interrogea sur ce qu'il venait d'entendre. Le jeune homme apprit ainsi que le trio avait joué une sonate pour basse continue de M. Leclair[1]. Balbastre coupa la parole au séminariste pour engager une controverse sur les parties basses d'accompagnement.

Marion, à ce moment, entra dans la bibliothèque et vint parler à l'oreille de son maître.

— Mais bien sûr, répondit M. de Noblecourt, faites entrer et disposez un couvert pour l'ami inattendu qui nous arrive.

Un cavalier à peine plus âgé que Nicolas fit son entrée dans la bibliothèque. Saluant l'assemblée d'un coup de chapeau désinvolte, il remit son épée à Poitevin qui l'avait introduit. Il se campa devant le clavecin après avoir caressé d'une main amoureuse la laque de l'éclisse et toisa l'auditoire. La perruque blanche ne parvenait pas à vieillir sa mine juvénile et moqueuse. Le visage aux sourcils bien fournis, le nez aquilin et une bouche ourlée dont le dessin esquissait une moue ironique formaient un ensemble agréable. L'habit bleu pastel presque blanc rappelait à Nicolas celui que M. Vachon lui avait proposé.

— Mes amis, je suis heureux de vous présenter M. de La Borde[2], premier valet de chambre de Sa Majesté.

1. 1697-1764. Violoniste et compositeur.

2. 1734-1794. Premier valet de chambre de Louis XVI, puis fermier général. Il périt guillotiné sous la Terreur.

Une nouvelle séance de salutations suivit. Même Balbastre parut séduit par l'aménité du visiteur qui jeta un regard aigu sur Nicolas à l'annonce de ses fonctions auprès du lieutenant général de police.

— Que me vaut, monsieur, le plaisir de votre venue ? demanda le magistrat. Vous qui êtes si rare et qu'on aimerait voir plus souvent. Mon amitié pour votre père s'est reportée sur le fils. Cette demeure est la vôtre.

— Je suis votre serviteur, monsieur. Il se trouve que j'ai obtenu une petite journée de liberté. Cela m'a donné l'idée de venir prendre de vos nouvelles. Le roi a décidé d'aller à Choisy avec Mme de Pompadour. Je suis de quartier, mais il a eu la bonté de me donner congé. Quand le roi n'est pas là, chacun fuit Versailles. Et de ce pas, je suis venu vous demander à dîner.

Alors que la conversation s'engageait, Pigneau, que Nicolas ne savait pas aussi versé dans les arcanes de la Cour, lui confia à l'oreille qu'il ne fallait pas se tromper sur le terme de valet, M. de La Borde était un personnage d'importance. En tant que l'un des quatre premiers valets de chambre du roi, il avait toute autorité sur l'ensemble du service intérieur, et surtout l'incomparable privilège d'une continuelle intimité avec Sa Majesté. En service, il dormait au pied même du lit royal. Il faisait d'ailleurs figure de favori, passait pour fortuné, et participait aux soupers intimes des petits appartements. Enfin il compléta ce portrait en ajoutant qu'on le disait fort ami du maréchal de Richelieu, lui-même premier gentilhomme de la chambre.

Nicolas regarda avec révérence quelqu'un qui approchait de si près le roi ; il se serait attendu qu'un signe distinctif environnât de son halo le bénéficiaire d'un tel privilège. Mais M. de Noblecourt s'était extrait de son fauteuil et invitait ses hôtes à passer à table.

Avec mille politesses, chacun s'efforçait de s'effacer devant les autres. Ils pénétrèrent dans un salon rectangulaire dont les fenêtres donnaient sur la rue. Une table ovale y avait été dressée. Le mur opposé était meublé de vitrines, de bibliothèques et d'un grand dressoir à dessus de marbre où rafraîchissaient des bouteilles.

— Messieurs, point de protocole, nous sommes en famille, déclara le magistrat. Nicolas, le plus jeune, en face de moi. Mon père, dit-il à Grégoire, à ma droite. Monsieur de La Borde, à ma gauche. Messieurs Balbastre et Pigneau, aux côtés de M. Le Floch.

Le père Grégoire récita les grâces et chacun s'assit. Marion entra, portant une soupière de taille impressionnante qu'elle posa devant son maître qui servit lui-même ses hôtes tandis que Poitevin versait le vin, blanc ou rouge selon les convives. Après un moment de silence où chacun s'absorba dans la dégustation du premier service, que M. de Noblecourt décrivit avec gourmandise comme une bisque de pigeonneaux, la conversation reprit entre lui et M. de La Borde.

— Quelles sont les nouvelles de la Cour ?

— Sa Majesté est très préoccupée par le siège de Pondichéry. La marquise fait de son mieux pour le distraire de sa mélancolie. Elle s'efforce aussi de restaurer les énergies. Vous ne savez sans doute pas – Paris est si partial – combien cette femme déploie de talents. On brocarde, on écrit des pamphlets, mais on ne relève jamais le bien qu'elle peut faire. Sachez qu'elle a acheté sur sa cassette des milliers d'actions d'armements de vaisseaux de course. Elle se passionne pour toutes sortes de plans. Je puis même vous dire, en confidence, nous sommes entre hommes d'honneur…

Il jeta un regard circulaire sur l'assemblée.

— … qu'elle me disait encore, hier soir, son affliction d'être une femme dans un moment pareil et son souci de voir tant de personnes, qui devraient concourir au bien public et au service du roi, mal penser et ne rien faire…

— Cher ami, l'interrompit de Noblecourt, comment va votre ami le maréchal ?

— Il se porte à merveille, quoique, l'âge venant, il commence à rechercher les adjuvants nécessaires auprès d'un cortège de docteurs et de charlatans. Il se partage entre son gouvernement de Bordeaux et Paris, où il suit tout aussi assidûment les séances de l'Académie que la chronique des théâtres. Et quand je dis théâtre, il faudrait dire actrices…

Marion et Poitevin apparurent pour desservir. Ils apportèrent pour suivre un ragoût de béatilles accompagné de truffes à la braise présentées dans une serviette pliée et un grand plat de jambon de Hanovre chaud. M. de La Borde, après avoir humé le fumet qui sortait, en une vapeur légère, de la croûte du premier plat, leva son verre.

— Messieurs, portons santé au procureur qui nous traite, comme toujours, royalement. Que contient cette merveille ?

— C'est un ragoût de viandes délicates ; crêtes de coq farcies au chapon, ris de veau clouté, rognons de lapin, rouelles de veau et morilles dans leur culotte de croûte.

— Et ce vin, le rouge vaut le blanc, quelle délicatesse !

— C'est du bourgogne d'Irancy, et le blanc, du vin nature que je fais venir de Vertus en Champagne.

— J'avais bien raison de dire votre table royale ! s'exclama La Borde. Sa Majesté m'a interrogé, il y a peu, sur ce que buvait son aïeul Louis le Grand. J'ai mené enquête avec le sommelier ordinaire. Nous avons consulté de vieux registres. Longtemps, Louis XIV a bu du vin de Champagne puis Fagon, son médecin, lui a démontré que ce vin lui portait à l'estomac par sa trop grande verdeur et lui a recommandé le vin de Bourgogne, que cet organe digère plus à loisir sans être pressé de s'en défaire. Il se mit donc à user du vin d'Auxerre, de Coulanges et d'Irancy.

— J'aime l'irancy, dit Noblecourt, pour sa couleur claire et profonde, son parfum fruité et sa gaieté péremptoire.

— Nous sommes bien près du carême pour autant flatter notre gourmandise, remarqua le père Grégoire.

— Mais nous n'y sommes pas encore, dit Balbastre, ce qui permet à notre hôte, tenant et champion de notre vieille cuisine, d'en illustrer les traits véridiques. On voit tant d'innovations dans ce domaine de nos jours…

— Vous parlez d'or comme vous jouez et composez, dit Noblecourt. C'est un vrai débat de notre temps, une querelle décisive. Je m'indigne, messieurs, de lire certains ouvrages qui souhaitent nous en imposer là comme ailleurs. La Borde, connaissez-vous Marin ?

— Je le connais fort bien. C'est un artiste qui a débuté chez Mme de Gesvres puis a dirigé les fourneaux du maréchal de Soubise, autre grand gourmand devant l'Éternel. Sa Majesté l'apprécie et Mme de Pompadour en raffole. Il aime travailler l'effet des sens…

— L'effervescence ? Mais, c'est un collègue, s'écria l'apothicaire des Carmes.

Tout le monde rit de la méprise du bon moine égaré dans les splendeurs de son assiette.

— Oui, il s'agit bien de ce cuisinier-là, dit Noblecourt, et je suis au désespoir de n'être pas de l'avis de Sa Majesté.

Il se leva aussi prestement que sa corpulence le lui permettait, courut à l'une des bibliothèques et en sortit un livre marqué de multiples petits signets de papier.

— Tenez, voilà *Les Dons de Cornus*, par François Marin, Paris, 1739.

Il chercha fébrilement la bonne page et se mit à lire à haute voix.

— « La cuisine est une espèce de chimie et la science du cuisinier consiste à décomposer, à faire digérer et à quintessencier les viandes et à en tirer des sucs nourrissants et pourtant légers, à les mêler et à les confondre ensemble de façon que rien ne domine et que tout se fasse sentir. » J'arrête là ce galimatias. Pour moi, je tiens qu'une viande doit être une viande et avoir goût de viande.

Il saisit un autre livre, bardé de signets lui aussi.

— Voilà ma bible, messieurs : *Lettre d'un pâtissier anglais au nouveau cuisinier français*, par Dessalleurs, Paris, 1740. Écoutez : « Quel ragoût pour les personnes délicatement voluptueuses qu'un plat chimique où il n'entre que des quintessences raisonnées et dégagées, avec précision, de toute terrestréité ! Le grand art de la nouvelle cuisine, c'est de donner au poisson le goût de la viande et à la viande le goût du poisson, et de ne laisser aux légumes absolument aucun goût. » Voilà bien ce que je pense de ces nouveautés condamnables, hérétiques même.

Il revint s'asseoir, tout animé de son indignation.

— J'aime la passion pour la cuisine poussée à ce niveau d'intolérance, dit La Borde. Cela me fait penser à un petit volume, *Le Cuisinier gascon*, paru sous une signature mystérieuse en 1747. J'ai quelques raisons de penser que son auteur est Mgr de Bourbon, prince des Dombes, qui officiait souvent au petit souper du roi comme marmiton. D'ailleurs, le roi, la reine, les filles de France et nombre de ducs – Soubise, Guéménée, Gontaut, d'Ayen, Coigny et La Vallière –, tous ont revêtu le tablier. Dans cet ouvrage, les recettes de la nouvelle cuisine étaient affublées de noms ridicules : sauce au singe vert, veau en crotte d'âne à la Neuteau, poulet à la Caracatacat et autres inventions.

— Messieurs, je suis un homme heureux, reprit Noblecourt. La chère est appréciée et les convives brillants. Ainsi, au contraire de ce que disait M. de Montmaur, je puis proclamer : « J'ai fourni les viandes et le vin et vous avez fourni le sel. »

Mais comme tous ne participaient pas également à la conversation, il changea de sujet.

— Et M. de Voltaire, que nous prépare-t-il ?

Balbastre sauta sur l'occasion.

— Il continue à s'échauffer contre les Anglais, non seulement parce qu'ils sont nos ennemis, mais parce qu'ils ont publié que leur Shakespeare était infiniment supérieur à notre Corneille. Notre grand homme le dit éloquemment : « Leur Shakespeare est infiniment au-dessous de Gille[1]. »

— Le sarcasme restreint le jugement, risqua Nicolas. Il y a, dans cet auteur anglais, de bien belles pages et des morceaux émouvants qui prennent l'âme.

1. Personnage du théâtre de foire.

— Vous avez lu Shakespeare ?

— Oui, dans le texte original, chez mon parrain, le marquis de Ranreuil.

— Les commis de police lisent les auteurs, aujourd'hui ! s'exclama Balbastre.

Nicolas regretta aussitôt d'avoir, sans le vouloir vraiment, mis en avant le nom respecté d'un homme avec lequel, de surcroît, il avait rompu tout commerce. Le regard affligé de Pigneau lui fit mal. Pouvait-il trouver moyen plus vulgaire de se hausser ? Il avait bien mérité la pointe de Balbastre. M. de Noblecourt, qui sentit le malaise, dévia encore une fois le cours de la conversation en commentant le découpage de la volaille qu'il exécutait d'une main ferme et experte. M. de La Borde, qui n'avait cessé de regarder Nicolas avec bienveillance, seconda le vieux magistrat.

— Monsieur le procureur…

— Vous voilà bien cérémonieux ! Vous allez me demander quelque chose.

— Certes. Auriez-vous la bienveillance de nous faire les honneurs de votre cabinet de curiosités ?

— Comment ! Vous en connaissez l'existence ?

— La ville et la Cour la connaissent et vous en parlez vous-même assez souvent.

— Touché ! En vérité, ce n'est pas mon cabinet, mais plutôt celui de mon père qui l'avait commencé. Je n'ai fait que marcher sur ses brisées. Au cours de ses voyages, il a pris la manie d'acquérir tout ce qui lui semblait sortir de l'ordinaire. J'ai fait de même quand, à mon tour, j'ai voyagé.

La fin du repas se déroula sur cette promesse. Les conversations particulières s'organisèrent. Pigneau, qui connaissait les faiblesses de son ami et ses accès de mélancolie, parvint à lui faire comprendre que la remarque de Balbastre était plus étourdie que méchante. Les desserts avaient été servis en abondance, et tourtes, massepains, confitures et gelées couvraient la table. On servait les liqueurs et chacun se sentait envahi par la douce torpeur de l'après-dîner.

M. de Noblecourt frappa dans ses mains et invita ses hôtes à regagner la bibliothèque. Il se dirigea vers une porte ouvrant sur un cabinet. Il prit une petite clef attachée à la chaîne de sa montre et ouvrit. Tout d'abord, ses visiteurs ne virent rien, la pièce n'ayant pas de fenêtre. Il alluma deux chandeliers placés sur une petite table. Trois des murs étaient meublés de vitrines renfermant une foule d'objets étranges et disparates. Il y avait là, rassemblés, des coquillages, des végétaux desséchés, des armes anciennes, des porcelaines exotiques, des tissus sauvages, des pierres et des cristaux aux formes et aux couleurs inconnues. Plus inquiétants, des bocaux contenaient, dans des liquides troubles, des masses spongieuses et blanchâtres semblables à des larves informes. Mais ce qui attira davantage l'attention des visiteurs, ce fut un tableau en relief, encadré d'une bordure de bois travaillé et doré. Il représentait un cimetière dans l'obscurité de la nuit ; des cercueils entrouverts laissaient apparaître des corps en décomposition et des masses grouillantes de vers et de bêtes rampantes sculptées et ciselées dans la cire avec un tel naturel que l'ensemble semblait s'animer sous le regard.

— Mon Dieu, quelle est cette horreur ? demanda le père Grégoire.

M. de Noblecourt resta un instant songeur, avant de répondre :

— Mon père a beaucoup voyagé dans sa jeunesse, et notamment en Italie. Je m'en vais vous dire un conte. En 1656 naquit à Palerme, en Sicile, un dénommé Zumbo. Élève des jésuites à Syracuse, il fut frappé, tout jeune, par les décorations macabres qui ornaient les sanctuaires de la Compagnie, sans doute en écho à sa devise *Perinde ac cadaver*[1]. Prêtre, il devint rapidement expert dans la confection de tableaux de cires anatomisées. Vous en avez un ici sous les yeux. Ces théâtres de la corruption attiraient l'attention sur le spectacle de la mort, afin de faire voir aux fidèles des scènes qui, dans la réalité, les eussent emplis d'horreur et de dégoût.

— Mais, demanda Pigneau, l'objet de tout cela ?

— Il s'agissait de stimuler le repentir et d'inciter à la conversion. Zumbo voyagea et travailla à Florence, Gênes et Bologne. À Florence, il fabriqua plusieurs théâtres de corruption, notamment un sur la vérole qui lui fut commandé par le grand duc Côme III dont le gendre, l'Électeur de Bavière, souffrait de cette maladie. En 1695, mon père le rencontra et lui acheta cette œuvre, *Le Cimetière*. Il travaillait à l'époque avec M. Des Noues, sur des têtes de cire et sur une femme morte en couches qu'il réussit à conserver sous la cire. Il était parvenu à rendre le naturel à la perfection en utilisant cette matière colorée. Il vint à Paris et fut reçu par l'Académie de médecine à qui il présenta ses travaux. En procès avec Des Noues qui prétendait être l'inventeur du procédé, il mourut à Paris en 1701.

Tous se turent, contemplant l'innommable sans plus prêter attention au reste des curiosités. Nicolas, moins frappé que les autres pour avoir été confronté à des réalités infiniment plus terribles, remarqua un grand crucifix posé contre l'une des vitrines. Il interrogea M. de Noblecourt qui sourit.

— Ah ! cela n'est pas une curiosité mais, comme je ne tiens pas à passer pour janséniste, j'ai mis ce présent à l'écart. Le croiriez-vous, c'est un cadeau du commissaire Lardin. Je ne le pensais ni si dévot ni aussi prosélyte. Je m'interroge toujours sur la raison de ce présent et sur le sens d'un petit message ésotérique qui accompagnait cette attention et dont je n'ai pas encore saisi la signification.

1. Semblable au cadavre.

Il prit le papier enroulé autour du bois de la croix. Nicolas, avec stupeur, découvrit le pendant du message trouvé dans son habit rue des Blancs-Manteaux.

*C'est pour mieux les ouvrir*
*Afin de rendre les paroles*

— Voyez l'énigme, reprit Noblecourt. Ce Christ janséniste a les bras fermés, sans doute pour mieux ouvrir les cœurs ; c'est la traduction que je fais.

— Me laisserez-vous ce papier ? demanda Nicolas à voix basse.

— Faites, j'entends que tout cela peut avoir une importance.

La gaieté du dîner s'était évaporée. La visite du cabinet du vieux procureur avait ouvert la boîte de Pandore. Chaque invité semblait avoir revêtu un masque et s'être refermé sur lui-même dans la tristesse et le silence. Noblecourt eut beau faire pour retenir son monde, chacun finit par prendre congé. M. de La Borde salua Nicolas d'un étrange : « Nous comptons sur vous. » Après avoir promis à Pigneau et au père Grégoire de moins les négliger, le jeune homme demeura seul avec M. de Noblecourt, qui paraissait soucieux.

— Ces parties ne sont plus de mon âge, soupira-t-il. J'ai fait quelques excès. Je crains qu'un accès de goutte ne me menace et, avec lui, les reproches de Marion, qui aura raison, comme d'habitude. Je n'aurais pas dû céder à la curiosité de La Borde. J'ai lâché les diables et rompu le charme.

— Ne regrettez rien, monsieur, il y a des choses que certains ne peuvent regarder en face.

— Voilà de la sagesse. J'ai remarqué d'ailleurs que vous manifestiez peu d'émotion à ce spectacle.

— J'ai vu des choses pires qu'une représentation de cire et…

Marion venait de faire irruption, l'air scandalisé.

— Monsieur, il y a là un inspecteur Bourdeau qui demande notre Nicolas.

— Allez, Nicolas, dit le magistrat, mais prenez garde à vous, j'ai un mauvais pressentiment. Ce doit être la goutte. C'est la goutte !

# XII

## LE VIEUX SOLDAT

> « La misère du soldat est si grande qu'elle fait saigner le cœur ; il passe ses jours dans un état abject et méprisé, il vit comme un chien enchaîné que l'on destine au combat. »
>
> Comte de SAINT-GERMAIN

Bourdeau attendait sous la porte cochère. Il expliqua sans préambule à Nicolas les raisons du dérangement qu'il lui causait : Tirepot avait retrouvé la trace des deux suspects et lui avait envoyé un messager pour le prévenir qu'il filait les intéressés. Dès que sa chasse aboutirait, il se manifesterait. Son homme était déjà parti le rejoindre. L'inspecteur venait donc chercher Nicolas pour le ramener au Châtelet où toutes les informations convergeraient.

Nicolas approuva les dispositions de son adjoint et, pressé à son tour, voulut faire chercher une voiture. Toujours prévoyant, l'inspecteur lui désigna un fiacre qui attendait dans la rue. Ils regagneraient le bureau de permanence pour y attendre la suite des événements et revêtiraient un déguisement afin d'être prêts à toute éventualité.

Nicolas prit sa cape et son tricorne avant de monter dans la voiture. Ils atteignirent rapidement leur destination dans le Paris presque vide de la fin d'un dimanche d'hiver, ne croisant que quelques groupes de masques qui menaient le charivari autour de bourgeois apeurés, ce qui fit souvenir à Nicolas qu'une semaine juste s'était écoulée depuis son retour de Guérande.

Assis à la petite table du bureau de permanence, Bourdeau raconta, par le menu, l'installation de Semacgus à la Bastille. Le chirurgien y avait été aimablement accueilli par le gouverneur qui le connaissait, ayant eu l'occasion de dîner avec lui chez M. de Jussieu. Il avait été établi dans une cellule vaste et aérée, pourvue de quelques meubles. Bourdeau était retourné à Vaugirard pour prendre les hardes et les livres dont Semacgus lui avait donné la liste. Catherine continuait à réconforter Awa maintenant persuadée qu'elle ne reverrait plus Saint-Louis. Il en avait profité pour vérifier que les scellés de la maison Descart étaient intacts et que personne n'avait tenté d'y pénétrer. Les mouches se succédaient d'ailleurs autour de la demeure du médecin. Quant aux rapports émanant de la rue des Blancs-Manteaux, Bourdeau en venait à douter de la raison ou du zèle de ses informateurs. Il n'était, en effet, question que de retour de Mme Lardin quand nul ne l'avait vue sortir, et de sortie quand nul ne l'avait vue rentrer. De ce côté-là, le mystère s'épaississait. Mauval avait été repéré, à plusieurs reprises, entrant dans la maison. Son résumé achevé, Bourdeau sortit sa pipe, la considéra pensivement, puis se consacra bientôt à la production d'une fumée épaisse qui obscurcit davantage la pièce que le couchant plongeait, peu à peu, dans l'ombre.

Nicolas ne parvenait pas à s'arracher à l'engourdissement dans lequel l'avaient plongé les délices de la table de M. de Noblecourt. Il revenait sans cesse sur sa maladresse, sur cet accès de prétention qui n'était, il le sentait maintenant, que la manifestation de ses propres incertitudes.

Balbastre n'avait pas voulu le blesser et n'avait fait que hasarder un bon mot dans le cliquetis de paroles brillantes qui était le propre d'une société libre. Le jeune homme mesurait sa chance d'être invité à rencontrer des hommes de goût et de tact, reflets des prestiges d'une Cour policée. Revenant sur sa faiblesse, il mesurait le chemin qu'il lui restait encore à parcourir pour arriver à la maîtrise de lui-même et éviter que la première pique dirigée contre lui, le moindre froissement d'amour-propre, ne rouvre sa blessure. Il était conscient que cette blessure intérieure faisait partie de son être profond, et qu'il devrait vivre avec elle. Il n'avait jamais trouvé l'occasion de s'en ouvrir à quelqu'un. Il avait eu un début d'intention de se confier à son ami Pigneau, mais celui-ci, tout bienveillant qu'il fût, était déjà un homme d'Église, enclin à recevoir les confidences comme une confession. Il ne pouvait replacer la souffrance morale de Nicolas que dans l'ordre d'une foi qui tenait peu de compte des douleurs intimes ou, plutôt, qui engageait à les abîmer dans l'adoration de la Divinité.

Le travail de la digestion l'assoupissant, Nicolas se mit à rêver. Il se trouvait au château de Ranreuil, près des douves. Isabelle avait glissé sur l'herbe et était tombée dans l'eau ; elle flottait immobile au milieu des roseaux. Sur la rive, Nicolas tendait les mains vers la jeune fille, mais ne parvenait pas à bouger ; il hurlait son désespoir, sans qu'aucun son sortît de sa bouche. Le marquis surgissait alors, le visage déformé par la haine et tenant à la main un grand crucifix dont il tentait de frapper le jeune homme. Il sentit une vive douleur à l'épaule…

— Monsieur, calmez-vous, c'est moi, Bourdeau. Vous vous êtes endormi. Vous rêviez ?

Nicolas frissonna.

— Je faisais un cauchemar.

La nuit était tombée et Bourdeau avait allumé une chandelle qui répandait une lumière blême et filait en grésillant.

— Tirepot s'est manifesté, dit-il. Nos deux gaillards sont actuellement attablés dans une guinguette du faubourg Saint-Marcel, près du marché aux chevaux. Ils paraissent y avoir leurs habitudes. Il faut faire vite. J'ai prévenu le guet qui nous rejoindra.

Il tendit à Nicolas chapeau et hardes. Lui-même recueillit de la poussière sur le haut d'un bahut dont il se salit ensuite le visage. Il invita le jeune homme à en faire autant. Leurs figures avaient maintenant l'aspect de celles des petits ramoneurs savoyards. Nicolas reprit la défroque qui lui avait été si utile lors de sa descente à Vaugirard. Il voulut prendre une épée, mais Bourdeau l'en dissuada en observant que cette arme ne s'appariait pas avec sa tenue et que le petit pistolet dont il lui avait fait cadeau présentait toutes les garanties de sécurité et de discrétion. Leurs préparatifs terminés, ils s'embarquèrent dans le fiacre conduit par un aide de Bourdeau. L'inspecteur commanda le chemin le plus court qui consistait à franchir le pont au Change, traverser la Cité, rejoindre la rive gauche par le Petit Pont, avant de piquer sur la porte Saint-Marcel pour s'enfoncer dans le faubourg.

Les cahots de la voiture replongèrent Nicolas dans son engourdissement ; il tentait de mettre un peu d'ordre dans ses idées. Quelque chose lui pesait, comme si son esprit tentait de lui faire passer un message qu'il ne parvenait pas à entendre. Il repassa dans sa mémoire le dîner de la rue Montmartre, dont la surprise avait été la découverte du nouveau message de Lardin, tout aussi incompréhensible que le premier. Il était difficile de s'expliquer la manière dont le commissaire avait souhaité se manifester auprès de deux de ses connaissances qui n'étaient pas ses proches et qui pouvaient avoir quelques raisons de se méfier de lui. Chez M. de Noblecourt, c'était par prudence et prétérition et, chez Nicolas, par éloignement de subordination. Il lui faudrait relire et comparer les deux messages. Il cherchait en vain à quel moment son malaise ou son interrogation avait pu naître, et sur quel détail son trouble présent s'appuyait. Il revivait la scène du cabinet de curiosités. Il revit l'étrange crucifix. L'objet lui rappelait confusément quelque chose et il se promit d'y penser à nouveau.

Bourdeau respectait son silence et continuait à s'envelopper de volutes de fumée. Avec intelligence, il semblait toujours comprendre le besoin de mutisme de son chef. La nuit était maintenant profonde et la ville pauvrement éclairée par des lanternes dont les chandelles étaient souvent éteintes par le vent. Nicolas avait entendu M. de Sartine réfléchir à haute voix sur les aménagements qu'il envisageait pour éclairer la capitale et mieux assurer la sécurité de ses habitants. Il s'élevait aussi contre la multiplication des enseignes et des auvents qui produisaient, sur le pavé des rues, d'immenses ombres portées, et créaient des zones obscures propices aux tire-laine, coupeurs de bourses et autres malandrins. De plus, les auvents, le plus souvent pourris par les intempéries, tombaient et provoquaient des accidents.

Le bruit de la voiture s'atténuait parfois quelques instants ; elle semblait rouler sur un tapis. Un remugle pénétrant signalait que le fiacre venait de passer devant la demeure d'un riche malade, dont les domestiques avaient répandu du fumier et de la paille, devant la porte, pour étouffer le bruit des carrosses. À d'autres endroits, des fondrières gelées s'effondraient et les glaces étaient aspergées d'eau boueuse. Ils croisèrent encore des bandes de masques qui bombardèrent la voiture de petits sacs emplis de farine, mais le carnaval toucherait bientôt à sa fin, le cœur n'y était plus et le Mardi gras marquerait le terme d'un incendie qui s'achèverait le mercredi des Cendres, avec l'entrée en carême.

Une fois franchie la limite de la ville, Nicolas eut l'impression de pénétrer dans un désert glacé. Le faubourg présentait là son aspect le plus sinistre. La faible lueur du falot dévoilait de grands murs qui, peu à peu, laissaient la place à des masses indistinctes. On devinait la présence d'établissements religieux ou hospitaliers, nombreux dans cette partie de la ville. Là où rien n'avait été bâti, l'imagination suppléait à la vision et recréait des zones abandonnées où des halliers fantômes couvraient le sol de taillis inextricables peuplés de ronciers griffus et givrés. De petits murets surgissaient, protégeant des vergers, des jardins ou des chantiers. La circulation avait cessé. Soudain, une bête de nuit palpita contre la glace du côté de Nicolas, en picora sauvagement la surface, puis disparut. Il songea au pressentiment de M. de Noblecourt et, dans le même temps, il sentit l'angoisse de Bourdeau, qui frémissait à ses côtés.

Le messager de Tirepot les avait précédés ; il intercepta leur voiture près du cimetière Sainte-Catherine. La taverne où ils devaient se rendre se trouvait à quelques pas de là, rue du Cendrier. Leur guide désigna une grande masure faiblement éclairée, en retrait de la voie. Ils s'en approchaient quand, venant du derrière d'une charrette effondrée près d'une pile de bois, une voix connue héla Nicolas.

— Vous voilà enfin ! murmura Tirepot. Je gèle à vous attendre. Fais semblant de donner ton eau. Les deux compères, un vieux soldat nommé Bricart et son complice, Rapace, un ancien boucher, sont à la table d'angle, à droite de l'entrée. Méfiez-vous, le lieu est mal famé.

Nicolas feignait de se rajuster.

— Le guet est prévenu et va arriver. Toi, tu restes à l'écart. Je ne veux pas que tu sois vu. Tu files, maintenant.

Nicolas rejoignit Bourdeau, qui travaillait son rôle. Il se mit à boiter en enfonçant son grand chapeau.

— Donnez-moi le bras et dissimulez votre visage. Gare à la lumière.

Ils poussèrent la porte du cabaret. La salle était plongée dans une semi-obscurité. Les poutres du plafond bas étaient noircies par les fumées. Sur un sol inégal de terre battue, une dizaine de tables de bois peint, entourées de bancs mal équarris, constituaient tout le mobilier. Çà et là, quelques chandelles de mauvais suif prodiguaient une lumière incertaine. Des chiffonniers, des mendiants et deux rabouilleuses de barrières qui, jupes haut troussées, se chauffaient les reins devant la cheminée où brûlait un feu pauvre, formaient une assemblée disparate. Le cabaretier était en train de casser du sucre et, de temps en temps, il remuait un bâton dans le grand pot de la crémaillère où bouillonnait un mélange épais de rebuts bigarrés et de racines. Une des épaves humaines s'approcha et, après avoir payé son écot, reçut une écuelle pleine de ce mélange accompagnée d'un morceau de pain noir mêlé de son. Rapace et Bricart paraissaient plongés dans une conversation animée. Les pots de vin s'accumulaient sur leur table. Bourdeau, titubant, poussa Nicolas dans un coin sombre, à gauche de la cheminée. La place avait été habilement choisie ; elle permettait une vue générale de la salle, de son entrée, mais aussi de ses issues vers l'arrière. L'inspecteur frappa du poing sur la table et, d'une voix éraillée, appela l'hôte qui s'approcha pour prendre commande. Deux écuelles de soupe et un cruchon d'eau-de-vie furent réclamés et payés tout aussitôt. Bourdeau posa sa pipe et cracha copieusement sur le sol.

— Monsieur, dit-il à voix basse, le verre d'eau-de-vie se boit d'un coup, la tête rejetée en arrière. Le pain, vous l'émiettez dans la soupe. La cuillère, tenez-la à pleine main. Vautrez-vous sur la table et faites le plus de bruit possible en mangeant. Vous finirez l'assiette en la portant à vos lèvres. Soyons prudents, nos tournures ne nous protègent pas de regards un peu sagaces. Nous allons nous régaler !

Il lui fit un horrible clin d'œil.

Nicolas vit arriver la pitance avec inquiétude. Il se souviendrait longtemps de cette journée au cours de laquelle il était passé des sommets de l'art culinaire aux ignominies des morceaux d'arlequins. Bourdeau l'encouragea du regard. Il s'efforça de suivre ses conseils et s'affala sur le bois crasseux de la table. Le pain plongé dans le brouet se désagrégeait lentement et de petits morceaux de paille montaient à la surface. La première cuillerée le fit presque défaillir et il dut retenir un haut-le-cœur qu'il noya aussitôt d'une lampée d'alcool. Le « réconfortant » du père Marie, au Châtelet, était toute douceur et suavité en comparaison du fleuve de feu qui inonda sa poitrine. Il décida de procéder autrement. Il prit son courage à deux mains, porta l'écuelle à sa bouche et avala son infâme contenu ; il le fit suivre d'un nouveau verre. Bourdeau contenait avec peine son fou rire. Il avait, pour sa part, choisi une méthode plus hypocrite ; chaque cuillerée était suivie d'une quinte de toux effroyable et de crachements successifs sur le sol. Nicolas finit par être gagné par la gaieté de son compagnon. Une fois calmé et agréablement échauffé par l'eau-de-vie, il se dit qu'il n'avait guère, jusque-là, prêté d'attention à l'inspecteur, que leurs relations, toutes amicales et confiantes qu'elles fussent, se cantonnaient aux seules préoccupations du service. Jamais il ne s'était interrogé sur le passé de Bourdeau, les raisons de sa vocation policière ou sa vie familiale. Il se sentit saisi d'une curiosité immédiate envers un homme qui ne lui avait jamais marchandé ni son aide ni sa bienveillance. Il saisit l'occasion de ce moment d'attente pour tenter de rattraper le temps perdu.

— Bourdeau, dit-il à voix basse, vous ne m'avez jamais dit comment vous étiez entré dans la police.

L'inspecteur demeura silencieux un moment sans dissimuler la surprise que cette question lui causait.

— Sans doute, monsieur, ne me l'avez-vous jamais demandé.

Une nouvelle pause s'établit durant laquelle Nicolas réfléchit sur le meilleur moyen de relancer son propos.

— Vous avez encore vos parents ?

— Ils sont morts tous les deux, à peu de temps l'un de l'autre. Cela fera bientôt vingt ans.

— Que faisait votre père ?

Il sentait Bourdeau plus détendu.

— Mon père était valet de chiens à la vautrait[1] du roi. Autant qu'il m'en souvient, il tenait fort à honneur sa fonction. Jusqu'à son accident, il y fut très heureux.

— Son accident ?

— Une bête noire acculée lui a ouvert la jambe, alors qu'il s'était jeté au secours d'un des chiens les plus appréciés du roi. On dut la couper, de crainte de la gangrène. Son courage ne fut guère payé en retour ; on lui en voulut de ne pas avoir sauvé le chien, décousu lui aussi... Impotent, il dut se retirer dans son village sans vétérance ni pension. Il végéta alors, éloigné de la chasse qui était toute sa vie, et séparé du roi, son idole. Je l'ai vu dépérir de chagrin. Il ne se pardonnait pas d'avoir laissé mourir un chien. Le roi avait grondé et n'avait eu ni un regard ni un geste pour l'homme blessé. Ainsi sont les grands...

— Le roi ne savait pas.

— C'est ce qu'on dit toujours. Ah ! si le roi savait ça... Nicolas, nous servons la justice et nous obéissons, mais en tant que citoyen je puis avoir mon opinion particulière. Le roi est aussi un homme comme les autres, avec ses défauts et ses caprices. Mon père avait été frappé, tout jeune, de sa fureur de tuer. Il y a une quarantaine d'années, quand il débutait, il fut témoin d'une scène si marquante qu'il la contait volontiers, encore qu'elle ne fût pas à l'honneur de son dieu. Le roi avait alors douze ou treize ans et goûtait fort une biche blanche qu'il avait nourrie tout faon. Elle s'était accoutumée à lui si gentiment qu'elle mangeait dans sa main. Un jour, l'envie le prit de la vouloir tuer. Il ordonna de la conduire à la Muette. Là, il la fit éloigner, la tira et la blessa. La pauvre bête, affolée et gémissante, accourut vers le roi, cherchant sa protection. Il la fit derechef éloigner et la tua.

Nicolas fut surpris de la froide passion de Bourdeau.

— Sentant sa fin approcher, poursuivit celui-ci, mon père se résigna, lui qui n'avait jamais rien sollicité pour

1. Équipage de chasse pour le sanglier.

lui-même, à adresser une supplique à Mgr le duc de Penthièvre, grand veneur de France[1], et le plus honnête homme du royaume. Peu avant la mort de mon père, il me fit venir à Paris où, après des études à Louis-le-Grand, je fis mon droit. Le produit de la vente de la petite maison de mes parents, que le prince compléta généreusement, me permit d'acheter mon office d'inspecteur et conseiller du roi. Ainsi, ce qui fut défait par un Bourbon fut réparé par un Bourbon. Mais vous-même, monsieur, comment expliquez-vous votre prodigieuse carrière ?...

Nicolas sentit l'ironie.

— Comment avez-vous pu bénéficier de l'appui de M. de Sartine à un point tel qu'il vous mandate et que vous agissez en son nom avec des pouvoirs supérieurs à ceux d'un commissaire ? Ne vous méprenez pas sur ma curiosité. Mais puisque vous me faites l'honneur de la vôtre, permettez-moi d'en user tout aussi franchement avec vous.

Nicolas était pris à son propre piège, mais il ne le regrettait pas. Il estimait Bourdeau sincère et pressentait que cette conversation ne ferait que les rapprocher l'un de l'autre. Mais c'était un autre Bourdeau qui se révélait, plus profond et plus grave.

— Il n'y a pas de mystère et mon histoire n'est pas si différente de la vôtre, répondit-il. Enfant trouvé, sans aïeux et sans fortune, j'ai été recommandé à M. de Sartine par mon parrain, le marquis de Ranreuil. Depuis, tout s'est enchaîné sans que j'intervienne de mon propre chef, sinon par mon zèle à remplir avec soin les tâches que l'on attendait de moi.

Bourdeau sourit.

— Vous voilà bien philosophe, vous posez les questions sans donner les réponses. Ce n'est pas moi qui mettrais en doute vos propos. Mais comprenez que votre situation

1. 1725-1793, fils du comte de Toulouse, lui-même fils légitime de Louis XIV. Il succéda à son père dans cette charge en 1734.

étonne, qu'on glose au Châtelet et que certains s'interrogent. On vous croit membre d'une loge maçonnique.

— Ah ! ça… Mais pourquoi ?

— Je croyais que vous saviez que M. de Sartine était lui-même affilié à la loge des Arts Sainte-Marguerite.

— Certes non, je suis bien éloigné de ces choses.

En vérité le bonhomme simple que Nicolas avait cru bien connaître jusque-là apparaissait sous un jour nouveau. Nicolas prit conscience de l'incongruité de la situation. Depuis son retour de Bretagne, il s'était laissé porter par les événements. Il n'avait pas senti combien ses relations avec l'inspecteur s'étaient insensiblement transformées. Il avait lui-même accepté cette dérive sans se poser de questions et sans déplaisir. En dépit de ses inquiétudes et de sa conviction d'être, à certains moments, un objet dans les mains du lieutenant général de police, il avait surmonté cette ambiguïté en obtenant, du moins le croyait-il, la totale confiance de son chef. Pouvait-on passer aussi vite du statut d'outil à celui de confident ? Il préférait ne pas s'interroger là-dessus, se consacrant tout entier à l'action. Cependant, il se rendait bien compte que Bourdeau n'était pas un simple commis et qu'il lui avait fallu une grandeur d'âme peu commune pour accepter qu'un jeune homme, un apprenti, devienne, pour ainsi dire, son maître. L'inspecteur avait toléré, lui, l'homme d'expérience, de s'effacer et d'accepter ses ordres. Nicolas se dit qu'il avait sans doute négligé de veiller à ce que ce renversement hiérarchique s'opérât avec tout le tact et la délicatesse nécessaires. Il ne devait pas oublier cette leçon que Bourdeau venait de lui donner. Il se souvint que l'usage de son prénom, naguère habituel entre eux, avait laissé la place à un « Monsieur » déférent, plus conforme à leurs nouvelles relations. Il demeurait toutefois convaincu que l'inspecteur avait, pour lui, un réel attachement, auquel répondait, de sa part, une estime vraie. Il se promit de veiller à la lui prouver, d'autant plus que c'était lui-même qui avait réclamé Bourdeau comme adjoint à M. de Sartine.

Le silence dura jusqu'au moment où Bourdeau, jurant sourdement, attira l'attention de Nicolas sur ce qui se passait dans la salle. Les deux suspects s'étaient levés et, après avoir vidé un dernier verre, quittaient la taverne. L'inspecteur souffla à Nicolas de compter lentement jusqu'à trente ; alors seulement, ils pourraient sortir à leur tour sans donner l'alarme et sans risquer de buter sur l'objet de leur filature. Bourdeau avait ordonné à leur guide de surveiller discrètement la sortie des deux lascars, afin d'éviter de les perdre. Il conseilla à Nicolas de feindre l'ivresse. Ils se levèrent titubant, appuyés l'un à l'autre, et, se heurtant aux tables, ils sortirent du tripot.

Le froid les saisit. Il s'était remis à neiger. Bourdeau désigna les pas dans la neige et la marque du pilon. Le ciel était avec eux : il leur suffirait de suivre les empreintes. Ils n'eurent pas longtemps à marcher. À quelques centaines de pas de la taverne s'ouvrait une impasse, étroit chemin de terre enserré entre des fascines. Une ombre leur désigna du bras la venelle et disparut. Une barrière de bois, couverte d'une sorte de chapiteau, fermait l'entrée d'un terrain. À travers les interstices des palissades, l'obscurité laissait deviner un entrepôt ou une grange dont la masse arrêtait le regard. Aucun bruit ne se faisait entendre. L'inspecteur murmura à l'oreille de Nicolas qu'en cas de double issue ils risquaient de perdre leurs clients et que, les archers n'étant pas encore arrivés, ils devaient agir seuls et sur-le-champ. Nicolas approuva en hochant la tête.

Bourdeau poussa doucement la barrière. Elle céda avec un grincement. Ils pénétrèrent à l'aveuglette dans l'enclos. Nicolas sentit aussitôt une chape de tissu grossier lui couvrir la tête dans le même temps qu'il éprouvait contre ses côtes la pointe d'un couteau. Il entendit à côté de lui un bruit sourd suivi de l'affaissement d'un corps. Une voix s'éleva.

— Jardié, ce gueux a son compte. Ces bâtons plombés vous défoncent un crâne ! On s'occupera du corps plus tard. On va travailler son camarade pour savoir ce qu'ils avaient dans le ventre.

Nicolas, les mains liées, fut poussé en avant. Sa tête était enfermée dans un sac serré au cou, qui l'étranglait à moitié. Il se rendit compte qu'on entrait dans un bâtiment. Le briquet fut battu et une lumière filtra à travers le tissu. On l'assit sur un tabouret et le sac fut brutalement arraché. Une torche, accrochée à un anneau dans un mur de pierre, éclairait une grange encombrée d'objets et de meubles disparates. Au milieu de tout ce désordre, il reconnut aussitôt l'élégant cabriolet de Semacgus. Alors, malgré sa détresse, il ne put s'empêcher de songer qu'il touchait au but ou, qu'à tout le moins, un pas important venait d'être franchi. Sa deuxième pensée fut pour Bourdeau : Était-il mort ? Peut-être ces réflexions seraient-elles les dernières. Il lui faudrait trouver un moyen de laisser une trace, un message, un indice, mais comment ?

Devant lui se tenait un personnage de taille moyenne, le cheveu filasse clairsemé, avec des yeux vairons qui lui rappelèrent le jeune homme si urbain qui lui avait volé sa montre quand il était entré à Paris pour la première fois. Le visage était grêlé par les traces de la petite vérole. Il pointait un coutelas vers Nicolas. L'autre personnage devait être en retrait, et il ne le voyait pas.

— Tu me le tiens en joue, fit l'homme. Faut être prudent. Alors, mon petit monsieur, on nous suivait. On fouinait ? Voyons de plus près ce que tu nous caches.

Il se mit à fouiller Nicolas avec système. Le jeune homme se félicita d'avoir laissé au Châtelet tout ce qui lui était personnel. Il espérait que le petit pistolet accroché à l'intérieur de la vieille redingote passerait inaperçu, mais l'homme poussa un grognement de triomphe en le découvrant.

— Et ça, c'est quoi, hein, c'est quoi ? Regarde ce que je viens de tirer en valade[1].

1. Voler dans la poche.

Il poussait le canon de l'arme contre la bouche de Nicolas si violemment que sa lèvre éclata. Il tenta de donner le change.

— Monsieur, répondit-il – et il regretta aussitôt cette marque de politesse qui le trahissait –, mon ami et moi étions à la recherche de la demeure de M. Chauvel. Pourriez-vous m'indiquer si elle se trouve dans les environs ?

— Voilà-t-y pas que le jean-foutre essaye de nous en conter. Serait-il pas qu'il taffe[1] ? Tu entends cela, Bricart ? Mais regarde ces mains douces et propres ; tout ça ne va pas avec le reste. Tu serais pas de la mouche, par hasard ? Et en carnaval, pour mieux faire !

Nicolas frémit ; l'homme ne cachait même pas leurs noms, c'était un mauvais signe s'il avait vraiment affaire à des criminels endurcis.

L'autre s'approcha. Plus âgé, il portait une moustache blanche fournie et sa jambe droite se terminait par un pilon de bois. Sa vêture était un mélange bizarre d'effets militaires usés et de hardes civiles. Il s'appuyait sur un gourdin et tenait un pistolet armé à la main. Il vint renifler Nicolas et resta à ses côtés.

— Et ça sent la giroflée, un vrai céleste[2] ! Crois-moi, mon petit monsieur, ton affaire est déplorée[3] et tu n'as plus qu'à nous bavarder tout ce que tu sais. Pique-le, Rapace.

— Et comment que je vais lui faire cracher. J'ai de quoi le faire jaser.

Il piqua Nicolas à la poitrine, juste sur sa blessure qui se remit à saigner. Le jeune homme ne put retenir un cri.

— Et sensible, avec ça. Allez, parle ! Parle ou je te saigne…

1. Avoir peur.
2. Jeune homme élégant.
3. En vocabulaire du Palais de Justice, affaire perdue d'avance.

Rapace s'apprêtait à poursuivre quand un craquement sec se fit entendre. La porte de la grange venait de s'ouvrir, défoncée. La voix de Bourdeau hurla.

— Vous êtes cernés ! Ne bougez plus, vos armes à terre !

Bricart, éberlué, jetait des regards affolés à droite et à gauche.

— Du calme ! Il nous en conte, il est seul, dit Rapace.

Il saisit le pistolet de Bricart et le braqua sur Bourdeau.

— Vous, le revenant, les mains sur le chapeau.

Tout en obéissant, Bourdeau cria :

— À moi, le guet !

— Tais-toi, ou je te brûle !

Quelques secondes très longues s'écoulèrent. Ils étaient tous figés dans l'attente. Rien ne vint.

— Pour un vétéran, tu as perdu la main, Bricart !

— J'y comprends rien, j'ai entendu son crâne éclater.

— Si tu veux pas que je découpe ton petit camarade, reprit Rapace à l'adresse de l'inspecteur, tu vas m'expliquer ce que vous cherchiez.

Le couteau s'approchait du cou de Nicolas, dont le cœur se mit à battre douloureusement. Tout allait donc s'achever au fond de ce faubourg perdu… Soudain, un coup de feu éclata et Rapace, avec un air surpris, tomba comme une masse, une balle au milieu du front. Nicolas, d'un coup de reins, fit choir le tabouret sur lequel il était immobilisé et heurta Bricart qui, déséquilibré, tomba sur le sol. Bourdeau bondit et se jeta de tout son poids sur le vieux soldat avant de le désarmer. Il lui attacha les mains derrière le dos avec une sangle de cuir trouvée sur le sol, puis libéra Nicolas.

— Bourdeau, je vous ai cru mort ! Dieu soit loué, vous êtes sauf et je vous dois la vie.

— N'en parlons plus. M. de Sartine ne m'aurait jamais pardonné de n'avoir point tenu ma parole de vous protéger et je ne me le serais pas pardonné à moi-même.

— Mais Bourdeau, expliquez-moi ce miracle.

— En fait, monsieur, chaque fois que je pars pour une expédition qui peut se révéler dangereuse, je porte un chapeau de ma fabrication.

Il lui montra son grand feutre Régence. Une calotte de fer en tapissait le fond, retenue par un filet de soie.

— Mais le coup de feu ?

— Toujours le chapeau ! Mon petit pistolet, frère jumeau de celui que je vous ai donné, est fixé sur le côté, derrière l'aile droite. On ne fouille jamais un chapeau. Inutile de vous dire qu'il y faut quelque accoutumance et que j'ai beaucoup tiré à la cible pour obtenir un résultat dont je suis assez fier. Le seul risque c'est qu'on ne peut compter que sur un coup et que ce miracle agencé n'est pas à répétition. Mais je vous ferai faire un chapeau pour aller avec le pistolet.

— Mais pourquoi n'avoir pas tiré aussitôt ?

— C'eût été bien risqué ! J'ai parié sur la suite et vous m'avez bien aidé en tombant sur Bricart. Que faisons-nous, maintenant ? Nous attendons le guet ?

— Il ne devrait pas tarder. Mais j'ai une surprise pour vous, Bourdeau.

Nicolas prit la torche et s'approcha de la voiture remisée.

— Mais vous saignez, monsieur ?

— Cette canaille m'a rouvert ma blessure à la poitrine, ce n'est rien. Voyez plutôt ce cabriolet. C'est celui de Semacgus. Le cheval a déjà dû être vendu.

Il ouvrit la porte de la voiture. La lumière frappa d'un coup la tapisserie beige de la banquette. Une large tache de sang séché l'inondait. Elle avait débordé jusqu'au sol où elle s'étendait en mare noirâtre. On avait massacré ou transporté un corps saigné à blanc dans ce cabriolet. Les deux hommes contemplaient cette horreur.

— Je crois bien que nous ne retrouverons pas Saint-Louis vivant, dit Bourdeau.

Nicolas reprit l'initiative des opérations.

— Dès que les archers seront là, qu'ils procèdent à une fouille minutieuse de la grange et du terrain. Un mutisme absolu devra être observé sur la mort de Rapace. Ce cabriolet devra être ramené au Châtelet, où Semacgus aura à le reconnaître. J'emmène Bricart pour un premier interrogatoire. Je rendrai compte, dès demain matin, à M. de Sartine. Bourdeau, je me fie à vous pour qu'ici les choses se déroulent comme il convient. Dès que vous avez terminé, rejoignez-moi. Je crains que nous ne dormions guère cette nuit !

La mouche de Tirepot apparut, suivie d'un exempt et d'une troupe d'archers. Les choses se déroulèrent comme l'avait ordonné Nicolas. Au moment de partir, il marcha sur Bourdeau à qui il tendit la main.

— Mon ami, merci.

Le retour sur Paris fut léger au cœur de Nicolas. Les signes multipliés d'un danger mortel avaient pris désormais un autre sens. L'avenir, jusqu'alors incertain, paraissait ouvert. Même la présence à ses côtés d'un criminel avéré ne pouvait distraire Nicolas d'un sentiment de soulagement, auquel s'ajoutait la satisfaction d'avoir rendu justice à Bourdeau. L'épreuve l'avait trempé comme l'eau du torrent la lame de l'épée rougie au feu. La mort, dont il avait senti l'odeur avec l'haleine de Rapace, s'était éloignée pour longtemps, le laissant comme lavé et plus assuré en lui-même. Il renaissait et regardait les choses autrement. Le fiacre, la douleur même de sa poitrine et la neige qui tombait lui procuraient jubilation et reconnaissance. Il rit, car aux chimères noires succédaient les chimères blanches, et, incorrigible, il venait encore de passer des unes aux autres. Il baigna dans cette euphorie jusqu'à l'arrivée au Châtelet.

Après s'être changé, Nicolas vint retrouver son prisonnier qu'il souhaitait interroger sur-le-champ. Il avait souvent observé qu'un prévenu pris à chaud possédait moins de défenses et que celles-ci apparaissaient plus tard, après réflexion, quand le criminel avait édifié une forteresse de certitudes et de dénégations. Nicolas s'était procuré, auprès du geôlier, une bouteille d'eau-de-vie. Son intuition lui conseillait de prendre Bricart avec douceur, se réservant de souffler le chaud et le froid et de s'engager dans une autre voie si la première menait à une impasse.

Quand il entra dans la cellule, il fut frappé de la transformation de Bricart. La lanterne qu'il avait apportée éclaira le vieux soldat assis sur la planche. Son faisceau le montrait tassé sur lui-même, presque chauve, le teint cireux ponctué de taches brunes. Ce visage tavelé et couturé de vieilles cicatrices accusait le poids des ans. Les yeux ternes étaient injectés de sang et la lèvre inférieure pendait, tremblante. Nicolas fit refermer la porte sur eux et délia les mains du prisonnier. Il emplit d'eau-de-vie une tasse de terre et la lui tendit. Après un temps d'hésitation, le vieux soldat avala d'un trait l'alcool. Il s'essuya la bouche du revers de sa manche.

— Vous voilà bien seul, à cette heure, dit Nicolas, votre camarade n'est plus là pour vous soutenir. C'est sur vous seul que vont peser désormais de graves accusations. Si vous voulez m'en croire, il ne vous reste qu'une chose à faire : décharger votre conscience.

L'homme ne réagit pas.

— Prenons les choses au commencement. Bricart, c'est votre nom de guerre ? Comment vous appelez-vous ?

L'autre hésitait. D'évidence, il pesait le pour et le contre pour savoir s'il se cantonnerait dans le silence ou si l'envie de soulager son angoisse en parlant l'emporterait.

— Jean-Baptiste Lenfant, né à Sompuy en Champagne, dit-il enfin.

— En quelle année ?

— J'ai jamais su. Le curé disait « l'année du grand froid et des loups ».

— Vous avez été soldat ?

Bricart redressa la tête. Il se transforma à vue et, après avoir réclamé de quoi boire, se laissa porter par un flot de paroles précipitées dans lesquelles toute sa vie repassait. Oui, il avait été soldat et longtemps même, jusqu'à cette foutue blessure, sur le champ de bataille de Fontenoy. Il avait été tiré au sort, à vingt ans, pour la milice royale. C'était pas de chance, il aurait pu passer au travers. Il revoyait encore le départ de son village. Beaucoup de ses camarades pleuraient et criaient qu'on les menait périr. Les mères étaient là, qui se tordaient les mains. Il avait encore dans le nez l'odeur des uniformes puants qu'on disait, à voix basse, avoir été ceux des morts de la guerre précédente. Il sentait toujours le poids du havresac trop lourd qui tirait le dos en arrière et sciait les épaules. Un long chemin commençait dans la boue de l'hiver pour rejoindre le régiment ou la forteresse. Les galoches partaient en morceaux, le chausson s'effilochait et, à l'arrivée au bivouac, les pieds étaient en sang. Certaines recrues ne résistaient pas, d'autres se mutilaient. Pour tous, il y avait le chagrin, la séparation d'avec leurs proches et le mal du pays qui tuaient l'espérance. Puis les jours avaient succédé aux jours. L'habitude était venue, avec des moments heureux au milieu des souffrances. Il y avait les camarades, les beuveries, le pillage qui tournait en maraude, les ventrées de volailles et de fruits volés et les filles de ferme ou de cabaret.

Mais tout avait pris fin, un jour, sur un champ de bataille. Pourquoi celui-là, pourquoi lui ? Cela commençait par la diane éclatant dans l'aube froide. L'ennemi avait attaqué dès cinq heures. Les états-majors chamarrés passaient au galop. Là-bas, sur une petite butte, on apercevait un point gris et doré et un autre, rouge, à ses côtés. Le sergent murmurait que c'étaient le roi et son fils le dauphin. Bricart avait vu, pour la première et la dernière fois de sa vie, le maréchal de Saxe, si souffrant d'une suite de vérole qu'on le promenait, tout enflé d'eau, dans une chaise d'osier, qui fouettait de sa voix colérique les énergies et le désordre des officiers. Tout s'ébranlait dans le cri des clairons et les colonnes, l'une après l'autre, montaient en ligne.

Puis, aussitôt, tout s'achevait. Le choc qui surprend, la première impression que rien n'est arrivé, qu'on a sauvé sa peau et qu'on va se relever seulement couvert de terre et du sang du camarade fauché à côté de soi. C'est ensuite la sensation de baigner dans un liquide chaud et alors, par secousses de plus en plus violentes, la douleur à hurler qui monte de la jambe fracassée par le boulet. Il était resté abandonné jusqu'à la nuit et s'était lui-même garrotté la cuisse. Il avait été ramassé à demi mort. Mais, auparavant, il avait entendu le fracas effrayant de la bataille, les cris, les hennissements et les hurlements qui, peu à peu, avaient laissé la place aux lamentations des blessés et aux râles des mourants. Près de lui, un housard, écrasé sous sa monture, pleurait doucement en appelant sa mère. Il avait dû se défendre contre des détrousseurs de cadavres, des femmes et jusqu'à des enfants qui arrachaient aux pauvres morts leurs misérables richesses, y compris le galon décousu des uniformes. Il avait été ensuite ramené en charrette à un poste de secours. Le sol y était couvert de sang et de débris humains. Des chirurgiens estropiaient le pauvre monde. Sa jambe droite y était passée. Il était resté là de longs jours. Chaque blessé reposait dans ses déjections pire que s'il était couché sur du fumier. Tous étaient couverts de vermine et les morts servaient de matelas aux vivants. Oui, il avait été soldat, on s'était bien servi de lui comme d'une bête promise à l'abattoir.

Une fois invalide, comme il n'avait ni soutien ni grade, on l'avait abandonné sans secours avec, pour tout viatique, son habit d'uniforme usé et son pilon de bois. Il avait regagné son village. Ses père et mère étaient morts depuis longtemps, ses rares cousins l'avaient cru disparu et son maigre héritage était dispersé. Réduit à la misère, il avait beaucoup erré, puis avait cru que la grande ville lui fournirait plus aisément de quoi subvenir à ses besoins. Mais que pouvait espérer un invalide incapable d'offrir sa force ? Il ne savait ni lire ni écrire, rien que signer son nom en bâtons. Il craignait de finir à l'Hôpital général, enfermé comme une bête au milieu des furieux à qui on doit porter les aliments au bout d'une baïonnette. Il en parlait en connaissance de cause, ayant été pris une fois et enfermé à Bicêtre. Il s'en était enfui par miracle et sa terreur était grande d'y retourner.

Bricart s'était animé tout au long de son récit. Le rouge lui était venu aux pommettes. Mais, sous l'effet de l'alcool, il retombait dans sa prostration, le menton affaissé sur la poitrine. Nicolas ne pouvait s'empêcher de plaindre cette créature que la vie avait à ce point éprouvée. Pourtant, le moment était venu de pousser le prisonnier dans ses retranchements et d'obtenir de lui, soit un aveu formel, soit des renseignements susceptibles de faire avancer l'enquête. Il était indispensable de corroborer les éléments divers déjà en sa possession. Il décida d'attaquer au plus vif. Les réactions de Bricart indiqueraient la voie dans laquelle devrait se poursuivre l'interrogatoire.

— Vous risquez bien plus que Bicêtre ! dit Nicolas. Soyez bon garçon et racontez-moi ce que vous trafiquiez avec Rapace. Et d'abord, d'où vient ce cabriolet ensanglanté découvert dans votre grange ?

Bricart se tassa un peu plus sur lui-même. Il jeta à Nicolas un regard trouble et méfiant.

— Nous sommes revendeurs, c'est tout. Nous achetons et nous vendons.

— Vous ne pouvez pas m'avouer que vous redoutez l'hôpital et, dans le même temps, prétendre que vous êtes commerçant ! Il y a là quelque chose que vous ne ferez croire à personne.

— C'est Rapace qui a les fonds. Moi je n'ai rien, je l'aide.

— À quoi faire ?

— À trouver les occasions.

— Et ce cabriolet, c'était une occasion ?

— C'est Rapace qui a traité.

Nicolas comprit que Bricart avait choisi un terrain de défense solide : tout mettre sur le compte de Rapace, qui, désormais, ne pouvait plus le contredire. Le long récit de la vie du soldat avait déjà été une tentative de diversion. Il parlerait beaucoup de ce qui importait peu, et il se tairait sur l'essentiel. Il fallait trouver un autre angle d'attaque.

— Votre jambe vous fait-elle souffrir ?

Bricart, soulagé, saisit au bond l'invite qui lui était faite de parler d'autre chose.

— Ah ! mon bon monsieur, pas un moment, elle ne me laisse la paix, la garce. Croiriez-vous qu'elle est toujours là. Je la sens, elle me démange, j'ai même les orteils gourds. C'est-y pas une pitié et un supplice d'avoir à gratter dans le vide ! Et le moignon, le moignon, toujours à vif… C'est bien grande peine !

— Votre pilon me paraît solide.

— Et comment qu'il l'est ! Il a été fait du bois de chêne d'un triqueballe[1] détruit à Fontenoy. C'est un charpentier qui me l'a taillé. Ce pilon, c'est un vieux camarade qui n'a jamais trahi.

Il en éleva la pointe vers Nicolas. Celui-ci saisit fermement son extrémité. Bricart fut rejeté contre la muraille, où il alla donner de la tête.

— Mordieu, que me veut ce trigaud[2] ? gronda-t-il.

— Je te crois un gueux avéré qui ne cesse de mentir, répondit Nicolas, et je prétends te faire rendre raison.

Tout en maintenant d'une main le pilon de Bricart, il avait sorti de l'autre un papier froissé de sa poche. Il appliqua soigneusement le bout ferré de la prothèse au centre du document.

— Ceci est convaincant, déclara-t-il. Jean-Baptiste Lenfant, dit Bricart, je vous accuse de vous être trouvé, dans la nuit du 2 février, à Montfaucon, avec Rapace, votre complice, pour y déposer les restes d'un corps assassiné. Vous vous y étiez rendus en charrette avec un cheval.

Les yeux affolés du prisonnier cherchaient désespérément une issue. Nicolas avait déjà vu ce regard à un renard

1. Charroi d'artillerie.
2. Personne qui use de détours.

pris au piège, entouré de chiens furieux. Il n'était pas fier d'avoir réduit un homme à cet état de panique, mais il fallait le faire parler. Il lâcha le pilon qui retomba avec un bruit sec contre la planche.

— Cela est menterie et invention, protesta Bricart. Je ne sais rien. Laissez-moi partir. Je n'ai rien fait, je ne suis qu'un pauvre soldat invalide. Invalide !

Il criait et la lumière jouait maintenant sur la sueur qui inondait son visage.

— Voulez-vous que je vous donne quelques détails plus précis ? demanda Nicolas. Pourquoi puis-je affirmer que vous étiez à Montfaucon ce soir-là ? Parce que j'ai relevé, dans la neige gelée, des empreintes – il agitait le petit papier – et quelles empreintes ? Celles d'un petit hexagone au contour irrégulier qui se trouve être identique à l'extrémité de votre pilon. J'ajoute que vous n'étiez pas seuls à Montfaucon…

— Jardié ! Il n'y avait que Rapace… Que le diable vous emporte !

— Je vous remercie de convenir que vous étiez bien au Grand Équarrissage, et avec Rapace. M'eussiez-vous soutenu le contraire que je vous aurais dit qu'il y avait là un témoin qui vous avait vus. Je ne peux que vous conseiller, une dernière fois, de me dire la vérité. Faute de quoi, d'autres plus habiles que moi se chargeront de vous l'arracher en travaillant la jambe qui vous reste.

Sa propre brutalité lui faisait horreur. Sa seule justification était de croire que sa proposition constituait l'unique chance de Bricart de sauver sa vie, en tout cas de souffrir moins. L'homme devant lui était sans doute un criminel, mais pouvait-on juger ses forfaits sans essayer de les inscrire dans le prolongement des malheurs d'une vie ? Il imaginait Bricart, enfant, jeune homme, soldat blessé, et toutes les souffrances défilaient…

— Bon, concéda l'autre, j'étais à Montfaucon avec Rapace. Et alors ? On venait porter une vieille carne crevée qu'on avait découpée.

Il parlait avec effort en soupirant entre chaque mot comme si la respiration lui manquait.

— Découper un cheval, en pleine nuit ? Cessez ce jeu, Bricart. Vous savez bien qu'il ne s'agissait pas d'une carcasse, mais d'un cadavre.

Bricart grattait jusqu'au sang une croûte brunâtre de son crâne chauve. Il hochait la tête comme s'il tentait d'échapper à une pensée cruelle et obsédante.

— Je vais tout vous dire, soupira-t-il. Vous n'avez pas l'air d'un mauvais bougre. Rapace et moi avons été surpris alors que nous volions du bois dans les entrepôts du port de la Rapée. Pour nous chauffer, pour sûr. L'hiver est froid aux pauvres gens.

— Continuez.

— L'homme qui nous a arrêtés semblait connaître Rapace. Il nous a proposé un marché. Il nous a demandé un service pour un de ses amis. Il savait tout de nous, nos noms, la grange… C'était le diable avec une gueule d'ange ! Il parlait en souriant avec un regard à faire peur. Y avait pas moyen d'en sortir. On devait se trouver, le vendredi au soir, vers dix heures, au bord du chantier de la place en construction au bout des Tuileries, avec une charrette et deux tonneaux. On nous promettait une bonne récompense pour quelques heures de peine. Même, il nous avait donné une avance, en louis d'or !

— Et le vendredi ?

— Fidèles au rendez-vous avec la charrette. Que pouvions-nous faire ? À dix heures sonnant, on était à l'angle du chantier, côté ville. Là, on a vu arriver trois masques.

— L'homme qui vous avait arrêtés était là ?

— Je ne sais pas. Il y avait trois masques en grandes capes noires. C'était carnaval.

— Vous n'avez rien remarqué de particulier ?

— La bise soufflait bigrement. L'un des masques a failli tomber. Le capuchon de la cape s'est enflé. J'ai bien cru voir une femme.

— Ensuite ?

— On nous a menés rue du Faubourg-Saint-Honoré. On nous y a laissés. Un cabriolet vide est arrivé vers la demie de onze heures. Il était conduit par un Noir. C'est lui qui devait faire tout le travail pour son maître qui était en goguette dans un bordel voisin, nous a-t-il dit. Il s'est embusqué. Un homme, également masqué, est sorti d'une maison. Le Noir lui a sauté dessus, l'a assommé, traîné dans la voiture et poignardé. Ensuite, on est allé jusqu'au bord du fleuve. Il a découpé le corps sur la berge. Rapace, qui est un ancien boucher, l'a aidé. On a placé les morceaux dans deux tonneaux. Puis il nous a commandé de déposer le tout à l'Équarrissage et nous a payé notre dû.

— Vous avez-vu le visage du mort ?

— Oui, un bourgeois, dans les cinquante ans.

— Ensuite ?

— Hue, dia, à Montfaucon. Il faisait un vent d'enfer, la foutue neige menaçait. Sale coin. Arrivés à l'Équarrissage, on a vidé le tonneau, et même, pour être franc avec vous, on a un peu massacré la tête, comme le voulait le nègre.

— Il était là ?

— Non, non, il nous avait quittés au bord de l'eau. Il devait disparaître pour faire croire que c'était lui le mort.

— Il ne vous a rien dit d'autre ?

— Rapace a bien essayé de savoir qui était le mort. Il a juste dit que c'était un mari qui gênait son maître.

— Soit. Le rendez-vous sur le chantier de la place Louis-XV, à quelle heure ?

— Vers dix heures, je vous l'ai dit. Puis, aux environs de minuit, l'homme a été tué. Après le transfert au bord de l'eau, on s'est trouvés sur le chemin de la Courtille, un clocher sonnait la demie de deux heures. Une heure plus tard, tout était achevé.

— La charrette et les tonneaux, qu'en avez-vous fait ?

— Vos argousins ont dû les trouver, s'ils savent chercher.

— Bricart, vos dires vont être vérifiés et vous serez confronté avec des témoins. J'espère pour vous que vous m'avez dit la vérité. Sinon, je puis vous assurer que vous n'échapperez pas à la question.

L'homme ne répondit pas, perdu dans ses pensées. Nicolas n'avait plus devant lui qu'un vieillard qu'il aurait pu plaindre si l'horreur de ce qu'il avait consenti à avouer ne laissait imaginer qu'il pouvait avoir fait pire. Nicolas reprit sa lanterne, frappa du poing à la porte pour que le geôlier vînt le délivrer. L'obscurité reprit possession de la cellule.

Cet interrogatoire laissait Nicolas sur sa faim. Bien des choses apparaissaient étranges dans le récit de Bricart. Si l'on prêtait foi au dire du vieux soldat, Semacgus redevenait le principal suspect. Ainsi, Saint-Louis, toujours vivant et complice de son maître, se serait enfui ou se dissimulerait quelque part ? Quel était cet ange au regard de démon, qui ne pouvait faire penser qu'à Mauval ? Et ces trois masques mystérieux, commanditaires du meurtre et de sa mise en scène macabre ? Était-ce bien une femme que Bricart avait cru voir ? L'horaire ne correspondait que trop bien à l'ensemble des témoignages. Il demeurait cependant perplexe et s'interrogea honnêtement. Se pouvait-il que son amitié pour Semacgus lui troublât l'entendement et l'empêchât d'admettre l'éventuelle culpabilité du chirurgien de marine ? Ce qui le gênait dans le récit de Bricart, c'était son caractère lisse, trop parfaitement détaillé. De plus, il paraissait invraisemblable que le motif du meurtre de Lardin ait été aussi clairement formulé, au risque de voir les deux complices s'en servir contre les commanditaires pour les faire chanter ou pour s'en défendre… Quant à Mauval, dont l'influence funeste se manifestait encore, il jouissait d'une telle protection qu'on ne pouvait rien attendre de son hypothétique témoignage.

Enfin, Nicolas en revenait toujours à Semacgus. Se pouvait-il que la passion l'ait conduit jusqu'au crime ? Louise Lardin était-elle sa complice ? Ou Descart ? Tout était possible, et le pire, car tout était lié inextricablement. L'incertitude lui faisait battre le cœur.

Pour se calmer, il se mit à écrire un rapport circonstancié à M. de Sartine, pour le cas où il ne pourrait l'approcher le lendemain. De fait, cet exercice lui permit de remettre ses idées en ordre. Certaines choses n'affleuraient pas encore dans sa conscience. Il cherchait à retrouver le fil du dialogue avec Bricart, ce qui l'avait frappé au passage, ce qui manquait au récit et les impressions fugitives qui l'avaient traversé. Il somnolait, la plume à la main, quand Bourdeau apparut avec la mine particulière qui était la sienne quand il était porteur de nouvelles.

— Bourdeau, vous allez m'apprendre quelque chose…

— Oui, monsieur. Nous avons, au cours de notre fouille…

— Retrouvé une charrette et deux tonneaux ensanglantés.

Bourdeau sourit.

— Compliments, monsieur. Bricart a parlé.

— Oh ! ne vous réjouissez pas trop vite. Ce qu'il m'a dit ne simplifie rien et rend notre tâche plus ardue. Pas d'autres découvertes ?

— L'endroit est plein d'objets, volés sans doute. J'ai fouillé Rapace. À part des brimborions, je n'ai trouvé qu'une montre cassée en laiton.

Bourdeau lui tendit un grand mouchoir qui, dénoué, laissa apparaître quelques sols, une petite tabatière en bois noir, une main de ficelle et la montre en question. Nicolas s'engagea aussitôt dans le récit de l'interrogatoire de Bricart. Trois heures sonnèrent bientôt et ils décidèrent d'aller prendre un peu de repos. Nicolas se fit reconduire en fiacre jusqu'à la rue Montmartre.

*Lundi 12 février 1761*

Sa nuit avait été brève. Dès six heures, il était debout. Après une rapide toilette, il descendit à l'office où Marion, effarée, l'aida à refaire ses pansements. Il prit le temps de boire un chocolat avec un pain fraîchement sorti du four. La vieille gouvernante lui conta que M. de Noblecourt avait subi la veille, selon ses prévisions, un fort accès de goutte. Il avait été contraint de rester dans son fauteuil, le pied enveloppé de ouate. Ce n'est que sur le matin qu'il avait pu s'allonger et prendre un peu de repos. Selon Marion, ce n'était pas tant sa gloutonnerie qui était en cause que le vin blanc, que ce bavard assoiffé avait bu en quantité. Elle avait, par expérience, remarqué son effet néfaste sur la santé de son maître.

Nicolas gagna à pied la rue Neuve-Saint-Augustin. Il éprouvait une joie d'enfant à imprimer la marque de ses pas dans la neige de la nuit, encore intacte et propre. Arrivé à l'hôtel de Gramont, il demanda à un valet si le lieutenant général de police était visible, et il fut introduit presque aussitôt. M. de Sartine, en robe d'intérieur, fixait une grande armoire ouverte emplie de dizaines de perruques. Nicolas savait que c'était sa joie, chaque matin, d'admirer et de manier sa collection.

— Pour me déranger si matin, je ne doute pas, Nicolas, que vous m'apportiez ce que j'attends ? Ne vous effrayez pas, je plaisante. Si c'était le cas, je le saurais déjà.

— Non, monseigneur, mais j'ai avancé. Je suis plusieurs pistes.

— Plusieurs ? Cela signifie que vous n'en tenez aucune d'assurée ?

— Il serait plus exact de dire que nous sommes en présence de plusieurs intrigues qui se recoupent.

Il le mit succinctement au courant des dernières données de l'enquête. Le lieutenant général l'écoutait, le dos tourné, occupé à coiffer d'une petite brosse d'argent l'un de ses trésors.

— Vous me la baillez belle, monsieur, dit soudain Sartine. Tout est clair. Semacgus est entre vos mains, et suspect, de surcroît, dans les deux affaires. Les présomptions s'accumulent, pour ne pas dire les preuves…

Il se retourna d'un seul mouvement et compléta sa pensée.

— Si tout est lié et si Lardin est mort, on devrait facilement retrouver ce que vous savez.

— Je crois, monsieur, que rien n'est simple dans cette enquête et je doute que Bricart m'ait dit toute la vérité.

— Agitez la question et, au besoin, faites-la-lui donner.

— C'est un vieux soldat…

— C'est surtout un gibier de potence. Or donc, pas de sensibilité ni pour lui ni pour Semacgus pour lequel je connais votre amitié. N'oubliez pas que le roi et l'État sont en cause. Laissez la sensiblerie à nos amis les philosophes qui dénoncent chez nous ce qui prévaut dans les États des princes étrangers auxquels ils réservent leur encens et dont ils attendent des pensions. Au fait, Bourdeau m'a parlé de vos comptes. J'ai donné ordre à mes bureaux de vous déléguer de nouveaux fonds. N'économisez pas, l'enjeu est trop grand. Allez, Nicolas. Il vous reste peu de temps, mais il me paraît que vous avancez. Remerciez Bourdeau de ma part de vous avoir conservé à nous.

Nicolas revint au Châtelet tout empli des propos de M. de Sartine. Devait-il faire donner la question à Bricart ? La décision lui revenait, et cela ne laissait pas de le tourmenter. Il avait déjà assisté à des séances – cela, comme d'autres choses, avait fait partie de son apprentissage de magistrat de police – et il savait que bien peu de patients la supportaient et qu'ils étaient conduits trop souvent à de faux aveux. Il se rappelait avoir eu un long débat avec Semacgus à ce sujet. Le chirurgien estimait que la douleur excessive ôtait toute raison à ceux qui l'éprouvaient et que la question, inhumaine en soi, devrait être abolie comme tous les excès commis par des hommes sur leurs semblables. Nicolas n'avait pas trouvé d'arguments convaincants pour répondre à ces propos qui sapaient en lui des convictions peu assurées. Le pire était d'imaginer Bricart torturé, le corps enflé par l'eau avalée de force ou sa jambe unique emprisonnée entre des planchettes. On ne pourrait même pas enfoncer les coins… Que le vieux soldat fût un criminel, Nicolas le supposait, mais il ne parvenait pas à l'imaginer autrement qu'en jeune recrue arrachée aux siens. Ce n'était aujourd'hui qu'un vieil homme éprouvant peut-être des remords, mais Nicolas voyait l'adolescent éperdu que la milice royale était venu prendre et jeter dans les horreurs de la guerre.

Cette réflexion le mena jusqu'au Châtelet où il trouva Bourdeau achevant d'écrire son rapport sur les événements de la nuit. Quand il leva son regard sur Nicolas, celui-ci fut frappé par la gravité inhabituelle de son expression.

— Monsieur, j'ai une mauvaise nouvelle à vous annoncer. Bricart s'est pendu cette nuit dans sa cellule. Le geôlier a découvert la chose en faisant sa ronde ce matin.

Nicolas resta un moment sans voix.

— Il s'est pendu avec quoi ? bredouilla-t-il enfin. Il avait été fouillé à l'écrou…

— Une sangle de cuir.

Bourdeau se détourna devant l'expression d'horreur de Nicolas. Celui-ci se revoyait en train de délier les mains du prisonnier. À l'issue de l'interrogatoire, il avait oublié cette longue sangle de cuir tombée à terre. L'étroit rayon de sa lanterne l'avait empêché de la voir.

Bourdeau lui tendit son rapport avec le mouchoir noué contenant les objets trouvés sur Rapace. Il glissa le tout machinalement dans la poche de son habit.

# XIII

# HALLALI

Où est la fuite ailée,
Où la retraite aux grottes ténébreuses
Qui me déroberait aux pierres du supplice ?

EURIPIDE

Dans la cellule, les choses étaient demeurées en l'état. Ils contemplaient le corps de Bricart disloqué comme un pantin au bout de son fil. La sangle, passée par-derrière un barreau, avait été formée en nœud coulant. Le prisonnier s'était hissé sur la planche, puis jeté en arrière en s'aidant de son pilon qui demeurait coincé à angle droit contre la muraille. Cette mise en scène involontaire avait un aspect grotesque, comme si le vieux soldat était en train d'escalader la paroi. Bourdeau hocha la tête et posa sa main sur l'épaule de Nicolas figé.

— Voilà de ces mésaventures courantes dans le métier. Ne vous tourmentez pas et ne portez pas cette erreur à votre discrédit.

— Il s'agit bien d'une erreur, pourtant.

— Le terme dépassait ma pensée. Parlons plutôt de fatalité. Le destin lui a offert une porte de sortie. Il ne pouvait pas s'en tirer dignement, voué de toute façon à la question et à l'échafaud. Pour le reste, laissez à un ami le soin de vous dire qu'un interrogatoire en forme ne doit jamais se faire seul. La hâte est mauvaise conseillère. Un autre peut voir ce qui est oublié. C'est cette volonté de bien faire dans l'instant qui est seule responsable. De surcroît, croyez qu'un homme qui veut mourir trouve toujours un expédient. Pour le coup, cette malheureuse sangle a fait l'affaire.

— Bourdeau, est-on bien sûr au moins qu'il s'agisse d'un suicide ? Quelqu'un aurait pu vouloir le faire taire…

— J'y ai songé. Toutefois, j'ai une grande habitude des pendus, pour avoir constaté plusieurs dizaines de suicides par suspension. Sans avoir la science de notre ami Sanson, j'ai quelques lueurs sur cette matière. Et, de fait, elle est délicate. On a beaucoup discuté dans les écoles pour savoir de quelle manière on peut déterminer si un individu que l'on trouve pendu l'a été avant ou après sa mort[1].

— Et d'après vos constatations ?

Bourdeau s'approcha du corps et le retourna. Le pilon retomba. Le corps semblait à la fois grossi et raccourci.

— Observez bien, monsieur. Le visage est bouffi et violacé, les lèvres tordues, les yeux ressortent proéminents et la langue apparaît gonflée entre les dents qui la serrent. L'emplacement de la sangle est imprimé sur le cou avec des meurtrissures sous la gorge. Enfin, les doigts sont livides et contractés, comme si la main continuait à tenir fortement un objet. Les détails emportent la conviction. Il n'y a aucun doute à avoir sur la réalité du suicide.

— Vous avez raison, Bourdeau, soupira Nicolas.

Il fallait accepter la réalité. Les sages remontrances de l'inspecteur, dispensées sous forme de conseils, tempéraient son remords par la compréhension qu'elles manifestaient.

1. L'auteur précise qu'il s'agit de l'état de la question en 1761. Au début du siècle suivant, les travaux d'Esquirol et d'Orfila nuancèrent la doctrine traditionnelle, notamment celle des écrits de Michel Alberti.

— De toute façon, dit Bourdeau, s'il ne s'était pas détruit de cette manière, il en aurait trouvé une autre. Le nécessaire était là.

Il désignait la bouteille d'eau-de-vie et la tasse qui avaient roulé à terre.

— Je retiens la leçon, dit Nicolas, et n'en suis que plus décidé à aboutir.

La colère montait en lui devant ce gâchis et cette vie brisée déjà à deux reprises, mais qui l'était maintenant pour l'éternité. Il se promit de découvrir ceux qui avaient conduit Bricart à cette extrémité. Une froide détermination l'emportait sur son désarroi.

— Cette mort doit demeurer secrète ainsi que celle de Rapace, décréta Nicolas. Pour ce dernier, je crains que cela ne soit déjà trop tard ; les coupables nous épient. Il est essentiel qu'ils continuent à croire que Bricart est vivant : ils se sentiront menacés par son témoignage ou ses aveux. Il nous faut passer à l'offensive et les prendre de vitesse.

— Comment comptez-vous procéder ? demanda Bourdeau.

— Étalons la donne. Nous avons deux meurtres indiscutables. Le premier pourrait être celui de Lardin ; le second est celui de Descart. Nous avons un disparu, mort ou en fuite, Saint-Louis. Nous avons deux femmes. L'une, Louise Lardin, épouse d'un des disparus dont elle affecte hardiment de faire son deuil, est en outre maîtresse d'un des morts, Descart, et de deux des suspects, Semacgus et Mauval. L'autre, Marie, éloignée ou disparue, qu'on hésite à placer dans la catégorie des suspects ou dans celle des victimes. Louise Lardin, notez-le, paraît à la fois liée à tout et assurée d'être intouchable. Quant à Semacgus, son nom reparaît avec une troublante régularité.

Nicolas commençait à douter du chirurgien. Ses mensonges initiaux lui revenaient en mémoire et rédimaient tout ce qui avait suivi et les protestations répétées de sincérité. Semacgus n'avait d'alibi solide ni pour le premier ni pour le second assassinat. On pouvait également le soupçonner en ce qui concernait Saint-Louis, car, si celui-ci était mort, son maître avait été le dernier à le rencontrer. Descart l'avait d'ailleurs clairement accusé du meurtre de son cocher. Nicolas sentait qu'il devait se défaire de son emprise. L'homme était d'autant plus insaisissable qu'il était seul et que personne ne savait rien de lui.

Enfin, et ce n'était pas le moindre souci de Nicolas, restait à mettre la main sur les papiers du roi. C'était sur ce point précis qu'il serait jugé et estimé. Abandonner à leur sort des inconnus présumés coupables faute de preuves serait toléré. Échouer dans la recherche de lettres compromettantes pour le pouvoir ne lui serait jamais pardonné. Sartine le lui avait clairement laissé entendre.

— Si je vous suis, demanda Bourdeau, la rue des Blancs-Manteaux requiert toute notre attention ?

— Vous m'avez parfaitement compris ; c'est là que doivent se concentrer nos efforts. Sur Mme Lardin, et ensuite sur Semacgus. N'oubliez pas l'étrangeté des rapports de nos informateurs autour de la demeure du commissaire, toutes ces allées et venues inexplicables. Cependant, pour être efficaces, nous allons devoir agir vite. L'effet de surprise jouera à plein et conjuguera les avantages de la souricière et la précision d'une fouille en règle.

Nicolas fit transporter le corps de Bricart dans l'arrière-caveau de la Basse-Geôle. C'était le troisième corps déposé là en une semaine. Quels rapports exacts pouvait-il y avoir entre les débris de Montfaucon, le corps de Descart et celui d'un vieux soldat dévoyé ? Une fois cela découvert, l'affaire serait proche du dénouement. Bourdeau avait réuni ses gens. Plusieurs exempts et des gardes les accompagneraient. Trois fiacres s'ébranlèrent à grand bruit sous le porche du Châtelet. Il fallut se frayer un chemin au milieu des embarras de la ville et d'une foule qui s'écartait tant bien que mal à l'approche du convoi.

Ils firent bloquer la rue des Blancs-Manteaux et des hommes furent envoyés sur les arrières, pour éviter toute fuite par le jardin. Accompagnés de deux exempts, Nicolas et Bourdeau se dirigèrent vers la porte qu'ils heurtèrent violemment. Il s'écoula un long moment avant que Louise Lardin n'apparaisse, décoiffée et en chenille ; elle semblait avoir été dérangée au saut du lit. Il y eut un vif échange de propos entre elle et Nicolas qui l'informait du caractère officiel de la perquisition, puis elle parut se calmer. Bourdeau souffla à l'oreille de Nicolas que son attitude s'apparentait à une tentative de retardement : elle cherchait sans doute à favoriser la fuite d'un tiers. Le dernier rapport de la mouche indiquait pourtant qu'elle était seule dans la maison.

Après l'avoir priée de demeurer dans la salle à manger sous bonne garde, il invita Bourdeau à gagner les chambres du premier. Un grand désordre régnait dans celle de Louise. Le lit était ravagé et les oreillers conservaient encore la trace de deux têtes qui s'y étaient reposées. Bourdeau passa la main sous la couverture, la couche était encore tiède, des deux côtés. Tout semblait justifier leur soupçon : Mme Lardin n'était pas seule au moment de leur intrusion.

Un exempt fut dépêché pour fouiller la maison en commençant par le grenier ; il revint bredouille. Nicolas vidait systématiquement les commodes et les armoires. Il saisit une cape et un masque de soie noire, ainsi que des chaussures, et plaça le tout dans un drap qui fut noué et scellé. Il ne trouva aucune trace, parmi les affaires du commissaire, du pourpoint de cuir ou d'une autre cape. La chambre de Marie Lardin n'avait pas changé d'aspect. Une surprise l'attendait cependant : ouvrant l'armoire dont le contenu l'avait surpris lors de sa précédente fouille, il la trouva presque vide. Des robes, des jupes, des mantes et des souliers avaient disparu. Marie était-elle revenue ? Ou bien… Il se promit d'interroger Louise à ce sujet. Une dernière inspection lui fit découvrir, au fond du tiroir d'une petite table de marqueterie, le missel de la jeune fille. Il avait souvent remarqué ce petit livre relié en velours bleu qu'elle portait pour aller à la messe. Pourquoi l'avait-elle laissé ? Elle y était pourtant fort attachée, l'objet lui venant de sa mère. Intrigué et ému, Nicolas se mit à feuilleter le petit livre. Un billet en tomba, plié en deux, identique aux énigmatiques messages du commissaire. Celui-ci disait :

*Recherchées sans relâche et*
*Tout son dû au roi.*

Ainsi, un troisième message avait été placé par Lardin à un endroit où il était assuré que sa fille le trouverait un jour ou l'autre. Cela avait-il été le cas ? Marie n'usait de son livre d'heures que pour la messe, du moins Nicolas le supposait-il. Bourdeau n'avait pas remarqué sa découverte ; il la rangea dans sa poche. Il lui faudrait comparer ce message aux deux autres en sa possession. Il éprouvait le fol espoir que la mention du roi pût avoir un rapport avec les lettres qu'il était chargé de retrouver.

Nicolas entraîna ensuite Bourdeau dans son ancien domaine du second étage. Il le revit avec un peu de nostalgie, sans rien y relever de suspect. Ils redescendirent au rez-de-chaussée pour l'examen approfondi de la bibliothèque. Dans un exemplaire des poésies d'Horace, ils trouvèrent une facture de fournisseur – un ébéniste – pour un travail qui avait été payé le 15 janvier 1761. La proximité de la date intrigua Nicolas, qui recueillit le document. Avait-il été dissimulé dans ce livre à dessein ou servait-il simplement de signet ? Il ne coûterait rien de vérifier à quel objet cette facture correspondait. Là encore, il garda le silence sur cet indice.

Ils retrouvèrent Louise Lardin dans la salle à manger. Elle était assise droite au bord d'une chaise.

— Madame, dit Nicolas, je ne vous demanderai pas si vous étiez seule ; nous savons que non. Le quartier est surveillé. Votre visiteur n'ira pas loin.

— Vous êtes bien insultant et présomptueux, Nicolas, répondit-elle.

— Peu importe, madame. Je vous saurai gré de m'indiquer où sont passés les vêtements de Mlle Marie, votre belle-fille. Je vous conseille de répondre sans faire de difficultés, sinon vous y serez contrainte dans les chambres de la Conciergerie[1].

— Je suis donc suspecte ?

— Répondez à ma question.

— J'ai donné les hardes de ma belle-fille aux pauvres. Elle a décidé d'entrer au couvent.

— Je souhaite pour vous que ce point puisse être vérifié. Maintenant, inspecteur, nous allons fouiller la cuisine.

Louise eut un mouvement qu'elle réprima vite.

— Vous n'y trouverez rien.

— Bourdeau, donnez le bras à madame, elle nous servira de guide.

La cuisine était glacée. Nicolas aurait parié que le potager n'avait pas été allumé depuis plusieurs jours. Bourdeau se mit à renifler d'un air dégoûté.

— Quelle puanteur ! s'écria-t-il.

— Comment ! ironisa Nicolas. Vous ne trouvez pas ce fumet agréable ? Alors, demandez à Mme Lardin la raison de cette infection. Elle va vous expliquer, je pense, qu'elle goûte fort la venaison faisandée.

— Que voulez-vous dire ?

— Du gros gibier est en bas, dans le caveau, comme au pourrissoir. Comment expliquez-vous cela, madame ?

Pour la première fois depuis leur arrivée, Louise laissait transparaître des traces d'inquiétude. Elle s'adossa au buffet.

— J'ai chassé ma cuisinière, répondit-elle, et je n'ai encore trouvé personne pour la remplacer. Vous êtes bien placé, monsieur, pour savoir que c'était une artiste dans sa

1. Où était donnée la question préalable lors de l'instruction d'un procès criminel.

partie. Je ne me salis pas les mains aux besognes du logis, je laisse cela aux souillons. Dès que j'aurai quelqu'un, tout sera nettoyé.

— Et cela ne vous dérange pas ? demanda Bourdeau.

Louise ignora sa question et fit mine de sortir.

— Ne nous quittez pas, madame, ordonna Nicolas. Exempt, surveillez cette femme. Nous descendons au caveau.

Nicolas fit couler un peu de vinaigre d'un récipient en porcelaine. Il en humecta son mouchoir et proposa à Bourdeau d'en faire autant. Celui-ci refusa et agita sa pipe, qu'il eut bientôt bourrée et allumée.

— Je crois que nous sommes prêts. Prenons ce chandelier.

Dès qu'ils furent en bas, l'odeur, en dépit de leurs précautions, devint insupportable. Le sanglier était en décomposition. Des lambeaux de chair étaient tombés à terre et des bêtes rampantes les recouvraient d'une couche vivante, agitée de lents mouvements. Nicolas arrêta Bourdeau qui allait avancer. Il retira ses bottes, s'accroupit et, s'éclairant du chandelier, il examina le sol. Sa quête le conduisit devant un châssis de bois dont les traverses étaient garnies de bouteilles. Il saisit quelque chose qu'il montra à Bourdeau. Il s'agissait d'un morceau de cierge d'église écrasé. Il se redressa, se rechaussa, appela Bourdeau à la rescousse et entreprit de débarrasser les étagères de leurs bouteilles. Bourdeau, appuyé sur le meuble, le vit soudain glisser sur le côté de la muraille et découvrir une vieille porte.

— Que ferais-je sans vous ? dit Nicolas. Vous êtes comme Alexandre : alors qu'on s'évertue sans succès, vous tranchez le nœud gordien.

— Je ne l'ai pas fait exprès, répondit l'inspecteur, mais j'ai l'impression que cette porte va beaucoup nous apprendre. Le mérite, monsieur, vous en revient. Je n'ai fait que suivre le limier à l'arrêt que vous simuliez avec tant de conviction. Vous avez le nez creux !

— Pour l'instant, je l'aurais plutôt plein, dit Nicolas, en remettant son mouchoir devant son visage.

Ils éclatèrent de rire, repoussant un peu l'angoisse qui montait. Nicolas poussa la porte qui n'avait pas de serrure. Ils s'aperçurent alors que le châssis pouvait être déplacé de l'extérieur. Une corde attachée à l'une de ses extrémités passait dans un trou pratiqué dans la porte. Il suffisait de la tirer pour que le châssis roulant se déplace latéralement et dégage une ouverture. Voilà qui expliquait les déplacements mystérieux des visiteurs et des occupants de la maison Lardin. Les mouches étaient évidemment inutiles devant un tel système, et l'inconnu, qui était avec Louise, avait évidemment pris la poudre d'escampette par cette voie. Restait à savoir où conduisait cette issue.

Ils descendirent encore des marches. L'odeur ignoble de la charogne s'alourdissait dans l'air raréfié du souterrain. Après quelques pas, ils durent tourner deux fois sur la gauche et franchir à nouveau quelques degrés. Nicolas entendit Bourdeau qui armait son pistolet. Ils parcouraient un de ces boyaux immémoriaux dont le sol de Paris était truffé. Des compagnies de rats semblaient naître sous leurs pieds. Ils semblaient faire la queue en files pressées, les plus gros sautant par-dessus les autres. Leurs petits cris perçants et leur excitation devaient bien avoir une cause. La voie finit par aboutir à une salle voûtée. Nicolas s'arrêta, effaré devant le spectacle qu'il avait sous les yeux. De même que les lambeaux du sanglier étaient animés d'une vie indépendante, une forme mouvante gisait à quelques pas d'eux. Derrière lui, Bourdeau ne put retenir un cri. Pour s'approcher, ils durent se défendre à coups de bottes contre des rongeurs de plus en plus agressifs qui montraient les dents en couinant. Ils voyaient luire les centaines de points rouges des regards tournés vers la lueur de la chandelle. Bourdeau bouscula Nicolas. Il avait saisi une fiasque d'alcool dans sa poche. Il en vida le contenu sur son mouchoir, y mit le feu et le jeta sur les premiers rangs. Quelques bêtes se mirent à grésiller, déclenchant l'effroi dans la troupe immonde. En quelques instants, la panique fut générale et la place provisoirement nette.

Nicolas se demanderait longtemps si la vision de la marée des rats n'était pas préférable à celle qui emplissait leurs yeux. Un corps était là, celui d'un être humain, mais qui n'en avait plus l'aspect. Les théâtres de corruption de M. de Noblecourt n'étaient que pâles fantaisies auprès de la vision de ce cadavre décomposé et à demi dévoré. La cage thoracique éclatée laissait entrevoir les côtes. La tête était méconnaissable, mais sans cheveux. Bourdeau et Nicolas reconnurent en même temps le commissaire Lardin. Il n'y avait aucun doute sur l'identité du cadavre. Bourdeau poussa Nicolas du coude.

— Regardez, ces deux dents cassées sur le devant. Et son crâne chauve. C'est bien Lardin.

— Il y a quelque chose d'étrange, dit Nicolas. Regardez le ventre, et voyez ces rats morts depuis plusieurs jours. Tout autour des entrailles répandues. Malades ?

— Ou empoisonnés.

— Alors, empoisonnés par les viscères d'un homme mort par poison.

— Et qui manipule du poison ? La cuisinière contre la vermine et les rongeurs. Le jardinier contre les taupes, et les médecins ou les apothicaires qui en usent dans leurs remèdes.

— Catherine ne ferait pas de mal à une mouche, observa Nicolas. Je ne dis pas contre Louise Lardin, mais pour le commissaire, elle était l'une des rares personnes à en dire du bien.

— Il faudrait tout d'abord savoir à quand remonte le décès, ce qui peut fournir un alibi à certaines personnes.

— Vu l'état du corps, ce ne sera guère facile. Il y a encore la possibilité du suicide.

Bourdeau réfléchissait.

— Avez-vous remarqué que tous les vêtements du mort ont disparu ? demanda-t-il. Il n'est pas très fréquent que les désespérés se suppriment avec ce manque de tenue.

— Inutile d'épiloguer, il nous faut d'abord savoir où conduit ce souterrain.

Au bout de la crypte, de nouveaux degrés remontaient pour aboutir à un couloir en pente douce, étroit et bas de plafond. Une faible clarté apparaissait dans le fond. Ils tombèrent sur un amoncellement de planches qu'ils dégagèrent sans difficulté. Ils se trouvaient maintenant dans une bâtisse de pierre, sorte d'ancienne chapelle désaffectée dans laquelle la lumière du jour pénétrait par d'étroites meurtrières. Ils durent encore se dépêtrer de fagots entassés pour découvrir finalement une réserve de cierges. D'un côté s'accumulaient des paquets réunis en brassées et, de l'autre, un tas de cierges à demi consumés. La porte poussée ouvrait sur un jardin qu'ils reconnurent aussitôt pour être celui des Blancs-Manteaux. Ainsi, tout s'expliquait. Les mouches avaient beau écarquiller les yeux et redoubler de vigilance, le passage permettait de jeter un voile épais sur tout ce qui entrait ou sortait de la demeure des Lardin. Voilà pourquoi un informateur avait cru voir le commissaire s'enfuyant vers l'église. Il avait bien précisé avoir reconnu son pourpoint de cuir. Mais était-ce le policier qui avait été vu ou quelqu'un qui souhaitait se faire passer pour lui, afin qu'on le crût encore vivant ? Tant que les vêtements du commissaire ne seraient pas retrouvés, le doute subsisterait. Ils rebroussèrent chemin et remirent tout en ordre pour dissimuler leur passage.

— J'ai une idée, dit Bourdeau. Elle vaut ce qu'elle vaut mais on pourrait tenter le coup. Imaginez que le fuyard ait été rattrapé. Vous voyez la scène. Vous remontez seul dans la cuisine. Vous annoncez à Mme Lardin que le corps de son mari a été retrouvé assassiné, que son visiteur a été pincé, qu'il a parlé et que je le tiens sous bonne garde. On verra bien sa réaction.

Nicolas mesura rapidement toutes les conséquences possibles de cette audacieuse proposition.

— Il y a plus d'avantages que d'inconvénients à essayer, conclut-il. J'ajouterai un peu de ragoût à la chose en improvisant suivant l'humeur de la bonne dame !

Ils refirent le chemin inverse en silence. Les rats reparaissaient, mais s'écartaient prudemment dès qu'ils approchaient. Bourdeau demeura dans le caveau et Nicolas remonta dans la cuisine. Louise Lardin, surveillée par l'exempt, était toujours adossée au buffet. Elle ne le vit pas tout de suite. Nicolas la trouvait pâle et vieillie.

— Madame, commença-t-il, il me paraît inutile de vous décrire ce que nous avons découvert dans le passage secret de votre demeure. Mais ce que vous ignorez encore, c'est que celui qui s'est enfui de votre chambre, à notre arrivée, a été appréhendé alors qu'il tentait de sortir des Blancs-Manteaux. Il a avoué le crime.

La surprise, l'effroi, puis le calcul se lurent successivement sur le visage de Louise. Elle se précipita les ongles en avant. Nicolas dut la saisir aux poignets pour préserver son visage pendant que l'exempt la ceinturait. Ils parvinrent enfin à l'immobiliser sur une chaise.

— Que lui avez-vous fait ? hurlait-elle. Vous vous trompez, insensés, ce n'est pas lui ! Il n'y est pour rien.

Elle écumait et tout son corps s'arquait.

— Qui alors ?

— L'autre, le lâche, l'ordure, celui qui me voulait, puis ne me voulait plus ! Celui qui avait des scrupules, des états d'âme, comme il disait. Qui ne voulait pas tromper son ami ! Ah ! l'honnête homme qui couchait avec la femme de celui à qui il devait tant. Lui qui est venu à notre rendez-vous. Il était au bordel, avec Lardin et Descart, chez la Paulet, une vieille amie, vous savez. Il est venu tard et honteux, dans mes jupes. Il en avait besoin. Il ne pouvait se passer de moi. Il croyait Lardin en goguette. Alors, il est resté. Mais Lardin est rentré plus tôt que prévu. Ils se sont battus et Semacgus l'a étranglé. Après, que voulez-vous que je fasse ? La femme, le mari, l'amant… J'étais complice, c'était la mort assurée. On a déshabillé le corps et on l'a traîné dans le souterrain. Il suffisait d'attendre que les rats aient tout nettoyé. Après, on se débarrasserait de ce qui resterait. Un petit sac d'os à jeter dans la Seine, de nuit. Il a fallu écarter cette mégère de cuisinière qui mettait son nez partout. Je l'ai chassée au plus vite, avant qu'en bas… Ensuite, on a mis le sanglier : l'odeur de l'un couvrait l'odeur de l'autre. Je suis innocente. Je n'ai rien fait. Je n'ai pas tué.

— Ainsi, selon vous, c'est le docteur Semacgus qui, surpris par votre mari, l'aurait tué au cours d'une rixe ?

— Oui.

Nicolas pensa jouer sa carte maîtresse.

— Mauval est donc innocent ? Alors pourquoi s'accuse-t-il ?

— Je ne sais pas. Pour me sauver. Il m'aime. Je veux le voir. Lâchez-moi !

Elle tomba en pâmoison. Ils l'étendirent sur la table et Nicolas lui frotta les tempes avec du vinaigre. Comme son malaise persistait, il ordonna qu'elle fût immédiatement conduite à la Conciergerie[1] où des soins lui seraient prodigués.

Bourdeau, qui avait tout entendu depuis l'escalier du caveau, reparut. Nicolas le sentait impatient de commenter les révélations de Louise Lardin.

— Ça a marché, dit-il, mais le résultat fait naître autant de questions qu'il en pose.

— Vous avez observé, Bourdeau, qu'elle prétend que Lardin a été étranglé. Ce n'est qu'après l'ouverture du corps et son examen attentif que nous connaîtrons la vérité. Nos constatations qui font soupçonner l'usage du poison ne sont d'ailleurs peut-être pas contradictoires avec ce qu'elle nous a dit. Rappelez-vous les conclusions de Sanson sur la mort de Descart, empoisonné puis étouffé. Il y a là

1. Où étaient emprisonnés les prévenus dans une affaire criminelle.

un rapprochement que les faits confirmeront ou pas. Si c'était le cas, Semacgus serait en fort mauvaise posture. Il pouvait tuer ici tout autant qu'à Vaugirard. Rien ne permet de l'innocenter dans les deux cas et les mobiles existent tant pour Descart que pour Lardin. Encore que, pour Descart, la rivalité et la controverse entre médecins sur l'usage de la saignée paraissent peser bien léger dans la balance…

— Vous oubliez que Descart l'accusait d'avoir tué Saint-Louis.

— Non, mais dans la version que j'examinais, Saint-Louis n'était pas mort, mais complice de son maître.

— Et Mauval, dans tout cela ?

— Son action se fait sentir partout. Il est à l'affût dans une chasse que je ne suis pas autorisé à évoquer, mais qui n'est pas de petite importance dans cette affaire.

— Oh ! je sais bien, dit Bourdeau avec ironie, que vous êtes dans les confidences des puissants et que notre enquête ne tend pas seulement à élucider la mort de Lardin. Notre police a ses brebis galeuses, je comprends que M. de Sartine ne souhaite pas voir les choses s'ébruiter. C'est pourquoi vous êtes brutalement sorti du cadre des règles habituelles.

Nicolas ne répondit pas. Il préférait que l'inspecteur se satisfît d'une hypothèse qui n'était pas très éloignée de la vérité, mais qui laissait dans l'ombre l'affaire d'État qu'il avait l'ordre formel de ne pas ébruiter. Bourdeau, de son côté, même s'il ressentait un peu d'aigreur de la discrétion de son chef, avait suffisamment d'expérience et de discipline pour ne pas lui en tenir rigueur. Nicolas regrettait de ne pouvoir l'associer à cette partie essentielle de l'enquête dans laquelle les talents de l'inspecteur eussent été fort utiles, mais il comprenait le souci du lieutenant général de ne pas divulguer inutilement des faits où apparaissait le nom du roi. Le jeune homme n'aimait pas le perpétuel contrôle de lui-même que lui imposait cette discrétion nécessaire, dont il comprenait qu'elle constituerait désormais un élément de sa vie. Ce constant effort l'éprouvait. Il en subissait les effets avec mélancolie, mais y puisait aussi des forces nouvelles. Il y avait lu depuis longtemps la ligne directrice de son destin ; d'ailleurs le secret était un des éléments de sa personnalité profonde. Il avait à la fois besoin des autres et le souci de ne pas les laisser empiéter sur sa vie. Comme certaines bêtes craintives, son premier mouvement était de reculer quand on tentait de se rapprocher de lui trop brutalement. Il n'avait pas choisi son métier, mais si ses qualités s'y développaient c'était sans doute qu'il correspondait à ses talents profonds.

Le cadavre fut placé dans une bière et transporté à la Basse-Geôle afin d'y être examiné. Un messager fut dépêché à Sanson.

Nicolas, qui souhaitait convaincre Bourdeau que la leçon reçue à l'occasion du suicide de Bricart n'avait pas été perdue, décida qu'ils iraient tous les deux interroger Semacgus à la Bastille. Après avoir donné l'instruction à un exempt de maintenir Louise Lardin au secret, ils reprirent leur voiture pour se rendre à la forteresse royale. En chemin, Nicolas réfléchissait aux meilleurs moyens à employer pour interroger Semacgus. Deux écueils étaient à éviter : s'en laisser conter par un homme qui avait pour lui le privilège de l'âge et de l'expérience, et les sentiments d'amitié qu'il pouvait porter à un prévenu soupçonné désormais de deux meurtres.

Considérant distraitement l'animation de la rue où apparaissaient déjà, sur les façades des maisons, les décorations destinées à embellir la Cité lors de la procession du Bœuf gras, Nicolas, Parisien de fraîche date, savait pourtant que ce défilé de l'animal paré de fleurs, de rubans et de mille ornements, donnait souvent fil à retordre à la police, par les excès et les licences qu'il permettait à la populace. La procession partait de l'apport-Paris[1] proche de

1. Lieu d'arrivée des bêtes sur pied pour la subsistance de la capitale.

la Grande Boucherie, en face du Châtelet, et allait saluer le Parlement en l'île de la Cité. Elle revenait ensuite à son point de départ, où l'animal était abattu et débité. Mais il arrivait aussi que les garçons bouchers, organisateurs de la fête, soucieux de la faire durer, n'attendent pas le Jeudi gras pour défiler et commencent leurs réjouissances dès le mardi ou le mercredi en circulant en dehors de l'itinéraire initial, dans d'autres quartiers de la ville.

Ils parvinrent bientôt en vue de la Bastille. À leur gauche, la place de la Porte Saint-Antoine menait vers le faubourg. Ils bifurquèrent vers la droite pour longer les fossés. Nicolas frémit en découvrant les quatre énormes tours qui donnaient sur la ville. Ils durent franchir plusieurs portes au bout du pont qui conduisait à l'entrée principale de la prison d'État. Bourdeau, bon connaisseur des lieux, se fit reconnaître du corps de garde et du geôlier en chef. Celui-ci tendit une main froide et humide à Nicolas, qui retint un mouvement de recul devant ce personnage bigle et un peu crapoussin[1] qui se déhanchait en marchant. Il prit une lanterne et les entraîna vers l'une des tours.

Ils pénétrèrent dans le monstre de pierre. La masse énorme de la forteresse coupait le souffle au fur et à mesure que se développaient et se resserraient autour d'eux ses épaisses murailles. Elles auraient pu appartenir à un organisme malade dont les souffrances se fussent manifestées par la décoloration et la desquamation. Nulle part l'ombre ne jouait avec la lumière. Les deux éléments ne se mêlaient pas. Seules des lances de jour perçaient l'obscurité des voûtes sans se diffuser. L'étroitesse des ouvertures sur l'extérieur était telle que ces apparitions fugitives s'effaçaient tout aussi rapidement qu'elles étaient venues. Cependant, là où, depuis des siècles, elles avaient frappé la pierre au même endroit, sa surface avait pris une teinte blanchâtre et livide qui contrastait avec le gris plombé

1. Personne courte, grosse et mal faite.

des blocs avoisinants. Mais le regard ne se reposait pas longtemps sur ces dégradés clairs. Partout, dans les angles, les recoins et les culs-de-sac de cet immense labyrinthe, d'étranges mousses humides recouvraient comme une lèpre le corps de la prison. Des volutes de champignons, flottant pareilles à de lourdes toiles d'araignées, absorbaient le peu d'air de cette atmosphère confinée. D'étranges concrétions minérales, d'un gris tirant sur le vert, dont les points brillaient à la lueur de la lanterne, dénonçaient le salpêtre et le resurgissement des sels qu'exsudait, sous le travail incessant de l'humidité, le calcaire des murs. Le pied glissait dans des passages obscurs où le sol pourri et spongieux, semblable à celui d'une grotte marine tapissée d'algues, se résorbait en boue. Sur tout cela flottait une odeur froide et pénétrante, presque palpable, opaque à force d'oppression, qui rappelait à Nicolas la collégiale de Guérande quand, aux jours de grande pluie, elle se transformait en crypte fumante dont le granit pleurait et qu'elle exhalait l'encens froid, le moisi et l'odeur persistante de la décomposition montant des vieux caveaux.

À tout cela s'ajoutait l'odeur de crasse et de graillon qui émanait de l'habit de coutil gris du geôlier. Le bruit précipité de son essoufflement et celui de leurs pas étaient la seule manifestation humaine de cet univers désert. Après de lents tours de clef, il ouvrit enfin une lourde porte de chêne renforcée de plaques de fer. Nicolas fut surpris de l'immensité de la cellule. La pièce était hexagonale, et trois degrés permettaient d'y descendre, aggravant encore l'impression de hauteur. Trois autres degrés servaient à atteindre, à l'opposé, une étroite ouverture fermée d'épais barreaux. À droite, un lit de bois où Nicolas fut étonné de voir des draps blancs et une couverture de droguet[1]. Ils n'aperçurent pas tout de suite Semacgus, que le battant de la porte dissimulait. En descendant, ils le découvrirent assis à une petite table, presque dans la cheminée. Il écrivait et

1. Étoffe de laine légère de bas prix.

le bruit de la serrure ne l'avait apparemment pas dérangé dans son travail. Sa voix s'éleva, rogue.

— Ce n'est pas trop tôt ! Il fait un froid de tous les diables et le bois allait me manquer.

Comme on ne lui répondait pas, il se retourna tout d'une pièce et découvrit Nicolas pensif, Bourdeau la mine composée, et le geôlier qui roulait des yeux inquiets. Il se leva et vint à leur rencontre.

— À vous voir, mes amis, j'ai le sentiment qu'on vient me chercher pour me pendre ! s'exclama-t-il.

— Il est un peu tôt pour vous pendre, dit Nicolas, mais notre visite a pour but de vous interroger sur de graves conjonctures.

— Ah ! diantre. Nous revoilà, je le crois, à récrire une scène déjà jouée. Nicolas, vous allez d'un extrême à l'autre. Fixez, je vous prie, votre opinion sur ma personne et épargnez-moi l'hospitalité du roi. Je faisais mes comptes, elle me revient fort cher et pourtant je ne suis pas embastillé depuis longtemps. Quatre livres, quatre sols pour la nourriture, une livre pour le vin, quarante sols pour le bois qu'on me fait attendre et, pardonnez-moi ces détails vulgaires, une livre et deux sols pour les draps et un pot de chambre. L'ordure qui servait de couverture quand je suis arrivé dans ce palais m'a procuré l'agrément d'une éruption de feux volants[1] qui me fait me gratter jusqu'au sang. Au demeurant, je ne me plains pas. J'ai la chance de n'être pas « à la paille[2] », mais, convenez que la privation de sa liberté est sensible à un innocent, et, comme je comprends que je suis ici sous le coup d'une lettre de cachet, je crains de n'être jamais jugé et de croupir ici jusqu'à la consommation des siècles.

— Votre libération dépendra sans doute de notre conversation, fit sèchement Nicolas.

1. Inflammation de la peau, boutons.

2. Condition des prisonniers qui ne pouvaient payer leur séjour dans des cellules plus confortables.

— Je préfère ce terme à celui d'interrogatoire. Vous chantez toujours un peu au-dessus de la gamme, Nicolas. C'est affaire de jeunesse, le fond n'est pas mauvais.

— C'est sans doute que la clarté de vos réponses n'est pas toujours ce qu'elle devrait être.

— Je n'aime guère les propos en forme d'énigme. Il y en a toujours un qui se fait dévorer au bout du compte. Votre ton est peu amical, mon cher Nicolas.

— Considérez, monsieur, que vous avez pour l'instant affaire au policier.

— Qu'il en soit ainsi ! soupira le chirurgien.

Semacgus se leva, retourna sa chaise paillée et s'assit, comme il en avait l'habitude, à califourchon, les bras sur le dossier et le menton dans ses deux mains.

— Je souhaiterais réexaminer avec vous les événements de la soirée du *Dauphin couronné*, commença Nicolas.

— Je vous ai pourtant tout dit.

— Il a fallu s'y reprendre à deux fois. Et ce qui m'intéresse maintenant, c'est la seconde partie de la soirée. Une fille a assuré que vous l'aviez quittée à peine entré dans sa chambre. À quelle heure, au fait ? La dernière fois, vous vous en êtes tiré par une pirouette.

— Que sais-je ? Entre minuit et une heure, je n'ai pas l'œil en permanence sur ma montre.

— À quelle heure êtes-vous arrivé rue des Blancs-Manteaux pour rejoindre Louise Lardin ?

— N'ayant pas retrouvé ma voiture avec Saint-Louis qui devait m'attendre rue du Faubourg-Saint-Honoré, j'ai cherché un fiacre, ce qui m'a pris un bon quart d'heure. J'ai dû arriver rue des Blancs-Manteaux vers les deux heures.

— Pouvez-vous décrire dans le détail votre arrivée ?

— Comme je vous l'ai déjà dit, la voie était libre quand Louise mettait une chandelle allumée derrière la croisée de sa chambre donnant sur la rue. Cependant, ce matin-là, il n'y avait pas de chandelle, et elle était en masque devant sa porte pour me faire, cette fois, entrer elle-même. Elle revenait tout juste d'un bal de carnaval.

— Décidément, toute cette famille s'égayait !

Bourdeau toussa et, d'un geste, demanda la parole.

— Vous avez dit « cette fois ». Qu'entendez-vous par là ?

— Qu'à l'accoutumée, je la retrouvais dans sa chambre.

— Vous aviez donc la clef de la porte d'entrée ?

— Ce n'est pas ce que j'ai dit.

Bourdeau fit un pas en avant et se pencha vers le chirurgien.

— Alors qu'avez-vous dit ? Il serait temps, monsieur, que vous cessiez d'égarer la justice. Elle peut être bonne fille, mais ses retours sont féroces et sa main est sur vous.

Semacgus regarda Nicolas, mais celui-ci approuvait d'un long mouvement de tête les propos de son adjoint.

— À vous dire vrai, j'entrais par les Blancs-Manteaux, par une porte du jardin. Je ne vous en avais pas parlé auparavant, le détail ne me semblant pas d'importance. Louise m'avait demandé d'être discret à ce sujet.

— Les Blancs-Manteaux ? rugit Bourdeau. Qu'ont-ils à voir avec les Lardin ?

— Les caves du couvent communiquent avec celles de la maison. Le jour, vous pouvez entrer par l'église, qui est ouverte. La nuit, par la porte du jardin dont j'ai la clef. Il suffit alors de rejoindre une chapelle désaffectée, vous descendez dans la cave, passez sous la rue et remontez dans le caveau de l'office.

— Et ce matin-là ?

— Louise m'a expliqué qu'en raison de la neige qui venait de tomber, il était plus prudent de ne pas emprunter la voie habituelle. C'est pour cela qu'elle m'attendait.

— Cela ne vous a pas surpris ? La chose était imprudente.

— Je vous rappelle que j'étais en cape et masqué et qu'on pouvait me prendre pour Lardin. D'autre part, l'argument était fort, car le commissaire pouvait lui aussi rentrer par le couvent et remarquer les empreintes sur la neige.

— Lardin connaissait donc ce passage. Qui d'autre ?

— De la maison ? Personne. Ni Catherine, ni Marie Lardin, ni Nicolas, qui y a pourtant vécu, ne partageaient ce secret. Aucun d'eux n'avait remarqué la chose, j'en suis persuadé.

Nicolas ne répondit pas. Il laissait Bourdeau mener l'interrogatoire. Il lui devait bien cela, et il n'était pas mécontent d'être à même de réfléchir sans avoir à intervenir.

— Pourquoi nous avoir dissimulé ce détail avec autant de constance ?

— C'était le secret des Lardin et j'avais donné ma parole.

— Savez-vous, monsieur, si le commissaire Lardin connaissait votre intelligence de ce passage secret ?

— Certes pas.

— À quelle heure êtes-vous ressorti, et par quelle voie ?

— Vers six heures, comme je l'ai déjà dit à Nicolas, et par la porte d'entrée.

— Ne risquiez-vous pas, restant si tard au logis, d'être surpris par le mari ? Avez-vous rapporté à Mme Lardin la querelle du commissaire avec Descart au *Dauphin couronné* ?

— Elle m'avait assuré qu'il ne rentrerait pas de la nuit et qu'elle avait, par mesure de précaution, tiré les verrous intérieurs du caveau et de la porte d'entrée. Ainsi Lardin, survenant à l'improviste, devait-il nécessairement être contraint à user du heurtoir pour se faire ouvrir. Elle avait même prévu de justifier cette précaution inhabituelle par sa crainte de voir surgir des groupes de masques excités. Certains poursuivent parfois leurs mauvaises farces jusqu'à l'intérieur des demeures.

— Mais pourquoi bloquer le passage du caveau ? Il était peu vraisemblable et même quasi impensable que les masques surgissent par cette issue réputée secrète. Son mari lui en aurait fait la remarque.

— C'est vraiment peu connaître les femmes que de poser la question. Son idée n'était pas d'imaginer l'incongruité de l'arrivée des masques par le caveau. Les portes fermées – et, assurément, elles l'étaient – lui donnaient un sentiment de sécurité. Je ne crois pas nécessaire de relever des contradictions qu'elle ne ressentait pas elle-même. Et puis, je vous rappelle, dussé-je être peu galant, qu'elle avait à ce moment-là d'autres, disons, pensées en tête... Mille regrets, j'interromps ce suave entretien, voilà Phoebus qui me vient visiter.

Semacgus se précipita vers la fenêtre et y colla son visage. Un rayon de soleil frappait la muraille à cet endroit et il le laissa jouer sur lui avec volupté.

— C'est le seul moment de soleil, expliqua-t-il. J'en profite pour soigner mes feux volants. Il me faudrait un repère. Quelle heure est-il ? On m'a pris ma montre au greffe et le soleil est trop fugitif pour dresser un cadran utilisable.

Nicolas se rappellerait plus tard avoir agi comme un automate, poussé par une irrépressible impulsion. Il fouilla fébrilement dans sa poche d'habit et en tira le paquet des objets trouvés sur Rapace. Il en sortit la petite montre en laiton et, sous le regard intrigué de Bourdeau, il la tendit sans un mot à Semacgus. À peine celui-ci l'avait-il reçue qu'il poussa un cri et se jeta sur Nicolas qu'il saisit par les épaules.

— Où avez-vous trouvé cette montre ? Je vous en supplie, dites-le-moi.

— Pourquoi cette question ?

— Il se trouve, monsieur le policier, que cette montre, je la connais bien, que cette montre c'est moi-même qui l'avais achetée pour l'offrir à Saint-Louis. Il jouait avec elle comme un enfant et ne cessait de s'émerveiller à l'entendre sonner. Et voilà que vous me la remettez sous les yeux. Je vous répète ma question : où l'avez-vous trouvée et où est Saint-Louis ?

— Rendez-moi cette montre, dit Nicolas.

Il s'approcha de la fenêtre et examina l'objet avec attention. Il réfléchissait si vite et si ardemment qu'il entendait son cœur battre. Tout s'éclairait. Comment n'avait-il pas compris cela plus tôt ? Et dire que cet indice capital dormait dans la poche de son habit et qu'il aurait pu ne pas y songer, le laisser de côté et ne jamais savoir. La petite montre de laiton était brisée et ses aiguilles bloquées marquaient minuit et quatre minutes. On se retrouvait donc face à un éventail de possibilités très étroit. Soit la montre était déjà hors d'usage, soit elle avait été cassée au cours d'un certain événement, ou ultérieurement. Si Saint-Louis, contrairement au dire de Bricart, avait été tué à la place de Lardin près de sa voiture, la montre pouvait avoir été brisée lors du meurtre. Or si elle s'était arrêtée à minuit quatre, il était tout à fait impossible, et les témoignages abondaient, que Semacgus fût l'auteur de l'assassinat puisqu'à la même heure il était au *Dauphin couronné*. Nicolas dévidait à une vitesse folle les conséquences de cette découverte.

C'est Semacgus lui-même qui, ignorant qu'ils en étaient informés, venait de leur révéler l'existence du passage des Blancs-Manteaux, même si la chose lui avait été un peu arrachée. Il est vrai que ces confidences pouvaient être aussi des tentatives de dévoiement. Nicolas avait appris à ne pas sous-estimer l'intelligence du chirurgien de marine. D'autre part, la complexité des meurtres de Descart et de Lardin pouvait conduire aux conclusions les plus contradictoires. Il regarda Semacgus qui s'était rassis. Il paraissait éprouvé et soudain vieilli. Nicolas eut pour lui un mouvement de compassion qu'il se retint d'exprimer. Il restait une dernière carte à jouer ; il en ressentait l'amère nécessité.

— Semacgus, je dois vous informer d'un autre fait très grave. Le corps du commissaire Lardin a été retrouvé, ce matin, dans le souterrain de la rue des Blancs-Manteaux, à demi dévoré par les rats. Louise Lardin vous accuse expressément de l'avoir tué. Il vous aurait surpris dans vos ébats et vous vous seriez battus.

Semacgus releva la tête. Il était pâle et accablé.

— Cette femme ne m'aura rien épargné ! soupira-t-il. Je n'ai jamais vu Lardin ce matin-là. Je ne suis pour rien dans sa mort. Je vous dis la vérité. J'éprouve l'impression de n'être point entendu et de parler dans le vide. Vous n'avez pas répondu à ma question, où avez-vous trouvé cette montre ?

— Dans la poche d'un misérable qui, de surcroît, détenait votre voiture ensanglantée. Nous devons vous quitter, Semacgus. Ne craignez rien : si vous êtes innocent, justice vous sera rendue. Bourdeau et moi, nous vous le garantissons.

Il s'approcha de Semacgus et lui tendit la main.

— Je suis désolé pour Saint-Louis, mais j'ai peu d'espoir qu'on le retrouve vivant.

Ils sortirent, impatients de quitter la Bastille où le chirurgien paraissait être, avec son geôlier, la seule personne vivante. Ils avaient hâte de retrouver l'air libre et d'échapper à l'oppression du lieu. Le froid et le soleil revenu leur firent du bien.

Nicolas fut heureux d'apprendre que l'inspecteur partageait son sentiment. Il avait lui aussi noté le caractère toujours ambigu des propos de Semacgus. La distance ironique qu'il n'avait jamais cessé de prendre avec cette affaire depuis son début ne pouvait que lui nuire. Seul l'attachement jamais démenti à son serviteur nègre ne faisait pas de doute. Mais rien dans ses déclarations ne conduisait à mettre en cause leur bonne foi. Cependant, ajoutait Bourdeau, c'était toujours la même histoire avec ce diable d'homme. On lui aurait donné son billet de confession sans hésiter quand bien même mille questions sans réponses pouvaient susciter le soupçon. Tout concourait ainsi à en faire, suivant le moment ou l'humeur, le plus habile des imposteurs ou le plus maladroit des innocents.

Nicolas éclaira Bourdeau sur l'incident de la montre. Il estima que le plus sage était de maintenir Semacgus au secret tant que les conditions de la mort de Lardin n'étaient pas éclaircies. Bourdeau observa que Mauval devrait être au moins interrogé mais n'insista pas, au grand soulagement de Nicolas. Celui-ci aurait dû entrer dans des détails qu'il ne pouvait donner.

Tout en devisant, il songeait que, si l'affaire Lardin s'éclairait avec la découverte du corps du commissaire, il n'en était pas de même de celle des papiers du roi. Et qu'en était-il des messages laissés par Lardin ? En retrouverait-on de nouveaux, et destinés à qui ? Avaient-ils été rédigés avant ou après sa disparition ? À quels motifs répondait leur distribution à ses proches ? S'agissait-il de compliquer le jeu dangereux dans lequel il était plongé ? Nicolas ne pouvait s'ôter de l'esprit l'idée que ces messages étaient d'ordre testamentaire. Que le nom du roi y fût mentionné en révélait toute l'importance. Plus il y réfléchissait, plus il était convaincu que le nœud de l'énigme se trouvait là. Mais le risque était grand d'attirer l'attention sur cette recherche. Dans l'ombre grouillaient Mauval et son commanditaire et d'autres encore. Des ouvertures avaient sans doute été faites à des agents des puissances en guerre. Paris était plein d'espions anglais, prussiens et même autrichiens, les alliés de la France étant toujours avides de moyens de pression susceptibles de renforcer l'alliance et de peser sur les opérations.

Il restait aussi à retrouver Marie Lardin dont le rôle exact échappait au jeune homme. Il ne croyait pas trop à cette soudaine et providentielle vocation monastique, et il éprouvait de la pitié pour cette jeune fille, presque une enfant encore. Il se souvint de leur dernière rencontre nocturne dans l'escalier des Lardin. Le visage d'Isabelle se substitua à celui de Marie. Avait-il lu la lettre de Guérande comme il convenait ? Le cœur, il le savait déjà, ne faisait pas toujours bon ménage avec le style. Pourquoi les êtres éprouvaient-ils tant de difficultés à exprimer leurs sentiments ? Il se souvint d'une phrase de Pascal apprise au collège : « Les mots diversement rangés font un divers sens et les sens diversement rangés font différents effets[1]. » Ce qui lui avait paru, il y a peu, artificieux devenait soudain touchant de maladresse. Il préféra s'efforcer de chasser cette idée. Rien ne devait le distraire de sa tâche.

Bourdeau, le voyant si empli de sa réflexion et les yeux vides, s'était abstenu de le troubler. Mais déjà le bruit de leur voiture résonnait sous la voûte du Châtelet. Nicolas entraîna l'inspecteur dans le bureau de permanence. Le commissaire Desnoyers, du quartier Saint-Eustache, y consultait un registre. Il fallut attendre qu'il eût achevé.

— Nous voici à la croisée des chemins, dit Nicolas, il nous faut choisir la direction à prendre.

— Vous croyez que Saint-Louis a été tué ?

— Je ne crois rien. Je constate que la montre, que lui avait offerte son maître, était aux mains de Rapace et de Bricart. D'autre part, si les débris trouvés à Montfaucon ne sont pas ceux du commissaire Lardin, à qui appartiennent-ils ? Pourquoi pas à Saint-Louis ? Il nous faut réfléchir à partir de ce que nous savons et des éléments dont nous disposons. Que les restes soient ceux de son cocher n'innocente pas forcément Semacgus, bien au contraire. Rappelez-vous les accusations de Descart. Pour Lardin, l'accusation de sa femme est formelle. Je crois que la procédure suivra son cours, et nous n'échapperons ni pour elle ni pour Semacgus au recours à la question préalable. Il y a trois morts en cause.

— Et l'assassinat de Descart ?

— Même chose. Si le moment de la mort de Lardin peut être précisé, celui-là au moins pourra être mis hors de cause, ce dont il n'a que faire vu son état. Vous avez fait chercher Sanson ?

Bourdeau acquiesça.

— Alors nous pourrons innocenter Lardin qui avait tout motif, lui aussi, de supprimer le cousin de sa femme. Quant à Semacgus et à Louise, rien ne permet d'écarter

1. *Pensées*, I-23.

leur culpabilité. Reste à déterminer les raisons qui ont poussé le mystérieux assassin à mettre à sac la maison du docteur à Vaugirard.

— Et Mauval ? Vous oubliez toujours Mauval…

— Je l'oublie d'autant moins qu'il est mêlé à tout, je le répète.

— Il paraît jouir d'une impunité extravagante.

— Aussi bien ne pourrons-nous le frapper qu'à coup sûr. Il ne faut jamais rater un serpent, on ne retrouve pas l'occasion de le détruire. Pour le moment, je dois réfléchir et rendre compte à M. de Sartine des derniers événements. Vous, Bourdeau, pressez Sanson et faites-moi rapport dès que possible. Vérifiez que Louise Lardin est maintenue au secret et que son cachot est dûment gardé. Qu'on n'aille pas me la supprimer !

Au moment où ils allaient se séparer, le père Marie apparut. Une jeune femme d'un genre « un peu raccrocheuse[1] » demandait Nicolas pour « une affaire grave et urgente ». Nicolas ordonna qu'on la fît entrer et pria Bourdeau de demeurer. Nicolas reconnut aussitôt la Satin. La cape brune dont elle était enveloppée dissimulait à peine la tenue légère fort décolletée et les fines chaussures de bal. Le fard de son visage était tombé et sa face était rougie de froid ou d'émotion. Nicolas la prit par le bras et l'invita à s'asseoir. Il fit les présentations. Bourdeau alluma sa pipe.

— Que fais-tu ici, Antoinette ?

— Voilà, Nicolas, répondit-elle d'une voix plaintive comme une enfant, tu sais que je travaille chez la Paulet. Ce n'est pas une mauvaise femme, elle a ses bons côtés. L'autre soir…

— Quel soir ?

— Il y a deux jours. J'étais dans le couloir du grenier où je portais du linge à sécher et j'ai entendu pleurer dans

1. L'une des classes de la prostitution parisienne.

une pièce inoccupée. J'ai cherché à savoir qui était là, mais la porte était fermée à clef. Que pouvais-je faire ? J'ai préféré ne pas m'en mêler. Moins tu t'occupes des affaires des autres, mieux tu te portes. Mais le lendemain, j'ai été forcée de m'y intéresser. La Paulet m'a fait appeler, et elle m'a offert de son ratafia personnel. Tu sais, elle est très portée sur le remontant. Elle a été fort belle dans son temps, elle a eu des marquis, et maintenant elle ne supporte pas de se voir dans un miroir et…

— Que te voulait-elle, à la fin ?

— Elle a minaudé, m'a susurré des gentillesses, et finalement m'a demandé un service. Elle avait reçu une novice.

— Une novice ?

— Oui, c'est comme cela qu'on appelle les nouvelles, les pucelles, celles qui n'ont pas encore servi et qui ne sont pas dressées. Ce sont des morceaux de choix recherchés par les maquerelles. C'est tout différent d'une gueuse qui fait accroire qu'elle a encore son principal. C'est une jeune fille saine qui ne risque pas de donner des épices[1] à celui qui l'aura. Il y a des amateurs pour cela, et des plus huppés. Et cette novice, la Paulet voulait que je la lui attendrisse, que je la prépare et la convainque d'accomplir le sacrifice. Elle refuse, paraît-il, et les menaces et les coups n'ont servi de rien. On avait pensé à moi pour la mener doucettement à l'assentiment total. Que pouvais-je faire ? La Paulet me promettait une bonne main[2] si je réussissais. Avant de répondre, j'ai réfléchi sur les bouts et les suites de tout cela. Ce qui m'a décidée, c'est que je pouvais peut-être aider cette pauvre fille. Et puis, je suis toujours resserrée d'argent pour le poupon et sa nourrice. Bref, la Paulet m'a menée au second, à la chambre où j'avais entendu pleurer, et elle m'a laissée seule avec une pauvrette qui m'apparut de bonne famille. Elle m'a écoutée, mais n'a

1. Donner une maladie vénérienne.
2. Pourboire.

rien voulu entendre. Je la comprenais. Elle s'est entièrement confiée. On l'avait enlevée de nuit, jetée dans une voiture et conduite ici. Elle n'avait rien vu ni compris de ce qui lui arrivait. Depuis, elle était entêtée de menaces afin de la faire céder. Sensible à mon ouverture et mise en confiance, elle m'a suppliée de faire quelque chose pour elle. J'ai d'abord refusé, c'était trop périlleux. Avec Mauval qui rôde tous les jours dans la maison et qui est, de fait, le vrai maître du *Dauphin couronné*, je risquais gros. Mais elle m'a assurée qu'elle me ferait protéger si elle parvenait à s'échapper. Quand elle a cité ton nom, j'ai cédé, certaine que tu ne laisseras pas Mauval me faire du mal. Il fallait que je vienne te trouver au Châtelet pour te prévenir qu'elle était en grand péril. Nicolas, il n'y a pas un moment à perdre. Elle doit être jouée au cours d'une partie de pharaon avec parolis[1] obligés par des amateurs rassemblés ce soir par Mauval !

Nicolas saisit son épée et l'accrocha à sa ceinture. Il fit signe à Bourdeau qui vérifiait déjà son pistolet.

— Père Marie, dit-il à l'huissier qui était demeuré à la porte, je vous confie Antoinette. Vous répondez de sa vie sur votre tête.

— Il y a plus mauvaise compagnie, sourit le concierge.

Nicolas et Bourdeau descendirent en courant les degrés du grand escalier. Leur fiacre était encore là. Le cocher fit partir l'attelage au grand galop.

1. Obligation de doubler la mise.

# XIV

# TÉNÈBRES

> « Nous lançâmes un chevreuil et tuâmes un loup à peu près comme les généraux gagnent des batailles, c'est-à-dire que nous courûmes au bruit, que nous vîmes l'ennemi étendu sur le carreau, que nous eûmes peur et que nous nous retirâmes en bon ordre. »
>
> Abbé BARTHÉLEMY

Nicolas venait d'expliquer à Bourdeau la nature des relations qui le liaient à la Satin. L'inspecteur n'avait fait aucune remarque. La voiture avait dû ralentir car, en dépit des appels et de quelques coups de fouet, il était impossible de pousser l'attelage sans risquer de renverser des passants. Le trajet semblait interminable à Nicolas. Il retournait dans sa tête les dernières informations.

Ainsi Mauval détenait prisonnière Marie Lardin – car ce ne pouvait être qu'elle, la « novice » ! – et il allait la céder au plus offrant. Elle serait ensuite contrainte à se livrer à un commerce infâme ou, pire, emmenée de force dans les harems du Grand Turc, ou déportée dans les colonies d'Amérique. Il était patent qu'un complot visait à la faire disparaître et, avec elle, l'héritière de Lardin, mais aussi celle, inattendue, de Descart. Oui, vraiment, l'imbroglio avait été bien préparé ! Nicolas imaginait le moment où le notaire se serait enquis de Marie pour la faire entrer en possession de ses héritages. Personne ne l'aurait trouvée. Sans nouvelles de sa belle-fille depuis son départ précipité pour Orléans, Mme Lardin se serait inquiétée. La police de M. de Sartine était réputée, mais il pouvait survenir qu'un voyageur inconnu disparût sans laisser de trace. À l'autre bout de l'itinéraire prévu, on découvrirait, comme par hasard, un message ou une lettre fabriquée qui offrirait une apparence de vraisemblance à la vocation monastique de la jeune fille. Mais, au bout du compte, on s'égarerait en suppositions sur son sort. Peu à peu, le silence retomberait, et puis viendrait l'oubli.

Un haut-le-cœur secoua soudain Nicolas. Il dut ravaler l'acidité amère qui emplissait sa bouche. Son cœur se mit à battre la chamade tandis qu'une sueur froide couvrait son front. Bourdeau se tourna vers lui et le considéra. Aucun sentiment ne se lisait sur son visage placide.

Nicolas, qui tentait de surmonter son malaise, s'interrogea, une fois de plus, sur la nature profonde de son adjoint. Il y avait bien deux Bourdeau. L'un, épicurien jovial, bon père et bon mari, offrait l'apparence lisse d'un bonhomme attaché à la routine de son état et aux menus plaisirs d'une existence simple et banale. L'autre, plus profond, recelait une capacité de secret et même de dissimulation aiguisée par une longue pratique des criminels. Le jeune homme s'interrogeait sur le mystère des êtres. Le jugement sur un homme portait sur les apparences, mais il était difficile de découvrir la faille qui conduisait vers sa vérité propre. Depuis Guérande il était confronté constamment à cette question. La vérité ne transparaissait pas à travers l'innocence des visages. Le marquis de Ranreuil, Isabelle, Semacgus, Mme Lardin, Mauval et même M. de Sartine lui en avaient donné les preuves les plus éclatantes. Au mieux, les visages étaient des miroirs qui reflétaient vos propres interrogations. Ainsi toute confiance, toute amitié et tout abandon se heurtaient-ils au mur de glace des défenses adverses. Chacun était seul dans l'univers, et cette solitude était le lot de tous.

Nicolas regardait sans les voir les passants pressés de la rue. Que faisait-il lui-même, jeté dans cette ville par le hasard, et à quelle nécessité répondait cette course effrénée poursuivie depuis deux semaines contre un ennemi invisible ? Pour quelle raison le destin l'avait-il choisi, et dans quelle intention ultime, alors qu'il aurait pu demeurer à Rennes dans les tâches médiocres et rassurantes d'un clerc de notaire ?

Ils avaient atteint la rue du Faubourg-Saint-Honoré. Nicolas frappa sur la caisse pour arrêter la voiture. Ils étaient partis si vite du Châtelet qu'aucun plan d'attaque n'avait été préparé. Bourdeau avait respecté sa rêverie. Désormais, il fallait aviser.

— Je connais bien cette maison, dit Nicolas, exagérant un peu. Si Mauval est là, nous devons nous méfier car l'homme est dangereux. Le mieux est que j'entre seul au *Dauphin couronné* en essayant de ne pas donner l'éveil.

— Il est hors de question que je vous lâche, répondit Bourdeau. Nous ferions mieux d'attendre ici du renfort. Rappelez-vous ce qui est advenu au faubourg Saint-Marcel. Ne commettons pas deux fois la même erreur. Attendons les exempts.

— Non, le temps presse et il faut profiter de l'effet de surprise. Vous êtes l'élément principal de mon plan. Je sais, par la Satin, que la maison possède une issue secrète donnant sur le jardin. Vous irez vous y poster. Si Mauval est ici, il évitera l'affrontement direct. Il nous a glissé entre les mains ce matin et doit tenir pour assuré que nous sommes en nombre. Donc, il cherchera à s'enfuir par les arrières. C'est là que vous le pincerez. C'est pour vous que je m'inquiète. Soyez sur vos gardes, l'espèce est traîtresse en diable ! Nous allons renvoyer le cocher demander de l'aide.

L'homme, dûment chapitré, fit faire demi-tour à l'équipage et Nicolas et Bourdeau se séparèrent. Le jeune homme se dirigea vers le *Dauphin couronné*. Il heurta la porte à plusieurs reprises. Un guichet grillé s'ouvrit et il dut supporter l'examen d'une personne invisible qui finit par ouvrir la porte. Nicolas, qui s'attendait à voir la Paulet ou la négrillonne, fut surpris de trouver à leur place une grande vieille toute vêtue de voiles noirs, le visage couvert d'une épaisse couche de céruse avec du rouge vif aux joues. Elle appuyait des mains tremblantes, recouvertes de gants de filoselle, sur le pommeau d'une canne. L'ensemble évoquait aussi bien une veuve qu'une religieuse qui aurait troqué sa vêture conventuelle contre un habit plus séculier. Elle souleva la tête et le regarda de côté.

— Le bonjour, madame. Je souhaiterais parler à Mme Paulet.

— Monsieur, lui répondit une voix rauque et minaudière, Mme Paulet est en ville pour le moment, où elle vaque à ses affaires. Peut-être vous plairait-il de l'attendre, elle ne saurait tarder.

Elle s'inclina et recula à petits pas pour lui permettre d'entrer. Il reconnut le corridor et fut introduit sans surprise dans le salon jaune. Celui-ci n'avait pas changé d'aspect. Les volets étaient fermés et occultés par de lourds rideaux, et seul un bougeoir placé sur un guéridon éclairait chichement la pièce. Ce qui lui avait paru luxueux, lors de sa première visite, se confirma être éclatant de vulgarité et de crasse. Il repéra dans l'ombre la cage du perroquet et s'en approcha, intrigué par le calme et le silence du volatile. C'est alors qu'il s'aperçut de la substitution ; l'oiseau avait été remplacé par sa réplique en porcelaine.

— Monsieur a sans doute connu Coco ? demanda la vieille devant son air surpris. Hélas, il nous a quittés ! Il a péri d'émotion. C'était un petit drôle qui parlait très bien. Trop, quelquefois.

Elle ricana et se retira.

— Je vous laisse, j'ai à faire. Mme Paulet ne vous fera pas languir longtemps.

Nicolas s'assit sur une des bergères jonquille. Il aurait pu choisir d'entrer en force et fouiller la maison, avec les risques que cela pouvait comporter pour la séquestrée. La vieille ne le connaissant pas, mieux valait attendre sagement la Paulet et la contraindre à admettre les faits. Cela donnerait d'ailleurs le temps aux renforts d'arriver.

Au bout d'une dizaine de minutes, il se leva, s'approcha de la cheminée et se considéra dans le miroir. Il avait vieilli et la fatigue marquait ses traits. Comme il continuait à se dévisager, il perçut soudain comme un fourmillement entre ses épaules. Un frisson le parcourut. Il sentait un regard peser sur lui. Il se déplaça imperceptiblement sur le côté et finit par découvrir, dans l'angle droit de la glace, le visage de la vieille qui approchait de lui en silence. Les voiles rejetés en arrière laissaient apparaître un visage de poupée, mais les yeux étaient maintenant grands ouverts et, dans leur reflet vert, Nicolas reconnut en même temps le regard de Mauval et y lut une meurtrière détermination. Il sut, avant de voir l'arme, que son ennemi était sur le point de lui planter une épée dans le corps. Il s'immobilisa sans rien laisser paraître. Il devait éviter tout mouvement indiquant qu'il était sur ses gardes.

Il sut en un instant ce qui pouvait le sauver. Joueur de soule endurci, il avait appris à plonger sur le sol et à tomber. Il fallait retourner la situation et placer l'adversaire en position d'incertitude. Certes, Mauval avait l'avantage de le voir en face de lui, mais qu'il perde Nicolas de vue et l'égalité entre eux était rétablie.

Nicolas se laissa choir brusquement sur le guéridon. Le meuble tomba et avec lui le bougeoir. D'une main preste, Nicolas éteignit la chandelle. La pièce était désormais plongée dans l'obscurité. En touchant le sol, Nicolas avait poussé le guéridon vers son adversaire dans l'espoir de le troubler et de retarder sa progression. Il roula sur le côté. Le silence recouvrait la pièce comme une chape.

Il songea un instant à crier pour alerter Bourdeau, mais y renonça aussitôt. Son adjoint l'entendrait-il, et pourrait-il entrer dans la maison ? Mauval avait dû multiplier les précautions. Il s'en voulut de s'être laissé prendre dans ce piège, et pensa que la première chose à faire était de protéger ses arrières en évitant de se faire clouer contre le mur comme un papillon sur sa planche.

À demi couché près de la cheminée, il tâtonna de la main et toucha des tiges métalliques froides ; c'étaient des pincettes. Il réussit à les décrocher et, prenant garde à ne rien heurter, les projeta à travers la pièce. Le lustre, frôlé, tinta discrètement, puis il y eut un bruit sec et une cascade de sons cristallins. L'une des glaces de la paroi, brisée, avait dû s'effondrer. Il y eut un froissement de tissus, un choc et un meuble renversé. Nicolas pria le ciel que son adversaire ne dispose pas de briquet. Il se rassura cependant ; le premier qui ferait du feu se découvrirait.

Nicolas, dos au mur, s'installa dans l'attente. Le danger était grand de s'y engourdir et de perdre la notion de l'espace redoutable qui l'environnait. Il ne se faisait guère d'illusions. Il s'agissait d'un combat à mort ; Mauval ne pouvait plus le laisser vivre. Il espérait encore sans trop y croire que Bourdeau parviendrait à intervenir à temps ou que le guet arriverait en force.

Nicolas songea curieusement qu'il était comme Phinée[1] assailli par les Harpyes. Zétès et Calaïs[2] arriveraient-ils à temps pour le tirer de ce mauvais pas ? Ce souvenir lui donna à réfléchir. Selon la tradition, le vieux roi aveugle ne disposait que d'un bâton pour se défendre des attaques

1. Roi légendaire de Salmydessos en Thrace. Il avait reçu d'Apollon le don de divination. Pour avoir maltraité ses fils, il fut privé de la vue. Il était en permanence tourmenté par les Harpyes, monstres ailés au visage de femme et au corps de vautour.

2. Deux frères membres de l'expédition des Argonautes.

des monstres. Lui, avait une épée. L'idée lui vint de joindre l'attaque à la défense et d'user d'un stratagème que cette évocation mythologique lui suggérait.

Il dégaina lentement son arme, la posa sur le sol, puis, tout aussi précautionneusement, enleva sa redingote. Tâtant le mur, il se déplaça vers la droite pour rejoindre la croisée près de laquelle se trouvait la cage du perroquet. Parfois, il s'arrêtait, le cœur battant, pour scruter l'ombre menaçante et tenter de discerner si Mauval manœuvrait lui aussi. Il était vraisemblable qu'il avait choisi la même tactique conservatoire, celle de rester adossé contre un mur, sans doute près de la porte.

Nicolas sentit enfin la table de marqueterie sur laquelle la cage était posée. Il s'en approcha, ouvrit la porte grillagée et saisit l'oiseau de porcelaine. Il le posa sur la table avant de se figer à l'écoute d'un craquement lointain du plancher. Ce bruit fut suivi d'un raclement de meuble poussé ou traîné. Il fallait agir au plus vite et prendre l'adversaire de vitesse. Il disposa sa redingote sur la cage comme pour constituer un épouvantail, et éprouva le poids de l'ensemble afin d'être sûr de pouvoir le brandir. Ce qui allait suivre exigeait une parfaite coordination des gestes extrêmes, mais Nicolas se sentit comme allégé : il avait pesé le pour et le contre, et maintenant les dés étaient jetés.

Après avoir posé son épée, il saisit la cage par le milieu et la souleva. Il prit dans sa main droite le perroquet de porcelaine qu'il jeta aussitôt avec force à travers la pièce ; la mort de Coco n'aurait pas été inutile. En même temps qu'il l'entendait se fracasser sur un mur, il perçut distinctement le déplacement brusque de l'ennemi et, à nouveau, un meuble tomba. Alors, la cage couverte du manteau d'une main et l'épée de l'autre, il s'avança dans la pièce en se repérant le long du mur à sa droite. Au moins, de ce côté-là, il était préservé de toute attaque. Se déplaçant de biais, il tenta de gagner la porte. Une lame fouetta l'espace et cingla son habit. Mauval était là.

Sur le coup, l'émotion lui coupa le souffle. Nicolas eut le sentiment qu'il ne parviendrait pas à rejoindre la porte pour se défendre au grand jour dans un combat honorable. Si toute issue faisait défaut, le hasard seul, ou la main de Dieu, dirigerait les assauts et orienterait leur conclusion qui ne serait ni la récompense du courage ni celle de l'adresse. La fatalité ordonnerait, pour une raison inconnue, le résultat de la conjonction absurde de leurs deux destins.

Nicolas fit une large enjambée sur la gauche. Il supposait que Mauval avait compris son intention de gagner la porte. Il anticipait sur la prochaine attaque qui, en toute logique, devait frapper à sa droite. Non content de lui enseigner les rudiments de l'escrime, le marquis de Ranreuil l'avait initié aux échecs. Il fallait, se souvenait-il, toujours déplacer ses pièces en ayant à l'esprit les cinq ou six mouvements suivants. Le problème, ici, était que les positions de l'adversaire ne lui étaient qu'approximativement connues.

Il entendit une lame s'enfoncer en vibrant dans la tapisserie de la muraille. Il devait résister à la tentation de riposter. Son idée était autre, et il décida de demeurer sur place. La cage n'était pas très pesante mais, alourdie par la redingote, son poids devenait insupportable et il sentait son bras s'engourdir et trembler. Bientôt, la crampe surviendrait. Il se mit à balancer l'ensemble d'avant en arrière pour produire un léger bruit et surtout leurrer Mauval par le déplacement d'air produit. Une nouvelle pointe survint là où il ne l'attendait pas, sur sa gauche. L'épaule éraflée, il laissa échapper une exclamation qu'il eut la présence d'esprit de transformer en plainte d'homme blessé. Il se baissa aussitôt et l'attaque suivante passa juste au-dessus de sa tête. Il se redressa et agita violemment la cage. Mauval s'était sans doute rapproché pour achever sa proie. Il devait sentir la redingote devant son visage et, n'ayant été l'objet d'aucune attaque en réponse aux siennes, pouvait croire Nicolas gravement touché. Son épée s'enfonça dans le manteau, entre deux barreaux de la cage, sans toucher le jeune homme. Nicolas pivota en force, bloquant ainsi l'arme de Mauval. Sachant dès lors exactement où se trouvait son adversaire, il lança sa pointe et sentit son épée glisser sur un obstacle dur puis entrer dans un corps. Il entendit un long soupir, puis le bruit d'une masse qui s'affaissait. Sur le coup, il soupçonna une ruse semblable à la sienne. Il reprit sa progression vers la porte en appréhendant une nouvelle attaque. Mais rien ne vint et il finit par en atteindre la poignée qu'il abaissa avec fièvre. La porte s'ouvrit et, après avoir écarté la portière de velours qui en protégeait l'accès, il fut enveloppé de la lumière rougeoyante du crépuscule qui donnait dans le corridor par l'œil-de-bœuf surmontant la porte.

En se retournant vers le salon, Nicolas distingua, au milieu des meubles renversés, une masse informe immobile sur le sol. Saisissant un bougeoir, il l'alluma et s'avança dans la pièce. Les glaces opposées multipliaient son reflet à l'infini. Il s'approcha prudemment du corps recroquevillé dans ses voiles, le tâta du bout de son épée et le poussa du pied. Le cadavre roula sur le dos et laissa apparaître le visage de Mauval. Les yeux verts fixaient désormais le vide et la figure du démon avait, sous la couche grotesque des fards, repris son aspect angélique.

Privé de sentiment ce regard accusait Nicolas qui ne put en supporter la fixité ; il lui ferma les yeux. Il constata la précision de son coup d'épée, tiré en plein cœur. Seul, pourtant, le hasard avait dirigé sa main. Ce fut alors qu'il prit conscience d'avoir tué un homme. Toute la tension de la lutte tomba et une immense lassitude s'empara de lui. Certes il n'avait fait que défendre sa propre vie, mais rien, aucune justification, ne pouvait dissiper le sentiment – le remords, même – d'avoir ôté la vie à l'un de ses semblables, et il savait déjà que ce sentiment ne le quitterait plus. Dans le même temps, il savait devoir vivre désormais avec cette douleur et ce souvenir.

Le jeune homme tenta de se ressaisir et partit à la recherche de Bourdeau. Au bout du corridor, une porte ouvrait sur un office prolongé par un réduit donnant sur le jardin. Il tomba sur Bourdeau qui attendait là, l'air anxieux.

— Peste, monsieur, vous voilà tout pâle ! J'avais sans doute raison de m'inquiéter. Que vous est-il arrivé ?

— Ah ! Bourdeau, je suis bien aise de vous voir…

— Je vois cela. Vous avez l'air d'un spectre, si tant est que j'en ai jamais vu. Le temps m'a paru bien long !

— J'ai tué Mauval.

Bourdeau le fit s'asseoir sur le rebord de pierre du soubassement de la maison.

— Mais vous êtes blessé ! Votre habit est déchiré et vous saignez.

Nicolas sentit la douleur au moment où l'inspecteur lui signalait la blessure.

— Ce n'est rien. Une simple éraflure.

Il se mit à raconter avec volubilité son combat contre Mauval. Bourdeau hocha la tête comme à son habitude et lui mit la main sur l'épaule, le secouant un peu.

— Vous n'avez rien à vous reprocher. C'était lui ou vous. Une belle canaille de moins. Vous vous habituerez à ce genre de rencontre. Je me suis trouvé moi-même, à deux reprises, contraint à me défendre dans des circonstances analogues.

Ils regagnèrent l'intérieur de la maison. Nicolas conduisit l'inspecteur dans le grand salon. Bourdeau fit un commentaire admiratif sur la précision et la netteté du coup de pointe, à la grande confusion de Nicolas. La moitié du rideau qui fermait la scène du petit théâtre fut décrochée et jetée sur le corps de Mauval, après que l'inspecteur l'eut fouillé. À part quelques louis, une tabatière ornée du portrait en miniature de Louise Lardin, ils trouvèrent un billet ouvert. Le pain à cacheter avait été rompu. Il portait, écrite de la propre main de Nicolas, la phrase : « Le saumon est sur la berge », que Nicolas reconnut aussitôt. C'était le mot de passe qu'il avait donné à la Paulet si celle-ci souhaitait le joindre discrètement. Sur une bande de papier, ils découvrirent aussi l'adresse de M. de Noblecourt. Ainsi, remarqua Bourdeau, l'homme nourrissait bien de mauvaises intentions à l'égard de Nicolas.

Se rappelant le but premier de leur descente au *Dauphin couronné*, ils se précipitèrent au deuxième étage. De toutes les portes donnant sur le couloir, une seule résista à leurs efforts. Nicolas entendit, en réponse à leurs coups de poing, des gémissements étouffés. Bourdeau écarta son compagnon, tira de sa poche une minuscule tige métallique ouvragée et l'introduisit dans la serrure. Après quelques essais infructueux, il réussit à faire jouer le pêne. Sur deux paillasses jetées à terre gisaient, ligotées et bâillonnées, la Paulet et Marie Lardin.

Quand ils les eurent libérées de leurs liens, Marie se mit à sangloter avec des hoquets convulsifs, comme une enfant. La Paulet, sa large face camuse empourprée, paraissait étouffer et sa forte poitrine se soulevait tandis qu'elle laissait échapper de petits cris plaintifs. Elle finit par faire quelques pas hésitants en regardant ses pieds gonflés.

— Ah ! monsieur, quelle gratitude nous vous avons !

Son visage prit un air de crainte et elle jeta un regard inquiet autour d'elle.

— Rassurez-vous, madame, dit Nicolas à qui son expression n'avait pas échappé. En revanche, vous avez des explications à nous donner. Vous êtes coupable d'avoir donné la main à un crime. Cette jeune fille a été enlevée, conduite de force dans votre établissement, séquestrée dans des conditions odieuses et menacée d'être vendue pour mener une vie d'infamie. Pour le moindre de ces crimes, madame, vous seriez marquée d'une fleur de lys sur les marches du Palais et enfermée à vie. C'est dire l'intérêt pour vous d'être sincère. Dites la vérité et cela sera pris en compte, je m'y engage.

— Monsieur, répondit la Paulet en lui prenant la main qu'elle se mit à pétrir, je vous sais honnête homme. Ayez pitié d'une pauvre femme qui fut contrainte, à son cœur défendant, d'accueillir cette agnelle.

Elle regarda derechef vers le couloir.

— C'est ce monstre qui a tout fait.

— Quel monstre ?

— Le Mauval, ce damné ! Moi, je ne suis qu'une pauvre achalandeuse. Je suis bonne avec mes filles. J'ai pignon sur rue et belle clientèle. J'ai toujours payé mon dû à la police. Et si jeu clandestin il y a, vous savez que c'est avec la bénédiction du commissaire Camusot. Je me suis emportée, l'autre fois. Mais, mon bon jeune homme, vous m'aviez poussée à bout. Demandez à la demoiselle si je ne l'ai pas défendue bec et ongles quand j'ai su qu'elle était la fille du commissaire Lardin. Pas de ça, Margot ! Et l'autre, le Mauval, qui a brutalisé un vas-y-dire[1] pour lui voler mon message ! Il craignait de vous voir arriver et voulait vous tendre un piège. Je me suis rebecquée pour m'y opposer et il m'a frappée…

Elle montrait sa joue violacée.

— Puis il m'a jetée ici, telle que vous m'avez trouvée. Si ce n'est pas la preuve de mon innocence !

— Ce n'est que la preuve de votre crainte de voir les choses aller trop loin, observa sèchement Nicolas.

Marie confirma, entre deux sanglots, une partie des propos de la Paulet. Un vacarme les interrompit. Une vive terreur saisit la maquerelle. Après avoir parlé à l'oreille de Nicolas, Bourdeau descendit. Le renfort espéré arrivait enfin. L'inspecteur avait demandé à son chef de retenir les deux femmes pendant qu'on emporterait le corps de Mauval. Mieux valait, pour le moment, conserver le secret de sa mort. Quand la Paulet s'enquit du sicaire, Nicolas demeura évasif. Il était convaincu qu'elle avait à peu près tout dit avec la sincérité dont elle était capable. La Satin avait raison, ce n'était pas une mauvaise femme, même si son négoce la conduisait à tutoyer dangereusement les rivages du crime.

1. Vieille expression populaire parisienne. Souvent un enfant, que l'on envoyait porter un message contre récompense.

Ils demeurèrent tous les trois, lui et les deux femmes, silencieux dans la pièce. Nicolas ne souhaitait pas interroger Marie Lardin devant un tiers. Après un long moment, Bourdeau revint et fit signe à Nicolas que tout était achevé. Ils quittèrent le *Dauphin couronné*, Bourdeau avec la Paulet dans une voiture et Nicolas dans l'autre avec Marie. Celle-ci s'était calmée ; seuls quelques gros soupirs lui échappaient encore. Elle regardait Nicolas avec admiration.

— Mademoiselle, pardonnez-moi, mais je dois vous poser quelques questions.

— Permettez-moi d'abord de vous remercier, Nicolas. Je comprends que la fille a fait ma commission…

Elle le regardait de biais.

— Vous la connaissez bien ? Depuis longtemps ?

C'était lui qui se trouvait sur la sellette… Il hésita un moment, mais ne crut pas devoir dissimuler la vérité.

— C'est une très bonne amie et depuis longtemps.

Marie eut une moue de mépris.

— Alors, vous êtes comme les autres… Et avec une fille de mauvaise vie !

Nicolas explosa.

— Mademoiselle, il suffit. Vous voilà libérée. J'ignore si vous savez à quoi vous avez échappé, mais je suis sûr d'une chose : dans de certaines circonstances, il vaut mieux compter sur certaines filles de mauvaise vie plutôt que sur les honnêtes femmes. Et la moindre des choses, quand on leur doit son salut, c'est de leur être reconnaissante d'avoir eu pitié et d'avoir tenu parole. Vous plaît-il de répondre à mes questions et de me raconter de quelle manière vous vous êtes retrouvée chez la Paulet ?

— Je l'ignore, monsieur, répondit la jeune fille qui ne l'appelait plus Nicolas. Je me suis retrouvée enfermée dans cette pièce où vous m'avez découverte. J'étais fort étourdie, malade, la tête lourde. La Paulet a voulu me convaincre de me livrer à un commerce infâme. Puis cette fille est venue insister. Comme je pleurais, elle s'est apitoyée et j'ai tenté de la soudoyer. Je ne risquais rien d'essayer. Soit elle ferait ce que je lui demandais, soit elle refuserait, et ma situation ne s'en trouverait guère aggravée.

— Avez-vous une idée du jour de votre enlèvement ?

— Mes souvenirs sont confus. Je pense que ce devait être mercredi de la semaine dernière. Je crois que ma marâtre avait surpris notre conversation le soir où j'ai tenté de vous mettre en garde, si vous vous souvenez, monsieur.

— Je me le rappelle fort bien. Autre chose : votre père vous a-t-il, à un moment ou à un autre, fait parvenir un message ?

Elle ouvrit la bouche, indignée.

— Vous avez fouillé ma chambre ! De quel droit ?

— Pas seulement votre chambre, toute la maison. Mais je conclus de votre réaction que vous avez bien reçu quelque chose. Le détail est d'importance, répondez-moi.

— Un billet dont la signification m'a échappé et qui ne vous dirait rien. Il me l'avait glissé dans la main la dernière fois que je l'ai vu, la veille de sa disparition. Avez-vous des nouvelles de mon père ?

— Vous rappelez-vous les termes de ce message ?

— Il était question de choses qu'on devait au roi. J'ignore à quoi il faisait allusion. Mon père m'avait seulement recommandé de garder précieusement ce papier. Je l'ai placé dans un tiroir et je l'ai oublié. Mais, monsieur, vous m'obsédez de questions. Et mon père ?

Nicolas eut l'impression qu'elle allait se mettre à trépigner comme une enfant. La pitié le prenait. Il n'y avait aucune raison de lui dissimuler la vérité. À première vue elle n'était guère suspecte et deux témoins, la Satin et la Paulet, pourraient confirmer ses dires.

— Mademoiselle, il vous faut être courageuse.

— Courageuse ? dit-elle en se dressant. Vous ne voulez pas dire…

— Hélas, je suis au désespoir de devoir vous annoncer que votre père est mort.

Elle mordit son poing pour ne pas hurler.

— C'est Descart ! C'est lui ! Je vous l'avais dit. Elle l'a forcé. Mon Dieu, que vais-je devenir ?

— Comment savez-vous qu'il a été assassiné ?

— Elle en avait parlé, oui, avec lui.

La jeune fille se remit à pleurer. Nicolas lui tendit son mouchoir et la laissa se calmer.

— Vous vous trompez, dit-il. Descart est mort lui aussi, assassiné comme votre père.

— Alors, c'est le docteur Semacgus.

— Pourquoi songez-vous à lui ?

— Il ne peut s'agir que d'un des amants de ma belle-mère. Le docteur était si faible avec elle.

— Ou votre belle-mère elle-même ?

— Elle est bien trop habile pour se compromettre.

Elle continuait à sangloter et il ne savait comment la calmer. Il l'enveloppa doucement dans sa redingote. Elle se laissa aller contre son épaule. Il n'osa plus bouger et c'est ainsi qu'ils firent leur entrée au Châtelet.

Nicolas confia à Bourdeau le soin de recueillir les dépositions de la Paulet et de Marie Lardin. La tenancière du *Dauphin couronné* serait incarcérée au secret en attendant que l'affaire pût être régulièrement évoquée devant un magistrat. La Satin pouvait rejoindre sa demeure, à condition d'observer la plus grande discrétion. Quant à Marie Lardin, elle serait conduite dans un couvent qui l'accueillerait jusqu'à la conclusion de l'enquête. Il n'était pas décent qu'elle retournât seule dans la maison des Blancs-Manteaux tant que ne seraient pas éclaircies les conditions de l'assassinat de son père et levés les soupçons qui pesaient sur sa belle-mère.

Bourdeau proposa de la conduire au couvent des Dames anglaises[1] du faubourg Saint-Antoine, dont il connaissait la supérieure. Il interrogea son chef sur ce qu'il comptait

1. Couvent du faubourg Saint-Antoine, rue de Charenton, dans lequel étaient élevées des jeunes filles étrangères de qualité.

faire. Nicolas, souriant, lui répondit avec un rien de goguenardise qu'il allait regagner son logis plein d'usage et raison et méditer sur l'insignifiance des choses en regardant son plafond. D'ailleurs, il se faisait tard, la nuit tombait ; il avait à soigner ses blessures, il devait prendre des nouvelles de M. de Noblecourt et il avait grand faim.

L'insouciance de Nicolas était feinte mais il ne lui déplaisait pas d'intriguer Bourdeau. En rentrant rue Montmartre, il repassait dans son esprit les grandes étapes de son enquête. L'articulation de certains faits lui échappait encore. En dépit de sa fatigue et du choc que la mort de Mauval faisait toujours peser sur lui, il savait qu'une réflexion paisible et une nuit de sommeil lui éclairciraient les idées. Sa fringale s'aiguisait, mais il ne souhaitait pas chercher pitance dans un de ces établissements mercenaires qui restauraient le Parisien solitaire. Il éprouvait le besoin de la chaleur d'un logis.

La nuit était tombée et le froid était vif quand il franchit le porche de la maison du magistrat. Il retrouva avec plaisir l'odeur de pain chaud qui la parfumait en permanence. Il surprit Marion et Poitevin devisant à la table de l'office. Un grand pot fumant mijotait sur le potager. Cette scène familière le rasséréna tout autant que l'odeur qui chatouillait ses narines. Il apprécia d'être accueilli comme l'enfant prodigue des Écritures. M. de Noblecourt souffrait toujours, mais n'avait cessé de s'enquérir de son locataire. Il serait heureux de voir Nicolas.

Le jeune homme regagna sa chambre par l'escalier dérobé, après s'être emparé d'un broc d'eau chaude. Il voulait faire un brin de toilette et panser ses plaies avant de paraître devant le procureur. Il eut la joie de trouver les habits commandés chez maître Vachon. À la lueur de sa chandelle, le bel habit vert resplendissait de toutes ses broderies. Quand il pénétra enfin dans la bibliothèque, joyeusement accueilli par les cris et les bonds de Cyrus, il découvrit son hôte affalé dans son fauteuil, le pied droit enveloppé d'ouate reposant sur un pouf de tapisserie.

M. de Noblecourt lisait et dut faire un effort pour se tourner vers Nicolas.

— Dieu soit loué, s'écria-t-il, le voilà enfin ! Mon pressentiment était faux. Je ne vis plus, depuis hier. Les plus funestes pensées m'ont obsédé. Je peux même dire qu'à chaque poussée de cette coquine de goutte a correspondu une bouffée d'angoisse. Heureusement, je m'étais trompé.

— Moins que vous ne le pensez, monsieur, et vous êtes pour beaucoup dans une prudence qui m'a sans nul doute sauvé la vie.

Nicolas entreprit de conter par le menu tout ce qui venait d'advenir. Ce ne fut pas chose aisée, car le vieil homme l'interrompait sans cesse par ses exclamations et ses questions. Il y parvint pourtant jusqu'au moment où Marion vint les interrompre en apportant à son maître une tasse de bouillon clair. Celui-ci proposa à Nicolas de manger le bouilli qu'on lui interdisait avec tous ses légumes. On ferait monter à son usage personnel une bonne bouteille de bourgogne. Cette proposition fut acceptée d'enthousiasme.

— Marion me condamne à périr de faim ! soupira le magistrat. Heureusement, ajouta-t-il en désignant le livre qu'il était en train de lire, je me console en dévorant *Le Cuisinier* de Pierre de Lune. Je me sustente en salivant. Savez-vous que ce grand maître d'une vraie cuisine était écuyer de bouche du duc de Rohan, petit-fils du grand Sully ? C'est l'inventeur du paquet d'herbes[1], du bœuf mode et de la farine frite[2]. Et de plus, ajouta-t-il en lorgnant la bouteille vénérable que Marion posait sur la table, le vin m'est interdit. Quand je suis rassasié de lectures gourmandes, je prends mon vieux Montaigne. Il me conforte dans la résistance à cette chienne de goutte. Écoutez : « La douleur se rendra de bien meilleure compo-

1. Bouquet garni.
2. Roux, base de nombreuses sauces.

sition à qui lui tiendra tête. Il faut opposer et bander contre. » Je m'y essaye ! Malpeste, je vois que le récit de mes souffrances ne modère pas votre appétit ! C'est le fait d'une âme tranquille.

Nicolas releva la tête, confus de s'être laissé surprendre à bâfrer de la sorte. La nourriture chaude et savoureuse lui insufflait une énergie nouvelle.

— Mille regrets, monsieur. Les événements de la journée…

— … vous ont donné une faim carnassière.

— Monsieur, puis-je solliciter votre avis sur tout cela ?

Le vieux procureur baissa la tête en plissant les yeux. Il paraissait plongé dans une profonde méditation. Ses bajoues s'étalaient autour du menton comme une fraise de chair.

— À vrai dire, fit-il en hochant la tête, rien n'est réglé. Cependant, vous disposez de beaucoup d'éléments qu'il vous reste à ordonner. Réfléchissez longuement aux circonstances de votre enquête. Pesez sur la balance impartiale de votre jugement les preuves et les présomptions. Et puis ensevelissez-vous dans un profond sommeil. L'expérience m'a souvent prouvé que la solution s'impose à nous au moment où on y pense le moins. Et pour dernier conseil, je vous dirai ceci : il faut mettre le feu aux poudres pour faire éclater la vérité. Si vous n'avez pas de feu, feignez d'en avoir.

Il regarda Nicolas avec une lueur d'ironie dans les yeux. Cette petite satisfaction fut payée d'une remontée de douleur qui le fit grimacer et pousser de petits gémissements. Nicolas comprit qu'il était temps de laisser reposer son vieil ami. Après lui avoir souhaité une bonne nuit, il regagna sa chambre. Allongé sur sa couche, il se mit à réfléchir. Tantôt le déroulement de l'affaire lui paraissait évident, tantôt ses différents aspects se bousculaient dans son esprit et brouillaient les pistes. Il ressassait sans fin les mêmes suppositions qui n'aboutissaient nulle part.

Pour se calmer, il décida d'examiner les trois messages laissés par Lardin. Il les étala sur le plateau du secrétaire à cylindre et les relut plusieurs fois. Les phrases dansaient et leur texte continuait à évoquer en lui quelque chose qu'il ne parvenait pas à fixer. Excédé, il mélangea les fragments de papier comme on mêle des cartes et les abandonna. Le sommeil l'emporta.

*Mardi 13 février 1761*

Une main hésitait au-dessus des cartons disposés sur le sol. Le front plissé d'attention, il essayait de reconstruire le mot CHAT. Il saisit une lettre, puis une autre, une troisième… Il leva la tête, l'air satisfait. Il avait pourtant oublié le *t* et le chanoine, comme un suisse d'église, s'impatientait en laissant retomber sa canne sur le dallage sonore de la cuisine. Il finit par lui désigner la lettre manquante. La voix familière lui dit : « Voilà qui est dans le bon ordre. » Mais déjà son tuteur remélangeait les cartons et lui donnait un nouveau mot à assembler. Nicolas, agenouillé, voyait les fortes galoches du chanoine et le galon élimé et taché de boue du bas de sa soutane. Fine chantait une vieille ballade en breton, tout en plumant une volaille. Il fut surpris de la musique grinçante qui accompagnait le doux murmure de la rengaine.

Ce fut alors qu'il s'éveilla. Il s'approcha de la fenêtre et tira les rideaux. De la rue Montmartre montait le son plaintif que tirait de sa vielle un Auvergnat vêtu d'une peau de mouton et accompagné d'un chien noir. Les paroles de son tuteur résonnaient encore dans la tête de Nicolas quand son regard se posa sur les trois papiers de Lardin étalés en désordre sur le secrétaire. Sans y prendre garde, il les mêla à nouveau et les considéra. Comment n'avait-il pas remarqué cela plus tôt ? Tout s'éclairait ou, du moins, une nouvelle piste s'ouvrait, qui ne pouvait qu'aboutir. La volonté qui avait poussé Lardin à laisser derrière lui ces messages énigmatiques trouvait désormais son explication. Mais rien, pour autant, n'était acquis. C'était tout au plus, comme dans un conte de Perrault, un caillou jeté sur le sentier.

Il fut prêt en un instant. Il se brûla en avalant à la hâte la tasse de chocolat que Marion s'était empressée de lui préparer. La vieille servante déplora le peu de temps qu'il lui avait laissé pour fouetter le breuvage. Cette opération était nécessaire, disait-elle, pour augmenter l'ampleur du velouté et dégager la quintessence des arômes. Marion avait depuis longtemps adopté le jeune homme, et les coings épluchés en commun l'automne dernier avaient marqué pour elle le début d'une complicité affectueuse. Elle lui avait donné sa confiance sans calcul, émue aussi du respect qu'il portait à son maître. Poitevin, qui partageait le penchant de Marion, obligea Nicolas, avec une douce fermeté, à quitter ses bottes. En un tournemain, il les nettoya puis les cira. Enfin, il en fit briller le cuir à grands coups de brosse réguliers et avec force salive. S'arrachant aux délices de la maison Noblecourt, Nicolas se plongea avec allégresse dans l'air vif de la belle journée glacée qui s'annonçait.

Il se rendit tout d'abord au Châtelet, où il écrivit un message à M. de Sartine. Il s'agissait de solliciter sa présence le soir même, à six heures de relevée, pour présider une confrontation générale. Après quoi, il s'entretint longuement avec Bourdeau. Il convenait de faire extraire Semacgus de la Bastille et Louise Lardin de la Conciergerie, de convoquer Catherine, la cuisinière, et, bien entendu, la fille du commissaire. Pour l'heure, Nicolas, sans s'expliquer davantage, déléguait à son adjoint toute autorité sur les décisions ou les initiatives à prendre en son absence.

Cela précisé, il descendit à la Basse-Geôle et médita de longues minutes devant les restes trouvés à Montfaucon, qui avaient été rejoints, dans un congrès macabre, par les corps de Descart, Rapace, Bricart, Lardin et Mauval. Leur rassemblement offrait l'image terrible de la conjonction insensée de causes et d'effets que le vice, l'intérêt, la passion et la misère avaient finalement réduite à ce théâtre de corruption. Il lui fut pénible de revoir Mauval dont le visage, maintenant nettoyé, apparaissait serein et rajeuni. Quel concours tragique de circonstances avait conduit, dans ce dépositoire, des êtres si divers et si éloignés les uns des autres ? Il se pencha à nouveau sur l'inconnu du Grand Équarrissage, comme pour tenter de percer son secret et entendre de lui une confirmation. C'est dans cette attitude que le surprit Sanson. Leur conversation fut animée. Ils examinèrent le corps de Lardin, puis celui de Descart. De longs silences espaçaient leurs propos. Enfin, Nicolas quitta l'exécuteur des hautes œuvres après l'avoir convié à paraître à la séance présidée, le soir même au Châtelet, par le lieutenant général de police.

La journée de Nicolas fut riche en déplacements. Il avait pris une voiture et sillonna Paris d'un point à un autre. Il se fit tout d'abord conduire rue des Blancs-Manteaux. Il revisita avec soin la maison Lardin, puis franchit la Seine pour gagner l'étude de maître Duport, notaire de Descart mais aussi de Lardin. Il fut mal reçu, réagit encore plus mal et finit par obtenir ce qu'il était venu chercher. Il retraversa la ville pour s'enfoncer dans le faubourg Saint-Antoine. Il se perdit dans le dédale de ruelles et d'impasses du quartier des menuisiers. Après de nombreux détours, il dut s'enquérir de l'adresse recherchée auprès de passants aux informations contradictoires. Il réussit enfin à retrouver l'ébéniste dont le nom lui avait été fourni par la facture découverte dans la bibliothèque du commissaire Lardin. Le plus grand désordre régnait dans les papiers et les comptes de l'artisan. Après de longues recherches, celui-ci parvint enfin à renseigner Nicolas sur la commande en question. Son intuition confirmée, il s'accorda une pause dans une guinguette du faubourg, face à un de ces plats canailles qu'il affectionnait. Seule manquait à son bonheur l'amicale présence de Bourdeau, bon compagnon, toujours partant pour ce genre de ribote.

Ayant calmé sa fringale, Nicolas renvoya sa voiture et revint à pied par la rue Saint-Antoine. Au milieu de la foule d'artisans et de gagne-deniers, il laissa vagabonder son esprit. Parfois, le doute l'assaillait sur le bien-fondé de son initiative. Était-il suffisamment armé pour exiger avec autant de suffisance une comparution présidée par M. de Sartine ? Puis les propos de M. de Noblecourt lui revenaient en mémoire et le confortaient dans sa volonté d'aboutir. Il savait qu'il allait engager non seulement le dénouement de son enquête, mais aussi son avenir dans la police. Une erreur le rejetterait à jamais dans des fonctions subalternes, et cela d'autant plus que l'échec suivrait immédiatement son extraordinaire élévation. M. de Sartine ne lui pardonnerait pas un insuccès dont la responsabilité lui incomberait pour avoir confié une affaire aussi grave à un jeune homme inexpérimenté. Ce n'était pas tant la découverte de criminels qui importait pour le haut magistrat que la conclusion d'une affaire d'État touchant de près le souverain et la sûreté du royaume en temps de guerre. Il connaissait parfaitement les raisons particulières pour lesquelles son chef s'était engagé, peut-être légèrement, à lui faire confiance ; il se devait de ne pas le décevoir. Mais convaincu, au fond, d'avoir donné le meilleur de lui-même et cela au risque de sa vie, ses doutes appartenaient plus au domaine de la conjuration qu'à celui d'une crainte justifiée.

Il rentra au Châtelet sur le coup de cinq heures. Il se sentait dispos et déterminé. Ses délibérations avec lui-même se concluaient par une volonté d'action et d'aboutissement sans états d'âme superflus.

Bourdeau, inquiet de son absence, manifesta son soulagement de le voir, mais se garda de l'interroger sur l'emploi de sa journée. Il avait préféré soutenir la requête de Nicolas de vive voix, car il connaissait les réactions du lieutenant général quand il supposait que les égards dus à sa fonction n'étaient pas exactement observés. Nicolas reconnut encore une fois la sagesse de son adjoint.

M. de Sartine avait bien renâclé devant une proposition imposée, mais il s'était finalement laissé convaincre par les arguments de l'inspecteur : il ne regretterait pas une séance où tout devait s'éclairer.

Bourdeau regarda Nicolas qui ne manifesta ni approbation ni inquiétude devant cette formule. Il le félicita au contraire d'avoir agi de la sorte. Il convenait maintenant de préparer la salle. Avec l'aide du père Marie, il fit placer des escabeaux en rang dans le bureau du lieutenant général. Ce n'était pas encore la sellette des tribunaux, sur laquelle les prévenus étaient interrogés, mais cela y ressemblait et, disait-il, ajouterait à l'inconfort des participants. Il eut un long conciliabule avec Bourdeau, à la conclusion duquel le père Marie fut invité à se joindre. Ils entrèrent tous les trois à plusieurs reprises dans le bureau, comme pour repérer les lieux. À mesure que l'heure approchait, Nicolas s'exaltait davantage.

Les suspects et les témoins arrivaient maintenant les uns après les autres pour être aussitôt enfermés dans des pièces séparées où il leur était impossible de communiquer. Six heures sonnaient au clocher voisin. Un pas pressé dans l'escalier de pierre annonça M. de Sartine, toujours exact. Il fit signe à Nicolas de le suivre dans son bureau. À peine entré il se précipita vers la grande cheminée où il se mit à tisonner le feu avec une sorte de rage. Le jeune homme attendit placidement qu'il eût sacrifié à sa manie.

— Monsieur, commença-t-il, j'apprécie fort peu de me faire dicter mes actes et ordonner ma présence dans mes propres bureaux. J'ose espérer que vous avez de bonnes raisons pour agir de la sorte.

— Je n'ai fait, monsieur, que suggérer l'organisation d'une séance que j'estimais si essentielle à notre enquête qu'elle ne pouvait se tenir en dehors de vous, répondit Nicolas avec déférence. Vous en avez d'ailleurs jugé ainsi pour y avoir accédé.

Son interlocuteur se radoucit.

— J'en accepte l'augure. Mais au moins, Nicolas, cela conduira-t-il à régler ce à quoi nous pensons tous les deux ?

— Je le pense, monsieur.

— Veillez, en tout cas, à demeurer discret sur ce point.

Il passa derrière son bureau et s'assit dans le grand fauteuil de damas rouge. Il tira sa montre et la consulta.

— Pressez les choses, Nicolas. Je suis attendu à souper et ma femme ne me pardonnerait pas d'y manquer.

— Je fais introduire nos gens sur-le-champ. Mais, quant à votre souper, monsieur, je crains que vous n'ayez à y renoncer…

# XV

## CURÉE

> Sortez, ombres, sortez de la nuit éternelle
> Voyez le jour pour le triomphe :
> Que l'affreux désespoir, que la rage cruelle
> Prennent soin de vous rassembler,
> Avancez, malheureux coupables.
>
> QUINAULT

Semacgus parut le premier, plus rubicond encore qu'à l'accoutumée, mais impassible. Il fut suivi par la Paulet et la Satin. La première avait la mine basse, mais ses petits yeux perdus dans les replis de chair se déplaçaient comme ceux d'une bête aux abois. La seconde laissa percer sa surprise de se retrouver auprès du chirurgien de marine. Louise Lardin, en jupe grise et caraco noir, sans maquillage et sans perruque, semblait vieillie de plusieurs années. Quelques cheveux blancs apparaissaient déjà dans sa chevelure défaite. Marie Lardin, en deuil, serrait convulsivement un petit mouchoir. Catherine Gauss la soutenait, tout en fusillant du regard son ancienne patronne. Sanson entra comme une ombre et, debout, se confondit avec la muraille dans le retrait que formait l'angle de la cheminée. Bourdeau demeura devant la porte.

Les témoins prirent place sur les escabeaux prévus à leur usage. Le lieutenant général de police contourna le bureau et s'assit sur son rebord, balançant l'une de ses jambes et jouant avec un stylet d'argent. Nicolas, au centre de la pièce, les deux mains sur le dossier d'un fauteuil, lui faisait face. Le père Marie apporta deux flambeaux supplémentaires. Leurs lumières projetèrent la silhouette du jeune homme en une grande tache d'ombre au fond de la pièce.

— Monsieur Le Floch, je vous écoute.

Nicolas prit une longue inspiration, et se lança :

— Monsieur, l'enquête que vous m'avez chargé de diligenter touche à sa fin. Je crois pouvoir affirmer que des éléments décisifs ont été rassemblés qui permettent d'approcher la vérité et de désigner les coupables.

Sartine l'interrompit.

— Il ne s'agit pas d'approcher, mais bien d'atteindre. Nous attendons vos lumières, monsieur, quoique la vérité, comme le dit mon ami Helvétius[1], soit un flambeau qui luit quelquefois dans le brouillard sans le dissiper.

— Du brouillard, il y en a eu beaucoup dans cette affaire, et dès ses origines, dit Nicolas. Reprenons les choses à leur commencement. Le commissaire Lardin avait disparu. Vous m'avez chargé d'enquêter sur cette disparition avec l'inspecteur Bourdeau. Nous avons procédé selon l'habitude, sans rien trouver d'abord. Puis, grâce au témoignage d'une vieille marchande de soupe, la vieille Émilie, nous avons découvert des restes humains au Grand Equarrissage de Montfaucon. Je note au passage, monsieur, l'efficacité d'une administration qui a permis à une information recueillie par le commissariat du Temple de parvenir à notre connaissance.

1. Philosophe français (1715-1771). Fermier général, il collabora à l'*Encyclopédie*.

M. de Sartine salua avec ironie.

— Je suis heureux, monsieur, de votre constatation sur l'efficacité de ma police, qui fait en effet l'admiration de l'Europe. Mais poursuivez.

— Ces restes humains, nous les avons fait parler et ils nous ont appris plusieurs choses. Ils appartenaient à un individu chauve, de sexe masculin, dans la force de l'âge. Il avait été tué par une arme blanche, puis découpé, déposé à Montfaucon et sa mâchoire avait été fracassée. Notre examen prouvait que le corps était parvenu au Grand Équarrissage avant que surviennent la neige et le gel. Ainsi pouvions-nous dater son abandon sur place de la nuit même où le commissaire Lardin avait disparu. D'autre part, des vêtements ont été retrouvés auprès du corps, qui avaient appartenu au disparu. Tout portait donc à croire que les restes découverts étaient bien ceux que nous cherchions. Pourtant, un doute subsistait dans mon esprit. J'avais le sentiment que tout avait été agencé, disposé, comme si une volonté extérieure avait tenu à faciliter la reconnaissance de ces restes. Tout concourait à prouver qu'il s'agissait bien de ceux de Lardin. Je notai cependant un détail : une tache noire au sommet du crâne, sur laquelle je reviendrai. L'acharnement à détruire la mâchoire jetait aussi un doute sur la présomption première.

Nicolas marqua une pause, pour reprendre haleine, et poursuivit :

— L'enquête portait aussi sur l'entourage du disparu. Rapidement, nous avons appris par le docteur Semacgus que Lardin avait organisé un souper dans une maison de plaisir, le *Dauphin couronné*. Durant cette soirée essentielle, le docteur Descart et Lardin s'étaient querellés et tous deux avaient quitté le bordel aux environs de minuit. Quant à Semacgus, il serait resté avec une fille jusqu'à trois heures du matin et n'aurait pas retrouvé son serviteur nègre, Saint-Louis, disparu lui aussi. Descart, interrogé, taisait sa soirée au *Dauphin couronné* et accusait Semacgus d'avoir tué son cocher. D'évidence, une rivalité opposait les deux hommes, autrefois liés.

— Jusqu'à présent, monsieur, s'impatienta Sartine, vous ne m'apprenez rien que je ne sache déjà.

— L'enquête au *Dauphin couronné* ouvrait de nouvelles voies. Il apparaissait que le ménage Lardin avait subi, dès l'origine, les retombées de la jeunesse agitée de Louise, et que Descart, cousin de Louise, avait détourné la fortune de ses parents et, par là même, se trouvait à l'origine de sa jeunesse débauchée. Lardin, malheureux dans son intérieur, recherchait des plaisirs mercenaires auprès des créatures de la Paulet. Joueur invétéré et pressé par les goûts de luxe de sa femme, il avait perdu une fortune et se trouvait soumis au chantage de malfaiteurs.

Le lieutenant général, inquiet de la direction périlleuse que prenait le récit, tapotait nerveusement le rebord de son bureau avec le stylet.

— De ces malfaiteurs, je ne dirai rien, reprit Nicolas, au soulagement de Sartine, ni des raisons qui les animaient. L'un d'eux pourtant nous intéressait. Il avait nom Mauval et sa présence obsédante avait été repérée alors qu'il nous espionnait à Montfaucon. Il se trouvait que ce Mauval était aussi l'amant de Louise Lardin. Il s'avérait également que Descart avait été attiré dans un piège au *Dauphin couronné*. Appâté par les propositions de la Paulet qui caressait ses penchants, il devait forcément tomber sur Lardin.

On entendit une voix étouffée qui protestait.

— Je répondais à la demande, dit la Paulet, c'est le client qui ordonne.

Nicolas ignora l'interruption.

— Cette rencontre et cette querelle apparaissaient donc nécessaires à un plan savamment préparé. Nous avons appris, par un autre témoignage, que le docteur Semacgus, loin d'avoir quitté l'établissement du faubourg Saint-Honoré après trois heures du matin, comme il l'avait d'abord affirmé, en était parti aux environs de minuit pour rejoindre le lit de Louise Lardin. Ainsi, au cours de cette nuit, personne n'avait d'alibi. Descart et Lardin disparaissent aux environs de minuit. Semacgus s'éclipse à la même heure. Saint-Louis, le cocher de Semacgus, n'est plus là. Louise Lardin, prétendument sortie pour aller entendre les vêpres ce soir-là, ne peut établir le lieu où elle se trouvait jusqu'à fort avant dans la nuit, comme le prouve le témoignage de sa cuisinière sur l'état de ses chaussures abîmées par la pluie ou par la neige. Le mystère reste entier mais l'un de ces personnages, le docteur Descart, va bientôt périr de mort violente, dans sa maison de Vaugirard. Les premières constatations sont ambiguës. Il paraît avoir été poignardé par une lancette à saignée. Tout incrimine le docteur Semacgus, invité par Descart à le rencontrer à l'heure de sa mort et qui avait toute latitude pour le tuer. Ou bien est-ce une ruse diabolique de ce même docteur Semacgus, qui entend par cet indice faire porter le soupçon sur lui-même d'une manière si ostensible qu'elle équivaut à l'innocenter ? Et que dire du personnage énigmatique dont le pas sautillant est noté par une mouche et dont je relève les petites empreintes sur le sol gelé ? Seule conséquence de tout cela, Descart ne peut plus raisonnablement faire partie de nos suspects. Alors ?

— Oui, alors ? fit Sartine.

— Alors, monsieur, nous avons affaire à une machination machiavélique dans laquelle les coupables sont parfois des victimes.

— Il y a de plus en plus de brouillard dans vos propos, Nicolas.

— C'est que tout a été fait pour que les voies fussent embrouillées à un degré tel qu'en démêler les écheveaux est un travail de bénédictin. La première fausse piste est le cadavre de Montfaucon. Ce n'était pas celui de Lardin. Celui de Lardin, nous l'avons retrouvé hier dans les caves de la rue des Blancs-Manteaux.

Catherine Gauss poussa un cri.

— Bovre monsieur, bovre Marie !

— À qui appartenaient alors les restes macabres du Grand Equarrissage, et pourquoi avoir voulu nous égarer de la sorte ? En vérité, c'est une longue histoire. Imaginez, monsieur, le commissaire Lardin, après une longue et honorable carrière, enragé de jeu et qui doit subvenir aux besoins de sa jeune femme, coquette et frivole. Il dilapide des sommes considérables et tombe entre les mains de maîtres chanteurs. Sa situation est si compromise que sa propre servante est contrainte de participer de ses deniers aux dépenses du ménage. Il est acculé.

Nicolas jeta un regard appuyé sur son chef qui hocha la tête.

— Lardin décide de disparaître. Il espère que cette disparition lui permettra de refaire fortune et de fuir à l'étranger, où il compte s'établir. Il prépare un plan criminel. Sa femme, Louise Lardin, a un cousin très riche et qu'elle hait, le docteur Descart. Il faudra donc parvenir à le faire accuser de l'assassinat du commissaire ; après quoi, il sera jugé, exécuté, et ses biens saisis au profit de l'épouse de sa victime qui, à cette époque-là, est son héritière naturelle. Mme Lardin consent et se donne à Descart pour justifier les soupçons qui porteront sur lui.

— C'est faux, vous mentez ! Ne l'écoutez pas.

Louise Lardin avait interrompu Nicolas, et Bourdeau dut la maîtriser pour qu'elle ne lui saute pas au visage.

— C'est la vérité, madame. Descart a été attiré dans un piège au *Dauphin couronné*. La Paulet lui avait fait miroiter les plaisirs d'une nouvelle pensionnaire. On lui a fait tenir un masque et une cape noire pour son déguisement de carnaval. Lardin s'est arrangé pour se trouver là aussi, avec Semacgus, car il faut un témoin à cette querelle. Descart arrive, la provocation a lieu, il y a lutte et Lardin en profite pour arracher un morceau de la poche du vêtement de Descart qui pourra constituer dans l'avenir une utile présomption. Le médecin fuit, Lardin le suit de près…

— Et Descart ? demanda M. de Sartine.

— Il va disparaître dans la nuit et regagner sa demeure où il vit en solitaire. Accusé, il n'aurait pu compter sur aucun témoignage ni alibi.

— On a vraiment l'impression que vous étiez là, monsieur.

— Encore une fois, monsieur, votre police est bien faite. Je poursuis. Pendant cette querelle, deux malfaiteurs stipendiés par Lardin, Rapace, un ancien boucher, et Bricart, un soldat invalide, assomment Saint-Louis, l'égorgent dans la voiture de Semacgus, puis, sur les bords du fleuve, découpent le corps en morceaux qu'ils déposent dans des tonneaux. Ils portent le tout à Montfaucon où, sous les yeux d'un témoin, ils l'abandonnent avec les vêtements du commissaire et sa canne. La neige, tombée plus tard à la Villette qu'à Paris, recouvre les restes.

— Comment pouvez-vous en être sûr ? Ce n'est pas ce que j'ai lu sur les rapports.

— Sur les rapports vous avez lu ce que les témoins ont bien voulu dire. En fait, je suis en mesure d'affirmer que le corps trouvé à Montfaucon était bien celui de Saint-Louis.

Nicolas sortit de sa poche un carton. Il s'approcha d'un des flambeaux et tint l'objet au-dessus de la flamme. Le papier se colora aussitôt d'une tache de noir de fumée.

— C'est ainsi, dit-il, que j'ai tout compris, un soir que je considérais la flamme de ma chandelle noircir la poutre au-dessus de ma tête.

— Vos propos, monsieur, deviennent si abscons que je me mets à douter de la cohérence de votre raisonnement. Expliquez-vous.

— C'est très simple. Vous vous rappelez cette tache noire trouvée sur le crâne de Montfaucon. Elle m'avait d'autant plus intrigué que notre témoin sur les lieux, la vieille Émilie, avait vu Rapace et Bricart battre le briquet et faire brûler quelque chose.

Il se tourna vers Semacgus.

— Monsieur, quel âge avait votre serviteur ?

— Dans les quarante-cinq ans, autant que l'on puisse savoir avec un Africain.

— Dans la force de l'âge, donc ?

— Assurément.

— Il était chauve ?

— En dépit de son nom, emprunté à son lieu de naissance, Saint-Louis était demeuré mahométan. C'est pourquoi il gardait le crâne rasé avec, juste au milieu, une mèche de cheveux par laquelle, disait-il, son Dieu pourrait le tirer au jour de sa mort.

— Nous savons tous que le commissaire Lardin était chauve sous sa perruque, reprit Nicolas. Si l'on voulait faire passer le corps de Saint-Louis pour celui de Lardin, il fallait que cette mèche distinctive disparût ! Aussi fut-elle brûlée. Mais une trace noire subsistait qui attira mon attention.

— Mais, reprit Sartine, l'homme était noir…

— C'est précisément pourquoi il fallait le porter au Grand Équarrissage où, rongé et dévoré par des hordes de rats, d'oiseaux de proie et de chiens errants, il n'aurait plus figure humaine, ni peau sur les os. Et, pourquoi croyez-vous que la mâchoire ait été fracassée et les dents dispersées ? Parce que la dentition du commissaire Lardin était fort mauvaise, au contraire de celle de Saint-Louis dont le sourire éclatant est encore dans la mémoire de ceux qui ont connu ce serviteur fidèle. Mais il fallait qu'on pût identifier le corps, d'où la présence des habits et des objets ayant appartenu au commissaire Lardin.

M. de Sartine hocha la tête en silence, avant de demander :

— Et l'assassinat du docteur Descart ?

— J'y viens, monsieur. Le docteur Descart a été trouvé mort à la porte de son domicile, une lancette de saignée plongée dans le cœur. C'est du moins ce que l'assassin souhaitait que l'on crût. Je répète, en effet, que la victime n'a pas été tuée à la porte de sa demeure et que la lancette n'était pas plantée dans le cœur, mais à côté, et que la blessure constatée n'était pas la cause de la mort. Un homme de l'art…

Il se tourna vers la cheminée où seule l'ombre de Sanson était visible.

— … a démontré savamment que le docteur, loin de mourir poignardé, avait été empoisonné, puis étouffé par un carreau. De cela nous en sommes certains. Mais qui avait intérêt à la mort de Descart ?

Il s'approcha de Semacgus qui regardait le sol.

— Vous, docteur. Vous étiez l'exact opposé de Descart. Votre manière de vivre et votre liberté de ton contrastaient avec sa dévotion hypocrite. Vous me direz que ce n'est pas une raison pour le tuer. Mais à ces considérations s'ajoute votre rivalité. Vous étiez les tenants de deux chapelles médicales opposées ; on sait ce que les querelles entre écoles propagent de haines. Outre cela, Descart vous menaçait dans vos intérêts. Vous couriez le risque d'être interdit en tant que médecin, n'étant que chirurgien de marine. C'est toute votre vie qui en eût été bouleversée. Qui plus est, vous étiez rivaux dans ce que les convenances m'obligent d'appeler l'affection de Louise Lardin. Il vous avait surpris avec elle. Je sais bien que vous prétendez avoir découvert le corps, mais rien ne prouve que vous n'êtes pas arrivé quelques instants plus tôt et que vous n'avez pas perpétré ce crime. Vous rentrez à votre domicile, laissant le temps à votre complice aux petits pieds de… disons… organiser la mise en scène.

M. de Sartine laissa échapper un léger soupir de soulagement.

— Vos mensonges perpétuels ne plaident pas en votre faveur, Semacgus, poursuivit Nicolas. Vous êtes suspect, mais trop de présomptions tuent la preuve. Tout concourt à vous accuser. Or, dans cette mise en scène, bien des choses rappellent la nature morte arrangée de Montfaucon. La vérité tient peut-être à un mensonge dissimulé.

Semacgus ne parvenait pas à maîtriser le tic nerveux qui agitait l'une de ses paupières.

— Votre chance, c'est justement cette convocation du docteur Descart qui n'a, à bien y réfléchir, aucune justification. C'est un papier déchiré, non daté, non signé, qui ne porte aucune adresse et qui a été acheminé à votre demeure dans de bien étranges conditions. Je ne prétends pas qu'il s'agisse d'un faux ; il est bien de la main du docteur. Mais je soutiens qu'il s'agit d'un fragment d'une lettre adressée par Descart à sa maîtresse Louise Lardin, et que son contenu a été détourné pour convoquer le docteur Semacgus dans la maison de Vaugirard. Cela signifie, monsieur, que j'accuse Mme Lardin du meurtre de son cousin Descart.

— Nul doute, monsieur Le Floch, dit Sartine, que cette vigoureuse affirmation va être immédiatement suivie d'une démonstration concluante, car vous passez bien rapidement d'un coupable à un autre…

— Rien de plus aisé, en effet. Pourquoi Louise Lardin est-elle suspecte dans le meurtre de son cousin ? Réfléchissons avec elle. Je suis assuré que le complot du *Dauphin couronné* a été préparé et conçu par Lardin en plein accord avec sa femme. Mais le commissaire ignore un fait que Louise Lardin a découvert par hasard. Je n'ai aucun mérite à l'avoir appris, il m'a suffi de presser un peu la discrétion de maître Duport, notaire à la fois, il faut le souligner, de Lardin et de Descart. Celui-ci m'a affirmé avoir appris à Mme Lardin, ce qu'il avait regretté aussitôt vu les réactions de la dame, que le cousin Descart venait de rédiger un testament et avait établi comme légataire de tous ses biens Mlle Marie Lardin. Je ne crois pas que cette nouvelle ait été portée à la connaissance du commissaire. En revanche, elle a peu à peu envahi l'esprit de Louise Lardin et a fait germer une idée diabolique : se débarrasser d'un seul mouvement d'un mari méprisé et d'un cousin détesté. Elle allait aider le commissaire à accréditer sa disparition pour mieux l'assassiner. Dans le même temps, elle impliquerait Semacgus dans un meurtre dont il était innocent. Il fallait faire disparaître Descart, car rien ne prouvait qu'il serait, au bout du compte, accusé du meurtre du commissaire ; il y avait trop d'incertitudes. Enfin, dans un souci toujours plus pervers de brouiller les pistes, Louise Lardin avait chaussé à Vaugirard les souliers de sa belle-fille. Son pied étant plus grand, sa démarche était malaisée, ce que remarqua un suppôt de police qui la vit sortir de la maison Descart, après qu'elle l'eut mise à sac pour y trouver…

M. de Sartine se mit à tousser. Nicolas se reprit à temps.

— Pour y trouver… le testament. Pourquoi, direz-vous, ce raffinement dans le détail ? Il fallait préserver des voies de recours. Marie Lardin, nouvelle héritière de Descart, pouvait être, en cas de danger, accusée à son tour. Descart supprimé, il fallait à tout prix se débarrasser de la fille du commissaire Lardin. C'est pourquoi, après avoir été droguée, elle est enlevée, conduite au *Dauphin couronné*, et promise à un trafic infâme qui devait la déshonorer et la faire disparaître à tout jamais sans laisser de trace. Alors Louise Lardin, veuve éplorée et marâtre accablée, toucherait le prix de ses crimes, s'emparerait de l'héritage Descart et disparaîtrait avec son amant préféré, le sieur Mauval.

Louise Lardin se leva. Bourdeau, inquiet, s'approcha d'elle.

— Je proteste ! s'écria-t-elle. Je proteste contre les ignobles accusations de ce Le Floch. Je suis innocente de ce dont il m'accuse. J'ai eu le malheur d'avoir des amants, cela je le reconnais. Mais je n'ai tué ni mon mari ni mon cousin. J'ai déjà dit à M. Le Floch que le commissaire a été tué par le docteur Semacgus au cours d'une lutte alors que mon mari venait de nous surprendre, le matin du samedi 3 février. Mon seul tort a été de céder à ses supplications en vue de dissimuler le cadavre que M. Le Floch a retrouvé dans les caves de ma demeure.

— Il est dans la nature des choses, qu'un accusé se prétende innocent, continua Nicolas imperturbable. Mais je n'avais pas achevé ma démonstration et nous allons revenir sur le détail de la mort du commissaire. Il se trouve que Louise Lardin a manifesté deux attitudes contradictoires et successives au sujet de la disparition de son mari. Tout d'abord, elle a joué le jeu d'une épouse aimante et affolée, puis, dans un deuxième temps, elle a affiché le cynisme d'une courtisane affranchie qui se fait gloire de ses débauches et avoue son détachement pour un mari méprisé. La deuxième attitude répondait à la naissance des soupçons issus de l'enquête. Il fallait faire front. Ce faisant, elle détournait ces mêmes soupçons qui hésitaient alors à se porter sur une femme capable d'une telle sincérité. Nous retrouvons encore cette intelligence maléfique qui use des évidences pour les vider de leurs conséquences. Or, de quoi est mort en vérité le commissaire Lardin ? Monsieur le lieutenant général, je souhaiterais interroger, avec votre autorisation, l'homme le mieux à même de nous éclairer.

Il désigna Sanson. M. de Sartine fit un geste d'assentiment et le bourreau parut dans la lumière tremblante des flambeaux. Seuls, dans l'assistance, Semacgus et Bourdeau savaient ce que dissimulait l'apparence commune de cet homme que Nicolas évita de nommer par son nom.

— Monsieur, demanda-t-il, de quoi est mort le commissaire Lardin ?

— L'ouverture de son corps prouve de manière évidente qu'il est mort empoisonné par une matière arsenicale, énonça Sanson. Les rats crevés, découverts près du corps, ont péri de la même manière pour s'être nourris sur lui. Le détail de l'ouverture…

— Épargnez-nous le détail, dit Sartine.

— Le produit utilisé, reprit Nicolas, pourrait-il être le même que celui qui a servi au meurtre de Descart ?

— Le même, exactement.

— À quand remonte, selon vous, la mort du commissaire Lardin ?

— Vu l'état du cadavre et le lieu où il reposait, la réponse est difficile. Cependant, je pense qu'il était là depuis plus d'une semaine.

— Je vous remercie, monsieur.

Sanson s'inclina et regagna la pénombre. Nicolas se tourna vers la cuisinière des Lardin.

— Catherine, il y avait des rats rue des Blancs-Manteaux ?

— Vous le savez bien, monsieur Nicolas. Une vraie beste. Je n'arrêtais pas de me battre contre.

— De quelle manière ?

— J'avais un bot d'arsenic.

— Où se trouvait-il ?

— Dans l'office.

— Il ne s'y trouve plus. Ainsi, voilà une bien étrange lutte entre un mari trompé et l'amant de sa femme, qui s'achève par l'ingestion d'un poison. Ce que nous a affirmé Mme Lardin n'est pas crédible. Son mari a été empoisonné à la suite d'un complot parfaitement ourdi. Car complot il y a depuis le début, et je vais vous en apporter des preuves.

M. de Sartine avait regagné son fauteuil et, le menton dans son poing, il fixait avec admiration le jeune homme enflammé par sa démonstration.

— Il y a complot, dis-je, reprit Nicolas en enflant la voix. J'affirme que Mauval, amant de Louise Lardin, a été chargé de recruter les deux canailles qui vont égorger Saint-Louis. Il leur donne rendez-vous, avec les commanditaires, sur le chantier de la place Louis-XV. Là, ils rencontreront trois personnages en capes de satin noir et masqués ; le carnaval offre de ces facilités… Maître Vachon, votre tailleur, monsieur le lieutenant général, mais aussi celui de Lardin, a confectionné sur sa demande quatre capes noires. Alors, faisons nos comptes. Au *Dauphin couronné* Semacgus, en cette soirée de carnaval, est naturellement masqué. Lardin, masqué aussi et en cape, en voilà une. Descart masqué et en cape, celle que la Paulet lui a envoyée avec l'invitation, et de deux. Pour qui les deux autres capes ? Une pour Mauval, et de trois. Et l'autre pour Louise Lardin, quatre.

Louise Lardin se leva, l'écume à la bouche, et se mit à hurler.

— Tu mens, charogne, prouve-le !

— Curieuse requête de la part d'une innocente, mais rien ne sert de crier, je le prouverai. Examinons un peu le déroulement de cette soirée. Vers dix heures, Rapace et Bricart attendent place Louis-XV avec une charrette et deux tonneaux. Peu de temps après, trois inconnus masqués les rejoignent. Les instructions sont données et l'avance de la récompense versée. On les conduit rue du Faubourg-Saint-Honoré, à proximité du *Dauphin couronné*. Une voiture arrive peu avant minuit. Semacgus entre au bordel. C'est alors que son cocher, Saint-Louis, est attiré dans un guet-apens et poignardé. Les deux complices découpent le corps au bord du fleuve et placent les morceaux dans les deux tonneaux. Les deux bandits interrogés ont tenté d'accréditer l'idée que c'était Lardin qui venait d'être tué. Or, à minuit, Semacgus, Lardin et Descart sont ensemble. Nous savons maintenant quand Lardin a été tué et, de plus, je sais l'heure exacte à laquelle Saint-Louis a péri. Sa montre, brisée au cours de la lutte, a été retrouvée dans la poche de Rapace. Elle était arrêtée à minuit et quatre minutes. Entre minuit un quart et une heure du matin, Descart, Lardin, puis Semacgus quittent le *Dauphin couronné*. Lardin est le premier à revenir rue des Blancs-Manteaux. Il est la deuxième victime du complot après Saint-Louis. Il est empoisonné par sa femme et Mauval, revenu en hâte de la place Louis-XV. Son corps est placé dans le souterrain inconnu où il sera la proie des rats, et bientôt méconnaissable. Quelques jours après, du gibier sera placé dans le caveau pour dissimuler les miasmes suspects. Tout sera fait pour rendre la situation insupportable à Catherine Gauss, la cuisinière, qui aurait pu se douter de quelque chose. Marie Lardin sera enlevée, et moi-même, locataire, je serai naturellement chassé du logis. Oui, il y a eu complot et je maintiens et soutiens mes accusations contre Louise Lardin.

Louise, méprisante, le toisait. Puis elle se tourna vers Sartine.

— J'en appelle, monsieur, tout cela est faux. Qu'on me montre les preuves promises !

— Madame, que votre volonté soit faite. Vous voulez des preuves, j'ai beaucoup mieux que cela, un témoin. Rappelez-vous ce rendez-vous sur le chantier de la place Louis-XV et ces deux hommes avec qui vous aviez négocié le meurtre horrible d'un innocent. Rappelez-vous la tempête menaçante de ce soir-là, avec ses rafales d'ouest qui annonçaient la neige de la nuit. Vous ne pouvez pas avoir oublié que l'une d'entre elles vous a décoiffée et a presque arraché le masque qui couvrait votre visage, suffisamment en tout cas pour que l'un des deux hommes en question ait conservé le souvenir de vos traits. Dans certaines situations, les détails s'impriment dans la mémoire des moins observateurs.

Louise Lardin se tordait les mains en hurlant.

— C'est faux !

— Vous savez bien, madame, que malheureusement pour vous je ne mens pas.

Nicolas se tourna vers Bourdeau.

— Monsieur l'inspecteur, veuillez introduire le prévenu.

Bourdeau ouvrit la porte, leva la main et fit un signe. Alors, le silence épais qui pesait sur l'assistance fut brisé par l'écho sonore d'un pas incertain, d'un pas déséquilibré, qui résonnait sur le dallage du vieux palais. Ce bruit s'amplifia et se confondit avec le battement des cœurs des assistants. Soudain, Louise Lardin se leva, bouscula Nicolas et, saisissant le stylet d'argent avec lequel M. de Sartine jouait quelque temps auparavant, se le plongea dans la poitrine avec un grand cri et s'effondra. À la porte, ahuri, le père Marie apparut, une canne à la main.

Nicolas rompit le silence consterné qui avait suivi cette scène.

— Elle savait que Bricart l'avait dévisagée ce soir-là. Elle connaissait aussi l'infirmité de ce vieux soldat et le bruit de son pilon. Elle était assurée qu'il allait la reconnaître.

— Il convenait qu'une affaire aussi sinistre, entièrement fondée sur le mensonge et sur le faux-semblant, s'achevât sur un coup de théâtre ! s'exclama M. de Sartine.

Bourdeau, aidé du père Marie, s'empressa de faire sortir l'assistance puis fit quérir des aides et un brancard pour évacuer le corps de Louise Lardin, dont Sanson et Semacgus avaient constaté le décès. Il irait rejoindre les gisants de la Basse-Geôle, parmi lesquels deux de ses victimes et son amant Mauval.

Nicolas et le lieutenant général de police demeurèrent seuls. Il y eut un long silence entre les deux hommes, et Nicolas dit enfin :

— Je crois, monsieur, que la Paulet devrait être relâchée. Elle peut nous être utile et elle a joué franc jeu avec nous. Elle est, comme nous savons, un assez bon auxiliaire de police. Pour le reste…

M. de Sartine s'était levé. Il s'approcha de Nicolas et mit une main sur son épaule. Nicolas retint un cri : c'était celle qui avait été blessée par l'épée de Mauval.

— Mes compliments, Nicolas. Vous avez démêlé cette intrigue avec une sagacité qui justifie le jugement que j'avais dès l'abord porté sur vous. Je vous laisse juge de l'opportunité des poursuites ou des grâces. Pour la Paulet, vous avez raison. La police d'une grande ville ne peut s'exercer qu'en employant les instruments les plus débiles ou les mieux placés de la société. Nous ne pouvons faire la fine bouche. Mais une question : qui vous a donné l'idée de ce *deus ex machina* du dernier acte ? Même moi, j'ai tourné la tête vers la porte.

— L'idée m'en a été inspirée par une remarque de M. de Noblecourt, répondit Nicolas. Il m'avait conseillé de « faire comme si ». Une femme comme Louise Lardin n'aurait jamais avoué, peut-être même pas sous la question. Il fallait trouver un biais pour la prendre en défaut et surprendre ses défenses.

— Voilà qui me conforte en la capacité de mon jugement, reprit Sartine en souriant. Au fond, c'est grâce à moi, qui vous ai confié à M. de Noblecourt, que tout cela a été résolu. D'ailleurs chez notre vieil ami vous ne trouverez guère de cadavres dans la cave que ceux des bouteilles qu'il aime vider en compagnie de ses amis.

Satisfait de sa plaisanterie, il s'autorisa un coup de peigne à sa perruque, ouvrit sa tabatière, offrit une prise à Nicolas qui accepta, et se servit lui-même. Cet intermède fut suivi d'une séance d'éternuements qui les laissa apaisés et fort satisfaits d'eux-mêmes.

— Ainsi, reprit enfin Sartine, non seulement vous décidez de mes audiences, mais vous voulez me priver de mon souper. J'espère que les raisons que vous allez avancer justifient cette impertinence et ne me laisseront pas, si j'ose dire, sur ma faim. Encore que pour voir certaine affaire éclaircie, je jeûnerais bien toute une semaine. Nicolas, avez-vous les papiers du roi ?

— Vous les aurez, monsieur, si vous consentez à me suivre là où je veux vous emmener. Cela nous prendra deux heures. Vous aurez encore le temps de rejoindre votre souper, où tout n'aura pas encore été ni mangé ni bu !

— Il ajoute l'insolence à l'impertinence ! s'exclama Sartine, mais que faire ? Il faut en passer par ses quatre volontés. Allons, je vous suis.

Nicolas marqua un temps d'arrêt.

— Monsieur le lieutenant général, dit-il, j'ai une requête, qui est aussi une justice, à vous présenter.

— Dans l'état actuel des choses, mon cher Nicolas, si la demande est raisonnable, c'est acquis, et si la demande est impossible, j'y consens malgré tout.

Le jeune homme eut une dernière hésitation, et dit :

— Je souhaiterais que Bourdeau, qui a mené cette enquête avec moi et qui m'a été d'une aide inestimable, soit associé à sa conclusion ultime. J'imagine vos réticences, mais je suis assuré que nous pouvons lui faire confiance.

M. de Sartine se mit à arpenter son bureau, puis à tisonner machinalement un feu qui était éteint depuis longtemps.

— Je n'ai qu'une parole, dit-il enfin, mais vous m'engagez dans une situation bien délicate. Vous êtes un rude jouteur, Nicolas. C'est sans doute la fréquentation des criminels qui vous a endurci. Toutefois, je comprends et je partage votre sentiment sur l'inspecteur Bourdeau. Il vous est dévoué comme personne et vous a, si j'en crois les rapports, sauvé la vie. Il a été à la peine, il est juste qu'il soit à l'honneur. Qui donc a dit cela ?

— Jeanne d'Arc au sacre de Charles VII à Reims, monsieur, à propos de son étendard.

— Nicolas, vous me surprendrez toujours. Il est vrai que vous êtes le digne élève de nos pères jésuites. Vous mériteriez une autre société…

Ils sortirent. Dans la salle, ils trouvèrent Semacgus et Bourdeau. Le docteur, après avoir profondément salué le lieutenant général, tendit la main à Nicolas.

— Je voulais vous dire ma reconnaissance, Nicolas, vous ne m'avez pas épargné, mais vous m'avez sauvé, car sans l'aveu de Louise, j'étais perdu. Je n'oublierai pas la leçon. Vous êtes chez vous à la Croix-Nivert, vous le savez. Catherine vous aime comme un fils. Je la garde, c'est un grand cœur, et Marie Lardin a décidé de se retirer à Orléans, chez sa marraine.

M. de Sartine s'impatientait. Nicolas fit signe à Bourdeau.

— Monsieur l'inspecteur nous fera-t-il l'honneur de nous accompagner pour l'épilogue de cette affaire ? demanda Nicolas.

— Ma foi, répondit Bourdeau dont le visage s'illumina, j'aurais parié un cent de bouteilles de chinon qu'il y avait autre chose !

Le lieutenant général les entraîna vers son carrosse. Nicolas ordonna au cocher de gagner Vaugirard. Durant le trajet, il n'eut guère le temps de prendre la mesure de son triomphe. Sous le regard circonspect de Sartine, il expliqua en peu de mots à Bourdeau l'affaire d'État liée à la question criminelle qui venait d'être résolue. Puis chacun se réfugia dans le silence. Nicolas subissait l'assaut du doute, son éternel ennemi. Il était pourtant sûr de lui, de ses déductions et convaincu de toucher au but, mais il n'osait imaginer ce qu'entraînerait un échec dans ces conditions.

Le lieutenant général jouait avec le couvercle de sa tabatière dont il faisait claquer le fermoir à intervalles réguliers. Le carrosse, tiré à deux paires, menait un train d'enfer, enfilant des voies désertes et obscures. Ils furent bientôt à Vaugirard. Nicolas donna ses instructions pour diriger le cocher vers la maison du docteur Descart. L'endroit était toujours aussi sinistre. À peine étaient-ils descendus du carrosse que Bourdeau se mit à siffler un air particulier. Dans l'ombre, de l'autre côté de la rue, un air identique lui répondit. Une mouche était là, qui surveillait la maison. L'inspecteur alla lui parler et revint en indiquant que tout était en ordre et que personne n'avait tenté d'y pénétrer.

Les scellés brisés, Nicolas ouvrit la porte. Il battit le briquet et récupéra sur le sol un morceau de chandelle. Il l'alluma, le tendit à Bourdeau en lui demandant de faire de même avec les chandeliers, pour éclairer la pièce principale. Sartine considéra, effaré, le désordre effrayant qui régnait dans la maison. Nicolas dégagea le dessus du bureau de Descart d'un revers du bras et y déposa trois morceaux de papier. Cela fait, il rassembla un fauteuil et une chaise et invita ses compagnons à s'asseoir. M. de Sartine, la mine fermée, s'exécuta sans commentaire.

— Monsieur, commença Nicolas, lorsque vous m'avez fait l'honneur de me confier un secret d'État que le déroulement de l'enquête criminelle m'avait fait pressentir, je me suis donné pour mission de faire tout mon possible pour que cette affaire soit également élucidée. Mes bases de départ étaient étroites. Vous m'aviez appris que le commissaire Lardin, appelé par ses fonctions à relever les papiers d'un plénipotentiaire qui venait de mourir, avait dérobé plusieurs documents de la plus haute importance touchant les intérêts de la Couronne et menaçant la sécurité du royaume. Détenteur de ces pièces, Lardin était en mesure à la fois d'assurer son impunité et de nourrir un odieux chantage. Cependant, lui-même, en raison de l'importance de ses dettes de jeu, était tenu à la gorge par Mauval, agent et âme damnée du commissaire Camusot, responsable de la police des jeux, corrompu et intouchable.

Sartine regarda Bourdeau en soupirant.

— Je n'insisterai pas sur les risques de divulgation de ces papiers auprès de puissances étrangères et sur l'impossibilité où vous vous trouviez, monsieur, d'agir contre les responsables de ce crime de lèse-majesté. Mais j'étais convaincu que l'affaire de la disparition du commissaire Lardin ne pouvait qu'être intimement liée avec l'existence de ces papiers d'État, disons… égarés.

— Comment cela ? dit Sartine.

— La présence continuelle de Mauval autour de l'enquête, son espionnage, ses menaces et ses attentats contre moi ne pouvaient s'expliquer que par des raisons bien fortes. Lardin était mort, mais ses assassins n'avaient pas réussi à remettre la main sur des documents que le commissaire s'était évertué à leur dissimuler.

— Expliquez-moi comment ils avaient pu être informés de leur existence ?

— Le complot, monsieur le lieutenant général, le complot. Lorsque Lardin, en accord avec sa femme, prépare la machination qui vise à éliminer Descart, il informe son épouse qu'il possède des papiers de haute valeur pour qui saura les négocier. Il lui précise qu'ils constituent la garantie dernière de leur impunité. Cependant, l'homme conserve encore quelques restes de prudence. Ces papiers, ajoute-t-il, il les a dissimulés dans la demeure de son cousin Descart. Où, en effet, seraient-ils mieux cachés que dans cette maison qui reviendra à Louise Lardin, son héritière naturelle et la femme de sa supposée victime ? Toutefois, il se garde bien de préciser à son épouse l'endroit exact où il a déposé les papiers.

— Nicolas, c'est prodigieux ! On s'y croirait ! Vous étiez derrière la porte et sous les lits, et vous avez tout entendu ? Sur quoi vous fondez-vous pour affirmer avec autant d'aplomb les détails de ce conte ? Et c'est pour cela que vous m'avez dérangé dans cette banlieue perdue ?

— Je me fonde, monsieur, sur mon intuition et ma connaissance d'êtres que j'ai eu l'honneur de démasquer. Or, il y a une chose impondérable et inattendue qui intervient dans cette mécanique bien huilée. Un petit grain de sable, une pierre d'achoppement...

— Ah ! oui, lesquels ? On croirait entendre un empirique !

— La conscience, monsieur, la conscience. Le commissaire Lardin avait longtemps été un serviteur hors pair de votre police. Il avait passé de longues années sous le harnais, donnant le meilleur de lui-même dans sa lutte contre le crime. Il lui en était resté quelque chose. Il n'était pas absolument assuré de la loyauté d'une femme dont il connaissait et acceptait les égarements. Il tolérait sa liaison avec Mauval, mais pouvait-il faire vraiment confiance à ce couple démoniaque engagé avec lui dans une entreprise mauvaise ? Peu importe, d'ailleurs, les raisons qui l'ont guidé. Cependant, je crois que, dans un sursaut de lucidité et de devoir, ou dans le pressentiment de sa fin prochaine, il a tenu à laisser une trace qui permette de retrouver les papiers dérobés. Cette trace, monsieur, est devant vous sur cette table.

Sartine bondit de son fauteuil et se mit à lire avidement les trois papiers déposés sur la table.

— Expliquez-vous, Nicolas. Cela n'a aucun sens et je n'y entends rien.

— Je dois d'abord vous raconter comment ces billets de la main de Lardin me sont parvenus. J'ai retrouvé le premier dans un de mes habits, le deuxième avait été adressé avec un présent à M. de Noblecourt, et le troisième confié à Marie Lardin avec recommandation de sa valeur. À première vue, l'ensemble n'est pas très éloquent.

— Et à seconde vue ?

— Ils sont très diserts, et je vais vous le prouver. Vous avez naturellement déjà noté qu'il est question de rendre son dû au roi.

— Et cela vous suffit ?

— Cela ne me suffit pas, mais cela m'entraîne. J'ai longtemps erré avant d'arriver à mes conclusions. J'ai beaucoup mélangé ces papiers comme le faisait mon tutcur lc chanoine de certains petits cartons.

— Que vient faire votre tuteur dans cette histoire ? s'impatienta Sartine. Vous voulez me voir périr d'apoplexie ?

Inquiet, Bourdeau se recula dans l'ombre.

— Je les ai mélangés et remélangés, reprit Nicolas, qui disposait, dans un ordre différent, les billets de Lardin.

*Des trois une paire*
*Et celui qui les ferme*
*Se donne à tous.*
*C'est pour mieux les ouvrir*
*Afin de rendre les paroles*
*Recherchées sans relâche et*
*Tout son dû au roi*

— Et que dois-je découvrir dans ce charabia ? dit Sartine. Sommes-nous ici pour des bouts-rimés, des rébus ou des anagrammes ?

— Considérez, monsieur, les lettres majuscules du début de chaque phrase. Que lisez-vous ?

— D… E… S… C… A… R… T… Ma foi, je lis Descart. Mais où cela nous mène-t-il ?

— Cela nous mène ici, à Vaugirard. Ce n'est pas pour rien que le commissaire Lardin a usé de tant de stratagèmes pour que ces billets parviennent à leurs destinataires. Il entendait bien que leur secret serait découvert et qu'il orienterait les recherches vers cette maison.

— Comment pouvez-vous penser que le seul mot de Descart va nous conduire à ce que nous recherchons ?

— Grâce, monseigneur, au cabinet de curiosités de M. de Noblecourt.

— Allons, dit Sartine en s'adressant à Bourdeau, le voilà encore qui bat la campagne ! Il a été blessé hier, m'avez-vous dit ; c'est sans doute la perte de sang.

C'était au tour de Nicolas de manifester de l'impatience.

— Dans ce cabinet de curiosités si réputé à Paris…

— Et que je connais bien, enchaîna Sartine, pour avoir été la victime de l'innocente manie de notre ami qui ne résiste jamais à l'envie de dévoiler ses horreurs à ses hôtes à l'issue de ses agapes.

— Dans ce lieu étrange, monsieur, j'avais remarqué, il y a quelques jours, un grand crucifix d'ébène aux bras fermés. Un de ces objets jansénistes qui vous font refuser le billet de confession. Son aspect m'avait frappé. Il faisait écho dans ma mémoire à une image précédente. J'ai interrogé M. de Noblecourt. Le crucifix en question lui avait été offert récemment, à sa grande surprise, par le commissaire Lardin, et notre ami avait trouvé, enroulé autour de son socle, un billet, celui-là même que vous avez sous les yeux et qui commence par : « C'est pour mieux les ouvrir. » Or, lorsque j'ai perquisitionné la maison Lardin avec Bourdeau, j'ai découvert parmi les papiers du commissaire une facture d'un ébéniste du faubourg Saint-Antoine pour deux objets non précisés. Comme l'image de ce crucifix me poursuivait, j'ai fait des recherches pour retrouver l'artisan en question. Après bien des détours, j'ai atteint mon but, et le bonhomme a retrouvé l'objet de la commande : deux crucifix d'ébène à Christ d'ivoire…

— Vous nous menez de Charybde en Scylla, dit Sartine. Je ne sais ce qui me retient de reprendre mon carrosse.

— La curiosité et l'espoir, monsieur, répondit Nicolas avec un sourire. L'artisan s'est lui-même déclaré surpris de la nature du travail qui lui avait été demandé pour l'un des objets en question. Il s'agissait, selon lui, d'évider complètement le corps de la croix et d'y adapter un couvercle muni d'une fermeture à secret, une sorte de plumier où l'on pourrait dissimuler des bijoux, des louis, des pierres précieuses…

— Ou des lettres, poursuivit M. de Sartine, soudain calmé.

— Ou des lettres. J'avais donc un nom et j'avais un objet, même si l'artisan s'était refusé à m'en dévoiler le mécanisme. Cela aurait pu suffire mais je tenais à élucider le mystère des billets de Lardin. Reprenons, si vous le voulez bien. « Des trois une paire », je le traduis, avec un rien de liberté, par : « Pour la paire de crucifix, il y a trois messages. » « Et celui qui les ferme se donne à tous » désigne ce christ aux bras fermés. La suite va de soi. « C'est pour mieux les ouvrir afin de rendre les paroles recherchées sans relâche et tout son dû au roi » : c'est ce christ qui rendra les papiers du roi.

Un long silence suivit la fin de la démonstration de Nicolas, troublé seulement par le grésillement des chandelles et par le vent qui ronflait dans la cheminée. Fascinés, M. de Sartine et Bourdeau virent Nicolas se lever comme un somnambule, saisir un chandelier et se diriger vers la cheminée. Il s'arrêta, leva le bras et la lumière éclaira un grand crucifix d'ébène, avec son Christ d'ivoire aux bras fermés, dernier présent du commissaire Lardin au cousin de sa femme. Bourdeau se précipita, saisit une chaise et, un pied sur le rebord de la cheminée, dans un nuage de poussière, il décrocha l'objet qu'il posa avec respect sur la table. M. de Sartine fut invité par le jeune homme à examiner l'objet. Les doigts du lieutenant général tremblaient et ne rencontraient que le bois lisse. Désespéré, il regarda Nicolas.

— Vous êtes certain de ce que vous avancez ?

— Ce ne peut être autrement, monsieur.

Nicolas, à son tour, considéra le crucifix. Les mots mystérieux chantaient dans sa tête : « C'est pour mieux les ouvrir. » Il se pencha sur le Christ d'ivoire, remarqua que les mains du Sauveur n'étaient pas clouées contre le bois de la croix. Il les saisit et tenta d'exercer une pression vers le bas. Les bras cédèrent et s'abaissèrent, tandis qu'un déclic se faisait entendre et que l'ensemble se soulevait légèrement. Il retourna le crucifix. Une planchette de bois s'était ouverte, laissant apparaître une ouverture remplie de papiers tassés. Il s'écarta.

— Je vous en prie, monsieur.

Sartine saisit la liasse de lettres dissimulées dans la cachette. Il fit signe à Bourdeau d'approcher de la lumière, et se mit à les feuilleter en lisant à haute voix.

— « Projet d'ordres à envoyer par Sa Majesté au comte de Broglie et au baron de Breteuil, 23 février 1760. Lettre du duc de Choiseul au marquis d'Ossun, ambassadeur du roi à Madrid, 10 mars 1760. Minute d'une lettre de Mme la marquise de Pompadour à Sa Majesté Impériale et Royale à Vienne. Copie de l'interception d'une lettre de Frédéric II, roi de Prusse, à sa sœur la margravine de Bayreuth… du 7 juillet 1757… "Puisque, ma chère sœur, vous venez vous charger du grand ouvrage de la paix, je vous supplie de vouloir envoyer M. de Mirabeau en France. Je me chargerai volontiers de sa dépense. Il pourra offrir jusqu'à cinq cent mille écus à la favorite[1]…" »

Il leva la tête, pensif.

— Toujours cette histoire de la tentative de corruption de la dame par la Prusse. Aucune preuve… Mais si cela était divulgué, en ce moment…

1. De nombreuses rumeurs couraient alors sur des tentatives de corruption de Mme de Pompadour, favorite de Louis XV, soit par l'Autriche, soit par la Prusse. Frédéric II avait chargé sa sœur, la margravine de Bayreuth, de faire approcher la dame à Versailles par un émissaire, le chevalier de Mirabeau, son grand chambellan.

Il se reprit, plongea la liasse de papiers dans son habit et toisa sévèrement les deux policiers.

— Vous n'avez rien vu, rien entendu. Sur votre vie.

Nicolas et Bourdeau s'inclinèrent, sans répondre.

— Monsieur Le Floch, reprit Sartine, pour la deuxième fois de la soirée, je vous remercie, mais cette fois je le fais au nom du roi. Je vais devoir vous laisser. Il faut que je rejoigne Choisy sans délai. Vous m'avez donné le grand privilège, par ce temps de misère et de guerre, d'être le messager d'une bonne nouvelle. Le roi ne l'oubliera pas.

Il monta quatre à quatre l'escalier et disparut dans la nuit. Ils entendirent aussitôt le bruit de l'équipage qui partait au grand trot. Ils se regardèrent et éclatèrent de rire.

— Nous l'avons bien mérité, dit Bourdeau, et ce n'est que justice. Vous avez été en vérité de la dernière insolence avec M. le lieutenant général ; il fallait vraiment que vous fussiez sûr de vous. Monsieur, je vous remercie d'avoir fait en sorte que j'assiste à tout cela. Je ne l'oublierai jamais.

— Mon cher Bourdeau, nous allons rentrer dans le rang. Les événements nous avaient placés dans une situation avancée. Le succès de notre enquête nous rend à notre insignifiance. Le roi est sauvé. Vive nous ! Puisque nous sommes abandonnés, j'ai une méchante proposition à vous faire. Nous sommes à deux pas de la maison de Semacgus. Il n'a rien à nous refuser. Nous allons lui demander à souper. Je sens déjà les fumets des plats de la bonne Catherine. Et si rien n'est prêt, elle tuera le veau gras pour nous.

Et les deux amis s'enfoncèrent dans la nuit froide de février.

# ÉPILOGUE

« Je vous rends votre paquet de noblesse ; mon honneur n'est pas fait pour être noble ; il est trop raisonnable pour cela. »

MARIVAUX

Deux mois avaient passé. La routine reprenait ses droits. Nicolas continuait à être employé en surnuméraire à diverses tâches policières. Il faisait le plus souvent équipe avec l'inspecteur Bourdeau, mais ils n'évoquaient jamais les événements auxquels ils avaient pris part et que le silence le plus épais paraissait avoir recouverts. Tous les coupables ayant péri, aucune action judiciaire publique n'avait été engagée.

Nicolas accomplissait avec application ses tâches quotidiennes. Le lieutenant général de police lui avait repris la précieuse commission qui, durant un temps, l'avait investi d'un pouvoir sans limites. Les audiences s'étaient espacées, toujours liées aux obligations du service. Le jeune homme n'en éprouvait aucune amertume. Un grand apaisement succédait aux semaines haletantes de l'enquête. La vie qu'il menait lui convenait. Il se plaisait chez M. de Noblecourt, dans un logis où il était entouré d'affection et où se multipliaient les occasions de rencontrer les amis de l'ancien procureur au Parlement et d'élargir ainsi le champ de ses relations utiles.

Il avait repris ses habitudes avec Pigneau dont il écoutait avec indulgence les propos missionnaires. Il visitait régulièrement le père Grégoire, toujours ému de revoir son pensionnaire. Enfin, la maison de Semacgus était un autre refuge où il se rendait souvent le dimanche. Catherine s'évertuait à lui prodiguer ses attentions culinaires. Le chirurgien, dont le commerce et les connaissances l'avaient toujours fasciné, l'engageait dans d'interminables conversations qui apprenaient beaucoup à Nicolas. Quant à Guérande, il s'efforçait de n'y pas songer. Après un long débat intérieur, il avait décidé de ne pas répondre à la lettre d'Isabelle. Son existence parisienne, son expérience nouvelle des rapports sociaux acquise peu à peu et la constatation du fossé existant entre une fille de marquis et un orphelin sans nom et sans fortune nourrissaient à la fois son orgueil et son renoncement.

Nicolas fréquentait encore Antoinette, qu'il aurait souhaité voir sortir de sa condition. Mais elle prenait peu à peu de l'assurance et les prestiges d'un argent si facilement gagné étaient difficiles à combattre. Aussi cette amitié prenait-elle l'apparence de ces liaisons nécessaires entre un policier et une fille, même si la tendresse présidait encore à leurs rencontres. Nicolas avait croisé à deux reprises le commissaire Camusot, toujours en fonction, mais à qui venait d'être retirée la haute main sur la police des jeux. Il se murmurait que cette disgrâce était la suite d'une affaire dans le dénouement de laquelle Nicolas avait joué un rôle prépondérant. Il sentait autour de lui des regards envieux ou déférents. Bourdeau, toujours à l'affût des rumeurs d'une maison qu'il connaissait bien, lui rapportait ce qu'on disait en y ajoutant d'ironiques commentaires de son cru. Nicolas écoutait, riait et passait outre. Il était loin d'avoir les desseins particuliers qu'on lui prêtait.

Au début du mois d'avril, M. de Sartine lui fit part, sans ménagement excessif, de la mort du marquis de Ranreuil.

Cette nouvelle frappa Nicolas d'un chagrin amer. Ainsi, il n'avait pas fait sa paix avec son parrain, à qui il devait tant et sans lequel il serait encore à végéter à Rennes dans une étude poussiéreuse et une fonction sans avenir. Le lieutenant général ne lui laissa guère le temps de mesurer sa peine. Après l'avoir observé un court instant, il lui annonça qu'ils se rendraient tous les deux, le lendemain, à Versailles, le roi ayant exprimé le désir que M. Le Floch lui fût présenté. Suivirent aussitôt une foule de recommandations sur les usages de la Cour, la tenue appropriée, le port de l'épée et l'exactitude requise. Nicolas n'avait jamais vu son chef aussi nerveux. M. de Sartine finit par conclure leur entretien d'un péremptoire « Votre bonne mine suppléera à tout, bon chien chasse de race ».

Le soir même, Nicolas demanda à Marion de brosser l'habit vert qu'il n'avait jamais eu l'occasion de revêtir. M. de Noblecourt lui prêta son épée de cour et la cravate en dentelle de Bruges qu'il avait portée à son mariage. Nicolas refusa de souper et se retira dans sa chambre. Son chagrin, que l'annonce de l'audience royale avait retenu, put alors se donner libre cours. Trop d'images remontaient de son passé : les retours de chasse, les parties d'échecs, les enseignements du marquis et tous les moments insignifiants et banalement heureux. Tous ces souvenirs avaient façonné peu à peu l'homme qu'il était devenu. La voix autoritaire de son parrain résonnait encore en lui. Le vieil aristocrate lui avait toujours manifesté une affection sans retenue. Nicolas regrettait qu'un destin mauvais les eût opposés et entraînés à un différend sans remède. L'image affaiblie d'Isabelle s'imposa puis disparut, pour laisser la place à un désespoir sans issue.

Le jour suivant s'annonça avec son cortège d'obligations. La demeure de la rue Montmartre était révolutionnée par des préparatifs fiévreux. Nicolas s'efforça d'endormir sa peine sous la succession des détails que nécessitait sa tenue. Un barbier fut appelé, qui le rasa et, pour la première fois, le jeune homme dut dissimuler sa chevelure naturelle sous une perruque poudrée. Après avoir revêtu son habit et noué la précieuse cravate, il se regarda dans un miroir et ne reconnut pas l'homme au regard sombre qui lui apparut. Un fiacre le conduisit à l'hôtel de Gramont, où il devait retrouver M. de Sartine. Il attendit un long moment dans le grand salon. Le lieutenant général de police le prit d'abord pour un étranger. Puis, les mains sur les hanches, il fit le tour du jeune homme en approuvant de la tête. Enchanté, il le complimenta sur sa tenue.

Dans le carrosse qui les conduisait à Versailles, M. de Sartine respecta le silence de Nicolas. Sans doute pensait-il qu'il traduisait l'émotion légitime dans laquelle un événement de cette importance devait forcément plonger le jeune homme. Or, Nicolas, qui ne connaissait pourtant ni Versailles ni la Cour, était à cent lieues d'un tel sentiment. Détaché de toute chose, il considérait l'agitation des rues. Tous ces passants anonymes disparaîtraient un jour, tous ceux qui se mouvaient sans un regard pour leur voiture et dont lui-même observait les mouvements sans distinguer les visages. Eux, Sartine et lui-même étaient des spectres en survie. L'avenir n'était que l'approche progressive d'une fin énigmatique qui viendrait à son heure. Qu'importait alors le jeu d'une existence consacrée à regretter le passé et à redouter la suite sans fin des chagrins et des deuils ?

Ils approchaient de Versailles. Nicolas fit appel à toute la foi de son enfance et soupira comme pour soulager le poids des choses inexprimées qui écrasait sa poitrine.

M. de Sartine se méprit sur son mouvement. Il n'attendait qu'un signe pour rompre un silence qui d'évidence lui pesait. Bonhomme, il entendait rassurer Nicolas. Il discourait sur la Cour en connaisseur. Versailles, disait-il, avait perdu sous le règne actuel l'éclat que Louis XIV lui avait donné. Le roi le délaissait souvent. C'était alors une vraie solitude, et il n'y restait personne que ceux qui ne pouvaient s'en dispenser. En revanche, quand le souverain était présent, les courtisans s'y pressaient, chassaient avec lui mais se hâtaient, dès qu'ils le pouvaient, de regagner

Paris et ses plaisirs. La plupart des ministres logeaient d'ailleurs dans la capitale.

Nicolas admira l'immense avenue qui traversait une ville aux bâtiments clairsemés au milieu de parcs et de jardins. La presse des voitures augmentait. Il se pencha par la portière et aperçut, dans l'éblouissement de cette journée de printemps, une masse imposante légèrement enveloppée de brume. Le bleu des ardoises, des éclats d'or, le jaune clair des pierres et les masses rouges de la brique annonçaient le palais des rois. Le carrosse déboucha bientôt sur la place d'Armes emplie d'une multitude de voitures, de chaises et de piétons. Il franchit la première grille monumentale décorée des armes de France pour entrer dans une première cour. Il s'arrêta devant une seconde grille, qui défendait l'accès de la cour royale. Sartine apprit à Nicolas que cette partie protégée s'appelait le « Louvre » et que seuls les carrosses ou les chaises dont les housses rouges attestaient que leurs occupants jouissaient des « honneurs » du palais pouvaient y pénétrer. Ils descendirent de la voiture que le cocher alla ranger de côté. Les deux gardes en justaucorps bleu rayé de longs galons d'or et d'argent à revers rouges les saluèrent avant qu'ils ne se dirigent vers les bâtiments à leur droite.

Nicolas, perdu, suivait M. de Sartine qui, d'un pas pressé, se frayait un chemin au milieu d'une foule de curieux et de courtisans. Il eut l'impression de pénétrer dans un gigantesque labyrinthe de galeries, de corridors et d'escaliers de toutes tailles. Le lieutenant de police, grand habitué des lieux, s'y déplaçait avec aisance. Le désarroi du jeune homme n'avait d'égal que celui qui s'était emparé de lui lors de son arrivée à Paris, deux années auparavant. Les regards qu'il devinait posés sur lui, inconnu accompagnant un personnage redouté, accentuaient encore son malaise. Il se sentait engoncé dans un habit qu'il portait pour la première fois. L'idée folle le saisit que quelqu'un allait soupçonner que la commande avait été passée pour un autre que lui. Il ne distingua rien de l'itinéraire emprunté et se retrouva dans une vaste pièce au milieu d'une douzaine de personnes qui faisaient cercle autour d'un homme de haute taille, qu'un valet aidait à retirer un habit bleu galonné d'or[1]. L'homme quittait sa chemise et se faisait essuyer. Un petit vieillard fardé et couvert de bijoux lui tendait la rechange. L'homme dictait quelques noms d'une voix morne à un huissier. Sartine poussa brutalement Nicolas du coude pour qu'il tire son chapeau. Il comprit alors qu'il se trouvait devant le roi. Il fut surpris des conversations qui continuaient à voix basse entre les quelques assistants présents. Un homme qu'il ne reconnut pas sur-le-champ s'approcha de lui et lui parla à l'oreille.

— Je suis fort aise de vous revoir, monsieur. Vous voilà au débotté du roi. Mes compliments. Sa Majesté est en train de désigner ceux qui auront l'honneur de souper avec lui.

Il salua aussi Sartine qui ne cacha pas son étonnement de voir Nicolas en pied d'amitié avec M. de La Borde, premier valet de chambre du roi. La mine de son chef réconforta le jeune homme. Il n'était pas le seul à éprouver des surprises. La voix du roi s'éleva.

— Richelieu, dit-il en s'adressant au petit vieillard, j'espère que vous avez fait la paix avec d'Ayen au sujet de savoir qui, de vous ou de lui, doit placer au bal du manège. Consultez Durfort[2].

— Je me conformerai aux ordres de Votre Majesté. Cependant, Sire, puis-je faire observer…

— Que la chasse n'était pas bonne, coupa le roi. Deux cerfs manqués à Fausse Repose. Un troisième réfugié dans l'étang aux biches. On a dû s'y reprendre à trois fois pour le tirer. Nous ne sommes guère heureux en ce moment.

Le vieux maréchal salua en grimaçant. Le roi ayant achevé de se changer se dirigea vers un petit escalier et

1. Habit de chasse porté à Versailles. Chaque lieu de chasse ou chaque type de chasse pouvait avoir un habit particulier.
2. Introducteur des Ambassadeurs.

disparut aux yeux d'une assistance inclinée. Nicolas n'avait pas eu le temps d'éprouver d'émotion que déjà La Borde les entraînait.

— Nous gagnons les petits appartements, lui expliqua-t-il. Le roi veut entendre, dans le secret de ses cabinets et de votre propre bouche, le récit d'une certaine enquête. L'humeur n'est pas bonne aujourd'hui, la chasse n'a pas réussi à faire oublier les soucis. Mais ne craignez rien, tout se passera bien. Parlez avec assurance, sans timidité, car si vous hésitez, le roi se refermera. Soyez plaisant sans être long, mais suffisamment pour soutenir l'intérêt. Le roi est bienveillant dans son intérieur, surtout avec la jeunesse.

Ils se retrouvèrent dans une antichambre assez basse de plafond, puis traversèrent une galerie décorée de grands tableaux. La Borde expliqua que le roi avait souhaité voir illustrer le thème des chasses exotiques. Il y avait représentés là des animaux et des personnages de contrées lointaines que Nicolas n'avait jamais eu l'occasion de voir[1]. Un valet les fit entrer dans un salon lambrissé en partie de boiseries blanches rehaussées d'or. La pièce donnait une impression d'équilibre heureux. Assis sur un fauteuil de damas rouge, le roi buvait un verre de vin qu'une dame venait de lui verser. Ils s'inclinèrent tous, le chapeau à la main. Le roi leur fit un petit geste. La femme tendit la main à Sartine, s'assit à son tour et répondit d'une noble inclinaison au salut des autres arrivants.

— Alors, Sartine, demanda le roi, comment va votre ville ?

Le lieutenant général de police déféra à la question du monarque et la conversation s'engagea. Nicolas se sentait étrangement serein. Il ne parvenait pas à croire qu'il se

1. Il y avait là deux Van Loo (chasses à l'autruche et à l'ours), deux Parrocel (chasses à l'éléphant et au buffle), deux Boucher (chasses au tigre et au crocodile), un De Troy (chasse au lion), un Lancret (chasse au léopard) et un Pater (chasse chinoise). La plupart de ces tableaux sont aujourd'hui exposés au musée d'Amiens.

trouvait devant son souverain. Il voyait un homme de belle allure, à la silhouette dégagée, avec un regard doux accentué par la grandeur des yeux. Ce regard ne s'arrêtait pas sur les assistants, mais fixait le plus souvent le vide. Du visage, au front dégagé, émanait une grande dignité. L'âge et la fatigue se lisaient pourtant dans les bouffissures et l'affaissement des joues. Le teint livide était marqué par endroits de taches olivâtres. Il parlait à voix basse, l'air languissant, presque abattu. Parfois Nicolas sentait ce regard se poser sur lui avec une sorte d'interrogation muette, puis aussitôt se détourner.

Assis à côté du roi, la dame, que Nicolas supposa être la marquise de Pompadour, offrait une apparence qui correspondait assez peu à l'idée qu'il pouvait se faire de la favorite. Il fut étonné par l'espèce d'habit enveloppant, fermé jusqu'au cou, dont elle était vêtue. Les manches pendaient jusqu'aux poignets et cachaient les mains. Il se souvint de méchants propos entendus et selon lesquels ce vêtement était celui d'une dame peu réputée pour la beauté de ses mains et l'agrément de sa gorge. La chevelure cendrée était à demi enveloppée dans un capuchon qui tenait au mantelet de la robe. Sa couleur, gorge-de-pigeon tirant sur le gris, était à l'unisson de celle de l'habit du roi sur lequel tranchait le bleu du Saint-Esprit. Le visage, qui conservait son ovale parfait et ses yeux bleus bien fendus, parut cependant trop couvert de rouge au goût de Nicolas. Pourtant l'ensemble était presque austère. Lui revinrent en mémoire les rumeurs qui prêtaient à la marquise la volonté de prendre Mme de Maintenon pour modèle. Elle souriait, mais son expression demeurait figée. Il en conclut que cette apparence dissimulait une inquiétude et une souffrance. La marquise portait de temps en temps un regard à la fois adorant et angoissé sur le roi qui, de son côté, lui témoignait son attachement par une multitude de petites attentions. Nicolas respirait mieux, il avait l'impression de se trouver dans une réunion de famille.

— Voilà donc votre protégé, Sartine, auquel nous avons bien des obligations. La Borde m'en avait parlé.

Le lieutenant général ne dissimula pas son étonnement.

— Je ne savais pas M. Le Floch aussi couru, Sire.

Le roi fit un geste vers Nicolas.

— Monsieur, je veux entendre de votre bouche le récit d'une affaire qui intéressait une cause bien précieuse. Je vous écoute.

Nicolas se jeta à l'eau sans réfléchir. Il jouait sans doute son avenir et d'autres, à sa place, eussent saisi leur chance en usant de toutes les facilités et en déployant toutes les séductions. Il choisit d'être simple, clair, pittoresque sans excès, suggérant plus que décrivant, évitant de se mettre en avant et rendant à M. de Sartine beaucoup plus qu'il ne lui devait. Le roi l'interrompit à plusieurs reprises pour des précisions sur l'ouverture des corps, avant d'y renoncer sur la prière de Mme de Pompadour que ces détails morbides effrayaient. Nicolas sut être modeste avec éclat et plein de feu quand l'action l'exigeait. Il intéressa sans lasser. Le roi, tout à ce récit, semblait avoir rajeuni ; son regard brillait d'un éclat renouvelé. Nicolas conclut et s'effaça d'un pas. La marquise, avec un sourire charmant, lui tendit à baiser une main qui parut au jeune homme bien fiévreuse.

— Merci, monsieur, dit-elle, nous vous devons beaucoup. Sa Majesté, j'en suis sûre, n'oubliera pas vos services.

Le roi se leva et fit quelques pas.

— Le roi est le premier gentilhomme du royaume, comme disait mon aïeul, Henri le quatrième, et saura récompenser le fils d'un de ses plus fidèles serviteurs, un de ces nobles Bretons qui, il y a trois ans, ne ménagèrent pas leur zèle et leurs peines contre l'Anglais[1].

Nicolas ne comprenait rien à ces paroles qui lui semblaient s'adresser à quelqu'un d'autre. Sartine demeu-

1. La noblesse bretonne se mobilisa, en 1757, contre les descentes anglaises.

rait impassible. La Borde avait la bouche ouverte. La marquise regardait le roi d'un air surpris.

— Je dis bien le fils d'un de mes serviteurs, reprit le roi. Monsieur, dit-il en regardant Nicolas, votre parrain, le marquis de Ranreuil qui vient de nous quitter et dont je n'oublie pas les services, m'a fait tenir une lettre par laquelle il vous reconnaît et légitime comme son fils naturel. C'est mon bon plaisir de vous l'apprendre et de vous restituer le nom et les titres qui sont les vôtres.

Un silence profond suivit ces paroles. Nicolas se jeta aux pieds du roi.

— Sire, je supplie Votre Majesté de me pardonner, je ne puis accepter.

Le roi eut un mouvement de la tête en arrière.

— Et pour quelles raisons, monsieur ?

— Accepter, Votre Majesté, serait être peu fidèle au souvenir de mon... de mon père, et priverait Mlle de Ranreuil d'un héritage qui lui revient de droit. J'y renonce, ainsi qu'à mon titre. J'ai déjà eu le bonheur de servir Votre Majesté. Je la supplie de pouvoir continuer à le faire sous mon nom.

— Qu'il en soit ainsi, monsieur.

Il se tourna vers la marquise.

— Voilà un exemple bien rare et bien réconfortant sur la nature humaine.

Puis, se tournant de nouveau vers Nicolas :

— Le marquis m'écrivait, monsieur, que vous excelliez à la chasse, comme lui-même.

— Sire, j'ai fait mes apprentissages avec lui.

— Vous serez toujours le bienvenu dans mes équipages. La Borde, M. Le Floch a privilège de courre le cerf. Il est dispensé de la tenue des débutants[1]. Pour le reste, M. de Sartine fera connaître mes volontés à M. Le Floch.

L'audience était finie. Ils se retirèrent. Dans la galerie, le premier valet de chambre félicita Nicolas.

1. Habit gris de chasse porté par les débutants.

— Le roi vous admet à sa chasse. Il vous sait Ranreuil et vous honore comme tel. Vous avez les honneurs de la Cour et le droit de monter dans les carrosses du roi.

Nicolas suivit M. de Sartine comme dans un rêve, dont il ne savait pas s'il souhaitait qu'il s'achevât. Ils reprirent place dans le carrosse. Sartine se tut jusqu'à la sortie du château.

— J'avais prévenu le roi que vous refuseriez. Il ne me croyait pas.

— Vous avez toujours su ?

— Toujours, depuis votre arrivée à Paris. M. de Ranreuil vous aimait. Il a été très malheureux d'une situation dont il était responsable. Concevez son angoisse devant l'attachement qui vous rapprochait de Mlle de Ranreuil, votre sœur, et pardonnez à sa mémoire des décisions qu'alors vous ne pouviez comprendre.

— J'avais pressenti un mystère.

— Voilà bien votre si utile intuition !

— Et ma mère ?

— Morte en vous donnant le jour. Il importe peu que vous en sachiez plus. Le marquis était marié. Elle était fille noble et le déshonneur eût été son lot.

— Puis-je vous demander, monsieur, pourquoi vous pensiez que je refuserais ?

— Je vous observe depuis que votre père vous avait donné à moi. Vous lui ressemblez beaucoup. Mais ce qu'il avait acquis de naissance, vous avez dû l'obtenir par votre talent. Vous avez déjà prouvé que vous étiez capable de dépasser vos faiblesses en dépit du malheur de vos origines. Si j'ai quelquefois usé avec vous d'un ton de méfiance qui a pu vous blesser, il marquait davantage mon inquiétude qu'un jugement sur votre valeur. Je puis vous comprendre, Nicolas. Orphelin à quinze ans, sans fortune ni appuis, espagnol par mon père qui était intendant de Catalogne, jeté au collège d'Harcourt, j'ai été abreuvé dès l'abord de mépris et de hauteurs. L'humiliation est le plus puissant ressort des sociétés. La noblesse ouvre les portes, mais c'est souvent un leurre. Et, si nous en croyons nos amis les philosophes, il vaudra peut-être mieux être plébéien, par les temps qui s'annoncent. Quoi qu'il en soit, ajouta-t-il en riant, ce n'était pas bien courtisan de refuser un titre auquel on a droit devant une favorite née Poisson. Heureusement pour vous, elle n'a pas paru en prendre ombrage.

Il sortit de son habit une liasse de papiers et la tendit à Nicolas.

— Lisez.

Le jeune homme n'était pas certain de comprendre les phrases qui se succédaient devant ses yeux, et Sartine dut l'éclairer.

— Sa Majesté, dans sa grande bonté, a voulu vous offrir en gage de sa satisfaction un office de commissaire de police au Châtelet. Son prix a été réglé, vous trouverez quittance des droits. La seule condition que met le roi à cette faveur est que vous demeuriez sous mon autorité directe. Il entend pouvoir vous employer sans intermédiaire aux affaires particulières de son service. J'ose penser, monsieur le commissaire Le Floch, que cette condition ne vous sera pas trop pesante.

— Monsieur, sans vous…

— Laissons cela, Nicolas. C'est moi qui demeure votre débiteur.

Tout le reste du chemin, Nicolas ne parvint pas à maîtriser le flot de sentiments mêlés qui l'agitait. Lorsque le carrosse fut entré dans Paris, il demanda à M. de Sartine la permission de descendre devant le collège des Quatre-Nations[1] ; il souhaitait regagner à pied la rue Montmartre. Le magistrat y consentit en souriant. Les feux du crépuscule inondaient la Seine et, sur l'autre rive, le jardin de l'Infante et le Vieux Louvre. L'air était léger, embaumé de senteurs d'herbes et de fleurs. Le vent chassait les

1. Palais Mazarin.

miasmes des berges. De petits nuages roses, gris et dorés, dérivaient au-dessus de la ville. Des cris perçants annonçaient l'arrivée des hirondelles.

L'heure était à la paix. L'épine plantée depuis si longtemps dans la chair et dans le cœur de Nicolas ne le tourmentait plus. Dans le désordre du monde, il avait trouvé sa place. Il avait écarté la tentation de revêtir une dignité dont la valeur ne tenait qu'aux préjugés ; il serait désormais sa propre référence. Le passé soldé, une autre existence commençait, qu'il bâtirait de ses propres mains. Il songea avec tendresse au chanoine Le Floch et au marquis. Leurs mânes pouvaient être satisfaits. Il s'était montré digne de leur amour et de leur enseignement. Douce-amère, l'image d'Isabelle resurgit comme le souvenir heureux de l'enfance partagée. Longtemps, il regarda vers le couchant. Là-bas, très loin, le libre océan battait sa terre natale. Il remonta les quais jusqu'au Pont-Neuf, en sifflant un air d'opéra.

*Sofia, janvier 1996-mai 1997*

REMERCIEMENTS

Ma gratitude s'adresse d'abord à Jacqueline Herrouin, qui a déployé compétence, vigilance et patience pour la mise au point du texte. Elle va aussi à Monique Constant, conservateur général du Patrimoine, pour son aide, sa confiance et ses encouragements. Ma reconnaissance est aussi acquise à Maurice Roisse pour sa relecture intelligente et typographique du manuscrit. Infatigable piéton de Paris, il y fut mon enquêteur. Merci également à Xavier Ozanne pour la touche technique indispensable. Enfin, je salue les historiens dont les ouvrages m'ont entouré et porté dans le travail quotidien de rédaction de ce livre.

# L'HOMME AU VENTRE DE PLOMB

*À Marcel Trémeau*

# AVERTISSEMENT

À l'intention du lecteur qui aborderait pour la première fois le récit des aventures de Nicolas Le Floch, l'auteur rappelle que dans le premier tome, *L'Énigme des Blancs-Manteaux*, le héros, enfant trouvé élevé par le chanoine Le Floch à Guérande, est éloigné de sa Bretagne natale par la volonté de son parrain le marquis de Ranreuil, inquiet du penchant de sa fille Isabelle pour le jeune homme.

À Paris, il est d'abord accueilli au couvent des Carmes déchaux par le père Grégoire et se trouve bientôt placé par la recommandation du marquis sous l'autorité de M. de Sartine, lieutenant général de police de la capitale du royaume. À son côté, il apprend son métier et découvre les arcanes de la haute police. Après une année d'apprentissage, il est chargé d'une mission confidentielle. Elle le conduira à rendre un service signalé à Louis XV et à la marquise de Pompadour.

Aidé par son adjoint et mentor, l'inspecteur Bourdeau, et après bien des périls, il dénoue le fil d'une intrigue compliquée. Reçu par le roi, il est récompensé par un office de commissaire de police au Châtelet et demeure, sous l'autorité directe de M. de Sartine, l'homme des enquêtes extraordinaires.

# LISTE DES PERSONNAGES

NICOLAS LE FLOCH : commissaire de police au Châtelet
PIERRE BOURDEAU : inspecteur de police
M. DE SAINT-FLORENTIN : ministre de la Maison du roi
M. DE SARTINE : lieutenant général de police
M. DE LA BORDE : premier valet de chambre du roi
AIMÉ DE NOBLECOURT : ancien procureur
LE VICOMTE LIONEL DE RUISSEC : lieutenant aux gardes françaises
LE COMTE DE RUISSEC : ancien brigadier général, père du précédent
LA COMTESSE DE RUISSEC : mère du vicomte
LE VIDAME DE RUISSEC : frère du vicomte
LAMBERT : valet du vicomte de Ruissec
PICARD : majordome de l'hôtel de Ruissec
ARMANDE DE SAUVETÉ : fiancée du vicomte
MLLE BICHELIÈRE : comédienne
TRUCHE DE LA CHAUX : garde du corps à Versailles
PÈRE MOUILLARD : jésuite, ancien professeur de Nicolas à Vannes
JEAN-MARIE LE PEAUTRE : fontenier
JACQUES : valet muet du précédent
GUILLAUME SEMACGUS : chirurgien de marine
CATHERINE GAUSS : cuisinière de M. de Noblecourt
PÈRE GRÉGOIRE : apothicaire des Carmes déchaux
CHARLES HENRI SANSON : bourreau

LE PÈRE MARIE : huissier au Châtelet
PELVEN : portier de la Comédie-Italienne
RABOUINE : mouchard
LA PAULET : tenancière de maison galante
GASPARD : garçon bleu
M. DE LA VERGNE : secrétaire des maréchaux de France
M. KOEGLER : joaillier

# I

# SUICIDE

« Les lois sont furieuses en Europe contre ceux qui se tuent eux-mêmes : on les fait mourir, pour ainsi dire, une seconde fois ; ils sont traînés indignement par les rues ; on les note d'infamie ; on confisque leurs biens. »

MONTESQUIEU

*Mardi 23 octobre 1761*

Le flot des voitures emplissait la rue Saint-Honoré. Nicolas Le Floch avançait avec précaution sur le pavé glissant. Au milieu du tonnerre des équipages, des cris des cochers et des hennissements des chevaux, un carrosse débouchant à grande allure faillit verser devant lui ; une roue retomba, et son fer fit jaillir une pluie d'étincelles. Non sans peine Nicolas traversa la tempête des flambeaux et des torches qu'agitait dans l'obscurité une foule de valets désireux d'éclairer au mieux leurs maîtres.

Combien de temps encore, songeait-il, tolérerait-on ces manifestations ostentatoires et dangereuses ? La cire coulait sur les habits et les coiffures ; perruques et cheveux étaient en péril de s'enflammer – les précédents étaient nombreux d'incidents funestes de ce genre. Le même désordre se reproduirait sur les marches de l'Opéra à la fin du spectacle, plus vif encore en raison de la hâte des puissants à rejoindre leurs hôtels.

Il s'en était ouvert à M. de Sartine et n'avait obtenu en réponse qu'une pirouette et une fin ironique de non-recevoir. Tout épris qu'il était du bien public et de l'ordre dans la capitale, le lieutenant général ne souhaitait pas se mettre à dos et la Cour et la ville en réglementant une commodité dont, à l'occasion, il usait lui-même.

Le jeune homme se fraya un chemin au milieu de la presse qui encombrait les degrés du grand escalier. Elle était plus dense encore dans le foyer exigu de ce monument construit jadis pour le cardinal de Richelieu et où Molière avait joué.

Nicolas éprouvait toujours le même plaisir à pénétrer dans le temple de la musique. Chacun se reconnaissait et se saluait. On s'enquérait de l'affiche et, en ce temps de guerre incertaine, les nouvelles, vraies ou fausses, étaient commentées avec passion.

Ce soir-là, les propos se partageaient équitablement autour de l'avis que les évêques de France devaient remettre au roi au sujet de la Société de Jésus[1], de la santé précaire de Mme de Pompadour et des exploits récents des généraux – notamment de ceux du prince de Caraman dont les dragons avaient, en septembre, repoussé les Prussiens au-delà de la Weser. On évoquait aussi une victoire du prince de Condé, mais la nouvelle n'avait pas été confirmée.

Tout ce monde éblouissant de satin piétinait la fange qui recouvrait le sol. Aussi le contraste entre le luxe des habits et la boue nauséabonde – faite de débris de

1. Il sera remis à Louis XV le 30 novembre 1761.

cire, de terre et de crottin – qui les souillait était-il déconcertant.

Pressé au milieu de cette foule, Nicolas ressentait le dégoût habituel qui assaillait ses narines face au mélange des effluves. L'odeur âcre du sol montait, se mêlant à celles des fards et aux parfums produits par les mauvaises chandelles, sans pour autant masquer les relents plus acides et pénétrants des corps malpropres.

Quelques femmes qui paraissaient sur le point de se trouver mal agitaient furieusement leur éventail ou respiraient les vapeurs revigorantes de petits flacons.

Nicolas parvint à se dégager en se glissant derrière les gardes-françaises en faction dans l'escalier. Il n'était pas à l'Opéra pour son plaisir, mais en service commandé. M. de Sartine lui avait enjoint de surveiller la salle. La représentation du jour n'était pas une soirée banale. Madame Adélaïde, la fille du roi, et sa suite devaient y assister.

Depuis l'attentat de Damiens, une angoisse diffuse planait sur la famille royale. Le lieutenant général, outre les mouches qui peuplaient le parterre et les coulisses, voulait disposer sur place d'un instrument zélé possédant toute sa confiance. C'était le rôle de Nicolas de tout entendre et de tout observer en restant à portée du regard de son chef présent dans sa loge. De surcroît, ses fonctions de commissaire au Châtelet autorisaient le jeune homme à requérir la force publique et à prendre immédiatement toutes dispositions utiles.

Pour accomplir sa tâche, Nicolas avait choisi de se tenir debout près de la scène et de l'orchestre. Il était assuré ainsi d'avoir une vue d'ensemble de la salle, sans perdre de l'œil la scène d'où pouvait également venir le danger. Accessoirement, cette place lui permettait de juger dans les meilleures conditions de la qualité de l'orchestre, du jeu des interprètes et de la tessiture des voix, et il échappait à la vermine qui foisonnait dans le bois et le velours des sièges.

Combien de fois avait-il dû, de retour au logis, secouer ses habits au-dessus d'une bassine pour se débarrasser de l'engeance sautante et piquante…

À peine le jeune commissaire s'était-il installé que la mèche tire-feu monta lentement, comme une araignée ravalant sa soie. Parvenue à son but, elle circula sur les mèches des chandelles du grand lustre pour les allumer l'une après l'autre. Nicolas aimait ce moment magique où la salle encore obscure et bruissante du murmure des conversations sortait de l'ombre. En même temps, un homme de peine portait le feu aux lumières de la rampe. Du parquet jusqu'aux cintres, l'or et la pourpre renaissaient alors à la splendeur, comme le bleu des armes de France frappées des lys qui dominaient la scène. Ainsi révélé, le mouvement des volutes de poussière tamisait la lueur qui glissait doucement sur les habits, les robes et les parures, prologue silencieux aux féeries du spectacle.

Nicolas se gourmanda ; il n'arriverait donc jamais à se séparer de cette propension à se perdre dans des rêveries ! Il se secoua, il lui fallait « faire la salle » qui s'emplissait dans un crescendo de bruits et de paroles.

Un des premiers soucis du service de Nicolas à l'Opéra consistait à savoir qui était là et qui ne l'était pas, tout en repérant, le cas échéant, les inconnus ou les étrangers. Ce soir-là, il remarqua que, contrairement aux habitudes d'un public blasé, les loges étaient presque toutes occupées. Même le prince de Conti, qui affectait si souvent d'arriver en cours du spectacle, avec la majestueuse indifférence d'un prince du sang, était déjà assis et devisait avec ses invités. Pour le moment, la loge royale était encore vide, mais des laquais s'y affairaient.

Nicolas n'assurait ce service que lorsque des membres de la famille royale assistaient à la représentation. Les autres soirs, ce rôle était dévolu à ses collègues. Ce qui était prioritaire pour la police, c'était la recherche et la surveillance d'agents soupçonnés de commerce ou d'espionnage au profit des cours en guerre contre la France. L'Angleterre, en particulier, inondait Paris d'émissaires stipendiés.

Un coup léger le frappa à l'épaule. Nicolas se retourna et découvrit avec plaisir le visage ouvert du comte de La Borde, premier valet de chambre du roi, magnifique dans un habit gris perle surbrodé de fils d'argent.

— Voilà une journée doublement faste, puisque je retrouve mon ami Nicolas !

— Puis-je vous demander l'autre bonheur que votre propos laisse supposer ?

— Ha, ha ! le fourbe... Et le bonheur d'un opéra de Rameau, vous comptez cela pour rien ?

— Sans doute, mais je vous vois bien éloigné de votre loge, dit Nicolas en souriant.

— J'aime l'odeur de la scène et sa proximité.

— Sa proximité ? Ou sa promiscuité ?...

— Soit, j'avoue. Je viens admirer de près un objet tendre et gracieux à mes yeux. Mais, Nicolas, je dois vous dire que l'on vous trouve vous-même bien discret.

— Ce *on* est bien discret lui-même.

— Faites le naïf et vous m'en remontrerez ! Sa Majesté s'est à plusieurs reprises enquise de vous, et notamment lors de la dernière chasse à Compiègne. Vous n'avez pas oublié, j'espère, son invitation à courre dans ses équipages. Lui n'oublie jamais rien. Montrez-vous, que diable ! Il se rappelle votre figure et a évoqué plusieurs fois le récit de votre enquête. Vous avez auprès de lui un bien puissant avocat ; la bonne dame vous tient pour son ange gardien. Croyez-m'en, usez de ce crédit si rare et ne vous retranchez pas de la présence de vos amis. À ce point, la discrétion est un crime contre soi-même, que ces mêmes amis ne vous toléreront pas.

Il tira une petite montre d'or de la poche de son habit et, l'ayant consultée, reprit :

— Madame Adélaïde ne devrait plus tarder.

— Je pensais notre princesse inséparable de sa sœur Victoire[1], dit Nicolas. Or, si j'en crois mes informations, elle assistera seule au spectacle ce soir.

— Remarque pertinente. Mais il y a eu quelque bisbille entre le roi et la seconde de ses filles. Il lui a refusé une parure et, piquée, Madame Victoire lui a décoché à brûle-pourpoint un méchant propos sur l'accueil qu'aurait reçu une semblable demande venant de Mme de Pompadour. Voilà, mon cher, le secret des cours, mais vous êtes un tombeau… Cela dit, Madame Adélaïde ne sera pas seule ; elle sera accompagnée du comte et de la comtesse de Ruissec, qui la chaperonneront. Vieille noblesse militaire, sévère, dévote et radoteuse à souhait. Ils tiennent à la fois de l'entourage de la reine et de celui du dauphin, c'est tout dire. Encore que le comte…

— Quelle distribution de bois vert en peu de mots !

— L'Opéra m'inspire, Nicolas. Je présume que notre ami Sartine sera là ?

— Vous présumez bien.

— Madame sera bien gardée. Mais rien n'arrive jamais sous l'œil de nos lieutenants de police. Nos spectacles sont d'un calme ! Seules les cabales et les claques les animent un peu, et *Les Paladins* de notre ami Rameau ne devraient pas déclencher de tempête. Le coin de la reine et le coin du roi[2] seront paisibles. *Le Mercure* relate que le goût italien et le goût français y sont très habilement mêlés, encore que l'audacieux assemblage du comique et du tragique pourrait mettre à mal la bienséance.

— Cela n'ira pas loin, ce sont là des passions innocentes.

— Mon cher, vous n'êtes jamais allé à Londres ?

1. Victoire de France (1733-1799), deuxième fille de Louis XV et de Marie Leszczynska.

2. On appelait ainsi les deux côtés opposés de la salle où se regroupaient, lors de la « querelle des coins », les partisans du style français et ceux du style italien.

— Jamais et, par les temps que nous vivons, je crains de ne pas en avoir l'occasion de sitôt.

— Je n'en jurerais pas. Mais pour revenir à mon propos, le voyageur français s'étonne quand il entre dans un théâtre londonien : il n'y trouve aucune surveillance militaire. Aussi les tumultes et les bagarres y sont le prix de la liberté.

— Voilà un pays rêvé pour nos amis les philosophes qui, disent-ils, respirent dans nos salles « le mauvais air du despotisme ».

— Je connais l'auteur de ce mot que le roi a peu prisé, fit La Borde. Discret Nicolas, vous ne l'avez même pas nommé. Mais je vous demande de me pardonner : je vais de ce pas faire ma cour à Madame Adélaïde. Prestement, car mon sujet d'étude paraît au prologue...

Et il traversa légèrement le parterre, dispensant sans compter ses saluts aux belles de sa connaissance. Nicolas éprouvait toujours le même plaisir à retrouver le comte de La Borde. Il se souvenait de leur première rencontre et de ce dîner où celui-ci l'avait tiré avec indulgence d'un mauvais pas. M. de Noblecourt, le vieux procureur chez qui il logeait et qui le considérait comme le fils de la maison, avait maintes fois souligné le privilège d'un attachement si sincère et, ajoutait-il, si utile à Nicolas. Le jeune homme repassa à nouveau dans son esprit les événements qui s'étaient succédé depuis le début de l'année. Le premier valet de chambre restait lié à l'événement incroyable de sa rencontre avec le roi. Il connaissait le secret de sa naissance noble ; il savait qu'il n'était pas seulement Nicolas Le Floch, mais aussi le fils naturel du marquis de Ranreuil. Cependant, il demeurait assuré que cette origine n'entrait pour rien dans la sympathie spontanée qui les avait réunis.

Une rumeur le ramena à la réalité. La salle tout entière s'était levée et applaudissait. Madame Adélaïde venait d'apparaître dans la loge royale. Blonde et faite au tour, elle avait grand air. Chacun convenait qu'elle l'emportait de beaucoup sur Mesdames, ses sœurs. Le profil et les yeux faisaient souvenir de ceux du roi. Souriante, elle s'inclina en une grande révérence de cour qui redoubla les vivats. La princesse était fort populaire ; son affabilité et son accès facile étaient connus de tous. Elle paraissait goûter ce que lui offrait sa solitude d'une soirée et prolongeait ses saluts de gracieuses inclinaisons de la tête. Nicolas aperçut M. de Sartine qui entrait dans sa loge après avoir accompagné la fille du roi dans la sienne.

Le rideau s'était levé sur le prologue. La Borde s'était empressé de rejoindre Nicolas. Un chœur triomphal éclatait, accompagnant l'apparition de la déesse de la Monarchie debout aux marches d'un temple antique. De jeunes enfants tenaient sa traîne fleurdelisée. Une Victoire cuirassée et casquée surgissait, campée sur un char conduit par les génies de la guerre ; elle en descendait pour couronner la déesse de lauriers. Le chœur s'exaltait et reprenait son refrain :

*Rendons-lui les honneurs*
*Dignes de sa puissance*
*Qui couronnent les exploits*
*Du plus puissant des rois.*

Des déités agitaient des palmes. M. de La Borde serra le bras de Nicolas.

— Voyez le sujet blond, à droite… la deuxième en lévite. C'est elle.

Nicolas soupira. Il était bien placé pour connaître le sort fatal de ces filles d'Opéra. Elles commençaient leur carrière dans les chœurs ou dans la danse pour être abandonnées, à peine sorties de l'enfance, à la licence des mœurs et à la puissance de l'argent. Sauf à franchir les étapes difficiles des degrés du libertinage, ce qui demandait habileté et prudence, et à parvenir au statut privilégié de fille entretenue, leur avenir les conduirait fatalement, une fois les prestiges de la prime jeunesse effacés, à la misère et à la plus basse crapule. Au moins cette petite au minois charmant pourrait-elle tirer son épingle du jeu avec un bon garçon comme La Borde. Peut-être.

Le prologue continuait à développer ses magnificences vocales. Le genre en était passé de mode depuis des années ; Rameau lui-même y avait mis fin et avait remplacé cette figure obligée par une ouverture en relation avec le spectacle. Nicolas s'étonna de ce « vestibule éclatant » qui encensait la monarchie et magnifiait ses succès militaires, alors que les événements, faits de succès sans lendemain et de revers indécis, ne prêtaient guère à l'emphase ni à la réjouissance. Mais, emporté par les habitudes, chacun feignait. Ce n'était pas mauvaise politique aux yeux de ceux qui, dans l'ombre, guettaient les défaillances de l'esprit public. Le rideau retomba, et M. de La Borde soupira, sa déesse avait disparu.

— Elle est à nouveau là au troisième acte, dit-il les yeux brillants, dans la danse des pagodes chinoises[1].

Le spectacle avait repris et l'intrigue des *Paladins* suivait son cours tortueux et convenu. Nicolas, toujours attentif à la musique, nota l'imbrication des formes vocales déjà utilisées dans *Zoroastre*[2], la place accordée aux récitatifs accompagnés et la référence marquée à l'opéra italien dans la multiplication des ariettes. Tout emporté qu'il était par l'orchestration, il ne prêtait guère attention à l'intrigue : l'amour pervers du vieil Anselme pour sa pupille Argie, elle-même éprise du paladin Atis. Au premier acte, les airs de danse, dont la gaieté était relevée par des parties virtuoses de cors, le remplirent de bonheur. À la fin du deuxième acte, au moment de l'air d'effroi « Je meurs de peur », Nicolas qui avait toujours un œil sur la salle

1. Séquence comique de l'opéra *Les Paladins* vivement critiquée à l'époque.

2. Tragédie lyrique en cinq actes de Jean-Philippe Rameau créée le 5 décembre 1749 dans laquelle l'auteur, entre autres innovations, remplace le prologue par une ouverture.

s'aperçut que quelque chose se passait dans la loge royale. Un homme venait d'y entrer et parlait à l'oreille d'un vieillard à l'allure militaire assis à droite derrière la princesse, et qui devait être le comte de Ruissec. Le vieux gentilhomme s'inclina à son tour vers une dame âgée à cheveux blancs et mantille de dentelle noire. Elle s'agita et le jeune homme vit sa tête osciller en signe de dénégation. Toute cette scène, de loin, paraissait muette, mais la fille du roi s'inquiéta et se retourna pour connaître la raison de ce désordre.

À ce moment, le rideau tomba sur la fin de l'acte. Nicolas vit alors le même homme entrer dans la loge de M. de Sartine et s'adresser à lui. Le magistrat se leva, se pencha vers la salle pour scruter le parterre et, ayant finalement repéré Nicolas, lui adressa un signe péremptoire d'avoir à le rejoindre. Dans la loge royale, l'agitation gagnait et Madame Adélaïde tamponnait les tempes de Mme de Ruissec avec un mouchoir.

Revenant plus tard sur ces instants, Nicolas se rappellerait que tout s'était alors mis en route comme une mécanique monstrueuse qui ne devait s'arrêter qu'une fois le destin satisfait et repu de ruines et de morts. Il salua M. de La Borde, puis courut rejoindre le lieutenant général de police aussi vite que le lui permettait l'assistance debout conversant en groupes compacts.

M. de Sartine n'était pas dans sa loge. Il avait dû gagner celle de la princesse. Après avoir parlementé avec des officiers de sa Maison, Nicolas réussit à y pénétrer. Madame Adélaïde parlait à voix basse au lieutenant général. Son beau visage plein était empourpré d'émotion. M. de Ruissec, agenouillé aux pieds de sa femme, à demi pâmée sur son siège, l'éventait. Un homme en noir, dans lequel Nicolas reconnut un exempt du Châtelet, se tenait figé, collé à la cloison, l'air terrifié de ce qu'il voyait et entendait. Nicolas s'approcha et salua profondément. La princesse étonnée lui répondit par un léger mouvement de tête. Il fut ému de retrouver sur ce jeune visage l'expression du regard du roi. M. de Sartine reprit son propos :

— Que Votre Altesse royale se rassure, nous allons prendre toutes dispositions pour accompagner le comte et la comtesse à leur hôtel et tenter de régler discrètement cette affaire. Il convient cependant que certaines constatations puissent être faites. Le commissaire Le Floch, que voici, m'accompagnera. Le roi le connaît et le tient en haute estime.

Le regard princier se porta sur Nicolas sans paraître le voir.

— Nous comptons sur vous pour faire au mieux afin d'apaiser la détresse de nos pauvres amis, dit Madame Adélaïde. Et surtout, monsieur, ne soyez pas soucieux de ma personne et parez au plus utile. Les officiers de notre Maison veilleront sur notre personne, et d'ailleurs les Parisiens nous aiment, mes sœurs et moi.

M. de Sartine s'inclina tandis que les deux vieillards – la comtesse, agitée d'un tremblement convulsif – prenaient congé de la princesse. Tous sortirent pour rejoindre leurs voitures. Il fallut attendre un moment pour rassembler les cochers partis boire quelques chopines. Un carrosse de cour s'ébranla, les Ruissec étant venus de Versailles en cortège avec la princesse. Il fut bientôt suivi de la voiture de M. de Sartine. Le flamboiement des torches grésillantes faisait danser les ombres portées sur les maisons de la rue Saint-Honoré.

Le lieutenant général demeura un long moment silencieux et perdu dans ses pensées. Un embarras de voitures arrêtées en désordre immobilisa le carrosse. Le jeune homme en profita pour risquer une remarque.

— Il conviendrait, monsieur, que fût un jour réglementé le stationnement des voitures aux portes des spectacles. Il serait même opportun qu'on les obligeât à user d'un chemin unique qui permettrait de désengorger nos rues et rendrait plus aisé leur cheminement[1]. Ajoutons-y un meilleur éclairage de nos voies, et la sécurité ne pourra qu'en être améliorée[2].

La remarque du jeune homme ne suscita aucun écho. Un certain agacement parut même dans un tambourinement rapide des doigts du lieutenant général sur la vitre. Il se tourna vers son subordonné.

— Monsieur le commissaire Le Floch…

Nicolas se raidit. L'expérience lui avait appris que lorsque le lieutenant général de police lui donnait son titre au lieu de l'appeler comme d'habitude par son prénom, c'était que l'humeur n'était pas bonne et les ennuis pas loin. Il redoubla d'attention.

— Nous voici, je crois, devant une affaire qui va exiger de nous un tact et un doigté tout particuliers, continua Sartine. Je suis d'ailleurs pris au piège de mes promesses à Madame Adélaïde. Croit-elle ce genre de démarche facile ? Elle ignore tout et du monde et de la vie. Elle se laisse aller à son bon cœur. Qu'ai-je à faire de sentiments et d'apitoiements ? Vous ne répondez pas ?

— Encore faudrait-il, monsieur, que vous éclairiez un peu ma lanterne.

— Tout doux, Nicolas. Il ne me convient pas, à moi, d'éclairer votre lanterne. Je connais trop bien où cela nous mènerait. Votre imagination cavalcadante va aussitôt se déchaîner. Nous avons vu ce qui arrivait lorsque je vous lâche les rênes. Vous prenez le mors aux dents, vous vous emballez ; on part dans toutes les directions et on ramasse des cadavres à tous les coins de rue. Ah ! oui, beaucoup de sagacité et un cœur certain à l'ouvrage, mais si je ne suis pas là pour vous relancer sur la bonne voie… Je vous veux vierge de toute suggestion, et recueillir votre

1. Cette suggestion de Nicolas fut effectivement mise en place par Sartine en 1764.

2. Lenoir, lieutenant général de police, améliorera l'éclairage parisien en introduisant les réverbères pour remplacer les lanternes à chandelles.

première intuition. Il ne faut pas troubler le flair des chiens courants !

Deux années à travailler sous ses ordres avaient éclairé le jugement de Nicolas sur un homme dont la mauvaise foi pouvait atteindre des sommets. Seul, M. de Saujac, président au Parlement, dont la réputation sur ce point était devenue proverbiale, aurait pu lui en remontrer. Aussi ne se laissait-il guère impressionner par des propos qu'un autre aurait pu trouver blessants. Il connaissait bien la petite lueur malicieuse qui naissait soudain dans l'œil de son chef et les mouvements irrépressibles des muscles à droite de la bouche. M. de Sartine ne croyait pas en ce qu'il disait ou, à tout le moins, c'était une affectation bien à lui de marquer ainsi l'autorité sur ses gens. Seuls les moins perspicaces s'y laissaient prendre, mais il agissait avec tous de la même manière. L'inspecteur Bourdeau, l'adjoint de Nicolas, prétendait que c'était une façon de tirer les fils de ses pantins pour vérifier leur fidélité à son obéissance et leur acquiescement à ses propos, si énormes fussent-ils. Plus surprenante était sa propension à s'épancher en hargne et pétillement avec ses proches, alors que la rumeur le présentait comme un homme doux, secret et d'une exacte courtoisie.

L'attitude présente de M. de Sartine dissimulait son embarras et masquait son inquiétude. Qu'allaient-ils découvrir au terme de leur traversée nocturne de Paris ? Vers quel drame se dirigeaient-ils ? La comtesse de Ruissec paraissait si désespérée…

Quel que pût être le spectacle que le destin avait choisi ce soir de leur présenter, le jeune homme se promit de ne pas décevoir son chef et d'être attentif à tout ce qui les attendait. M. de Sartine s'était à nouveau muré dans un silence morose. L'effort de la réflexion accusait les plis d'un visage aigu d'où la jeunesse paraissait s'être enfuie sans retour.

Ils s'arrêtèrent devant le portail en demi-lune d'un petit hôtel particulier. Un grand escalier de pierre ouvrait sur une cour pavée. M. de Ruissec remit sa femme éperdue entre les mains d'une chambrière. La comtesse tentait bien de protester et cherchait à s'accrocher au bras de son mari ; il se dégagea avec fermeté. Un vieux serviteur éclairait la scène un flambeau à la main. Nicolas ne put se faire une idée de la disposition des lieux, qui demeuraient plongés dans les ténèbres. Il devinait à peine les ailes du bâtiment principal.

Ils gravirent les degrés donnant sur un vestibule dallé qui s'achevait par un escalier. Le comte de Ruissec chancela et dut s'appuyer sur un fauteuil de tapisserie. Nicolas l'examina. C'était un grand homme sec, un peu voûté malgré son affectation à se tenir droit. Une large cicatrice que l'émotion faisait rougir creusait sa tempe gauche, souvenir probable d'un coup de sabre. La bouche pincée se mordait l'intérieur des lèvres. La croix de l'ordre de Saint-Michel suspendue à un cordon noir renforçait encore l'austérité d'un strict habit sombre sur lequel tranchait, seule note de couleur, une commanderie de l'ordre de Saint-Louis accrochée à une écharpe rouge feu qui pendait sur sa hanche gauche. L'épée qu'il portait au côté n'était pas une arme de parade, mais une lame solide en acier trempé. Le jeune homme s'y connaissait et il se souvint que le comte escortait Madame Adélaïde et aurait pu, le cas échéant, avoir à la défendre. M. de Ruissec se redressa et fit quelques pas. Vieille blessure ou douleur de l'âge, il claudiquait et cherchait à dissimuler cette infirmité par un rehaussement de tout le corps qui le jetait en avant à chaque mouvement. Il considéra d'un air impatient son vieux serviteur.

— Ne perdons plus une minute. Conduis-nous à la chambre de mon fils et fais-moi ton rapport en chemin.

La voix de commandement était restée jeune, presque agressive. Il prit la tête du petit groupe en s'appuyant lourdement sur la rampe de bronze. La respiration sifflante, le majordome entreprit le récit des événements de la soirée.

— Monsieur le comte, vers neuf heures de relevée, je venais de remettre quelques bûches dans votre appartement et j'étais redescendu. Je lisais mon livre d'heures...

Nicolas surprit le plissement ironique des paupières de M. de Sartine.

— M. le vicomte est arrivé. Il paraissait très pressé et son manteau était mouillé. J'ai voulu le lui prendre, mais il m'a écarté. Je lui ai demandé s'il avait besoin de moi. Il a secoué la tête. J'ai entendu claquer la porte de sa chambre, puis plus rien.

Il s'arrêta un moment ; le souffle lui manquait.

— Toujours cette foutue balle, pardon, mon général. Je disais donc plus rien, et alors un coup de feu.

Le lieutenant général intervint.

— Un coup de feu ! En êtes-vous assuré ?

— Mon majordome est un ancien soldat, dit le comte. Il a servi dans mon régiment. Il sait de quoi il parle. Continue, Picard.

— Je me suis précipité, mais j'ai trouvé porte close. Elle était fermée de l'intérieur. Pas un bruit, pas un cri. J'ai appelé, pas de réponse.

Après avoir emprunté un couloir au fond du palier, le cortège se trouvait maintenant devant une lourde porte de chêne. M. de Ruissec s'était soudain voûté.

— Il m'était impossible de la forcer, reprit Picard, et même si j'avais eu une hache, les forces m'auraient fait défaut. Je suis redescendu et j'ai envoyé la femme de chambre de Mme la comtesse au poste de garde voisin. Un exempt est accouru, mais, en dépit de mes supplications, il n'a rien voulu faire hors la présence d'une autorité supérieure. Je vous ai donc fait incontinent quérir à l'Opéra.

— Monsieur le commissaire, dit Sartine, veillez à nous trouver de quoi ouvrir ou abattre cette porte.

Nicolas ne paraissait pas pressé d'obéir ; les yeux clos, il fouillait avec minutie les poches de son habit.

— Nous vous attendons, Nicolas, s'impatienta son chef.

— Entendre c'est obéir, monsieur, et la solution est toute trouvée. Il est inutile d'aller chercher des outils de force, cet objet y pourvoira.

Il tenait à la main une petite pièce de métal ressemblant à un canif et qui, une fois ouverte, présenta un échantillonnage de crochets de tailles et de dessins différents. C'était un présent de l'inspecteur Bourdeau, qui, lui-même déjà doté de cet instrument, en avait saisi un sur un bandit et l'avait offert à Nicolas. Sartine leva les yeux au ciel.

— Le « rossignol » des voleurs vient au secours de la police ! Les desseins du grand Architecte prennent souvent des voies obliques, murmura-t-il.

Nicolas sourit intérieurement de ce langage d'un affidé des Loges, s'agenouilla et, après avoir déterminé avec soin le crochet le mieux adapté, l'introduisit dans la serrure. On entendit aussitôt une clef choir sur le parquet de la chambre. Il examina à nouveau ses crochets, en choisit un autre et commença un patient travail d'approche. Seuls les respirations sifflantes du comte et de son majordome et le grésillement des bougies troublaient le silence de la scène. Au bout d'un instant, le bruit grinçant du mécanisme de la serrure se fit entendre et Nicolas put ouvrir la porte. Le comte de Ruissec se précipita et fut tout aussitôt arrêté dans son élan par le lieutenant général de police.

— Monsieur, s'indigna le vieil homme, je ne vous permets pas ! Je suis dans ma propre demeure et mon fils…

— Je vous prie, monsieur le comte, de laisser procéder les magistrats. Une fois les premières constatations effectuées, je vous promets que vous pourrez entrer et que rien ne vous sera caché.

— Monsieur, avez-vous oublié ce que vous avez promis à Son Altesse royale ? Qui prétendez-vous être pour vous permettre de désobéir à ses ordres ? Qui êtes-vous pour vous opposer à moi ? Un petit magistrat à peine sorti de la caque de sa roture, et dont le nom sent encore l'épicerie…

— Je ne saurais rien tolérer qui fût contraire à la loi et je ne reçois d'ordres que de Sa Majesté, répliqua Sartine.

Je me suis engagé à entourer toute cette affaire de discrétion, c'est la seule promesse que j'ai faite. Quant à vos propos, monsieur le comte, si ce n'était la dignité de mes fonctions et les censures royales, je vous en demanderais raison. Le mieux que vous ayez à faire est de rejoindre votre appartement et d'attendre que je vous appelle. Plutôt, je viendrai moi-même vous y chercher.

Le vieux gentilhomme, le regard étincelant, fit volte-face. Jamais Nicolas n'avait vu M. de Sartine aussi pâle. Des cernes violacés étaient apparus sous ses yeux et il tourmentait avec rage l'une des boucles de sa perruque.

Ayant pris une chandelle au flambeau que portait Picard, le jeune homme entra d'un pas prudent dans la pièce, suivi de son chef. Il se souviendrait longtemps de ses premières impressions.

Sans rien voir tout d'abord, il perçut le froid qui régnait dans la chambre, puis décela une odeur d'eau croupie mêlée à celle, plus irritante, de la poudre. La flamme tremblante éclairait faiblement une pièce immense aux murs décorés de boiseries blondes sur toute sa hauteur. En avançant, il vit sur sa gauche une grande cheminée de marbre grenat surmontée d'un trumeau. À droite, une alcôve tendue de damas sombre surgit de l'ombre. Un tapis de Perse et deux fauteuils dissimulaient à la vue ce qui semblait être un bureau disposé dans l'angle en face de l'entrée. Çà et là des coffres étaient recouverts d'armes. Celles-ci et le désordre des lieux dénotaient la présence d'un homme jeune et d'un soldat.

S'étant avancé jusqu'au bureau, Nicolas aperçut une forme allongée sur le sol. Un homme gisait sur le dos, les pieds dirigés vers la fenêtre. Sa tête paraissait réduite comme si elle n'avait pas correspondu à la dimension du corps. Un grand pistolet de cavalerie était tombé à côté de lui. M. de Sartine s'approcha et eut un mouvement de recul. Il est vrai que la vision qui s'offrait à ses yeux avait de quoi faire sursauter les plus endurcis.

Nicolas, qui n'avait pas cillé quand il s'était penché sur le corps, réalisa soudain que son chef n'avait eu que peu d'occasions d'être en contact avec les formes affreuses de la mort. Il le saisit fermement par le bras et l'obligea à s'asseoir dans l'un des fauteuils. M. de Sartine se laissa conduire comme un enfant et ne dit mot ; il sortit un mouchoir et s'épongea le front et les tempes tout en faisant prendre l'air à sa perruque, puis demeura prostré, le menton sur la poitrine. Nicolas nota avec amusement que sa pâleur avait tourné au verdâtre. Ce point marqué sur son chef – il s'autorisait de ces petites revanches –, il reprit son examen.

Ce qui avait frappé d'horreur le lieutenant général de police, c'était le visage du mort. La perruque militaire avait glissé sur son front d'une manière grotesque. Elle soulignait les yeux déjà vitreux, comme écarquillés par la vision de la mort. Mais là où le spectateur s'attendait à trouver une bouche ouverte, complétant le mouvement naturel de frayeur ou de douleur, ne subsistaient plus que joues creusées et menton remonté vers le nez en une grimace désaccordée. Le visage avait subi une telle déformation qu'il faisait invinciblement penser à celui d'un vieillard ayant perdu ses dents ou à la face convulsée de quelque monstrueuse statue. Sans qu'il soit encore possible de se prononcer sur le phénomène, la blessure cause de la mort n'avait pas saigné. La balle semblait avoir frappé la base du cou à bout portant et avait brûlé les tissus de la chemise et la mousseline de la cravate.

Nicolas s'agenouilla près du corps pour regarder la plaie. Elle était noire et l'ouverture de la peau, de la largeur de la balle, paraissait déjà fermée par l'épiderme ; un peu de sang coagulé était visible, mais il s'était surtout épanché dans les chairs. Le jeune commissaire nota ses observations dans un petit calepin. Il reprit la disposition du corps, précisa que la victime était revêtue d'habits civils. L'état et la crispation des deux mains refermées sur elles-mêmes le frappèrent. Les bottes de fantaisie étaient boueuses, et tout le bas du corps jusqu'à la ceinture était imbibé d'une eau nauséabonde comme si le jeune homme avait traversé un étang ou une pièce d'eau avant de rentrer chez lui pour mettre fin à ses jours.

Nicolas fit quelques pas et s'intéressa à la croisée. Les volets intérieurs en chêne clair étaient fermés au loquet. Il les ouvrit et constata que la fenêtre était également close. Il remit le tout en place, reprit sa bougie et alluma les chandelles d'une lampe bouillotte placée sur le bureau. La pièce surgit de la pénombre. Une voix dans son dos le fit se retourner.

— Puis-je vous être utile, monsieur ?

La porte d'entrée était restée ouverte et, sur le seuil, se tenait un homme encore jeune, en livrée mais sans perruque. M. de Sartine n'avait pas décelé sa présence, le dossier du fauteuil dissimulant presque totalement l'inconnu. Sa tenue était correcte et boutonnée, mais Nicolas s'étonna de le voir en bas, sans chaussons ni souliers.

— Puis-je savoir ce que vous faites ici ? Je suis Nicolas Le Floch, commissaire de police au Châtelet.

— Je me nomme Lambert et suis le valet et l'homme à tout faire de M. le vicomte de Ruissec.

Le ton légèrement provocant choqua Nicolas. Il ne s'avoua pas qu'il détestait les cheveux filasse et les yeux vairons : le jour de sa première arrivée à Paris, il s'était fait dérober sa montre par un malandrin au regard inégal[1].

— Et que faites-vous ici ?

— Je dormais dans ma couchette des communs. J'ai entendu les cris de Mme la comtesse et me suis empressé d'accourir après m'être vêtu. Je vous demande excuse, dit-il en désignant ses pieds du menton. Dans la hâte… le désir de me rendre utile…

— Pourquoi êtes-vous venu tout de suite ici ?

1. Voir *L'Énigme des Blancs-Manteaux*, chapitre I.

— J'ai rencontré le vieux Picard dans le vestibule. Il m'a expliqué ce qui s'était passé et les craintes pour mon maître.

Nicolas enregistrait très vite tout ce qui lui était dit. Son esprit classait les éventuelles contradictions et les impressions multiples que les propos du valet suscitaient en lui. Le ton du personnage n'était pas exempt d'une goguenardise quelque peu railleuse, rare chez les gens de son état lorsqu'ils s'adressaient à des supérieurs. L'homme n'était pas aussi simple qu'il y paraissait de prime abord. Il prétendait s'être habillé en hâte, or sa tenue était impeccable, jusqu'à la cravate de coton nouée, et pourtant il avait omis de mettre ses souliers. Il faudrait vérifier le chemin emprunté et recouper auprès de Picard l'exactitude de ses affirmations. Était-il nécessaire de sortir et de passer par la cour pour rejoindre les appartements du vicomte, ou existait-il un chemin dérobé qui, par des escaliers et des corridors, permettait de circuler dans tous les bâtiments de l'hôtel de Ruissec ? Enfin, l'homme ne paraissait guère ému ; il est vrai qu'il n'avait pas forcément vu le cadavre dissimulé par les fauteuils et par Nicolas. Quant à M. de Sartine, il demeurait impavide et silencieux et considérait, pensif, le contrecœur[1] de la cheminée. Nicolas se décida à porter une pointe directe.

— Savez-vous que votre maître est mort ?

Il s'était avancé vers le valet dont le visage grêlé de petite vérole se plissa dans une grimace qui aurait tout aussi bien pu passer pour l'expression d'une constatation fataliste que pour celle d'un chagrin soudain.

— Pauvre monsieur, il a fini par tenir parole !

Devant le silence de Nicolas, il poursuivit :

— Depuis des jours, le dégoût l'emportait. Il ne mangeait plus et fuyait ses amis. Peine de cœur ou peine de jeu, ou les deux, si vous m'en croyez. N'empêche, qui eût cru qu'il s'y mettrait si vite ?

1. La plaque de fond.

— Il a tenu sa parole, dites-vous ?

— Sa promesse serait plus juste. Il répétait qu'il ferait parler de lui en bien ou en mal. Il avait même évoqué l'échafaud…

— De quand datait ce curieux propos ?

— Une partie fine dans un cabaret de Versailles avec ses camarades, il y a une vingtaine de jours. J'étais là pour les servir et m'occuper des bouteilles. Quelle partie !

— Vous pouvez les nommer, ces camarades ?

— Pas tous. Je n'en connais vraiment qu'un : Truche de La Chaux, un garde du corps du palais. Ils étaient intimes tous les deux, quoique Truche soit de petite noblesse.

Nicolas releva ce travers si couru des laquais qui leur fait adopter les préjugés de leurs maîtres. Ainsi, la cascade du mépris prenait-elle sa source à tous les niveaux de la société, dans la noblesse comme chez les serviteurs.

— Quand avez-vous vu votre maître pour la dernière fois ?

— Mais ce soir même !

Cette réponse fit bondir le lieutenant de police de son fauteuil ; Lambert recula, surpris par ce spectre livide qui jaillissait tel un diable de sa boîte, avec sur la tête une perruque en bataille qui penchait dangereusement.

— Tiens donc, monsieur, veuillez me conter cela par le menu…

Lambert ne demanda pas à qui il avait affaire et conta son histoire.

— Mon maître était de garde la nuit dernière. Il y avait grand jeu au cercle de la reine. Son service fait, il a pris quelque repos jusqu'à midi. Il est ensuite parti errer seul dans le parc du château, m'ordonnant d'être dans l'avant-cour à quatre heures avec une voiture. Il voulait, m'a-t-il dit, coucher à Paris. Nous sommes arrivés sans encombre vers neuf heures, ce soir. Il m'a alors donné congé, n'ayant plus besoin de moi. J'étais fatigué, je suis allé me coucher.

— Vous deviez assurer votre service demain matin ?

— Certainement. À sept heures, j'aurais monté l'eau chaude à M. le vicomte.

— Le temps était beau à Versailles ? interrompit Nicolas sous le regard courroucé de M. de Sartine qui n'entendait rien à cette digression.

— Brumeux et sombre.

— Pleuvait-il ?

Il fixait le valet.

— Aucunement, monsieur. Mais peut-être cette question a-t-elle trait à l'état des habits de mon pauvre maître. Je m'étais permis de lui recommander de se changer avant de quitter Versailles. Perdu dans ses tristes pensées, il avait glissé au cours de sa promenade dans un petit fossé de vidange du grand canal. C'est ce qu'il m'avait expliqué lorsque je m'étais inquiété de l'état de son vêtement.

Nicolas faisait effort pour ne pas se laisser entraîner par la méfiance que lui inspirait le valet. Il se répétait que juger sur la première impression constituait toujours un risque d'erreur grave. Les propos de l'inspecteur Bourdeau lui revenaient en mémoire. Dans sa jeunesse, celui-ci se fiait ordinairement au jugement du premier instant. Il avait cherché à se corriger, mais en vieillissant, l'expérience lui avait confirmé la valeur de ce premier moment où seul l'instinct s'exprimait et il était revenu aux errements[1] de sa jeunesse, comme plus assurés de livrer la vérité d'un être.

Ce retour sur lui-même agaça le jeune homme et il décida de remettre à plus tard de démêler ce problème. Rien, dans l'état actuel des choses, ne justifiait qu'il s'acharnât sur le valet alors que le suicide paraissait avéré. Il fallait seulement en éclaircir les circonstances pour comprendre les causes qui avaient conduit le malheureux jeune homme à cet acte fatal. Avec l'accord de M. de Sartine, Nicolas congédia donc Lambert, tout en lui recommandant de rester dans le couloir ; il souhaitait en effet

1. Je rappelle aux plus jeunes de mes lecteurs que l'expression « errements » signifie simplement habitudes.

interroger d'abord le majordome. Des exempts surgirent à cet instant. Il les pria d'attendre la fin de ses premières investigations et leur enjoignit d'avoir l'œil sur Lambert, avec interdiction de le laisser parler à quiconque.

Quand il rentra dans la chambre, Sartine s'était à nouveau affalé dans son fauteuil et paraissait en proie à un débat intérieur intense. Sans troubler sa réflexion, Nicolas revint vers le corps.

Le bougeoir à la main, il examina les lieux en commençant par le parquet. Il repéra quelques rayures de fraîche date, dont l'origine pouvait tout aussi bien provenir du gravier coincé sous la semelle des bottes que de toute autre cause.

Le dessus du bureau attira ensuite son attention. Sous la lampe bouillotte placée au milieu du maroquin, il trouva une feuille de papier et il lut, écrits d'une main hâtive en grosses capitales, les mots « Pardon, adieu ». À gauche de cette feuille, une plume gisait près d'un encrier. La position du fauteuil derrière le meuble montrait que celui qui avait écrit ce message s'était ensuite levé, l'avait repoussé et s'était dirigé à droite vers le mur, sans doute pour contourner le bureau par le devant et se retrouver là où reposait maintenant le corps.

Il considéra à nouveau celui-ci, les mains notamment, et essaya sans succès de lui fermer les yeux. Furetant ensuite tout autour de la pièce, il remarqua, à gauche de la porte d'entrée, une immense armoire aux sculptures contournées qui montait jusqu'au plafond. Elle était entrouverte. Il poussa l'un des battants et y plongea la tête ; c'était une grotte ombreuse qui lui rappela les lits clos de son enfance bretonne. Une forte odeur de cuir et de terre le saisit. Dans la partie inférieure s'alignait une collection de bottes dont certaines auraient eu grand besoin d'un coup de brosse. Il repoussa la porte cirée du meuble, puis dessina un plan de l'appartement sur une feuille de son calepin.

Poursuivant son examen, Nicolas repéra une section dans la moulure de la boiserie. À gauche de l'alcôve, une porte ouvrait sur un cabinet de toilette lambrissé de sapin à mi-hauteur, avec sa garde-robe mitoyenne. La pièce était carrelée de pierre de liais[1] et de marbre noir. Les murs étaient tendus de papier peint représentant des oiseaux exotiques. Elle était éclairée par un œil-de-bœuf dont il vérifia la fermeture. Il resta un long moment pensif devant la table de toilette et sa cuvette de fine faïence, admirant le nécessaire avec ses rasoirs et ses instruments de nacre et de vermeil précautionneusement disposés sur une serviette de lin blanc. Les brosses et les peignes n'échappèrent pas, eux non plus, à cette contemplation attentive et comme fascinée par tant de splendeurs.

Quand il rejoignit son chef, celui-ci arpentait la chambre dans sa largeur en évitant avec soin de s'approcher du cadavre. La perruque avait repris son aplomb et les couleurs étaient revenues aux pommettes osseuses du magistrat.

— Mon cher Nicolas, dit Sartine, vous me voyez au-delà de tout embarras. Vous êtes convaincu comme moi-même que ce jeune homme s'est homicidé[2], n'est-ce pas ?

Nicolas se garda de répondre et le lieutenant général, estimant que ce silence valait acquiescement, poursuivit, non sans avoir, d'un coup d'œil au trumeau, vérifié l'équilibre reconquis de sa coiffure.

— Vous savez bien ce qu'il advient dans ces circonstances. On présume un suicide, le commissaire averti se déplace sans robe et dresse procès-verbal sans le moindre éclat ni publicité. Ensuite, et sur la prière de la famille éplorée, mais tout autant pour sauvegarder les convenances, le magistrat oblige le curé de la paroisse, ou le fait prier par son diocésain, de prononcer le service funèbre du défunt et de l'enterrer sans bruit. Vous n'ignorez pas non plus…

1. Calcaire compact au grain fin et serré.
2. On utilisait ce terme à l'époque.

— Que, jusqu'à une époque récente, les corps des suicidés, considérés comme les assassins d'eux-mêmes, étaient passés en jugement et condamnés à être traînés sur une grosse échelle de charpente tirée par une charrette. Je sais cela, monsieur.

— Très bien, très bien. Cependant, nonobstant cette exhibition affreuse sur la claie[1], le corps était pendu et interdit de sépulture en terre consacrée. Le progrès de l'esprit philosophique et la sensibilité du siècle ont heureusement épargné depuis peu à la victime et à sa famille ces extrémités fâcheuses, et contraires à la pudeur. Or, c'est un drame de cet ordre dont il s'agit. L'aîné d'une noble famille, promis à un destin brillant, vient de disparaître. Son père est proche du trône, ou plutôt de l'entourage du dauphin. Sottement – car on ne parle pas de mort aux personnes royales –, le suicide du vicomte a été annoncé à Madame Adélaïde, qui s'est empressée de céder aux supplications du comte de Ruissec. Elle m'a donné, sans excès de précautions, des recommandations que j'ai feint de recevoir pour des ordres, qu'au demeurant la princesse n'est pas en position de me donner. Il m'est cependant difficile d'ignorer ses désirs et je me dois de ménager une famille qu'elle soutient. Toutefois…

— Toutefois, monsieur ?

— Je pense tout haut devant vous, Nicolas. Toutefois…

Le ton avait repris cette chaleur et cette confiance dont le lieutenant général de police usait habituellement avec lui.

— Toutefois, je suis aussi chargé, au nom du roi, de faire régner l'ordre et la loi dans Paris, ce qui n'est pas chose aisée. Trop de rigueur dans l'application de la règle peut conduire à des ruptures et à des drames. La sagesse serait de rendre présentable ce cadavre, de faire chercher un prêtre et une bière et de répandre le bruit qu'en nettoyant son arme le jeune lieutenant s'est blessé à mort. La messe serait dite, la princesse obéie, les parents accablés mais

1. Échelle.

préservés, et moi, sans soucis, j'aurais satisfait mon monde. Puis-je en toute conscience agir de la sorte ? Quel est votre sentiment ? Je me fie à votre jugement, même si la précipitation et la chimère guident quelquefois votre imagination.

— Je tiens, monsieur, que la chose doit être mûrement pensée. Nous sommes comptables à la fois de l'idéal de la loi avec la justice et de la sagesse avec la prudence…

Sartine approuva de la tête ce prudent exorde.

— Telle que se présente cette enquête, poursuivit Nicolas, il me revient, puisque vous me faites l'honneur de m'interroger, de définir notre dilemme. Nous savons que le suicide est un acte qui va contre la morale divine, un malheur dont l'opprobre rejaillit sur une famille honorable. Le cadavre que nous avons sous les yeux n'est pas du peuple, ce n'est pas un pauvre que l'excès du malheur a conduit à cette extrémité. Voilà un honnête homme, un jeune homme parfaitement éduqué, qui sait bien ce que son geste va signifier pour ses parents et pour ses proches et qui, sans réfléchir plus avant, commet l'irréparable sur lui-même, sans offrir à sa famille aucun moyen d'échapper à la honte. Ne trouvez-vous pas étrange qu'il ne vous ait pas écrit comme beaucoup le font pour éviter toute difficulté après leur décès[1] ? Il a juste laissé ceci.

Il ramassa le papier sur le bureau et le tendit à Sartine.

— Notez enfin, monsieur, qu'il sera bien malaisé de taire la nouvelle. La rumeur court déjà à l'Opéra, dans la ville ; elle sera bientôt à la Cour. La princesse en a sûrement parlé, chacun va répétant ses propos. Une dizaine de personnes déjà en sont informées : policiers, domestiques et gens du voisinage. Cette rumeur, personne ne pourra l'arrêter et elle grossira de ses propres incertitudes… Cela sera pain bénit pour les colporteurs de nouvelles à la main.

1. La pratique était en effet courante, à l'époque, de ces lettres de précaution adressées au lieutenant général de police.

Le pied de M. de Sartine battait la mesure sur le parquet.

— Où nous mène ce beau discours, et comment toutes vos circonvolutions nous feront-elles sortir de ce labyrinthe ? Que me proposez-vous ?

— Je pense, monsieur, que, sans rien divulguer et sans écarter ni la thèse de l'accident ni la folie passagère, le corps du vicomte doit être conduit à la Basse-Geôle [1] du Châtelet pour y être ouvert et examiné dans le plus grand secret. Cette décision, dans un premier mouvement, nous fera gagner du temps.

— Et nous nous retrouverons au même point dans quelques jours avec un scandale effectivement grossi de mille contes. Et je n'évoque pas le rôle que sans doute vous me réservez d'annoncer au comte de Ruissec que je vais livrer le corps de son fils à la Faculté. De grâce, donnez-moi un argument plus convaincant.

— Je ne crois pas, monsicur, que vous ayez saisi toute la portée de ma proposition. Si je suggère l'ouverture du corps du vicomte de Ruissec, c'est justement pour préserver sa mémoire et l'honneur de sa famille, car, selon moi, cet examen montrera qu'il a été assassiné.

1. La morgue installée dans les caves du Châtelet (cf. *L'Énigme des Blancs-Manteaux*).

## II

## EN ENFANT PERDU[1]

> « La vérité, peut-être ne la veux-tu pas entendre ; mais si, moi, je ne te la dis pas maintenant, il ne servira de rien que je te la révèle une autre fois. »
>
> QUINTE-CURCE

À cette assertion, faite d'un ton posé, M. de Sartine ne répondit pas tout de suite. Une moue dubitative suivie d'une manière de grimace furent ses seules réactions. Il prit une inspiration, joignit les mains et, après s'être éclairci la voix, dit enfin :

— Monsieur, la gravité de votre propos aurait pu me plonger dans un abîme de perplexité, et ma première réaction, je ne vous le cèle pas, aurait dû être de vous renvoyer prendre votre service ordinaire. Mais il m'est revenu que la raison de votre présence à mes côtés était précisément de traiter les affaires extraordinaires. Au demeurant, votre soupçon m'ôte une épine du pied. Comme

1. Soldats qui marchent en avant du corps de troupes, et par extension, personnes que l'on met en avant dans une affaire hasardeuse.

à l'accoutumée, vous ne m'allez rien expliquer, vous réservant ces coups de théâtre où votre lanterne magique éclaire soudain une vérité qui n'était, jusque-là, apparue qu'à vous seul…

— Monsieur…

— Non, non, non, je ne vous entends pas et ne tiens pas à vous entendre davantage. Vous êtes commissaire et magistrat, et c'est à ces deux personnages que je confie cette affaire. Je vous la laisse, je vous l'abandonne, je m'en désintéresse ! Et ne tentez pas de m'entraîner dans une de ces démonstrations si embrouillées dans lesquelles vous excellez à force de penser savoir beaucoup et de le vouloir montrer. Avez-vous raison, avez-vous tort ? Peu importe pour le moment. Je vais vous quitter et courir à Versailles pour parer au plus pressé. Je préviendrai M. de Saint-Florentin[1] pour opposer les faibles barrages de mon influence aux tempêtes que le comte de Ruissec va, à n'en point douter, soulever. Mais nous avons un atout dans notre jeu. Madame Victoire a naguère traité de « bête » notre ministre ; comme toujours à la Cour, cela lui fut répété et, tout doux et timide qu'il paraît être, il ne laissera pas d'éprouver quelque plaisir à barrer sa sœur Adélaïde et à parler au roi dans le bon sens. Or, celui-ci lui fait toute confiance et n'apprécie pas que le cours normal de sa justice soit entravé. Non, non, ne m'interrompez pas…

Nicolas passa outre à l'ordre du lieutenant général.

— Vous ne trouverez pas M. de Saint-Florentin à Versailles.

— Comment cela, de qui parlez-vous ?

— Du ministre, monsieur.

— Alors non seulement vous avez tranché sur ce suicide mais vous prétendez savoir où est le ministre !

1. Saint-Florentin (1705-1777), Louis Phélypeaux, comte de, puis duc de La Vrillière. Ministre d'État en charge de la Maison du roi, département qui comprenait dans ses attributions l'administration et la police de la ville de Paris.

— Je suis votre élève, monsieur, et votre humble serviteur. Rien de ce qui se passe à Paris ne m'est inconnu ; le contraire serait preuve que je néglige mes devoirs, et c'est alors que vous pourriez me reprocher mon ignorance et mon peu de zèle. Je puis ainsi vous dire que Mme de Saint-Florentin est ce soir chez la reine dont elle est, vous le savez, la confidente favorite. Quant au ministre, il a quitté Versailles sur les trois heures, prenant prétexte de la venue de Madame Adélaïde à l'Opéra pour retrouver la belle Aglaé.

— La belle Aglaé ?

— Marie-Madeleine de Cusacque, épouse de Langeac, sa maîtresse. À cette heure, il lui présente ses respects dans son hôtel, rue de Richelieu. Ainsi, monsieur, point n'est besoin de courir à Versailles.

M. de Sartine ne put s'empêcher de rire.

— Soit, cela m'épargnera une nuit blanche. J'espère que le ministre me pardonnera mon intrusion et qu'entouré des grâces et des ris, il me prêtera une oreille attentive et que la perspective offerte de contrer les princesses l'engagera à moins ménager, comme il y est parfois trop enclin, les parties en présence.

Nicolas tenta une dernière fois sa chance.

— Vous ne souhaitez pas connaître ce qui motive…

— Moins je connaîtrai, mieux cela vaudra pour le moment. Cela compromettrait ma capacité à plaider un dossier que je ne sens pas. Je dois être plat, sans relief, bêtement intrigué par un drame dont tout laisse à penser qu'il s'agit d'un suicide. Si c'est autre chose… Oh ! ne triomphez pas, je ne crois pas au meurtre… Je vous livre l'enquête et vous direz de ma part à M. de Ruissec qu'appelé à la Cour j'ai dû quitter son hôtel en toute hâte, que je m'en remets à vous. D'ailleurs, contez-lui ce qui vous chantera ! Je vous envoie l'inspecteur Bourdeau. Vous me ferez rapport dès demain. Soyez exact. Point de chimères, point d'imagination, de la méthode. Me suis-je fait comprendre ? Faites comme les perroquets : ne lâchez prudemment un barreau que lorsque vous en aurez saisi un autre. N'hésitez pas à poser des mines, à jouer les hurons[1], mais surtout ne faites rien exploser sans mon ordre exprès.

— Et si le comte s'oppose au transport du corps ?

— Vous êtes magistrat. Ordonnez, instrumentez, contraignez. Je vous salue, monsieur.

Resté seul, Nicolas s'assit dans un fauteuil pour réfléchir à l'attitude de son chef. Il fallait faire la part des choses et prendre en compte le jeu subtil du lieutenant général pris entre des puissances dont il devait concilier les bons plaisirs et les desseins secrets. Entre le roi, M. de Saint-Florentin, la famille royale, les parlements, les jésuites, les jansénistes, les philosophes et les malandrins, sa tâche n'était pas facile. À quoi s'ajoutaient les soucis du temps de guerre et la crainte des menées des puissances étrangères.

Certes, Nicolas comprenait tout cela, mais il lui en voulait un peu de jouer avec lui comme du temps, pourtant proche, où il n'était encore qu'un apprenti. Sartine oubliait trop souvent que son protégé était désormais commissaire, et non plus le petit provincial à peine sorti de sa campagne. Il chassa cette pensée médiocre et mesura aussitôt l'injustice de ce procès à l'égard d'un homme à qui il devait tout. Ce qui importait, c'était une nouvelle fois les pleins pouvoirs accordés pour démêler une affaire délicate.

Gravement insulté par le comte de Ruissec, Sartine n'était que trop heureux de s'en remettre à Nicolas pour lui jouer un mauvais tour. S'il n'avait pas discuté la conviction avancée par Nicolas, c'est que les prémices ne l'intéressaient pas. Comme le disait Bourdeau, « la composition du pot ne passionne pas l'affamé ». Le lieutenant général de police ne se préoccupait pas de la cuisine des enquêtes. Il avait une haute idée de sa mission, et pour lui, seule l'efficacité comptait. Il ne prenait pas parti sur les tours

1. Soldat chargé de poser les mines dans l'armée de l'Ancien Régime.

et détours du travail de ses subordonnés, il attendait des preuves et des résultats.

En fait de preuves, Nicolas n'en possédait aucune. Il se laissait guider par son intuition. Et même Sartine n'avait pas relevé la plus grande contradiction qui pouvait mettre à mal son hypothèse : la chambre du vicomte était, sans discussion possible, fermée de l'intérieur et nulle issue n'existait par laquelle un éventuel meurtrier aurait pu s'enfuir.

Cependant, Nicolas regrettait de ne pas avoir eu le loisir d'exposer à son chef la cause principale fondant sa conviction. Elle s'était formée à la vue du corps. Son expérience, nourrie des conversations avec son ami Semacgus, chirurgien de marine, et de ses propres travaux avec Sanson, le bourreau de Paris, n'avait pas été perdue.

Il se leva et alla de nouveau regarder le mort. Jamais il n'avait vu un visage aussi monstrueusement convulsé et déformé. Mais surtout, l'état du corps et celui de la blessure ne correspondaient aucunement au délai très court qui séparait le coup de feu entendu par Picard et leur propre arrivée à l'hôtel de Ruissec. Et il y avait encore autre chose qui le dérangeait, une impression confuse qu'il ne parvenait pas à démêler.

Ainsi, le travail de l'enquête s'établissait dans une réflexion parallèle appartenant à un mode inconscient. Parfois, ses rêves, ou plutôt ses cauchemars, lui avaient apporté des solutions à des questions qui l'obsédaient. L'essentiel alors était de ne pas forcer les choses, de les laisser mûrir afin de favoriser leur conjonction, une fois ouvertes les portes du sommeil. Encore fallait-il s'en souvenir, et trop souvent un réveil brutal le tirait de son rêve au bon moment. Il fit un dernier tour de la pièce. Il découvrit une seconde porte dans la boiserie, symétrique de celle du cabinet de toilette. Elle ouvrait sur un réduit sans fenêtre et abritait une bibliothèque. Après un rapide examen, il fut frappé du caractère hétéroclite des titres et se promit de revenir étudier cela de plus près. Au passage, il nota la présence du tricorne du mort, jeté à l'envers sur le lit aux côtés de son manteau.

Nicolas médita sur ce qu'il lui restait à faire. Ce premier examen demeurait superficiel et limité. Il constituait pourtant le point d'appui sur lequel son intuition et le travail inconscient de son esprit s'ordonneraient. L'élan était donné, et Dieu seul savait si le mouvement engagé conduirait à la solution. Pour l'heure, il rassembla ses idées et prépara son plan de campagne.

Une pensée le frappa : aucun proche du vicomte n'avait jusqu'alors vu le corps et dûment confirmé son identité. Lambert, le valet, ne s'était pas approché du cadavre et tout s'était déroulé comme s'il tenait pour acquis qu'il s'agissait bien de son maître, et lui-même et Sartine avaient fait comme si aucun doute ne pouvait subsister.

Il convenait donc d'en avoir le cœur net. Nicolas poserait d'abord la question au majordome et, du même coup, éclaircirait un autre point : Lambert avait-il bien rencontré Picard, comme il l'avait affirmé, avant son arrivée dans l'appartement du vicomte, et appris par lui les événements de la soirée ? Ce point établi, le corps devrait être évacué et des scellés placés sur la porte de l'appartement.

Il balançait pour savoir s'il avertirait M. de Ruissec de cet enlèvement. Il considéra à nouveau le visage du mort. Pouvait-il imposer un tête-à-tête aussi effroyable à un père ? La douleur et ses suites entraîneraient, compte tenu du caractère du vieillard, une controverse dans laquelle Nicolas n'était pas assuré de l'emporter de sa seule autorité. Ainsi la complicité du vieux serviteur apparaissait-elle indispensable pour éviter tout faux pas : il comprendrait les raisons d'éviter la vision de l'enfant mort et aiderait Nicolas à cantonner M. de Ruissec dans ses appartements tant que l'opération ne serait pas achevée. Alors seulement, il manderait le comte et il lui expliquerait les mesures qu'il avait prises ; celui-ci ne pourrait plus s'y opposer même si sa réaction devait être vive.

Ensuite, la nuit s'avançant, Nicolas demanderait une lanterne et examinerait les alentours des bâtiments, et d'abord les jardins sur lesquels donnaient les fenêtres de l'appartement du vicomte. À première vue, rien n'imposait cette recherche : les fenêtres de l'appartement étaient closes et tout indiquait que le vicomte était rentré par le grand corridor, mais cette trop forte évidence méritait justement une vérification. Cela fait, il quitterait l'hôtel de Ruissec et remettrait au lendemain la poursuite de son enquête.

Perdu dans ses réflexions, il sursauta quand une main se posa sur son épaule. La voix familière de l'inspecteur Bourdeau le rassura.

— À la bonne heure, Nicolas, je vous découvre dans un charmant tête-à-tête ! Ce vieillard n'a pas bonne mine.

— Ce n'est pas un vieillard, Bourdeau, mais le jeune vicomte de Ruissec. Je comprends que son apparence vous ait trompé. Voilà bien le problème ! Je vais vous conter le détail de l'affaire, mais comment êtes-vous venu si vite ?

— Le messager de M. de Sartine m'a joint au Châtelet alors que je m'apprêtais à rentrer au logis. J'ai réquisitionné sa monture et cette carne, qui a failli vingt fois me jeter à bas, m'a finalement conduit jusqu'à vous. Dans ces nouveaux lotissements de Grenelle, cet hôtel est facilement reconnaissable au milieu des terrains vagues et des jardins. C'est un meurtre ?

Nicolas exposa la situation. Une longue complicité permettait aux deux hommes de se comprendre à demi-mot. Au fur et à mesure que Nicolas parlait, la perplexité se lisait sur le visage vermeil de l'inspecteur, qui finit par relever sa perruque courte pour se gratter le crâne dans un geste familier.

— Vous avez le don de vous mettre dans des affaires…

Nicolas apprécia la remarque. Il savait qu'il pouvait compter sur Bourdeau pour tout mettre en œuvre afin de l'aider. Il le chargea d'aller chercher le majordome, en lui recommandant d'éviter tout contact avec le valet du vicomte.

Quand il vit apparaître le vieux serviteur, il regretta de l'avoir fait monter. Picard respirait difficilement et s'appuyait sur le chambranle de la porte pour reprendre son souffle. Une mèche de cheveux gris jaunissants lui tombait sur le front, dérangeant l'ordonnancement méticuleux d'une coiffure tirée en arrière avec la queue, les torsades et les cadenettes réglementaires d'un ancien dragon. Nicolas remarqua son regard trouble, comme si une membrane gris-bleu avait recouvert les yeux. Il avait observé le même phénomène chez son tuteur, le chanoine Le Floch, dans les dernières années de sa vie.

Le majordome s'essuya le front d'une main malhabile, aux doigts déformés. Le jeune homme le conduisit vers le cadavre tout en interceptant la vue de son corps, puis il s'effaça.

— Reconnaissez-vous M. de Ruissec ?

Picard plongea la main dans la poche droite de sa veste et après en avoir tiré un mouchoir taché par les prises de tabac, il en sortit une paire de besicles. Après les avoir chaussés, il se pencha vers le corps et eut aussitôt un mouvement de recul suivi d'un haut-le-cœur.

— Que Dieu me pardonne, monsieur, j'en ai pourtant beaucoup vu, mais ce visage, ce visage… Qu'a-t-on fait à M. Lionel ?

Nicolas nota la dénomination affectueuse. Il ne répondit pas, laissant venir le vieil homme.

— Même à la veille de la bataille d'Antibes en 47, quand nos sentinelles ont été enlevées et torturées par un parti de Croates, je n'ai rencontré visage aussi convulsé. Le pauvre petit !

— Il s'agit donc bien du vicomte de Ruissec ? Vous reconnaissez ce corps comme étant le sien ? Sans aucun doute ?

— Hélas, monsieur, qui le pourrait mieux reconnaître que moi ?

Nicolas dirigea avec douceur le vieux serviteur vers un fauteuil.

— Je souhaiterais revenir avec vous sur les événements de la soirée. J'ai relevé que vous aviez renouvelé le bois dans la chambre de votre maître. Ce geste signifiait-il que M. de Ruissec devait rentrer le soir même à son hôtel ? Vous vous êtes exprimé de telle manière qu'il semblait clairement que vous l'attendiez.

— Pour sûr que j'espérais qu'il rentrerait ce soir ! Ce ne sont plus des sorties, à l'âge du général ! Lui et Madame étaient partis hier pour Versailles, afin de pouvoir accompagner aujourd'hui la fille du roi à l'Opéra. Lorsqu'ils s'y rendent, ils couchent dans une mansarde humide, trop chaude l'été, trop froide l'hiver, Madame s'en plaignait toujours. Monsieur ne disait rien, mais les douleurs de ses vieilles blessures se réveillaient chaque fois qu'il devait découcher au palais. À son retour, je devais le bouchonner avec un vieux schnaps comme un cheval de réforme.

— Ainsi vous n'étiez pas certain de les voir rentrer ce soir ?

— La princesse avait accoutumé de leur rendre leur liberté pour leur permettre de rejoindre leur hôtel. Elle avait sa suite pour revenir à Versailles. J'espérais donc qu'il en serait ainsi. Mais Monsieur n'aimait pas rompre de la sorte avec les obligations de son service.

Voilà un premier point d'acquis, songeait Nicolas tout en constatant que cela ne supprimait pas l'incertitude sur l'éventualité du retour du couple Ruissec au logis.

— Votre vue n'est point bonne ? demanda-t-il.

Picard le regarda, interdit.

— Je vous ai entendu dire que vous lisiez votre livre d'heures. Avec ces mêmes lunettes ?

— Oh ! je vois, mais je fatigue beaucoup. Trop de marches au soleil… Moi qui cassais une bouteille à dix toises avec mon pistolet, je ne vois plus à trois pouces, et de plus en plus trouble.

Nicolas reprit :

— Quand le vicomte est arrivé, les avez-vous ôtées ?

— Je n'ai guère eu le temps d'ôter rien du tout. Et si je l'avais fait, j'aurais vu encore plus mal. Il est d'ailleurs passé comme une mitraille et a monté l'escalier quatre à quatre.

Il retira ses lunettes.

— À vrai dire, monsieur, je ne les mets que pour lire mon livre d'heures et les *Commentaires* de M. de Monluc que M. le comte m'a donnés. Ce maréchal fut un vrai brave…

Nicolas, qui craignait par-dessus tout les divagations des témoins, l'interrompit.

— Était-ce dans ses habitudes de ne pas vous parler en rentrant au logis ?

— Point du tout, monsieur. Toujours amène et le mot gentil, toujours à prendre des nouvelles du vieux bougre et de ses blessures. Pour sûr que, depuis quelques mois, il me semblait un peu entravé.

— Entravé ?

— Oui, gêné aux entournures, tout enchifrené de soucis, avec un pauvre sourire contraint. Je m'étais même dit : « Picard, tout cela ne présage rien de bon », j'ai un sens pour cela. Un jour, dans un petit village…

— Et selon vous, quelle était la cause de cette tristesse ?

— Il ne m'appartient pas d'en juger. Je sentais cela.

Picard se fermait. Il se mordait les lèvres, comme s'il en avait déjà trop dit.

— Allons, je vous écoute.

— Je n'ai rien à dire de plus.

Il paraissait triste et tiraillait une de ses cadenettes. Nicolas sentit qu'il n'en tirerait plus rien pour le moment.

— Picard, dit-il doucement, j'ai besoin de votre aide. Je ne veux pas que M. de Ruissec ait la douleur de voir son fils en ce triste état. Voilà ce que je vous propose. Pendant que mes hommes vont enlever le corps, vous veillerez à ce que votre maître demeure dans son appartement. Dès que la chose sera faite, je vous en avertirai et je préviendrai alors le comte des dispositions qui auront été prises. Jusque-là, j'exige le silence et la discrétion.

Picard le fixait, les yeux brouillés.

— Qu'allez-vous faire de M. Lionel ?

— Qu'il vous suffise de savoir que, si ses parents doivent le revoir, nous ferons en sorte que son apparence ne leur soit pas source d'horreur. Puis-je compter sur vous ?

— Le vieux soldat vous entend, monsieur, et je respecterai la consigne à la lettre.

Sur le point de le congédier, Nicolas se ravisa.

— Ce Lambert, demanda-t-il négligemment, il a tout d'un honnête et loyal serviteur…

Picard releva la tête et sa bouche se crispa. La lèvre inférieure ressortit en une moue qui ne paraissait pas acquiescer aux propos du policier.

— C'est à mes maîtres d'en juger.

Nicolas nota que cette formule paraissait exclure le vicomte de Ruissec.

— Mais vous-même ? Comment le voyez-vous ?

— Puisqu'il faut bien répondre, je vous dirai que je n'attends rien de bon de ce gredin plein de fallace. L'enfant gâté est le père d'un homme sans caractère ; il cède à celui qui l'oblige et se laisse pousser dans le sens de sa pente.

— Le comte connaît-il votre sentiment ?

— Eh ! Pauvre homme que je suis, qu'aurais-je pu faire contre tant d'avantages ? Le moyen de lutter contre tant de mérites ! M. Lionel en était coiffé. Le maître serviteur de son valet, c'est hélas, monsieur, assez l'air du temps. Et parler au général n'est pas chose aisée…

— L'avez-vous rencontré ce soir ?

— Qui ? Lambert ? Certes, monsieur. Lorsque M. le lieutenant général de police a prié mon maître de se retirer dans ses appartements, je l'ai accompagné, puis suis redescendu m'asseoir dans le corridor. Quelque temps après, j'ai vu apparaître Lambert. Il m'a dit avoir été réveillé par le bruit. Il est monté vous parler.

— Y a-t-il plusieurs voies pour passer des communs à l'intérieur de l'hôtel ?

— Soit vous sortez par une porte qui donne dans la cour d'honneur et vous entrez par le grand perron, soit vous passez par les hauts.

— Les hauts ?

— Par les greniers, sous la charpente où l'on fait sécher le linge. Il y a un petit escalier qui rejoint les pièces de service de cet étage. Il est utilisé la nuit, lorsque tout est clos et qu'un serviteur est appelé.

Nicolas notait tous ces détails dans son petit carnet.

— Lambert vous a semblé à son ordinaire ?

— Ni plus, ni moins. Mais je ne suis pas habitué à l'envisager.

— Rien ne vous a frappé dans son apparence ?

— Hélas, monsieur, vous me connaissez désormais : je l'ai entrevu à peine dans ses grandes lignes, comme une ombre.

— Je vous remercie, Picard. Vous m'avez été fort utile.

Le majordome salua Nicolas d'une inclination de tête toute militaire. Il hésita avant de se retirer et finalement lança :

— Monsieur, trouvez qui a conduit notre enfant à tout cela.

— Soyez-en assuré.

Nicolas le regarda s'éloigner d'un pas qui se voulait martial, mais qui n'était plus que raideur et souffrance. Un autre vieux soldat revint dans son souvenir ; un corps pendu dans une cellule du Châtelet et qui venait quelquefois hanter ses nuits comme un remords…

L'interrogatoire de Picard avait effectivement été utile. L'identité du mort était confirmée. Les observations du majordome recoupaient celles de Lambert sur la mélancolie du vicomte. L'affection que, d'évidence, il lui portait n'influait pas sur son jugement. Enfin, son appréciation du caractère du valet rejoignait la sienne propre. Nicolas devrait donc se montrer d'autant plus circonspect avant de se forger une opinion définitive. Il restait que l'influence de Lambert sur son maître était patente et qu'il convenait de rechercher dans quelles directions, favorables ou néfastes, elle s'était exercée. Toutefois, rien n'indiquait que le laquais avait été informé de la mort de son maître avant de gagner les appartements du premier.

Il ne lui restait plus qu'à faire enlever le corps au plus vite, après une dernière formalité préalable : vider les poches du mort. En essayant de ne pas trop fixer la face effrayante, il procéda avec méthode mais sa récolte fut maigre : quelques écus, une tabatière en argent vide, un bout de ruban rose et une marquette de cire rouge. Dans les poches du manteau déposé sur le lit, il recueillit un mouchoir mouillé et non déplié et quelques grains d'une substance poudreuse et charbonneuse que l'humidité n'avait pas dissoute. Quant au chapeau, secoué et examiné sur tous ses angles, il ne livra rien de particulier.

Nicolas rejoignit Bourdeau dans le couloir et, après avoir autorisé Lambert à se retirer, il entraîna l'inspecteur dans la chambre.

— Avez-vous découvert quelque chose ?

— Enfant gâté, serviteur louche et de mauvaise influence, répondit Bourdeau. Il semble bien avoir appris la mort de son maître de la bouche du majordome.

L'inspecteur conserva par-devers lui quelques observations, ignorant si elles pourraient lui être utiles dans l'avenir.

Puis les choses s'ordonnèrent selon un rituel immuable. Le corps fut soulevé, placé sur un brancard, recouvert d'une couverture brune et emporté. Après un ultime examen des lieux et l'extinction des chandelles du flambeau, Nicolas ferma la porte et plaça les scellés avec du pain à cacheter, qu'il signa soigneusement. La clef de la chambre alla rejoindre au fond de ses poches les objets recueillis et le pistolet trouvé près du cadavre. Il procédait sans trop penser à ce qu'il faisait, comme un automate. Au cours de sa brève carrière dans la police, les occasions s'étaient multipliées de ces formalités dont il mesurait chaque fois le caractère sinistre, celui du constat de fin d'un être humain.

Il envoya Bourdeau vérifier que la voie était libre et fit descendre les porteurs en leur enjoignant de faire le moins de bruit possible. Il espérait que le comte de Ruissec ne soupçonnerait rien de ce départ. Il se souvint que les contrevents des fenêtres de façade apparaissaient clos à leur arrivée à l'hôtel de Ruissec. Les voitures de police stationnaient dans la rue ; la rumeur du charroi ne franchirait pas les hauts murs de la propriété. Il décida de laisser le silence retomber et d'en profiter pour étendre le périmètre de ses investigations. Il voulait découvrir le parc situé à l'arrière du bâtiment principal, sur lequel donnait l'aile où se développait l'appartement du vicomte. Il laissa Bourdeau en faction et se fit montrer par Picard la porte qui donnait sur l'extérieur.

Le majordome lui avait prêté une lanterne allumée, mais la lune éclairait suffisamment. Il devinait sur sa droite l'aile qu'il cherchait. La construction était d'une grande simplicité, composée de deux niveaux, un rez-de-chaussée avec de grandes portes cochères ovales laissant deviner des écuries ou des hangars à voitures et un étage où se trouvait l'appartement du vicomte. Tout était à l'identique du corps principal, surmonté d'un comble mansardé à double pente. Nicolas se dirigea vers le bâtiment. Il ouvrit l'une des portes ; une forte odeur d'écurie et de longs hennissements de chevaux réveillés le renseignèrent. L'entrée était pavée et, entre les deux portes, poussaient en pleine terre des rosiers grimpants. Il s'accroupit et considéra avec soin le sol sous les fenêtres du vicomte, puis il se releva et éclaira le mur du faisceau de la lanterne. Il demeura là un long moment, puis essaya de prendre un compte plus exact de la disposition des lieux.

L'irrégularité du jardin – un trapèze dont la pointe s'étendait au-delà des écuries – était masquée par la symétrie de deux longs parterres rectangulaires terminés d'un rond-point orné de treillages. Les autres parties étaient formées par des salles de verdure reliées entre elles par de petites allées de boulingrins, plantés en labyrinthe. Chacun des deux parterres était orné de corbeilles en pierre. L'allée centrale venait buter sur un grand bassin circulaire en marbre décoré d'un groupe d'amours et de tritons de plomb, destinés à cracher l'eau. Une allée pavée formait une espèce de terrasse devant les degrés menant aux grandes pièces du rez-de-chaussée. Une petite porte par laquelle Nicolas était sorti s'inscrivait dans l'angle droit formé par les bâtiments et se trouvait à demi dissimulée dans une sorte de rotonde renfoncée.

Nicolas repassa à gauche et découvrit une porte cochère fermée, qui devait donner sur un chemin adjacent perpendiculaire à la route où se déployait l'hôtel de Ruissec. Il longea le mur d'enceinte sur tout son pourtour, s'arrêtant çà et là et s'accroupissant à plusieurs reprises dans les feuilles mortes. Il acheva son tour dans l'angle en retrait où, derrière une haie, il découvrit une cabane de jardinier remplie d'outils, d'arrosoirs, d'une échelle et de semis en pots. Il revint vers le bassin central ; au fur et à mesure qu'il s'en approchait, une odeur d'eau croupissante s'imposait, mêlée à celle entêtante des buis. Une impression lui traversa l'esprit sans qu'il réussît à la saisir.

Après un dernier coup d'œil aux plates-bandes plantées de rosiers, Nicolas rejoignit Bourdeau et Picard qui devisaient. Il était toujours surpris de la capacité de son adjoint à gagner la sympathie des plus humbles. Il demanda au majordome d'avertir son maître d'avoir à le recevoir. Picard s'exécuta et revint sans un mot ; il ouvrit la porte d'un grand salon, y alluma des flambeaux et invita Nicolas à entrer.

La douce et mouvante lueur des bougies éclairait un salon dont l'un des murs figurait, en trompe l'œil, une échappée sur une nature imaginaire. Une grande arcade ouvrait la vue orientant le regard sur un parc ; elle laissait deviner la campagne dans le lointain. Pour en reculer la perspective, l'artiste avait placé à mi-distance deux rampes de marbre naissantes qui semblaient border en s'éloignant un perron esquissé par leur commencement. L'arcade, portée par des colonnes ioniques, était complétée de pilastres soutenant un attique au panneau décoré d'amours musiciens en ronde bosse. Des croisées dessinées, ouvertes à droite et à gauche de l'œuvre, ajoutaient encore à l'illusion en laissant voir le prolongement de l'espace suggéré au-delà du salon réel. Nicolas admira cet étonnant accord du pinceau et du ciseau. Il se perdait dans sa contemplation, retrouvant dans cette œuvre grandeur nature l'un des thèmes de ses rêves d'enfant. Les quelques gravures qui ornaient sans fantaisie l'intérieur austère du chanoine Le Floch à Guérande lui avaient offert bien des occasions de se laisser emporter par son imagination. Il demeurait des heures à regarder les scènes représentées, notamment celle du supplice de Damiens sur la place de Grève, jusqu'au moment où il se sentait transporté à l'intérieur de l'action. Alors, dans une sorte de sommeil éveillé, il brodait d'interminables aventures avec, au fond de lui-même, la crainte inexprimée de ne pouvoir revenir en arrière pour regagner une existence paisible et protectrice. Ce qu'il voyait, cette reconstitution de la vie, dans son déploiement baroque et son décor d'opéra, le fascinait et l'attirait tout à la fois. Il tendit la main comme pour y pénétrer.

Une voix rageuse s'éleva, le ramenant à la réalité.

— « Es-tu l'allié d'un tribunal de perdition, érigeant en loi le désordre » et se complaisant dans la perversité des images ?

Nicolas se retourna. Le comte de Ruissec se tenait devant lui.

— Psaume 94. Vous n'êtes sans doute ni huguenot ni janséniste, monsieur. J'ai rencontré deux hommes qui avaient coutume de citer les Écritures ; l'un était un saint, l'autre était un hypocrite. Voilà bien le chien courant de son maître, perdu dans la contemplation de cette image fausse qui parodie la vie.

— Elle décore pourtant le salon de votre hôtel, monsieur le comte…

— J'ai acquis cet hôtel d'un partisan[1] ruiné qui goûtait fort ce genre d'illusions. Pour ma part, je ne les prise guère et les ferai recouvrir de peinture ou de tapisseries. Mais ne perdons pas notre temps. Une dernière fois, monsieur, je vous somme de me laisser voir mon fils.

Il était debout, les deux mains posées sur le dossier d'un fauteuil. Elles pressaient si fortement le meuble que les articulations blanchissaient sous l'effort.

— Monsieur le comte, j'ai le devoir de vous avertir que le corps du vicomte de Ruissec a été retiré de cet hôtel et transporté en lieu de justice pour une enquête extraordinaire.

Nicolas s'attendait à une explosion ; elle n'eut pas lieu. Le visage du comte demeurait haineux et concentré, la mâchoire crispée et mâchonnante. Il s'assit et resta un moment silencieux.

— Cela est bien cruel et bien incompréhensible.

— J'ajoute que si cette décision a été prise, c'est d'une part pour vous épargner à vous-même et à Mme la comtesse de Ruissec une vision insoutenable…

— Monsieur, je suis accoutumé au spectacle de la guerre.

— Et d'autre part, pour consulter les praticiens sur la nature de la blessure de votre fils.

Il ne voulait pas donner trop de précisions et laisser le champ libre à l'imagination de son interlocuteur ; ce fut peine perdue.

— Me signifiez-vous par là qu'on entend procéder à l'ouverture du corps de mon fils ?

— À mon grand regret, monsieur. L'opération pourrait se trouver nécessaire afin d'établir la vérité.

1. Quelqu'un qui a pris à ferme un service public.

— Mais quelle vérité espérez-vous découvrir, alors que mon fils s'est tué dans une chambre fermée à double tour ? C'est vous-même qui l'avez ouverte. À quoi vous servira de torturer un corps sans vie ?

— Pensez, monsieur, répondit Nicolas, que cet examen peut apporter des éclaircissements précieux et prouver, par exemple, que votre fils a pu se blesser en nettoyant son arme, et qu'ainsi l'opprobre de s'être homicidé s'en trouverait évité…

Nicolas pensait que sa tentative n'en imposerait pas à l'esprit du comte. Mais dans les situations extrêmes, le déchirement moral peut conduire à se raccrocher au plus petit espoir. Il eut pourtant le sentiment que son interlocuteur n'acceptait pas l'évocation de cette hypothèse, comme s'il était convaincu de la réalité du suicide.

— Dès que ces examens auront été pratiqués, reprit Nicolas, dans la plus grande discrétion et le secret le plus total, je puis vous l'assurer, le corps de votre fils, décemment préparé, vous sera rendu. C'est, je le pense, la meilleure disposition à prendre, celle qui ne préjuge pas l'avenir et permet de laisser ouvertes toutes les éventualités en préservant l'honneur de votre famille.

Il songea que cette promesse apaisante d'un mort présentable était assez risquée, vu l'état du cadavre. Soudain, le comte se leva. Ce que l'annonce du départ du corps de son fils n'avait pas produit, le mot honneur le déclencha.

— L'honneur, monsieur, qui êtes-vous pour en parler ? Que prétendez-vous en connaître ? L'honneur, monsieur, il faut l'avoir porté en soi pour en parler. L'honneur se reçoit par la pureté d'un sang qu'aucune roture n'a jamais corrompue. Il puise son origine dans la nuit des temps, abreuve génération après génération, et se gagne par l'épée pour le roi et pour Dieu. Comment osez-vous laisser ce mot franchir vos lèvres, monsieur l'exempt ?

Nicolas retint le mouvement de vanité puérile qui le poussait à rappeler la dénomination exacte de sa fonction. Seule sa main gauche à demi levée marqua un instant ce geste refréné. C'est à ce moment que le comte posa son regard sur la chevalière armoriée que portait le jeune homme.

Elle lui avait été adressée par sa demi-sœur Isabelle, après que le mystère de sa naissance avait été levé par le roi lui-même, et présentait les armes des Ranreuil. Il n'avait pas voulu reprendre le titre auquel il avait droit, mais conservait ce souvenir de son parrain qu'il n'osait appeler son père que dans le secret de son cœur. Au-delà de la tombe, cette chevalière était pour lui comme un lien. Enfant, cent fois, il avait admiré le blason patiné par les ans, qui désormais était le sien. L'œil étincelant et la bouche mauvaise, le vieil homme reprit, en désignant la bague.

— Comment osez-vous parler d'honneur, vous qui vous parez des armes d'un Ranreuil ? Oui, j'ai encore assez bonne vue pour reconnaître le blason d'un gentilhomme qui servit avec moi, et j'ai encore assez de cœur pour m'indigner de voir un sicaire s'oublier de la sorte.

— Monsieur le comte, du marquis de Ranreuil, je tiens le sang et les chevrons, et je vous conseille de mesurer vos propos.

Nicolas n'avait pu se maîtriser. C'était bien la première fois qu'il faisait état d'une naissance dont il avait souhaité écarter le privilège.

— Ainsi le fruit du péché se complaît dans des occupations abjectes. Qu'importe, d'ailleurs, c'est la folie du temps ! Un siècle où les fils se dressent contre les pères, où l'aspiration au bien conduit à se vautrer dans le mal, un mal qui est partout, au plus haut, au plus bas…

Le visage du comte de Ruissec était l'image livide de la haine, il porta la main à son front. Nicolas remarqua les ongles recourbés et striés. Le vieil homme lui montra la porte de la main.

— Il suffit, monsieur. Je constate que, digne serviteur de Sartine, vous ne répondez ni aux souhaits d'un père, ni au respect que ma position devrait vous inspirer. Sortez. Je sais ce qu'il me reste à faire.

Il se retourna, faisant face au trompe-l'œil, et Nicolas crut un moment le voir s'y fondre et s'éloigner dans le parc figuré. L'impression fut encore renforcée lorsque le comte, s'appuyant à la muraille, plaqua les mains sur l'une des rampes de marbre.

Rien ne retenait plus Nicolas en ces lieux où, désormais, seul le chagrin avait sa place. Ses pas résonnèrent sur les dalles du vestibule, puis l'air frais de la cour le surprit avec son odeur de poussière et de pourriture végétale. Un petit vent s'était levé qui faisait tournoyer en sarabande les feuilles mortes sur le pavé. Il rejoignit le fiacre sans doute envoyé par M. de Sartine. Le cheval de Bourdeau était attaché par un licol à l'arrière de la voiture. Sous la lueur de la lanterne, le profil renversé de l'inspecteur se découpait, la bouche ouverte, abandonné au sommeil. Au moment de prendre place, Nicolas, comme si quelque chose le retenait, se retourna et leva la tête. Au premier étage de l'hôtel, la silhouette d'une femme tenant un bougeoir apparaissait derrière l'une des croisées. Il sentit son regard peser sur lui. Dans le même instant, une toux discrète appela son attention. Sans un mot, Picard lui glissa un petit pli carré dans la main. Quand son regard se reporta vers l'étage, Nicolas crut avoir rêvé ; l'apparition avait disparu. Troublé, il monta dans le fiacre dont les ressorts grincèrent sous l'effet de son poids. Le cocher fit claquer son fouet et l'équipage quitta à grand bruit la cour de l'hôtel de Ruissec.

Nicolas serrait le pli dans sa main et résistait à l'envie d'en prendre aussitôt connaissance. Auprès de lui, Bourdeau endormi oscillait au gré des cahots. Le chemin récemment tracé et empierré traversait une campagne à demi détruite où se devinaient terrains vagues, chantiers et jardins. Nicolas s'interrogeait sur ce qui avait pu pousser le comte de Ruissec à acquérir cet hôtel neuf dans cet endroit isolé. Était-ce la modicité d'une vente effectuée par voie de justice pour payer les dettes d'un partisan failli, ou tout autre raison ? Peut-être l'explication la plus simple résidait-elle dans la proximité de la route de Versailles. Elle convenait à la situation d'un courtisan appelé par ses fonctions à se partager entre la ville et la Cour, à n'être jamais tout à fait éloigné ni de l'une ni de l'autre et, sans doute aussi, pour un vieil homme, comme l'avait suggéré Picard, à jouir, après des années passées dans la rigueur des camps, des douceurs d'un foyer. « Il faudra s'intéresser de plus près à toute cette famille », songea-t-il.

Son entretien avec le comte de Ruissec lui avait fait percevoir une étrange amertume qui ne coïncidait pas avec la douleur de la disparition d'un enfant. Il lui faudrait aller plus loin dans l'interrogatoire du comte de Ruissec, mais le faire avec habileté s'il voulait contourner les défenses de ce fauve. Ce caractère tout de violence paraissait rétif à toute espèce de séduction. L'ostentation dévote, quasiment puritaine, le couplet sur l'honneur n'avaient pas convaincu Nicolas. Il gardait de cet entretien l'impression presque physique d'un homme cruel et dissimulé.

Dans sa main crispée, le petit carré de papier brûlait comme une braise ; la sensation tira Nicolas de sa méditation. Il abaissa la glace de la portière, un vent frais et humide le souffleta au visage. Il se pencha pour profiter de la lumière du fanal et rompit le pain à cacheter. Quelques lignes d'une grande écriture tremblée et plutôt féminine, avec des lettres courbées se chevauchant, apparurent. Le texte était court et précis :

*Monsieur,*

*Trouvez-vous demain à quatre heures à l'église des Carmes, rue de Vaugirard, dans la chapelle de la Vierge. Une personne vous y attendra qui souhaite bénéficier de vos lumières.*

Machinalement, il porta le message à ses narines et en respira le parfum. Il avait déjà senti ces odeurs chez de vieilles personnes, ces vieilles douairières de la bonne société de Guérande qui fréquentaient son tuteur le chanoine ou qu'il rencontrait chez le marquis de Ranreuil. Il reconnaissait le parfum à peine dissipé de la poudre de riz et de l'« Eau de la reine de Hongrie ». Il examina le papier de couleur vert amande, vergé, sans chiffre ni marque gravés. Ces observations le conduisirent à faire le lien entre l'auteur de ce pli et l'apparition à la croisée de l'hôtel de Ruissec. Ce message, transmis par le fidèle majordome de la famille, émanait sans doute de la comtesse de Ruissec et manifestait clairement la volonté de lui confier quelque secret en confidence. Un détail pourtant l'intriguait : c'était moins une volonté de l'éclairer lui-même sur la mort du vicomte qui était l'objet du rendez-vous, qu'une supposée demande de conseils. Il se rassura en se disant que les deux choses n'étaient peut-être pas si éloignées l'une de l'autre.

Bourdeau ronflait discrètement avec des expirations ponctuées de petits gémissements. Nicolas tenta de reposer un moment son esprit, mais il ne parvenait pas à se laisser assoupir par les mouvements de la voiture. Des pensées incertaines le poursuivaient. Plusieurs points auxquels il avait songé s'étaient évanouis ; il en éprouvait une agaçante obsession, se reprochant de ne pas les avoir notés au fur et à mesure qu'ils lui apparaissaient. Il serrait avec irritation le petit calepin qui ne le quittait jamais et sur lequel il notait ses réflexions et ses constatations. Il n'oubliait pas qu'il lui faudrait rédiger un rapport et rendre compte au lieutenant général de police. La voix pincée de M. de Sartine résonnait en lui, avec son sempiternel : « Précision et concision. » Mais Nicolas n'avait jamais eu de difficultés sur ce plan, et son chef appréciait son style allègre et efficace. Il pouvait remercier les jésuites de Vannes qui avaient cultivé son don de plume, mais aussi le notaire chez qui il avait fait ses premières armes et qui lui avait appris le poids et la conséquence du choix des mots.

À force de ratiociner, Nicolas oubliait de rechercher ce qu'il avait oublié. C'est alors qu'il se rappela ne pas avoir vérifié s'il existait un double de la clef de la chambre du vicomte. Il se mordit les lèvres ; il faudrait s'en assurer. La chose le tracassait, mais il se réconforta en remarquant que si un double avait été disponible, Picard l'en eût averti au lieu de le laisser forcer la serrure.

La voiture s'arrêta brusquement dans les cris et les hennissements des bêtes malmenées par les mors. Des lumières mouvantes surgirent et il entendit le cocher parlementer. En ce temps de guerre, les entrées et les sorties nocturnes de la capitale du royaume étaient réglementées. Nicolas dut se faire reconnaître pour obtenir l'ouverture des portes. La route fut ensuite plus rapide dans un Paris vidé par la nuit. Il déposa Bourdeau chez lui, près du Châtelet, et repartit vers Saint-Eustache et la rue Montmartre pour rejoindre l'hôtel de Noblecourt. C'était toujours pour lui un réconfort de voir apparaître la demeure où il avait été si généreusement accueilli un matin de désolation. Hôtel, d'ailleurs, était un grand mot pour la solide maison bourgeoise dont le rez-de-chaussée sur la rue était occupé par une boulangerie.

Nicolas aimait être accueilli par l'odeur chaude de la première fournée de la nuit. Elle chassait en lui l'angoisse de la journée et la fatigue d'un esprit toujours animé de supputations et de calculs. Elle l'environnait comme une présence familière et consolante. Elle faisait la transition entre l'extérieur menaçant et le retour dans un lieu amical et préservé.

Négligeant l'escalier dérobé qui, depuis la cour intérieure, conduisait directement jusqu'à sa chambre, il ouvrit la porte sous la voûte de l'entrée cochère. Une boule de poils frétillante lui sauta dans les bras ; Cyrus, le chien de M. de Noblecourt, lui réservait toujours cet accueil chaleureux. Il gémissait de bonheur de retrouver un ami adopté dès leur première rencontre. Après ces débordements de tendresse, il reprit sa dignité de bichon de procureur et, la tête relevée comme une cavale, il le précéda dans le logis, seule l'irrépressible agitation de sa queue témoignant encore de son plaisir.

Il se dirigeait vers l'office, vérifiant régulièrement que Nicolas le suivait. Celui-ci en déduisit que M. de Noblecourt dormait déjà. De plus en plus souvent torturé par des accès de goutte, le vieux magistrat aimait à s'entretenir avec son protégé, même lorsque celui-ci rentrait tard. Il était friand du récit des journées du policier, et tout aussi curieux des nouvelles et des ragots de la ville et de la Cour. Comme il recevait beaucoup, cela en faisait l'un des hommes les mieux renseignés de Paris ; ses avis et ses conseils, Nicolas avait pu le vérifier à maintes reprises, étaient loin d'être à négliger. Lorsqu'il veillait encore dans son fauteuil à oreillettes, Cyrus était le messager chargé d'intercepter Nicolas et de le conduire vers son maître.

Une maigre chandelle éclairait chichement l'office. Sur une chaise basse, près du potager, une masse affaissée se soulevait au rythme paisible de sa respiration. Nicolas reconnut Catherine, la cuisinière. À sa vue, le pédant de collège qui sommeillait encore en lui se réveilla et lui fit souvenir d'un vers de Boileau : « Son menton sur son sein descend à double étage. » Il se reprocha aussitôt cette facétie commise au détriment d'une femme qui lui avait manifesté une invariable fidélité.

Après la chute de la maison Lardin[1], Catherine Gauss avait été tout d'abord recueillie par le docteur Semacgus, à Vaugirard. Mais celui-ci disposait déjà de sa cuisinière africaine, Awa, et même si les deux femmes s'étaient liées d'amitié, il ne pouvait garder Catherine. Nicolas avait trouvé la solution. Marion, la gouvernante de M. de Noblecourt, se faisant vieille, elle avait été ravie de voir

1. Cf. *L'Énigme des Blancs-Manteaux*.

Catherine prendre en main les fourneaux. Nicolas, que ses fonctions de commissaire et les profits des vacations attachés à sa fonction avaient placé dans une honnête aisance, avait lui-même engagé sa vieille amie et participait ainsi pour une part aux dépenses de l'hôtel de Noblecourt. Le vieux procureur avait protesté, pour la forme, mais il avait été sensible au geste de Nicolas.

Cyrus tira le bas de la jupe de Catherine qui se réveilla en maugréant. Avisant Nicolas, elle voulut se lever ; il l'en empêcha.

— Je me suis assoupie en t'attendant, mon betit, soupira-t-elle.

— Catherine, combien de fois faudra-t-il te répéter de ne pas m'attendre !

— Tu étais à l'Opéra. Il ne pouvait rien arriver.

Nicolas sourit en pensant au début de sa nuit à Grenelle. Mais Catherine s'agitait déjà, dressant le couvert et posant sur la table une tourtière odorante.

— Tu dois avoir faim. J'ai du pâté froid et une bouteille d'irancy que monsieur a légèrement tutoyée à son souber. Il a mangé de fort bon abbétit.

Nicolas s'attabla pour un de ces médianoches solides et savoureux dont Catherine tenait le secret de ses origines alsaciennes. La croûte dorée du pâté était encore tiède et un fumet de vin rouge et de laurier lui fit venir l'eau à la bouche. Elle le considérait avec appréhension, guettant ses moindres réactions. La viande moelleuse fondait sous la dent.

— Tu m'avais caché ce plat, Catherine ! Quel délice, c'est de chez toi ?

— Non bas, c'est la tourte. La viande est hachée et marinée au vin blanc. Ce plat-là, c'est champenois. Tu coupes du borc et du veau, et surtout tu ajoutes de la gorge pour le fondant. Tu fais tremper dans un bon vin rouge avec des épices, du sel, du poivre, deux jours, bas blus. Tu fais ta bâte. Tu ébonges ta viande. Tu étales le fond dans la tourtière avec la viande dessus, et tu couvres avec un rond de bâte doré à l'œuf. Tu tiens au four deux bonnes heures. C'est meilleur tiède ou froid. On peut le faire aussi avec du labin sans désosser. Chez moi, on tirait au sort qui aurait la tête. Yo yo, c'était comme ça !

Nicolas, rassasié, regardait Catherine éteindre le potager et serrer les restes du repas dans le buffet. Il lui sourit avec reconnaissance et lui souhaita le bonsoir. Il gagna sa chambre où, tout habillé, il s'allongea sur son lit pour sombrer aussitôt dans le sommeil.

## III

## LE PUITS DES MORTS

« Les malheurs sont souvent enchaînés l'un à l'autre. »

RACINE

*Mercredi 24 octobre 1761*

Un grattement éveilla Nicolas. Il comprit, après avoir consulté sa montre, que Catherine venait de déposer un broc d'eau chaude devant la porte de sa chambre. Depuis son entrée en service chez M. de Noblecourt, elle avait pris cette habitude. Sans doute avait-elle décidé de son propre chef de lui octroyer un petit supplément de sommeil. Sept heures avaient déjà sonné. Depuis sa prime jeunesse, été comme hiver, il se levait à six heures ; enfant, il servait la messe du chanoine, son tuteur, mal réveillé dans le froid humide de la collégiale de Guérande. Il constata, amusé, qu'il avait dormi tout habillé. Par chance, sa garde-robe s'était considérablement accrue depuis son arrivée à Paris, Maître Vachon, son tailleur et celui de M. de Sartine, y avait pourvu. Il se souvint avec attendrissement de cet habit vert, un laissé-pour-compte, porté à Versailles lors de sa présentation au roi.

Il se sentit dispos et l'esprit libre jusqu'au moment où la chaîne des événements de la veille lui remonta en mémoire. Le bonheur du matin – si rare – laissa la place aux préoccupations et aux dispositions du chasseur qui s'apprête à se mettre en quête. Il aperçut son tricorne à terre. Heureusement, il ne s'était pas couché avec ; cela portait malheur, disait-on. Cette remarque fugitive eut un écho lointain dans ses souvenirs, mais il ne réussit pas à la raccrocher à quelque chose de tangible. Torse nu, il s'activait à une énergique toilette avec une eau déjà froide. L'été, il usait de la pompe placée dans la cour de l'hôtel et s'ébrouait dans de grands éclaboussements, mais l'automne pointait déjà avec ses froidures matinales. Il se remémora ce qu'il avait à faire.

En premier lieu, il devait se rendre à l'hôtel de police et faire à Sartine un récit exact de ce qui était advenu après son départ la veille au soir. Peut-être son chef aurait-il, de son côté, quelques lumières sur la manière dont, en haut lieu, on envisageait le traitement de cette affaire. Il n'était même pas exclu qu'on ne la voulût point traiter du tout. Il fallait s'attendre à affronter un lieutenant de police de fort méchante humeur.

Il s'empresserait ensuite de retourner au Châtelet. Il maugréa à part lui sur le peu de commodité de la dispersion de ces lieux de haute police, situation qu'il jugeait peu propice à l'exécution rapide des tâches. L'inspecteur Bourdeau serait dépêché à Grenelle afin de revoir d'un œil neuf les lieux du drame, et s'enquérir de l'existence d'un double de la clef de la chambre du vicomte. Il se demandait si son adjoint avait déjà procédé à l'ouverture du corps avec Sanson, l'exécuteur des hautes œuvres. Le recours, peu orthodoxe, à ses talents et à son expérience, gênait un peu Nicolas, mais il avait trop éprouvé la routine et l'incurie des médecins légistes attachés au Châtelet.

Il préférait donc cette formule qui permettait de garder secrètes de redoutables découvertes.

Nicolas devrait aussi examiner avec Bourdeau les conditions de son rendez-vous avec l'inconnu en l'église des Carmes déchaux. Il était de plus en plus convaincu d'avoir affaire à Mme de Ruissec. Enfin, il serait utile d'aller à la pêche du côté de la hiérarchie et des camarades du vicomte dans les gardes françaises.

Satisfait de ce programme, il acheva ses apprêts par un vigoureux brossage de sa chevelure qu'il noua avec un bout de ruban de velours. Il ne portait perruque que dans les circonstances exceptionnelles, ne goûtant guère cet emprisonnement de sa tête et le nuage de poudre qu'il fallait répandre sur cette coiffure.

Un air de flûte égrenait ses trilles dans le lointain de la demeure. Que M. de Noblecourt s'attachât de bon matin à « tâter l'ivoire », comme il avait coutume de dire, était une indication favorable sur l'état de sa santé ; la goutte ne devait pas trop le tourmenter. Nicolas décida d'aller le saluer. Ces entretiens matinaux avec l'ancien procureur étaient toujours pleins d'enseignements et de cette sagesse que donnent aux hommes la longue pratique des affaires et la connaissance de l'âme humaine. Il descendit au premier pour rejoindre la belle pièce aux lambris vert pâle rehaussés d'or qui servait de chambre et de salle d'audience à M. de Noblecourt.

Quand il entra, il vit le magistrat campé dans son fauteuil, redressé et presque cambré, la tête inclinée sur la gauche, les yeux fixes et mi-clos ; sa calotte pourpre était en bataille, sa jambe gauche reposait sur un pouf en damas, tandis que le pied droit battait la mesure dans sa pantoufle. Les doigts agiles virevoltaient sur les trous d'une flûte traversière. Fasciné, Cyrus, debout sur ses pattes arrière, un bout de langue rose dépassant de sa gueule, écoutait son maître. Nicolas s'arrêta pour savourer ce moment charmant d'intimité domestique. Mais déjà le chien bondissait vers lui et M. de Noblecourt arrêta net sa mélodie à la vue du jeune homme. Nicolas, le tricorne à la main, salua d'une demi-révérence :

— Comme il me plaît de vous voir, si dispos et si en bouche de bon matin !

— Le bonjour, Nicolas. Je vais mieux en effet. Je ne sens presque plus les douleurs de ma jambe gauche et je serai debout pour souper, si je parviens à maîtriser les pièges de cette sonate.

— Je gage que vous en êtes l'auteur ?

— Ah ! le coquin ! Ah ! le flatteur ! s'étouffa le procureur. Que non pas, hélas ! C'est une pièce de Blavet, première flûte de l'Académie royale de musique. Qui n'a entendu ce virtuose ne peut imaginer ce que sont une embouchure nette, les sons les mieux filés et une vivacité qui tient du prodige.

Il posa son instrument sur la petite table à jeux placée devant lui.

— Foin de tout cela, j'espérais vous voir pour ma collation.

Il sonna et, comme une ombre, Marion, la gouvernante, surgit. Il avait été convenu avec Catherine que la vieille servante conserverait le privilège du premier service de son maître. Catherine apportait le lourd plateau jusqu'à la porte de la chambre et le confiait à Marion, qui savait gré de cette bonne manière.

— Marion, mon festin du matin. Vous ne le connaissez pas, je l'ai étrenné il y a deux jours. La même chose pour Nicolas.

Le triple menton tremblait de rire et ses yeux se plissaient de malice.

— Il ne manquerait plus, monsieur, que pour la tranquillité de vos tendons et de vos muscles, vous condamniez ce grand jeune homme à votre portion congrue !

— Comment, portion congrue ! Traitez avec plus de respect un régime que Fagon réservait au grand roi aïeul de notre souverain.

Marion sortit pour reparaître aussitôt avec un grand plateau où s'entrechoquaient l'argent et la porcelaine. Elle disposa devant son maître une assiette de pruneaux cuits et une tasse d'un liquide ambré. Nicolas eut droit, comme à l'accoutumée, à son chocolat mousseux, aux pains mollets de la boulangerie du rez-de-chaussée et à un confiturier débordant d'une gelée vermeille. M. de Noblecourt s'agita dans son fauteuil, et reposa avec précaution et quelques gémissements son pied gauche à terre. Son nez fort et coloré paraissait frémir, caressé par les volutes odorantes du breuvage exotique.

— Ne serait-on en droit... vu l'état amélioré de mes jambes... de m'autoriser, chère Marion, un entracte de la sauge et des fruits en compote ?

Marion grommela quelques fortes paroles.

— Bien, bon, soupira M. de Noblecourt, inutile d'en faire un drame, mes arguments ne valent pas tripette au tribunal domestique. Je vois que je m'égare et que je ne serai point suivi sur ce chemin-là. Je m'incline, je me résous, je rends les armes !

La servante soupira elle aussi et, après un sourire complice à Nicolas, disparut aussi vite que le lui permettaient ses vieilles jambes. M. de Noblecourt reprit son sérieux et considéra le jeune homme.

— Ou je me trompe fort, Nicolas, ou il y a du nouveau. Vous avez l'air faraud du braque qui part à la chasse. Primo, monsieur, vous rentrâtes fort tard au logis. Non que je vous espionne, mais dans mon insomnie j'ai entendu battre la porte cochère.

Nicolas prit un air contrit.

— Or, comme l'opéra ne s'achève pas si tard, je présume, secundo, qu'un de ces sujets, qui font espalier dans le fin fond des décors, a été l'objet d'une étude dûment approfondie, ou qu'un événement inattendu du service vous a retenu.

— Avec le respect que je vous dois, dit Nicolas, j'ai toujours admiré chez vous, monsieur, une sagacité qui est à la mesure de votre sensibilité...

— Allez au fait, je brûle de curiosité, je sèche sur pied.

Nicolas entreprit un récit circonstancié des événements de la nuit que son hôte écouta, les yeux clos, les mains croisées sur la bedaine, un sourire béat aux lèvres. Il demeura silencieux à l'issue du récit et Nicolas le crut assoupi. C'était mal connaître M. de Noblecourt. Ni l'histoire ni la sauge ne l'avaient endormi ; il méditait. Nicolas avait maintes fois observé que le résultat des réflexions de l'ancien procureur sortait toujours de l'ordinaire et se saisissait du réel par un tour inattendu et parfois surprenant. Il ouvrit les yeux.

— Sur ce pied-là, ce n'est pas grand-chose qu'être honoré, puisque cela ne signifie pas qu'on soit honorable.

Cette sentence sibylline fut suivie de la dégustation minutieuse de quelques pruneaux.

— Vous voilà, mon cher enfant, confronté à la pire engeance de Cour, espèce qui mêle sans vergogne la feinte dévotion et l'ambition. De ces êtres redressés qui rampent autour des grands. Tirez leurs grotesques à certaines figures, elles s'effondrent.

Tout en prononçant ces phrases lourdes de sens, M. de Noblecourt approchait sournoisement sa cuillère du confiturier. Cyrus sauta sur les genoux de son maître et coupa court à la manœuvre.

— Le comte de Ruissec n'est pas le noble vieillard arc-bouté sur ses certitudes et ses délires d'honneur que vous me décrivez. J'ai entendu souvent parler de lui dans le monde. Il est issu d'une famille de huguenots, il a abjuré fort jeune et s'est évertué à faire oublier ses origines. Entré au service, il s'y est montré fort courageux. Mais qui ne l'est ? Et ce type d'homme ne connaît pas la peur.

— On peut la connaître et la surmonter, l'interrompit le jeune homme. Pour ma part, j'ai souvent eu très peur.

— Vous êtes émouvant, Nicolas. Fasse le ciel que vous conserviez longtemps cette candeur qui fait l'un de vos charmes ! M. de Ruissec était donc réputé bon militaire, mais dur et cruel avec le soldat. Des rumeurs de rapine l'ont gêné et il n'a pu obtenir les grands emplois militaires qu'il était en droit d'attendre. Il aurait eu partie liée avec des munitionnaires et des traitants aux armées ; cet agiot lui aurait permis d'arrondir son viatique. Il a quitté le service, vendu son domaine en Languedoc et le château de ses pères. « Les murs des villes ne se forment que du débris des maisons des champs. » Il s'est installé à Paris, d'abord place Royale, puis récemment à Grenelle où il a racheté, dans des conditions suspectes, l'hôtel d'un partisan ayant fait banqueroute. On le dit aujourd'hui plongé dans le milieu de la finance et de la spéculation, où ses cordons font impression. À cette activité secrète correspond ouvertement une vie des plus réglées. Tenant du parti dévot, il s'y est assimilé par sa femme, admise dans le cercle des filles du roi. Il a obtenu une charge dans la maison de Madame Adélaïde. Quelle meilleure couverture pouvait-il trouver ? Par celle-ci, il a approché le dauphin qui, jugeant sur les apparences, lui a donné sa confiance et l'ouverture de ses abords.

— Qu'en attend-il ?

— Bonne question ! Tous ceux qui ont eu à se plaindre de la Cour s'attachent à l'héritier du trône. Ainsi, celui-ci, sans le vouloir et même sans en prendre conscience, se trouve à présent le chef d'un parti de frondeurs. Le roi, qui le voit environné de dévots, vrais ou faux, qui censurent sans relâche sa conduite et stigmatisent la favorite, s'est éloigné insensiblement de son fils et le traite avec froideur. Mme de Pompadour le considère comme un ennemi. Vous avez rencontré Sa Majesté, Nicolas. Le roi aborde fatigué le seuil de sa vieillesse. Nul ne saurait prédire l'avenir, mais chacun parie déjà dessus. Quant à Madame Adélaïde, bonne fille mais tête légère, les encens de la dévotion le disputent chez elle au plaisir de son équipage de chasse aux daims. Que n'obtient-on pas par une bonne reconnaissance des brisées ? M. de Ruissec a plu aussi par ce côté-là. Quant à ses fils…

— Ses fils ?

— Comment, vous ignorez que votre suicidé a un frère cadet ? Je vous l'apprends donc. Le vidame de Ruissec a été de tout temps promis à la tonsure, sans que jamais son père n'ait consulté son goût ni sa vocation. Frais émoulu du collège, il essuya toute une litanie de persécutions et n'eut bientôt d'autre choix que de se jeter au séminaire pour échapper aux obsessions paternelles. Rien n'est définitif, ce n'est qu'un petit collet qui n'a reçu encore aucun ordre. Séduisant et séducteur il n'a, par ses paroles et par ses actes, jamais cessé de marquer son aversion pour l'état ecclésiastique qu'on lui veut faire embrasser. Eh ! foutre, je le comprends. On le dit libertin à l'excès, il y met sans doute un peu de provocation. Il aurait des inclinations vicieuses et cet étourdi sans principes aurait recours à des procédés violents et à des démarches aussi contraires à l'honneur de son nom qu'à la simple décence de l'habit qu'il porte.

— Il y a des faits ?

— Rien de positif, on clabaude beaucoup dans les salons sur ce godelureau qui alimente la chronique et les nouvelles à la main. On l'imagine sortir de beaucoup de ruelles… Tête brûlée ou bête vicieuse, voilà la question. À côté, son frère paraît bien terne. Il jouerait gros jeu, mais tout cela sous l'étouffoir. Il serait fiancé, mais j'ignore avec qui ; c'est même un mystère qui tracasse les salons. Quant à leur mère, c'est, dit-on, une personne discrète et effacée, écrasée par son mari, perdue de dévotion. Voilà, mon cher Nicolas, ce qu'un podagre cloué sur son fauteuil peut apporter comme contribution modeste aux prémices de votre enquête.

Il s'enveloppa dans sa robe de chambre en perse fleurie, jetant un regard mélancolique par la fenêtre sur la rue Montmartre d'où montait la rumeur de la ville.

— Les hommes de mon âge n'aiment guère l'automne et la tisane de sauge n'est pas un bien grand remède.

— Allons, allons, si tout va mieux vous aurez droit à un royal verre d'irancy. Et puis, vous êtes comme Perséphone, vous reparaissez plus éclatant au printemps.

M. de Noblecourt sourit.

— Sans doute, mais auparavant je dois traverser le royaume d'Hadès, dieu des morts. « Je verrai le Styx et saluerai les Euménides. »

— Je connais, moi, une autre version où Perséphone, aimée de Zeus, donne naissance à Dionysos, dieu du vin et des plaisirs. Je vous imagine assez bien, couronné de pampres et entouré d'amours jouant du chalumeau !

— Ah ! le fourbe ! Ah ! l'habile homme qui veut soigner l'hypocondriaque ! Les jésuites de Vannes peuvent se féliciter de l'éducation qu'ils vous ont dispensée. D'ailleurs, au train où vont les choses, il ne leur restera plus grand-chose d'autre. Tiens, vous me remettez en joie.

Nicolas fut heureux d'avoir déridé son vieil ami et chassé les ombres passagères qui obscurcissaient un caractère toujours enjoué.

— Un dernier mot, Nicolas. Vous savez la justesse de mes pressentiments. Prenez garde où vous mettez les pieds. Ces dévots frondeurs sont de la pire espèce. Prenez vos précautions, doublez vos mesures et n'agissez pas en solitaire comme vous n'avez que trop tendance à le faire. Cyrus et moi tenons à vous.

Sur ces mots affectueux, Nicolas prit congé. Rue Montmartre, il chercha une brouette afin de rejoindre au plus vite la rue Neuve-Saint-Augustin où se trouvait l'hôtel de Gramont, résidence du lieutenant général de police.

Déjà une presse affairée emplissait les rues étroites. Sa chaise fut retardée et il eut le temps de réfléchir à ce que venait de lui apprendre M. de Noblecourt. Il regardait sans les voir les chalands et les mille incidents du théâtre de la rue.

Sa belle humeur s'en était allée, remplacée par une angoisse diffuse et d'autant plus pesante qu'il n'en discernait pas l'origine. Il finit par s'avouer que sa vanité écornée y prenait une large part. Il s'en voulait d'avoir jugé un peu rapidement le comte de Ruissec, de l'avoir rangé comme une marionnette étiquetée. Son inexpérience – M. de Noblecourt aurait dit sa candeur – tenait de la naïveté. Le vieux gentilhomme, pour violent et insultant qu'il ait été, l'avait impressionné ; son habituelle intuition n'avait pas fonctionné. L'évocation hautaine des qualités ou privilèges d'un milieu auquel, malgré lui, il était sensible, par les souvenirs d'une enfance passée au milieu de la noblesse bretonne, l'avait engagé dans une fausse voie. L'officier général, garde du corps de Madame Adélaïde, lui avait offert une représentation nourrie de toute l'astuce d'un homme de Cour, le tout dissimulé par l'habituelle brusquerie des camps, et il s'était laissé prendre à ce jeu. Il ne pouvait, en effet, imaginer que ce père eût quelque motif d'en vouloir à son fils, si la thèse du suicide se trouvait infirmée. Mais, à bien y réfléchir, M. de Ruissec gardait par-devers lui bien des secrets.

Du cadet, il faudrait au plus vite se mettre en quête pour parfaire le tableau de cette famille. Là encore, il s'irritait contre lui-même de n'avoir pas recueilli cette information et d'avoir dû l'apprendre de la bouche de l'ancien procureur. Plus graves de conséquences apparaissaient les tenants et les aboutissants de la position du comte à la Cour. Nicolas risquait de heurter des intérêts élevés. Il savait, l'ayant déjà éprouvé, que M. de Sartine ne se trouvait pas toujours en mesure d'étendre son ombre protectrice sur lui. Restait le roi. Après tout, songea-t-il, c'est le souverain qui avait souhaité le voir attaché à des enquêtes sortant de l'ordinaire. Celle dans laquelle il venait d'entrer appartenait-elle à cette catégorie ? Il fallait la mener avec prudence, mais ne pas hésiter à évoquer l'autorité de qui tout dépendait. C'est sur cette pensée réconfortante qu'il fit son entrée à l'hôtel de Gramont.

Un laquais le conduisit aussitôt dans le bureau du maître des lieux. Souvent, alors qu'il venait prendre les ordres ou faire le point d'une procédure, il avait pu y admirer la grande armoire où étaient serrées les perruques de toutes formes et de toutes origines qui formaient la collection de M. de Sartine. Tout Paris jasait de cette innocente manie et guettait les changements de coiffure du haut magistrat. Il n'était pas jusqu'aux ministres du roi dans les cours étrangères qui ne fussent sans relâche mobilisés et relancés afin de lui adresser de nouveaux modèles. On savait ainsi s'attirer ses bonnes grâces et faire la cour à un homme, certes réputé incorruptible, mais qui, bénéficiant de l'immense privilège d'une audience hebdomadaire avec le roi, pouvait d'un mot ruiner une réputation et briser une carrière.

Quand Nicolas entra dans la pièce, Sartine n'était pas seul. D'un coup d'œil, il lui fit comprendre de demeurer en arrière et de prêter l'oreille. Nicolas observa la scène. Le lieutenant général, debout derrière son bureau, considérait pensivement plusieurs têtes de mannequins d'osier recouvertes de perruques. Nicolas supposa qu'il avait été interrompu dans sa manipulation matinale. Il avait l'air à la fois déférent et excédé. Assis dans un fauteuil, un gros homme courtaud et ventripotent, vêtu d'un habit de velours feuille-morte, discourait d'un ton aussi haut que sa perruque à l'allemande. Son français parfait étonnait pourtant par un fort accent que Nicolas imagina tudesque. Il portait à la main gauche une bague avec un gros brillant qui étincelait chaque fois qu'il soulignait son propos d'un mouvement péremptoire du bras. Nicolas prêta l'oreille.

M. de Sartine soupira.

— Puis-je présenter à Votre Excellence le commissaire Nicolas Le Floch, que je compte charger de l'affaire qui me vaut l'honneur de vous recevoir ?

L'homme se retourna à peine, jeta un regard furibond sur le jeune homme, et reprit aussitôt la parole.

— Je vais donc devoir me répéter… Ce qui m'est advenu m'afflige au plus haut point et je voudrais que vous saisissiez combien je suis désolé d'avoir à vous informer d'un événement d'autant plus désagréable que j'avais pris toutes les précautions possibles pour le prévenir. Hier soir, entre six et sept heures, je rentrais de Versailles quand mon carrosse fut arrêté par des commis à la porte de la Conférence. L'un d'eux vint à la portière me dire qu'il savait que ma voiture était remplie de contrebande. Vous imaginez l'étonnement qui fut le mien ! Je répondis à ce personnage – un exempt, je crois – qu'il n'avait qu'à me suivre et que je la ferais fouiller en sa présence, et que s'il y trouvait en effet de la contrebande, il n'aurait qu'à s'en saisir. Il accompagna donc mon carrosse et c'est alors, chemin faisant, que la réflexion me détermina d'une part, à écrire à M. de Choiseul sur la manière dont était traité le ministre de l'Électeur de Bavière à Paris et, d'autre part, à vous demander audience, monsieur, afin de vous rendre témoin de ce qui m'est arrivé et de vous prier de faire mettre en prison ceux de mes gens qui se révéleraient coupables, pour les obliger à découvrir d'où procédait cette contrebande.

La tête du lieutenant général oscillait, s'abaissant et se relevant alternativement comme celle d'un cheval qui essaie de se débarrasser de sa bride.

— Et de fait, qu'en était-il d'une si hasardeuse et insultante supposition ?

— Arrivé à mon hôtel, j'ai abandonné l'homme de police à ses recherches. Mon valet de chambre, qui m'avait accompagné à Versailles et qui avait questionné mon cocher, m'assura qu'il lui avait avoué être le seul coupable. L'exempt en question demanda à me voir et m'informa que mon carrosse était rempli de tabac et que ledit cocher accusait le postillon du nonce de le lui avoir remis. Il fut impossible d'en tirer autre chose. Entre-temps, mon cocher s'était enfui. Quant au nonce, que j'allai voir incontinent, il refusa absolument d'avoir à livrer son postillon.

Nicolas observa que son chef était en train de procéder à des translations latérales d'objets sur son bureau comme s'il jouait aux échecs et que, dans la perspective d'une offensive adverse, il se fût décidé à roquer. Cette attitude était le signe indubitable d'une irritation croissante.

— Et que puis-je faire au juste pour Votre Excellence ?

Le ministre, à qui le manège de M. de Sartine n'avait pas échappé, reprit, un ton au-dessous :

— Tel est l'état de cette affaire dont j'aurais voulu épargner l'ennuyeux détail à votre attention. Mais je n'ai pas cru pouvoir m'en dispenser. Si quelqu'un eût dû être à l'abri de pareils désagréments, c'est bien moi, par la précaution que j'ai cent fois prise d'ordonner à mes gens de ne jamais me laisser monter en carrosse sans en faire au préalable la visite. J'insiste, monsieur, pour que vous fassiez chercher et arrêter mon cocher. Il m'est bien cruel de me trouver en quelque façon compromis et exposé aux traits de la méchanceté par le fait de cette canaille. Je vous supplie, monsieur, de bien vouloir suivre cette affaire avec toute la vivacité nécessaire. Si M. de Choiseul croit que je suis en droit d'exiger une satisfaction, je me flatte qu'il voudra bien me la proposer.

— Monsieur l'ambassadeur, je ne peux mieux faire que de demander à Votre Excellence de faciliter l'accès auprès de vos gens à M. Le Floch, ici présent. Il agira en mon nom et ne rendra compte qu'à moi seul. Je suis trop sensible aux inquiétudes que cette aventure vous crée pour ne pas tout mettre en œuvre afin de l'éclairer et je puis vous assurer que nous sommes loin de soupçonner un ministre étranger d'avoir la moindre part à cette fraude. Les mesures seront prises pour retrouver votre cocher et découvrir les vrais instigateurs de cette condamnable entreprise.

La suite ne fut plus que ballet de cour, mouvements, avancées et reculs, demi-révérences et bruissements de paroles courtoises. M. de Sartine raccompagna son hôte jusqu'au degré de l'hôtel et revint, le teint fort animé.

— Peste soit du fâcheux ! Voilà une matinée bien mal commencée. Mon barbier me coupe, mon chocolat me brûle et le baron Van Eyck m'assomme.

Il déroulait les boucles d'une perruque marronnée.

— Et pour couronner le tout, le temps tourne à l'humide et défrise mes perruques !

On gratta à la porte.

— Quoi encore ?

Un laquais entra et lui remit un pli. Il en rompit le cachet après l'avoir examiné, lut le message et le répéta à Nicolas.

— Que vous disais-je ! Écoutez : « Versailles, le 24 octobre 1761. Vous apprendrez, monsieur, l'aventure arrivée à M. le comte Van Eyck en revenant hier de Versailles. L'intention du roi est que vous suiviez cette affaire avec toute la célérité nécessaire pour en découvrir la source et que vous m'informiez exactement de ses progrès. » Signé : « Choiseul. » Et tout cela comme si on était allé gâcher le souper du roi avec cette peccadille !

Nicolas imaginait déjà la suite. Il tenta de parer le coup.

— M. de Noblecourt, qui connaît son monde, me disait ce matin…

Mais Sartine ne l'écoutait pas. Il feuilletait avec fièvre un volume relié en maroquin et frappé de ses armes, les fameuses « sardines » qui témoignaient de son ironie vis-à-vis de ses origines et de son mépris à l'égard des rieurs parisiens. Il trouva ce qu'il cherchait.

— Il n'est pas comte ; Choiseul l'a flatté, je l'aurais parié. « M. le baron Van Eyck, envoyé extraordinaire de l'Électeur de Bavière et du cardinal de Bavière, évêque, prince de Liège », hum… il demeure à l'hôtel de Beauvais, rue Saint-Antoine. L'*Almanach royal* est irremplaçable ! Nicolas, vous allez me débrouiller cette affaire et trouver de quoi apaiser immédiatement M. de Choiseul, satisfaire le baron et faire retomber toute cette agitation pour quelques paquets de mauvais tabac. Vertudieu, le zèle est parfois l'ennemi du bien !

— Puis-je vous faire observer, monsieur, qu'une autre enquête nécessite la poursuite d'investigations urgentes et que…

— Et que, rien du tout, monsieur. Je vous veux rue Saint-Antoine ; l'affaire en question attendra.

Sartine piqua du nez vers la perruque marronnée dont il contemplait avec désolation les boucles dévastées. Il ne restait plus à Nicolas qu'à saluer et à disparaître.

Il gagna les écuries pour y choisir une monture. Il était loin le temps où les rabrouements de son chef le contraignaient à user d'un mulet ou d'un âne. Maintenant, les meilleurs chevaux étaient en permanence à sa disposition ; c'est à ces choses-là qu'on mesure le chemin parcouru.

Un hennissement joyeux l'accueillit. Une grande jument alezane piaffait et encensait dans son box, sa longue tête tournée vers lui. Il s'approcha et flatta la surface soyeuse et tiède autour de ses naseaux ; il la sentit toute frissonnante et impatiente de se dégourdir. Des ondulations amples traversaient son corps, comme une eau faiblement troublée. Un valet d'écurie sella la bête. Après quelques caracoles sur le pavé de la cour, elle se calma, mais l'agitation de ses oreilles continua à marquer son humeur mutine. Nicolas rêvait de grands espaces et de galops à perdre le souffle, mais la ville et ses embarras n'autorisaient pas de telles fantaisies.

Une fois en selle, Nicolas laissa son esprit vagabonder dans la lumière dorée de ce matin d'automne. Une brume légère voilait les perspectives ; de grands pans lumineux, autour desquels flottait un monde de particules animées, partageaient obliquement la vision, renvoyant dans un triangle d'ombre les façades opposées au soleil. Au sol, de nouvelles volutes de poussière se soulevaient et montaient pour rejoindre en se dissipant les masses ascendantes. Il rejoignit les rives de la Seine. Le lit du fleuve disparaissait sous une brume plus dense qui se déchirait par endroits, laissant voir les chalands ou les bacs traversiers. Vers les ponts, cette brume s'accumulait, comme tassée et bloquée sous les voûtes humides. Les maisons du pont au Change dominaient l'ensemble, comme suspendues dans le vide. Une femme qui accrochait du linge à sa fenêtre disparut soudain, avalée par un recrû de ces nuées qui s'étalèrent en dessinant la forme d'un arbre. Nicolas obliqua vers le grand Châtelet et, après avoir confié sa monture à la garde du gamin préposé à cet office, il rejoignit le bureau des inspecteurs.

Bourdeau l'attendait en fumant sa pipe. Nicolas parcourut hâtivement le cahier de permanence. Il releva, outre quelques incidents de routine, la mention de l'interception, à la porte de la Conférence, du carrosse du ministre de Bavière. Y figurait aussi le lot habituel de noyés, restes de cadavres repêchés pris dans les filets de Saint-Cloud, membres épars et fœtus, tous promis à la même exposition lugubre sur les tables de pierre des caveaux glacés de la Basse-Geôle. Tout cela le laissait indifférent ; c'était la vie et la mort de chaque jour à Paris.

Son entretien avec Bourdeau fut bref : compte rendu succinct de la rencontre avec Sartine et instructions diverses. L'inspecteur ne croyait pas au désintérêt de leur chef pour l'affaire qui les occupait : rien n'était plus trompeur que cet éloignement affiché dans les débuts d'une enquête.

Ils envisagèrent les priorités. Bourdeau retournerait à Grenelle pour élucider la question du double de la clef. Il informa Nicolas que Sanson procéderait à l'ouverture du corps du vicomte de Ruissec dans la soirée. Le bourreau était en effet requis toute la journée par une question extraordinaire donnée à des contrefacteurs.

Quant au rendez-vous de l'église des Carmes, il fut décidé d'y dépêcher Rabouine. Celui-ci, l'une des mouches les plus discrètes et les plus efficaces du service, avait montré, dans une affaire récente, tout son savoir-faire et sa diligence. Il surveillerait les abords du couvent et veillerait à toute éventualité. Ainsi, Nicolas pourrait disposer d'un auxiliaire pour lui prêter main-forte en cas de besoin et lui servir de messager le cas échéant.

Il proposa à Bourdeau de se retrouver pour dîner, à la demie de midi, à la boucherie Saint-Germain. Le lieu était bien choisi, à équidistance du quartier Saint-Paul et de la plaine de Grenelle. Il était, de surcroît, proche de l'église des Carmes où son mystérieux correspondant l'attendrait. Ils avaient tous deux leurs habitudes dans un de ces estaminets riches en vins de bon aloi et nourritures roboratives. La mère Morel, tripière de son état, se ferait une joie de les régaler. Le premier arrivé attendrait l'autre. Passé deux heures, chacun reprendrait sa liberté et vaquerait à ses occupations. Cette disposition était plus prudente, ni l'un ni l'autre ne sachant à l'avance ce que leur réserveraient les investigations du matin.

Cela réglé, Nicolas salua le père Marie, le vieil huissier auquel le liait une affectueuse complicité. À sa sortie, il retrouva le gamin qui, les rênes passées dans un bras, s'évertuait, empourpré par l'effort, à bouchonner la jument ; elle paraissait y prendre goût et soufflait dans le cou du garçon. Il y gagna une poignée de sols reçue avec un éclatant sourire édenté.

Nicolas reprit le bord de Seine, traversa la place de Grève et atteignit le port Saint-Paul. Comme chaque matin, l'agitation y était grande et une foule bigarrée se pressait pour monter dans les coches d'eau. Ces grands bateaux couverts, que des chevaux tiraient sur la berge, partaient à heure et à jour nommés pour la commodité des voyageurs et du commerce. Nicolas avait eu l'occasion d'emprunter le coche royal qui, chaque jour, remontait le fleuve en amont pour gagner Fontainebleau. Il arrêta sa monture, se dressa sur ses étriers et contempla l'immense rassemblement de bateaux disposés tout au long de la rive. Quelques instants après, il s'arrêtait devant l'hôtel de Beauvais, résidence du ministre de Bavière, non loin de l'église Saint-Paul. Il se souvint que les prisonniers décédés à la Bastille recevaient leur sépulture dans ce sanctuaire. Les guichetiers de la forteresse d'État portaient les cercueils et, seuls, les membres de l'état-major assistaient à l'office et à l'ensevelissement.

Un portier monumental, dont l'arrogance visait sans aucun doute à honorer la dignité de son maître, l'accueillit avec hauteur, et fit plusieurs allers et retours avant d'ouvrir la porte cochère et d'admettre le cavalier dans la cour intérieure de l'hôtel de Beauvais. L'attention de Nicolas fut aussitôt attirée par l'activité d'un jeune homme aux cheveux jaunes, en chemise, caleçon et pieds nus, qui nettoyait à grands coups de baquet d'eau une voiture aux armes de Bavière couverte de boue. Un majordome à l'accent prononcé fit entrer Nicolas dans une antichambre. Nicolas le jugea court sur la politesse ; l'irritation le gagna mais, conscient qu'il n'avait rien à gagner à se mettre en colère, il se convainquit de tout supporter et demeura glacial et insistant. *On* lui répéta du bout des lèvres ce qu'il savait déjà : que le cocher incriminé du plénipotentiaire de Bavière avait pris la fuite et qu'*on* ignorait l'endroit où il pouvait s'être réfugié. Comme il n'était pas dans ses possibilités ni dans ses intentions d'interroger à nouveau le baron Van Eyck, Nicolas demanda à rencontrer le laquais qui accompagnait la voiture lors du voyage à Versailles. *On* lui désigna d'un geste dégoûté l'homme en chemise qui s'évertuait dans la cour. *On* appela l'homme et *on* lui intima l'ordre d'avoir à répondre aux questions de « ce monsieur ». *On* demeura là car on souhaitait entendre ce qui allait être dit, mais *on* resta sur sa faim, car Nicolas entraîna le valet vers une remise.

Il ouvrit sa tabatière, la tendit à l'homme qui, après s'être essuyé les mains, en prit une pincée avec gaucherie et en se dandinant d'un pied sur l'autre. Il avait un bon gros visage rougeaud sur lequel transparaissait l'inquiétude d'avoir affaire à une autorité. Nicolas se servit à son tour et respira la prise sur le dos de sa main. Un moment fut occupé par une séance commune d'éternuements. Nicolas se moucha dans un de ces carrés de fine batiste que Marion lui repassait chaque jour avec un soin maniaque ; l'homme après quelques hésitations usa de sa chemise sans trop de vergogne. Il se rassérénait, et son trouble se dissipait. On ne soulignera jamais assez, songeait Nicolas, le caractère rassurant et fraternel de l'exercice sternutatoire. Un jour, il avait évoqué la question avec son ami le docteur Semacgus. Le chirurgien de marine estimait que cette réaction évacuatoire participait des « politesses de la tribu » ; tout comme le jeu ou le manger, elle dissipait les esprits confus et évacuait les vapeurs et humeurs déprimantes. Le plaisir ressenti suscitait la confiance réciproque.

Toujours est-il que le laquais prit un visage épanoui et dilaté et écouta avec une ouverture marquée les préliminaires prudents de Nicolas. Après quelques dévoiements destinés à donner le change, celui-ci l'interrogea sur son pays d'origine, la Normandie, et développa diverses considérations élogieuses sur ladite région, ses chevaux, ses vaches, la richesse de ses herbages et la beauté de ses femmes. Puis il en arriva à l'essentiel.

— C'est vous qui conduisez ce carrosse ?

— Mon Dieu non, monsieur. Je le voulions bien, mais pour l'heure c'est derrière la caisse que je me tiens. Oui, pardié, je le voulions bien pour les bottes et tout le galon du pied à la tête…

Ses yeux poursuivaient un rêve impossible peuplé de chevaux fringants, de coups de fouet et d'exaltantes cavalcades sur les chemins et dans les rues. Il s'imaginait trônant sur son siège et dominant la route.

— Il a pris le large, le bougre ! Mais il sera remplacé par un autre tout aussi hausse-col.

— Hausse-col ?

— À force d'être assis au-dessus des autres, on se croit plus malin ! N'était pourtant que sur son cul, sauf vot'respect.

Il parut méditer cette forte parole, puis reprit, l'air pensif :

— L'était le mieux gagé d'entre nous, et avec le passage du tabac, il pouvait accumuler les écus.

— Vous connaissiez son trafic ?

— Nous tous, mais pas un pour parler. Il nous aurait fait jeter à la rue, c'était sa parole contre la nôtre.

— Vous plairait-il de me faire le récit de la soirée d'hier ?

— Je pourrions rien refuser à un monsieur aussi honnête avec un tabac aussi fin.

Nicolas saisit l'allusion et l'invita à se resservir. Plusieurs éternuements suivirent, précédant une nouvelle maculation de la chemise.

— Nous rentrions de Versailles par la grand-route de Paris, reprit l'homme. Le Guillaume, not'cocher, n'était pas à son aise. Peut-être bien qu'il n'avait pas la conscience tranquille avec le tabac. Mais il y avait aussi la jument de tête, à droite, qui s'était fait coincer la jambe au sortir du château par la voiture du nonce qui voulait passer outre. La chair était à vif. Arrivés au pont de Sèvres, le cocher a demandé la permission à not' maître d'approcher la rivière pour laver la plaie ; la pov'bête boitait bas. Ne voilà-t-y pas qu'on s'embourbe ! Je sautions à terre après avoir tiré mes souliers et troussé mes chausses. C'était tout gadoues et ordures, cela puait comme une sentine. J'y avions gâché une belle paire de bas.

Nicolas écoutait avec attention.

— La nuit tombait. Près de l'eau, on arrive pile sur une autre voiture. Deux hommes plongeaient un corps dans l'eau. Il paraissait mal en point. Le Guillaume leur a demandé ce qu'ils faisaient. Ils revenaient de partie fine. Leur ami était pris de boisson et avait perdu connaissance. Fallait-y qu'il en ait avalé pour être ainsi raide comme un passe-lacet ! M'est avis que ces godelureaux n'étaient pas très catholiques. Ils ont remonté vite fait leur lascar dans la voiture et ont filé le feu aux fesses, sauf vot'respect. La bête a été soignée, l'eau l'avait soulagée. Nous sommes repartis sur Paris et, à la porte de la Conférence, le guet nous a arrêtés et le tabac a été découvert. Je parions mes gages que c'est toute la boue que j'étions en train de décrasser sur la voiture à votre arrivée qui nous a mis dedans. A-t-on jamais vu carrosse d'ambassadeur crotté d'aussi belle manière de Versailles à Paris ? Les gabelous ne pouvaient que sauter sur l'occasion.

— Tout cela est fort clair, fit Nicolas, vous racontez à merveille.

L'autre, flatté, se rengorgea et tira sur sa chemise l'air béat.

— Ces gens que vous avez dérangés sur la berge, vous les avez bien vus ?

Les yeux mi-clos, l'homme parut rassembler ses idées.

— Ils étaient sombres.

— Agités par quelque chagrin ?

— Non, entre chien et loup. C'était ben difficile de les dévisager. Manteaux et chapeaux, c'est tout ce que j'ai vu.

— Et l'homme ivre ?

— Je n'ai rien vu, sauf une perruque basculée sur le visage. Pour sûr que dans son état, même le noir lui faisait mal au crâne.

Nicolas réfléchissait. Des pensées informulées lui traversaient l'esprit. Un mécanisme intérieur s'était déclenché, mais la fragilité de ses rouages et de ses engrenages imposait de ne rien faire qui entraverait son mystérieux mouvement. Le but de son enquête lui revint.

— Et votre cocher ?

— Les exempts ont escorté le carrosse jusqu'ici. À peine dételé, voilà le Guillaume qui prend la poudre d'escampette. J'avions pensé voir un chat échaudé tant prestement il a disparu.

Nicolas estimait avoir accompli son devoir. L'enquête avait été diligentée, rapport serait fait à M. de Sartine, qui lui-même rendrait compte à Choiseul. Des assurances seraient adressées au ministre de Bavière et tout rentrerait dans l'ordre. Un petit incident de barrière se dissiperait dans le néant ; seuls l'orgueil et la susceptibilité en étaient la cause, et l'escalade des conséquences retomberait tout aussi vite qu'elle s'était établie. Il n'y avait pas de mystère. Les noms et signalement du cocher seraient envoyés aux commissaires et aux intendants dans le royaume et, avec un peu de chance, l'homme serait rattrapé et envoyé aux galères. Nicolas récupéra sa jument qui, du bout des lèvres, décapitait quelques roses tardives le long d'un mur blanchi à la chaux.

Elle le conduisit sans encombre par le Pont-Neuf et la rue Dauphine jusqu'au carrefour de Bussy. Dans la rue des Boucheries-Saint-Germain, il retrouva des lieux familiers. Le quart d'une heure venait de sonner. Dans la petite auberge aux vieilles tables usées et tailladées de coups de couteau, la mère Morel le serra sur sa vaste poitrine. Ses dignités nouvelles de commissaire de police au Châtelet n'avaient pas désarmé l'affection qu'elle lui vouait. C'était une satisfaction pour elle de le tenir pour un habitué et, qui sait, pour un recours en cas de besoin. Il est vrai qu'elle servait clandestinement des abats de porc au mépris des règlements de police et des privilèges reconnus des charcutiers. Elle connaissait ses goûts et lui apporta aussitôt un verre de cidre accompagné d'une assiette de couenne frite taillée en bâtonnets qui croustillaient sous la dent. Bourdeau fit son apparition quelques instants plus tard.

L'un et l'autre tenaient pour affaire sérieuse l'organisation d'un dîner. L'hôtesse réapparut, à qui ils demandèrent conseil.

— Mes gamins, dit-elle avec cette familiarité maternelle qui était l'un de ses charmes, j'ai sur le coin de mon potager deux plats que je vous réservais sans savoir que je vous verrais. Primo, un potage d'abattis d'agneau…

Elle s'interrompit pour remettre en place une partie de sa poitrine dérangée par sa manifestation d'affection.

— Pour des amateurs comme vous, je vais dévoiler mes secrets. Je mets dans un pot quatre ou cinq livres de bon bœuf de l'endroit qui vous plaira…

— Du paleron ? dit Bourdeau.

— Du paleron si vous voulez ; c'est une bonne pièce, bien goûteuse. Quand il est bien écumé, j'ajoute du lard et les abattis d'un agneau. Il ne faut pas pleurer le sel, le girofle, le thym et même quelques laitues pommées ou oseille à poignées, encore que cette dernière aurait tendance à changer la couleur et, bien sûr, quelques oignons blancs. Bien écumé et bien réduit, je donne du corps et de l'appétissant en jetant dans le tout quelques jaunes d'œufs délayés dans un bon vinaigre. En prime, cela vous réchauffera car il commence à faire sacrément frisquet en dépit de ce soleil insolent.

— Et en seconde ? dit Nicolas.

— En seconde, un de mes plats de derrière le fourneau : des hâtereaux de foie de porc. Je suis bonne fille et vais tout vous dire : je hache un foie avec la tierce partie de lard, fines herbes, clou pilé, poivre, muscade, ail et trois jaunes d'œufs. Je fais des boulettes que j'enveloppe étroitement dans de la crépine. Je les fais cuire dans une tourtière avec un peu de lard fondu et une jetée de vin blanc. Avec de la moutarde, c'est à s'en lécher les doigts.

Les deux amis applaudirent et la matrone disparut. Ils pouvaient parler à leur aise.

— Votre visite à Grenelle a-t-elle apporté du nouveau à notre affaire ? demanda Nicolas.

L'inspecteur fit une moue dubitative.

— J'y fus fort mal reçu par le maître de maison, toujours aussi outrecuidant, réplique fidèle du portrait que vous m'en aviez tiré. N'eût été l'aide de Picard, j'aurais été bien en peine d'obtenir quoi que ce soit. Pour la clef, les choses sont peu claires. Il y a bien eu un double qui aurait été perdu au moment des travaux qui ont suivi le rachat de l'hôtel. De ce côté-là, nulle certitude.

— D'autres constatations ?

— Pas précisément. J'ai refait le tour général de l'appartement du vicomte. Il est impossible d'y rentrer ou d'en sortir autrement que par les issues normales, la porte ou les fenêtres. J'ai même vérifié le conduit de la cheminée, au plus grand péril de ma tenue.

Il se frotta le devant du pourpoint où subsistaient encore quelques traces noirâtres.

— En revanche, j'ai été frappé par les titres des livres contenus dans le réduit bibliothèque. Curieux mélange, pour un jeune homme, que celui de la dévotion et de la théologie.

— Ainsi, la chose vous a également frappé ? Il faudra examiner cela.

— Et quant au cabinet de toilette…

Bourdeau laissa sa phrase en suspens d'un air entendu.

La mère Morel réapparut avec une soupière fumante. Ils se jetèrent sur son contenu et, pendant un long moment, ne pensèrent plus à autre chose.

— Vraiment, fit Bourdeau, il manque à ce mangement quelque savoureux flacon ! Le cidre a bien piètre allure sur d'aussi goûteux morceaux.

— Notre hôtesse n'a pas le droit d'en servir. Déjà en butte à la méfiance des charcutiers, elle ne veut pas se mettre à dos les marchands de vin. Elle m'a confié qu'ils lui envoyaient des espions pour vérifier si les règles étaient respectées dans son échoppe.

— M'est avis, dit Bourdeau, qu'elle réserve à certains des pichets de vin franc.

— Pas pour nous. Elle estime nous tenir par la gueule sur la question…

— Je connais votre raffolement pour sa fricassée de pieds de porc. Et la loi de violer la loi…

— C'est sans doute ma fonction qui lui en impose, et sur le chapitre du vin, elle n'ose.

Bourdeau soupira. Son visage, tout empreint d'une bonace à laquelle certains se laissaient prendre, offrait l'image d'un homme heureux. Il appréciait ses agapes en tête à tête avec Nicolas.

— Revenons à notre affaire, Nicolas. Que pensez-vous trouver à l'église des Carmes ?

— Tout laisse à penser que le message émane de la comtesse de Ruissec. L'écriture est féminine et de bonne tenue. Qui d'autre ?

— Lorsque j'ai quitté Grenelle, le comte demandait son équipage pour Versailles.

La mère Morel apportait un grand plat de terre cuite où grésillaient les hâtereaux dans leur crépine dorée par la cuisson.

— Alors, mes gamins, qu'en dites-vous ? Et voilà la moutarde !

— Nous disons que c'est bel et bon comme toujours, et mon ami Bourdeau ajoutait il y a un instant que tout cela mériterait d'être arrosé…

L'hôtesse mit un doigt sur les lèvres.

— Il ferait beau voir que j'en risque pour un pichet qui appéterait le matou à l'affût ! Non que je vous croie capable de me chercher noise, mais il y a toujours quelque malfaisant qui traîne ses basques ici et qui serait trop content de me prendre en défaut, à la grande joie de qui vous savez.

Elle jeta un regard terrible autour d'elle et se retira.

— Vous aviez raison, Bourdeau, elle n'a pas mordu à l'hameçon… Que disions-nous ? Ah ! oui, Versailles… Cela ne présage rien de bon. Notre homme va aux nouvelles et se plaindre à ses protecteurs.

— Hélas oui, c'est un homme qui a bouché à Cour !

Ils demeurèrent un instant silencieux.

— Vous demeurez persuadé qu'il s'agit d'un meurtre ? demanda enfin Bourdeau.

— Oui, c'est ma conviction. Je n'entrerai pas dans les détails qui la fondent ; j'attendrai les conclusions de Sanson. Une fois que nous serons sûrs, nous aurons marqué un point sur le meurtrier, et gagné du temps sur ceux qui voudraient s'opposer au cours de la justice. Tout restera à faire ; le pourquoi, le qui, le comment…

Les boulettes de porc fondaient sous la langue ; les assiettes furent nettoyées à grands coups de croûtons. Bourdeau, repu, alluma sa pipe.

— L'ouverture est prévue vers neuf heures ce soir. N'oubliez pas votre tabac à priser…

Nicolas sourit ; c'était une vieille plaisanterie entre eux. Pour les ouvertures des corps à la Basse-Geôle, l'inspecteur avait conseillé à Nicolas d'user et d'abuser du tabac.

À trois heures, ils se séparèrent. Nicolas choisit de rejoindre au pas le couvent des Carmes. Dès son arrivée dans la capitale, il était tombé amoureux de la ville et appréciait plus que tout la déambulation rêveuse dans Paris. Sa connaissance des quartiers touchait aux détails de ceux-ci et avait étonné Sartine en plusieurs occasions. Cela le servait beaucoup dans ses fonctions. La carte de la grande cité était inscrite dans sa tête. Il pouvait dans la minute s'y transporter en imagination et y retrouver le moindre cul-de-sac. Par la rue du Four et celle du Vieux-Colombier, il rattrapa la rue Cassette, passa devant le couvent des Bénédictines du Saint-Sacrement et gagna la rue de Vaugirard, sur laquelle donnait la porte principale des Carmes. Les pas de son cheval résonnaient dans la rue déserte. Il s'arrêta, ému du spectacle d'un lieu qui avait vu ses premiers jours à Paris. C'est de là qu'un matin, il était parti pour être reçu au Châtelet par le lieutenant général de police.

Rabouine était bien toujours la mouche la plus discrète de son équipe. Pas la moindre trace de sa présence ; où diable pouvait-il se cacher ? Il était là, pourtant, qui l'observait ; Nicolas sentait son regard sur lui. Il disposait du temps nécessaire pour aller saluer le père Grégoire, son vieil ami. Après avoir attaché sa jument, il remit ses pas dans les couloirs familiers du couvent, traversa une cour et entra dans l'apothicairerie submergée par l'odeur des simples. Un moine âgé, besicles sur le nez, pesait des herbes sur une balance. Nicolas retrouva les senteurs fortes qui, naguère, l'avaient abruti. Il toussa, le religieux se retourna.

— Qui ose me déranger, j'avais bien spécifié…

— Un ancien apprenti, Breton de basse Bretagne.

— Nicolas !

Il serra le jeune homme dans ses bras puis l'éloigna pour le considérer.

— Les yeux clairs et hardis, la mine haute, le teint vermeil. Les humeurs sont en place. J'ai appris ton élévation. Te souviens-tu que je l'avais prophétisée ? Je pressentais que M. de Sartine inclinerait le cours de ta vie. J'en ai souvent remercié le Seigneur.

Ils se perdirent dans les souvenirs d'un passé encore proche. Nicolas expliqua au père Grégoire les raisons de sa venue au couvent et apprit de son ami que la comtesse de Ruissec y avait ses habitudes et se confessait à l'un des pères carmes. Le temps passait et, tout au plaisir de leurs retrouvailles, Nicolas attendait les quatre coups au clocher de l'église. Il lui parut bientôt que ceux-ci tardaient. Ayant consulté sa montre, il bondit ; les cloches étaient en retard de plusieurs minutes. Le père Grégoire l'informa qu'elles ne sonnaient plus les heures afin d'épargner le repos d'un de leurs frères à l'agonie.

Le jeune homme arriva dans l'église, essoufflé par sa course. Elle était vide. Il respira, il était encore en avance. L'odeur d'encens, de cierges éteints et celle, plus insidieuse, de décomposition le saisirent. Il examina les quatre chapelles latérales : elles étaient également vides. Il admira, dans la croisée, la belle statue de la Vierge en marbre blanc dont le père Grégoire lui avait si souvent répété qu'elle avait été sculptée sur un modèle du Bernin. Au-dessus de lui, il reconnut la peinture du dôme où le prophète Élie est représenté enlevé au ciel sur un char de feu. Devant l'autel, le puits par lequel on descendait les corps des moines défunts était ouvert. Nicolas le connaissait bien, c'était par là qu'on jetait aussi l'eau bénite dans la crypte.

Nicolas perdait à nouveau le souffle ; l'encens lui procurait souvent ce malaise. Il s'assit sur un prie-Dieu et tenta de maîtriser sa sensation d'étouffement. Soudain, un cri suivi de pas précipités l'alertèrent. Ils résonnaient dans l'édifice, sans qu'on puisse déterminer leur provenance. Ils s'apaisèrent bientôt, pour laisser la place à un silence si profond qu'il entendit distinctement le grésillement des cierges et chaque craquement des boiseries. De nouveaux cris se firent entendre ; le père Grégoire surgit, le visage empourpré, suivi de trois moines. Il prononçait des mots sans suite.

— Il s'est passé… Oh ! mon Dieu, Nicolas, une chose terrible…

— Calmez-vous et dites-moi les faits par leur commencement.

— Lorsque vous m'avez quitté… On est venu m'annoncer la mort de notre prieur. En l'absence du père abbé, c'est moi qui prends les dispositions. J'ai demandé que l'on prépare la crypte pour les funérailles. Là, là…

— Là, quoi ?

— Le frère Anselme est descendu et a découvert… Il a trouvé…

— Mais quoi ?

— Le corps de la comtesse de Ruissec. Elle est tombée dans le puits des morts.

# IV

# OUVERTURES

Autour des corps qu'une mort avancée
Par violence a privés du beau jour
Les ombres vont, et font maint et maint tour.

Philippe DESPORTES

Nicolas eut l'impression qu'un abîme s'ouvrait devant lui ; l'angoisse le submergea. Quelle serait la réaction de Sartine à cette nouvelle ? Oui, assurément les morts se ramassaient à tous les coins de rue, dès qu'il touchait à une affaire. Il se reprit très vite, prêt à répondre, en mécanique intelligente, à tout ce que la situation imposait.

D'abord, rassurer le père Grégoire, que l'émotion étouffait et dont le teint cramoisi l'inquiétait. Ensuite, envisager toutes les hypothèses sans rien précipiter, après avoir bien examiné les circonstances du drame. Et d'abord, il convenait de vérifier si Mme de Ruissec était morte. Dans le cas contraire, il fallait calmer la panique des moines et prendre les dispositions nécessaires pour lui porter secours.

Il secoua le frère Anselme qui, hébété, se signait machinalement, et lui intima de le conduire dans la crypte. Ils durent sortir de l'église, emprunter une entrée latérale et un petit escalier. Une lanterne sourde abandonnée sur le sol leur servit d'éclairage. Nicolas eut tout d'abord du mal à s'y reconnaître, puis, une fois habitué à l'obscurité, il se vit entouré de bières accumulées les unes sur les autres. L'air était raréfié et la flamme de la lampe se consumait avec des hoquets qui lui firent craindre de se retrouver dans l'obscurité au milieu du sépulcre. Le frère Anselme éprouvait sans doute les mêmes impressions, et la lanterne tremblait de plus en plus dans sa main. Sa lueur projetait des ombres mouvantes sur les parois de pierre ou révélait, au fond de réduits, les crânes rangés des morts plus anciens.

Après deux ou trois détours, ce qui les environnait disparut dans l'ombre. Le regard était désormais absorbé par un flot de lumière tombant à la verticale du puits des morts. Sur la dalle de marbre où étaient habituellement déposés les défunts gisait, disloqué comme une poupée de chiffon, un corps sans vie apparente. Nicolas s'approcha et pria le frère d'éclairer la scène, ce qu'il fit avec force tremblements. Agacé, le jeune homme se saisit de la lanterne, la posa près du corps et demanda au frère d'aller chercher du secours, un brancard et un médecin.

Resté seul, il considéra avec attention le corps et ses alentours. Vêtue d'une robe de satin noire – tenue de deuil pour son fils ou volonté de passer inaperçue – la comtesse de Ruissec semblait comme cassée, sur le dos, les deux bras ouverts ; la tête, dissimulée par des voiles noirs maintenus par un gros peigne de jais, faisait un angle étrange et horrible avec le reste du corps. Le doute n'était pas permis.

Nicolas s'agenouilla et souleva délicatement le voile. Le visage de la vieille femme apparut tourné de manière anormale vers la gauche ; il était blême, avec un peu de sang aux lèvres, et les yeux ouverts. Il posa sa main à la base du cou, aucune pulsation n'était sensible. Il sortit un petit miroir de poche qu'il plaça devant la bouche ; il demeura vierge de toute vapeur. Nicolas, avec douceur et respect, ferma les yeux de la vieille dame. Il frémit : la peau était encore tiède. Il palpa le corps sans le bouger. Il n'y avait trace d'aucune autre blessure que cette rupture évidente de la nuque.

Il se releva et récapitula ses constatations, qu'il prit le soin de noter sur son petit calepin. La comtesse paraissait être tombée du puits des morts. Celui-ci était donc ouvert. Pourquoi ? Était-ce l'habitude ?

Au vu de la disposition du puits, il y avait deux possibilités : soit Mme de Ruissec, dans la semi-pénombre du sanctuaire et sans doute distraite par la perspective de son rendez-vous, n'avait pas vu le trou béant et avait chu par accident. Mais alors, songea Nicolas, les deux ou trois toises de profondeur auraient dû occasionner des fractures aux jambes ou une plaie au visage, compte tenu du léger rebord du puits et du fait que la tête entraîne le corps. Celui-ci, de plus, aurait dû se trouver sur le ventre. Or, Mme de Ruissec était sur le dos, jambes intactes. Soit elle était tombée en arrière, mais pour cela elle devait se trouver entre le puits des morts et le chœur, ou en train d'admirer le tableau de la présentation du Christ au Temple. Dans ce cas, la position du corps s'expliquait. Il restait que la circonférence du puits et son rebord auraient dû accrocher le corps, et notamment la tête. Il vérifia sous la nuque : aucune blessure n'apparaissait.

En se relevant, il aperçut sur une aumônière de fils et de perles, que Mme de Ruissec portait au bras gauche, un petit carré de papier imprimé. Il ne l'avait pas remarqué jusque-là. Il le saisit et l'approcha de la lanterne. Sa surprise fut grande de découvrir un billet pour une représentation de la Comédie-Italienne.

Il vérifia que l'aumônière était bien fermée. De fait, le cordon coulissant était coincé dans la main crispée, et rien n'aurait pu s'en échapper. Il le dégagea et, avec ce tremblement qui le prenait toujours lorsqu'il entrait par effraction dans l'intimité d'une victime, se mit à en inventorier le contenu. Il trouva un petit miroir d'argent, un morceau de velours amarante avec des épingles, une ampoule en verre filé contenant ce qui lui parut être du parfum et plus précisément de l'« Eau de la reine de Hongrie » (il se rappelait avoir décelé cette odeur sur le billet lui donnant rendez-vous dans l'église des Carmes), une petite bourse métallique contenant quelques louis, un chapelet et un petit livre de piété relié aux armes des Ruissec.

Cet inventaire le déçut ; rien qui ne fût habituel pour une femme de cet âge et de cette distinction. Il remit tout en place. Le billet de théâtre continuait à l'intriguer comme une incongruité. Ce billet ne pouvait se trouver par pur hasard dans la crypte d'un couvent, et, propre et intact, il n'avait pas non plus été apporté, collé à quelque soulier. Compte tenu de l'endroit où il l'avait découvert, il ne pouvait avoir été posé sur le corps qu'après sa chute.

Des pas se faisaient entendre. Nicolas rangea le billet dans son calepin. Le père Grégoire, remis de son émotion, surgit, la chandelle à la main, suivi de deux hommes et de deux porteurs de brancard dans lesquels Nicolas devina des exempts de police. L'un des hommes lui tendit la main ; il reconnut M. de Beurquigny, commissaire de police du quartier, dont les bureaux se trouvaient rue du Four. Il fut heureux d'avoir affaire à ce confrère amène et respecté. L'âge de Nicolas, sa rapide promotion, la rumeur persistante qui le présentait comme le protégé de M. de Sartine ne lui avaient pas valu que des amitiés dans la compagnie ; il ne pouvait pas mieux tomber que sur cet aîné bienveillant.

Le père Grégoire lui présenta l'autre inconnu, c'était le docteur Morand, de la rue du Vieux-Colombier, qui avait la pratique exclusive des Carmes et qui fut nommé avec un clin d'œil expressif et un haussement de sourcils encore plus éloquent.

— Monsieur, dit Nicolas, je crains que votre aide ne soit inutile, la victime est décédée. En revanche, je serais heureux d'avoir votre avis sur les causes de cette mort.

Le médecin se pencha sur le cadavre et refit à peu près les examens auxquels Nicolas avait déjà procédé. Il prêta l'oreille en faisant pivoter le crâne, observa le cou de la comtesse après avoir ôté la perruque ; enfin, il considéra le puits des morts.

— Avant que je ne me prononce, fit-il, pourrions-nous remonter dans la chapelle ?

— Je vous accompagne, dit Nicolas.

Il ajouta à voix basse :

— Moi aussi je souhaitais voir s'il y a des traces là-haut.

Le docteur Morand hocha la tête.

— Je vois, monsieur le commissaire, que vous n'avez pas perdu votre temps.

Ils remontèrent en silence dans l'église. Le puits des morts et son rebord ne leur apprirent rien. Morand réfléchit longuement.

— Je ne vous cacherai pas ma perplexité, dit-il enfin : tout laisse supposer, à s'en tenir à l'apparence des choses, que cette dame est morte d'une chute dans ce puits.

— Vous avez dit : en apparence ?

— En effet, et j'irai rapidement au fait car je vous soupçonne d'avoir déjà tout compris. Si la comtesse avait buté sur le rebord du puits, il était difficile qu'elle tombât. Et si elle l'avait fait, elle se serait heurté la nuque au passage. Vous pourriez m'opposer que la perruque a pu faire bourrelet, mais pour le coup elle eût été dérangée. Or, vous avez constaté qu'elle est en place et que, de plus, la victime est sur le dos. Je constate entre le crâne et le reste du corps une mobilité contre nature et une crépitation lorsque la tête est manipulée. Un peu de sang aux lèvres, trace d'un épanchement interne d'une blessure qui n'a pas trouvé d'issue. Ainsi, je déduis et soutiens que la victime a été attaquée, qu'on lui a brisé la nuque et que le corps a été jeté dans le puits des morts.

Il s'approcha de Nicolas, se plaça derrière lui, et disposa son bras droit pour lui envelopper la poitrine de telle sorte que sa main porte sur l'épaule gauche, et de la main gauche saisit la tête de Nicolas et la tourna vers la gauche.

— Voilà comment on a procédé. Je force un peu et je vous brise les vertèbres, et pourtant vous êtes un vigoureux jeune homme ; la comtesse était une vieille femme…

Une pensée traversa Nicolas, mais il se retint de l'exprimer. Le docteur respecta sa méditation. Il fallait se décider sans délai. Le choix était décisif, et lui seul pouvait en assumer la responsabilité : Bourdeau n'était pas là, dont le conseil aurait été utile.

Cette fois encore, il s'agissait d'un crime. Quelqu'un avait tout fait pour empêcher la comtesse de lui parler. Il éprouva comme une tristesse de ne pas avoir pris des dispositions plus efficaces pour éviter le drame. Pourtant, il pressentait que rien n'aurait pu être évité : eût-il paru dans l'église le premier, c'est Mme de Ruissec qui n'y serait sans doute pas parvenue. Le moment était à l'action, pas au remords, celui-là reviendrait dans les nuits sans sommeil. L'essentiel était d'agir vite.

Son devoir imposait de déférer la cause à un magistrat, de faire dresser un procès-verbal et d'auditionner les témoins. Son esprit échauffé se remémorait les termes des ordonnances royales de 1734 et de 1743. La publicité du crime entraînerait l'ouverture du corps à la Basse-Geôle. Il mesurait le risque, vu l'impéritie manifeste des médecins attachés au Châtelet. De surcroît, cette nouvelle affaire se croisant avec le crime de Grenelle, tout pouvait être mélangé au grand risque de n'y plus rien comprendre. « Après tout, conclut-il, je suis préposé aux enquêtes extraordinaires. » Il suffisait de convaincre le docteur Morand et le commissaire de faire passer provisoirement ce crime pour un malheureux accident. Ainsi, peut-être, parviendrait-on à ne pas donner l'éveil à l'assassin.

Nicolas entraîna le docteur Morand dans la crypte. Les moines étaient en prière autour du corps. Il fit signe au commissaire Beurquigny de venir le rejoindre.

— Mon cher confrère, je serai franc. Les constatations du médecin recoupent les miennes. La victime n'est pas tombée par accident, elle a été précipitée dans le puits après avoir eu la nuque rompue de main d'homme. J'avais rendez-vous avec elle dans le cadre d'une autre affaire criminelle, qui touche les intérêts d'une famille proche du trône. La publication du meurtre peut faire échouer la recherche sur le premier crime. Je ne vous demande pas d'abandonner cette affaire, mais d'en différer l'éclat. Pour le bien de la justice, il faut que l'on continue à croire à l'accident. Je vous signerai toutes les décharges que vous voudrez et M. de Sartine en sera dûment informé dès ce soir. Puis-je compter sur vous ?

M. de Beurquigny lui tendit la main en souriant.

— Monsieur, je suis votre serviteur et votre parole me suffit. J'entends votre souci. Je ferai tout pour que soit accréditée cette version provisoire, c'est sans dire, et je vous fais confiance sur ce point. En outre, vous ignorez peut-être les conséquences de la perpétration d'un meurtre dans une église ?

— Je l'ignore en effet.

— Le lieu cesse d'être consacré et la messe y est interdite. Considérez le scandale.

— Mon cher confrère, je suis sensible à votre compréhension et ce dernier argument me conforte dans ma décision.

— Songez que je suis entré dans notre compagnie en 1737, et que j'ai longtemps eu comme adjoint un inspecteur que vous connaissez bien.

— Bourdeau ?

— Lui-même. Il m'a tant parlé de vous et avec une telle chaleur, lui qui est si méfiant, que je crois vous connaître assez bien.

Décidément, Bourdeau était toujours utile…

— Et M. Morand ?

— J'en fais mon affaire, c'est un ami.

— Je tiens d'ailleurs à ce qu'il dresse procès-verbal que nous signerons tous les trois et que vous conserverez par-devers vous jusqu'à plus ample informé. Encore une chose, mais j'ai le sentiment d'abuser : pouvez-vous faire porter le corps de la comtesse à son hôtel, plaine de Grenelle, et vous y rendre vous-même ? J'ai quelque raison pour ne pas me montrer. Elle se confessait aux Carmes, donc point de questions ni d'explications : un funeste accident…

Confiant dans la parole des deux magistrats, le médecin accepta de se taire ; il rédigea et signa le document demandé. Le corps fut relevé et conduit sous bonne escorte à Grenelle. Nicolas alla retrouver le père Grégoire dans son officine. Encore sous le coup du drame, il se réconfortait de quelques verres de liqueur de mélisse, spécialité de sa maison. Il lui confirma la thèse de l'accident. Le religieux se lamenta, jamais pareille chose n'était survenue. Le puits était ouvert en prévision des funérailles prochaines d'un de leurs frères.

— Mon père, existe-t-il d'autres entrées du couvent que la porte de Vaugirard ?

— Notre clôture est percée de trous, mon pauvre Nicolas ! Outre l'entrée principale, il existe des portes ouvrant sur nos dépendances, jardins, vergers et potagers. Il y a en outre plusieurs issues, donnant sur la rue Cassette, et enfin nous avons une porte commune avec les bénédictines du Saint-Sacrement. Sans compter celle qui rejoint les tenures de Notre-Dame-de-la-Consolation. Depuis cette dernière, tu peux aisément gagner la rue du Cherche-Midi. Notre maison est ouverte aux quatre vents, et d'ailleurs qu'aurions-nous à protéger d'autre que la vertu de nos novices… pour qui cette situation demeure une tentation. Mais pourquoi cette question ?

Nicolas ne répondait pas, il réfléchissait.

— Qui confessait Mme de Ruissec ?

— Le prieur. C'est notre défunt.

Nicolas n'insista pas et laissa son vieil ami pensif devant ses cornues. Il lui restait à examiner ce que Rabouine, sa mouche, avait pu observer de l'extérieur du couvent. La jument récupérée, qui manifesta son impatience par des ébrouements et des hennissements, il prit la rue de Vaugirard et se mit à imiter le merle, signal convenu, pour faire sortir l'homme de sa cachette. Une porte cochère s'entrouvrit en grinçant face à l'entrée du couvent. Rabouine en sortit, enveloppé dans une cape informe. Les petits yeux gris brillaient d'amitié dans un visage en lame de couteau. Il se serait jeté au feu pour Nicolas. Il demeura dans l'ombre tandis que son chef, les rênes passées dans son bras, s'approchait puis s'arrêtait, feignant de resserrer la sous-ventrière. La jument les séparait et dissimulait Rabouine.

— Au rapport, dit Nicolas.

— Je suis arrivé à trois heures. À la demie, je vous ai vu entrer. Quelques minutes avant quatre heures…

— Tu es sûr ? Les cloches n'ont pas sonné.

Nicolas entendit la sonnerie discrète d'une montre à répétition. Il sourit.

— À quatre heures moins cinq, donc, une voiture est arrivée et une femme âgée en est descendue et a gagné l'église.

— Le cocher ?

— N'a pas bougé de son siège.

— Ensuite ?

— La rue est demeurée déserte jusqu'au moment où un moine affolé s'est précipité au-dehors pour revenir avec deux hommes habillés en noir.

— Merci, Rabouine, tu peux lever la guette.

Il prit une pièce d'argent dans la poche de son habit et la jeta par-dessus la selle. Elle fut saisie au vol, car il ne l'entendit pas tomber.

Nicolas partit au grand trot. Il devait voir au plus vite M. de Sartine et lui rendre compte des événements pour justifier devant lui sa grave décision. Le principal motif de cette entorse aux règles était son souci d'éviter toute provocation vis-à-vis du comte de Ruissec et de ses protecteurs. Il n'oubliait pas non plus que la comtesse était dame d'honneur de Madame Adélaïde. Tout scandale ne pouvait qu'éclabousser le trône, et cela sous le regard de l'ennemi en ce temps de guerre. Plus il réfléchissait, plus il était convaincu du bien-fondé de sa démarche et certain de l'approbation de son chef.

Rue Neuve-Saint-Augustin, Sartine n'était pas là. Un commis confia à Nicolas que le lieutenant général de police avait été appelé à Versailles par M. de Saint-Florentin, le ministre de la Maison du roi. Il conduisit sa monture aux écuries en recommandant au palefrenier de lui octroyer un double picotin, puis s'enfonça dans la nuit tombante pour gagner le Châtelet.

La masse informe de la vieille prison faiblement éclairée se perdait dans l'obscurité et, déjà, la statue de la Vierge au-dessus du portail, tout érodée et noircie par les vapeurs et intempéries de la ville, se perdait dans l'ombre. Après avoir échangé quelques mots avec le père Marie, il rejoignit le bureau de permanence pour consulter les derniers rapports et écrire un billet à M. de Sartine relatant le détail des événements survenus aux Carmes. Après l'avoir raturé et recopié plusieurs fois, il le scella aux armes des Ranreuil, seule entorse qu'il autorisait à sa modestie, et le confia au vieil huissier en lui recommandant de le faire porter au plus vite ; il y avait toujours un gamin de confiance qui traînait sous la voûte dans l'attente de quelque course mercenaire.

Le tricorne abaissé sur les yeux, Nicolas s'accorda une pause et s'endormit. Bourdeau, qui venait le chercher pour leur rendez-vous avec Sanson, le trouva assoupi et hésita à l'éveiller. Le jeune homme sursauta en découvrant le visage de l'inspecteur.

— Nicolas, vous êtes comme les chats, vous ne dormez que d'un œil !

— Hé ! cela peut parfois nous sauver la vie, mon ami. Mais pour le coup, je dormais comme un sourd !

Il lui conta par le menu les derniers événements. L'inspecteur avait le visage crispé par la réflexion.

— Voilà un billet de comédie bien incongru et j'en déduis, vous connaissant…

— Que j'irai demain faire un tour à la Comédie-Italienne, les cryptes de nos couvents ne produisant pas spontanément du papier de ce genre.

Nicolas une fois de plus se perdait dans des pensers informulés ; cette affaire de comédie lui rappelait vaguement quelque chose. Pourtant il fallait abandonner cette recherche pour l'instant, le déclic se produirait plus tard, s'il devait se produire.

Ils s'enfonçaient maintenant dans les caves de la vieille forteresse. La salle de la question jouxtant le greffe du tribunal servait ordinairement aux examens d'ouverture des corps. Chaque fois qu'il approchait de ce lieu de souffrances, Nicolas se sentait envahi par une lourde tristesse, même s'il avait une fois pour toutes surmonté ses répugnances, convaincu que son métier imposait qu'il fît violence à ses sentiments de compassion.

Bourdeau ayant sorti sa pipe, lui-même plongea la main dans son habit pour en tirer une tabatière. La fraîcheur du lieu et le salage des corps n'empêchaient pas toujours l'œuvre de la nature, et les remugles insidieux de décomposition, les relents de sueur et de sang des torturés l'emportaient sur l'âcre odeur de la pierre humide des murailles moisies et salpêtrées.

Ils débouchèrent bientôt dans la salle d'examen éclairée par des flambeaux fixés à des anneaux. Deux hommes s'y tenaient, dont les ombres mouvantes se découpaient sur les murs. Le plus jeune, vêtu de son sempiternel habit couleur puce, portait perruque blanche et désignait du doigt quelque chose que l'autre, plus âgé et plus massif, observait, incliné les deux mains sur les genoux. L'objet de leur attention gisait sur une grande table. Dès l'abord, il avait reconnu Charles Henri Sanson, l'exécuteur des hautes œuvres, et le docteur Semacgus. Ce dernier, chirurgien de marine et grand voyageur, était l'ami et l'obligé de Nicolas qui l'avait tiré d'un fort mauvais pas en établissant son innocence dans une affaire d'assassinat, alors que tout conspirait à l'accabler : ses réticences à parler, ses imprudences et jusqu'à son goût du beau sexe.

— Voici, dit Nicolas, l'expérience appuyée sur la Faculté !

Un ton détaché et ironique présidait de tradition à ses rendez-vous avec la mort. Il créait la distance nécessaire en renforçant la carapace des témoins de ces scènes cruelles. Les deux hommes se retournèrent. Sanson, son visage juvénile animé par un doux regard, sourit en le reconnaissant. Il attendit que Nicolas lui tende la main pour la serrer. Ordinairement, on ne serrait pas la main du bourreau, mais la sympathie née dès leur première rencontre autorisait le geste. Le visage plein et toujours haut en couleur du docteur Semacgus s'épanouit à la vue de son ami.

— Docteur, reprit Nicolas, il est dit que je vous trouverai toujours errant dans les souterrains du Châtelet !

— Monsieur Nicolas, intervint Sanson, c'est moi qui ai demandé à notre ami de me prêter assistance pour ce cas qui, je ne vous le cache pas, pose quelques problèmes au modeste artisan que je suis.

— Nicolas, dit Semacgus, vous n'allez pas nous faire accroire que vous n'avez pas noté l'extraordinaire de ce sujet ?

Ses yeux bruns brillaient de malice et de contentement. Il tira une pipe d'écume de sa poche et demanda du tabac à Bourdeau.

— C'est même ce qu'on appelle un sujet de poids, ajouta-t-il en éclatant de rire.

Devant l'expression interdite de Nicolas et de Bourdeau, Sanson, après avoir longuement considéré les ongles de sa main gauche, entreprit d'expliquer les propos du docteur.

— Ce que M. Semacgus veut vous faire comprendre, commença-t-il, c'est que le cadavre qui gît sous nos yeux possède une masse spécifique sans relation avec son appartenance à l'espèce humaine. Nous avons tous deux soulevé la dépouille, ou plutôt, devrais-je dire, tenté de le faire. Nous n'y sommes parvenus qu'avec un maximum d'efforts qui ne correspondait nullement à ce à quoi la manipulation des corps nous avait jusque-là accoutumés. Mes aides m'avaient d'ailleurs signalé la chose.

Sanson tira sur les revers de son habit, comme s'il avait voulu dissimuler son gilet noir aux boutons de jais, et fit un pas en arrière, se rejetant dans l'ombre.

— Et à quoi attribuez-vous ce phénomène ? demanda Nicolas. Je n'avais pas constaté que le corps fût revêtu d'une cuirasse, ni ses habits lestés de quelque manière que ce fût.

Sanson avança d'un pas, remua la tête et désigna Semacgus qui tirait sur sa pipe.

— Avez-vous considéré le visage du mort, Nicolas ?

— Jamais je n'ai vu spectacle plus horrible. Il m'est apparu comme rétréci et semblable à ces têtes réduites figurées sur un ouvrage d'un père jésuite consacré aux peuplades sauvages des Indes occidentales que j'ai lu un jour que je faisais antichambre dans la bibliothèque de M. de Sartine.

— Notre ami Nicolas trouve moyen de faire sa cour aux disciples de Loyola même en faisant antichambre, plaisanta Semacgus. Cette apparence monstrueuse nous a aussi frappés.

Il disparut dans l'ombre et reparut, tenant à la main une lancette qu'il introduisit délicatement dans la bouche du cadavre. Ils s'étaient tous penchés sur le corps et tous entendirent distinctement l'instrument tinter contre une masse métallique. Semacgus ressortit la lancette, puis fourragea dans la poche de son habit pour en sortir une petite pince qu'il inséra à son tour dans la bouche du cadavre. Ils frémirent en entendant grincer les dents sur du métal. Le docteur s'efforça un long moment à sa tâche. Quand il ressortit la pince, il avait réussi à prélever un morceau gris-noir qu'il éleva au-dessus de sa tête.

— Lourd et ductile ! Du plomb, messieurs. Du plomb.

Il frappa de son autre main sur la poitrine du mort.

— Cet homme a un ventre de plomb. Il a été tué, torturé, massacré… On lui a fait boire du plomb fondu ; l'intérieur a été consumé, la tête réduite, les viscères détruits !

Il y eut un lourd silence, que Nicolas rompit enfin d'une voix qui tremblait un peu.

— Et la balle, demanda-t-il, et le coup de pistolet ?

Comme dans un ballet bien réglé, Semacgus recula d'un pas et fit signe à Sanson d'avancer et d'expliquer.

— Il y a, en effet, impact d'une arme à feu, dit-il. Le docteur et moi avons sondé la plaie. La balle est logée dans les vertèbres, mais elle n'a pas été à l'origine de la mort pour les raisons qui viennent d'être exposées.

— Mais encore… fit Nicolas.

— C'est à vous de nous dire ce que vous aviez constaté.

Nicolas sortit son calepin, tourna quelques pages et se mit à lire :

— « Visage réduit, convulsé, effrayant. Coup de feu à bout portant. Tissus de mousseline de la cravate et de la chemise brûlés. Plaie noire. Ouverture de la largeur de la balle à demi fermée sur l'épiderme. Un peu de sang coagulé visible, mais surtout épanché dans les chairs. »

Semacgus applaudit.

— Excellent. Je vous engage comme assistant. Quel œil ! Maître Sanson, quelles conclusions ?

Le bourreau regarda à nouveau sa main gauche et, après cette inspection, rendit sa sentence.

— Cher monsieur Nicolas, je partage le sentiment de mon confrère… je veux dire de M. le docteur Semacgus. Ses travaux font autorité, c'est un maître en la matière…

Il rougit. Nicolas sentait son trouble et souffrait pour lui. « Monsieur de Paris » n'avait en effet d'autres « confrères » que les « Messieurs » des grandes villes du royaume, tous commis aux mêmes sinistres travaux et condamnés à la même solitude…

— Vos observations si pertinentes nous rendent la tâche aisée, poursuivit Sanson. Il est presque impossible de confondre les blessures occasionnées peu avant la mort avec celles faites plusieurs heures après.

Il se pencha à nouveau sur le cadavre.

— Voyez cette rétractation de la plaie et l'ouverture en voie de disparition de l'épiderme. Vous avez noté, je crois, du sang épanché dans les chairs, ce qui tendrait à prouver que la blessure par balle a été commise peu de temps après la mort.

— Pouvez-vous nous préciser ce délai ?

— Quelques heures, mais pas plus de six. J'ajouterai ce que nous savons déjà, que la blessure ne peut pas être celle d'un suicide. On a tiré à bout portant sur un cadavre étouffé par absorption de plomb en fusion. J'ai vu beaucoup de choses et appliqué pour le service du roi de terribles supplices, mais cela me passe…

Il s'arrêta, livide, et s'épongea le front. Nicolas songea au récit terrible que Charles Henri Sanson lui avait fait du supplice du régicide Damiens, lors de leur toute première rencontre. Cet homme était une énigme dans sa douceur et sa sensibilité. Bourdeau paraissait impatient que Nicolas intervienne.

— Je vois que l'ami Bourdeau me presse de vous donner le fond de mes pensées, qu'il partage sans doute. Je vais tout vous dire.

Il jeta un coup d'œil autour de lui, bien que personne ne pût les entendre dans les entrailles nocturnes du grand Châtelet, et commença :

— Lorsqu'une fois entré dans la chambre du vicomte, j'ai examiné le corps, j'ai immédiatement noté, outre la déformation horrible du visage, que le coup avait porté à la base *gauche* du cou. Je n'y ai tout d'abord pas attaché d'importance. Ensuite, j'ai trouvé un écrit en capitales d'imprimerie – j'insiste, *en capitales*. La disposition du papier, celle de la lampe bouillotte et de la plume déposée *à gauche* de l'écrit ne m'ont pas étonné de prime abord. Les choses ont commencé à se compliquer lors de ma visite dans le cabinet de toilette. Je suis demeuré longtemps devant un élégant nécessaire de vermeil et nacre. Quelque chose m'intriguait et j'ai laissé mon esprit vagabonder. Je pensais que seule la beauté de l'ensemble m'avait frappé…

— Notre limier était à l'arrêt, dit Semacgus.

— C'est mon âme de chasseur et la fréquentation des meutes. Bref, au bout d'un instant, ce sont les brosses et les rasoirs qui m'ont donné la solution et j'ai compris. Je suis certain que Bourdeau va vous dire la suite.

Nicolas souhaitait laisser ce plaisir à l'inspecteur. Il savait pouvoir compter sur sa fidélité. Vieux serviteur de la police, son adjoint avait accepté sans réticences apparentes et avec bonne humeur l'incroyable ascension d'un jeune homme de vingt ans son cadet. Il lui avait appris son métier, lui en avait découvert les arcanes, et lui avait même sauvé la vie en une notable occasion. Il éprouvait pour lui non seulement de l'attachement mais aussi du respect. Ce qui n'était rien pour Nicolas serait, pour Bourdeau, une manière de satisfaction, une de ces onctions nécessaires à l'amour-propre d'un homme convaincu de sa propre valeur.

— Ce que le commissaire veut vous faire entendre, dit Bourdeau avec gravité, c'est que naturellement, rasoirs et brosses sont placés du côté de la main qui les utilise, en particulier lorsqu'ils sont disposés pour l'usage quotidien par un valet. Or, le nécessaire en question – brosses et rasoirs – était bel et bien disposé à droite. Mais, monsieur, achevez, je vous prie, votre belle démonstration.

— Il appert, messieurs, que le vicomte a bel et bien été tué dans les conditions que nous connaissons, que son cadavre a été ramené à l'hôtel de ses parents dans des circonstances que nous ignorons, qu'ensuite un inconnu a tiré une balle sur le corps pour faire croire au suicide, mais il a tiré *à gauche*. Il a ensuite simulé une fausse confession, sans même avoir à imiter l'écriture du vicomte, puisqu'il a usé de capitales. Là aussi, erreurs : plume à gauche, lampe à droite. Le vicomte de Ruissec était droitier, il ne pouvait se suicider d'un coup de feu à gauche.

— J'ai vérifié la chose à Grenelle auprès du vieux Picard, dit Bourdeau. Il m'a confirmé que la disposition du nécessaire correspondait bien à cette caractéristique.

— Voilà qui est plus que péremptoire. Ce cadavre, messieurs, ne nous apprendra plus rien. Une investigation d'ouverture plus poussée ne me paraît pas opportune.

— Toutefois, dit Semacgus, il semble que votre homme ait été plongé dans l'eau. Il ne peut s'agir de pluie. J'ai retrouvé – vous connaissez ma marotte pour la botanique – des fragments d'algues.

— De mer ? dit Nicolas, chez qui le Breton des marches océanes resurgissait aux moments les plus inattendus.

— Non pas, monsieur Le Floch, d'eau douce. De pièce d'eau ou de rivière. Je vous donne le détail pour ce qu'il vaut, à vous d'en tirer profit.

Nicolas se souvint d'avoir été frappé par l'odeur particulière imprégnant les vêtements du vicomte.

— Hé ! pardi, dit Bourdeau, on a lesté le cadavre pour qu'il reste au fond ! Mais on a dû changer d'avis ou se trouver contraint de changer ses plans.

— Il y a des moyens plus faciles de se débarrasser d'un cadavre, observa Secmagus.

— À voir, fit Bourdeau. L'immersion, si elle est garantie, demeure le moyen le plus assuré. Imaginez qu'on plonge le corps dans la Seine sans lest, il risque fort de se retrouver pris dans les filets de Saint-Cloud, tendus en travers le fleuve précisément pour récupérer les corps des noyés.

Nicolas réfléchissait. Des éléments se mettaient en place. Ce corps mouillé que les gens du ministre de Bavière avaient vu près du fleuve… Au moment où il allait formuler les résultats de sa réflexion, un bruit semblable à un roulement de tonnerre éclata. Surpris, les quatre hommes se regardèrent. Sanson se recula jusqu'à se confondre avec les murailles dans le fouillis des instruments de supplice. Les voûtes du vieux palais répercutaient des pas pressés. Une vive lumière accompagnait la rumeur grandissante. Bientôt un groupe d'hommes surgit dans la Basse-Geôle, les uns portant des torches et les autres une bière sur un brancard. Celui qui dirigeait la procession et était habillé d'une robe de magistrat s'adressa à Nicolas.

— Monsieur, vous êtes bien l'un des médecins en quartier ?

— Non, monsieur, je suis Nicolas Le Floch, commissaire de police au Châtelet, chargé d'une enquête au criminel.

L'homme salua.

— L'ouverture de sieur Lionel, vicomte de Ruissec, lieutenant aux gardes françaises de Sa Majesté, a-t-elle été consommée ?

— Non, dit froidement Nicolas, je me livrais seulement à quelques constats superficiels. Considérez, monsieur, cette figure d'épouvante.

L'homme observa la face du cadavre, encore plus effarante à la lumière des torches, et recula.

— Ainsi, elle n'a point commencé. C'est fort heureux. J'ai à vous notifier au nom du roi la décision prise par ordre de M. le comte de Saint-Florentin, ministre de la Maison du roi, chargé de la Ville et de la Généralité de Paris. Elle requiert le prévôt de la ville d'avoir à surseoir à toutes investigations, enquête et ouverture sur le corps de ladite personne et de le remettre aux mandants de sa famille. Je suppose, monsieur, que vous ne songez pas à vous opposer aux ordres du roi ?

Nicolas s'inclina.

— Point du tout, monsieur. Procédez, vous constaterez vous-même que le corps est, si j'ose dire, intact.

Les hommes posèrent le brancard portant la bière sur le sol. Ils ôtèrent le couvercle, écartèrent les pans du suaire qui avait été préparé à l'intérieur puis, avec une visible répugnance, l'apparence du corps ayant à nouveau jeté l'effroi, ils le soulevèrent avec peine. Nicolas entendit le porteur le plus proche de lui jurer et marmonner sourdement : « Il bouffait des cailloux, le bougre ! »

— Monsieur, reprit Nicolas, auriez-vous l'obligeance de m'indiquer ce qui a conduit à cette décision ?

— Rien ne s'y oppose, monsieur. M. le duc de Biron, colonel des gardes françaises, saisi par la famille, est intervenu auprès du ministre lui-même. Nous sommes de la même maison ; je puis vous confier que M. de Ruissec a apporté des éléments nouveaux. Il s'agissait, au bout du compte, d'un accident lors du nettoyage d'une arme. Chacun peut se tromper.

Nicolas se maîtrisa. Bourdeau, inquiet, le regardait, prêt à le retenir. Le jeune homme avait éprouvé l'envie de prendre le magistrat par le bras et de lui plonger la tête dans le cercueil afin de lui faire entendre, dans un horrible tête-à-tête, la vérité. Le cortège se reforma et, après de nouveaux saluts, il disparut et sa rumeur se dissipa dans le lointain. La voix grave de Semacgus rompit le silence.

— Le devoir des juges est de rendre la justice ; leur métier, de la différer. Quelques-uns savent leur devoir et font leur métier !

Nicolas se taisant, ce fut Bourdeau qui répondit :

— S'il se fût agi d'un bourgeois, on aurait diligenté, et la loi eût été respectée. Il faudra bien qu'un jour la justice soit la même pour tous, grands ou petits.

— Mes amis, dit Nicolas, je suis désolé, mais le nécessaire avait été fait grâce à vous et je sais ce que je voulais savoir.

— Vous n'allez pas continuer cette enquête ? dit Semacgus. Vous vous jetteriez dans la gueule du loup.

— Je sais, je ne fais pas mon métier, je m'opiniâtre ! Je n'ai reçu aucune nouvelle instruction de M. de Sartine, et ce n'est pas cette mascarade qui me déviera de mon chemin. Je découvrirai le coupable de ce crime odieux.

— Alors, à la grâce de Dieu ! Et vous, ami Bourdeau, je vous le confie. Veillez sur lui.

Ils remontèrent jusqu'à la voûte d'entrée. Semacgus proposa vaguement d'aller prendre quelque réconfortante mangeaille autour d'une bouteille. Le premier, Sanson pria qu'on l'excusât et salua ses amis avant de se perdre dans la nuit. Nicolas s'inquiéta pour le docteur, qui devait regagner sa maison de Vaugirard. Il risquait de ne pouvoir franchir le contrôle du guet. Mais il comprit vite que le fringant chirurgien n'y songeait pas, et devait avoir quelque bonne fortune en ville. Le docteur lui souhaita le bonsoir en l'engageant à être prudent. Lui aussi disparut dans l'ombre, seul et pressé.

Nicolas resta un long moment à parler avec Bourdeau. Il lui confirma qu'il conduirait son enquête jusqu'à son terme, à moins d'une instruction formelle du lieutenant général de police d'avoir à renoncer. Jusque-là, il estimait conserver carte blanche dans cette affaire, et il ne dévierait pas de sa route, dût-il tirer quelques bords pour y parvenir. Comme un navire qui a pris son erre, il était lancé et rien ne l'arrêterait.

L'inspecteur, qui n'avait rien à objecter, observa que si le meurtre du vicomte était désormais avéré, cette certitude élargissait d'autant plus le champ des interrogations que les motifs d'un crime aussi exorbitant étaient toujours aussi obscurs, et enfin que le mystère du corps rapporté dans une chambre close demeurait inexpliqué. À quoi s'ajoutait désormais la mort de la comtesse.

Pour Nicolas, lorsqu'un nœud compliqué se présentait, et à moins d'être Alexandre, la solution consistait à saisir le fil le plus lâche pour commencer à démêler l'ensemble. C'est ainsi qu'ils procéderaient. Pour sa part, il irait à la pêche à la Comédie-Italienne. Il le ferait le nez au vent, sans en avoir l'air, et sous le premier prétexte venu. Après tout, le lieutenant général de police avait les théâtres dans son domaine de compétence. Il fouinerait et ferait parler. Ce billet de comédie n'était pas venu par l'effet du seul hasard sur le corps de la comtesse de Ruissec. Cette femme âgée et dévote, de la Maison de la fille aînée du roi, pouvait accompagner sur ordre une princesse à l'Opéra, mais elle ne s'abaissait pas aux saynètes des Italiens.

Enfin, Nicolas informa Bourdeau de ses soupçons sur le lieu d'immersion du corps du vicomte. Il fallait mettre la main sur le cocher en fuite du ministre de Bavière. Et, brochant sur le tout, il éviterait de rencontrer Sartine, le service de renseignements de son chef étant suffisamment au point pour le retrouver si le besoin s'en faisait sentir : ce serait autant de temps gagné sur une éventuelle suspension de l'enquête en cours.

Quant à Bourdeau, il était chargé d'une mission particulièrement délicate à l'hôtel de Ruissec. Il s'y rendrait à nouveau et se présenterait benoîtement sous le prétexte de lever les scellés sur l'appartement du vicomte. Nicolas était sûr que la chose avait déjà dû être effectuée d'autorité, mais ce n'était qu'un moyen de pénétrer dans la place. Il faisait confiance à l'inspecteur pour se livrer à une perquisition discrète. Il avait suffisamment de métier et d'astuce pour parer au coup par coup aux difficultés et aux objections qu'on ne manquerait pas de lui opposer. Nicolas aimerait qu'il lui dressât une liste complète des livres de la bibliothèque du vicomte.

Il proposa à Bourdeau de l'escorter jusqu'à son domicile. Celui-ci déclina en lui recommandant d'aller de suite prendre un repos mérité. Il ne mêlait jamais son activité de policier et son existence familiale. Et pourtant, Nicolas se rappelait qu'un jour qu'il était à la rue, Bourdeau n'avait pas hésité à lui proposer de venir s'installer chez lui. Ils se séparèrent. Chacun partait avec sa solitude, songea Nicolas ; c'était, en ce monde, le bien le mieux partagé. Chacun en éprouvait les atteintes et les chagrins. Pour Sanson, c'était l'horreur de son office, pour Semacgus son goût effréné du plaisir, pour Bourdeau la blessure jamais refermée de la mort injuste d'un père. Quant à lui, il ne souhaitait pas trop s'interroger.

Ces réflexions douces-amères l'occupèrent jusqu'à la rue Montmartre. À l'hôtel de Noblecourt, tout le monde semblait dormir, y compris Cyrus. Catherine seule veillait et préparait un pâté de lapin. Elle voulut qu'il soupât, mais les événements de la soirée l'avaient contrarié et il n'avait pas d'appétit. Il écouta un moment la cuisinière lui recommander de ne jamais user du couteau pour couper un lapin. Il convenait d'inciser la chair jusqu'à l'os et de la rompre par une torsion, de manière à éviter les esquilles si dangereuses. Elle illustra son propos en séparant la tête du corps.

Nicolas gagna vite sa chambre, épuisé par une journée d'émotions, mais il se retourna longtemps avant de trouver le sommeil.

# V

# COMMEDIA DELL'ARTE

> Là se trouvent les mignardises
> Les attraits, les ris, les surprises
> Les ruses de son fils Amour
> Les plaisirs, les douces malices
> Les soupirs, les pleurs, les délices
> Suite ordinaire de sa cour.
>
> Rémi BELLEAU

*Jeudi 25 octobre 1761*

Nicolas pourfendait la masse des ribauds. Il frappait d'estoc et de taille en poussant des cris auxquels répondaient les hurlements des assaillants. C'en était fait pour eux, ils tombaient les uns sur les autres, blessés ou morts, et ceux qui en réchappaient s'enfuyaient dans l'étroit escalier du donjon. Il éprouvait le même plaisir qu'à abattre un arbre, mais soudain, il se sentit glisser dans un trou sans fond et se retrouva, étourdi, au bord d'un étang dont la surface s'animait d'étranges mouvements ralentis. Sur une île couverte d'algues, un jeune homme en habit puce portant un masque de métal entassait des fagots autour d'un bûcher. Une vieille femme à tête de lapin à demi séparée du corps tendait les bras à Nicolas. Il voulut entrer dans l'eau. À peine y avait-il plongé le pied qu'il tomba à nouveau et se retrouva au pied de son lit.

Éberlué, il constata que le jour était déjà levé depuis longtemps et que le soleil entrait de biais dans sa chambre. Sa montre indiquait neuf heures passées. Le pot d'eau chaude à sa porte était froid. Il décida d'aller s'ébrouer à la fontaine de la cour. La température était encore clémente, à condition de se tenir au soleil.

Sa toilette achevée, il se rendit à l'office. Marion s'inquiétait de son retard inhabituel et le gourmanda : comment pouvait-il se couvrir le corps d'eau froide sans risquer mille morts ? Elle lui servit son chocolat et ses pains mollets. M. de Noblecourt était parti de bon matin avec Poitevin. Il devait assister à la réunion de la fabrique de la paroisse Saint-Eustache, dans laquelle ce vieux voltairien occupait les dignes fonctions de marguillier. Elle grommela que ces sorties matinales n'étaient plus de son âge, tout en convenant que cette escapade prouvait que l'accès de goutte était terminé.

Nicolas s'enquit de Catherine. Elle était partie au marché aux poissons afin de profiter de l'arrivée de la marée, et de patauger à l'ouverture des baquets d'eau de mer pour dénicher la plus belle pièce. Elle avait promis une sole à la Villeroy à son maître, la veille au soir. Aidée par Marion, elle entendait fêter la convalescence du procureur. Outre le poisson, la recette exigeait de trouver du fromage de parmesan, des moules et des crevettes roses. Marion espérait que Nicolas serait présent au souper du soir, il ne laissait pas sa part au chien, et ainsi la gloutonnerie de son maître serait maintenue dans des bornes raisonnables. Elle comptait sur son bon cœur et sur son appétit, pour épargner trop de tentations à M. de Noblecourt.

Écoutant d'une voix distraite le babil de Marion, Nicolas relisait les notes de son calepin. Il restait encore sous l'impression de son cauchemar. Pour Semacgus, le vide était aussi nuisible à la santé que le trop-plein. Voilà ce qu'il en coûtait de se coucher sans manger. Ce soir, le festin de Catherine y pourvoirait si rien d'inattendu ne venait troubler cette promesse. Marion s'étonna de le voir s'attarder. Il musardait et prenait son temps, savourant un reste de pâté que la gouvernante crut devoir ressortir de la réserve pour répondre à la voracité du jeune homme.

Repu enfin, il se réfugia dans la bibliothèque de M. de Noblecourt. Tout maniaque que fût l'ancien procureur au Parlement avec ses collections en général et avec ses livres en particulier, au nombre desquels figuraient quelques trésors dont même le Cabinet du roi se serait enorgueilli, il en avait octroyé le libre accès à Nicolas.

Celui-ci savait ce qu'il cherchait. Parfois, il se carrait dans une bergère pour consulter plus à l'aise un vénérable in-folio. À plusieurs reprises, il prit des notes dans son petit calepin. L'air satisfait, il remit tout en place, referma soigneusement la grille de l'armoire qui contenait les volumes les plus précieux et replaça la clef sous un sujet en porcelaine de Saxe représentant un berger de comédie charmant de son flûtiau une bergère pâmée toute vêtue de rose. Enfin, conformément aux recommandations du maître de maison, il tira les rideaux, la lumière violente du matin se révélant « mordante, décapante et meurtrière » pour les reliures et les gravures. C'était la marotte du procureur.

Midi sonnait et il était temps de se mettre en route vers la Comédie-Italienne. La fréquentation des théâtres avait appris à Nicolas l'inutilité d'y rôder dans la première moitié de la journée, sous peine de n'y rencontrer que frotteurs et balayeurs. De surcroît, les comédiens étaient réputés se coucher tard et se lever en conséquence. Il estimait, en jouant les chalands, mettre une petite heure pour rejoindre à pied la Comédie-Italienne.

Lorsqu'il sortit, un air frais animé par un petit vent chassait les miasmes de la cité. Il emplit avec bonheur ses poumons des senteurs de l'automne qui, pour une fois, l'emportaient sur celles des ordures et déchets qui empuantissaient l'atmosphère et concouraient à l'élaboration de ces boues fétides, pétries de charognes, dont les particules constellaient bas et culottes de mouchetures grasses et indélébiles.

Nicolas hésita un moment sur le choix de son itinéraire puis, en souriant, et après avoir jeté un regard autour de lui, s'engagea dans l'impasse Saint-Eustache. Cette venelle sombre et humide menait à une porte latérale du sanctuaire enserré dans les maisons. Des expériences anciennes lui avaient enseigné que le départ de son domicile pouvait toujours être à l'origine d'une tentative de filature. La prudence imposait donc des précautions permettant de couper court à ces façons. Ce cul-de-sac en entonnoir s'était déjà révélé providentiel. À peine entré dans le silence et l'ombre du sanctuaire, Nicolas accélérait le pas et, suivant l'inspiration du moment, se précipitait soit dans un confessionnal, soit dans une chapelle latérale spécialement obscure d'où, le cœur battant d'excitation, il vérifiait si quelqu'un le suivait. Expert lui-même en déguisements et faux-semblants, il ne se laissait abuser par aucune apparence, fût-ce celle d'une vieille femme infirme, les plus invraisemblables étant souvent les plus probables. Parfois aussi, il ressortait par la ruelle pour éviter toute répétition routinière qui aurait pu conduire à le piéger à la grande porte de l'église.

Ce matin-là, il ne remarqua rien d'anormal : quelques dévotes abîmées en prière, un cul-de-jatte affalé auprès du grand bénitier d'entrée et l'organiste qui répétait un motif en bourdon. En sortant, il retrouva l'animation de la ville.

Son étonnement demeurait intact depuis son arrivée à Paris. Il était toujours effaré des dangers que les embarras de la circulation faisaient peser sur les passants. Il observa que la vie urbaine reproduisait les rapports entre les individus dans l'échelle de la société. Le grand toisait le petit de haut en bas, des équipages éclatants se frayaient la voie à grands coups de fouet. Ceux-ci n'étaient pas toujours réservés aux chevaux, mais s'égaraient trop souvent sur de petits équipages ou même sur le dos de malheureux gagne-deniers tirant des voitures à bras. Sans les bornes que l'autorité publique avait eu la sagesse de disposer aux coins des rues et des voies, seuls obstacles opposés à la frénésie meurtrière des équipages, le bourgeois, la femme, le vieillard et l'enfant eussent été broyés sans vergogne et écrasés contre les murailles. Ce peuple poussé à bout par tant d'avanies l'émouvait par sa patience. Les mots étaient vifs et les horions pleuvaient quelquefois entre gens du peuple, mais, tant que le pain ne manquait pas, la masse acceptait beaucoup de choses. Qu'il disparût des boutiques, alors tout était possible.

Il atteignit plus rapidement que prévu l'angle des rues Mauconseil et Neuve-Saint-François, où se trouvait l'annexe de l'hôtel de Bourgogne dans laquelle était installée la Comédie-Italienne. Après avoir secoué la grille, frappé des coups sonores sur la vitre à l'aide d'un morceau de bois, il finit par voir apparaître une masse informe. Une clef fourragea dans une serrure, la porte s'entrouvrit, la grille fut tirée et une voix rauque et furieuse lui cria d'avoir à déguerpir.

Nicolas, sur le ton le plus suave, déclina son identité et sa fonction. L'être graillonna et libéra le passage. La grille déverrouillée, Nicolas put le contempler à loisir. L'homme était immense et paraissait fiché en terre. Une redingote d'un bleu foncé, fermée jusqu'au col par une multitude de boutons de cuivre étincelants, enserrait un visage buriné comme celui d'une idole païenne. Une perruque jaunâtre dissimulait à peine un crâne chauve enveloppé par un foulard rouge mal noué. Le bras gauche manquait et la manche vide repliée était agrafée sur le devant du corps. Avait-il affaire au concierge, ou à quelque personnage extravagant de théâtre ? L'être le toisa et s'effaça lourdement. Une foule de chats, les queues droites, l'escortait en miaulant ; certains se poursuivaient et passaient entre ses jambes. Il leva un de ses souliers et le laissa retomber lourdement sur le sol ; la gent féline se dispersa un court instant.

— Foutue engeance, fit l'homme, mais on a besoin d'elle pour cavaler les rats et les souris. Sauf ton respect, tu es bien bleu pour un commissaire. Celui du quartier est plus chenu. Au moins, tu es assez jeune pour tirer le canon dans la cale, foutre oui !

Nicolas comprit qu'il n'avait pas affaire à un comédien, mais à l'un de ces réformés de la marine qu'employaient les théâtres. Le maniement des décors à transformation, l'animation des machines, la nécessaire déambulation dans les combles, la science des nœuds et des cordes faisaient rechercher les anciens matelots. Cette pratique leur permettait d'échapper au triste sort réservé aux vétérans abandonnés au coin du chemin ou laissés pour compte sur le quai d'un port.

— Cap sur ma cambuse ! Je t'offre un verre et en échange, tu vas me dire quel vent te conduit dans les parages.

Il s'arrêta et se retourna.

— T'es pas comme le chef de la pousse[1] du quartier. Il est toujours en robe comme un frappart. Un grand flandrin, blanc comme un cierge.

Ils s'engagèrent dans un couloir sombre où brûlait un quinquet. L'homme poussa une porte ; Nicolas fut saisi par l'odeur de tabac froid et d'eau-de-vie. Une table, deux chaises, une paillasse, un poêle de faïence qui ronflait avec une marmite dessus. Une natte tissée couvrait le sol et donnait un peu de chaleur à l'ensemble, au demeurant parfaitement propre. Une lucarne à hauteur d'homme donnait sur le couloir ; les chats refoulés s'agglutinaient et griffaient avec rage la vitre qui les séparait de la pièce. Près de cette lucarne, un tableau de bois portait, alignées, des

1. Police dans le langage populaire.

dizaines de clefs. L'homme alla touiller sa mangeaille et en remplit deux écuelles de terre, posa le tout sur la table cirée, sortit deux gobelets d'étain étincelant de dessous la paillasse et une bouteille qui, ouverte, laissa échapper un fort parfum de rhum.

— Tu me feras bien l'honneur de faire carré avec moi et pendant que nous dînerons, tu m'expliqueras ce qui t'amène. Le tout de bon cœur.

— Bien volontiers, dit Nicolas.

Il appréhendait un peu ce qu'on allait lui servir, mais il sentait que l'acceptation d'une offre aussi généreusement faite et le repas pris en commun simplifieraient les préliminaires. Il fut heureusement surpris devant un bon morceau de porc salé qui nageait au milieu d'une portion de haricots. Le rhum n'aurait peut-être pas été son choix pour arroser ce festin, encore que les fins de soirée chez le docteur Semacgus, autre habitué des vaisseaux de Sa Majesté, l'eussent peu à peu conduit à apprécier ce breuvage viril, franc et sans traîtrise.

— Mes compétences sont générales et s'étendent à la ville, déclara-t-il.

L'homme se tirait les poils de la barbe tout en regardant, perplexe, ce jeune homme investi de tant de pouvoir. Il lui rappelait sans doute ces jeunes messieurs qui, sur la dunette, à peine sortis du collège, représentaient, comme lieutenants, l'autorité du capitaine. Comparé à eux, Nicolas lui paraissait âgé et digne de respect.

— Cela tient au ventre et le salé est sain, fit-il. À bord, c'était le plus souvent du biscuit au charançon et de la viande à l'asticot. Mais je cause, et c'est à toi de me dire ce que tu cherches.

Nicolas plaça sur la table une pièce d'or. Son vis-à-vis tremblait d'émotion ; sa main s'était avancée, puis avait arrêté son mouvement.

— Je suis sûr que vous en ferez bon usage, pour votre tabac ou pour cet excellent rhum, dit Nicolas.

La pièce disparut sans commentaire. Un grognement aimable tint lieu de remerciement. Nicolas s'en satisfit.

— Voilà mon problème, reprit-il. Un billet de la Comédie-Italienne est venu en ma possession. Y a-t-il moyen de savoir sa provenance ? Il ne porte aucune indication particulière : pas de date, seulement un numéro. Peut-être est-ce celui d'une loge, ou d'un jour ? Mais je suis sûr que rien, ici, n'échappe à votre œil averti.

Nicolas se mordit les lèvres ; l'expression lui avait échappé. Or le vieux marin n'était pas seulement manchot, il était borgne, ou plutôt une taie blanchâtre occultait entièrement son œil gauche.

— Depuis la fosse à voiles jusqu'à la grande hune, c'est mon domaine !

— Voici le papier.

L'homme approcha une chandelle fumeuse et plaça le billet à proximité de son œil utile.

— Ouais, ouais, ouais, la petite mijaurée se répand.

— La petite mijaurée ?

— La Bichelière. Mlle Bichelière. Enfin, c'est son nom de guerre. Elle a dû battre le chausson et rôtir le balai fort jeune. Un morceau de roi, croquante et croqueuse. Les jaunets trébuchants, elle les avale au fur et à mesure. Tous les cousus d'or, barbons ou godelureaux, elle les vide. Elle met en place, écouvillonne, charge, refoule, se ramène en batterie et fait feu. Elle n'abandonne jamais, et si la proie résiste elle renouvelle et refait feu par succession.

— Vous étiez canonnier, je présume ?

— Et fier de l'être, monsieur. J'ai perdu mon bras à la bataille de Minorque en 56, avec M. de La Galissonnière sur une frégate de haut bord de soixante canons.

— Et donc ce billet…

— La coutume est de donner des billets de faveur aux comédiens, qui en disposent à leur gré. Enfin… en petit nombre, faut pas bouffer le fonds.

— Et comment savez-vous que ce billet a été donné par Mlle Bichelière ?

— Tu ne perds pas ton cap, hein, mon gars ! Le petit numéro que tu vois correspond à la ration de places allouées à la jouvencelle. Quand elle n'a pas galant en tête, c'est plutôt une bonne fille. Autrement, elle a des retours violents.

— Vraiment ?

— Tu n'imagines pas ! Elle vire lof sur lof, jaillit sur sa victime et tire à démâter. Dans le milieu, on la surnomme Marie la Sanglante.

— À ce point ? Contre qui en a-t-elle pour l'instant ?

— Oh ! Tout est déjà rompu, le pauvret a reçu son paquet. Tiens, juste après la représentation de jeudi dernier. Ce soir-là, un élément du décor s'est enflammé. Avec elle, c'est tout un : ou les membrures craquent de passion ou l'ancre dérape de colère. Dès qu'un gandin lui suce la peau, elle se tient plus, une chatte de gouttière un jour de pleine lune.

— Et ce gandin, comme vous dites, vous connaissez peut-être son nom ?

— Aussi vrai qu'on m'appelle « l'Horloger ».

— Curieux surnom.

— Ouais, j'ai une horloge dans la tête. Avec moi, les retards sont toujours notés. Manquerait plus que quelqu'un rate son quart.

— Ainsi donc, il ne vous est pas inconnu.

— Un jeunot un peu pâlichon, tout poudré. L'épaulette seule lui donne un peu de carrure.

— C'est un officier ?

— Je veux ! Et pas n'importe où : dans les gardes françaises ! Ceux qui se pavanent à Paris et qu'on voit jamais en ligne. Ceux qui montent à l'assaut au bal de l'Opéra. Je connais point son nom. C'est pas faute de lui avoir demandé quand il passait devant ma cambuse, mais il tirait sa ligne. C'est un vicomte je crois.

— Lui était-il fort attaché ?

— Comme la bernique au rocher ! Le pauvret croyait à une vraie amour, et jeudi dernier elle lui a balancé son congé.

— Y avait-il quelqu'un de nouveau sur les rangs ?

— C'est fort possible ; j'ai vu passer un gaillard plusieurs fois depuis.

— Vous le reconnaîtriez ?

— Sûrement pas : il ne cherchait pas à se faire reconnaître, gris-noir, couleur de muraille. J'ai tenté de l'arrêter une fois, il m'a dit qu'il portait une lettre à la galvaudeuse.

— Rien d'autre ?

L'homme se gratta la tête.

— J'ai juste noté une mèche jaunasse qui dépassait de la perruque.

Nicolas se leva.

— Un grand merci, ce que vous m'avez dit me sera fort utile.

— Tu m'as fait plaisir, mon gars ! Arrive quand tu veux. Chez moi, c'est la maison de tout le monde ! Si tu as besoin de moi, je me nomme Pelven, dit « l'Horloger ».

— Encore une chose : à quelle heure Mlle Bichelière arrive-t-elle au théâtre ?

Pelven réfléchit un moment.

— Il est deux heures après midi. Elle est encore chez elle et ne pointera son museau que vers les quatre heures. Mais si vous voulez la voir, elle habite un coquet logis dans une maison au coin de la rue de Richelieu, à l'angle du boulevard Montmartre.

Un peu étourdi, Nicolas apprécia l'air frais qui lui fouetta le visage. Sa recherche prenait soudain un tour nouveau. La description de Mlle Bichelière imposait d'agir avec prudence. Qu'avait-elle à dire sur sa liaison avec Lionel de Ruissec ? Pourquoi l'avait-elle quitté ? Ces événements avaient-ils un lien avec l'assassinat du jeune officier et celui de sa mère ? Il y avait beaucoup d'inconnues dans cette trame qui mêlait les deux mondes du théâtre et de la Cour.

Nicolas réfléchit longuement et se retrouva soudain dans l'agitation des boulevards. Les feuilles des arbres, plantés sur trois ou quatre rangées, achevaient de tomber, leur chute accélérée par les gelées nocturnes. Sur la partie centrale du cours, une foule d'équipages et de cavaliers défilait à petit trot. Un peu partout, des tréteaux permettaient à des bonimenteurs et des bateleurs de haranguer la foule des curieux. Des femmes aux tenues voyantes circulaient d'un pas lent. Il fut dévisagé crûment par des visages maquillés à l'excès. Il était toujours frappé par le mélange encore sensible de la ville et d'endroits presque campagnards. Celui-ci juxtaposait ainsi les distractions populaires et quelques hôtels particuliers habités par la bourgeoisie ou la noblesse.

Il repéra facilement la maison de la comédienne. À l'entrée, il fut arrêté par une maritorne enveloppée d'un vaste caraco en peau de lapin qui, trônant sur un tabouret paillé, proposait aux passants de petits pantins articulés et tout un éventaire de peignes, aiguilles, épingles et cartes à jouer. Elle étendit une jambe épaisse et entourée de bandages pour lui barrer la route. Nicolas avait l'habitude de cette espèce de cerbère. Il ne voulait pas donner d'éveil en excipant de ses fonctions. Il savait qu'une politesse humble, un sourire discret et, surtout, quelques liards permettraient de se la concilier et d'apaiser bien des méfiances. C'étaient là les règles d'étiquette obligées de la politesse parisienne. La portière lui décocha un sourire salace qui découvrit des dents gâtées, une langue grisâtre et une œillade qui le fit rougir. « La Bichelière » était au logis.

À l'entresol, il souleva le marteau d'une porte fraîchement revernie. Elle laissa passer aussitôt le bout du visage en lame de couteau d'une soubrette visiblement habituée à recevoir les visiteurs sans leur poser de questions. Elle lui jeta toutefois un regard inquisiteur qui dut se révéler satisfaisant. Après l'avoir débarrassé de son tricorne et de son manteau, elle le fit entrer dans un petit salon où dominait encore une forte odeur de peinture. Le logis semblait récemment installé et rafraîchi. Il songea aux rumeurs sur les ennuis d'argent du vicomte, réputé dispendieux et ruiné au jeu. Ce n'était pas seulement le pharaon ou le biribi qui dérangeaient les affaires du jeune homme. L'avide Bichelière participait pour une bonne part au délabrement de sa fortune. Tout ce luxe déployé n'était d'ailleurs pas du meilleur goût, et évoquait ce que Nicolas avait pu observer dans des lieux qui, eux, ne dissimulaient pas leur destination galante. On vint le chercher pour le conduire dans la chambre de la comédienne.

Les croisées étaient encore fermées et seul un feu mourant jetait des lueurs incertaines dans une pièce dont le caractère oppressant le saisit aussitôt. Nicolas n'appréciait que les lieux aérés ; le resserrement et l'enfermement l'angoissaient toujours.

Il distingua sur la droite une alcôve à baldaquin. La couronne de cet édifice était ornée de plumes blanches. N'eût été le ton pastel des tissus, le meuble monstrueux aurait fait songer à quelque fantastique catafalque. Sur le côté gauche de la chambre, un paravent à motifs fleuris cachait une partie de la pièce. Il remarqua le haut d'une psyché. Au fond de la chambre, à droite de la fenêtre, une ottomane couverte de coussins accumulés et de draperies en vrac faisait face à un pouf d'où un chat gris fixait Nicolas de ses yeux verts. D'épais tapis étouffaient les sons. Aux murs tendus de papier où s'alignaient en quinconce vases et talapoins, quelques gravures étaient accrochées. Tout cela accentuait l'impression d'étouffement. La soubrette s'était retirée avec une grimace sur son visage de musaraigne qui se voulait sans doute un sourire. Une voix s'éleva enfin de derrière le paravent.

— Que me vaut, monsieur, le plaisir de votre visite ? S'il s'agit d'une note de fournisseur, l'audience est à cinq heures.

« Et pour cause, pensa-t-il, à cette heure-là elle est au théâtre. »

— Point du tout, mademoiselle, j'ai seulement besoin de vos lumières. Oh ! seulement un petit renseignement… Je suis Nicolas Le Floch, commissaire de police au Châtelet.

Un silence suivit au cours duquel il eut l'impression d'être examiné des pieds à la tête.

— Vous êtes bien jeune pour être commissaire.

Le paravent devait posséder un petit trou pour observer sans être vu.

— Vous êtes vous-même la preuve, mademoiselle, que la valeur…

— Bien, bien. Je ne voulais pas vous offenser. Mais je connais intimement un de vos collègues. Il a ses bureaux face à la Comédie. Il adore le vaudeville et, à l'occasion, me fait porter du vin.

Cela était énoncé d'un air égal mais il sentait l'avertissement sous-jacent : « J'ai des protecteurs, y compris dans la police, prêts à se compromettre pour moi. Je ne sais ce qui vous conduit ici, mais sachez que je saurai le cas échéant me défendre… »

— Mademoiselle, seriez-vous assez bonne pour examiner un papier en ma possession et sur lequel j'aimerais recueillir votre sentiment ?

Une main aux ongles roses repoussa l'un des battants du paravent. Le spectacle était charmant. Mlle Bichelière était à sa toilette. Elle était coiffée à l'enfant avec un ruban qui relevait la masse légère de ses cheveux châtain très clair. Une chemise de toile bâillait largement sur une poitrine délicate, que sa posture laissait entrevoir en dépit du peignoir de mousseline jeté sur les épaules. Elle regardait Nicolas, agitant un pied dans une cuvette de porcelaine, l'autre dissimulé par une serviette reposait sur un petit tabouret. Ses yeux, plutôt petits, étaient d'un bleu profond. Les sourcils tracés comme au pinceau accentuaient la régularité du visage et son contour parfait. De petites fossettes aux joues animaient une physionomie ouverte. La bouche, un peu grande mais spirituelle, laissait entrevoir des dents petites et parfaites. Le nez était relevé avec un bout légèrement aplati. Sans ce léger défaut, l'ensemble eût été idéal, mais Nicolas était de ceux qui estimaient qu'une petite imperfection ajoutait plus qu'elle ne retranchait à la séduction d'une femme. Sur une coiffeuse, des flacons, des brosses, des peignes, des rubans, des pots de fards, des houppettes s'accumulaient. Près de son fauteuil, un cabaret en bois précieux renfermait une douzaine de petites bouteilles aux couleurs différentes. La comédienne prit un air confus.

— Monsieur, vous pardonnerez, je l'espère, un sans-gêne qui, sans doute, vous choque. Mais pourriez-vous pousser l'obligeance jusqu'à m'aider à essuyer ce pied ?

Nicolas monta bravement en ligne. Le cœur lui battait un peu. Il saisit une serviette à terre, s'agenouilla et présenta le linge tendu à la jeune femme, tout en se disant qu'il faisait là curieuse figure. Elle tendit la jambe pour sortir le pied de la cuvette et, ce faisant, le pan de sa chemise s'écarta doucement. Nicolas empourpré pressait le petit pied et le trouvait bien lourd. Il crut bon de pousser la complaisance jusqu'à le chausser d'une mule rose. L'autre jambe bougea à son tour afin de recevoir sa jumelle. Il se releva et recula d'un pas. La jeune femme enfila son peignoir et alla s'allonger sur l'ottomane, invitant Nicolas à prendre place sur le pouf. Le chat se déplaça, gronda sourdement et finit par sauter sur le lit. Nicolas se sentait fort mal sur ce meuble bas, l'estomac plié et les genoux relevés, les haricots et le rhum se rappelant fâcheusement à lui. Il était si près du feu que son dos en ressentait la cuisson.

— Ce papier, mademoiselle…

Elle releva la tête, comme agacée, et se mit à faire des volutes avec une boucle de ses cheveux. Il lui tendit le billet ; elle le regarda sans le prendre.

— J'en fais profiter mes amis. Je dispose de certaines places.

Il réfléchissait avec désespoir à ce qu'il pourrait bien trouver pour mettre en avant le nom du vicomte. Elle n'était sans doute pas au courant de sa mort. Il pouvait se risquer à…

— Je crains de vous déplaire, mademoiselle, ce qui ferait mon désespoir. Mais, je vais devoir tout avouer…

Ce fut à son tour de paraître intriguée.

— Tout avouer ? Qu'avez-vous donc à m'avouer ?

— Un mien ami, le vicomte de Ruissec, m'a remis ce papier, et il m'avait tant parlé de votre beauté et de vos charmes que j'ai pris ce prétexte pour…

Tout cela ne tenait pas debout. Dans le cas où elle lui demanderait en quoi le billet était un prétexte, il serait bien empêché d'y répondre. Mais il n'aurait pas imaginé les réactions que ses propos déclenchèrent. Elle se dressa comme saisie du haut mal, arracha le haut de son peignoir comme si elle étouffait. La chevelure dénouée, dépoitraillée comme une bacchante, la petite porcelaine délicate se transforma en furie. Elle sauta sur le sol, les deux poings appuyés sur les hanches et, semblable à une harengère de la halle, se mit à dégoiser un torrent d'injures et d'horreurs.

— Que venez-vous me parler de ce maquereau, de cette ordure ! Un cochon à qui j'ai sacrifié mon principal et qui après m'avoir baisée tout son soûl m'abandonne… Si j'avais su, je me serais fait pourrir, oui pourrir, pour lui foutre mes épices ! Je l'aurais poivré ! Je lui ferai rentrer ses paroles dans la gorge. Oui-da ! On fait le joli cœur, le fidèle, le dévotieux et on court frayer avec une autre !

Elle s'arrêta un moment pour se mordre le poing. Le matou s'était réfugié sous le lit et miaulait désespérément. La suivante avait passé son nez pointu, puis s'était esquivée, sans doute habituée aux scènes de sa maîtresse. Nicolas, interdit, observait avec attention une tasse à café sale sur un guéridon. La trace des lèvres était à droite de l'anse fine de porcelaine.

— Et la trêve avait été de courte durée : avec une putain rancie de la Cour ! Cette Mlle de Sauveté. Oh ! j'ai pris des renseignements. On ne sait pas trop d'où elle vient, on prétend qu'elle peint, c'est tout dire, cela signifie qu'elle est laide à faire peur. Mais elle est riche et je lui prédis qu'elle deviendra encore plus laide étant mariée. Quant à lui, il est à sec, il ne peut plus payer mes dettes. Me veut-il à l'hôpital et en chemise de chanvre ? Je le hais ! Je le hais !

Elle poussa un hurlement et retomba en pleurs sur l'ottomane. Nicolas était à la fois satisfait de ce qu'il venait d'apprendre au cours de cette éruption et désolé de voir Mlle Bichelière dans cet état.

Sa colère épuisée, elle redevint plus humaine. N'écoutant que son bon cœur, il s'approcha d'elle et lui caressa les cheveux en lui parlant doucement. Elle sanglotait et s'accrocha à lui. Il serra ce corps à demi dénudé, dont le parfum lui montait à la tête. Elle releva son visage, tendit sa bouche et l'attira sur elle. Nicolas se laissa aller. L'ottomane faillit s'effondrer sous l'ardeur de leur étreinte. Le chat, affolé par le vacarme, crachait furieusement. Nicolas ne put s'empêcher d'entendre un prénom hurlé à deux reprises par sa compagne au moment où elle enfonçait les ongles dans son dos…

La soubrette revint très vite, apportant une bouteille de vin et deux verres. Son arrivée empêcha la gêne qui aurait pu s'établir entre eux. Pour lui, le moment était délicat, il devait reprendre son rôle officiel dans des conditions particulières même si, en galant homme, il venait de s'exécuter à l'apparente satisfaction de la Bichelière. Mais savait-on, pensa-t-il, ce que les apparences signifiaient en réalité chez une femme ?

— Mademoiselle, au risque de vous déplaire, je dois vous demander de quand date votre dernière rencontre avec le vicomte.

Elle le regarda, l'air excédé, comme si ce qui venait de se passer devait la dispenser de tout interrogatoire.

— Voilà bien monsieur le policier ! Vous étiez moins curieux il y a un moment. Vous avez eu ce que vous vouliez. Que signifie cette inquisition ?

— Vous m'avez comblé, mademoiselle. Juste quelques questions. J'avoue que je suis ici pour une enquête… M. le vicomte de Ruissec a disparu.

Il verrait bien ce qu'une demi-vérité allait produire. Ou elle avait une force d'âme peu commune, ou elle n'était pour rien dans la mort de son amant : elle ne chercha pas à manifester la moindre inquiétude.

— Qu'il aille au diable, c'est le cadet de mes soucis ! Je l'ai vu jeudi dernier, je lui ai craché le morceau qu'il était fiancé et que j'étais roulée dans la farine. Il voulait s'arranger, disait-il, me conserver. Il aurait fait beau voir. Oh ! je connais la combinaison : il aurait fait le faquin à la Cour avec sa gueuse et ensuite, à temps perdu, il serait venu se rouler dans mes draps. Gratis bien entendu !

Elle était retournée s'affairer à sa toilette, avait retiré le paravent. Il ne la voyait plus. Il entendait des bruits d'eau versée.

— Et mardi soir ?

— Quoi, mardi soir ? Va-t-on passer en serinette tous les jours de la semaine ?

— Ce sera le seul, dit Nicolas qui regardait le chat jouer sous le lit avec une perruque d'homme de teinte claire, auprès de laquelle gisait un rabat blanc.

— Mardi soir ? Mardi soir, il y a eu relâche. Arlequin était malade, et je suis restée ici à me reposer.

Elle n'avait pourtant pas l'allure d'une personne qui se repose.

— Seule ?

— Monsieur, vous passez les bornes. Oui, seule. Seule avec Griset, mon chat.

En entendant son nom, le matou sortit de sa cachette et rejoignit sa maîtresse à pas comptés, la queue en point d'interrogation et le regard fixé sur Nicolas. Il n'y avait plus rien à ajouter et Nicolas prit congé ; on ne lui répondit pas. Il fut reconduit avec cérémonie par la soubrette qui lui tendit sans vergogne une main réclamante. Après une seconde d'hésitation, il paya son obole. Décidément, la maison Bichelière péchait par bien des endroits, mais pas par la pudeur des habitudes.

Il se retrouva dans la rue avec le regret de ce qui s'était passé. « Comment, se disait-il, me voilà en pleine enquête interrogeant un témoin dans une affaire criminelle, qui abandonne toute retenue et me laisse aller sans réfléchir ! » Une petite voix tentait bien d'avancer des circonstances atténuantes : il n'avait pas vraiment voulu cela, la fille était belle et entreprenante, et d'ailleurs réputée facile. À cet examen de conscience s'ajoutait une inquiétude latente. La bourrasque des sens avait été si violente qu'il n'avait pris aucune précaution. Il ne se rappelait que trop les recommandations de son ami Semacgus. Avec l'expérience acquise d'un vieux libertin, celui-ci l'avait mis en garde contre les dangers de fréquenter les comédiennes, filles d'opéra et autres gueuses, trop heureuses ou trop insouciantes pour se soucier de semer à tous vents les fleurs poivrées de leur licence. Le chirurgien l'avait vivement pressé d'user d'un doigt de cæcum de mouton, plus communément appelé condom, qui constituait pour l'homme le meilleur bouclier contre les coups de pied de Vénus. Enfin, qui était ce « Gilles » dont le prénom avait fâcheusement troublé un moment de paroxysme ?

Pour se changer les idées, Nicolas se dirigea vers la place des Victoires. Il ne se lassait pas de la beauté de l'endroit. Il n'avait jamais eu l'occasion de considérer de près le monument qui en ornait le centre. Louis XIV, *Viro immortali*, y trônait en gloire. Protégé par une renommée aux ailes étendues, le monarque dominait des esclaves enchaînés, le globe terrestre à ses pieds, aux côtés de la massue et de la peau de lion d'Hercule. Un jour qu'ils traversaient l'endroit en carrosse, M. de Sartine avait filé l'anecdote comme il aimait le faire. Il lui avait appris qu'un courtisan, le maréchal de La Feuillade, avait édifié cette place, poussant même l'adulation jusqu'à vouloir creuser un souterrain partant de la crypte de l'église des Petits-Pères et rejoignant un caveau placé exactement sous la statue, et dans lequel sa dépouille ferait la cour au roi pour l'éternité. Le lieutenant général de police lui avait signalé que le quartier était jadis mal famé et que le souvenir de ce temps difficile se lisait encore dans le nom de la rue Vide-Gousset.

Nicolas rentra rue Montmartre sur le coup de sept heures. Le logis, d'habitude paisible, était saisi d'une joyeuse agitation. Marion et Catherine s'affairaient à l'office au milieu des bruits et des vapeurs odorantes des préparatifs du souper. Le parfum d'un fumet de poisson et celui d'une croûte beurrée dominaient. Cette ambiance dissipa les derniers restes d'une mélancolie due autant à une digestion difficile qu'à un exercice galant dont les prémices et les conclusions n'avaient pas été à la hauteur du plaisir ressenti.

Poitevin passait et repassait, les bras chargés d'argenterie et de bouteilles. Renseignement pris, tout cela était destiné à garnir la table qui avait été dressée, ce soir-là, dans la bibliothèque. Nicolas demanda de l'eau chaude et, toujours fidèle aux préceptes hygiénistes de son parrain, se livra à une ablution soignée avant de se changer. Quand il entra dans le salon, salué par les bonds de Cyrus, trois voix s'exclamèrent à sa vue.

— Voilà le retour de l'enfant prodigue ! fit M. de Noblecourt, sur pied et coiffé d'une magnifique perruque Régence. La faim l'a chassé des rues !

Nicolas rougit à cette allusion biblique. Il lui faudrait apprendre à négliger les plaisanteries innocentes, ceux qui les énonçaient ignorant les échos qu'elles pouvaient éveiller en lui.

— Mon cher Nicolas, vous arrivez à point nommé. Deux de nos amis m'ont fait ce soir l'honneur de me demander à souper.

Le verre déjà à la main, M. de La Borde et le docteur Semacgus souriaient. Ils ne s'étaient jamais rencontrés et venaient de faire connaissance. La compagnie se congratula. Nicolas s'assit. Le feu crépitait joyeusement dans la cheminée ; il se laissa aller au bien-être et à la chaleur de l'amitié.

— Nicolas, reprit M. de Noblecourt, nous sommes en famille, l'huis est bien clos. Contez-nous par le menu la suite de vos recherches.

Le jeune homme reprit les événements depuis la soirée à l'Opéra, en particulier pour l'édification de La Borde. Travailler sous M. de Sartine imposait de savoir exposer les faits de manière claire et rapide, sans s'appesantir ni lasser. Le lieutenant général ne l'aurait pas toléré, lui dont la parole était toujours un modèle de précision. Il poursuivit son récit en taisant toutefois certains détails qu'il se réservait de vérifier avant d'en faire état. La discrétion de ses amis ne faisait aucun doute, mais Nicolas ne disait jamais tout, même avec Bourdeau. Il rougit bien un peu quand il en arriva à l'épisode de la belle Bichelière. Il pensa soudain qu'il ne savait même pas son prénom, et aussi qu'il lui faudrait chercher à savoir qui était ce nommé Gilles, qui s'était introduit aussi désagréablement dans ses ébats. Le plus surpris par ce récit fut le premier valet de chambre du roi, qui n'avait assisté qu'au départ précipité de Nicolas, lors de la représentation de l'Opéra.

— Je m'explique, dit-il, que M. de Saint-Florentin ait reçu hier toute affaire cessante le lieutenant général de police. Ainsi, de cette audience, il est bien résulté l'ordre d'abandonner l'enquête, le corps vous a été retiré. J'entends cependant que votre diagnostic était établi.

— Depuis hier, dit Nicolas, j'ai longuement réfléchi à notre problème. Cette mort atroce par ingestion de plomb fondu… On trouve du plomb partout. Reste à trouver ceux qui l'utilisent.

— Les imprimeurs, dit La Borde.

— Tout juste, mais aussi les armuriers, ajouta Semacgus.

— Les couvreurs, dit Nicolas.

— Et les fabricants de cercueils.

M. de Noblecourt leva un doigt doctoral.

— Mes amis, mes amis, je me souviens d'une soirée chez feu le duc de Saint-Simon. Il recevait peu et chichement, étant un peu pleurard de ses deniers, mais d'une si exacte politesse ! Un soir, dans les années trente, il donnait à souper par extraordinaire. J'étais là, l'écoutant. Un de ses amis de passage à Paris, le duc de Liria, ambassadeur d'Espagne en Moscovie… C'était, il faut le dire…

Une longue digression s'annonçait, qui retarderait d'autant la conclusion utile du discours.

— … C'était le fils du duc de Berwick, lui-même fils de Jacques II Stuart. Je vois Nicolas qui s'impatiente. Ah ! jeunesse. Bref, le duc de Livia contait au duc de Saint-Simon qu'une vieille coutume russe voulait que les contrefacteurs de monnaie fussent exécutés par ingestion de métal en fusion et, ajoutait-il, les corps explosaient ! Sans doute n'usait-on pas du plomb, qui se liquéfie plus vite. En tout cas, pour l'infortuné vicomte, cela a dû nécessiter un tuyau ou un entonnoir pour lui faire ingurgiter cette potion du diable !

— Il me semble, monsieur le procureur, intervint La Borde, que vous avez encore une cinquième et une sixième profession qui manient le plomb. Le bourreau, tout d'abord, et surtout les fonteniers. J'observais l'autre jour à Versailles la réparation des conduits du bassin de Neptune. Le plomb n'y était pas ménagé.

— En somme, ironisa Semacgus, vos suspects sont tout trouvés… Mais enfin, la raison de ce supplice barbare ? Quelle faute méritait une pareille fin ? Jadis, on coupait la langue des délateurs…

Les quatre convives s'égarèrent dans de multiples hypothèses, puis ils s'interrogèrent sur le cas de Mlle Bichelière. Si Mme de Ruissec avait été poussée dans le puits des morts, quel rapport y avait-il entre sa mort et la comédienne ? Leurs supputations furent interrompues par Marion, qui les pressa en bougonnant d'avoir à passer à table. Comme ils se levaient, Semacgus souffla à l'oreille de Nicolas en lui serrant le coude :

— Votre Bichelière, je vous soupçonne, jeune Céladon, d'avoir poussé un peu plus loin votre interrogatoire que vous ne voulez nous le faire accroire...

Le souper intime initialement prévu se transforma en festin, même si, sous le regard suspicieux de sa gouvernante, le vieux procureur s'abstint d'une croûte aux morilles. Il se rattrapa sur la sole à la Villeroy que Catherine apporta religieusement, mais sut résister à la tentation d'un revigorant vin blanc de Mâcon. Eût-il esquissé la moindre velléité d'y goûter que son sourcilleux cerbère l'en eût empêché, tant est de notoriété la réputation néfaste du vin blanc pour les goutteux. La chirurgie, la Cour et le Châtelet s'y consacrèrent, quant à eux, avec méthode, tout en devisant des nouvelles. C'était toujours la guerre, les rumeurs de négociations avec l'Angleterre, l'affaire des jésuites, de plus en plus menacés, la santé chancelante de la favorite qu'aggravaient encore les rumeurs d'un nouveau caprice du roi, enceinte, disait-on, de ses œuvres. Enfin, les dépêches de Moscou signalaient que la santé de la tsarine Élisabeth Petrovna était de plus en plus compromise. M. de Noblecourt évoqua un événement étrange qu'un de ses correspondants suisses lui avait signalé.

— On a vu à Genève un globe de feu très brillant qui, en se dissipant, a fait une explosion et chacun a ressenti un court tremblement de terre accompagné d'un bruit sourd. Mes amis ont cru être plongés dans les ténèbres lorsque la lumière ardente du phénomène a disparu.

— C'est là un conte bien philosophique ! dit Semacgus. Vos calvinistes avaient abusé du fendant... Ne voilà-t-il pas qu'ils imaginent la nuit en plein jour !

M. de Noblecourt hocha la tête, l'air réfléchi.

— C'est parfois dans la trop grande clarté que se dissimule l'erreur. Pour en revenir à l'affaire qui nous occupe, je conseillerai à M. le commissaire au Châtelet de ne pas trop s'attacher aux apparences mais de rechercher plutôt ce que les apparences dissimulent. Le présent est fils du passé, et il y a toujours intérêt à démêler le passé des acteurs d'un drame, ce qu'ils sont en vérité, ce qu'ils désirent paraître, ce qu'ils disent être ou ce qu'ils veulent laisser croire.

Sur ces sages propos, ils se séparèrent. Pour une levée de convalescence, la soirée avait été agitée. Nicolas reconduisit ses amis jusqu'à la rue. Il était heureux de voir La Borde et Semacgus déjà complices. Ces deux hommes de qualité, d'âge et de condition différents, communiaient dans la même amitié pour Nicolas. Le premier valet de chambre du roi, disposant d'une voiture de la Cour, proposa au docteur de le raccompagner à Vaugirard. Il s'effaça devant lui et, se retournant vers Nicolas, lui glissa un mot à l'oreille :

— Mme de Pompadour souhaite vous voir demain en son château de Choisy. Vous serez attendu à trois heures de l'après-midi. Bonne chance, mon ami.

C'est sous le coup de cette étonnante nouvelle que Nicolas acheva sa journée.

# VI

## LES DEUX MAISONS

« Quand une fois l'imagination est en train, malheur à l'esprit qu'elle gouverne. »

MARIVAUX

*Vendredi 26 octobre 1761*

Nicolas quitta de bon matin la rue Montmartre. La soirée avec ses amis avait apaisé ses scrupules. Mlle Bichelière s'était servie de lui soit pour satisfaire un caprice passager, soit pour se concilier une autorité de police. Il se persuada que son abandon, succédant à d'autres, l'absolvait en quelque sorte de l'impulsion à laquelle il avait si étourdiment cédé. Il s'avoua y avoir pris quelque plaisir et imagina le ricanement de Semacgus.

Mais Nicolas avait maintenant d'autres préoccupations. Il ne pouvait pas différer plus longtemps une rencontre avec M. de Sartine, et il appréhendait ce que son chef lui dirait. Ferait-il la part du feu en couvrant son adjoint, ou prendrait-il ses distances comme il savait le faire à l'occasion ? Dans ce cas, cette distance équivaudrait-elle à une interdiction de poursuivre l'enquête ? Cette possibilité agitait Nicolas.

Son deuxième souci était la convocation de la favorite en son château de Choisy. La chose lui paraissait incroyable. Que pouvait-elle avoir à lui demander ou à lui ordonner ? Certes, il lui avait rendu naguère un service signalé, mais pourquoi s'adresser à lui, modeste maillon policier et non à Sartine directement ? Ce dernier était-il au courant de cette convocation ? Si oui, qu'en pensait-il ?

Le lieu du rendez-vous offrait un début de réponse. La marquise disposait de nombreux endroits où le rencontrer : ses appartements à Versailles, son hôtel dans la ville royale, l'hôtel d'Évreux à Paris, le château de Bellevue… Choisy paraissait le plus propice à une rencontre discrète, par son relatif éloignement et par l'importance du château et de sa domesticité qui justifiait des allées et venues multiples. Le fait que le message lui était transmis par La Borde, homme de confiance du roi, le rassurait un peu. Sans doute, le souverain était au courant de tout.

M. de Sartine ne lui parut ni de mauvaise ni de bonne humeur. Coiffé d'un tissu de madras moiré, il était occupé à écrire quand Nicolas entra furtivement après avoir gratté à l'huis. Un valet desservait un guéridon. Le lieutenant général leva un œil circonspect sur son visiteur.

— Un Tamerlan, un Attila, un Gengis Khan, voilà, monsieur, ce que vous êtes ! lança-t-il. Là où vous paraissez, c'est la vie qui disparaît, les morts s'accumulent, les familles dépérissent, et les mères succèdent aux fils dans la barque de Charon. Expliquez-moi ce phénomène en un mot.

Le ton enjoué contredisait la force du propos. Nicolas respira et répondit sur le même ton :

— J'en suis au désespoir, monsieur.

— J'en suis bien aise, bien aise ! Bien aise aussi d'avoir à expliquer à M. de Saint-Florentin les désordres de notre bonne ville. Comment on enlève le corps d'un malheureux suicidé, que dis-je, d'une victime d'un accident, contre la volonté de son père pour le livrer à des médicastres et au… passons, qui assouvissent leur macabre dilection en pataugeant dans ses entrailles. Est-ce tolérable, monsieur ? Est-ce explicable ? Est-ce plaidable ? Quelle figure pensez-vous que je puisse faire ? Un lieutenant aux gardes françaises, fils d'un gentilhomme de Madame Adélaïde… Comme je l'avais prévu, le père est monté à l'assaut et le ministre n'a pas résisté à la tempête. Plût au ciel ou au diable que vous ne l'ayez pas ouvert !

— C'était inutile.

— Comment cela, inutile ? Tout ce carrousel pour rien ?

— Que non pas, monsieur. Nos médicastres ont eu le loisir de tout examiner et de tirer des conclusions.

— Ah ! vraiment ! Eh bien, monsieur le dépeceur, qu'en est-il ? Je suis curieux d'ouïr cela…

— Il en est, monsieur, que le vicomte de Ruissec est mort assassiné. Du plomb fondu lui a été versé de force dans la bouche.

M. de Sartine arracha son foulard, découvrant sa chevelure clairsemée où de nombreux fils blancs apparaissaient déjà.

— Fi ! monsieur, quelle horreur ! Évidemment, cela change tout. Je vous crois sur parole, il y a désormais certitude.

Il se leva et traversa son bureau de long en large. Au bout d'un instant, il cessa sa déambulation maniaque et revint s'asseoir.

— Oui, certitude : la fraude est prouvée. Ruissec a désormais vu le corps de son fils et il ne peut se méprendre. Cette expression du visage me transit encore ! Ainsi, pas de suicide… Mais la comtesse ? Vous n'allez pas me dire…

— Je suis derechef au désespoir, monsieur. Les constatations faites par moi-même, le commissaire du quartier, M. de Beurquigny, que vous connaissez, et un médecin sont toutes concordantes. Elles écartent la thèse de l'accident et concluent que la malheureuse a eu la nuque brisée avant d'être précipitée dans le puits des morts de l'église des Carmes.

— Vraiment, cela me dépasse, rien ne pouvait m'être plus désagréable. Est-il possible de déterminer un lien entre les deux crimes ?

— Dans l'état de l'enquête, impossible à dire. Cependant, un détail est troublant.

Nicolas conta rapidement l'histoire du billet de la Comédie-Italienne et les investigations qui avaient suivi.

— Ce qui signifie, monsieur, que vous me demandez licence de continuer votre enquête ?

Le jeune homme acquiesça.

— Je vous demande de m'autoriser à poursuivre la vérité.

— C'est une garce qui vous glisse entre les doigts, votre vérité ! Et quand on la tient, elle vous brûle. Et puis, Nicolas, comment puis-je vous autoriser à poursuivre une enquête alors que le ministre a décrété qu'il n'y avait pas de crime ?

Nicolas nota l'usage retrouvé de son prénom.

— Il faudrait donc fermer les yeux ? Laisser le crime impuni et…

— Allons, ne faites pas l'enfant en me faisant dire ce que je ne dis pas. Nul plus que moi n'est soucieux de démêler le vrai du faux. Mais si vous persistez à mener cette enquête, ce sera à vos risques et périls. Mon soutien cessera dès que s'exerceront des influences plus efficientes que les miennes. Je conçois que vous ne songiez point à abandonner la traque et, si je vous parle ainsi, c'est que je me soucie de votre sécurité.

— Monsieur, vos paroles me touchent, mais comprenez que je ne peux renoncer.

— Autre chose. Soyez exact à votre rendez-vous avec Mme de Pompadour.

Il consulta la pendule de la cheminée d'un coup d'œil. Nicolas ne dit rien.

— M. de La Borde m'en a informé, reprit Sartine. Ne perdez pas cette amitié précieuse et désintéressée.

Il marqua une pause et reprit un ton plus bas, comme s'il se parlait à lui-même.

— Il arrive quelquefois qu'une femme cache à un homme toute la passion qu'elle sent pour lui, pendant que de son côté il feint pour elle toute celle qu'il ne sent pas. Oui, soyons exact et déférent.

— Monsieur, je vous rendrai compte…

— Cela va sans dire, monsieur le commissaire.

Nicolas se mordit les lèvres, il aurait mieux fait de se taire.

— Et M. de Noblecourt, que dit-il de tout cela ?

Nicolas nota que son chef, apparemment, trouvait tout naturel qu'il mît l'ancien procureur au courant d'une enquête en cours.

— Il s'exprime par apophtegmes. Selon lui, ce n'est pas grand-chose d'être honoré puisque cela ne signifie pas qu'on soit honorable, et il me conseille de considérer avec attention le passé des protagonistes. Lui aussi me presse de prendre garde.

— Je vois que notre ami n'a rien perdu de sa sagacité. Le dernier conseil est bon et les autres ne manquent pas de pertinence. À bientôt, monsieur, une voiture vous attend. N'oubliez pas l'affaire du ministre de Bavière. Qu'on retrouve au plus vite ce foutu cocher !

Nicolas s'inclina et hésita à développer son hypothèse sur l'incident du pont de Sèvres ; il serait toujours temps. Il était déjà à la porte quand il entendit à nouveau la voix du lieutenant général de police.

— Pas d'imprudences, Nicolas. N'écartez pas Bourdeau. On tient à vous.

Sur cette bonne parole, Nicolas se retrouva dans l'antichambre. Un miroir au-dessus d'une commode lui renvoya l'image d'un jeune homme élégant en habit noir, le chapeau sous le bras, bien découplé et l'air insolent. De longs sourcils dominaient des yeux gris-vert plus étonnés que candides. La bouche ourlée et bien dessinée esquissait un sourire et la libre chevelure châtain nouée accentuait la jeunesse du visage, en dépit de quelques cicatrices. Il descendit quatre à quatre l'escalier. M. de Sartine veillait au moindre détail quand il le jugeait utile à ses desseins. La visite à la favorite impliquait que Nicolas pût s'y rendre sans mécomptes, et une voiture l'attendait dans la cour.

Finalement, pour Nicolas, l'entrevue s'était déroulée mieux que prévu. Il craignait d'affronter un homme irrité, incertain et se démarquant des initiatives risquées de son subordonné. En fait, carte blanche lui avait été donnée, « à ses risques et périls » certes, mais avec une sollicitude détournée dont il avait ressenti la chaleur. Il frémit avec retard à l'idée que tout aurait pu s'arrêter là. Plus de cadavres, plus de crimes, plus de victimes, plus de coupables… Peut-être le meurtre de Mme de Ruissec aurait-il dû être publié, mais le résultat eût été identique : le corps aurait été enlevé et l'affaire enterrée en même temps que la comtesse. De fait, elle l'était et lui seul tenait en main le fragile fil d'Ariane qui permettrait peut-être d'aboutir à des conclusions et de démasquer les coupables.

Tout au confort de la voiture, Nicolas s'exerçait à deviner les occupations des passants, tentait de déchiffrer leurs expressions et d'imaginer ce que pouvait penser cette masse qu'on appelait le peuple. Il collectionnait le souvenir des habits, des tenues et des attitudes. Ces images reviendraient un jour ou l'autre se poser sur des êtres réels et établiraient les connexions mystérieuses dont son intuition se nourrissait. Sa connaissance des hommes se renforcerait en feuilletant, au gré des enquêtes, ces archives vivantes. La vue de la masse sombre de la Bastille interrompit sa rumination. Il y avait visité un jour son ami Semacgus, qui y était incarcéré. Il sentait encore le froid humide de la vieille forteresse. La voiture bifurqua vers la droite pour suivre la Seine. Il chassa l'image de la prison.

La campagne succédait sans transition à la ville. Faute de distractions, Nicolas essaya de mettre de l'ordre dans ce qu'il savait de la marquise de Pompadour. Les hôtes bien informés de M. de Noblecourt parlaient beaucoup. À leurs propos s'ajoutait la lecture des écrits saisis par la police ou des lettres ouvertes par le cabinet noir. Pamphlets, libelles, vers graveleux et injures constituaient les éléments d'un tableau contrasté. Chacun la disait malade et exténuée par l'agitation et l'angoisse de la Cour. Le roi, qui ne l'avait jamais ménagée, exigeait sa présence aux veilles, aux soupers, aux représentations et dans ses voyages incessants, surtout durant la période des chasses. La chère trop riche avait détruit son estomac délicat. Semacgus avançait que, pour complaire à son amant, elle avait écouté de mauvais conseils et abusé d'excitants fournis par des empiriques – cela sans compter sa prodigieuse consommation de truffes et d'épices.

Mais de l'avis général, ce qui rongeait la marquise, c'était la hantise permanente de « l'autre femme », celle qui découvrirait le secret de cet homme singulier, si difficile à distraire de son ennui. Elle en était venue à susciter elle-même des rivales séduisantes mais candides, dont elle ne pouvait craindre l'emprise sur le roi. Pour l'heure, et en dépit de ces précautions, une demoiselle de Romans l'inquiétait ; on la disait intrigante et spirituelle.

M. de La Borde, pourtant tenu à la discrétion, avait consenti à répéter en petit comité les propos d'une des amies de la favorite. Voulant la rassurer, elle lui avait dit : « C'est votre escalier qu'il aime, il est habitué à le monter et à le descendre. » Aussi, l'heure n'était plus à la passion ; les tièdes orages de l'amitié l'avaient remplacée.

À cette crainte de perdre le roi s'ajoutait la terreur permanente de voir se répéter une nouvelle affaire Damiens. La favorite n'oubliait pas qu'elle avait failli être écartée et exilée tant que la santé du roi était demeurée incertaine, et aussi longtemps que le dauphin et les dévots de la famille avaient réussi à l'empêcher de revoir le roi.

Quant au peuple, la marquise lui apparaissait comme l'une des trois calamités du royaume, avec la disette et la guerre. La rue se déchaînait en outrages et en menaces de mort.

Nicolas, qui avait une fois approché la marquise, l'avait jugée simple et bienveillante. M. de La Borde, qui la voyait tous les jours, partageait ce sentiment et, selon lui, la bonne dame ne gaspillait ni thésaurisait, et ses dépenses, bien que considérables, trouvaient un usage intelligent au profit des arts. Il est vrai que sa pension et ses revenus n'étaient pas proportionnés aux besoins de sa maison et à cette vocation de mécène. On rapportait qu'elle avait obtenu du roi l'autorisation de disposer à son gré de bons sur le trésor sans avoir à rendre compte de leur utilisation. Et elle possédait de nombreux domaines, depuis le lointain Menars jusqu'au proche Bellevue, à mi-chemin de Paris et de Versailles, bâti en terrasses au-dessus du pont de Sèvres. Mme de Pompadour aimait les positions dominantes.

La voiture suivait le fleuve. Le paysage offrait un ensemble plaisant de guinguettes, de petites fermes où se pressait le bétail que les nourrisseurs engraissaient pour la consommation de la capitale, vendant le fumier comme engrais aux jardiniers et maraîchers des alentours. Des vergers et des serres s'échelonnaient sur de longues parcelles de chaque côté de la route. Ces impressions champêtres le mirent de bonne humeur. Sa méditation lui avait procuré les éléments et informations nécessaires à un entretien dont il ignorait les raisons mais qui revêtait, de toute évidence, un caractère extraordinaire. Que M. de Sartine, toujours si prodigue de conseils, n'ait fait aucun commentaire, en disait long sur sa perplexité.

À l'entrée de Choisy, Nicolas fit arrêter sa voiture devant une petite guinguette pimpante dont la façade, couverte de vigne et qui portait encore les grappes desséchées de la dernière vendange, le séduisit. Dans une salle chaulée, il se fit servir un pot de vin nouveau, dans lequel des copeaux de bois avaient permis d'éclaircir le jus du raisin fraîchement pressé. Il fit couper quelques tranches d'un jambon qui pendait dans la cheminée et le tout fut accompagné de pain frais. Le breuvage le surprit agréablement. Il s'attendait à l'habituelle piquette, mais le vin, d'un rouge pivoine transparent, surprenait par sa fraîcheur et son arôme de groseille un rien sauvage. Il finit par conclure, en riant de l'incongruité de l'image, que la meilleure comparaison était celle avec une groseille écrasée sur une fourrure de putois. Cette odeur de petit fauve lui demeurait en mémoire depuis son enfance : le marquis de Ranreuil portait un col de cette fourrure sur l'un de ses manteaux, dont rien n'avait pu ôter l'odeur. Ceux des chiens qui n'en avaient pas l'habitude aboyaient à ses basques.

L'attention de Nicolas fut soudain attirée par un jeune homme, en uniforme des gardes du corps, qui, assis à une autre table, l'observait, et qui se détourna sous son regard. Nicolas s'étonna de cette présence sans s'y attacher ; le roi n'était pas à Choisy, mais après tout, ce qui était utile au souverain pouvait l'être également à sa favorite.

À la demie de deux heures, il se remit en route et gagna au pas le château. L'équipage parvint en vue d'une grille magnifique qui ouvrait sur une immense allée à double rangée d'arbres. Il remarqua plusieurs pattes-d'oie percées sur la campagne environnante. Le bâtiment se dressa bientôt avec ses deux ailes décorées de frontons. À gauche, un vaste bâtiment servait de communs et d'écuries. Nicolas se fit déposer au centre de l'édifice devant le grand degré, où un homme, la canne à la main, paraissait attendre, et qui le salua avec cérémonie.

— J'ai, sans doute, l'honneur de parler à M. Nicolas Le Floch ?

— Votre serviteur, monsieur

— Je suis l'intendant du château. Ma maîtresse m'a demandé de vous promener. Elle est un peu souffrante et vous recevra plus tard.

L'homme entraîna Nicolas vers la chapelle. Il put y admirer sainte Clotilde, reine de France, devant le tombeau de saint Martin par Van Loo. Ce fut ensuite la visite des pièces de cérémonie du château, la grande galerie ornée de trumeaux avec son tableau de Parrocel sur la bataille de Fontenoy. Nicolas songea que la marquise marquait sa dévotion pour le roi jusque dans la décoration de ses maisons. La salle à manger était ornée de six vues de maisons royales, et la salle des buffets de scènes de chasse. La guerre, les bâtiments et la vénerie, tous les plaisirs des rois, étaient illustrés dans cette demeure. Son cicérone le conduisit à l'extérieur, afin d'admirer la vue depuis la terrasse, principal agrément du site. La Seine coulait paisible à ses pieds. Un pavillon pouvant servir de salle à manger d'été s'élevait en son centre. Un laquais vint les retrouver, essoufflé : la marquise de Pompadour allait recevoir M. Le Floch.

Il fut introduit dans un boudoir gris et or. Les rideaux tirés, une semi-pénombre baignait la pièce. Quelques bûches achevaient de se consumer dans la grande cheminée de marbre clair. À son entrée, il fut accueilli par un petit barbet noir qui, après un examen rapide mais circonspect, lui fit fête. Ce petit jeu fit diversion.

— Monsieur Le Floch, dit la marquise, tout me porte à compter sur votre fidélité et je constate que Bébé me donne raison !

Nicolas s'inclina et pensa que l'odeur de Cyrus sur ses culottes et ses bas devait être pour beaucoup dans la confiance que lui témoignait Bébé. Il leva les yeux vers la marquise. Le changement, en quelques mois, était notable. Certes, l'ovale du visage se conservait, mais le menton s'alourdissait de plus en plus. Le rouge et le blanc habilement répandus masquaient sans doute d'autres ravages du temps. Les yeux, curieux et vifs, observaient Nicolas avec un peu d'amusement. Le fanchon de dentelle blanche laissait entrevoir la chevelure cendrée. Le mantelet de taffetas blanc couvrait une jupe de soie noire à deux volants. De longues manchettes dissimulaient les mains, qu'elle jugeait imparfaites. Nicolas se demanda si cela expliquait que le roi avait horreur de voir les dames porter des bagues et attirer ainsi les regards sur une partie qu'il ne pouvait admirer chez la marquise. Il jugea l'ensemble un peu triste, un rien austère, conforme à la réputation de dévotion dans laquelle la rumeur la disait être tombée, puis il se souvint que la Cour portait le deuil d'un prince allemand.

— Savez-vous, monsieur, que le roi s'est inquiété de vous, à deux reprises ?

Il y avait là un reproche et un conseil tout à la fois, et aussi volonté de charmer l'interlocuteur par une flatterie. Nicolas ne fut pas dupe. Il n'y avait rien à répondre, il s'inclina.

— Vous êtes trop discret. Songez que pour le roi, vous êtes le marquis de Ranreuil, et il ne tient qu'à vous… Vous ne regrettez pas votre geste ?

Le regard se fit plus insistant. Nicolas sentit le piège : la femme qui s'adressait à lui était née Poisson.

— Le marquis de Ranreuil, mon père, m'avait appris que la valeur ne tient pas à la naissance. Tout dépend de ce que l'on fait de sa vie.

Elle haussa les sourcils en souriant, appréciant sans doute la défausse.

— Enfin, monsieur, suivez mon conseil. Vous êtes chasseur, chassez. Vous y rencontrerez votre maître.

Quelque habitué que commençât à être Nicolas aux usages de Cour, il trouvait bien longue cette entrée en matière. La Borde lui avait déjà fait passer le message d'avoir à se montrer à la chasse du roi.

— Ce propos pour vous signifier qu'on est assuré ici et ailleurs de votre loyauté, reprit la marquise.

Elle lui fit signe de prendre place dans un fauteuil.

— Vous avez été chargé par M. de Sartine d'une enquête sur la mort, disons… inexplicable, du vicomte de Ruissec. Je sais ce qui est advenu et de quelle étrange manière sa mère a également péri. J'ai prié M. de Saint-

Florentin et le lieutenant général de police d'épargner au roi le détail de ces morts. Il n'est que trop enclin à s'y complaire.

Elle resta un moment pensive. Nicolas se souvenait de la curiosité morbide du souverain tandis qu'il lui faisait le récit des recherches sur un corps trouvé à Montfaucon, au Grand Équarrissage. Ce goût étrange se confirmait, disait-on, depuis l'attentat de Damiens.

— Monsieur, que pressentez-vous derrière ces morts ?

— Madame, je suis persuadé que nous sommes en présence de deux assassinats. Pour l'heure, rien n'indique qu'un lien existe entre eux, mais rien, non plus, ne dit le contraire. Pour le vicomte de Ruissec, les circonstances sont extraordinaires. J'enquête sur les victimes et sur leur passé, étant entendu, vous ne l'ignorez pas, que ces crimes n'ont pas été reconnus, que le cours de la justice est contrarié et que ma recherche est une action solitaire et risquée.

Elle eut un beau mouvement de tête.

— En tout cas, vous avez ma protection.

— Elle m'est infiniment précieuse, madame.

Il n'en pensait pas un mot. La protection de la favorite valait dans ce boudoir. Dès qu'il aurait quitté Choisy, une bonne épée et Bourdeau seraient infiniment plus sûrs.

— Peut-être, monsieur, devriez-vous penser que cette décision d'arrêter l'enquête n'avait d'autre but que de ne pas effaroucher le gibier que l'on veut piéger ?

Cela, évidemment, ouvrait d'autres perspectives. Comme c'était souvent le cas – et lui-même procédait parfois ainsi – M. de Sartine lui avait sans doute dissimulé une partie de la vérité. Ou bien la favorite s'était réservé le privilège de l'en aviser. La partie se compliquait décidément. Son camp venait de roquer, pensa-t-il en bon joueur d'échecs. Comme il ne réagissait pas, elle repartit :

— Cela ne paraît pas vous surprendre. Vous y aviez songé déjà. Je dois vous confier mon angoisse… Les malheurs publics m'affligent au plus haut point. On menace le roi, on m'insulte. Que ne puis-je me retirer dans une thébaïde… À Menars, par exemple…

Le bruit d'une bûche qui s'effondrait l'interrompit. Menars, à ce qu'en savait Nicolas, n'était pas une retraite trop austère.

— Je suis lasse et malade, reprit la marquise. Je puis bien vous le dire, monsieur, vous m'avez déjà sauvée une fois. Voyez ce papier que j'ai trouvé à la porte de mes appartements. Et ce n'est pas le premier !

Elle lui tendit un papier imprimé. Il en prit connaissance.

*À la putain du roi. Dieu, par un jugement impénétrable mais toujours adorable, pour punir et humilier la France à cause de tes péchés et de tes désordres qui sont aujourd'hui au comble, a permis aux Philistins de nous vaincre par terre et par mer et de nous obliger à demander la paix qu'ils ne nous accorderont qu'à notre très grand et très humiliant désavantage. Le doigt de Dieu a paru visiblement dans ce désastre. Il punira encore.*

Pendant que Nicolas lisait, elle avait pris son visage dans ses mains. Le chien sauta sur ses genoux et gémit sourdement.

— Madame, laissez-moi ce torchon. Je trouverai l'officine.

Elle releva la tête.

— Vous trouverez, mais c'est une hydre aux têtes qui repoussent sans cesse. J'appréhende de plus sourds périls. Cette famille de Ruissec, que le roi n'estime pas, j'ai quelques raisons de la craindre. Elle complote avec les dévots, avec les jésuites et avec tous ceux qui veulent me voir partir. Je ne peux vous en dire plus. Il faut élucider cette affaire. Au vrai, je crains pour la vie du roi. Voyez au Portugal : la gazette annonce l'exécution du jésuite Malagrida. C'est un des complices de l'assassinat du roi du Portugal. On rapporte qu'il aurait rencontré Damiens, jadis, à Soissons. Que de trames ! Et toujours renouvelées !

— Mais, madame, beaucoup de gens autour du roi et autour de vous veillent.

— Je sais. Tous les lieutenants généraux de police ont été mes amis, Bertin, Berryer et maintenant Sartine. Mais ils sont pris par de grands intérêts et dispersés par leurs multiples tâches, tout comme le ministre, M. de Saint-Florentin. Monsieur le marquis, je me fie à vous.

Nicolas estima que la bonne dame aurait pu s'épargner cette nouvelle flatterie, qui donnait cependant la mesure de son désarroi. Elle pouvait compter sur lui, mais il eût souhaité qu'elle développât certaines restrictions apparues dans son discours. Elle ne lui avait pas découvert tous les éléments en sa possession. Il était regrettable que cette accumulation de silences traversât le cours normal d'une enquête. Elle lui tendit la main à baiser, qu'il trouva aussi fiévreuse que lors de leur première rencontre.

— Si vous souhaitez me voir, M. de La Borde m'avertira.

Alors que sa voiture s'avançait dans la grande allée, elle croisa un cavalier dans lequel Nicolas reconnut le garde du corps de la guinguette. Son retour sur Paris fut songeur. Son tête-à-tête avec Mme de Pompadour lui laissait un goût amer. D'une part, il avait trouvé une femme malheureuse et inquiète jusqu'à l'angoisse des menaces qui pesaient sur le roi – mais Nicolas ne poussait plus la candeur jusqu'à croire que dans cette angoisse le propre destin de la favorite ne pesait pas. Plus confusément, il avait observé des réticences et des propos ambigus qui ne laissaient aucun doute sur son information réelle.

L'idée que l'arrêt de l'enquête était une manœuvre, un faux-semblant destiné à tromper l'ennemi lui paraissait trop belle pour être vraie. Il s'agissait sans doute d'un leurre lancé dans la conversation pour l'inciter à poursuivre. Peu importait, au demeurant, puisque, avec la bénédiction de M. de Sartine, il entendait la mener à son terme.

Une dernière question demeurait : ce que la bonne dame souhaitait et ordonnait avait-il l'aval du roi ?

À la porte Saint-Antoine, il donna ordre à son cocher de rejoindre le Châtelet où il espérait retrouver Bourdeau. Le mettrait-il au courant de son entrevue de Choisy ? Le secret de cette rencontre était-il nécessaire ? Il y réfléchit longtemps. L'inspecteur était de bon conseil et la confiance de Nicolas en sa discrétion, absolue. Sartine lui avait recommandé de ne pas l'écarter. De plus, le cocher parlerait sans doute, à qui aucune consigne n'avait été donnée. Quel qu'ait été le choix lointain et discret de Choisy, il avait pu être reconnu ; sa rapide nomination avait attiré sur lui bien des regards.

Il fut retardé par un enchevêtrement de voitures rue Saint-Antoine, où une charrette avait versé, des chevaux s'étant désunis. Un troupeau de vaches de boucherie qui passait par là avait pris peur ; le désordre était indescriptible. Il était plus de sept heures quand il rejoignit le Châtelet. Il trouva Bourdeau placide, fumant sa pipe de terre.

— Bonne chasse, Nicolas ?

Il alla fermer la porte du bureau.

— J'étais à Choisy. La maîtresse des lieux souhaitait m'entendre.

Le visage de Bourdeau demeura impassible. Seules quelques bouffées de fumée s'échappèrent, pressées. D'évidence, Bourdeau était au courant.

— Le propos touchait notre affaire ?

— En plein cœur !

Il lui conta le détail de son entretien avec la marquise.

— Nous serions bien malheureux, dit Bourdeau, si, bénéficiant d'aussi influentes protections, nous n'aboutissions pas. Encore que la bonne dame n'ait pas la main en ce moment. Plus Choiseul grandit, plus son influence à elle diminue. Ajoutez à cela que le ministre est en conflit avec Bertin sur les questions de finances. Or, celui-ci est un protégé de la marquise. Son beau-frère, le comte de Jumilhac, est gouverneur de la Bastille.

— Nous bénéficions et nous ne bénéficions pas. Tout est permis dans une limite inconnue de nous. Et tout n'est pas convenable, ni utile. M. de Sartine ne m'a pas dit autre chose ce matin. Trop de grands intérêts sont en cause qui nous dépassent. Ce crime, ces crimes, dissimulent autre chose. C'est l'avis de la marquise et je ne suis pas éloigné de le partager. Il nous faut recueillir davantage d'éléments sur la personne du vicomte. Il nous faut tout connaître de sa vie, rencontrer son frère, le vidame, sa fiancée, ses chefs, ses amis.

— Et tout cela dans la plus complète discrétion. La tâche va être rude.

— D'autant plus que si j'étais la famille, je ne serais pas dupe de notre renoncement. Le comte de Ruissec ne baissera pas la garde. Et nous ne disposons d'aucun élément nouveau, aucun. Vous-même, Bourdeau, je suppose que vous avez été empêché de procéder à Grenelle ?

— Je me suis vu interdire même la cour de l'hôtel ! Une chapelle ardente a été dressée dans le hall. La pompe funèbre devrait avoir lieu demain, aux Théatins. Les corps seront transportés ensuite à Ruissec, où la famille possède une chapelle dans l'église. Je n'ai pu voir que le luminaire et le grand litre noir portant les armoiries.

— Vous n'avez parlé à personne ?

— Je n'ai pas bronché alors même que j'étais insulté. Mais l'arrogance de ces aristocrates, cette noblesse qui écrase…

Il s'interrompit, et jeta à Nicolas un regard confus. Celui-ci ne releva pas. Au fond, il ne savait pas démêler le sentiment que lui inspiraient ses origines, ayant refusé le privilège. La chevalière qu'il portait n'était que le signe matériel de l'attachement au souvenir du marquis de Ranreuil, et il n'oubliait pas la vénérable figure du chanoine Le Floch qui, lui, était du peuple, et du plus paysan.

— Bourdeau, j'en viens à songer à une expédition. Je vais réfléchir tout haut, comme devant un autre moi-même… Il faut retourner à Grenelle et découvrir un moyen de s'introduire dans la place. Il est essentiel que je revoie certaines choses et que je fouille à nouveau la chambre du vicomte. De nuit, la chose est possible. J'avais bien pensé à la complicité de Picard, le majordome. Je le crois honnête homme et c'est lui qui m'avait remis le billet de la comtesse, mais je crains de le compromettre. On peut sans doute approcher l'aile du bâtiment par l'arrière, mais comment pénétrer à l'intérieur sans bris et sans bruit ?

— Par l'œil-de-bœuf.

— Quel œil-de-bœuf ?

— Rappelez-vous le cabinet de toilette. Il possède une ouverture ronde montée avec une vitre sur un châssis pivotant. À ma dernière visite, j'en ai dérangé le mécanisme. Si personne ne s'en est aperçu – et il n'y a aucune raison, l'appartement étant inoccupé depuis la mort du vicomte –, il suffit de pousser de l'extérieur pour pouvoir pénétrer. Avec une échelle, la chose est aisée et il doit bien y en avoir une qui traîne dans le parc.

— Dans la cabane du jardin. Bourdeau, je m'incline. Mais par quel miracle ?

— J'ai simplement anticipé un peu. Je me doutais, vu la tournure des événements et la complexité de la cause, que nous nous trouverions peut-être plus vite que prévu dans l'impossibilité de revenir sur les lieux. Il fallait se préserver une voie d'accès. Toutefois, Nicolas, pesons les conséquences. Si nous sommes surpris, il n'y aura pas de quartier et nous serons bons pour aller écouter les ténèbres chez les clarisses ou partir en Nouvelle-France chez les Iroquois.

Nicolas éclata de rire. Bourdeau avait raison, l'entreprise comportait des risques et le scandale serait tel qu'il contraindrait les autorités à baisser les bras. Toutefois, il demeurait convaincu que des éléments importants du mystère se trouvaient à Grenelle. Il s'en voulait de n'avoir pas consacré plus de temps à l'examen des lieux lors de la découverte du « suicide » du vicomte.

— Bravo, Bourdeau, je reconnais là votre métier et votre sens du détail. Pour le reste, il faut s'en remettre à notre bonne étoile. Sans doute, je n'aime pas à me servir de moyens détournés, mais le désir de la solution l'emporte sur tout ! C'est cela la raison d'État… Dressons notre plan de campagne. Une voiture, un cocher. Vous et moi, et peut-être Rabouine en éclaireur et guetteur. Nous laisserons la voiture à quelque distance pour ne pas donner l'éveil. Nous aviserons pour le passage du mur.

— Nous pourrions forcer la porte.

— Certes, et nous avons l'instrument pour cela. Mais c'est à exclure : elle peut grincer ou avoir une cloche. Il faudra retrouver l'échelle. Le reste sera affaire de souplesse et de silence.

— Je propose, dit Bourdeau, visiblement ravi de cette expédition, que nous sortions coiffés.

Nicolas approuva. C'était une vieille plaisanterie entre eux, depuis que l'inspecteur avait un jour sauvé la vie de Nicolas grâce à l'utilisation d'un pistolet en réduction de son invention fixé dans l'aile intérieure de son tricorne. Il avait fait présent d'un exemplaire identique à son chef.

— À quelle heure ? demanda l'inspecteur.

— J'ai déjà la voiture. Trouvez Rabouine qui ne doit pas être loin. Auparavant, j'ai une visite urgente à faire au *Dauphin couronné*.

— Hé, hé ! fit Bourdeau.

— Vous vous méprenez. L'idée m'est seulement venue, en rentrant de Choisy, que je pourrais peut-être glaner quelques informations sur Mlle Bichelière auprès de notre aimable maquerelle. La Paulet n'a plus rien à nous refuser depuis que nous l'avons sauvée de l'Hôpital général. Je la visite régulièrement et son ratafia des îles est loin d'être mauvais.

— L'idée est bonne. Rien ne lui échappe de ce qui survient dans le monde de la galanterie et dans celui de la cocange[1].

— Quant à notre maraude, conclut Nicolas, une heure après minuit me paraît le moment idéal.

Nicolas laissa donc Bourdeau préparer l'expédition. Avant de quitter le Châtelet il rédigea un nouveau et court rapport à M. de Sartine. Il le confia au père Marie : l'huissier devrait remettre le pli en main propre au lieutenant général de police, si leur descente à Grenelle tournait mal. Dans le cas contraire, il le rendrait à Nicolas le lendemain. Cela réglé, il remonta en voiture.

Réfléchissant aux relations qu'il avait nouées avec la tenancière de la maison galante, il philosopha sur ce qui séparait le policier du citoyen ordinaire. Il exerçait désormais son métier sans scrupules excessifs. M. de Sartine lui avait fait lire un jour l'éloge par Fontenelle de M. d'Argenson, l'un de ses grands prédécesseurs à la lieutenance. Il y avait noté cette phrase : « Ne tolérer une industrie pernicieuse qu'autant qu'elle pouvait être utile, y tenir les abus nécessaires dans les bornes prescrites de la nécessité, ignorer ce qu'il vaut mieux ignorer que punir, pénétrer par des conduits souterrains dans l'intérieur des familles et leur garder les secrets qu'elles n'ont pas confiés tant qu'il n'est pas nécessaire d'en faire usage ; être partout sans être vu et être l'âme agissante et presque inconnue de la multitude tumultueuse de la ville. » Tous ces préceptes conduisaient à des liens étroits et réguliers entre la police et le monde de la galanterie. Chacun y trouvait son avantage bien compris.

Nicolas avait un sentiment étrange chaque fois qu'il soulevait le marteau de la porte du *Dauphin couronné*. Il avait bien failli périr dans cette maison, et lui-même avait tué un homme. Son regard et son visage le hantaient encore

1. Jeu clandestin.

certaines nuits sans sommeil. Quelquefois aussi, il revivait le duel à l'aveuglette dans le salon de la Paulet contre un adversaire dont il avait dû anticiper les mouvements.

Il entendit un cri d'étonnement et la porte s'ouvrit sur le visage de la négrillonne qui le considérait, mi-hilare mi-effarée.

— Bonsoir, dit Nicolas, la Paulet est-elle visible pour Nicolas Le Floch ?

— Touzours pour vous, monzieur, zé vous précède.

Elle lui désigna l'entrée du salon en pouffant derrière sa main. Il était encore trop tôt pour que la clientèle habituelle fût déjà réunie, et pourtant des bribes de conversation se faisaient entendre. Nicolas s'arrêta devant la porte et prêta l'oreille. Un homme et une femme discouraient.

— *Ma chère enfant, sais-tu que tu es charmante ! Baise-moi, je t'en prie.*

— *J'y consens de bon cœur.*

— *Tu m'as fait bander comme un chien pendant que je servais à table, je n'y pouvais plus tenir.*

— *Va, je m'en suis bien aperçue, et c'est ce qui m'a fait sortir de table pour venir te trouver.*

— *Il faut sur l'heure que je le mette.*

— *Oui, mais si ton maître nous surprend ?*

— *Qu'importe, mordiou ! Je te foutrais sur une borne, tant j'en ai envie !*

Nicolas entrouvrit doucement la porte. Dans le grand salon aux meubles tapissés de soie jonquille, le rideau de la petite scène était levé. Le décor en trompe l'œil représentait un boudoir. Un sofa et deux chaises constituaient les seuls éléments de l'ensemble. Un jeune homme en débraillé et une jeune fille en chenille se donnaient la réplique. La Paulet, sa masse énorme effondrée dans une bergère, en robe rouge et mantille noire, plus peinturlurée de céruse et de rouge qu'un pantin de la foire Saint-Germain, dirigeait le jeu à coups d'éventail.

— Toi, le bougre, un peu plus de passion ! Ne sens-tu pas que tu es au bord de la crise ? Je sais que c'est une répétition, mais on doit t'imaginer arder. Et toi, gueuse, un peu plus d'abandon et de provocation. Nous avons affaire à des amateurs, ce soir…

Nicolas toussa pour signaler sa présence. La Paulet poussa un cri. Les deux acteurs reculèrent et le rideau tomba. Revenue de sa surprise, la maquerelle se leva lourdement. Elle cria en direction du décor :

— Ne craignez rien les enfants, c'est monsieur Nicolas.

— Je vois que vous n'avez pas abandonné l'art dramatique, fit celui-ci. Quel souffle ! Quelle passion ! Quelle délicatesse ! Mlle Dumesnil, déesse des Comédiens-Français, est-elle annoncée ce soir avec sa cour de seigneurs aventureux ?

La Paulet était tout sourire.

— Il faut bien vivre. Je n'attends que quelques traitants en goguette qui, après souper, veulent se divertir et ranimer des ardeurs déficientes par la vue des jeux de mes jeunes acteurs. De fait, nous répétions. C'est partie privée à minuit. Mes filles, ensuite, étancheront…

— Un spectacle édifiant.

— En quelque sorte. Ainsi, monsieur le commissaire n'a pas oublié sa vieille amie ?

— Ma chère, vous êtes inoubliable. Et votre ratafia aussi.

— Un petit verre ? fit la Paulet ravie. J'en ai du tout frais débarqué des îles.

Pendant qu'elle emplissait deux verres d'un liquide ambré, Nicolas examinait les lieux. La disposition était différente, les tapis à d'autres emplacements. Il comprit que cette modification visait à dissimuler la partie du parquet imprégné du sang de Mauval. Décidément, le passé était long à solder.

— Comment vont les affaires ?

— Je ne me plains pas. Je suis toujours bien achalandée. Le plaisir ici est varié, de qualité et sans surprise.

— Il y a des nouvelles dans la maison ?

— Cela ne manque pas. Les malheurs du temps me ramènent toujours des colombes attirées par les feux de la ville.

— Vous qui connaissez tout le monde à Paris, la Biche-lière, Mlle Bichelière de la Comédie-Italienne, cela vous dit quelque chose ?

— Que oui ! Une petite roulure pas vilaine, avec de beaux yeux, qui fait sa pelote aux Italiens. J'ai failli l'avoir, mais elle a préféré faire ses caravanes ailleurs.

— Elle joue pourtant les ingénues.

— Elle les joue peut-être sur scène, mais elle est entrée dans la carrière à peine fille. Ah ! oui, elle peut faire la renchérie… De nos jours, il n'y a plus de morale dans le métier.

Et la Paulet se mit à raconter. La Bichelière était venue toute jeune de sa campagne avec une troupe de bohémiens qu'elle avait abandonnée à Paris pour mendier. Elle ne savait faire que cela, et danser. Elle était tombée dans la plus basse crapule, réduite à vivre du travail d'une main légère et douce qui, la nuit sous le feuillage des Boulevards, distribuait des plaisirs imparfaits mais sans danger, pis-aller des honteux et des pusillanimes. Ensuite, elle avait marchandé son principal avec un financier, tout en multipliant les aventures de cœur ou de tempérament avec des greluchons.

— De fait, ajouta la Paulet, son principal elle l'a négocié à maintes reprises. Les michés s'y laissaient prendre.

— Comment cela ?

— Cela tient de la magie. Un doigt de baume miraculeux. Par exemple, la « Pommade astringente de Du Lac », ou encore une onction de l'« Eau spécifique des pucelles de Préval », et puis une petite vessie de sang de pigeon placée au bon endroit, et le tour est joué. La bonne humeur du naïf y sert de ragoût. C'est une affaire à répétition. Je l'ai croisée un jour rue Saint-Honoré, elle ne se mouche pas du pied. Mais, gare, elle finira à Bicêtre comme les autres de son acabit.

— Et le jeu, demanda Nicolas, toujours florissant ?

La maquerelle prit une figure embarrassée et douteuse. Nicolas, naguère, avait fait fermer le tripot clandestin que la Paulet avait ajouté à ses autres activités. Pourtant, il savait par ses mouches que les parties continuaient. Cela était toléré, à condition qu'elle se montrât compréhensive lorsqu'on faisait appel à elle.

— Je n'ai plus de protecteur, je me garde à carreau.

— Ce qui signifie exactement le contraire ! Me croyez-vous assez sot pour ne pas penser que vous avez trouvé quelque moyen de continuer votre petit négoce ? Allons, vous devriez avoir appris à ne pas me la jouer de cette monnaie-là.

Elle s'agitait comme une limace sous le soulier.

— Soit, monsieur Nicolas, je m'en remets à votre amitié. La Paulet est bonne fille, elle sait ce qu'elle vous doit. Que voulez-vous savoir ?

— Je suis chargé de veiller à l'honneur des familles, c'est-à-dire d'empêcher que certains de nos bons jeunes gens ne soient les dupes de chevaliers d'industrie ou de tricheurs professionnels. Un cas de dérèglement de ce genre me vient à l'esprit, peut-être le connaissez-vous ?

Les petits yeux enfoncés dans les chairs le fixaient sans expression.

— Je ne les connais pas tous par leur nom.

— Pas de cela, la Paulet ! coupa rudement Nicolas. Vous êtes trop fine mouche pour ne pas vous renseigner quand cela peut être utile.

— Parlez toujours. J'ai de la clientèle fort mêlée.

— Ruissec.

— Attendez, cela me dit quelque chose… Oui, un beau jeune homme. Mes filles se le disputent. Quel dommage de le voir perdu pour le beau sexe !

— Que voulez-vous dire ?

— Oui, c'est un petit collet promis à la prêtrise. Oh ! cela n'empêche rien, mais voir un gaillard comme cela, cela fait pitié, c'est du travail gâché.

Nicolas comprit que la Paulet parlait du frère du vicomte. Noblecourt lui avait déjà signalé ce Ruissec contraint par son père à embrasser une vocation pour laquelle il n'éprouvait qu'éloignement. Il n'avait pas encore prononcé ses vœux, et la mort de son frère en faisait désormais l'aîné du nom, libre désormais d'orienter sa vie dans une direction différente.

— Il ne vient jamais seul, ajouta la Paulet, il est toujours avec un garde du corps, un certain... du Plâtre... Non, de La Chaux. Même que l'autre jour, le petit abbé s'est retrouvé plumé et son compère lui a donné une bague à laisser en gage et, bien entendu, à lui rembourser ensuite. À charge pour moi de la négocier sous quinzaine et de payer le créancier. D'ailleurs, voyez comme je suis ouverte avec vous, je l'ai sur moi, je vais vous la montrer.

La Paulet fourragea dans sa jupe. D'un petit sac attaché au corps de sa robe, elle sortit précautionneusement une bague qu'elle lui tendit. Nicolas fut aussitôt frappé de l'aspect inhabituel du bijou. Il s'agissait d'évidence d'une pièce de grande qualité. Dans le chaton, une fleur de lys en brillants était sertie dans un champ de turquoises. À en juger par la dimension de l'anneau, c'était un bijou de femme ou d'homme aux doigts fins. Il le lui rendit.

— Je souhaiterais que vous conserviez ce bijou par-devers vous quelques jours, dit-il. Cela peut avoir son importance.

Une chose l'intriguait. On lui avait dit à plusieurs reprises que c'était le vicomte le joueur. Son valet, d'abord, ce Lambert, et la chose avait été corroborée par M. de Noblecourt.

La Paulet faisait grise mine.

— Il n'y a pas urgence, monsieur Nicolas. J'avais toujours dit que ce joli cœur ne m'apporterait que des ennuis. Nombre de mes habitués ne voulaient plus jouer avec lui.

— M. de La Chaux ?

— Non, l'autre, le joli abbé, le petit Gilles. Il joue à senestre.

Nicolas tressaillit. Gilles… C'était le prénom surpris sur les lèvres de la Bichelière au beau milieu de leurs ébats.

— Il est gaucher ?

— Et comment ! Et cela ne plaît pas. On dit qu'ils portent malchance au jeu.

— Pour le coup, cela n'avait pas été le cas.

La Paulet se laissa entraîner par la rapidité de leur échange.

— Il n'y avait pas de risque, il fallait bien rétablir l'équilibre. On y avait veillé !

Elle ricana puis tenta de se le concilier en clignant de l'œil. Nicolas détestait qu'elle l'abaisse à son niveau comme s'ils étaient complices.

— Madame, dit-il, d'un ton haut, il y a eu tricherie, et vous osez l'avouer à un magistrat en exercice ! Dans ces conditions, les choses sont différentes. Veuillez me remettre ce bijou sur-le-champ. Rappelez-vous que votre maison de jeu est illégale. Nous la tolérons, et vous savez pourquoi. Mais que les loups chez vous se mettent à tondre les brebis, cela est condamnable. Si l'on en venait à accepter ce crime comme une habileté dont il est de bon ton de faire parade, tout ordre disparaîtrait. Vous direz à votre commanditaire que les mouches ont eu vent du trafic. Mais je ne me fais pas de soucis, vous trouverez une explication.

— Mais, hurla la Paulet, c'est du vol ! Vous voulez ma mort ! Monsieur Nicolas, vous n'avez donc aucune pitié pour votre vieille amie ?

— Je souhaite que ma vieille amie s'en tienne à ses activités habituelles, dit Nicolas, sinon ma vieille amie pourrait faire connaissance avec des lieux moins plaisants, auxquels elle doit à M. Nicolas d'avoir échappé. Il serait opportun qu'elle s'en souvînt.

Il sortit, laissant la maquerelle effondrée. Sa bonne humeur s'était envolée. Il devait digérer les choses qu'il venait d'apprendre. Il s'en voulait aussi un peu d'avoir bousculé la Paulet. Tout en comprenant la nécessité du chantage imposé à ces maisons galantes associées à des tripots de jeu, il se reprochait d'y participer. M. de Sartine répétait souvent que le jeu était une menace pour la société, que cette activité inféconde détournait l'argent de productions plus utiles à l'État.

Décidément, le *Dauphin couronné* ne lui réussissait pas. C'était là qu'il avait perdu ses illusions sur la possibilité d'être à la fois un policier et un honnête homme. Il lui était impossible de se leurrer : tromperies, pressions, chantages, utilisation détournée de l'autorité et des lois, quelles étaient la limite et la frontière entre le bien et le mal ? La vérité ne se révélait jamais simplement. L'essentiel était d'aboutir et de servir la justice par des moyens qui, en d'autres lieux, eussent été jugés déshonorants. Il se demanda enfin si ce n'était pas là ce qui expliquait son refus de porter le nom des Ranreuil, et puis il se dit que, s'il avait accepté, le métier de policier lui aurait été de toute façon interdit. Au mieux, il serait devenu un soldat, au pire, un courtisan. Pour le meilleur et pour le pire, il servait désormais la vérité. Du moins le croyait-il.

# VII

# GRENELLE

C'est pourquoi vous n'avez qu'un parti qui soit sûr :
C'est de vous renfermer aux trous de quelque mur.

LA FONTAINE

Nicolas et Bourdeau avaient attendu l'heure de leur l'expédition dans un petit tripot de la rue du Pied-de-Bœuf, sur les arrières du grand Châtelet, où ils avaient leurs habitudes. Le tenancier soignait Bourdeau, qui était originaire de Chinon comme lui. De la sorte, remarqua l'inspecteur, ils ne s'engageraient pas dans l'aventure le ventre vide. Nicolas lui raconta avec force détails sa descente au *Dauphin couronné* et lui communiqua les informations qu'il avait recueillies. Comme lui, Bourdeau fut frappé de l'aspect du bijou saisi. L'enquête ne cessait d'apporter des éléments nouveaux et de plus en plus déroutants.

Le vidame se retrouvait tout d'un coup au centre des interrogations. Il était gaucher, et c'était la troisième fois qu'ils rencontraient cette particularité physique. Tout laissait à penser qu'il connaissait intimement la Bichelière, maîtresse de son frère aîné. Le mobile d'un fratricide se dessinait, mais Nicolas répugnait à imaginer qu'un frère en tuât un autre pour un motif, certes important, mais qui ne justifiait pas à ses yeux ce crime sacrilège. Et pourtant… Il était désormais urgent de faire connaissance du vidame auquel tout semblait ramener, mais qu'on ne voyait jamais et, aussi, de l'ami commun des deux frères, le garde du corps Truche de La Chaux. Il faudrait donc élargir l'enquête à Versailles, où demeurait aussi, selon les renseignements pris, Mlle de la Sauveté, la fiancée du vicomte.

Quant à Bourdeau, il irait le lendemain à l'église des Théatins observer la messe de funérailles de la comtesse et de son fils. L'inspecteur remarqua que tout cela était bel et bon, qu'il ne connaissait pas la recette pour enquêter sur un crime qui n'était pas officiellement déclaré, et sans aucune décision de justice. Il faudrait improviser.

S'assurant que personne ne les observait, Bourdeau sortit de sa poche une petite boîte que Nicolas prit tout d'abord pour une pendule. En y regardant de plus près, il reconnut une lanterne sourde mais réduite à trois fois sa dimension normale. Bourdeau lui expliqua qu'il avait de nouveau fait appel au vieil artisan qui lui avait si adroitement confectionné les petits pistolets de leur tricorne. Avec ça, remarqua l'inspecteur ravi de sa trouvaille, il serait possible de jouer les chats sans avoir les mains immobilisées par le port de la lanterne. Ce modèle, muni d'une agrafe, s'accrochait sur le devant de n'importe quel vêtement. Il serait d'autant plus utile cette nuit que, pour s'introduire dans l'appartement du vicomte de Ruissec, il faudrait procéder à une escalade suivie d'un rétablissement hasardeux, et qu'ils n'auraient pas trop de leurs deux mains pour s'y livrer.

Ils se mirent en route vers minuit, Rabouine, dépêché en avant-garde, était déjà sur place. Ils franchirent sans encombre le contrôle des barrières et se retrouvèrent bientôt dans la plaine de Grenelle. Nicolas contempla à nouveau cette banlieue à l'aspect sinistre où s'entremêlaient vestiges champêtres, chantiers de démolition, bâtiments neufs et quelques anciennes fermes dont les jours paraissaient comptés. La voiture, toutes lumières éteintes, fut remisée dans un chemin bordé d'arbres. Le vent s'était levé, soulevant les feuilles mortes et sifflant dans les branches ; son bruit dissimulait leur progression vers l'hôtel de Ruissec.

Tout semblait calme dans l'habitation, et seule une vague lueur mouvante, provenant sans doute de la chapelle ardente installée dans le vestibule, était visible du dehors. Ils se glissèrent dans le chemin parallèle aux communs pour rejoindre la porte cochère donnant sur le parc. Un léger sifflement les avertit de la présence de Rabouine. Il vint les assurer que tout était tranquille. Personne n'était entré dans la propriété de toute la soirée, en dehors d'un prêtre accompagné de religieux. Il avait profité de la pénombre pour tâter le mur d'enceinte et avait repéré, à gauche de la porte, des pierres descellées qui offriraient toute facilité pour se hisser sur le mur. Il faudrait juste prendre garde aux tessons de bouteilles fichés dans le mortier et destinés à dissuader les chapardeurs. Un sac de jute permettrait de passer sans se taillader les mains. De l'autre côté, il suffirait de sauter et, pour le retour, d'utiliser l'échelle.

Seul Nicolas devait s'introduire par l'œil-de-bœuf, Bourdeau, avec son embonpoint, ne pouvant y songer. Il accrocha la petite lanterne sourde sur sa poitrine et vérifia qu'il était bien pourvu d'allumettes. Il était hors de question de la mettre en marche à l'extérieur, au risque de signaler sa présence. Ils bénéficiaient du fait que seule une grande galerie courait le long du premier étage du bâtiment principal. Ce serait malchance qu'un des occupants de l'hôtel fût justement occupé à cet instant à considérer le parc plongé dans l'ombre d'une nuit sans lune.

Nicolas souhaitait que Bourdeau le laissât s'engager seul, mais l'inspecteur ne voulut rien entendre. Sa présence était nécessaire aussi bien pour aider Nicolas à porter l'échelle que pour éviter qu'elle ne glissât, et pour faciliter les choses en cas de retraite précipitée. Ses raisons étaient excellentes, toutefois la véritable, qu'il n'exprimait pas, intéressait avant tout la sécurité du jeune homme. Par amitié pour lui et par obéissance à Sartine, Bourdeau ne le quitterait pas. Il attendrait la fin de la visite tapi dans l'ombre et dissimulerait l'échelle. Rabouine repartit faire le guet.

L'escalade fut aisée, la prise étant facile dans la pierre meulière, mais sans la précaution des gants, ils n'auraient pas échappé aux écorchures. Nicolas disposa le sac de jute sur le faîte. Par chance, les tessons dépassaient à peine du revêtement et il put se hisser sans dommage. Il s'assit avec précaution et se jeta dans le vide. Il tomba mollement sur un tapis de feuilles mortes et de terre décomposée. Il s'écarta et aussitôt Bourdeau le rejoignit. Nicolas lui fit signe de le suivre en longeant le mur.

Ils atteignirent sans encombre l'angle du parc où se trouvait la cabane du jardinier. La porte en était ouverte et Nicolas alluma la petite lanterne sourde après avoir fait entrer Bourdeau et repoussé la porte. Sa lueur éclaira chichement des outils et des semis en pots. L'échelle était là, appuyée à la cloison. Ils s'en emparèrent et, après avoir éteint la lanterne, repartirent vers la gauche afin de rattraper l'aile qui abritait les écuries et l'appartement du vicomte. Nicolas reconnut le pavé sous ses pieds et décela à l'odeur qu'ils longeaient la première porte des écuries. Il avait oublié les rosiers de pleine terre entre les deux ouvertures. Il buta et se prit une botte dans les épines, manquant tomber et entraîner Bourdeau. Une extrémité de l'échelle heurta le mur. Un long hennissement et le bruit de sabots d'un cheval réveillé déchirèrent le silence. Ils retinrent un moment leur respiration, puis tout se calma. Il était heureux, pensa Nicolas, qu'aucun chien ne hantât l'hôtel de Ruissec, car ils eussent été faits ! Il évita le deuxième massif de rosiers, situé précisément à la verticale du cabinet de toilette.

L'échelle fut dressée au jugé et appliquée contre le mur. Nicolas prit la précaution d'enlever ses bottes, à la fois pour être plus à l'aise et pour éviter le bruit et les traces. Il se trouva à bonne hauteur du premier coup. Il sentit sous ses doigts la vitre de l'œil-de-bœuf et la poussa doucement après avoir repéré sa moulure inférieure. L'ouverture n'était pas très large et il comprit qu'il lui serait impossible de se glisser à l'intérieur : l'extrémité de l'échelle était trop basse. Après un instant de réflexion, il redescendit et expliqua la situation à Bourdeau. Celui-ci décida de rapprocher la base de l'échelle du pied du mur tout en la décalant vers la gauche. De cette manière, Nicolas aurait les pieds à la hauteur de l'œil-de-bœuf et, de côté, pourrait s'introduire dans la pièce.

La deuxième tentative fut la bonne ; en se tenant à la force des bras et sans que le cadre ne cède, il parvint à se glisser, puis à progresser jusqu'à l'instant où il sentit le dessus de la table de toilette. Des objets roulèrent, il remettrait de l'ordre ensuite. L'essentiel était atteint, il était à pied d'œuvre.

Debout en équilibre instable sur le meuble fragile, il allongea prudemment les jambes jusqu'au sol. Il s'accorda quelques minutes pour calmer les battements de son cœur. Après quoi, il ralluma la lanterne sourde, s'orienta et poussa la porte donnant sur la chambre. Rien n'avait bougé depuis sa première visite. Tous les objets étaient demeurés en place. Il observa seulement que la lampe bouillotte sur le bureau avait retrouvé un emplacement plus normal. Il traversa la chambre et, de l'autre côté de l'alcôve, poussa la porte dissimulée dans la boiserie qui donnait accès au petit réduit-bibliothèque.

Nicolas entreprit un inventaire systématique de son contenu, comparant certains titres avec la liste d'auteurs qu'il avait relevée dans la bibliothèque de M. de Noblecourt. L'ensemble mêlait dans le plus grand désordre ce qu'on s'attendait à trouver chez un homme jeune de bonne famille, officier de surcroît – ouvrages d'escrime ou d'équitation, Mémoires d'hommes de guerre, littérature légère et même galante – et des livres de scolastique. Nicolas nota avec intérêt que nombre d'entre eux étaient dus à des jésuites. La régularité avec laquelle il retrouvait ces volumes religieux ou polémiques l'intrigua. Des signets et des marques à la mine de plomb signalaient les passages qui exposaient les justifications du meurtre légitime des rois. Il frémit d'horreur en relevant, soulignés d'un trait, les appels au régicide dans un ouvrage écrit en 1599 et intitulé *Du roi et de l'éducation*, d'un certain Mariana, de la Compagnie de Jésus. La référence ranima ses souvenirs : ce livre avait été mis en cause lors de l'assassinat d'Henri IV par Ravaillac. Poursuivant son investigation, il fut intrigué par un ouvrage licencieux qui fermait mal. L'examinant de plus près, il découvrit que la doublure de la reliure avait été décollée puis recollée. Il sentit sous ses doigts une épaisseur. À l'aide du petit canif qui ne le quittait jamais, il découpa le papier de doublure avec soin. Deux feuillets d'un papier très fin s'échappèrent. L'un portait un dessin géométrique et l'autre était écrit en lettres si minuscules qu'il lui était impossible de le déchiffrer avec le faible éclairage dont il disposait et sans recourir à une lentille grossissante. Il remit les documents en place et glissa le livre dans son habit.

Soudain, des craquements de parquet se firent entendre dans le lointain. Nicolas sortit en hâte de la bibliothèque et écouta. Quelqu'un marchait dans le couloir. Il n'avait pas le temps de fuir. Il pensa à la grande armoire près de la porte d'entrée. Il l'ouvrit et se glissa dans le vaste espace inférieur occupé par des bottes. Le plancher de bois craqua de nouveau puis tout bruit cessa. S'agissait-il d'une fausse alerte ? Dans le silence revenu, les battements de son cœur scandaient son angoisse ; ils résonnaient dans sa tête en l'assourdissant. Rassuré, il entreprit de sortir de sa cachette quand un autre bruit, plus proche, résonna. Il était difficile de se tromper sur sa signification : quelqu'un tentait de crocheter la serrure de la porte.

Lui-même avait procédé ainsi lors de la découverte du corps. Un petit claquement lui signifia que l'opération avait réussi. Les craquements du parquet, espacés par de longs intervalles de silence, s'approchèrent. Les interstices du bois de l'armoire laissèrent passer les traces d'un éclair et d'une lumière tremblotante. On venait d'allumer une chandelle. Nicolas maîtrisait sa respiration. Tous ses sens en éveil, il suivait, comme s'il la voyait, la progression du visiteur. Il l'entendit passer devant lui et entrer à droite dans la bibliothèque. Il perçut un piétinement, puis les bruits, réguliers, de petites chutes sur le sol. Dans l'obscurité où il était retombé, il perdait la notion du temps et l'attente lui paraissait interminable. Bien qu'appuyé assez confortablement, il craignait que sa longue immobilisation ne le conduisît à un engourdissement ou, pire, à une crampe qui, déclenchant des mouvements incontrôlés, le trahirait. Il devrait affronter soit un visiteur dont la présence était légitime, soit un intrus comme lui. Qu'adviendrait-il alors ?

Les bruits de chutes se poursuivaient : le visiteur fouillait les livres un par un. Peut-être sa quête était-elle identique à la sienne, et sans doute l'objet recherché était-il précisément celui qu'il serrait sur son cœur. Un long moment s'écoula, puis il entendit l'inconnu sortir de la bibliothèque. Ses pas étaient hésitants. Il frappa violemment la porte de l'armoire et jura sourdement. Nicolas eut ensuite l'impression qu'il se déplaçait dans la chambre ; la lueur de la chandelle s'était élargie. Il essaya de regarder par une fissure du bois, mais elle était trop éloignée de lui et le moindre mouvement pouvait dénoncer sa présence. L'inconnu erra encore quelques minutes. Nicolas craignit qu'il ne lui vienne à l'idée d'inspecter le cabinet de toilette. L'œil-de-bœuf ouvert et le désordre qui régnait sur la table où il avait pris pied risquaient de l'intriguer. Puis il perçut le bruit de la porte qui se refermait doucement et les pas s'éloignèrent. Nicolas attendit encore quelques instants, puis il alluma sa lanterne, poussa le battant de l'armoire et se glissa dans la chambre. Il n'y avait personne. Dans la bibliothèque, le désordre était à son comble. Les volumes gisaient sur le sol en tas, reliures arrachées, éventrées, déchirées. Pas un seul ouvrage n'avait échappé à cette destruction. Nicolas fut partagé entre l'horreur que suscitait en lui ce spectacle et la satisfaction de savoir que l'inconnu avait fait chou blanc.

Il s'apprêtait à repartir par le même chemin, après avoir remis un peu d'ordre dans le nécessaire de la table de toilette, lorsqu'il prit conscience qu'il devrait sortir la tête la première. L'angoisse le saisit. La tête entraînant le corps, il risquait de tomber, et de cette hauteur – quatre à cinq toises – cela suffisait pour tuer son homme. Il réfléchit furieusement. Finalement il décida d'ouvrir simplement la fenêtre de la chambre voisine, et d'appeler Bourdeau, qui lui apporterait l'échelle. Au même instant, il entendit, toute proche, la voix de l'inspecteur, dont la tête apparut dans l'ouverture de l'œil-de-bœuf. Bourdeau avait lui aussi songé aux difficultés que Nicolas rencontrerait pour s'extraire. Il lui expliqua sa solution. Nicolas sortit la tête la première, il accrocha d'une main l'épaule de Bourdeau, ramassa les jambes, sortit son buste et par une torsion de tout le corps se retrouva sur le dos de l'inspecteur. La descente fut périlleuse. Leurs deux poids conjugués pesaient lourdement sur l'échelle qui ployait en grinçant à chaque échelon. Enfin, ils touchèrent le sol. Nicolas remit ses bottes et effaça les traces dans la terre des rosiers. Ils allèrent ranger l'échelle dans l'appentis. Le châssis de l'œil-de-bœuf ayant été refermé, plus rien n'indiquerait leur intrusion, et quand la mise à sac de la bibliothèque serait découverte, les soupçons ne pourraient se porter que sur les gens de l'hôtel de Ruissec.

Rabouine parut, inquiet de la longueur de leur absence. Ils remontèrent en voiture avec lui et se dirigèrent vers la ville. Nicolas conta les péripéties de sa visite et décrivit la mystérieuse intrusion. Bourdeau et lui convinrent qu'il ne pouvait s'agir que d'un étranger à la famille de Ruissec, le comte n'ayant pas besoin d'user de telles précautions pour visiter l'appartement de son fils. Il faudrait cependant vérifier si le vidame n'était pas dans les lieux. Lui pouvait avoir quelques raisons de visiter la chambre de son frère. Toutefois, un détail avait frappé Nicolas : le visiteur faisait craquer le plancher, mais il n'avait perçu aucun bruit de souliers. Aurait-il pris les mêmes précautions que Nicolas ?

— Bourdeau, dit-il, le valet du vicomte, ce Lambert... Je l'ai interrogé après qu'il a surgi brusquement derrière moi ; il n'avait pas de souliers, il était en bas. Il s'en est même excusé, disant avoir quitté sa chambre en toute hâte. Mais en fait, j'avais remarqué que sa tenue était impeccable, boutonnée, la cravate correctement enroulée et nouée.

— Qu'en déduisez-vous ?

— Que, sans le savoir, nous avons peut-être reconstitué ce qui s'était passé ce soir-là dans cette pièce. Mon ami, le mystère de la chambre close de l'intérieur est élucidé !

— Sans clef, je ne vois pas comment. Mais vous me l'allez expliquer.

— L'évidence est telle qu'elle nous a aveuglés ! Le vicomte de Ruissec est tué dans des conditions que nous finirons par déterminer. Pour des raisons que nous ignorons, ses meurtriers, je dis bien *ses* meurtriers, car tout cela impliquait des complices, ramènent le corps en voiture. Ils passent par la porte cochère du parc, leur voiture attend dans le chemin, j'avais repéré des traces. Ils prennent l'échelle, l'appliquent le long du mur...

— Vous racontez comme si vous y étiez !

— J'avais relevé l'empreinte des pieds de l'échelle dans la terre des rosiers en patrouillant le soir, après la découverte du corps. N'oubliez pas que le corps était lourd, lesté qu'il était avec tout ce plomb. D'ailleurs, rappelez-vous notre descente !

— Certes, et vous n'êtes pas plombé ! dit Bourdeau en riant.

— L'opération nécessitait deux hommes pour hisser le cadavre jusqu'à la croisée…

— Mais Nicolas, je vous ai entendu préciser que les fenêtres et leurs volets intérieurs étaient fermés au verrou. Comment seraient-ils entrés ? Tout cela ne se tient pas.

— Bravo, Bourdeau ! Votre objection me donne la clef de l'énigme. Puisque tout était clos, et bien clos, lors de la découverte du corps, il fallait bien que quelqu'un les ait fermées, ces croisées, n'est-ce pas ?

— Je vous suis de moins en moins.

— Et pour les fermer, il fallait les avoir ouvertes. C'est d'une évidence ! Bourdeau, Bourdeau, Lambert est un de ces meurtriers… Tout concorde. Rappelez-vous le témoignage du majordome. Il voit son jeune maître, en fait il le devine, car il a mauvaise vue. Ce dernier ne lui parle pas. Et pour cause, eût-il parlé que Picard eût reconnu à l'instant que ce n'était pas sa voix. Pourquoi, Bourdeau ? Pourquoi ?

— Parce que ce n'était pas le vicomte ?

— Exactement. Ce n'était pas le vicomte, c'était Lambert. Lambert revêtu du manteau mouillé de son maître. Rappelez-vous encore une fois le témoignage du majordome, c'est cela qui fonde mon hypothèse. Lambert monte, il ouvre la porte de l'appartement, entre, ferme à clef. Il jette le manteau et le chapeau sur le lit. Ce détail m'avait frappé ; savez-vous que, chez moi, on ne jette jamais un chapeau sur un lit, surtout à l'envers !

— Voilà bien de ces superstitions bretonnes !

— Point du tout, demandez du côté de Chinon ! Lambert ôte ses bottes, qui sont celles du vicomte. Il ouvre les volets et les croisées, redescend par l'échelle pour aider son complice à monter le corps. On le traîne, le parquet portait des traces suspectes. On lui remet ses bottes, on écrit le papier, on tire sur le cadavre. L'un des complices s'enfuit par la fenêtre que Lambert referme, et il se cache.

— C'est prendre beaucoup de risques ! Pourquoi ne s'enfuit-il pas par l'étage ? Et où se cache-t-il ?

— Vous oubliez le coup de feu qui a alerté tout l'hôtel. Il n'a pas le loisir de s'enfuir. Il est obligé de demeurer sur place, confiant dans sa bonne étoile.

— Nicolas, c'est impossible, il serait fait comme un rat.

— Et moi ? Tout à l'heure, quand l'inconnu s'est introduit dans la chambre, je n'en menais pas large. Qu'ai-je fait ?

— Vertuchou ! dit Bourdeau. L'armoire ?

— J'ai une grande expérience des armoires. Enfant, je jouais à cligne-musette avec… enfin passons. C'était au château de Ranreuil, et ma cachette favorite était une armoire gigantesque dans laquelle un officier de dragons se serait tenu debout. Comme je l'ai fait moi-même, Lambert a dû se dissimuler dans l'armoire, habillé mais en bas, puisqu'il avait remis ses bottes au cadavre. Le comte et Picard ayant été renvoyés, j'étais seul dans la chambre avec M. de Sartine effondré dans un fauteuil. Nous tournions chacun le dos à la porte, et par conséquent à l'armoire qui se trouve à la droite de l'entrée. Seules une bougie et la lampe bouillotte procuraient une lumière diffuse. Lambert a surgi derrière nous comme par enchantement. Évidemment, puisqu'il était clapi dans l'armoire ! C'est pourquoi nous ne l'avons ni vu ni entendu entrer. Ajoutez à cela, Bourdeau, que c'est par lui que nous sont fournis un certain nombre de renseignements destinés à nous dévoyer vers de fausses pistes. Oui, en vérité, tout concorde.

— Quelle audace ! Peut-on imaginer pareille effronterie et pareil sang-froid ? Nous n'avons pas affaire à n'importe qui !

— Et vous ne savez pas tout. J'ai saisi tout à l'heure des documents dissimulés dans la reliure d'un volume et que je suppose être l'objet de la recherche de notre inconnu. Pourquoi, autrement, cette hécatombe de livres ?

Bourdeau réfléchit un instant.

— Nicolas, reprit-il, si votre hypothèse est la bonne, votre Lambert pourrait bien être votre homme de ce soir. Qui d'autre ? Il faut en effet exclure le comte : la comtesse, sa femme, est morte. Le vidame, nous n'en savons rien. Une chose, cependant, m'intrigue. Je peux comprendre que le comte de Ruissec et sa famille ne souhaitaient pas le scandale d'une autopsie. En revanche, je trouve insupportable et bizarre qu'un père qui, aujourd'hui, ne peut qu'être convaincu – il a vu son corps – des conditions de la mort de son fils ne s'évertue pas à tout faire pour trouver et punir les coupables.

— C'est le nœud du problème, Bourdeau. Ce meurtre cache autre chose. Et nous parlons comme si nous omettions le fait que Mme de Ruissec est morte assassinée. Sans doute parce qu'elle savait quelque chose et qu'elle souhaitait me le confier. Nous tenons un fil, et il nous mènera quelque part. Au fait, merci pour votre aide, je commençais à me demander comment j'allais m'en tirer.

— Pour une fois, c'est Anchise qui a porté Énée !

— Avec cette différence que vous n'êtes, Dieu merci, ni paralytique ni aveugle !

Ils étaient tous deux impatients de se retrouver au Châtelet pour examiner les papiers trouvés par Nicolas. Ils durent réveiller la garde et le père Marie afin de rejoindre leur bureau. Bourdeau chercha une lentille de verre pour agrandir la vision des deux documents trouvés dans le livre. Le premier était un dessin avec des indications chiffrées. Il était formé de petits carrés juxtaposés, l'ensemble ressemblant à un U renversé ; le second, écrit à la main, présentait des caractères minuscules comme formés à la pointe d'une épingle.

Nicolas qui tenait la lentille sursauta devant les mots qu'il déchiffrait : « À la putain du roi… » Il n'en croyait pas ses yeux. C'était l'original, ou une copie, du pamphlet imprimé que Mme de Pompadour lui avait montré à Choisy. Comment ce texte se trouvait-il dissimulé dans un livre de la bibliothèque du vicomte de Ruissec à Grenelle ? Était-ce en relation avec ces informations que la favorite s'était gardée de lui confier ? Voulait-elle le lancer sur une piste dont elle avait déjà traversé les arcanes ?

Bourdeau poussa un cri. À force de considérer le dessin dans tous les sens, il avait fini par comprendre ce qu'il représentait. Il le brandit.

— J'ai trouvé, fit-il. C'est un plan, et pas n'importe lequel. C'est celui du château de Versailles, avec les indications des cours, des portes, des points de garde et des passages entre chaque bâtiment. Voyez !

Le doigt de l'inspecteur désignait des points sur le croquis.

— Tenez, voilà le « Louvre » et là, la cour des Princes et ici, l'aile des Ministres. Ce long rectangle, c'est la galerie des Glaces, et là, l'escalier des Ambassadeurs.

— Vous avez raison ! Et l'autre papier paraît être l'original d'un libelle infamant que Mme de Pompadour a trouvé dans son appartement ! Tout cela m'inquiète. C'est un complot, ou cela y ressemble furieusement.

— Je crois, dit Bourdeau, qu'il faut en informer sur-le-champ le lieutenant général de police.

— Dès demain matin, ou plutôt tout à l'heure. Jusque-là, allons prendre quelque repos. La journée sera rude. J'irai enquêter à Versailles et vous serez mon œil aux Théatins.

— Il ne me plaît guère de vous laisser seul dans ces circonstances.

— Allons, Bourdeau, il ne peut rien m'arriver à la Cour. Rassurez-vous.

*Samedi 27 octobre 1761*

Après quelques heures d'un sommeil agité, Nicolas quitta très tôt la rue Montmartre. Il voulait surprendre le lieutenant général de police à sa toilette. Régulièrement levé vers six heures, celui-ci aimait prolonger le début de sa journée, déjeunant, lisant les premiers rapports de la Cour et de la ville, recevant des émissaires couleur de muraille.

Si vite qu'il ait fait, Nicolas manqua son chef ; quand il arriva, son carrosse venait de quitter l'hôtel de Gramont. Un commis l'informa que M. de Sartine se rendait à Versailles pour s'entretenir avec M. de Saint-Florentin. Il dormirait dans la ville royale, devant assister à la messe et être reçu en audience par le roi comme chaque dimanche. Nicolas demanda une voiture. Tout cela tombait plutôt bien : son intention était d'enquêter à Versailles. Il voulait y chercher des renseignements sur le vidame et sur Mlle de Sauveté. Tous deux seraient à coup sûr retenus à Paris par le service funèbre du vicomte et de sa mère dans l'église des Théatins. Cela lui laisserait le loisir de trouver Truche de La Chaux et de l'interroger sous un prétexte quelconque. Il ne savait pas encore lequel, puisque officiellement il n'y avait pas d'enquête ; il décida de se fier au hasard, qui offrait souvent les occasions recherchées.

En passant sur le pont de Sèvres, il eut deux pensées successives, l'une pour la marquise de Pompadour dont il apercevait, sur la colline, le château de Bellevue, dont les terrasses s'éclairaient de la splendeur du levant, et l'autre pour le ministre de Bavière. Il voyait de la fenêtre du fiacre la berge boueuse de la Seine où s'était déroulée cette scène étrange qu'on lui avait racontée. Il était impatient d'interroger le cocher là-dessus. Encore fallait-il qu'on retrouvât le serviteur du ministre de Bavière.

Nicolas arriva à Versailles à la fin de la matinée et fit diriger sa voiture vers l'avant-cour du château. Il avait soigné sa tenue : habit gris foncé, cravate et manchettes de fine dentelle, souliers à boucles d'argent, tricorne neuf et l'épée au côté. Il fit remiser sa voiture et repéra près de là l'équipage de M. de Sartine. Il se dirigea vers l'aile du château où se trouvaient les bureaux des ministres. Il dut se frayer un chemin au milieu d'une foule agitée et bruyante de solliciteurs, de commis et de gens d'affaires qui se pressaient sur les perrons. Après s'être soumis aux inquisitions courtoises d'un huissier, il parvint à faire porter un billet à son chef. Il y marquait, en termes susceptibles de l'intriguer, l'urgence de le rencontrer et de mettre le ministre, M. de Saint-Florentin, au courant d'une affaire gravissime.

Nicolas connaissait suffisamment Sartine pour espérer une réaction d'autant plus rapide qu'il était réputé pour ne jamais donner l'alarme sans de sérieux motifs. En effet, il n'attendit pas longtemps. Un laquais vint le chercher pour le guider dans un dédale de couloirs et d'escaliers. On lui ouvrit une porte, il pénétra dans un immense bureau. Deux hommes dînaient à un guéridon installé près d'une croisée ouvrant sur le parc. Il reconnut le ministre, à qui il avait déjà eu l'honneur d'être présenté, et Sartine. Une heure sonna à la pendule de la cheminée sommée d'une Victoire couronnant de lauriers un buste à l'antique de Louis XIV. Nicolas salua avec cérémonie.

— Vous connaissez le commissaire Le Floch, dit Sartine.

Le petit homme rond, engoncé dans son habit, jeta un coup d'œil furtif sur l'arrivant puis, après avoir détourné le regard, s'éclaircit la voix avant de parler.

— Je le connais.

À le voir rougissant et timide, il était difficile de croire, songea Nicolas, qu'il pût bénéficier de la confiance du roi et détenir d'aussi grands pouvoirs. Or, cette faveur ne se démentait pas en dépit de l'impopularité du ministre et du mépris non dissimulé que lui portaient certains membres de la famille royale. Mais ceci expliquait cela : l'homme était tout au roi et son manque de génie ajoutait encore à son mérite aux yeux d'un souverain qui ne goûtait guère ni les visages ni les habitudes nouvelles. Sa femme, délaissée au profit d'une maîtresse, s'était attiré la faveur de la reine, qui en avait fait sa confidente favorite. Cette double fortune renforçait encore l'influence du ministre. Oui vraiment, qui aurait pu imaginer que ce petit bout d'homme bedonnant et sans apparence, auprès duquel l'austère Sartine paraissait un paladin, était le dispensateur zélé des lettres de cachet et le grand maître de la justice retenue du roi ?

— Alors, Nicolas, je suppose qu'une affaire grave justifie qu'on me relance jusqu'ici ?

Nicolas supposait que M. de Saint-Florentin connaissait parfaitement les données de l'affaire. Il agit comme si c'était le cas. Il veilla cependant à ne pas mettre Sartine en contradiction possible avec d'autres instructions venues de plus haut. Il exposa adroitement les conditions particulières de la visite à Grenelle, sachant d'expérience que les grands ne descendent que rarement dans les détails de basse police. Pour finir, il présenta les papiers qu'il avait découverts, sans cacher que l'un d'entre eux correspondait au libelle imprimé trouvé à Choisy par la marquise de Pompadour.

— Hon, hon, fit Saint-Florentin, le jeune homme a l'oreille de notre amie !

Le ministre examinait les papiers. Il ordonna à Nicolas de prendre une loupe sur son bureau et de l'apporter. Nicolas ne put s'empêcher de voir que l'instrument pressait une pile de lettres de cachet prêtes à la signature. M. de Saint-Florentin s'absorba dans sa contemplation, puis passa le tout à Sartine.

— Le pamphlet est banal, dit ce dernier, j'en saisis dix comme cela chaque jour que Dieu fait. Mais le dessin est intrigant.

Nicolas toussa, ils le regardèrent.

— Permettez-moi, messieurs, de vous soumettre une hypothèse. Selon moi, ce croquis représente le château. Voyez ce chiffre dans ce petit carré, il me semble bien qu'il correspond au bureau où nous sommes.

M. de Saint-Florentin clignait des yeux d'un air concentré. Il reprit le document et se livra à un nouvel examen silencieux.

— Comment, comment, dit-il, votre adjoint a raison, Sartine ! Voilà qui est plus grave ! Ces plans peuvent dénoter une volonté de pénétrer la géographie du palais et qui, plus est, dissimulent des indications secrètes dont nous n'avons pas la clef mais dont la correspondance réside vraisemblablement dans les chiffres. N'est-ce pas votre avis, monsieur ?

— Je le crains, monsieur.

— Vraiment, vraiment, je crois que je vais modifier le train de cette affaire. Entendez-moi, Sartine : elle demeure secrète. Je ne veux pas qu'on entête le roi avec cela…

Nicolas reconnut presque mot pour mot une des craintes exprimées par la marquise.

— Toutefois, après avoir dû à mon grand regret, et pour les raisons que vous connaissez, tempérer l'impétuosité légitime de notre commissaire, j'aspire à voir cette affaire démêlée. On me dit conciliant, ami de l'ordre et de la concorde, mais je prise surtout le bon sens et tout ce que je viens d'entendre n'en manque point. Je ne reviendrai pas sur les mesures prises, mais je ferme les yeux et donne mon aval aux investigations, disons, d'initiatives personnelles – oui, c'est cela, j'aime la formule.

Il se mit à rire, puis reprit brusquement son sérieux, comme fâché de s'être laissé aller, et c'est avec une autorité dont Nicolas ne l'aurait pas cru capable qu'il poursuivit.

— Monsieur le commissaire Le Floch s'informera par tout moyen qui lui semblera opportun des suites de cette affaire. Il considérera en particulier comme avérés les meurtres du vicomte et de la comtesse de Ruissec. Il démêlera les raisons qui ont conduit à ces disparitions. Enfin, sous votre autorité, monsieur le lieutenant général, il s'efforcera de traverser les mystères qui entourent ces papiers, dont il tentera d'expliquer les liens avec les crimes en question. Voilà, voilà : votre tâche est urgente, mais discrète, oui, discrète.

Il se dirigea vers son bureau, saisit deux lettres de cachet, les signa, les poudra avec une sorte de rage et, après les avoir agitées, les tendit à Nicolas.

— Enfin, voici des armes chargées à blanc que vous avez autorité à remplir pour les rendre efficientes !

Il se rassit et se plongea dans son assiette sans plus s'occuper de Nicolas. Sartine lui fit signe d'avoir à disparaître. Il salua donc et sortit. Il se retrouva un peu abasourdi dans l'avant-cour du château. Depuis le début de cette affaire, il subissait comme un jouet les ordres et les contrordres d'autorités qui ne semblaient pas avoir fixé leur politique sur la marche à suivre. L'ironie de la situation le frappait encore davantage après cette audience avec les deux plus hauts responsables de la police du royaume. Ainsi, on l'avait envoyé enquêter, puis la même autorité avait repris la main, de multiples influences s'étaient exercées, soufflant le chaud et le froid, et enfin, il venait d'être relancé sur la piste. Sa résolution était prise ; il ferait son office sans trop se soucier des conséquences qui en résulteraient.

Le moment lui parut opportun de partir à la pêche aux renseignements sur Mlle de Sauveté, la fiancée du vicomte de Ruissec. Selon des indications recueillies par Bourdeau, elle demeurait route de Paris, sur cette large avenue qui faisait face au palais. Dans cette perspective encore largement forestière, les hôtels des grands, les maisons bourgeoises plus discrètes, les casernes des régiments du roi et les auberges s'alignaient régulièrement, en remplissant peu à peu les vides. Il s'y rendit à pied, après avoir donné quartier libre à son cocher qui devrait l'attendre vers quatre heures pour le reconduire à Paris.

Tout en cheminant, Nicolas échafaudait des plans d'opération. De toute évidence, la jeune femme devait s'être rendue à Paris pour assister aux funérailles de son fiancé dans l'église des Théatins.

Elle ne serait pas de retour à Versailles avant quatre ou cinq heures de l'après-midi. Cela lui laisserait le temps nécessaire pour interroger les domestiques ou les voisins. Il fut surpris du caractère modeste de la demeure de Mlle de

Sauveté ; on la disait pourtant fortunée. Ce qu'il avait sous les yeux n'était qu'un modeste pavillon de campagne, une sorte de rendez-vous de chasse ou l'un de ces bâtiments de gardiens qui flanquent les entrées somptueuses des grands domaines. Le bâtiment de plain-pied, sans étage, était entouré d'un beau terrain clos de mur. L'ensemble paraissait un peu à l'abandon ; les feuilles mortes jonchaient la pelouse et les rosiers de pleine terre non taillés portaient encore leurs dernières fleurs parcheminées par les intempéries. Il poussa la grille et se dirigea vers la maison. Une grande porte-fenêtre était ouverte ; il s'en approcha. Elle donnait sur un salon en vieux style, aux meubles massifs et contournés. Les murs étaient tendus de damas rouge passé et, par endroits, crevé. Les nuances des tapis, usés jusqu'à la trame, étaient éteintes. Comme les extérieurs, la pièce offrait une impression d'abandon et de tristesse.

Il s'apprêtait à y pénétrer, quand il sentit une présence derrière lui et, au même moment, une voix aigre et grinçante se fit entendre.

— Mais quoi ! Où vous croyez-vous, monsieur, et qu'entendez-vous faire ?

Il se retourna. Une femme se tenait devant lui, la main droite appuyée sur une longue canne. Un manteau sombre, à la couleur indéfinissable, la couvrait jusqu'aux pieds et laissait à peine entrevoir une robe violette informe. Le visage était dissimulé par une grande mousseline qui couvrait un chapeau de paille ; derrière cet écran se devinaient des lunettes fumées comme en portaient les personnes souffrant des yeux. « Quel est ce fantôme ? » se demanda Nicolas, devant cette apparition sans forme et sans âge.

Sans doute la gouvernante ou une parente de Mlle de Sauveté. Il se présenta.

— Nicolas Le Floch, commissaire de police au Châtelet. Je vous prie de me pardonner, mais je cherchais Mlle de Sauveté pour l'entretenir d'affaires la concernant.

— Je suis Mlle de Sauveté, fit la voix grinçante.

Nicolas ne put cacher sa surprise.

— Je vous croyais à Paris, mademoiselle. Votre fiancé… Recevez toutes mes condoléances.

Elle frappa le sol de sa canne.

— Il suffit, monsieur, vous êtes bien hardi d'entrer non seulement dans ma maison, mais de vous permettre d'évoquer mes affaires privées.

Nicolas sentait l'irritation le gagner.

— Où pouvons-nous parler, mademoiselle ? Il se trouve que j'ai tout pouvoir pour vous interroger et je vous mets en garde…

— M'interroger, monsieur ? M'interroger, moi ? Et pour quelle raison je vous prie ?

— La mort du vicomte de Ruissec.

— Il s'est tué en nettoyant une arme, monsieur. Cela ne justifie point votre prétention.

Il nota qu'elle paraissait bien informée de la version officielle.

— Les circonstances de sa mort ont attiré l'attention de la police. Je dois vous entendre ; pouvons-nous entrer ?

Elle passa devant lui en le bousculant. Une bouffée de son parfum lui monta au nez. Il la suivit. Elle se réfugia derrière un grand fauteuil en cuir de Cordoue. Il observa ses deux mains gantées crispées sur le dossier.

— Allons, monsieur, finissons, je vous écoute.

Il décida de brusquer les choses.

— Comment se fait-il que vous ne soyez pas à l'église des Théatins ?

— Monsieur, j'ai la migraine, mes yeux sont malades. Je ne supporte guère le monde et, d'ailleurs, je ne connaissais pas M. de Ruissec que je n'ai rencontré qu'une fois.

Voilà bien autre chose ! pensa Nicolas. De qui se moquait-on ?

— Allez-vous me faire accroire que vous n'avez jamais revu votre fiancé ? demanda-t-il. Permettez-moi de trouver étrange et peu crédible…

— Monsieur, vous vous ingérez dans des affaires de famille. L'union projetée entre lui et moi correspondait à des arrangements privés où la connaissance n'avait que peu de part. J'ajoute que ces dispositions ne vous regardent pas.

— Soit, mademoiselle. Aussi bien je resterai dans les bornes de mes fonctions. Où étiez-vous le soir de… l'accident de votre fiancé ?

— Ici.

— Seule ?

— Je vis seule.

— Des domestiques ?

— Un jardinier quelques jours par mois. Une femme de charge deux fois par semaine.

— Pourquoi cet isolement ?

— J'aime la solitude. Suis-je libre de disposer de mon existence sans qu'on s'entête à la vouloir expliquer ?

— Et le comte de Ruissec, vous le connaissiez ?

— Pas plus que son fils. Nos affaires ont été décidées par les notaires.

— Leurs noms ?

— Cela ne vous regarde pas.

— À votre aise. Avez-vous de la famille ?

— Je suis seule.

— Mais vous n'avez pas toujours vécu à Versailles ?

— Je suis originaire d'Auch, et il y a deux ans révolus que je suis installée ici pour jouir d'un héritage.

— Qui vous vient de qui ?

— De famille. Monsieur, c'en est assez, retirez-vous. Ma pauvre tête ne résistera pas.

Elle eut un geste étrange comme si elle avait voulu lui tendre sa main à baiser et comme si, saisie par l'incongruité de l'intention, elle se fût retenue au dernier moment. Il salua et sortit. Il sut qu'elle le suivait du regard jusqu'au moment où il poussa la grille. Alors seulement, elle ferma violemment la porte-fenêtre.

La vision de cet étrange personnage ne le quitta plus. Nicolas était comme obsédé par cet être aux contours indécis et à la voix insupportable. Le visage était indiscernable, voilé de gaze et couvert de céruse. Les lunettes fumées ajoutaient encore à l'inquiétant de l'ensemble. *L'ange de la mort et ses yeux caves...* L'imagination se rebellait à l'idée que le vicomte de Ruissec, noble rejeton d'une illustre famille, ait pu enchaîner sa vie à un pareil épouvantail, repoussoir de toutes les fantaisies. Nicolas comprenait mieux maintenant qu'il allât chercher l'aventure dans le boudoir sulfureux d'une comédienne chez qui, au moins – lui-même pouvait, hélas, en témoigner –, les grâces et les ris et aussi un rien de vindicte étaient au rendez-vous de l'amour. Tout cela n'avait pas de sens. Par quel miracle ou obligation insensée la famille de Ruissec en était-elle venue à rechercher l'union de son aîné avec cette glapissante harpie ? Se pouvait-il que l'argent fût la seule raison de cet appariement boiteux ? Rien ne plaidait en faveur de l'état de fortune prétendu de la dame, ou alors la dissimulation et l'avarice étaient poussées chez elle à un degré rare. Nicolas avait approché, dans le pays de Guérande, de riches hobereaux qui affectaient de dissimuler l'importance de leurs biens au grand mépris de leurs semblables, chez qui l'ostentation était de règle. Mlle de Sauveté appartenait peut-être à cette espèce.

En tout cas, il était clair que la mort du vicomte l'avait laissée entièrement indifférente. Il ne pouvait détacher sa pensée de l'impression que cet être inclassable lui avait laissée, cette voix surtout dont les aigus détonaient souvent. Il fallait absolument trouver une explication à son rapprochement avec les Ruissec. Le conseil de M. de Noblecourt était décidément le bon ; Nicolas écrirait à l'intendant de la généralité d'Auch pour en savoir plus sur le passé de la dame. Il marchait perdu dans ses pensées, quand une petite voix douce attira son attention.

— Hep, hep ! Avez-vous trouvé ce que vous cherchiez ? Puis-je vous proposer mon aide ?

Une petite vieille joliment parée, les yeux bleu de porcelaine sous sa coiffe de dentelle godronnée, se tenait à la porte de la maison immédiatement voisine de celle de Mlle de Sauveté.

— En quoi, madame ?

— Je vous ai vu parler à notre voisine. Êtes-vous un de ses amis, ou quelqu'un qui…

Elle hésitait.

— Enfin… proche de la police ?

Nicolas était toujours surpris par la perspicacité des gens simples. Il éluda.

— Non, je ne la connais pas. J'avais juste besoin d'un renseignement.

Elle rougit et cacha ses mains sous un tablier empesé.

— Ah ! J'aime mieux cela. Oui, oui, oui, je préfère. Elle n'est pas aimée, vous savez. Elle ne s'adresse à personne. Et toujours vêtue de la même manière. C'est effrayant !

— A-t-elle des domestiques ?

— Personne, monsieur. Cela nous trouble. Jamais un visiteur. Des jours entiers sans la voir. Plusieurs fois, une voiture l'a ramenée et nous ne l'avions pas vue sortir !

Nicolas sourit.

— Peut-être cela vous a-t-il échappé ?

— Oh ! allez, je suis bien sûre que vous en êtes, mais vous avez raison d'être discret. Et je comprends que vous ne vouliez pas me le dire. Si je suis affirmative, c'est que mon mari et moi, nous nous relayons, tant nous sommes intrigués. Que vous a-t-elle dit ?

Le petit visage ridé se tendait vers lui, plein d'appréhension et de curiosité.

— Rien qui puisse vous intéresser ou vous inquiéter.

La vieille renifla, ce n'était pas là son compte, mais Nicolas avait déjà salué et d'un pas rapide s'éloignait. Le hasard faisait bien les choses, qui suscitait les témoignages quand on ne les cherchait pas. Tout ce qu'il venait d'apprendre aiguisait encore son désir d'en savoir davantage. Ainsi, Mlle de Sauveté n'avait point de domestiques, contrairement à ce qu'elle avait prétendu. Avait-elle cru se débarrasser de lui si facilement ? Elle verrait ce qu'il en coûtait d'essayer d'en imposer à la police ! Le cas de la fiancée du vicomte de Ruissec s'ajoutait à la longue suite accumulée des mystères qui se succédaient depuis le début de cette enquête.

Nicolas était de nouveau sur l'immense place d'Armes du château. Il rejoignit sa voiture, hésitant sur ce qu'il devait faire. Il ne savait pas comment trouver Truche de La Chaux. Il réfléchissait à la question, lorsque son cocher lui tendit un petit billet. C'était un mot bref de son ami La Borde qui, sans doute informé de sa présence par Sartine, avait fait rechercher sa voiture pour lui laisser ce message. Il lui enjoignait d'avoir à le retrouver pour affaire urgente. Un garçon bleu l'attendrait vers cinq heures à l'entrée des appartements, pour le guider. Ce rendez-vous inattendu calma les hésitations de Nicolas. L'heure approchait. Il franchit la deuxième rangée de grilles du château pour s'engager dans le « Louvre », la dernière enceinte du palais.

## VIII

## LA CHASSE
## DE MADAME ADÉLAÏDE

Pour le plaisir des Rois je suis donné
De jour en jour, les veneurs me pourchassent
Par les forêts. Je suis abandonné
À tous les chiens, qui sans cesse me chassent.

Jacques DU FOUILLOUX

Dans la salle des gardes, Nicolas aperçut un garçon bleu, un blondin à l'air déluré, qui toisait les arrivants. Il reconnut le guide annoncé. Il fut aussitôt pris en main et entraîné à toute allure dans l'habituel dédale de salles, de couloirs et d'escaliers. Parviendrait-il un jour à retrouver son chemin dans ce château ? Cette cavalcade les conduisit très haut dans l'édifice. Il savait que M. de La Borde disposait dans les combles d'un petit appartement qu'il devait à la faveur particulière du roi. Le garçon bleu ouvrit une porte sans gratter, en habitué des lieux ; il s'effaça pour le laisser entrer. Dès l'abord, Nicolas fut séduit par le caractère paisible du salon que chauffait un feu crépitant dans une cheminée de marbre grenat. Les boiseries de chêne clair supportaient de petits tableaux de chasse et, au-dessus de l'âtre, une magnifique carte de France encadrée. Une bibliothèque, prise dans l'épaisseur et également répartie de chaque côté d'une porte, présentait des alignements réguliers de petits volumes qui ajoutaient encore à l'impression d'intimité aimable de l'ensemble. M. de La Borde, en robe de chambre d'indienne, sans cravate ni perruque, était mollement enfoncé dans un sofa à grands ramages rouges sur fond crème, plongé dans la lecture attentive d'un papier. Il leva les yeux.

— Ah ! enfin retrouvé, mon cher Nicolas ! Merci, Gaspard, dit-il au garçon bleu, vous pouvez disposer, mais ne vous éloignez pas, nous pourrions avoir besoin de vous.

Le jeune homme pirouetta sur lui-même et, après un petit salut insolent, disparut.

— Prenez vos aises, mon ami. Vous allez distraire cette fin d'après-midi morose. Je compilais les exploits de mes créanciers.

Il lui montra une pile de papiers près de lui.

— Je ne connais manière plus désagréable de passer le temps, dit Nicolas.

— Moi non plus, mais laissons cela. Nicolas, éclairez ma lanterne. Où en êtes-vous ? C'est par Sartine que j'ai appris votre présence à Versailles. Il paraît que vous avez fait ce matin la conquête du ministre. Compliment, l'animal ne se laisse pas facilement amadouer ! Vous voilà homme à respecter.

— Et comment cela ?

— Pardi, armé, comme vous l'êtes, de lettres signées en blanc !

— Rassurez-vous, mon ami, je n'en ferai pas usage contre vous.

— Si le service du roi l'imposait, vous n'hésiteriez pas et vous auriez raison.

Nicolas, encore une fois, fut frappé par la capacité de M. de La Borde à recueillir les nouvelles. Il participait par ce don mystérieux au goût du secret, caractère dominant de son royal maître.

— Ainsi, vous me cherchiez ?

— Certes. M. de Sartine m'a prié de vous avertir que Madame Adélaïde vous avait convié à sa chasse lundi matin. Je ne possède pas d'autre lumière sur cet événement, mais il vous faut prendre dès maintenant vos dispositions.

Nicolas manifesta sa surprise.

— D'où me vient selon vous cet honneur inattendu ?

La Borde fit un geste de la main comme pour écarter une mouche.

— Ne vous mettez pas martel en tête. Soit il s'agit d'un caprice de la princesse devant laquelle il a été question de vous…

Il fit une pause en regardant la pendule.

— Soit il y a anguille sous roche et la convocation, je veux dire l'invitation, signifie autre chose. Vous le saurez lundi.

— Je suis sensible à l'honneur qui m'échoit, dit Nicolas, mais nullement équipé pour y prendre part. Comment faire ?

— Voilà, mon cher, où je puis vous aider. Je quitte Versailles pour deux jours ; j'ai affaire à Paris. Acceptez l'hospitalité médiocre que je puis vous offrir ici. Vous me rendrez service. Si l'on me demandait, soyez assez aimable pour me le faire savoir, à cette adresse.

Il lui tendit un papier. Nicolas constata que La Borde était si assuré de sa réponse que les moindres détails avaient été préparés.

— Je ne sais si je puis accepter une aussi généreuse proposition…

— Pas un mot de plus. Et pour votre équipement, j'ai la ressource aussi. Vous savez que Madame, par ordre de son père, ne chasse ni le cerf ni la bête noire. Elle s'en tient au daim, gibier réputé inoffensif. Il n'y a pas d'habit requis pour cette chasse ; le justaucorps suffit avec une veste et des bottes. Nous sommes à peu près de la même taille. Mes gens vous fourniront le tout. Ainsi, vous voilà rassuré !

Il lui expliqua que les premiers valets de chambre du roi avaient autorité sur tout le service intérieur du palais et disposaient pour eux-mêmes d'une nombreuse domesticité : cuisinier, maître d'hôtel, laquais et cocher. Ils pouvaient manger sur le service du roi, toujours trop abondant et dont la desserte était redistribuée.

— Je cours m'habiller et pars de suite à Paris. Vous êtes chez vous. Des questions ?

— Je cherche un garde du corps. Où pourrais-je selon vous le trouver ?

— Dans sa caserne ou bien encore demain, dans la galerie, lorsque le roi ira entendre la messe. Gaspard vous aidera, ce garçon est un fieffé malin !

La main sur la porte, il se retourna.

— Ah ! Encore une chose. Le rendez-vous de chasse est devant le château, côté parc. Vous êtes marqué sur une liste. Vous vous faites reconnaître et montez en carrosse. Il vous mènera jusqu'au point de ralliement où l'on vous attribuera un cheval.

Il courut prendre quelque chose sur la cheminée.

— Contre ce billet. Arrosez les piqueurs, vous vous en trouverez bien pour le coup et pour la fois prochaine : ce sont eux qui choisissent les chevaux ! Ne vous inquiétez de rien, mes gens sont avertis. Gaspard ne vous quittera pas. Il va prévenir votre cocher de revenir lundi. Enfin, ma bibliothèque est à votre disposition.

Il sortit de la pièce. Son absence fut brève ; il réapparut habillé et coiffé et, après un geste d'amitié à Nicolas qui lisait, sortit.

Nicolas vivait un moment rare. Il ne parvenait pas à se persuader qu'il était dans le palais des rois. Jamais il n'avait habité un endroit d'une telle splendeur, si éloigné de l'austérité de sa mansarde de Guérande ou même du bon goût de sa chambre chez M. de Noblecourt. Même les splendeurs antiques du château de Ranreuil lui paraissaient effacées par ce qui l'entourait. Il avait parcouru les titres des volumes rassemblés, tout au plaisir de la vue et du toucher des reliures. Les sujets intéressaient la musique, l'histoire, les voyages et la littérature galante.

Nicolas songea soudain au garçon bleu. Il ouvrit la porte sur le couloir et le découvrit assis sur une banquette. Connaissant son monde, il lui donna quelques pièces qui furent empochées sans remerciement, mais avec une grimace de satisfaction. Il l'informa qu'il n'aurait pas besoin de lui de toute la soirée, mais qu'il comptait sur lui le lendemain dimanche, pour le guider vers la galerie où passerait le roi et où il espérait trouver Truche de La Chaux.

Gaspard le rassura. Il couchait à quelques toises de là et M. de La Borde lui avait bien recommandé de veiller sur Nicolas et de demeurer à sa disposition. Nicolas l'interrogea sur la possibilité de rencontrer le garde du corps.

— Cela, monsieur, je puis vous l'assurer. C'est quelqu'un de très demandé.

— Comment cela, un autre que moi le recherche aussi ?

— Le recherchait. Lundi ou mardi… Non, mardi. M. de La Borde était parti à Paris pour la journée ; il devait assister à une représentation à l'Opéra. Vers onze heures ou midi, je me trouvais dans la cour des Princes quand un quidam m'a demandé de porter un billet à Truche de La Chaux.

— Vous le connaissez donc ?

— Oui, de vue, comme les autres.

— Et vous lui avez remis ce billet ?

— Non, pas à lui. Lorsque je suis arrivé dans la salle des gardes, il n'y était pas, mais un lieutenant aux gardes françaises de ses amis, m'entendant m'enquérir de lui, a pris le billet et m'a certifié qu'il lui remettrait aussitôt qu'il le verrait.

— Voilà qui est intéressant. Voulez-vous gagner quelques écus de surcroît ?

— Je suis tout à vous, monsieur.

Il tendit la main que Nicolas emplit honnêtement.

— Cette personne qui vous a confié le billet, vous l'aviez déjà vue ?

— Non, il s'agissait d'un valet sans livrée.

— Pouvez-vous me le décrire ?

— Au vrai, je ne l'ai pas regardé avec suffisamment d'attention. Le chapeau dissimulait son visage.

— Et le lieutenant ?

— Un lieutenant comme tous les lieutenants ; l'uniforme les rend identiques et ils n'aiment guère les garçons bleus.

— Je vous remercie, Gaspard. Nous en reparlerons. Bonne nuit.

Il rentra et demeura longtemps plongé dans ses réflexions. Ainsi, le jour où le vicomte de Ruissec avait été assassiné, un billet était adressé à Truche de La Chaux par un inconnu – billet qui se trouvait selon toute apparence, vers midi, dans les mains d'un lieutenant aux gardes françaises, qui pouvait parfaitement être le vicomte. Y avait-il un lien avec le crime ?

Il ressortit soudain dans le couloir pour appeler Gaspard. Celui-ci réapparut sur-le-champ.

— Mon ami, il faut tout me dire. Ce billet que vous avez porté à Truche de La Chaux…

— Oui, monsieur.

— Comprenez-moi bien, la chose est d'importance et je saurai reconnaître…

Il agita une nouvelle pièce d'or.

— L'avez-vous lu ?

Gêné, Gaspard se tortillait. Toute son insolence s'était dissipée.

— Ben oui, il n'était pas scellé, juste plié. Je n'ai pas cru…

Il avait l'air piteux et rajeunissait à vue d'œil : un gamin pris à voler des pommes.

— Faute utile peut recevoir pardon, dit Nicolas souriant. Que disait-il ?

— C'était un rendez-vous d'avoir à se trouver, dès réception du papier et après l'avoir détruit, devant la pièce d'eau du char d'Apollon. J'ai cru qu'il s'agissait d'une intrigue amoureuse.

— Bien. Et que fit le lieutenant ? Je suis sûr que vous avez discrètement veillé à le savoir.

— Il fit comme moi, le lut, et même plus, puisqu'il le réduisit en morceaux et se précipita dehors.

Nicolas lança la pièce d'or, qui fut attrapée au vol. Quand il revint dans l'appartement, un valet déférent avait dressé une petite table sur laquelle il découvrit un pâté de venaison, deux perdreaux et une bouteille de champagne rafraîchi, sans compter quelques mignardises sucrées. Il fit honneur à ce festin et, après avoir lu une petite heure, découvrit la chambre toute prête et le lit bassiné. Au sein de ces voluptés, il s'endormit paisiblement sans penser aux événements du jour ni à ceux qui l'attendaient les jours prochains.

*Dimanche 28 octobre 1761*

Il se réveilla fort tard et, après une rapide toilette, dans un petit cabinet dont il admira l'agencement, déjeuna d'un chocolat servi par un valet impavide. Il lut une heure ou deux, puis appela Gaspard qui attendait dans le couloir. Truche de La Chaux serait de service dans la grande galerie et Nicolas en profiterait pour voir passer le roi se rendant à la messe.

Il fut étonné par la masse bruissante de la foule. Dans la galerie des Glaces et le salon de la Guerre, les assistants étaient rangés du côté des fenêtres. À partir de la salle du Trône, ils étaient contenus dans l'intérieur des pièces, afin de laisser le passage de l'enfilade des portes. Il fut placé par Gaspard non loin de l'endroit où le souverain sortirait de ses appartements d'apparat. Il se retrouva au milieu des courtisans et des nobles de province venus voir leur maître. Les glaces de la galerie multipliaient la foule et la faisaient paraître immense. Nicolas vit le roi sortir et ne regarda plus rien d'autre. L'étiquette voulait que chacun se tînt immobile. On ne devait pas s'incliner, il fallait maintenir la tête droite. Ainsi, le roi était vu de tous et voyait chacun.

Quand il passa devant Nicolas, son regard brun perdu dans le vide se fit plus vif, et le jeune homme put croire avoir été remarqué et reconnu. Il en fut tout à fait convaincu, une fois le cortège passé, par l'espèce de cercle bavard et curieux qui se forma autour de lui. Cela ne l'arrangeait guère : il ne devait pas se faire remarquer. Il se fondit dans la foule, espérant que Gaspard le retrouverait. Effectivement, il fut bientôt tiré par la manche par le garçon, qui le mena, en se faufilant au milieu de la presse, jusqu'au salon de la Guerre. Là, près d'un buste d'empereur romain en marbre brun, il repéra un garde du corps dans lequel il reconnut tout de suite l'homme de l'estaminet de Choisy, qu'il avait croisé de nouveau alors qu'il sortait de son audience avec la marquise de Pompadour. Ainsi, l'homme qu'il recherchait se retrouvait lié à deux circonstances de son enquête. Il devait bien exister une explication à cela. Le premier soin était de feindre de ne point l'avoir reconnu. Il était inutile de lui donner l'éveil ; il verrait bien sa réaction à lui.

L'homme le regardait approcher avec un demi-sourire. Dans ce visage sans caractère au teint pâle et aux poils blonds, il retrouvait l'homme de Choisy. Nicolas s'approcha.

— Monsieur, ai-je bien affaire à M. Truche de La Chaux ?

— Pour vous servir, monsieur. Monsieur… ? Mais je crois que nous nous sommes rencontrés, il n'y a guère, à Choisy ?

L'homme jouait cartes sur table et ouvrait la partie dans des conditions que Nicolas n'attendait pas.

— Je suis policier. J'aimerais m'entretenir avec vous du vicomte de Ruissec. Vous le connaissez, je crois ?

— Je sais qu'on l'enterre aujourd'hui après son malheureux accident. N'aurais-je été de service…

— Vous le connaissiez donc ?

— Tout le monde se connaît ici.

— Et son frère, le vidame ?

— Je le connais aussi. Nous avons eu l'occasion de jouer ensemble.

— Au *Dauphin couronné* ?

L'homme, pour la première fois, parut surpris par cette précision.

— Vous faites les questions et les réponses.

— Il perd beaucoup ?

— Il joue en chien fou et ne mesure jamais ses pertes.

— Et vous l'aidez à payer ses dettes, en bon camarade ?

— Cela m'arrive.

— Vous lui donnez une bague à laisser en gage, par exemple ?

— C'est une pièce qui me vient de famille.

— Que vous abandonnez tout simplement. Cela n'est guère crédible.

— Que ne ferait-on pas pour aider un ami ? Il était toujours possible de la racheter. Êtes-vous l'une de ces mouches de la police des jeux ?

Nicolas négligea la provocation.

— Et mardi dernier dans l'après-midi, où étiez-vous ?

— À Choisy. Au château de Choisy.

— Quelqu'un peut en témoigner ?

Il considéra Nicolas avec une insolence moqueuse.

— Demandez à qui vous savez, elle vous le confirmera.

Que pouvait-il opposer à cette réplique qui le plaçait au même niveau que son interlocuteur ? Et que cherchait Truche de La Chaux, sinon à le pousser au faux pas et à le rendre complice de ses propres ambiguïtés ? Qu'avait donc à faire la favorite avec un personnage de cet acabit qui se trouvait de surcroît le commun dénominateur d'une enquête criminelle ?

— Je ne saisis pas votre allusion. Connaissez-vous le comte de Ruissec ?

— Du tout. Je sais juste qu'il est à Madame Adélaïde. Ceci dit, monsieur, je vous abandonne. Mon service m'appelle à la sortie de la chapelle.

Il salua et partit à grands pas. Nicolas le regarda s'éloigner. Il n'était pas satisfait de cette conversation. Elle n'apportait rien de nouveau et brouillait les perspectives. Elle créait même une difficulté supplémentaire en laissant supposer des liens occultes entre Truche et la Pompadour. De plus, le garde du corps paraissait bien sûr de lui. Était-il innocent, ou couvert par une autorité supérieure ? Et d'ailleurs, que pouvait-on lui reprocher, sinon de se trouver mêlé à divers épisodes de l'enquête en cours, sauf, apparemment, la mort de la comtesse de Ruissec. Il restait pourtant qu'un inconnu lui avait donné un rendez-vous et que la chose avait été contrariée par un lieutenant des gardes françaises.

Gaspard attendait. Nicolas songea qu'il devait libérer le jeune homme. Ce ne fut pas chose facile ; le garçon bleu ne voulait pas le quitter, ayant sans doute reçu des instructions précises de M. de La Borde à ce sujet. En outre, traité généreusement par Nicolas, il tenait à honneur de justifier son service auprès de lui. Il finit par le convaincre de le laisser, en l'assurant qu'il souhaitait visiter les jardins et les pièces d'eau et qu'il le retrouverait plus tard, à l'appartement du premier valet de chambre ; il en connaissait maintenant le chemin et pouvait se débrouiller seul. Il se fit juste indiquer le moyen de se rendre au char d'Apollon. C'était enfantin, lui dit Gaspard, il suffisait de rester dans l'axe du palais et d'aller tout droit.

Une fois dans le parc, Nicolas alla d'étonnements en émerveillements. Il fut saisi par la grandeur et la beauté des jardins, traversa le parterre d'eau, admira le bassin de

Latone et les bassins des Lézards pour aboutir, au bout d'une longue ligne droite, au char d'Apollon au milieu de sa pièce d'eau. Il voulait voir l'endroit où le mystérieux rendez-vous avait été donné. Ce qu'il cherchait vraiment, il ne le savait pas lui-même. Un petit vent tiède sous le soleil de midi soulevait un léger friselis à la surface des eaux.

Il décida d'aller voir le Grand Canal, dont le début se trouvait juste derrière le char d'Apollon. Il franchit la grille des Matelots, surveillée par un garde, et fut surpris de trouver une dizaine d'embarcations amarrées à la rive du Grand Canal. Il poursuivit sa visite. Comme il longeait l'immense pièce d'eau, son attention fut attirée par un remous dans lequel il ne vit tout d'abord que le saut d'une carpe gigantesque : c'était un enfant qui se débattait et agitait les mains avec désespoir. Nicolas voyait sa bouche s'ouvrir sans qu'aucun son n'en sortît. Il était sans doute à bout de forces. Nicolas ôta son habit et ses souliers en toute hâte et se jeta dans l'eau. Il nagea avec énergie jusqu'à l'enfant, le saisit, lui souleva la tête hors de l'eau et le ramena sur la berge.

Alors seulement, il put considérer la créature qu'il venait de sauver. C'était un garçon malingre de dix ou douze ans, vêtu de haillons. Il roulait de beaux yeux effrayés et sa bouche continuait à s'ouvrir régulièrement sans qu'aucune parole s'en échappât. Il embrassa la main de Nicolas. Au bout de quelques minutes d'incompréhension, ce dernier comprit qu'il avait sauvé un malheureux sourd et muet.

À force de gestes, il finit par pouvoir tenir avec lui une sorte de conversation. L'enfant était en train de pêcher, il avait glissé et, ne sachant pas nager, avait été emporté par le clapot. Il allait se noyer au moment où Nicolas l'avait rejoint.

Nicolas dessina une maison sur le gravier. L'enfant se mit debout, le prit par la main et l'entraîna vers la campagne demeurée à l'état sauvage du grand parc. Ils marchèrent longtemps dans les taillis pour aboutir devant une grande haie couverte de ronces qui dissimulait l'entrée d'un long bâtiment en rondins. L'enfant maintenant s'agitait, étrangement inquiet. Il poussa soudain Nicolas vers la forêt, lui embrassa à nouveau la main, sourit, puis lui fit signe de s'éloigner.

Nicolas se retrouva dans la forêt. Des heures avaient passé et la nuit allait tomber. Il eut quelques difficultés à retrouver son chemin, mais, élevé à la campagne, il savait s'orienter sous les futaies. S'aidant de la lueur lointaine des étoiles, il retrouva le Grand Canal et passa la grille des Matelots. Le garde n'avait pas changé et le reconnut. Nicolas l'interrogea et apprit que de nombreux ateliers de fonteniers étaient tolérés dans le grand parc, et que celui qu'il avait vu était vraisemblablement celui de Jean-Marie Le Peautre, installé depuis peu de mois avec son aide Jacques, un petit sourd-muet.

Parvenu au château, il retrouva Gaspard qui faisait les cent pas en l'attendant. Il remonta dans l'appartement de La Borde où, après s'être changé et séché, il lut jusqu'à l'heure du souper. Quand il regagna la chambre, une tenue avait été disposée sur un fauteuil, justaucorps, cravate, veste, tricorne galonné, le tout accompagné d'une paire de bottes et d'un couteau de chasse. Il demanda au valet de l'éveiller de bon matin.

*Lundi 29 octobre 1761*

Le valet le réveilla aux aurores. Le rendez-vous était fixé à dix heures, le départ des carrosses prévu une demi-heure avant. Il prit son temps, se prépara avec un soin particulier et ne fut satisfait qu'après avoir contemplé son reflet flatteur dans le trumeau de la cheminée. À l'heure dite, Gaspard montra son petit profil aigu, agrémenté cette fois d'un sourire aimable – il avait adopté Nicolas –, et l'engagea à se mettre en route. Le rassemblement des carrosses s'organisait devant l'aile du Nord. Une foule de voitures attendait. Un valet consulta le billet que lui tendait Nicolas et lui désigna la sienne. Un jeune homme qui ne se présenta pas le toisa et se retourna de l'autre côté. Nicolas n'en prit pas ombrage et se plongea dans la contemplation des jardins, puis du parc. Après avoir franchi une grille, les carrosses s'engagèrent rapidement dans des allées forestières. Il retrouvait le grand parc traversé la veille. Le paysage devenait de plus en plus sauvage, avec des champs, des friches, des bosquets et de hautes futaies. Trois quarts d'heure plus tard, la caravane parvint au lieu du rendez-vous. Les invités descendirent des carrosses, et Nicolas suivit son voisin pour présenter de nouveau son billet aux piqueurs. Il ne manqua pas d'emplir la main du personnage qui lui désigna, avec un clin d'œil complice, un hongre de haute taille gris pommelé. Il préféra traduire de manière favorable le signe de connivence du piqueur. La bête en question, après quelques croupades et cabrades destinées à le tâter, comprit qu'elle avait affaire à un cavalier consommé et se plia à sa volonté. Pour un cheval dont usaient tant de cavaliers différents, il jugea qu'il avait la bouche plutôt bonne et qu'ils seraient en franc compagnonnage. Il se sentait d'humeur joyeuse. À quelques pas de lui, une jeune femme en habit de chasse vert parlait à haute voix. Nicolas reconnut Madame Adélaïde qui écoutait un vieux veneur lui faire son rapport. Il lui présentait sur des feuilles les fumées d'un daim.

— Longues, Madame, formées et bien moulées. Un mâle de bon embonpoint.

— L'avez-vous vu, Naillard ?

— J'ai fait ma quête au petit jour, je l'ai rabattu puis aperçu au viandis. Belle tête haute, ouverte et paumée. Je l'ai suivi avec mon chien jusqu'au taillis de ses demeures, où il s'était rembuché. Puis j'ai mis mes brisées.

La princesse parut satisfaite et la cavalcade se mit en branle au milieu des aboiements de la meute. Au début, Nicolas s'abandonna à l'ivresse retrouvée de la course sur une monture heureuse. Il ne faisait qu'un avec elle et tous deux s'emplissaient de l'air pur de la forêt. Il avait toujours, aimé le galop et ses longs moments d'oubli. Il dut cependant modérer son allure, de crainte de dépasser la tête de la chasse. D'ailleurs, Madame Adélaïde venait de mettre son cheval au pas et ne semblait pas vouloir hâter les choses avant que la bête ne soit lancée et la meute à ses trousses. Alors que les chasseurs abordaient une longue percée, elle abandonna soudain le gros de la troupe pour s'engager sous le couvert. Le personnage désagréable qui avait fait voiture commune avec Nicolas s'approcha de lui et, d'un geste du chapeau, l'engagea à rejoindre la princesse. Nicolas pénétra à son tour sous le couvert, au milieu des fougères desséchées et rougeâtres. Madame avait arrêté son cheval. Il s'approcha, sauta à terre et, le tricorne bas, s'inclina. Elle le considérait d'un air aimable mais sans sourire.

— On me dit beaucoup de bien de vous, monsieur.

Il n'y avait rien à répondre. Il prit un air modeste sans se forcer. Qui était ce « on » ? Le roi ? Sartine ? La Borde ? Les trois, peut-être. Certainement pas Saint-Florentin, qui était détesté par les filles de France.

— On vous dit sagace et discret.

— Je suis l'humble serviteur de Votre Altesse royale.

Cela allait de soi.

— J'ai des tracas dans mon intérieur, monsieur Le Floch. Mes pauvres Ruissec, le malheur les a frappés, vous savez…

Elle médita un moment. Nicolas crut même qu'elle priait. Puis elle parut écarter une idée importune.

— Enfin… En outre, je constate depuis quelque temps des vols bien déplaisants dans mes cassettes.

Il osa l'interrompre. Surprise, elle lui sourit. C'était une belle jeune femme, avec un charme impérieux.

— Des bijoux, Madame ?

— Oui, des bijoux. Plusieurs bijoux.

— Serait-il possible à Votre Altesse royale de faire dresser par l'un de ses serviteurs de confiance une liste descriptive des pièces disparues ?

— Mes gens y pourvoiront et vous feront tenir la chose.

— M'autoriseriez-vous, Madame, guidé par quelqu'un de votre maison, à poser quelques questions à l'ensemble de vos domestiques ?

— Faites, faites, je compte sur vous pour régler cette affaire.

Elle lui sourit à nouveau.

— J'ai connu votre père. Vous lui ressemblez.

Un coup de trompe sonna pas très loin. Une forte voix cria : *Voy le-cry voy-auant !*

— Je crois, monsieur, que le daim est lancé aux chiens. Il faut y aller. Bonne chasse.

Elle éperonna sa monture qui s'enleva en hennissant. Nicolas se recoiffa, remonta et partit au petit galop. Il entendait des appels de trompe et les cris des chasseurs. Le désordre était grand. Il semblait que la bête poursuivie rusât. On entendit le cri d'un piqueur qui rappelait les chiens à lui : *Haurua, à moy Theau, il fuit ici !* et prévenait les chasseurs. Dans cet affolement, la monture de Nicolas s'énerva et piqua des deux. Avant qu'il ne la maîtrise, elle l'avait conduit loin de la chasse. Étourdi par le vent de la course, il n'entendit pas deux cavaliers qui arrivaient sur ses arrières. Au moment où il pressentit leur présence, c'était déjà trop tard. Se retournant, il ne vit qu'une cape noire tendue entre eux qui le frappa et le projeta à terre. Son cheval affolé s'enfuit. Sa tête heurta une souche, un voile l'enveloppa et il perdit conscience.

Une douleur sourde lui taraudait la tête. Il n'aurait pas dû faire autant honneur au souper et à ses flacons. Et puis, le lit était bien dur et la chambre bien froide. Il tenta de remonter le drap et sentit les boutons du justaucorps. Il reprit ses esprits et le souvenir de l'agression lui revint. Il avait bel et bien été attaqué par deux inconnus.

Où était-il ? À part la tête qui le faisait souffrir, il ne semblait rien avoir de rompu. En tentant de s'étirer, il constata qu'il était attaché aux pieds et aux mains. Une odeur connue l'éclaira sur le lieu où il était retenu prisonnier. Ces remugles de moisi, de chandelle éteinte et d'encens ne pouvaient appartenir qu'à un lieu consacré, église ou couvent. Pas de lumière. Obscurité totale. Il frémit. Était-il enfermé dans une crypte ou dans quelque in-pace religieux où on ne le retrouverait jamais ? L'angoisse le saisit avec cette montée de l'étouffement.

Un détail, pourtant insignifiant par rapport à la gravité de la situation, revenait sans cesse l'accabler : il n'avait pas songé à prévenir M. de Noblecourt qu'il resterait plusieurs jours à Versailles. Il imaginait l'inquiétude de ses amis. Finalement, cette hantise lui fit un peu oublier sa position. Du temps passa.

Au bout de plusieurs heures, il entendit un bruit. Une porte s'ouvrit et la lumière d'une lanterne éblouit ses yeux douloureux. Quand il les ouvrit, il ne vit rien ; quelqu'un était passé derrière lui pour lui attacher un bandeau. Il fut saisi, presque porté, et traîné à l'extérieur. Il sentit qu'on franchissait des degrés, puis l'air frais lui caressa le visage. Il perçut le crissement du gravier. Une porte encore, et il eut l'impression d'entrer à nouveau dans un bâtiment, alors que la même odeur d'église le saisissait. Il fut assis sur une chaise paillée, il la sentait sous ses doigts. On lui enleva le bandeau des yeux. Il avait les paupières gonflées et une douleur lancinante dans la nuque.

La première chose qui frappa son regard fut un grand crucifix de bois noir contre un mur blanc. Assis à une table, un vieillard en soutane le fixait, les mains jointes. Sa vision s'accommoda peu à peu. Une seule chandelle brûlait dans une assiette de faïence. Il regarda attentivement le vieux prêtre. Son visage ne lui était pas inconnu, mais les années avaient changé une figure rencontrée dans une autre existence.

— Mon Dieu, mon père ! Vous êtes bien le père Mouillard ?

Par quel détour insensé se retrouvait-il en présence de son ancien maître au collège des jésuites de Vannes ? Il était confondu par le changement qui avait transformé un homme aimable en ce vieillard hagard et perdu. Il n'y avait pourtant que quelques années qu'ils s'étaient vus pour la dernière fois.

— C'est bien moi, mon fils. Et bien accablé de te retrouver dans ces circonstances. Tu m'as reconnu, mais moi, je ne le puis. Je suis devenu aveugle et remercie Dieu de m'avoir fait cette grâce qui m'épargne la souffrance de voir ce temps d'iniquité.

Nicolas comprit les raisons du changement de la physionomie de son maître. Les yeux, à la faible lumière de la chandelle, paraissaient presque blancs, et la mâchoire inférieure tremblait sans cesse.

— Mon père, qu'avez-vous à voir avec mon enlèvement ?

— Nicolas, Nicolas, il est nécessaire de passer par certaines épreuves pour atteindre la vérité. Peu m'importe de savoir comment tu te trouves devant moi ; je n'ai pas de part à cela. Mets-toi à genoux et prie le Seigneur.

Il s'agenouilla lui-même en s'appuyant à la table.

— Le voudrais-je, dit Nicolas, que je ne pourrais pas. Je suis ligoté, mon père.

— Ligoté ? Oui, tu l'es par tes erreurs. Tu t'acharnes à ne pas discerner le droit chemin, le clair chemin, celui que je t'ai enseigné et dont tu n'aurais jamais dû t'écarter.

— Mon père, expliquez-moi la raison de ma présence ici et de votre venue. Où sommes-nous ?

Le prêtre continuait à prier et ne répondit qu'une fois relevé.

— Dans la maison du Seigneur. Dans la maison de ceux qui sont injustements menacés et poursuivis et à qui, honte sur toi, tu prêtes le soutien de ton office.

— Que voulez-vous dire ?

— Les damnés de la Cour t'ont missionné pour enquêter sur de prétendus crimes. Tu es chargé d'incriminer notre Compagnie, la Société de Jésus, par de fausses allégations.

— Je ne fais que mon devoir et ne recherche que la vérité.

— Tu n'as qu'un devoir : tu dois obéir à cette grâce intérieure qui se conforme en toutes choses et sans réserve à la gloire de Dieu. Tu n'as point d'autres règles de conduite que ses divins commandements. Tu dois rejeter toute tyrannique domination et répudier le règne du malin, fût-il couronné.

— Dois-je conclure de vos propos que votre société est pour quelque chose dans les crimes inhumains sur lesquels j'enquête ?

— Ce que nous voulons de toi, ce que j'ai reçu ordre, moi, pauvre vieillard, de t'intimer, c'est d'abandonner une enquête qui peut porter préjudice à une maison de laquelle tu as tout reçu et à qui tu dois le meilleur de toi-même.

— Je suis le serviteur du roi.

— Le roi n'est plus seigneur en son royaume s'il abandonne les plus saints de ses serviteurs.

Nicolas comprit qu'il ne servirait de rien d'argumenter. Les infirmités du vieillard et les ordres qu'il avait reçus avaient d'évidence tourneboulé son esprit au point de détruire cette équanimité qui avait fait du père Mouillard le maître le plus vénéré du collège de Vannes au temps où Nicolas y suivait ses humanités. Il sut qu'il était malheureusement temps de mentir.

— Mon père, j'ai peine à vous croire. Mais je vais méditer votre leçon et réfléchir à mes actions.

— Mon fils, cela est bien et je te retrouve. « Celui qui sauve sa vie la perdra ; et celui qui la perdra pour moi la sauvera. » Écoute la Parole, tu ne peux trop la méditer. En toutes choses, on ne doit pas tant avoir de ménagements pour le monde, et en voulant se sauver pour le temps présent, on se perd pour l'éternité. Je te bénis.

Jamais Nicolas n'aurait imaginé avoir à ruser avec son vieux maître, mais il savait qu'au-delà de sa vénérable personne, c'était à d'autres intérêts, moins saints et moins scrupuleux, qu'il s'agissait de donner le change. Le père

Mouillard chercha à tâtons la chandelle qu'il moucha, plongeant la pièce dans l'obscurité. Nicolas entendit une porte s'ouvrir. On s'approcha de lui et on lui remit le bandeau. Une voix inconnue s'éleva.

— A-t-il accepté ?

— Il va y réfléchir mais je crois qu'il le fera.

Nicolas eut mal au cœur devant l'expression de cette confiance sénile. La voix reprit :

— De toute façon, ce n'est qu'un premier avertissement.

Cela sonnait comme une sérieuse menace. Il fut à nouveau porté comme un ballot dans une voiture qui s'ébranla aussitôt à vive allure. Il avait recouvré toute sa conscience et tenta de mesurer la distance parcourue en comptant les minutes. Au bout d'une heure la voiture s'arrêta, on le jeta dehors. On lui délia les mains et on le précipita sans ménagement dans un fossé empli de feuilles mortes et d'eau croupie. Il entendit la voiture s'éloigner. Il ôta le bandeau. La nuit était tombée. Il entreprit de libérer ses jambes. Il n'y parvint qu'au bout d'une demi-heure d'efforts, grâce à son canif miraculeusement demeuré dans la poche de son justaucorps. Il était huit heures du soir à sa montre, épargnée elle aussi.

Il avait été proprement assommé et enlevé et avait dû rester inconscient de longues heures avant de reprendre connaissance. Le lieu de sa détention n'avait que peu d'importance. L'important était que, sans même se dissimuler, les jésuites, ou des jésuites, l'avaient fait enlever et s'étaient servis d'un pauvre homme pour l'influencer et exercer sur lui un chantage en vue de lui faire abandonner une enquête dans une affaire qui paraissait menacer la sécurité du roi.

Qui plus est, on n'avait pas hésité à utiliser l'occasion d'une chasse de la fille du roi pour perpétrer sur sa personne, celle d'un magistrat, un inconcevable attentat. Fallait-il que de graves et grands intérêts fussent en cause pour conduire à de telles extrémités ! D'une manière ou d'une autre, songeait-il tout en suivant le bord obscur du chemin, il existait un lien entre la Société de Jésus et cette affaire. Coupable ou non, celle-là appréhendait le résultat de l'enquête et paraissait prête à tout faire pour en freiner le cours. Certains paraissaient compter sur sa fidélité et sur sa reconnaissance. Il était vrai qu'il n'avait jamais joint sa voix au chœur presque unanime des contempteurs de la Compagnie. En raison, justement, de sa reconnaissance pour l'éducation reçue et du respect conservé à ses anciens maîtres, il n'avait jamais varié dans son attitude.

Il savait pertinemment que la Compagnie était menacée. Le roi avait publié le 2 août qu'il ne statuerait pas sur son sort avant un an. Pourtant, des arrêts foudroyants s'étaient succédé, condamnant les jésuites dans des affaires de banqueroutes. Au Parlement, l'abbé Chauvelin avait peint un tableau effroyable de la Société, représentée comme une hydre embrassant les deux mondes. Il prétendait que son existence dans le royaume ne tenait qu'à une tolérance et non à un droit légitime. Fin novembre, les évêques de France devaient remettre leur avis au roi. On les disait divisés sur l'attitude à tenir. Tout cela justifiait et expliquait la crainte des jésuites face à un scandale auquel ils seraient mêlés et qui pourrait peser d'un poids décisif sur une opinion publique très remontée contre la Compagnie et sur les décisions du roi.

Nicolas finit par atteindre un petit village. Il se fit ouvrir la porte d'une chaumine et s'enquit auprès d'un paysan éberlué du lieu où il se trouvait. En fait, sa déambulation ne l'avait pas beaucoup éloigné de Versailles, il était juste entre Satory et la ville royale. Il demanda s'il était possible de lui dénicher une voiture pour le ramener au château. Après beaucoup de discussions, d'hésitations et de conciliabules qui faillirent lui faire perdre patience, il finit par obtenir qu'un gros fermier qui possédait une carriole le ramène au château. Une heure plus tard, il était sur la place d'Armes.

Ayant suivi les instructions d'avoir à venir le rechercher le lundi soir, son cocher était là avec Gaspard, endormi sur le siège de la voiture. Inquiet des rumeurs de sa disparition, le garçon bleu était venu l'attendre pour le ramener à l'appartement de La Borde, l'entrée du château étant malaisée après la fermeture des portes et du « Louvre ». Nicolas se contenta d'expliquer que, tombé de cheval, il s'était perdu dans la forêt.

Il remonta chez La Borde faire toilette et nettoyer la vilaine bosse qu'il avait à l'arrière de la tête. Il laissa un message de remerciements à son ami, dans lequel il rendait compte succinctement des événements de la journée et de leur suite. Gaspard le raccompagna à sa voiture. Ils se quittèrent bons amis, le jeune homme lui faisant mille offres de services pour les fois où il reviendrait à Versailles.

Le retour sur Paris fut morose. Nicolas souffrait de sa blessure, et sa tristesse était grande à la pensée du père Mouillard si malheureusement utilisé dans le naufrage de l'âge pour faire pression sur son ancien élève. De cette journée, il ne retiendrait finalement ni le souvenir d'un entretien avec la fille du roi, ni celui de sa première chasse à la Cour, mais bien l'image désolante du vieil homme.

Quand il arriva, fort tard, rue Montmartre, l'hôtel était en ébullition. Marion, Catherine et Poitevin attendaient dans l'office des nouvelles qui ne venaient pas. M. de Noblecourt faisait les cent pas dans son appartement. À la vue de Nicolas, ce ne fut qu'un cri. Le procureur, prévenu par son chien, descendit aussi vite que le lui permettaient ses vieilles jambes. Cet accueil et les questions angoissées qui se multipliaient remirent d'aplomb un Nicolas aussitôt pardonné dès qu'on eut appris ce qu'il pouvait leur confier de ses aventures à la Cour. Il en réserva à M. de Noblecourt le détail incroyable.

## IX

## INCERTITUDES

« L'omission de ce qui est nécessaire semble le blanc-seing du danger. »

SHAKESPEARE

*Mardi 30 octobre 1761*

Nicolas s'éveilla de bon matin. Son corps douloureux protestait par mille raideurs contre le traitement subi la veille. La bosse qui décorait sa nuque se manifestait par des élancements à chaque pulsation de son cœur. Il se souvint de matins semblables dans sa jeunesse, les lendemains de parties de soule. Ce jeu brutal où pleuvaient les horions se terminait le plus souvent par des bagarres homériques et des banquets de réconciliation arrosés de cidre aigre et d'alcool de pommes.

La toilette fut une longue souffrance. Il descendit à petits pas à l'office où Catherine le vit surgir piteux et mal en point. Elle constata les dégâts et décida de prendre les choses en main. Elle avait été longtemps cantinière, et avait vu assez de batailles, de marches, de rixes de soldats en goguette, de membres froissés, de plaies et de bosses, et elle en avait rapporté un certain nombre de recettes empiriques et une science des emplâtres qui s'ajoutaient aux connaissances de sa jeunesse paysanne en Alsace.

Elle fourragea dans le fond d'un placard et en sortit un cruchon de terre cuite soigneusement scellé. C'était, disait-elle, un remède souverain qu'elle conservait pour les grandes occasions : une décoction d'herbes dans de l'alcool de quetsches. Une « sorcière » des environs de Turckheim, qui se trouvait être sa tante, lui en avait légué quelques cruchons. Elle garantissait ses effets prodigieux.

Malgré ses protestations, elle fit mettre Nicolas en culotte, le gourmandant de se montrer si pudique devant une vieille femme qui en avait vu d'autres, et des moins appétissants, quand elle était sous les armes, et elle se mit à l'étriller gaillardement à l'aide de son élixir jusqu'au moment où la peau lui chauffa. La cuisson et l'excitation furent telles qu'il eut l'impression d'avoir les muscles déliés par cette onction sauvage. Pour achever ces soins, elle lui en versa un petit verre : le feu du contrecoup lui entra dans la gorge mais, passé le premier effet, il en ressentit aussitôt le bienfait. Une marée de douceur l'envahit, relayant et activant l'action extérieure de la lotion.

Il eût fallu, dit Catherine, courir s'enfouir sous la courtepointe et dormir tout son soûl. Nicolas lui reprocha de ne pas lui avoir administré ce traitement dès son retour, la nuit précédente. Elle lui rétorqua que ce qui était lié ne pouvait être délié qu'après que la contracture s'était fait sentir et qu'hier, encore dans le feu de son aventure, il n'aurait pu pleurer ses douleurs comme ce matin. Là-dessus, Catherine s'octroya elle aussi un petit verre en prévision de ses maux à venir, puis replaça soigneusement le cruchon dans sa cachette. Le reste de la maison dormait encore, épuisé par l'attente et par les émotions de la nuit.

Dès qu'il fut dans la rue Montmartre, Nicolas perçut quelque chose d'anormal. Il mit cette impression sur le compte de son état et sur la nervosité conséquente à l'agression et à l'enlèvement de la veille. Il décida de ne pas renoncer à ses précautions habituelles et s'engagea discrètement dans l'impasse Saint-Eustache.

Dès son entrée dans l'église, il se jeta dans une chapelle obscure et se carra à l'angle d'un autel. Il entendit des pas et vit un homme en gris qui, d'évidence, le suivait et qui, l'ayant perdu de vue, se précipitait vers la grande porte. Lui-même put s'échapper par là où il était entré et prendre au vol une brouette qui passait par là, cherchant le chaland. Ainsi, la traque se poursuivait ; de chasseur, il était devenu gibier.

Quand il arriva au Châtelet, Bourdeau, informé par le cocher d'une partie des événements de Versailles, lui annonça que Sartine avait été retenu par le roi lors de son audience hebdomadaire et qu'il ne rejoindrait Paris qu'après la grand-messe de Toussaint, le surlendemain.

— Voilà qui n'arrange pas mes affaires, dit Nicolas. Encore que je doive, de toute façon, retourner à Versailles.

Il lui conta l'audience de M. de Saint-Florentin et le blanc-seing donné à la poursuite de l'enquête. Il lui décrivit l'étrange Mlle de Sauveté et la conclusion violente de l'invitation de Madame Adélaïde, mais il ne lui dit rien de l'incident de Saint-Eustache, pour ne pas l'inquiéter outre mesure.

— Sauf le respect que je dois à vos sentiments d'ancien élève des bons pères, dit Bourdeau, ces gens-là sont effectivement dangereux. Je pense comme l'abbé Chauvelin. Voilà des prêtres qui ne reçoivent d'ordres que de leur général. Ils sont unis comme les doigts d'une main par leur vœu d'obéissance. Mais je ne donne pas cher de leur avenir. Tout ce que vous me contez, ce sont les derniers sursauts de la bête. Vous savez ce qu'on chante ? Loyola était boiteux et l'abbé Chauvelin bossu. Tout Paris fredonne cette chanson.

Il se mit lui-même à chanter d'une voix grave :

*Société perverse*
*Un boiteux t'a fondée*
*Un bossu te renverse.*

Nicolas sourit tristement.

— Je ne vous suivrai pas sur ce chemin-là, Bourdeau. Vous savez ma fidélité à mes maîtres. Mais je crois qu'il y a de mauvais bergers et j'en veux tout particulièrement à ceux qui ont entraîné le père Mouillard dans cette équipée insensée.

— En tout cas, cela prouve chez eux une belle organisation. L'ont-ils fait venir de Vannes au débotté pour débattre avec vous ?

— Il n'est pas breton. J'imagine qu'il doit finir ses jours dans une maison de la Compagnie.

— Notez qu'ils étaient bien informés. Je ne peux imaginer que Sartine, La Borde et Madame aient pu prêter la main à ce guet-apens.

— C'est exclu. Mais vous-même, Bourdeau, quelles leçons tirez-vous de votre office aux Théatins ?

— Belle cérémonie, pleine de recueillement. Peu de famille. Encore moins d'amis. Le comte de Ruissec prostré. En dehors de cet accablement, trois choses m'ont frappé. Primo, la fiancée, Mlle de Sauveté, comme vous le savez, n'était pas là. Ne la connaissant pas, vous pensez bien que je me suis renseigné. Secundo, le vidame était présent, un bien séduisant jeune homme, et bonnement gaucher ! Nous le savions, mais j'ai pu le vérifier au moment où il jetait l'eau bénite sur les bières. Mais ce n'est pas tout : Lambert, le valet, est également gaucher… Toujours le goupillon. Enfin, tertio, la famille maintenait le vidame à l'écart. Il n'accompagnera pas le comte à Ruissec pour l'inhumation définitive de sa mère et de son frère. N'est-ce pas étonnant de la part d'un petit collet, même libertin ?

— Il y a trop longtemps que nous en parlons. Je dois absolument l'interroger.

— Justement. Nous avons un avantage sur lui. À l'issue de l'office, je l'ai filé. Il a rejoint son domicile rue de l'Hirondelle, une petite voie qui joint la place du Pont-Saint-Michel à la rue Gilles-Cœur. Il en est ressorti assez vite, et savez-vous où le bougre m'a conduit ?

— Mon bon Bourdeau, le gibier est trop fatigué pour deviner !

— À l'angle des Boulevards et de la rue de Richelieu, chez Mlle Bichelière. Il n'est resté qu'un moment, deux ou trois minutes, pas plus. Il est remonté en fiacre et a décampé. Me faisant passer pour un fournisseur, et après avoir payé mon écot à une espèce de magot qui sert de portière, j'ai su par la soubrette que la maîtresse n'était pas au logis, mais au théâtre.

— Au théâtre de si bon matin, cela est bien étonnant…

— J'ai interrogé le magot qui m'a confirmé que le jeune homme en rabat venait souvent « confesser » la jolie comédienne. Elle m'a dit cela avec une horrible grimace pleine de sous-entendus sur lesquels il était difficile de se méprendre.

— Voilà un point essentiel, Bourdeau. Ainsi, le vidame connaît parfaitement la maîtresse de son frère. Nous verrons ce qu'il aura à nous dire sur tout cela. Il sera peut-être plus enclin à nous parler que son père. Désormais, il faut tirer nos plans, établir et vérifier les emplois du temps de tous ces gens et recouper nos informations. Nous finirons bien par trouver la partie faible. Nous avons déjà deux gauchers. Nous pouvons affirmer presque à coup sûr que Lambert était dans l'armoire et qu'il a participé à l'assassinat, ainsi qu'au transport du corps de son maître. Il est complice de la simulation du suicide. Il nous manque un deuxième participant. Rien ne s'oppose à ce qu'il puisse s'agir du vidame.

— Comment procédons-nous, Nicolas ? Je ne suis pas chaud pour vous laisser seul désormais.

Nicolas finit par se convaincre qu'il était plus sage de dire la vérité.

— Et je ne vous ai pas dit que j'ai été suivi ce matin. Ma vieille ruse à Saint-Eustache a fait merveille, mais je vais devoir redoubler de vigilance. Cependant, la tâche est trop grande pour que nous ne nous séparions pas. Mais je pourrais avoir recours à quelque déguisement de ma façon pour tromper l'ennemi. Pour l'heure, je souhaiterais que vous lanciez les recherches sur Bichelière, Lambert, Truche, la Sauveté. D'où sortent-ils ? Que diable, nous sommes la meilleure police d'Europe ! S'il le faut, adressez des courriers aux intendants avec réponses par retour. Je les veux au plus tard à la fin de la semaine pour tout savoir sur tous.

— J'ai oublié de vous dire qu'on a arrêté le cocher du ministre de Bavière.

— Il faudra que je le voie. M. de Sartine va bien m'en reparler, pour peu que le plénipotentiaire se manifeste encore ! Je ne lui ai rien dit de mes soupçons. Voilà l'occasion de les vérifier.

— Par où commencez-vous ?

— Je suis désolé de vous laisser toute cette paperasse, mais les petits ruisseaux font les grandes rivières. Pour moi, je vais changer de toilette et cours interroger un de nos amis, joaillier sur le pont au Change, au sujet de la bague laissée en gage par Truche de La Chaux. Ensuite, je tâcherai de coincer le vidame. N'oubliez pas que nous soupons chez Semacgus, ce soir, à Vaugirard. J'y coucherai et partirai demain matin de bonne heure à Versailles pour enquêter chez Madame Adélaïde.

Quelques instants plus tard, un bourgeois bedonnant et âgé, appuyé sur une canne et portant un sac de cuir, sortit du Châtelet et monta dans une voiture. Nicolas avait parlé plusieurs minutes avec le père Marie sans que celui-ci le reconnût. Rassuré par cet essai, il se fit conduire sur le pont au Change devant la boutique du bijoutier joaillier Koegler auquel le lieutenant général de police avait souvent recours dans les affaires de vol de bijoux. Il fut reçu avec l'empressement que l'on réservait en ce lieu aux riches pratiques.

D'une voix éteinte, il pria le maître artisan de bien vouloir examiner une pièce dont il souhaitait faire l'acquisition, mais dont il craignait en même temps l'origine impure. Il précisa qu'un sien ami lui avait indiqué cette adresse où le travail et les poinçons pourraient être utilement vérifiés.

Flatté, le bijoutier ajusta sa loupe oculaire et examina la bague à la fleur de lys que Nicolas avait saisie au *Dauphin couronné*. L'examen fut lent et minutieux. M. Koegler hocha la tête. Son conseil était d'éviter d'acheter cette pièce, et même d'informer la police. Cette bague était fort ancienne, d'un travail soigné ; les pierres étaient remarquables par leur eau et par leur taille, mais – et l'homme baissa la voix – il y avait tout lieu de penser, par diverses observations qu'il garda pour lui, que la pièce appartenait aux bijoux de la Couronne et qu'elle avait été dérobée à une personne de sang royal. Il n'y avait qu'une chose à faire : s'en débarrasser au plus vite entre des mains autorisées, sous peine d'être accusé du recel qui équivaudrait, dans ce cas précis, à un crime de lèse-majesté. Nicolas prit congé en assurant le joaillier que son conseil serait suivi, et qu'il allait de ce pas remettre à qui de droit ce compromettant objet.

Bien que le domicile du vidame de Ruissec ne fût pas très éloigné du pont au Change, il ordonna à son cocher de le conduire d'abord à la Comédie-Italienne. Il lui recommanda toutefois quelques détours, pour vérifier qu'il n'était pas suivi. Il fit engager la voiture dans un cul-de-sac et attendit un moment. Rassuré, il donna ordre de poursuivre. Il tira les rideaux du fiacre et se transforma à vue ; après avoir craché l'étoupe qui tapissait sa bouche, enlevé ses faux sourcils blancs, nettoyé la céruse qui couvrait son visage, retiré la bourre qui lui faisait un bedon artificiel, et une fois ôtée la perruque bourgeoise, il retrouva sa chevelure naturelle. Il serra dans sa main la canne en apparence inoffensive dont le corps évidé dissimulait une épée bien trempée.

À la Comédie-Italienne, laveurs et frotteurs achevaient de s'échiner dans les grandes eaux du nettoyage du matin. Le père Pelven dressait sa haute silhouette au-dessus de cette marée, lui qui avait si souvent manié le faubert sur les ponts des vaisseaux où il avait servi. Son visage buriné s'éclaira à la vue de Nicolas. Il voulut l'entraîner aussitôt pour arroser ces retrouvailles avec quelques verres de son breuvage favori, ou même en partageant son mangement dont la fumée odorante flottait déjà dans les couloirs du théâtre.

Nicolas, pressé, et qui se rappelait où l'avait mené sa précédente incursion dans la gastronomie matelotière, déclina aimablement la proposition, sans que le portier s'en formalisât outre mesure. Il s'enquit de ce qui l'amenait et répondit aussitôt à ses questions.

Non, bien sûr, la Bichelière n'avait pas mis les pieds au théâtre samedi de toute la journée, ni depuis d'ailleurs. Elle abusait, et le directeur excédé ne laissait pas de vitupérer en la menaçant d'une mise à l'amende au taux redoublé pour ses absences réitérées. La ponctualité de la comédienne péchait très souvent et ses manquements se répétaient à tel point qu'ils désorganisaient les spectacles et qu'on était contraint d'avoir recours à des doublures souvent mal préparées et moins goûtées du public. N'eussent été ses charmes et le fait qu'ils attiraient les gandins, il n'y avait pas la largeur d'une étraque[1] pour qu'on la jette à la rue, retrouvant ainsi l'élément d'où elle était issue ! Voilà ce qu'il en coûtait de fatrasser sans rime ni raison !

À une autre question, Pelven assura qu'un petit collet s'était présenté samedi dans l'après-midi pour demander la belle. Fort dépité d'apprendre son absence, il avait insisté de si déplaisante façon que la grille lui avait été claquée au nez. Le vieux marin ajouta que l'accueil avait été d'autant plus

1. Largeur du bordage d'un navire.

froid qu'aucune substance n'était venue adoucir l'humeur rugueuse de l'autorité portière. Cette allusion ne tomba pas dans l'oreille d'un sourd, et Nicolas récompensa comme il se devait la précision et l'abondance des renseignements apportés. Il écourta les démonstrations d'amitié de Pelven en lui demandant s'il pouvait sortir par l'arrière du bâtiment, ayant donné à sa voiture l'ordre de l'attendre rue Française, devant la halle aux cuirs. L'endroit était fort animé et sa présence y passerait inaperçue. Il fut conduit jusqu'à une petite porte qui donnait sur un couloir débouchant lui-même sur un passage entre les maisons. Grand collectionneur de traverses parisiennes, Nicolas mémorisa l'itinéraire.

Il franchit à nouveau la Seine pour rejoindre la rue de l'Hirondelle. Il s'inquiétait de la manière dont il aborderait le vidame, jusqu'au moment où il estima que la meilleure attitude était celle qui apparaîtrait la plus vraisemblable. Truche de La Chaux lui avait involontairement soufflé la solution : se faire passer pour un représentant de la police des jeux et interroger le jeune homme sur sa fréquentation du *Dauphin couronné.*

Le vidame avait-il été mis en garde contre lui ? C'était peu probable, compte tenu de ses mauvaises relations avec son père. Nicolas devrait s'appuyer sur ces dissensions familiales afin de pousser un coin et d'inciter à parler le fils cadet, désormais promis à un autre destin par la disparition de son frère.

La maison où habitait le vidame était sans apparence, ni cossue ni pauvre. Une maison bourgeoise et banale dans une rue banale. Pas de portier pour barrer la route à Nicolas, qui gagna en quatre enjambées l'entresol. Il frappa à une porte en ogive qui s'ouvrit presque aussitôt, encadrant un jeune homme plus intrigué que fâché de son incursion. En culottes et en chemise sans cravate et sans manchettes, une main sur la hanche, il interrogea Nicolas d'une levée du menton. Les sourcils fournis et arqués se dressèrent au-dessus des yeux d'un bleu profond et la bouche s'avança en une sorte de moue. Les cheveux étaient juste noués par un nœud sur le point de se défaire. À cette première impression agréable succéda une seconde, plus inquiétante. Nicolas nota la pâleur du visage aux pommettes saillantes et empourprées et les cernes des paupières, le tout baignant dans une sueur de fatigue. Des taches violacées accentuaient encore le caractère défait d'un homme qui, pour Nicolas, n'avait pas fermé l'œil depuis longtemps.

— Monsieur de Ruissec ?

— Oui, monsieur. À qui ai-je l'honneur ?

— Je suis policier, monsieur, et souhaiterais vous entretenir.

Le visage s'empourpra, puis pâlit. Le vidame s'effaça et invita Nicolas à entrer. Le logis était composé d'une vaste pièce, basse de plafond et sans clarté. Deux ouvertures en arc de cercle au ras du plancher ouvraient sur la rue. L'ameublement était élégant sans excès, et rien n'évoquait la vocation religieuse de l'occupant. C'était la garçonnière d'un jeune homme voué davantage à une vie de plaisirs qu'aux méditations spirituelles. Le vidame demeura debout à contre-jour et n'invita pas Nicolas à s'asseoir.

— Eh bien, monsieur, puis-je vous aider ?

Nicolas décida de frapper d'emblée un grand coup.

— Avez-vous remboursé M. de La Chaux du prêt qu'il vous a consenti, ou plutôt du gage qu'il vous a confié ?

Le vidame rougit à nouveau.

— Monsieur, c'est une question personnelle entre lui et moi.

— Savez-vous que vous fréquentez un lieu dans lequel le jeu est interdit, et par conséquent que vous êtes passible des lois ?

Le jeune homme releva la tête avec un mouvement de défi.

— Je ne suis pas le seul à Paris à courir les tripots. Je ne sache pas que, pour autant, la police du royaume en fasse toute une affaire.

— C'est que, monsieur, tous vos semblables ne se destinent pas à la prêtrise, et l'exemple que vous donnez…

— Je ne me destine nullement à l'état religieux. Cela, c'est du passé.

— Je vois que la mort de votre frère vous ouvre la carrière !

— Ce propos, monsieur, est bien inutilement offensant.

— C'est que tous vos semblables ne bénéficient pas non plus de la mort d'un proche.

Le vidame fit un pas en avant. Sa main gauche se porta instinctivement à son côté droit pour y chercher la poignée d'une épée absente. Nicolas nota le mouvement.

— Monsieur, prenez garde, je ne me laisserai pas impunément insulter.

— Répondez plutôt à mes questions, fit sèchement Nicolas. Je vais d'ailleurs être franc avec vous et vous prie de prendre en considération mon ouverture. J'enquête aussi et surtout sur la mort de votre frère, dont votre père, le comte de Ruissec, a réussi à camoufler le meurtre. Non seulement le sien, mais celui de votre mère.

Il entendit comme un sanglot.

— Ma mère ?

— Oui, votre mère, sauvagement étranglée et jetée dans le puits des morts au couvent des Carmes. Votre mère, qui souhaitait me confier son tourment et qui est morte à cause de ce secret. Certains avaient intérêt à la faire taire avant qu'elle ne parle. Voilà, monsieur, ce qui m'autorise à vous traiter comme je le fais, moi, Nicolas Le Floch, commissaire de police au Châtelet.

— Vous m'accablez, je n'ai rien de plus à vous dire.

Nicolas remarqua que la nouvelle de l'assassinat de sa mère n'avait pas paru constituer une surprise pour le jeune homme.

— Ce serait trop facile. Vous avez au contraire beaucoup à me confier. Et tout d'abord, connaissez-vous Mlle Bichelière ?

— Je la sais maîtresse de mon frère.

— Ce n'est pas là ce que je vous demande. La connaissez-vous personnellement ?

— Point du tout.

— Que faisiez-vous alors chez elle, hier en début d'après-midi ? Ne niez pas, on vous y a vu. Et trois témoins de bonne foi sont prêts à en jurer devant un magistrat.

Nicolas crut que le jeune homme allait se mettre à pleurer. Il se mordait les lèvres jusqu'au sang.

— Ne l'ayant pas vue au service funèbre de mon frère, j'allais...

— Allons, à qui ferez-vous croire que cette jeune femme eût été admise à la cérémonie de funérailles de votre frère et de votre mère ? Trouvez-moi quelque chose de plus probant.

Le vidame se tut.

— J'ajouterai, reprit Nicolas, que des témoins affirment vous avoir rencontré à plusieurs reprises à ce même domicile de ladite demoiselle. Vous ne me ferez pas accroire que vous ne la connaissez pas. Veuillez vous en expliquer.

— Je n'ai rien à dire.

— Libre à vous. Autre chose, pouvez-vous m'indiquer vos occupations le jour de la mort de votre frère.

— Je me promenais à Versailles.

— À Versailles ! C'est grand, Versailles. Dans le parc ? Au château ? Dans la ville ? Seul ? En compagnie ? Il y a du monde à Versailles, et vous avez dû croiser quelqu'un de votre connaissance ?

Nicolas souffrait de se montrer aussi brutal, mais il souhaitait faire réagir le jeune homme.

— Non, personne. Je souhaitais être seul.

Nicolas hocha la tête. Le vidame était en train d'accumuler sur sa tête toutes les présomptions. Il ne pouvait décemment le laisser libre de ses mouvements. Quelque incertitude qui subsistât sur son éventuelle culpabilité, sa mise à l'écart permettrait de faire bouger les choses. Sous les yeux effarés du jeune homme, il sortit de sa poche une des lettres de cachet que lui avait confiées M. de Saint-Florentin. Il y inscrivit sans hésitation le nom du vidame. C'était la deuxième fois dans sa vie de policier qu'il conduirait un prévenu à la Bastille. Le premier avait été le docteur Semacgus, mais il s'agissait alors surtout de le protéger et il en était sorti lavé de tout soupçon. Ce précédent renforçait l'impassibilité de Nicolas face à l'acte grave d'emprisonner son semblable.

— Monsieur, dit-il, par ordre du roi, je dois vous mener à la Bastille où vous aurez tout loisir pour méditer sur les inconvénients qu'il y a à demeurer muet. Sans doute, je l'espère pour vous, serez-vous plus loquace la prochaine fois que nous nous rencontrerons.

Le vidame s'approcha de lui, le regardant dans les yeux.

— Monsieur, je vous implore de m'entendre. Je suis innocent de ce que l'on pourrait m'imputer.

— Je vous ferai observer que si vous vous déclarez innocent, c'est que vous savez qu'il y a eu crime. Je pourrais relever votre propos à votre détriment. Ne vous méprenez pas ; nul plus que moi ne souhaite que vous soyez innocent. Mais vous devez me donner les moyens d'approcher la vérité. Je suis sûr que vous en détenez un morceau.

Il crut que cette exhortation prononcée sur un ton sensible allait bousculer les défenses du jeune homme et qu'il parlerait enfin. Mais ce fut peine perdue. Le vidame parut sur le point de céder, mais il se reprit, secoua la tête et commença à s'habiller.

— Je suis à votre disposition, monsieur.

Nicolas le prit par le bras. Il tremblait. Il mit un scellé à la porte du logis, où des perquisitions seraient effectuées, puis ils descendirent pour rejoindre la voiture. Le cocher reçut l'ordre de gagner la prison d'État. Pendant tout le trajet, le jeune homme demeura silencieux, et Nicolas respecta son mutisme. Il n'y avait rien de plus à en obtenir. Quelques jours dans la solitude d'un cachot réduiraient peut-être son obstination et l'amèneraient à mesurer la gravité des charges qui pesaient sur lui faute de consentir à s'expliquer.

À la Bastille, Nicolas fit accomplir les formalités d'écrou du prisonnier. Il prit à part le geôlier en chef pour lui recommander le jeune homme. D'une part, le secret de son incarcération devait être rigoureusement respecté, et, d'autre part, aucune visite n'était autorisée sans l'avis de Nicolas. Enfin, et il insista tout particulièrement sur ce point, il convenait de ne pas laisser le prévenu sans surveillance, qu'il n'en vienne pas à s'homicider par négligence de ses gardiens. Nicolas avait en mémoire la mort d'un vieux soldat qui s'était pendu au Châtelet, faute qu'on lui ait ôté sa ceinture. Il laissa une petite somme afin que des repas puissent être apportés de l'extérieur au prisonnier.

Il quitta avec soulagement la vieille forteresse. Cette masse de pierres grises l'oppressait. À l'intérieur, le labyrinthe des escaliers et des galeries, humides et noires, le grincement des clefs dans les serrures et le claquement des guichets aggravaient encore son malaise. L'animation souriante de la rue Saint-Antoine avec sa foule et ses voitures le rasséréna.

Nicolas réfléchissait aux suites de l'arrestation du vidame. On verrait bien si le comte de Ruissec interviendrait pour faire libérer son dernier fils avec autant de vigueur qu'il l'avait fait pour récupérer le corps de son aîné assassiné. Nicolas ressentait comme un doute : trop de présomptions pesaient sur le vidame. Les mobiles crevaient les yeux : rivalité amoureuse, ambition contrariée et peut-être d'autres encore, plus matériels. Que Lambert, le valet, ait été le complice s'acceptait sans trop de difficultés. Là où l'incertitude gagnait Nicolas, et où les questions s'accumulaient, c'était dans la vision du frère tuant le frère. Sans doute, la chose n'était-elle pas sans précédent. Il y avait quelques mois une affaire avait défrayé la chronique. Un chevalier du nom d'Aubarède avait tué son frère aîné. Il l'avait abattu d'un coup de pistolet dans la tête et l'avait achevé à coups de poignard et de barre, avant de s'enfuir pour s'engager dans les armées ennemies. M. de Choiseul avait fait écrire à l'ambassadeur à Rome avec description du meurtrier afin qu'on l'arrête.

Nicolas eut une soudaine inspiration. Puisqu'il fallait plonger dans le passé de ses suspects, il ordonna à son cocher de le conduire à l'hôtel de Noailles, rue Saint-Honoré, face au couvent des Jacobins, demeure de M. de Noailles, le plus ancien des maréchaux de France. C'était là que se trouvaient les bureaux du tribunal du Point d'Honneur, que cette illustre assemblée avait formé pour juger des cas litigieux. Sous la présidence de leur doyen, les maréchaux, dont la compétence s'étendait à tous les gentilshommes civils ou militaires, avaient à connaître des injures, menaces, voies de fait, dettes de jeux ou provocations en duel. Leur connaissance du personnel militaire était des plus approfondie. Le secrétaire de cette institution, M. de La Vergne, appréciait Nicolas. Alors que celui-ci travaillait encore sous les ordres du commissaire Lardin, il avait réussi, grâce à l'active mobilisation de ses mouches et du réseau de ses informateurs dans le monde des receleurs, à retrouver une tabatière dérobée au maréchal de Belle-Isle, secrétaire d'État à la Guerre, mort en janvier de la même année. M. de la Vergne lui avait fait des offres de service et lui avait promis de lui rendre la pareille si l'occasion venait à se trouver.

L'homme possédait une science approfondie des carrières des officiers généraux : nul mieux que lui ne pouvait renseigner Nicolas sur le comte de Ruissec. Il parvint sans difficulté jusqu'à son bureau. Par chance, M. de La Vergne était là et le reçut sur-le-champ. C'était un petit homme fluet au visage lisse et pâle, avec des yeux rieurs, mais que sa perruque blonde ne parvenait pas à rajeunir. Il accueillit Nicolas avec chaleur.

— Monsieur Le Floch. Quelle surprise ! Monsieur le commissaire, devrais-je dire, en vous présentant mon compliment. Que me vaut votre visite ?

— Monsieur, je dois recourir à vos lumières sur une affaire bien délicate.

— Il n'y a rien qui soit délicat entre nous, et mon aide vous est acquise comme à un ami et comme à un protégé de M. de Sartine.

Nicolas se demandait parfois si ses propres qualités suffiraient un jour à justifier l'aide qu'on lui apportait. Quand cesserait-il d'être prisonnier de son image ? Il s'en voulut de cette réaction puérile. M. de La Vergne ne disait pas cela en mauvaise part ; c'était une manière de compliment. Chacun marquait son rang dans cette société par sa naissance, ses talents, mais aussi ses alliances ou ses protections. M. de La Vergne appartenait à cette société dans laquelle il était impossible de n'être point sensible à de telles considérations. Eh bien, il allait lui en donner.

— Le ministre, M. de Saint-Florentin…

Le secrétaire des maréchaux s'inclina.

— … m'a chargé de démêler une affaire des plus confidentielles, concernant un ancien officier général, le comte de Ruissec, qui vient…

— De perdre sa femme et son fils. La rumeur va bon train, mon cher. Il est vrai que l'homme était peu aimé.

— Justement. Auriez-vous la bonté de m'éclairer sur sa carrière ? Je me suis laissé dire qu'il avait quitté le service dans des conditions un peu particulières.

M. de La Vergne désigna de la main les cartons qui tapissaient les murs de son bureau.

— Inutile de consulter mes archives. C'est une histoire dont j'ai entendu parler. Vous savez que nous recevons beaucoup d'informations. Cela peut quelquefois servir dans les affaires que nous traitons. Votre Ruissec était bien brigadier général et ancien colonel de dragons ?

— C'est précisément cela.

— Eh bien, mon cher, en 1757, année terrible, nos troupes sous le commandement du prince de Soubise avaient envahi le Hanovre. Des plaintes se sont multipliées contre votre homme. Il passait pour avoir partie liée avec des munitionnaires et des trafiquants. Cela n'était pas nouveau et il n'était pas le seul. On rogne sur les vivres et sur la viande, on ajoute de l'ordure à la farine pour faire bon poids. Résultat, les hôpitaux sont les plus mal lotis et les soldats y pourrissent inhumainement. Bouillon infâme, viande pourrie et charogne non écumée, le tout pour faire des économies, sinon des profits. Chose plus grave encore, pendant des mois, le trésorier versa à M. de Ruissec un paiement réel en argent tant pour les hommes que pour les chevaux au prétexte d'effectifs en fait inexistants. Cela aussi est malheureusement fréquent. Il en aurait réchappé.

— Mais alors ?

— J'y viens. Un lieutenant protesta de ces manquements et voulut même les dénoncer. Ruissec réunit sur-le-champ un conseil de guerre. Nous étions face à l'ennemi. L'accusé fut condamné pour lâcheté et aussitôt pendu. Mais il avait des amis et, pour le coup, la rumeur grossit. Des informations concordantes parvinrent à Versailles. Sa Majesté en fut avisée, mais demeura silencieuse. Chacun comprit alors que d'autres influences s'exerçaient et que le roi n'en ferait pas plus. Le comte, cependant, quitta le service. C'est toujours pour moi un étonnement de l'avoir vu s'insinuer et se faire une position à la Cour auprès du dauphin, ce prince si vertueux, et auprès de Madame par sa femme !

— Vous rappelez-vous le nom de ce lieutenant ?

— Certes non, mais je le chercherai et vous le ferai tenir. Mais mon histoire n'est pas achevée. On raconte que des preuves accablantes ont été rassemblées contre M. de Ruissec. De temps à autre, une pièce arrive chez le ministre de la Guerre ou ici, au tribunal des maréchaux. Mais le tout si décousu et si parcellaire qu'il serait impossible de l'utiliser. Il appert qu'un correspondant inconnu s'évertue à maintenir cette affaire vivante dans les mémoires. Pour quels motifs ? Nous l'ignorons. On dit aussi que Ruissec lui-même disposerait d'autres preuves compromettantes pour le prince de Soubise lui-même. Que dites-vous de cela ? Et qui dit Soubise…

Il baissa la voix.

— … dit Paris-Duverney, le financier. Et qui dit Paris-Duverney dit Bertin, le secrétaire d'État aux Finances, le rival de Choiseul, et l'ami de… de…

— D'une bonne dame.

— Vous l'avez dit, ce n'est pas moi ! Le père de la même personne, M. Poisson, était commis chez les Paris-Duverney.

— Voilà qui éclaire et obscurcit tout à la fois.

Le petit homme agita les mains.

— Affaire à prendre avec des pincettes, mon cher. Avec des pincettes. Le Ruissec est une pièce à plusieurs avers !

Il se rengorgea puis gloussa, satisfait de sa plaisanterie. Nicolas, perplexe, quitta le secrétariat des maréchaux. La conversation avec M. de La Vergne ouvrait bien des pistes. Tout portait à croire que l'énigme pouvait revêtir une dimension et une complexité plus considérables que tout ce que Nicolas aurait pu imaginer. Ce qu'il y avait de réconfortant, c'était que le secrétaire des maréchaux de France avait fait preuve d'une amicale complaisance, et Nicolas mesurait encore une fois l'utilité de posséder, dans l'exercice de ses fonctions, une liste de connaissances dans des milieux différents, portefeuille de nature à être feuilleté pour y puiser dans les cercles concentriques des relations utiles.

Il décida de passer rue Montmartre avant de gagner Vaugirard. Cette partie prévue de longue date l'emplissait de plaisir à l'avance. À l'hôtel de Noblecourt, Catherine le pria d'emporter avec lui une tarte aux poires et au massepain qu'elle destinait à Awa, la cuisinière de Semacgus. Elle l'entêta de recommandations et lui fit promettre de bien rappeler à sa consœur d'avoir à l'attiédir à l'entrée du four du potager juste avant le service, mais sans excès sinon elle dessécherait, et de ne pas oublier enfin de servir une jatte de crème battue dont elle couvrirait sans parcimonie le dessus du gâteau. Enfin, elle se rappela que le maître de maison souhaitait voir Nicolas, ne fût-ce qu'un instant. Cyrus montrait déjà le chemin, en infatigable estafette entre le poste de commandement de son maître et les dépendances de l'hôtel. Quand il entra dans la chambre, M. de Noblecourt, le teint reposé et fleuri, jouait aux échecs, acagnardé dans son grand fauteuil d'où il surveillait d'un œil l'animation de la rue. Il fixait une pièce avec attention.

— Ah ! Nicolas... Je joue contre moi-même, main gauche contre main droite. Je n'y tiens pas longtemps, je me connais trop bien. L'issue est sans surprise, c'est adresse contre paresse ! Que tenteriez-vous avec ce cavalier-ci ?

Nicolas se garda bien de se livrer à un de ces gestes rapides, plus intuitifs que raisonnés, bien que quelquefois opportuns, qui agaçaient le vieux magistrat, tenant d'une manière plus réfléchie et plus lente.

— J'attaquerais. Il menace à la fois un fou et un de ses semblables. Les deux pièces sont prises en tenaille, et lui demeure doublement protégé.

M. de Noblecourt clignait des yeux en se mordant un coin des lèvres.

— Mouais... Il me reste ma dame. Voilà justement pourquoi je vous ai demandé. La dame avec la dame, elle est des deux côtés.

— Vous voilà bien mystérieux, que voulez-vous dire ?

— J'ai longuement songé à tout ce qui vous est advenu. La Cour... Dissimulation et défiance... Le fléau de tout enthousiasme vertueux... Les grands sont polis mais durs ; cela n'exclut d'ailleurs pas une franchise brutale qui peut dissimuler la fausseté... Le philosophisme ajouté à la méchanceté naturelle, une froide atrocité !

— Vous m'inquiétez de plus en plus. Est-ce la pythie qui vaticine devant ses trépieds ? Cette humeur noire... Cette amertume qui ne vous ressemble pas. La goutte qui monte, sans doute ? J'ai tort de vous fatiguer avec mon enquête, je m'en veux.

Le vieux procureur sourit.

— Que non, que non ! Je me porte comme un charme, comme un if, comme un chêne ! Mais je suis inquiet, Nicolas. Comme le dit mon vieil ami de Ferney, l'esprit le plus atrabilaire quand on cherche à lui plaire, « ce n'est pas vous qui m'entêtez, ce sont les soucis que je me fais pour vous dans cette conjoncture délicate ». Quant à la goutte, cette gueuse, elle m'a bel et bien oublié !

— Et donc ?

— Et donc, monsieur le toujours pressé, j'ai réfléchi une bonne partie de la nuit.

— Voyez !

— Non, une nuit sans douleurs est une bonne nuit pour un vieillard. Il s'y trouve l'esprit dispos et prêt à la réflexion.

Nicolas songea soudain que chaque homme était isolé en lui-même et que son vieil ami dissimulait plus souvent qu'à son tour les atteintes de l'âge, comme une apparente coquetterie, mais en réalité par dignité et par l'effet de cette exquise politesse qui entendait qu'on dissimulât ces choses à ses amis. Seule la goutte ne se pouvait cacher.

— Et l'insomnie bien tempérée et bien utilisée n'est pas du temps perdu, mais du temps regagné. Je pensais à la dame, à celle de Choisy et à celle de Versailles. Et puis à votre Truche. Bien sûr de lui, celui-là ! Votre bonne dame, je la voyais nouer et dénouer à distance, mais ne levant pas le petit doigt dans une conjoncture où le faire serait se hasarder elle-même. Quant à cette momerie de jésuites, de deux choses l'une : ou bien elle émane d'eux et, pour le coup, elle prouve leur affolement, mais pas forcément leur culpabilité ; soit elle n'émane pas d'eux et c'est encore plus grave, et l'opacité se renforce, le danger se précise. Que vous vous en soyez sorti sain et sauf me surprend.

— Comment ! Que dites-vous là ?

— Ne vous méprenez pas. Votre conversion forcée peu convaincante aux exigences de votre vieux maître n'a dû tromper personne. Mais d'évidence, cette puissance mystérieuse qui vous tenait dans les liens n'a pas souhaité vous réduire. Pour dire les choses de manière plus directe : la pression exercée contre vous me paraît bien empreinte de faiblesse. D'ailleurs, vous n'avez sans doute pas modifié vos recherches dans un sens différent ?

— J'ai continué dans la direction prise. J'ai arrêté ce matin le vidame de Ruissec. Les présomptions qui pèsent sur lui et son refus de s'expliquer m'ont paru justifier son emprisonnement provisoire à la Bastille.

— Hé, hé, fit Noblecourt en secouant la tête d'un air de doute.

— Suggérez-vous par là que mes actions m'auraient été dictées ?

— Je ne suggère rien. Ce qu'il vous reste à découvrir vous indiquera si ce dernier acte de justice complaît à vos étranges intervenants ou les dérange. Aurons-nous la joie de vous avoir à notre table ce soir ?

— Hélas non, je suis engagé avec Semacgus. Je passais justement vous en informer. Je coucherai à Vaugirard et demain, à la première heure, rejoindrai Versailles où je dois rencontrer quelqu'un de la maison de Madame Adélaïde.

— Je me répète, Nicolas : prenez garde. Le monde de la Cour est périlleux. Décidément, je jouerai ce fou.

Nicolas quitta son vieil ami et courut jeter le nécessaire dans un portemanteau. En redescendant, il y déposa avec précaution la précieuse préparation de Catherine. Dès le matin, il avait demandé qu'une voiture l'attendît, impasse Saint-Eustache. Tout paraissait tranquille mais, par surcroît de précaution, Rabouine avait été dépêché sur les lieux pour avoir l'œil, avec l'ordre formel de se mettre en travers de toute tentative de filature.

Pour la première fois depuis le début de son enquête, Nicolas laissait son esprit vagabonder. Même les propos décousus et inquiétants de M. de Noblecourt n'avaient pas réussi à le faire changer d'humeur. Sans oser les mettre sur le compte de l'âge, il n'y attachait guère d'importance, même si certains d'entre eux ne laissaient pas d'éveiller chez lui des échos et des réflexions. Il s'abandonna vite, bercé par le rythme de la voiture et s'endormit.

Quand il s'éveilla, il avait franchi les barrières et un ciel rose et or marquait à l'ouest la fin du jour sur un horizon que coupaient çà et là les hautes silhouettes sombres des moulins à vent. Une averse était tombée entre-temps et de sa banquette, il voyait la terre et le sable percutés par l'impact des gouttes. Le sol était sillonné de ravines et de canaux minuscules. Bientôt, la demeure massive de Semacgus se profila avec son grand mur sur la rue, sa porte cochère et ses ailes symétriques autour du bâtiment central d'habitation. Elle offrait une impression de solidité encore accentuée par l'absence d'étage. Les pièces centrales étaient brillamment éclairées. Par les fenêtres de l'office, il reconnut la silhouette trapue de Bourdeau et celle, plus haute, du docteur ; en chemise, ils s'affairaient autour d'une table. Dans le corridor d'entrée, il tomba sur Awa, la servante noire de Semacgus. Dans un grand rire en cascade, elle lui sauta au cou en lui demandant de sa voix gutturale et chaude des nouvelles de son amie Catherine. L'offrande de la tarte lui permit de se libérer et de rejoindre ses amis. Il s'approcha de l'office. Les deux compères discutaient en riant.

— Docteur, criait Bourdeau, surtout n'écrasez pas les marrons. On doit en retrouver de gros morceaux qui se brisent encore légèrement sous la dent. Veillez-y !

— Ne voilà-t-y pas le Châtelet qui voudrait en remontrer à la Faculté ! Découpez vos lardons et faites-les-moi suer gentiment. Qu'ils chantent, les bougres ! Et pour les précautions, prenez garde à ne pas roussir l'ail ! Quant au chou…

Nicolas intervint en imitant Catherine et son accent.

— Zurdout, brenez garde à le bien ébouillanter et à jeter l'eau première ! Ensuite, à betit bouillon de telle sorte que le tout resde un beu croquant !

Les deux compères se retournèrent.

— Mais c'est Nicolas qui prend la recette en marche !

— J'espère, renchérit Bourdeau, qu'il n'a pas faim. Je doute que nous en ayons jamais assez !

Ils éclatèrent de rire. Semacgus servit du vin. Nicolas s'enquit du menu.

— Nous avons des perdrix à l'étouffée, une longe de porc à la broche et des choux fricassés aux lardons et aux marrons : un mélange que j'ai mis au point et dont vous vous pourlécherez. La suavité du marron liée à la légère amertume du chou, relevée de poivre et de girofles et enveloppée dans le gras du lard. Le moelleux ajouté au tendre. Et Bourdeau nous a apporté un panier de bouteilles de Chinon…

— Vous m'en direz tant, fit Nicolas. À cela, il faudra ajouter une tarte aux poires et au massepain de la bonne Catherine.

Le souper fut bientôt prêt et servi par Awa, qui avait revêtu pour l'occasion un éclatant boubou de damas de son Saint-Louis natal. La table dressée dans le cabinet de travail de Semacgus paraissait un havre de lumière et de gaieté au milieu des livres, des squelettes, des fossiles, des bocaux et des mille curiosités rapportées par le maître de maison de ses expéditions lointaines. Nicolas avait rarement vu Bourdeau aussi joyeux, rubicond et l'œil éméché. Il ne laissait sa place à personne pour conter des grivoiseries, à la satisfaction du chirurgien, grand amateur d'histoires salaces. Le sommet fut atteint dans le rire gargantuesque qui suivit le récit par Semacgus de l'histoire du *koumpala farci*.

— Imaginez, disait-il, l'évêque nous conviant à dîner, moi et le gouverneur, et tellement impatient de nous faire apprécier les talents de sa cuisinière, une *signare* du plus bel effet et d'un âge fort peu canonique. Elle avait prévu de faire du koumpala.

— Qu'est-ce que cet animal-là ? dit Bourdeau.

— Imaginez un crabe qui monte aux arbres.

— Je crois que c'est le Chinon qui monte à la tête ! dit Bourdeau.

— Nullement. Le koumpala monte au cocotier durant la nuit. C'est là qu'on le surprend. Il faut ensuite le faire jeûner comme les escargots pour le purger des mauvaises plantes qu'il aurait pu manger. Ensuite, on l'ébouillante, on le travaille avec des herbes locales et du piment, le plus fort que l'on trouve. On passe le tout au four et c'est un plat qui…

— … rend les hommes debout ! cria Awa, en montrant ses belles dents blanches.

— Elle connaît l'histoire, dit Semacgus.

— Et alors ? dit Nicolas qui ne comprenait pas.

— Et alors, dit Semacgus, eh bien, on retrouva l'évêque dans le lit de sa servante le lendemain matin : c'est un plat qui aurait fait bander M. de Gesvres !

La soirée se termina fort tard devant le traditionnel carafon de vieux rhum. Bourdeau fut porté à sa couche par ses deux amis mais, au moment de sombrer dans l'inconscience, il essaya de parler à Nicolas. L'œil éteint et levant un doigt, il tenta de s'expliquer.

— Nicolas…

— Oui, mon ami.

— J'ai vu le cocher. Le cocher du ministre de Bavière.

— C'est très bien, mon ami.

— Il en a vu de belles… La face… La face…

Il s'écroula sans terminer sa phrase. Bientôt la maison retentit de trois ronflements, tandis qu'Awa s'affairait tard dans la nuit à tout remettre en ordre.

# X

# LE LABYRINTHE

Quels étaient mes égarements !
Tous passent la fatale barque,
Dit-il. Plus ces lieux sont charmants
Plus on y doit craindre la Parque.

Henri RICHER

*Mercredi 31 octobre 1761*

Le réveil fut un peu embarrassé, même si les excès de la veille ajoutés au vigoureux traitement de Catherine avaient fait disparaître, comme par miracle, les contusions et courbatures de Nicolas. Il se contenta pourtant de son chocolat coutumier, totalement sourd aux propositions tentatrices de Semacgus et de Bourdeau. Eux demeuraient les fervents tenants du verre de vin blanc sec comme du meilleur adjuvant pour dégager les humeurs au lendemain d'un souper bien arrosé. La voiture était là, le cocher ayant couché dans le foin de la remise après avoir été gorgé de nourriture et de boisson par l'accueillante Awa.

Le matin était frais et clair, et le soleil accompagna Nicolas sur le chemin de Versailles. Cette mission serait-elle aussi mouvementée que la précédente ? Découvrirait-il de nouveaux éléments susceptibles de faire progresser son enquête ? Il se rappela après coup qu'il n'avait pas interrogé Bourdeau sur ses propos incohérents de la veille. N'avait-il pas été question du cocher du ministre de Bavière ?

L'essentiel, pour le moment, était de parvenir à s'introduire chez Madame Adélaïde pour y rencontrer le personnage qui lui fournirait les renseignements sur les bijoux dérobés. Nicolas observait généralement chez les grands un mépris absolu des détails et des contingences. Laissaient-ils tomber un ordre ou une instruction, qu'il vous revenait de vous débrouiller seul : la manière de faire ou l'information banale, qui auraient pu vous faciliter la tâche, ne participaient pas de leurs préoccupations. Il pourrait toujours s'adresser à M. de La Borde, mais il nourrissait quelques scrupules d'avoir encore recours à lui. Peut-être le dégourdi garçon bleu qui paraissait tout savoir et tout connaître pousserait-il la complaisance jusqu'à le guider chez Madame ?

Route de Paris, dans la grande perspective du château, Nicolas songea qu'un coup d'œil à la maison de Mlle de Sauveté lui dégourdirait les jambes. Les visites inopinées donnaient parfois lieu à des découvertes inattendues. Il fit arrêter le fiacre et s'approcha en empruntant l'air dégagé et insouciant d'un promeneur matinal. Il fut pourtant immédiatement repéré par la vieille femme qui s'était déjà adressée à lui, quatre jours auparavant. Il n'avait pas voulu la croire alors, mais, de fait, sa surveillance s'exerçait en permanence. Il sourit en pensant que c'était là une bien innocente manie, qui ne faisait de mal à personne. Les petits yeux bleus le fixaient avec gentillesse.

— Je vous l'avais bien dit ! Je vous l'avais bien dit ! Avouez que la dame vous intrigue… Mais elle n'est pas au logis. Pour sûr, nous l'avons vue partir, cette fois-ci !

Nicolas ne chercha pas à feindre un désintérêt peu crédible.

— Et quand est-elle partie ?

— Hier après-midi vers deux heures.

— Promenade ?

— Elle n'est pas rentrée depuis.

— Cela est-il bien assuré ?

Elle fit une moue pleine de reproches.

— Nous croyez-vous si distraits de l'avoir laissée passer sans la voir ?

— Loin de moi un tel soupçon, mais samedi vous m'aviez dit que, plusieurs fois, vous ne l'aviez pas vue sortir.

L'air buté, elle rentra dans son jardin et lui claqua la porte au nez. Nicolas se dit qu'il ne retrouverait jamais une aussi bonne occasion. La grille de la maison de Mlle de Sauveté n'était pas fermée, juste poussée. Il traversa le jardin triste. La grande porte-fenêtre était close avec ses volets intérieurs tirés. Il fit le tour du pavillon. Sur le derrière, une porte en bois vermoulu lui parut propice à ses desseins. Il sortit de sa poche le petit instrument dont il usait avec dextérité et ne fut pas long à faire jouer la serrure. La porte s'ouvrit en grinçant, après qu'il l'eut débloquée d'un coup d'épaule mesuré, entraînant avec elle une épaisse toile d'araignée qui lui tomba sur la tête. Il s'ébroua, frémissant. Cet accès n'avait pas dû être utilisé depuis longtemps.

L'office aussi paraissait abandonné, avec ses tomettes disjointes qui basculaient sous les pieds. Les vitres sales laissaient entrer un jour diffus. Il tomba sur un couloir. Le reste de la maison était à l'avenant. Il visita le salon où il avait interrogé la fiancée du vicomte de Ruissec. Les meubles étaient vides ; dans leurs intérieurs moisis croupissaient toutes sortes de bêtes rampantes. Il découvrit une chambre en meilleur état. Le matelas était plié sur l'alcôve. Sur un guéridon traînaient une cafetière et une tasse. Il les examina. Dans l'armoire, il trouva des draps blanc écru, sans broderies ni initiales. Deux corps de robe étaient pendus, défroques tristes et surannées aux couleurs éteintes. Du tiroir d'une commode surgirent trois perruques de nuances différentes, de bonne facture. Il les respira longtemps. Puis il considéra avec intérêt trois paires de chaussures dont la taille l'intrigua. Il nota ces détails dans son calepin noir. La maison lui avait offert tout ce qu'elle pouvait lui donner. Il remit tout en place, referma soigneusement la serrure et regagna sa voiture. Sur son pas de porte, la vieille reparut ricanante et lui tira la langue.

Finalement, tout se déroula comme il l'avait envisagé. Il ne fut pas long à retrouver Gaspard dont l'activité principale semblait consister en la surveillance curieuse des lieux et des arrivants.

Grâce à l'un de ses semblables, le garçon bleu possédait ses entrées dans les appartements de Madame Adélaïde, proches de ceux du roi. Après avoir fait attendre un long moment Nicolas dans la cour de Marbre, il vint le chercher pour le mener jusqu'à une petite pièce éclairée par une fenêtre ronde, qui donnait sur les arrières des pièces de réception. Un homme sans âge et tout de noir vêtu attendait Nicolas. Il se présenta comme l'intendant de la princesse et ne parut pas étonné de découvrir un si jeune commissaire de police. Madame Adélaïde avait visiblement prévenu son serviteur de la démarche de Nicolas et lui avait donné toutes instructions et licence de répondre à ses questions dans l'affaire des bijoux dérobés. Son interlocuteur ne regardait pas Nicolas en face, et celui-ci s'aperçut qu'il était observé de biais grâce à son reflet dans un trumeau.

— Monsieur, commença-t-il, Son Altesse royale a dû vous indiquer les renseignements dont j'ai le plus urgent besoin pour mener à bien la mission qu'elle m'a confiée.

Sans répondre, l'homme sortit de sa poche deux feuilles de papier plié reliées par un ruban bleu pâle et les lui tendit. Nicolas y jeta un coup d'œil : c'était la liste des bijoux volés. Ils étaient décrits avec une infinité de détails et, en regard de chaque inscription, on pouvait admirer des croquis avec rehauts de gouache du plus bel effet. Il y reconnut aussitôt la bague à la fleur de lys sur champ de turquoises. L'intendant se tordait les mains, l'air gêné. Nicolas eut le sentiment qu'il souhaitait lui confier quelque chose, mais qu'il ne parvenait pas à se déterminer. Il décida de le brusquer un peu.

— Vous voulez sans doute ajouter quelque chose ? J'ai dans l'idée qu'un secret vous pèse.

L'homme le regarda, égaré. Il ouvrit plusieurs fois la bouche avant de répondre.

— Monsieur, il me faut vous confier quelque chose. Mais comprenez bien que je n'ai pu le faire auparavant. Quelle que soit la confiance dont m'honore la princesse, il est des bornes que je ne me permettrais jamais de franchir. Il faut savoir rester à sa place. Mais j'ai également le sentiment de dissimuler un fait d'importance qui pourrait ne pas être sans conséquence dans l'enquête que vous menez, monsieur le commissaire.

Nicolas lui fit signe de continuer.

— Monsieur, je nourris des soupçons. Un homme qui a ses ouvertures dans la maison de Madame pourrait avoir commis ces vols…

— De qui parlez-vous, monsieur ?

— J'ai vraiment des scrupules à le nommer. Mais le secret sera avec vous en de meilleures mains et vous saurez sans doute ce qu'il convient de faire avec. Il s'agit d'un garde du corps, un certain Truche de La Chaux. Notre bonne maîtresse, toujours si compatissante, s'est entichée de lui comme d'un garçon sans famille ni appui.

— Mais quel intérêt particulier justifie l'attitude de la princesse ?

— M. de La Chaux est un ancien tenant de la religion prétendument réformée. Il s'est converti depuis. Madame aime les convertis. Vous connaissez sa piété. Elle voit dans le renoncement aux erreurs religieuses comme un signe du doigt de Dieu. Bref, l'homme circule comme bon lui semble dans les appartements à toute heure du jour.

— Et vous nourrissez des soupçons à son égard ?

— Je me suis longtemps interrogé sur les possibles coupables. À force d'éliminations, je suis parvenu à restreindre peu à peu leur nombre. Il demeure le seul qui aurait pu accomplir ce forfait.

— Et vous ne vous êtes ouvert à personne de votre hypothèse ?

— Hélas si, monsieur ! J'ai confié la chose à M. le comte de Ruissec, gentilhomme d'honneur de la princesse. Celui-ci m'a assuré qu'il prenait l'enquête en main et que cela ne traînerait pas, si le garde du corps était effectivement reconnu coupable.

— Et alors ?

— Eh bien, monsieur, l'extraordinaire est qu'il ne m'en a plus jamais parlé. Je me suis donc permis de remettre la chose sur le tapis et me suis fait renvoyer vertement. On savait mieux que moi ce qu'il convenait de faire ! Il fallait cesser d'entêter la princesse avec cette affaire ! C'était dans le secret et dans le silence qu'elle se réglerait ! Enfin, il m'a dit de ne pas accuser à tort les serviteurs de Son Altesse royale : mon soupçon était injuste et M. de La Chaux n'était pour rien dans la disparition des bijoux.

— Ainsi, l'affaire était réglée pour vous ?

— Elle l'aurait été en effet si je n'avais pas observé depuis lors une étrange collusion entre le comte de Ruissec et M. Truche de La Chaux. À partir de ce moment-là, ce ne furent plus que conciliabules, entretiens incessants et prolongés, alors qu'auparavant ils ne se parlaient jamais. Le comte de Ruissec, fort haut seigneur, ne daignait pas même regarder le garde du corps. À dire vrai, je soupçonnais comme une complicité entre eux. Je ne souhaite pas en dire plus en la matière, mais c'était bien l'impression qui dominait.

— Monsieur, je vous suis infiniment reconnaissant de m'avoir confié ceci. N'avez-vous rien relevé de plus qui sorte de l'ordinaire ?

— Si fait, monsieur. À plusieurs reprises, un petit messager sourd et muet est venu porter ou prendre des billets à M. de Ruissec. Ayant suivi l'enfant, je l'ai vu s'engager dans le grand parc, où il a disparu.

Il hésita un moment.

— J'ai même pu reconnaître à qui était adressé l'un de ces plis… Il s'agissait de M. Truche de La Chaux.

— Monsieur, je vous fais mon compliment pour l'intérêt et la précision de vos observations. Nul doute qu'elles me seront fort utiles et peut-être même décisives dans la recherche que je poursuis. Rassurez la princesse. Je pense retrouver ses bijoux assez vite.

L'intendant salua Nicolas en le regardant enfin dans les yeux. Il paraissait soulagé et le reconduisit avec force révérences jusqu'à la cour de Marbre où Gaspard, sifflotant, l'attendait. Décidément, la journée se révélait fertile en découvertes : une Mlle de Sauveté fantomatique, feignant de vivre glorieusement dans une maison délabrée, et des liens obscurs entre le comte de Ruissec et Truche de La Chaux. Enfin, par un hasard où Nicolas voyait la main de la Providence ou la manifestation de sa bonne fortune, le lien vivant entre Truche, Ruissec et d'autres personnages mystérieux paraissait être ce petit sourd et muet auquel il avait sauvé la vie alors qu'il se noyait dans l'eau glauque du Grand Canal.

Sous le regard interloqué de Gaspard, Nicolas se mit à marmonner des mots sans suite. La bague de Madame Adélaïde, qu'il sentait dans sa poche gousset, au côté de sa montre, lui revint à l'esprit. Que signifiait cette intervention de M. de Ruissec ? D'évidence, il avait tiré Truche de La Chaux d'un fort mauvais pas. Nicolas était bien placé pour connaître la nature profonde du garde du corps et confirmer sa culpabilité dans cette affaire. Il n'y avait pas de doutes sur sa malhonnêteté. Alors ? Comment avait-il convaincu le comte de Ruissec de son innocence ? Ou plutôt, pour quelles raisons indicibles celui-ci ne l'avait-il pas dénoncé, préférant le couvrir de son autorité ?

Nicolas revit le visage ridé et malicieux de M. de Noblecourt avec son obsession « de la dame des deux côtés ». Il se rappela soudain la suite de leur conversation : la dame, c'était aussi Mme de Pompadour. Tout s'agençait autour de cette bague dérobée à Madame Adélaïde. La favorite, comme le comte de Ruissec, connaissait donc Truche de La Chaux. Sa présence à Choisy n'était pas fortuite, Nicolas en était de plus en plus convaincu. D'ailleurs, le garde du corps interrogé ne dissimulait pas, avec une certaine insolence, s'être trouvé au château de la Pompadour le jour de l'assassinat du vicomte de Ruissec. Il laissait ainsi entendre que la favorite pourrait éventuellement témoigner de sa présence à Choisy. Ainsi, songea-t-il, rien n'était rapiéçable dans ce ramas d'informations sauf à parvenir à élucider les relations entre Mme de Pompadour et Truche de La Chaux…

Gaspard attendait patiemment que la réflexion de Nicolas s'achevât. Au bout d'un moment, et constatant que rien ne venait, il lui demanda s'il pouvait lui être encore de quelque utilité. Nicolas lui répondit que, pour l'heure, son plus grand désir serait de rencontrer M. de La Borde, auquel il avait à présenter une requête. Rien n'était plus facile, lui dit le garçon bleu. Le premier valet de chambre reprenait son service en quartier le lendemain ; il devait être à cette heure dans son appartement, s'étant couché fort tard – ou plutôt fort tôt. Cette précision fut accompagnée d'un clin d'œil. Le respect n'étouffait pas le drôle, mais c'était l'un de ses charmes et le prix à payer de sa fidélité.

L'accueil de M. de La Borde fut des plus chaleureux. Il fit aussitôt toilette, pria Nicolas de l'attendre et disparut, précédé de Gaspard. Il revint assez vite. La marquise, voulant profiter du temps éclatant, venait de partir se promener dans le labyrinthe du parc. Elle y retrouverait Nicolas dans le dédale, et des instructions seraient données pour qu'on le conduisît aussitôt auprès d'elle. Le lieu n'était pas très éloigné. Il suffisait de rejoindre la terrasse du palais devant les jardins, de traverser le parterre du Midi en direction de l'Orangerie et d'obliquer sur la droite.

Quand il arriva au labyrinthe, Nicolas, qui ne connaissait pas l'endroit, fut frappé par son étrange beauté. Deux statues représentant Ésope et l'Amour se faisaient face sur des piédestaux de pierres colorées et de galets lavés. Une immense fontaine, surmontée d'un rideau de treillage en forme de coupole sur piliers, mettait en scène un ballet aérien d'une infinité d'oiseaux représentés au naturel. Ces figurines de plomb étaient agrémentées des couleurs des différentes espèces. La statue d'un grand-duc, plantée, sévère, au milieu d'une pièce d'eau, dominait la scène.

Un valet l'attendait portant la livrée de la favorite. Il lui expliqua en pontifiant que le labyrinthe, composé par Le Nôtre, comportait trente-neuf fontaines à thèmes animaliers inspirées des fables d'Ésope mises en vers par M. de La Fontaine. Il lui recommanda de passer successivement devant les Coqs et la Perdrix, et la Poule et les Poussins ; il finirait par atteindre l'ouverture d'un des dédales. Près d'un bassin central, il était attendu.

Sur place, il vit en effet une femme immobile. Elle lui tournait le dos. La masse de tissus paraissait d'une énorme épaisseur, mais la mode était ainsi qu'elle favorisait l'ampleur du chiffonné et du confus. Pour sa part Nicolas trouvait que la forme du corps féminin y perdait ses avantages. Il semblait que l'ajustement des femmes n'avait d'autre objet que de montrer combien de pièces et de morceaux pouvaient être réunis ensemble pour constituer un habit. La dimension du panier ajoutait encore au caractère enflé de l'ensemble. Il douta un moment d'être en présence de la marquise de Pompadour. Au bruit de ses pas sur le gravier, elle se retourna et il la reconnut. Une cape de satin vert foncé laissait apparaître un corps de robe vert bouteille brodé de fils d'argent, garni de chenille et de mèches « sourcils de hannetons », dont la favorite avait lancé la mode. Des fleurettes de soie surbrodées donnaient un relief étonnant à l'ensemble. Une légère gaze de mousseline tombait de la capuche et voilait discrètement le visage de la marquise.

— Je vois, monsieur Le Floch, que vous n'avez pas hésité à suivre mon conseil. Vous souhaitiez me parler, me voici.

— Madame, pardonnez une intrusion que j'aurais voulu éviter, mais l'état de l'enquête imposait que je vous rende compte.

— Que vous *m'informiez*, monsieur, que vous m'informiez…

— Il se trouve que j'avance, madame. Une solution est en vue, mais je dois encore replacer certains détails dans un ensemble cohérent, un peu comme ces cartes géographiques découpées dont les morceaux séparés sont offerts aux enfants, en jeu de patience, afin qu'ils les reconstituent.

Elle releva sa mousseline. Ses yeux étaient étrangement froids et sans une ombre de bienveillance. Son visage était fatigué.

— Quelque difficulté que vous trouviez, je ne doute pas du succès. Vous mettez en usage l'esprit de suite dont vous avez déjà fait preuve dans d'autres circonstances et, ce faisant, vous contribuez pour beaucoup à ma tranquillité.

C'étaient là propos sans conséquence. Nicolas sortit de sa poche la bague de Madame Adélaïde et la tendit à la marquise. Elle la considéra sans la prendre.

— Bel objet.

Comme Nicolas ne disait rien, elle reprit d'un ton plus rapide.

— De quoi s'agit-il ? D'une offre d'achat ? Je ne porte pas de bague.

— Non, madame. Il s'agit d'une question.

Elle rabattit sa mousseline et fit quelques pas de côté, l'air excédé.

— Madame, j'insiste. Pardonnez mon audace. Avez-vous déjà vu cette bague ?

Elle paraissait réfléchir puis, insensiblement, se détendit et se mit à rire.

— Vous êtes un rude bretteur, monsieur Le Floch. Lorsqu'on vous jette sur une trace, on ne peut guère espérer qu'un détail vous échappera.

— À votre service, madame, et à celui de Sa Majesté.

— Eh bien, puisqu'il faut tout avouer, je puis en effet vous dire que je connais ce bijou. Il sort de la cassette du roi. Il me l'avait montré, il y a quelques années, quand il en fit présent à sa fille aînée.

— C'est tout, madame ?

Elle écrasait le gravier avec un de ses pieds sous son falbala.

— Qu'y aurait-il de plus, monsieur ?

— Que sais-je, madame ? Auriez-vous revu ce bijou depuis que Sa Majesté vous l'a montré ?

Elle ne maîtrisa pas un geste d'impatience.

— Vous m'excédez, monsieur Le Floch. Vous souhaitez lire dans mes pensées ?

— Non, madame, je m'évertue pour éviter qu'un malhonnête homme ne vous compromette, comme il a d'ailleurs déjà commencé à le faire. Pour le moment, moi seul l'ai percé à jour et nul n'en sait rien.

— Me compromettre ? Moi ! Monsieur, vous vous oubliez. De qui voulez-vous parler ?

— D'un homme que j'ai croisé à l'entrée de votre château de Choisy. D'un homme qui, de toute apparence, a volé cette bague chez Madame Adélaïde. D'un homme qui paraît avoir partie liée avec des ennemis du roi et les vôtres, madame. D'un homme, enfin, qui pousse l'audace jusqu'à mettre en avant votre nom afin de se constituer un alibi dans une affaire criminelle ! Voilà, madame, ce qui m'autorise à ne rien oublier de vos bienfaits et à tout faire pour m'en rendre digne.

Il avait l'impression d'avoir peu à peu haussé le ton, mais dans le même élan, son propos s'était enveloppé d'une chaleur persuasive à laquelle elle ne pouvait rester insensible. En tout cas, après cette sortie, il n'y avait plus d'échappatoire possible. Elle fit aussitôt contre mauvaise fortune bon cœur ; elle eut un geste charmant et lui prit la main.

— Soit, vous avez raison. Faisons la paix, je n'ai que ce que je mérite. Cela m'apprendra à avoir recours à un limier de votre acabit. Vous ne pouviez d'évidence passer à côté de cela.

— Madame, ce que je fais, tout ce que je fais, répond à ce que vous m'avez demandé d'accomplir : tout savoir, pour vous mieux servir et protéger.

— Je le comprends. J'ai eu tort de ne pas tout vous confier. Voilà ce qu'il en est. Truche de La Chaux, qui s'était fait connaître de moi durant son service, m'a un jour proposé de lui acheter un bijou – cette bague que vous m'avez présentée. J'ai reconnu immédiatement celle de Madame Adélaïde et j'ai tout de suite songé à ce que je pouvais tirer de cette découverte. Je savais par ailleurs qu'il avait ses entrées chez Madame. C'est un protestant d'origine, converti depuis. La princesse, toujours si sottement accrochée à ses dévotions excessives, adore les néophytes. Je lui ai mis le marché en main : soit il me servait, soit c'en était fait de lui.

— J'ai le regret de vous apprendre, madame, qu'il y a de grandes présomptions qu'il en use de même avec vos ennemis. Pour les mêmes raisons que vous avez barre sur lui, le comte de Ruissec le tenait en sa main. Il avait découvert qu'il était l'auteur de larcins dans la cassette de Madame. Je suppose que, connaissant les entrées du garde du corps dans votre demeure, il en est venu à agir comme vous l'avez fait vous-même. Il l'utilisait pour des menées obscures et condamnables. Je suis prêt à affirmer que le libelle que vous m'avez confié a été déposé dans vos appartements à Choisy par Truche de La Chaux. En un mot comme en cent, pris à la gorge, et aussi sans doute pour des raisons mercenaires, il assure le rôle d'agent double sans qu'il soit possible de déterminer où penche sa fidélité, et même s'il en a une !

— Monsieur, vous avez droit derechef à ma reconnaissance. Je vais tirer mes conclusions de ce que vous m'apprenez.

— Si j'osais, madame…

— Osez, monsieur, osez ! Je me fie à votre bon sens.

— Continuez à feindre avec M. de La Chaux. Ne changez rien à votre attitude avec lui. Si vous disposez d'un serviteur zélé, qu'il le surveille étroitement lorsqu'il est dans vos maisons. Ne lui donnez pas l'éveil tant que notre affaire n'est pas résolue. Je ne le crois qu'un comparse dans tout cela. Un escroc, un voleur, sans doute, mais un comparse.

— Vous me rassurez, monsieur. Je suivrai votre conseil. À nous revoir.

Elle lui sourit, arrangea sa gaze, ramassa son amas de tissus et disparut par le chemin qu'il avait lui-même pris pour arriver. Nicolas, ne voulant pas donner l'impression qu'il la suivait, repartit dans le sens opposé. Il se perdit dans les allées, tourna plusieurs fois sur lui-même, puis finit par tomber sur une placette surmontée de la figure d'un grand singe en plomb. Il trouva enfin une sortie. Il songea que son parcours était comme le chemin symbolique de son enquête. Il se retrouva dans une grande allée bordée de charmilles, au bout de laquelle il reconnut le bassin de Bacchus. De là, il gagna la perspective centrale et remonta vers le château.

Il demeurait sous le coup de son entretien avec Mme de Pompadour. Leurs relations, si tant est qu'il puisse utiliser ce terme, n'auraient plus, il le pressentait, la même franchise. Il l'avait forcée dans ses retranchements, avait percé un de ses secrets et, de surcroît, l'avait quasiment contrainte à dévoiler ses propres menées dans la maison de la fille aînée du roi. Elle avait accepté, un bref instant, de dépouiller son attitude de toute autorité. Si tout cela venait à se savoir, la situation de la favorite serait bien délicate et bien affaiblie.

Outre cela, le jugement de Nicolas sur Truche de La Chaux était encore hésitant. C'était du menu fretin, mais agitant des choses graves et, d'évidence, insouciant et inconscient du danger de ses actes et du peu de discrétion de ses propos.

Comme il débouchait sur la partie centrale des jardins, le souvenir du petit sourd et muet lui revint. Il se dit qu'il ne trouverait pas de meilleur moment pour vérifier si l'enfant qu'il avait sauvé était bien le même que celui qui portait les messages de M. de Ruissec.

Le temps était beau et clair et une bonne marche dans le parc serait un plaisir. Au loin, les hauteurs du plateau de Satory, surmontées d'un halo bleuâtre, se teintaient d'or et de pourpre. Il gagna d'un bon pas la grille des Matelots, aux abords du Grand Canal. Là, il interrogea le garde, qui n'était pas le même que la fois précédente, mais qui sut lui indiquer le chemin pour atteindre le hangar du fontenier Le Peautre. Ce ne fut pas une mince affaire que de traverser futaies, halliers et friches. L'atelier se trouvait dans la partie du grand parc la plus proche encore de son état sauvage d'origine. Le cœur battit à Nicolas quand une laie suivie de ses marcassins déboula d'un taillis juste devant lui. Plus loin, il aperçut un grand dix-cors solitaire qui bramait, une colonne de vapeur s'élevant au-dessus de lui dans la lumière diffuse du sous-bois.

Peu avant d'arriver à destination, il entendit un bruit étrange, un claquement irrégulier suivi de longs grincements. Il se dirigea au son et tomba pile devant la porte en rondins du hangar. C'était elle qui battait, poussée par le vent. Nicolas, après s'être assuré que son épée jouait bien dans son fourreau, frappa. N'obtenant pas de réponse, il entra dans la grange.

Au début, il ne distingua pas grand-chose. Une petite ouverture, taillée dans l'épaisseur de la paroi, ne laissait passer qu'une pauvre lumière. Il devina un amoncellement d'objets disparates. Le bâtiment, assez étroit, était étonnamment profond. Nicolas continuait d'avancer, toujours surpris par les claquements et les grincements de la porte qui scandaient sa progression. Des hennissements lointains le firent sursauter ; il se tint sur ses gardes. Il était maintenant dans le noir le plus total. Une autre impression, s'ajoutant à l'angoisse de l'obscurité, s'imposa : une odeur métallique qu'il connaissait trop bien.

Il fit encore quelques pas et sentit sous son pied une matière visqueuse. Il se baissa vers le sol et le toucha de sa main. Il recula horrifié et repartit en toute hâte vers la sortie pour vérifier son appréhension. Dans la lumière de la forêt, sa main lui apparut pleine de sang. Le rythme de son cœur s'accéléra si fort qu'il dut s'appuyer, la respiration lui faisant soudain défaut. Quelle horreur allait-il encore devoir affronter à l'intérieur de cet antre ?

L'atelier, à première vue, semblait abandonné, mais il fallait s'en assurer. Il s'efforça au calme, et le serviteur du roi reprit le dessus. Il devait régler cette affaire seul. Le drame se reliait sans doute à l'ensemble de son enquête, mais il s'était déroulé en terre royale, dans le grand parc. S'il allait chercher des secours sur l'instant, tout deviendrait public. Or, il sentait qu'il fallait maintenir le secret et éviter tout scandale.

Il chercha autour de lui de quoi tailler une torche. Un vieux pin lui offrit une de ses branches encore imprégnée de résine. Il recueillit de la mousse sèche qu'il humecta avec la sève poisseuse, battit le briquet et réussit, en soufflant doucement, à enflammer la mousse. Une courte flamme bleue avec des accès jaunes jaillissait maintenant à l'extrémité de son flambeau. Le parfum âcre de la résine se mélangea à l'air embaumé de l'automne.

Il pénétra de nouveau dans l'atelier, et ne vit d'abord qu'un amoncellement de bûches et lingots de plomb entassés les uns sur les autres. La torche grésillait et produisait autant de fumée que de lumière. Il trouva sur un établi couvert d'outils une chandelle fichée dans un morceau de plomb grossièrement travaillé. Il l'alluma et éteignit la torche sur le sol. Son champ de vision s'élargit. Il progressa vers le fond de l'atelier, et repéra aussitôt la flaque sombre du sang qui lui parut immense. Puis, il perçut des murmures, comme des paroles chuchotées. Cherchant à s'orienter il finit par découvrir une petite porte basse au fond de l'atelier. Il s'en approcha, en tourna le bouton avec précaution, la tira à lui. Un étroit boyau de quelques toises conduisait à une autre porte ; c'était derrière celle-ci qu'on parlait. Tout contre l'huis et les sens aux aguets, il écouta :

— Direz-vous, à la fin, à un mourant ce que tout cela signifie ?

Nicolas reconnut la voix du comte de Ruissec. Une sorte de râle crépitant coupait chacun de ses propos. Par quel mystère se trouvait-il là, alors qu'il était censé accompagner le convoi de sa femme et de son fils ? Une autre voix s'éleva.

— J'ai attendu ce moment bien longtemps. Vous voilà enfin à ma merci. Après le fils, l'épouse, voici le père et le mari…

— Mais quelle traîtrise est-ce là ? Notre but n'était-il pas commun ?

La seconde voix murmura quelque chose que Nicolas ne parvint pas à saisir. Le comte de Ruissec poussa un grand cri. Nicolas s'apprêtait à bondir pour ouvrir la seconde porte, il avait déjà la main sur la poignée de son épée, quand un choc violent le frappa derrière la tête. Il s'effondra, assommé.

La voix de Bourdeau s'élevait, claire et distincte, mais elle lui paraissait irréelle. Ses mains s'agitaient et s'accrochèrent à de l'herbe. Ce contact, et l'odeur de la végétation, le ramenèrent aussitôt à la réalité.

— Le voilà qui revient, docteur.

Nicolas ouvrit les yeux et vit l'inspecteur et Semacgus penchés sur lui, qui l'observaient avec inquiétude.

— Le gaillard est solide et ce n'est pas la première fois qu'on l'assomme. Ni la dernière, sans doute. Dure tête de Breton.

— Cela lui apprendra d'être aussi imprudent, renchérit Bourdeau.

Nicolas se redressa. Une petite flamme claire dansait devant ses yeux. Il tâta sa nuque, et sentit sous ses doigts une bosse de la taille d'un œuf de pigeon.

— Ne vont-ils pas m'assommer à nouveau tous les deux en m'abreuvant de leurs commentaires ? fit-il. Comment êtes-vous là, et que s'est-il passé ?

Bourdeau hocha la tête, l'air satisfait.

— Dieu soit loué, le voilà qui grogne ! M. de Sartine, qui tient à vous plus qu'il ne vous le dit, m'avait ordonné de ne vous plus quitter. Nous vous avons donc suivi, le docteur et moi, jusqu'à cette maison. Au moment où nous entrions, nous vous avons trouvé sans connaissance dans ce méchant couloir. Deux personnes se sont enfuies à cheval. Nous étions fous d'inquiétude, ayant pataugé dans le sang.

Il montra ses souliers souillés.

— Dieu soit loué, vous êtes sauf ! J'ai demandé au docteur de vous emmener dehors, et j'ai fait l'inspection des lieux. Derrière la porte où vous vous trouviez, j'ai découvert le corps du comte de Ruissec, proprement tué d'un coup de pistolet. Il avait l'épée à la main, mais aucune chance ne lui avait été laissée : arme blanche contre arme à feu. Toutefois, le combat a dû commencer dans l'atelier et son adversaire l'a traîné dans la pièce de derrière. Il apparaît qu'avant de succomber, il aurait blessé son agresseur. Des traces de sang conduisaient dans le potager où des chevaux attendaient.

— Rien d'autre ? dit Nicolas qui réfléchissait, enregistrant toutes ces nouvelles.

— Qui peut vous avoir agressé ?

— Ce n'était pas l'homme que j'ai entendu parler au comte de Ruissec, j'en suis sûr.

— Donc, il y avait trois personnes ici : le comte, son agresseur, et celui qui vous a frappé.

— Mais il y a plus grave, renchérit Bourdeau.

Il agitait une liasse de papiers.

— Dans une soupente, j'ai trouvé un vieux coffre. Il contenait des documents impressionnants en nombre, que seule l'urgence de la fuite a fait négliger d'emporter : de nouveaux plans du château, encore plus précis que ceux découverts à Grenelle, des libelles contre le roi et la Pompadour, et un projet de manifeste annonçant la mort du « tyran Louis XV ».

— Voilà, dit Nicolas, qui confirme l'hypothèse d'une conspiration.

Les trois amis entreprirent de fouiller l'atelier de fond en comble. Ils procédèrent avec méthode, examinant chaque outil et chaque recoin du capharnaüm. La présence de plusieurs entonnoirs au fond desquels brillaient encore des traces de métal fondu n'établissait pas la preuve que le vicomte de Ruissec avait été assassiné dans ce lieu retiré : ils pouvaient être les instruments habituels du travail du fontenier. Mais, dans les circonstances présentes, leur existence constituait néanmoins une présomption. Une espèce de litière de cuir munie d'anneaux de métal à ses quatre extrémités rappela à Nicolas les matelas immondes sur lesquels les aides de Sanson couchaient leurs patients lors des séances de question au Châtelet. Certes, rien de tout cela n'était absolument probant, et Nicolas ne pouvait pas s'abandonner à son imagination, mais il y avait là matière à s'interroger.

Le docteur Semacgus examina le corps du comte de Ruissec. La blessure à hauteur du cœur provenait bien d'un coup de pistolet. La quantité du sang répandu correspondait à l'impact d'une balle qui avait sectionné de gros vaisseaux à la racine des poumons ou dans les abords de l'organe noble. Restait à déterminer qui, de la victime ou de son meurtrier, avait été l'agresseur, et pourquoi. Nicolas, ayant fouillé les poches du cadavre, n'y trouva rien de particulier.

La nature des papiers découverts, songeait Nicolas, était à rapprocher des volumes de casuistique sur le tyrannicide de la bibliothèque du vicomte de Ruisscc. Ellc incitait à redouter des tentatives contre la vie même du roi. Que venait faire le comte de Ruissec dans cet endroit ? Sans nul doute, il avait faussé compagnie au convoi funèbre qu'il était censé accompagner pour revenir à bride abattue à Versailles. Mais était-il complice ou victime ? Ou vengeur ? Sa mort était-elle la conséquence d'un règlement de comptes entre complices ?

Il était trop tôt pour répondre à ces questions. Dans l'immédiat, Nicolas rassembla les documents les plus éloquents et, après un dernier coup d'œil à la dépouille du comte, il quitta l'atelier après avoir demandé à Bourdeau et Semacgus de veiller à ce que nul n'y pénétrât.

Il était trois heures après midi quand il regagna le château. Il se dirigea tout aussitôt vers l'aile des Ministres et demanda à être reçu par M. de Saint-Florentin. Il fut rapidement introduit. Le ministre l'écouta sans l'interrompre, tout en taillant avec soin une plume à l'aide d'un petit canif d'argent. Nicolas, à son habitude, s'évertua à être clair et concis, décrivant sans fioritures et se gardant de lancer des hypothèses non étayées. Il suggéra prudemment que le corps du comte de Ruissec fût enlevé dans le plus grand secret par des exempts du roi pour être porté à la Basse-Geôle. La nouvelle du meurtre devait absolument être tenue secrète. D'ailleurs, personne ne se préoccuperait d'un homme supposé courir les routes du royaume derrière un corbillard. Si le comte avait quitté le convoi, il était vraisemblable qu'il avait donné de bonnes raisons ; ses gens ne s'inquiéteraient donc pas tout de suite de son absence prolongée et ne donneraient pas l'alerte, si toutefois ils le faisaient, avant plusieurs jours.

Une fois réglée la question du corps, Nicolas demanda au ministre de lui octroyer une semaine pour achever des investigations déjà bien entamées. Il se disait assuré d'être en mesure de dévoiler la vérité à l'issue de ce délai. Enfin, il s'autorisa à suggérer qu'on renforce les mesures destinées à assurer la sûreté du château et la protection du roi.

M. de Saint-Florentin sortit de son silence pour donner sobrement son aval aux propositions qui venaient de lui être soumises. Lui aussi était d'avis de garder le secret sur ce nouvel épisode. Cela donnerait à la police le temps d'opérer, et au commissaire Le Floch le loisir de parfaire son travail. Devant recevoir dans la soirée M. de Sartine, il lui communiquerait les dernières informations et l'état de l'enquête menée par son adjoint dont il se disait « pleinement, pleinement » satisfait.

En outre, le ministre allait de ce pas écrire aux intendants des provinces afin de lancer un avis de recherche concernant Le Peautre en indiquant qu'il était sans doute accompagné d'un enfant sourd et muet. Enfin, pour redoubler les précautions, tous les ateliers, de fonteniers ou autres, indûment installés dans les recoins du grand parc seraient recensés. Il conviendrait de presser tout ce monde, de procéder aux vérifications nécessaires et de ne plus tolérer, par un laisser-aller coupable, la clandestine usurpation du domaine royal sans titres ni autorisations.

M. de Saint-Florentin ajouta qu'il souhaitait, une fois l'affaire Ruissec résolue, que Le Floch s'attachât pendant un temps à étudier les conditions dans lesquelles était assurée à Versailles la protection du roi, des princes du sang et, ajouta-t-il, des ministres. Il ordonna à Nicolas de lui soumettre un mémoire dont les conclusions seraient précisément examinées et à partir desquelles on pourrait envisager les décisions à prendre.

Quant au cas particulier de Truche de La Chaux, il parut gêner le ministre, qui s'en tint à une formule des plus vagues sur la nécessaire prise en compte du bon plaisir d'une personne à laquelle, le commissaire Le Floch le savait comme lui-même, il était difficile de s'opposer. Nicolas approuva, se disant persuadé que le garde du corps, personnage faux et léger, tout convaincu qu'il fût d'indélicatesse et de vol, ne paraissait pas impliqué au premier rang dans les crimes de sang qui les préoccupaient.

Le ministre sonna pour appeler un de ses commis de confiance. Il lui ordonna de se mettre à la disposition du commissaire pour prendre toutes les dispositions de recueil et de transport du corps. L'homme avança qu'il était préférable de ne pas s'en remettre aux exempts, dont la discrétion n'était pas toujours la qualité cardinale. M. de Saint-Florentin l'interrompit pour s'asseoir à son bureau et se mettre à écrire comme s'il se fût retrouvé seul. Nicolas et le commis sortirent en silence.

Rassembler les porteurs, trouver un véhicule, et déterminer, sur un plan du grand parc, un chemin perpendiculaire à l'atelier du fontenier permettant de l'attendre discrètement, tout cela prit un certain temps. Ils retrouvèrent les lieux en l'état, gardés par Bourdeau et Semacgus, et le corps, recueilli dans une bière provisoire, fut déposé dans un chariot.

Le cortège ressortit vers Satory et gagna la route de Paris. Nicolas suivait dans sa propre voiture. Les barrières de la ville furent franchies peu avant neuf heures. Nicolas avait dépêché un exempt à cheval pour annoncer leur arrivée au Châtelet. La bière fut descendue dans un caveau de la Basse-Geôle situé derrière la salle d'exposition publique des corps. Ces formalités accomplies et Semacgus ayant pris congé, Bourdeau proposa à Nicolas d'aller se restaurer dans leur estaminet habituel, rue du Pied-de-Bœuf. La voiture les y conduirait et les ramènerait ensuite à leurs logis respectifs. Nicolas, qui n'avait rien dans le ventre depuis son chocolat du matin et à qui les émotions de la journée avaient plutôt ouvert l'appétit, accepta volontiers. Il était fatigué par la succession des événements, la lassitude l'envahissait d'avoir pris sur lui pour conserver son sang-froid, et ses tempes battaient. Il avait besoin de se requinquer par l'ingestion de nourritures solides. Il lui avait fallu affronter successivement une favorite sur la défensive, le choc de la découverte d'un cadavre et la tension nerveuse d'un entretien avec son ministre.

À présent, assis à la vieille table branlante où ils savaient trouver leurs aises, il entendait plus qu'il n'écoutait, dans une sorte d'effondrement heureux de l'être, la conversation entamée entre Bourdeau et le tenancier. L'homme de l'art leur ayant proposé une matelote d'anguilles de Seine, Bourdeau, son pays, le provoquait gentiment.

— C'est à moi que tu proposes le service d'un de ces monstres que nourrissent nos clients de la Basse-Geôle ?

— Je ne te dis pas qu'elles n'y mettent pas la dent quand rien de plus appétissant ne se propose. Ce que tu ignores, à faire le faraud, c'est que ces bestioles raffolent des fruits du hêtre et du cormier. Imagine le bon régime !

— Parle-moi plutôt de ces belles demoiselles de la Vienne et de la Loire fréquentant les eaux claires. As-tu vu ici, près des boucheries, là où le sang coule dans le fleuve, le frétillement de tes beautés ?

— Mais, Pierre, perches et brochets en apparence plus ragoûtants ne laissent pas leur part aux chiens…

— Soit, mais ton anguille est par trop indigeste.

— Pas à ma façon.

— Et quelle est ta façon ?

— Il est vrai que la chair de ce poisson est grasse, chargée de parties lentes et visqueuses. Aussi, après l'avoir proprement dépouillée et troussée de sa peau, je l'assaisonne d'épices et de sel et la fais griller un petit moment avant de la mijoter dans la sauce où le vin parfait le traitement. Ainsi, les parties rebelles à la bonne digestion sont-elles dissoutes et le plat se fait plus léger. Avec un sauté de mousserons qu'on vient tout juste de m'apporter de Chaville et une bouteille de chez nous, la même avec laquelle j'ai mouillé ma sauce, tu ne t'en plaindras pas. Je n'y ajoute qu'un peu de beurre fraîchement manié, ce qui ne peut qu'abonnir encore l'ensemble.

Les deux amis décidèrent de faire confiance aux conseils avisés de leur hôte. La bête qui leur fut servie dans une terrine brûlante était monstrueuse. Pourtant, ses tronçons savoureux demeuraient fermes tout en cédant sous la dent. Pendant de longues minutes, ils s'y consacrèrent en silence puis, la première voracité assouvie, Nicolas raconta à Bourdeau le détail de son arrivée dans l'atelier du fontenier.

— Selon toute apparence, dit Bourdeau, le comte de Ruissec a voulu supprimer un complice gênant et il paraît être tombé lui-même dans un piège.

— Cela signifierait que le comte est l'organisateur de l'assassinat de son fils. Je ne parviens pas à imaginer cela, quelles que puissent être les causes de leur dissension. Oubliez-vous les conditions horribles du trépas du vicomte ?

— Mais vous n'imaginiez pas non plus le frère trucider son aîné, alors que la chose se pratique depuis la nuit des temps et que les exemples abondent dans nos annales judiciaires.

Nicolas médita la remarque de l'inspecteur.

— Au fait, Bourdeau, vous souhaitiez me dire quelque chose l'autre soir, mais le rhum embrumait quelque peu votre élocution.

— Je ne vois pas…

— Mais si, vous parliez d'une face… Vous avez répété le mot plusieurs fois.

Bourdeau se frappa la tête de la main.

— Mon Dieu, j'avais complètement oublié ! Et pourtant le détail a son importance. Je vous avais dit qu'on avait retrouvé le cocher du ministre de Bavière. Vous sachant fort occupé, j'ai pensé bien faire en l'interrogeant.

— Vous avez eu raison. Et alors ?

— Il m'a conté une histoire fort étrange. Lorsqu'il a conduit son carrosse vers la berge de la Seine au pont de Sèvres pour y soigner la patte d'un de ses chevaux, il a bien vu la scène décrite par le laquais. Deux hommes qui plongeaient dans l'eau un corps inanimé et leur affirmation selon laquelle il s'agissait d'un de leurs amis ivre mort. Mais ce que n'avait pas remarqué le laquais, et qui a frappé notre cocher, c'est le visage de l'ivrogne. Il en frémit encore, le bougre ! Sa description correspond en tout point à celle que nous aurions pu faire du visage du vicomte de Ruissec. Il tremble encore au souvenir des joues avalées ! Pour ivre, il l'était pardi. De plomb. Et mort, il l'était tout à fait.

— Savez-vous que l'idée m'en était venue ? L'odeur des vêtements mouillés, cette odeur pénétrante, c'était bien celle de la rivière et de l'eau croupie de ses rives. Ils ont voulu faire disparaître le corps dans le fleuve. Lesté comme il l'était, il aurait coulé à pic. De quoi satisfaire tous les poissons que vous évoquiez tout à l'heure.

Bourdeau repoussa brutalement son écuelle d'anguilles.

— J'ai toujours pensé cela, grommela-t-il, de la pêche des grandes villes.

— Mais, reprit Nicolas qui poursuivait son idée, nos gaillards ont été interrompus dans leur tâche, et l'un d'eux, le valet Lambert sans doute, a élaboré ce plan diabolique de rapporter le corps à l'hôtel de Ruissec. Lui, ou son complice.

— Le vidame ? fit Bourdeau.

— C'est une possibilité, mais il y a d'autres candidats.

— Voilà en tout cas qui éclaircit certains points et qui nous ouvre des perspectives. J'ai fait mettre le cocher au secret. C'est un témoin de premier ordre et il est dommage qu'il n'ait pas mieux regardé les deux autres ribauds. Il est vrai qu'il était trop effaré par l'aspect du visage du prétendu ivrogne.

Nicolas et Bourdeau demeurèrent encore longtemps à parler et vidèrent force bouteilles de chinon en préparant leur plan de campagne. Nicolas était serein, désormais. Sans avoir encore toutes les cartes en main, il estimait pouvoir tenir la parole qu'il avait donnée à M. de Saint-Florentin de lui présenter les coupables dans la semaine à venir. Il fallait attendre les informations demandées aux provinces, procéder à des recoupements et à des vérifications, espérer que M. de La Vergne retrouverait le nom du lieutenant victime du comte de Ruissec – ce détail pouvait avoir son importance – et, surtout, resserrer autour des protagonistes les mailles du filet des mouches et des indicateurs.

# XI

# RÉVÉLATIONS

> « Si l'on a peint la Justice avec un bandeau sur les yeux, il faut que la Raison soit son guide. »
>
> VOLTAIRE

*Mercredi 14 novembre 1761*

Après la Toussaint, le froid et le brouillard avaient enveloppé la ville. Le lieutenant général de police avait fait son entrée au grand Châtelet, les mains dans un manchon à chaufferette. Aidé par le père Marie, il tentait de s'extraire d'une épaisse pelisse. Il grommelait, excédé par les mouvements maladroits de l'huissier. Nicolas et Bourdeau observaient la scène. L'inspecteur était adossé à un pan de muraille, comme s'il avait essayé de se faire oublier. Quant à Nicolas, il éprouvait une certaine émotion à se retrouver dans ce bureau où, près de deux années auparavant, il avait, pour la première fois, rencontré M. de Sartine. Le contraste qu'offrait le mélange des vieilles murailles médiévales et des splendeurs du mobilier le frappait toujours. Par cette matinée sombre et grise, la pièce était éclairée par une multitude de chandeliers dont les lumières tremblantes s'ajoutaient à l'éclat d'un feu pyramidal qui flamboyait dans la grande cheminée gothique. M. de Sartine était réputé frileux ; cela imposait de réchauffer la haute salle où le magistrat ne paraissait qu'une fois par semaine, le mercredi, pour présider symboliquement l'audience de son tribunal tout proche. En fait, le plus souvent, il se faisait représenter. Il s'accouda au dossier d'un fauteuil, releva ses basques et offrit ses reins à la chaleur du foyer. Après un moment de réflexion, il signifia à Nicolas de prendre la parole.

— Monsieur, si j'ai souhaité vous entretenir aujourd'hui en présence de l'inspecteur Bourdeau, c'est pour vous livrer les conclusions auxquelles je suis parvenu sur les morts criminelles de trois membres de la famille de Ruissec. Je vous ai prié d'accepter que cette séance se tienne dans le secret de votre cabinet. Cette requête a pour but de préserver les éléments secrets ou confidentiels d'une affaire qui, dans ses méandres, touche les intérêts les plus proches du trône et de l'État.

— J'ose espérer, monsieur, fit Sartine avec un sourire, que cette occultation des choses n'ira pas jusqu'à nous taire les noms des coupables !

— Rassurez-vous, monsieur, ils vous seront livrés. Je voudrais revenir sur les débuts étranges de cette affaire. Dès son origine, une haute intervention a faussé la direction de l'enquête. Je ne dirai pas que la justice a été entravée, mais elle a été incitée à rechercher dans une certaine direction. Dès notre arrivée à l'hôtel de Ruissec, et alors que nous ne savions encore rien, chacun parlait déjà de suicide. La réaction violente de M. de Ruissec à votre égard, son mépris et sa réticence à répondre à mes questions pouvaient, certes, se justifier par la crainte du scandale, mais j'y discernais autre chose que je ne m'expliquais pas. Des obstacles furent dressés à plaisir, des indices s'avérèrent contradictoires, des interventions diverses traversèrent le cours de mes recherches.

M. de Sartine tapotait de ses doigts le dossier du fauteuil sur lequel il était penché.

— Tout cela est bel et bon, Nicolas, mais expliquez-moi succinctement et clairement ce qui vous a convaincu, dès l'origine, que nous avions affaire à un meurtre, alors que la pièce était fermée de l'intérieur.

— Les indices abondaient. L'état de la blessure dont toutes les apparences et caractéristiques correspondaient à un coup de feu *post mortem*. Les mains du cadavre, ensuite. Vous n'ignorez pas que celui qui tire un coup de pistolet, surtout d'un lourd modèle de cavalerie comme ce fut le cas, reçoit forcément des projections de poudre noire sur la main qui presse la détente et même, quelquefois, sur le visage. Or celles du vicomte de Ruissec étaient propres et soignées. Et cela sans parler de l'aspect effrayant du visage.

— Certes, et je puis en témoigner, dit Sartine en s'ébrouant, comme pour chasser une image obsédante.

— D'autres éléments incompréhensibles n'allaient ni dans un sens ni dans un autre, mais ajoutaient encore à l'incertitude des conjectures. Ainsi, l'odeur d'eau croupie qu'exhalaient les vêtements du mort, une matière poudreuse et charbonneuse dont j'avais recueilli des fragments coincés sous ses bottes. Mais ce qui fut déterminant, ce sont des éléments adjacents. Il y avait un mot d'adieu écrit, notons-le, en majuscules. Les positions de la lampe bouillotte sur le bureau, du fauteuil, de la plume et de l'encrier, et même l'orientation du papier laissé en l'état, tout me confirmait que la personne qui avait écrit ces quelques mots était *gauchère*.

— Mais peut-être le vicomte de Ruissec l'était-il, vous n'en saviez rien.

— En effet, mais ce que je voyais, c'est que le coup de feu avait porté à la base gauche du cou. Il était donc matériellement malaisé, sinon impossible, pour un droitier de se blesser de la sorte.

M. de Sartine s'agita.

— Je n'y entends plus rien. Qui est gaucher et qui est droitier ?

— Je poursuis, dit Nicolas. Un droitier ne peut se tirer une balle dans la partie inférieure gauche de la tête, sauf contorsions invraisemblables et au risque de se manquer. Or il se trouve que je découvris peu après, dans le cabinet de toilette, un nécessaire en nacre et vermeil, soigneusement disposé à main droite. La chose a été vérifiée par la suite : *le vicomte de Ruissec était bien droitier*. Cependant, une fois cette première certitude acquise, la question demeurait : soit celui qui avait tiré l'avait fait sans y prêter attention, soit il avait anticipé la subtilité d'une enquête possible *en faisant croire que l'assassin, ou celui qui voulait faire croire à la thèse du suicide, étaient gauchers*.

— Pourquoi vouloir accréditer la thèse du suicide, si tant d'éléments plaidaient en faveur d'un meurtre ?

— On souhaitait peut-être attirer ainsi l'attention sur le fait qu'il ne pouvait s'agir d'un suicide. À bon entendeur, salut. Tout cela constituait un avertissement.

— Monsieur le commissaire Le Floch nous dirige une fois de plus dans un de ces labyrinthes dont lui seul connaît les détours ! soupira Sartine.

— Je constatai bien d'autres choses. Un valet en chaussons sortant, prétendait-il, du lit, mais la cravate parfaitement enroulée et nouée et qui ne manifestait aucune émotion devant le cadavre. Vous le savez, vous étiez là, monsieur. Il faisait tout, et même plus que le nécessaire, pour accréditer la thèse du suicide du vicomte. Il en rajoutait sur les dettes de jeu et la mélancolie de son maître. Après votre départ, l'examen de la petite bibliothèque du mort m'intrigua par la nature des titres qu'elle contenait. Le chapeau du mort jeté à l'envers sur le lit me choqua : vous connaissez la superstition…

On entendit dans l'ombre le soupir amusé de Bourdeau.

— L'interrogatoire de Picard, le majordome, confirma mes doutes. L'homme ne voyait plus guère. Il n'avait pas vraiment distingué le vicomte lors de son retour. Il me le décrivit comme entiché d'un valet qui exerçait sur lui une mauvaise influence. D'un autre côté, il évoquait, lui aussi, l'état d'inquiétude et la tristesse d'un homme rongé par un grave souci. Enfin, dans le jardin de l'hôtel, je relevai des traces et constatai la présence d'une échelle, sans toutefois pouvoir relier tous ces éléments avec une certitude assurée.

— Vous n'aviez pas alors élucidé le mystère de cette chambre close ?

— Non, monsieur. L'illumination m'est venue lorsque nous nous sommes livrés, Bourdeau et moi, à une descente clandestine à Grenelle. La crainte d'être découvert par un visiteur inattendu m'a jeté dans cette armoire et m'a permis de comprendre ce qui s'était réellement passé. Lambert, le valet, déguisé avec les vêtements de son maître, passe devant le majordome à moitié aveugle, monte à l'étage, ferme la porte derrière lui, ouvre la fenêtre à son complice. Tous deux montent le corps du vicomte par l'échelle et organisent la mise en scène. Lambert se cache dans l'armoire et apparaît lorsque nous avons, dans une semi-pénombre, notre attention exclusivement retenue par le cadavre. Le jeu était risqué, mais il valait la chandelle.

— Et le comte de Ruissec ? Quelle impression première vous a-t-il produite lors de votre entretien initial ?

— Sa réaction ne fut pas exactement celle que j'attendais. Il me parut prendre bien rapidement son parti de l'autopsie du corps de son fils, comme s'il était déjà persuadé qu'elle n'aurait pas lieu. M. de Noblecourt m'ouvrit plus tard de nouvelles perspectives sur la personnalité complexe du comte. Son passé, sa dévotion affichée, sa réputation, mais aussi sa place à la Cour auprès du dauphin et de Madame Adélaïde, élargissaient en quelque sorte le champ des possibles. J'appris aussi par notre ami l'existence d'un fils cadet promis à la prêtrise, mais qui menait joyeuse vie en dépensant sans compter. Pour achever avec la soirée de

Grenelle, au moment de partir, je reçus par le majordome un pli dont tout laissait à penser qu'il émanait de Mme de Ruissec et qui me donnait le lendemain rendez-vous dans la chapelle de la Vierge du couvent des Carmes pour « une demande de conseils ».

— Et là, comme d'habitude, vos témoins trépassent. Après le fils, la mère, en attendant le père !

— Je n'y suis pour rien, monsieur. Le meurtre indubitable de Mme de Ruissec prouvait en tout cas *la présence obsédante d'un gaucher* dans cette affaire. *D'un gaucher réel ou d'un gaucher souhaité.* C'est ce que confirma le médecin qui procéda aux premières constatations, le tout en présence de M. de Beurquigny, l'un de vos commissaires. Je décidai, comme vous le savez, de taire ce nouveau crime qui pouvait passer décemment pour un accident. Aujourd'hui, monsieur, je vous demanderai de bien vouloir entendre un homme qui a perdu toutes les raisons de se taire. C'est un brave vétéran. J'ai engagé ma parole qu'il ne sera pas poursuivi. On peut seulement lui reprocher un silence qui se confondait avec la fidélité à ses maîtres. Bourdeau, faites entrer Picard.

Bourdeau ouvrit la porte du bureau du lieutenant général et fit un geste à l'huissier qui invita le vieil homme à entrer. Il semblait avoir encore vieilli et s'appuyait sur une canne. Nicolas le fit asseoir.

— Monsieur Picard, vous êtes un vieux soldat et un honnête homme. Êtes-vous disposé à me répéter ce que vous m'avez confié ?

— Oui, monsieur.

— Le soir des événements, une autre personne est-elle entrée à l'hôtel de Ruissec avant le retour du vicomte ?

— Certes, monsieur, et je vous l'avais caché. M. Gilles, je veux dire M. le vidame, est venu alors que ses parents accompagnaient Madame à la représentation de l'Opéra. Il avait rendez-vous avec sa mère. Il est monté l'attendre dans l'appartement de celle-ci.

— Il est donc probable qu'elle l'a retrouvé à son arrivée à l'hôtel ? Lorsque le comte a accompagné sa femme à ses appartements, a-t-il vu son fils cadet ?

— Non pas, monsieur. Le comte n'est pas monté et, de toute façon, M. Gilles m'avait bien recommandé de taire sa présence au général. Pour moi, il a dû se cacher dans le cas où son père monterait.

— La comtesse l'a-t-elle rejoint ?

— Pas à ma connaissance, monsieur. Lorsque nous avons gagné le premier pour forcer la porte, elle aurait eu un malaise et n'aurait regagné son appartement que beaucoup plus tard.

— Quelqu'un aurait-il pu entendre la conversation entre la mère et le fils ?

— Que oui, monsieur ! Il y a beaucoup de portes doubles, et l'arrière de l'appartement de Madame donne sur un couloir qui conduit au commun des domestiques.

— Pourquoi nous avoir caché que le vidame était dans les murs ?

— Je ne jugeais pas la chose importante et il m'avait demandé d'être discret. Toujours la crainte de son père.

Après que Picard eut été reconduit, M. de Sartine commença sa déambulation habituelle, avant de s'arrêter devant Nicolas.

— Et où tout cela nous mène-t-il ? Vous ignorez la teneur de la conversation entre la mère et le fils.

— Point du tout, monsieur. Nous savons tout. Bourdeau va vous expliquer comment. Rien ne peut échapper à une enquête approfondie. Il suffit de chercher et d'écouter.

L'inspecteur sortit de l'ombre. Il paraissait partagé entre la satisfaction de jouer son rôle et la gêne d'être mis en avant.

— Monsieur, le commissaire Le Floch pourrait vous dire que nous nous sommes livrés à une très précise évaluation des actions de chacun lors de cette soirée à Grenelle. Ni Picard le majordome, ni Lambert le valet du vicomte n'ont pu matériellement se trouver à distance de l'appartement de la comtesse et connaître ce qui s'y était dit. En revanche, une enquête récente que j'ai menée à l'hôtel de Ruissec après la mort du comte nous a appris que quelqu'un avait entendu la conversation.

— *Deus ex machina !* s'écria M. Sartine.

— Plus simplement, monsieur, la femme de chambre de la comtesse, qui se trouvait dans un boudoir adjacent lorsque la conversation a commencé. Elle n'a pas très bien compris. Les échanges étaient violents. La comtesse a accusé le vidame d'avoir tué son frère.

— Pourquoi une telle accusation ?

— Il semble qu'on lui ait fait accroire que le vidame était jaloux de son aîné et que, de surcroît, une rivalité amoureuse les opposait. La comtesse ne croyait pas au suicide. Le débat a été terrible. Le vidame a fini par convaincre sa mère de son innocence en évoquant un complot dans lequel son père et son frère aîné étaient impliqués. Il a supplié sa mère d'intervenir. Il l'a convaincue de parler à la police. C'est alors qu'elle a rédigé un billet destiné au commissaire.

— Cette femme de chambre avait-elle à voir avec l'affaire ?

— Non, sauf que, courtisée par Lambert, elle lui répétait en toute innocence les secrets des conversations de ses maîtres et qu'elle lui rendit vraisemblablement mot pour mot l'incompréhensible échange qu'elle avait surpris entre la mère et le fils.

— Voilà bien, dit Sartine, l'inconvénient de ces corruptions ancillaires.

Nicolas reprit la parole.

— Aux Carmes déchaux, qui était en mesure d'agresser Mme de Ruissec ? Pas son mari, il était à Versailles. Un doute subsiste pour le vidame. L'emploi du temps de Lambert nous est inconnu, mais lui seul et le vidame, nous le savons désormais, étaient au courant de ce rendez-vous donné et des raisons qui le justifiaient. Observons que, jusqu'alors, l'affaire qui nous intéresse pouvait ne pas sortir du domaine privé et des drames de famille. Désormais, tout bascule ; d'autres éléments entrent en ligne de compte, et bientôt les autorités elles-mêmes décident ou feignent d'abandonner les recherches.

M. de Sartine se mit à tousser et accéléra sa marche maniaque.

— Vous n'avancez tout de même pas que le fils a tué sa mère ?

— Je n'excluais rien dans une pareille affaire. À ce moment-là, monsieur, je m'interroge. Dois-je laisser aller les choses à vau-l'eau au risque de lâcher le fil ténu qui me guide ? Ou bien, dois-je m'accrocher à mes quelques certitudes et poursuivre jusqu'au bout ? La mise sous le boisseau du meurtre de la comtesse de Ruissec n'est qu'une ruse tactique. Une chose m'obsède : la manière atroce dont le vicomte a été tué. À la Basse-Geôle, nous acquérons la certitude qu'il a été étouffé avec du plomb fondu. Pourquoi cette mort horrible ? M. de Noblecourt me rappelle à propos que les faux-monnayeurs en Russie sont punis de la sorte. Cela me fait réfléchir. En apparence, on a voulu châtier un complice – le vicomte en l'occurrence –, mais cette mort devait être exemplaire pour d'autres et les frapper de terreur. Je concentrai ma recherche sur les corps de métier qui utilisent du plomb.

— Exemplaire pour d'autres, que voulez-vous dire ?

— Pour d'autres comploteurs, pour d'autres complices dont, peu à peu, l'existence me semble probable à mesure que des éléments troublants prouvent qu'il ne s'agit plus simplement d'une affaire privée. Une deuxième question m'intrigue : pourquoi cette extraordinaire exécution, si difficile à mettre en œuvre, si risquée, et qui n'apparaît pas, à première vue, indispensable ? C'est grâce à vous, monsieur, que je peux répondre en partie à cette question. Certes, la folie rôde dans tout cela, et les vengeances exercées par les sociétés secrètes contre les affidés qui trahissent la cause, mais il y a autre chose. Une explication complémentaire et, dirais-je, pratique.

— Comment, grâce à moi ?

— Le ministre de Bavière dont la voiture fut interceptée pour fraude à la porte de la Conférence, cela vous dit quelque chose, monsieur ?

— Cela me dit deux lettres pressantes de M. de Choiseul et trois conversations assommantes avec ce lourd personnage, tout infatué de ses privilèges diplomatiques !

— Des témoignages concordants prouvent que deux hommes ont été surpris en train d'immerger un corps dans l'eau, près du pont de Sèvres, le soir de la mort du vicomte. L'un des témoins, ce fameux cocher, a été frappé jusqu'à l'effroi de l'aspect du visage de celui qu'on lui prétendait être ivre mort. Eh bien, moi, je soutiens que les deux meurtriers essayaient de se débarrasser du corps lesté de plomb du vicomte et que c'est l'échec de cette tentative qui a conduit ensuite à imaginer la mise en scène du suicide. Or, celle-ci ne pouvait évidemment être menée à bien que par quelqu'un qui connaissait parfaitement la topographie et les habitudes de l'hôtel de Ruissec.

— Tout cela est bien compliqué et ne me convainc pas.

— Les meurtriers ne pouvaient se débarrasser d'un corps dans le grand parc à Versailles. À la première chasse, un chien l'aurait retrouvé. On a voulu l'immerger lesté de plomb dans la Seine. Ce fut un échec. Ainsi s'explique l'odeur d'eau croupie qui imprégnait les vêtements humides du mort.

— Voilà bien la prétention de notre Nicolas : avoir toujours réponse à tout !

— La mort de la comtesse de Ruissec nous apportait un autre élément décisif de notre enquête : un billet de la Comédie-Italienne. Le meurtrier avait voulu d'évidence m'attirer vers Mlle Bichelière. Pourquoi ? S'agissait-il de faire porter le soupçon sur elle ? Non. Tout concourait plutôt à attirer mon attention sur son entourage. La comédienne était réputée légère. Maîtresse du vicomte, elle rencontrait aussi d'autres galants. Elle manifestait, ou feignait, une violente jalousie envers Mlle de Sauveté, la fiancée de son amant, mais beaucoup plus par intérêt que par susceptibilité amoureuse.

— Bref, vous n'en étiez pas plus avancé pour autant ?

— Non, mais à nouveau, l'autre aspect de l'affaire se manifestait. Une dame, une dame de haut rang, une dame de la plus haute influence…

Sartine se rapprocha, tira un fauteuil et s'assit. Nicolas baissa la voix.

— … me fit chercher. Elle souhaitait m'entretenir de ses craintes au sujet de *qui vous savez* et me communiquer un libelle infâme et insultant. Elle me mettait également en garde contre les menées du comte de Ruissec. Cette rencontre ne m'apportait pas d'éléments tangibles. Cependant, à Choisy, je repérai un personnage dont on m'avait déjà parlé comme d'un ami du vicomte, un certain Truche de La Chaux, garde du corps à Versailles. Il paraissait avoir ses entrées dans le château de cette dame. Poursuivant mon enquête, j'interrogeai la Paulet, une de nos vieilles connaissances, dont l'établissement continue à être le plus réputé, en dépit des interdictions, dans le domaine du jeu clandestin et de la cocange. Cette descente s'avéra fructueuse : j'y appris que le vidame y jouait gros jeu avec Truche de La Chaux et *qu'il était gaucher*. À la suite d'une perte excessive de son compagnon, le garde du corps avait remis en gage un bijou dont la nature m'intriguait et que, d'autorité, je saisis aussitôt. La Paulet glosait par ailleurs sur la nature galante de la Bichelière. Le soir même, notre expédition clandestine à Grenelle, outre qu'elle nous procurait la solution du problème de la chambre close, me permettait de mettre la main sur des documents et des libelles qui confirmaient les menaces contre la vie du roi. À la suite de quoi, monsieur, le ministre me donna carte blanche pour aboutir.

— Croyez bien que nous avions toujours approuvé les mesures si pertinentes et les démarches de votre investigation. Je n'avais cessé de tympaniser le ministre pour qu'on vous autorise à agir officiellement.

Nicolas se dit qu'il aurait aimé parfois que cela lui fût dit en des termes aussi clairs, alors qu'il se torturait à imaginer les réactions de son chef à certaines de ses initiatives.

— À Versailles, reprit-il, je rencontrai la fiancée du vicomte. Personne étrange et projet de mariage qui l'était encore plus. Je notai que la demoiselle paraissait fort bien informée, puisqu'elle savait que son fiancé s'était tué en nettoyant son arme. Par qui le savait-elle ? Pourquoi n'assistait-elle pas, ce jour-là, au service funèbre du vicomte ? Bourdeau, depuis, s'est intéressé aux notaires qui préparaient le contrat de mariage.

— Contrat léonin, dit Bourdeau, qui établissait pour la future épouse des avantages extravagants. Tout cela ressemblait plus à un chantage qu'à un accord entre deux familles. Les Ruissec tombaient dans un coupe-gorge légal. Il m'a été signalé un douaire d'un montant exagéré. Si le vicomte venait à décéder avant son épouse, ou même avant la célébration du mariage, elle touchait une fortune ! Le traité avait déjà été signé.

— Mon passage à Versailles, dit Nicolas, m'offrit aussi l'occasion de rencontrer Truche de La Chaux. Ce chevalier d'industrie essaya de m'en conter au sujet de la bague laissée en gage au *Dauphin couronné*. Il semblait assuré de son impunité et ne cachait rien de la protection dont il bénéficiait auprès de la grande dame dont nous avons déjà parlé. Le hasard jouant toujours un rôle dans toute investigation, il vint à ma connaissance que, le jour de la mort du vicomte, quelqu'un avait fait porter, par un garçon bleu, un avis destiné à Truche de La Chaux : il devait rejoindre un mystérieux interlocuteur près du char d'Apollon. Or, ce billet destiné au garde du corps avait été intercepté par le vicomte de Ruissec.

— Comment expliquez-vous cette indiscrétion ? demanda Sartine.

— Je suppose que le vicomte connaissait l'expéditeur du billet et que, se substituant à Truche, il entendait en apprendre plus long sur certaines menées. Le lendemain, au cours de sa chasse, Madame Adélaïde me signalait la disparition de plusieurs de ses bijoux. La traque de la bête lancée, j'étais assommé, jeté à terre, enlevé, transporté dans un lieu inconnu et mis en présence d'un de mes anciens maîtres jésuites qui tentait de me faire renoncer à mon enquête.

M. de Sartine se leva et alla s'asseoir derrière son bureau, où il procéda à ces translations d'objets qui marquaient toujours chez lui la perplexité ou l'irritation.

— Monsieur, dit-il, j'ai fait enquêter sur cette affaire. Elle n'a qu'un lien lointain avec notre cause. *On* a fait du zèle. *On* a bousculé un vieillard pour une démarche insensée. *On* comprend maintenant que cela risque d'aller contre les intérêts que l'*on* voulait défendre. Mais je puis vous garantir que les coupables n'ont rien à voir avec ceux que j'aimerais enfin vous voir me présenter.

Décidément, songea Nicolas, cette enquête ne cesserait d'apporter des éléments surprenants… Il se sentait toujours un apprenti face à certains mystères du pouvoir.

— Allez-vous nous expliquer enfin le vrai de tout cela ?

— Il faut comprendre que nous sommes en présence non pas d'*une* intrigue, mais de plusieurs tentatives menées de front pour des raisons différentes. Toutefois, ce qui complique la chose, c'est que *les protagonistes sont liés les uns aux autres* et qu'ainsi leurs actions et leurs gestes interfèrent. Oui, monsieur, il y a là plusieurs complots. Un complot privé, que j'appellerai une vengeance contre le comte de Ruissec. Un complot occulte, que j'appellerai une conspiration politique contre la vie du roi et, enfin, un complot d'intérêts ou plutôt le mouvement intéressé d'une grande dame qui, afin de préserver sa position et protéger qui vous savez, manipule des êtres sans consistance.

— Voilà encore Le Floch qui bat la campagne ! s'écria Sartine. Les romans de chevalerie dont vous me confiâtes un jour avoir charmé votre enfance vous remontent à la tête ! Je veux bien qu'il y ait complot, mais ne mélangez pas tout.

— Je ne mélange rien, monsieur, répondit Nicolas avec un peu d'agacement. Le comte de Ruissec appartient à la coterie du dauphin. Il parie sur l'avenir. Bien sûr, l'héritier du trône est très éloigné de ces trames ; on se dissimule sous son ombre. Dans des conditions qui restent mystérieuses, le comte est partie prenante dans une conspiration destinée à faire disparaître le souverain. N'oubliez pas qu'il demeure hanté par sa haine du roi qui, jadis, lui a barré la carrière. Sachez aussi qu'il était parvenu à convaincre son fils, lieutenant aux gardes françaises, de l'aider dans ce complot. Enfin, ancien protestant, il épouse par conviction, ou par ambition, les vues du parti dévot. Ce parti le protège des conséquences de ses actes passés qui pourraient compromettre sa place à la Cour.

— Encore votre imagination !

— Vous plairait-il, monsieur, d'entendre le vidame Gilles de Ruissec que j'ai fait extraire de la Bastille ?

Sans attendre la réponse de Sartine, Bourdeau fit entrer le prisonnier. Il était d'une pâleur extrême, mais toute son attitude témoignait d'une détermination nouvelle.

— Monsieur, dit Nicolas, voulez-vous répéter à M. le lieutenant général de police ce que vous m'avez confié ce matin ?

— Certainement, monsieur. Je n'ai plus aucune raison de dissimuler la vérité, puisque mon père est mort.

— Pourquoi refusiez-vous de parler jusqu'alors ?

— Je ne pouvais me justifier qu'en l'accusant. J'étais soupçonné d'avoir assassiné mon frère. En fait, le jour de sa mort, j'ai tenté de voir ma mère à Versailles. Depuis des mois, Lionel paraissait perdu dans sa tristesse. Il a fini par me confier, sous le sceau du secret, ce qui le minait. Notre père l'avait entraîné dans une conspiration. Il était persuadé que c'était folie et qu'il y perdrait et l'honneur et la vie, et que notre famille ne s'en relèverait pas. Ma mère s'apprêtait pour accompagner Madame Adélaïde à Paris à une représentation de l'Opéra ; elle n'a pu me recevoir et m'a donné rendez-vous le soir même, à Grenelle, dans son appartement. Je ne sais pourquoi, quand elle est arrivée, elle a cru que j'étais responsable de la mort de mon frère. J'ai fini par la convaincre et la faire changer d'idée. Elle a décidé de demander conseil à la police. Je n'avais pas d'alibi. Plus tard, je ne savais quelle hypothèse prévalait. C'est Lambert qui m'a indiqué que la police songeait à un meurtre. Je n'avais alors aucune raison de me défier de lui, ignorant qu'il avait part à la conspiration ; mon frère ne m'avait pas mis en garde contre lui.

— Quels étaient vos rapports avec Mlle Bichelière, actrice à la Comédie-Italienne ?

— C'était la maîtresse de mon frère. Sur le conseil de Lambert, qui m'assurait qu'elle était bonne fille et ferait tout pour me complaire, j'ai cru habile de lui demander d'affirmer que j'avais passé la soirée avec elle. Sa réputation était telle… Elle a refusé. Je ne savais plus que faire. Quand vous êtes venu m'arrêter, je n'ai pu me résoudre à parler. Ma mère était mon seul témoin, et elle était morte.

— Je vais vous poser une question décisive. Étiez-vous l'amant de Mlle Bichelière ? On vous a vu souvent chez elle, rue de Richelieu.

— Ceux qui ont prétendu cela ont menti. C'était la première fois que je la visitais. Et il avait fallu que Lambert m'en persuadât.

Sartine intervint.

— Quel était le but de cette conspiration dans laquelle votre père et votre frère étaient impliqués ? Le savez-vous ?

— Mon frère a longtemps refusé de le dire. Il s'agissait de tuer le roi, de hâter la venue du dauphin sur le trône et de créer autour de lui un conseil de gouvernement.

— Monsieur, je vous remercie. Nous aurons à voir ce qu'il convient de faire de vous. Votre sincérité sera prise en compte.

Bourdeau reconduisit le vidame à l'extérieur du cabinet.

— Bien, Nicolas, qu'en est-il, à la fin, de cette affaire ?

— Je crois, monsieur, que l'acteur principal du drame est le mieux à même de vous en dévoiler les arcanes. Je souhaiterais d'abord faire comparaître devant vous un couple bien extraordinaire et étonnant à tous égards.

Sur un geste de Nicolas, Bourdeau ouvrit la porte du cabinet du magistrat et frappa dans ses mains. Un exempt parut, suivi de Mlle de Sauveté, entravée, vêtue d'unc robe feuille-morte et portant des lunettes fumées. Aussitôt après, deux autres exempts déposèrent sur le sol un brancard où gisait un homme au visage exsangue, la tête soulevée par un bourrelet de paille. Ses yeux brillaient de fièvre et sa tête presque tondue évoquait celle d'un galérien ou d'un moine. Nicolas prévint la demande d'explications de Sartine.

— Sans doute, monsieur, reconnaissez-vous Lambert, le valet du vicomte de Ruissec ? Je devrais plutôt dire Yves de Langrémont, fils du lieutenant de dragons Jean de Langrémont, exécuté jadis pour lâcheté au feu. Le comte de Ruissec avait eu le temps, avant de tomber frappé par une balle, de le blesser, mortellement, selon l'avis de la faculté. M. de Langrémont souhaite s'expliquer avant que de paraître devant son souverain juge.

J'ajoute qu'il a été arrêté à Versailles dans la maison de Mlle de Sauveté.

— Et qui est cette dame ? demanda le lieutenant général de police.

— Puis-je vous présenter Mlle Armande de Sauveté, ou plutôt…

Il lui retira ses lunettes et sa perruque. Le visage mutin de Mlle Bichelière apparut.

— Mlle de Langrémont, prise de corps alors qu'elle quittait hier la demeure de Mlle Bichelière, rue de Richelieu.

— Que signifie cette mascarade ? s'indigna Sartine. Vous me feriez croire que la Bichelière est la sœur de Langrémont, alias Lambert, et que la fiancée n'a jamais existé ?

— Oh ! c'est une bien étrange et terrible histoire, monsieur. M. de Noblecourt m'avait donné le sage conseil de fouiller le passé de mes suspects. Bien m'en a pris de l'écouter. Le comte de Ruissec, il y a des années, a fait exécuter un de ses officiers. L'injustice était patente. Depuis des années, des pièces et des témoignages sont distillés sur son action passée. Par qui ? Le mystère est resté entier jusqu'aujourd'hui. J'ai appris il y a quelques jours le nom du lieutenant exécuté : il s'agissait de Langrémont, originaire du diocèse d'Auch. Les rapports de l'intendant de la province m'ont eux aussi éclairé. Cela m'a rappelé certaines choses. À deux reprises, cette ville avait été mentionnée au cours de mon enquête. Des éléments divers et éloignés de mon investigation se sont alors rapprochés. L'étrange Mlle de Sauveté avait été élevée dans cette région. Or, ma descente inopinée dans sa maison de Versailles m'avait ouvert les yeux. D'une part, des souliers de tailles différentes, des perruques aux parfums divers et une tasse de café avec une marque qui ne pouvait être faite que par quelqu'un *qui tenait celle-ci de la main gauche*.

— Le voilà reparti dans son obsession, dit Sartine.

— Or, il se trouvait que je connaissais fort bien le parfum de Mlle Bichelière et même… la taille de son pied.

Nicolas rougit. Bourdeau sortit de l'ombre et se jeta à son secours.

— Le commissaire, monsieur, a le nez très exact et le don de reconnaître les odeurs.

— Vraiment ? fit Sartine. Et l'œil habile à reconnaître les pieds féminins ! Étrange, étrange !

La manière dont il avait brusquement imité M. de Saint-Florentin dans sa manie de répéter les mots et un petit tremblement incoercible de l'œil décelaient chez le magistrat un amusement difficilement dissimulé.

— Or, poursuivit Nicolas impavide, les deux parfums étaient identiques…

— Il serait temps de conclure, monsieur le commissaire, dit Sartine qui paraissait las de fournir son contingent d'étonnement au récit savamment agencé de Nicolas.

— J'y viens, monsieur. Nous sommes en présence d'une machination dans laquelle la piété filiale et le dévoiement des idées se doublent d'une diabolique volonté de vengeance.

Soudain le blessé toussa et, d'une voix qu'il s'efforçait d'affermir, prit la parole. Le ton un peu vulgaire dont usait habituellement Lambert avait laissé la place à une autre manière de s'exprimer, naturelle celle-là, et qui par sa distinction native renforçait encore le mystère du personnage.

— Au moment de paraître devant Dieu, commença-t-il, et de subir son jugement, le seul qui m'importe, je ne veux laisser à personne le soin d'expliquer mes actes. Le commissaire Le Floch vient de prononcer un mot qui m'a touché, celui de piété filiale. Que mes actions, fussent-elles horribles aux yeux du commun, apparaissent dans leur éclatante vérité !

Cet exorde l'avait épuisé. Il tenta de se redresser, car la respiration lui manquait. Bourdeau l'aida à trouver une position plus supportable. En s'agitant, la couverture avait glissé et sa chemise entrouverte laissait apparaître un pansement sanglant enroulé tout autour de sa poitrine.

— Je suis né Yves de Langrémont, à Auch. Mon père, lieutenant au régiment du comte de Ruissec, fut exécuté pour lâcheté au feu… Lâcheté !

Un sanglot étouffé interrompit son propos.

— Ma mère en mourut de chagrin. J'avais vingt-cinq ans. Je menais une vie dissipée et onéreuse. Nous fûmes aussitôt à la rue. Ma sœur ne supporta pas longtemps notre nouvelle existence et s'enfuit avec une troupe de baladins… Seul un père jésuite, mon ancien professeur, tenta de m'aider. C'était un esprit agité, tout entier à ses idées. Au collège, il rejetait les médiocres, ceux, disait-il, que la nullité place en remorque. Il déconcertait ses collègues et ses élèves par la fureur glacée de ses emportements. Il avait noté chez moi une éducation brillante, soutenue par beaucoup d'acquis, mais je me laissai aussi aller à des passions impétueuses auxquelles me vouait une imagination ardente, toujours prête à se coiffer d'idées et de chimères. Le moyen de lutter avec tant de mérites contraires…

Il demanda de l'eau. Nicolas, après un regard à M. de Sartine, lui tendit un verre.

— J'appris par un camarade de mon père les conditions exactes de son exécution. Il m'apportait aussi une liasse de papiers prouvant la scélératesse du comte de Ruissec. J'en utilisai certains pour préparer un mémoire que je fis porter à la connaissance du ministre de la Guerre, avec un placet au roi pour réclamer sa justice pour un de ses gentilshommes. Rien ne vint. Je fus même menacé de divers côtés et sommé d'avoir à me taire. L'ami de mon père mourut et me fit héritier d'une assez belle fortune. Je décidai de l'utiliser pour me venger par mes propres moyens. Mon ancien professeur venait d'être chassé de son ordre par décision de l'officialité. Il dut s'enfuir, décrété de prise de corps par les magistrats. Il professait, en effet, des idées subversives sur la légitimité de l'assassinat des rois qui sortent des règles. Clément[1], Ravaillac et Damiens étaient ses idoles. Son zèle menaçait la Compagnie. Avant de disparaître à l'étranger, il me convainquit de la culpabilité du souverain dans les malheurs de ma famille. À la haine de l'assassin de mon père s'ajouta alors celle de celui au nom de qui on tuait des innocents.

Il respirait de plus en plus difficilement. M. de Sartine s'approcha de lui.

— Monsieur, dites-nous maintenant comment s'est mise en branle la machine infernale qui a conduit à la mort tant de personnes ?

1. Jacques Clément. Dominicain (1567-1589). Ligueur fanatique, il fut l'assassin du roi Henri III.

— Je décidai de venir à Paris pour retrouver ma sœur et pour approcher la famille de Ruissec. Hélas – il essaya de se tourner vers Mlle Bichelière –, nos malheurs l'avaient jetée dans un type d'existence qu'elle refusa de quitter en dépit de mes objurgations. Elle ne me céda rien sur ce point. Elle accepta seulement de m'aider dans mon œuvre de justice. Je dois dire ici solennellement qu'elle ne sut jamais rien de mes projets et ne fut que l'instrument docile de mes mises en scène, dont elle ne mesurait pas toujours les conséquences.

— Nous verrons cela, monsieur, dit Sartine.

— Il ne me fut pas difficile d'approcher la famille de Ruissec. Un bon dédommagement engagea le valet du vicomte à quitter sa place. Je le remplaçai aussitôt. Il ne me fut pas plus malaisé d'entrer dans la confiance du jeune homme et de son frère, dont la frénésie au jeu me procurait l'avantage d'apparaître comme un prêteur facile et discret. Je ne fus pas long à comprendre que le comte avait lui aussi sa vengeance particulière. Adopté par les mécontents et les dévots, il était la proie tout apprêtée pour s'engager dans une conspiration. J'obtins sa confiance. Je devins son factotum secret. Je me fis peu à peu passer pour le truchement d'un groupe clandestin qui préparait le prochain règne. Je construisis ainsi deux intrigues, l'une au profit de ma vengeance personnelle ; l'autre, tout aussi réelle, pour punir le roi de son injustice. Je ne voulais pas rater mon coup. Il fallait enserrer le comte de filets et de chausse-trapes dont il ne pourrait sortir. Il était impliqué dans un complot. J'avais la main sur ses fils. L'utilisation judicieuse de certains documents le contraignait à consentir au mariage de ma sœur – de Mlle de Sauveté – dont il ignorait toujours la véritable identité.

— Mais, dit Nicolas, vous-même utilisiez l'apparence de Mlle de Sauveté. J'ai trouvé à Versailles, dans sa maison, des chaussures de femme d'une taille extraordinaire et une perruque filasse, ainsi que vos empreintes à gauche sur une tasse. Tout cela m'en avait convaincu.

Sans parler d'un rabat sous un lit, qui vous servait sans doute à figurer le vidame.

— En effet, cela m'offrait la liberté de circuler sous des apparences différentes, en jouant des personnages multiples. Au milieu de mes préparatifs, je tombai sur un galérien ayant fini son temps qui errait avec son fils sourd et muet. C'était un ancien fontenier. Son expérience me permit de m'introduire à Versailles pour mieux préparer la suite.

Nicolas, qui ne pouvait s'empêcher de nourrir un sentiment mêlé de pitié à l'égard du personnage, se souvint à temps que la suite, c'était une longue série d'assassinats plus cruels les uns que les autres et le projet de la mort du roi.

— Tout s'agençait selon mes vœux, reprit Langrémont. Les Ruissec étaient dans ma main. Le comte conspirait tout en croyant faire partie d'une organisation secrète et redoutable dont le chef communiquait avec lui par mon intermédiaire et dont le refuge se trouvait dans l'atelier du fontenier. Or, il arriva que le comte de Ruissec, convaincu de la trahison d'un garde du corps, Truche de La Chaux, demanda qu'il fût exécuté comme traître à la cause et dangereux pour nos intérêts. Pourquoi et comment le vicomte de Ruissec prit sa place, je l'ai toujours ignoré.

M. de Sartine se tourna vers Nicolas.

— Vous avez sans doute des lumières à ce sujet ?

— Oui, monsieur. Le vicomte de Ruissec a intercepté un billet destiné à Truche de La Chaux. Quand Lambert a vu arriver au rendez-vous du char d'Apollon le vicomte à la place du garde du corps, il a sans doute jugé que la Providence lui envoyait le fils de son ennemi pour accomplir sa vengeance et, comble de l'horreur, c'est le comte de Ruissec lui-même qui donna l'ordre de détruire l'homme qui viendrait au rendez-vous. Ainsi, c'est le père qui avait signé l'arrêt de mort de son fils !

— Comment pouvez-vous en être si sûr ?

— Une fouille faite à Grenelle dans les effets de Lambert nous a fait retrouver, soigneusement dissimulé, le billet apporté par un garçon bleu et qui fut intercepté par le vicomte de Ruissec. Il est anodin dans son contenu : « Trouvez-vous à midi au char d'Apollon », mais il a le grand mérite d'être de la main du comte de Ruissec.

— N'est-ce pas étrange et insensé d'avoir voulu conserver un papier aussi compromettant ?

La voix de Lambert s'éleva ; elle était plus ferme, comme si le récit de sa vengeance l'avait ranimée.

— Il constituait au contraire la preuve de la culpabilité du comte de Ruissec dans le guet-apens où périt son fils. Il pouvait me servir aussi bien de sauvegarde que de moyen de chantage. Mais il y a un point essentiel sur lequel vous vous trompez, messieurs. Je n'ai pas su qu'il s'agissait du vicomte de Ruissec. L'homme qui devait venir devait être masqué pour des raisons de sécurité. Ce n'est qu'après… l'exécution… que je constatai qu'il s'agissait du fils de mon ennemi, et je prends Dieu à témoin, quelle qu'ait été ma haine pour cette famille, que je n'aurais pas laissé faire ce qui a été fait si j'avais su qu'il s'était agi du vicomte.

— Il est facile de le dire maintenant, le coupa Sartine. Cela ne m'explique pas pourquoi le comte voulait se débarrasser de Truche de La Chaux.

— Oh ! Les raisons étaient nombreuses, reprit Nicolas. Truche de La Chaux avait volé les bijoux de Madame Adélaïde. Il subissait un chantage du comte, qui l'avait percé à jour et menaçait de le dénoncer dans le cas où il n'obéirait pas à ses instructions.

— Quelles étaient-elles ?

— Il était chargé d'espionner la grande dame dont nous parlons. Son service lui permettait de l'approcher et, le cas échéant, d'abandonner dans ses appartements les libelles infâmes que la conspiration multipliait contre elle et le roi. Or il est plus que probable que le comte ait eu vent de l'attitude ambiguë de son instrument, car il avait d'autres créatures auprès de cette grande dame.

Truche ne cherchait que son intérêt et le prenait là où il le trouvait. Ayant tenté de négocier une bague de Madame Adélaïde auprès de cette grande dame, celle-ci reconnut le bijou, et, pris à son propre piège, notre homme fut mis en demeure par elle de la servir et de la renseigner sur les menées de la coterie du dauphin et des filles du roi dont elle craignait l'influence. Ainsi, persuadé du double jeu de Truche, le comte de Ruissec décida de le supprimer, l'estimant dangereux, et ordonna son exécution. J'ajoute qu'il voyait d'un mauvais œil l'influence de ce personnage sur ses deux fils.

— Et le second meurtre, celui de la comtesse ?

Lambert ferma les yeux à l'évocation de cette mort.

— C'est moi le coupable. Je me suis introduit avant l'arrivée du commissaire Le Floch au couvent des Carmes, je me suis approché d'elle, je l'ai étranglée et l'ai jetée dans le puits des morts. J'avais été informé par la femme de chambre de la comtesse de son rendez-vous et je voulais l'empêcher de parler à tout prix.

Une quinte de toux le plia en deux durant de longs instants.

— Tout cela ne serait pas advenu si nous n'avions pas été surpris au pont de Sèvres au moment d'immerger le corps du vicomte dans la Seine. C'est alors que j'ai eu l'idée de mettre le fils mort sous le regard du père pour lui faire comprendre qu'il avait été l'instrument du destin. Ainsi, la mort du fils balancerait la mort du père, ainsi le fils tué vengerait le père exécuté. Rien ne pouvait plus m'arrêter. J'ai rempli ma mission. J'ai vengé mon père. Le comte a appris mon nom juste avant de mourir et son dernier regard a été posé sur le fils de sa victime. Sa maison est décimée.

Il se redressa, poussa un grand cri, un flot de sang jaillit de sa bouche. Il retomba sans connaissance. Sa sœur voulut se jeter sur son corps, elle fut retenue par un exempt. Déjà, Bourdeau s'affairait pour faire sortir le brancard. Mlle Bichelière fut reconduite au secret dans sa cellule.

M. de Sartine considérait, immobile, le feu qui s'éteignait doucement dans la grande cheminée.

— Il n'en a pas pour longtemps. Cela vaut peut-être mieux pour tout le monde. Quant à sa sœur, elle finira ses jours dans un in-pace. Ou son équivalent, puisque la chose n'existe plus. Au fond d'un couvent, au mieux, ou d'une forteresse d'État, au pire. Trois questions, Nicolas. La première : comment saviez-vous que le vicomte avait été tué dans l'atelier du parc ? Nous avons des aveux, mais auparavant ?

Nicolas ouvrit son calepin noir et en sortit une petite feuille de papier de soie pliée en quatre dans laquelle Sartine, qui s'était approché, put voir une sorte de gravier noir.

— Voilà, monsieur, ce que j'avais recueilli, coincé dans la semelle des bottes du vicomte : du charbon. Où trouve-t-on du charbon, si ce n'est près d'une forge, ou dans un atelier où du métal est fondu ? J'ai retrouvé la même poussière dans l'atelier de Le Peautre, le fontenier du grand parc.

— Ma deuxième question : pourquoi ces lunettes fumées ?

— Mon tuteur, le chanoine Le Floch, nourrissait une prévention irraisonnée contre les yeux vairons. Sans la partager, je remarque toujours cette caractéristique, d'autant plus qu'à ma première arrivée à Paris je me suis fait voler ma montre par un malandrin au regard inégal. Voyez Lambert, il devait dissimuler ses yeux sous faute d'être reconnu. Lorsqu'il se déguisait en Mlle de Sauveté, il usait de ces lunettes fumées. Et lorsque sa sœur jouait le rôle du même personnage, elle en usait de la même façon.

— Dernière question, Nicolas : avez-vous quelque espoir d'arrêter ce Le Peautre ?

— Un courrier de l'intendant de Champagne m'a informé hier que son corps avait été retrouvé, à moitié dévoré par les loups, du côté de Provins. Il avait, auparavant, confié à l'un des couvents de la ville le petit sourd-muet qui servait de messager.

— L'homme est un curieux animal. Voilà une enquête difficile et que vous avez fort bien menée. Restent les bijoux de Madame. Pensez-vous les retrouver ?

— Je n'ai pas perdu espoir. Nous avons déjà la bague.

— Et Truche de La Chaux ?

— Son cas n'est pas pendable, et puis la bonne dame le protège, mais mon intuition m'incite à croire que l'homme finira par tomber dans les filets de ses propres intrigues.

# XII

# TRUCHE DE LA CHAUX[1]

« Les Rois sont sujets à l'émoi... »

Étienne JODELLE

*Dimanche 6 janvier 1762*

Le rituel du grand couvert s'apprêtait dans sa forme immuable. Depuis deux mois, Nicolas n'avait pas quitté la Cour. M. de Saint-Florentin maintenait le jeune commissaire à Versailles au grand dam du lieutenant général de police. Il était chargé tout à la fois de contrôler la sûreté du palais et de préparer le mémoire demandé par le ministre, toujours inquiet des risques pesant sur la vie du souverain. Les révélations du dénouement de l'affaire Ruissec avaient ancré cette crainte en lui et il ne jurait plus que par Nicolas. Celui-ci avait pris pension chez M. de La Borde, grâce auquel il avait pu se loger au château dans une soupente proche des appartements du premier valet de chambre.

1. L'auteur rappelle que Truche de La Chaux est un personnage historique. Les conditions de la fausse agression à Versailles le 6 janvier 1762 sont rapportées par les mémorialistes du temps, Barbier et Bachaumont. Il fut effectivement pendu à l'issue de son procès.

C'était le premier dimanche de l'année. Trois fois par semaine, le roi soupait en cérémonie avec la famille royale, pour obéir à une tradition établie par Louis XIV, et malgré ses réticences à paraître en public. Son goût personnel aurait plutôt porté Louis XV à préférer les soupers intimes avec ses favoris et la marquise de Pompadour, dans les petits appartements, mais il lui fallait bien s'astreindre à son métier de roi.

Nicolas, qui participait désormais étroitement aux cérémonies de la Cour, se tenait donc à la porte de la première antichambre de l'appartement royal, où une table en forme de fer à cheval avait été dressée. Le roi et la reine en occuperaient l'extrémité et les membres de la famille royale les côtés. La Borde lui expliquait à l'oreille les détails du protocole. Déjà, le premier service de la viande était remonté des cuisines en longue procession, précédé et escorté de deux gardes, carabine sur l'épaule, accompagné de l'huissier de salle à quelques pas derrière, portant le flambeau et la baguette, du maître d'hôtel avec son bâton, du gentilhomme-servant-panetier, du contrôleur général, du contrôleur-clerc d'office, d'une dizaine d'autres officiers portant chacun un plat, enfin, de deux autres gardes fermant la marche. Le maître d'hôtel avait fait révérence devant la nef de vermeil contenant les serviettes parfumées. Chaque officier avait ensuite goûté les viandes pour vérifier qu'elles n'étaient pas empoisonnées. Le premier service des potages et des entrées avait été disposé harmonieusement sur la table. Il résultait de tout ce cérémonial que le roi mangeait ses viandes froides.

Un appel du pied, un mouvement d'armes, ainsi qu'un murmure de la foule pressée dans l'antichambre avaient annoncé le cortège royal. Précédé d'un huissier, éclairé par ses pages et suivi du capitaine de ses gardes, le roi avait gagné son fauteuil dans le même temps que la reine arrivait. Des serviettes leur avaient été tendues pour se laver les mains. Le reste de la famille royale, le dauphin et Mesdames avaient pris place. Nicolas observait maintenant la foule qui, maintenue à distance, suivait religieusement le déroulement du souper. Les gens de qualité étaient rangés, écrasés souvent les uns contre les autres, derrière la chaise du roi. Ils prêtaient l'oreille, attentifs à recueillir quelques paroles ou quelques marques de distinction tombées des lèvres augustes.

Au bout d'un moment, le roi rompit le silence et interrogea le dauphin, qui venait de rentrer de Paris, sur les nouvelles de la ville. Celui-ci évoqua les craintes qui agitaient l'Europe et qui couraient dans la capitale sur l'état de santé de la tsarine de Russie. Chacun était suspendu aux nouvelles en provenance de Saint-Pétersbourg. L'hiver et les difficultés que la neige et le gel occasionnaient aux courriers jetaient l'incertitude sur des indications contradictoires ou controuvées. On ne savait plus à quelle vérité se raccrocher. Le dauphin décrivit les crises et les vapeurs qui inquiétaient les médecins d'Élisabeth, au point de parler de risques d'apoplexie. Les détails médicaux retinrent l'attention du roi, qui se tourna vers son médecin en quartier pour plus de précisions. Le dauphin ajouta que, selon certaines informations, la désolation était grande en Russie, sauf dans le peuple, grossier, barbare et manquant de sensibilité. Tout se déroulait dans cette cour orientale dans un mystère qui marquait plus la crainte du successeur que l'amour du souverain régnant. Cette remarque sans intention assombrit le roi, qui se renferma dès lors dans un silence obstiné, en dépit des timides tentatives de la reine de relancer la conversation.

Alors que l'on desservait et qu'arrivaient les viandes, une rumeur s'enfla à l'extérieur de l'antichambre où se tenait le grand couvert. Ce ne fut d'abord qu'un bruissement, des bruits de pas précipités, des armes qui retombaient brutalement sur le sol et des voix qui haussaient le ton et lançaient des appels. Séparé de ce désordre par la foule du public, Nicolas tenta en vain d'en discerner les raisons. Un officier des gardes se fraya soudain un chemin malaisé au milieu des courtisans. Il parvint jusqu'au capitaine des gardes à qui il confia quelque chose.

Dehors, le désordre redoublait. Les grands officiers et les proches du roi se regardaient, interdits. Le monarque demeurait imperturbable, même si certains petits détails marquaient que son impatience grandissait devant cette perturbation du cérémonial. Une nouvelle parcourait maintenant l'assemblée. Chacun parlait à haute voix à son voisin. Nicolas entendit près de lui les mots « attentat horrible » et vit que M. de Saint-Florentin, auprès duquel se tenait Sartine, le regardait, l'air éperdu et interrogatif. Ce jeu de mines cessa lorsque le capitaine des gardes eut instruit le ministre. De nombreux assistants paraissaient désormais informés de l'événement et ordonnaient leur physionomie en harmonie avec la gravité de ce qu'ils venaient d'apprendre. Agacé par la rumeur sourde qui montait et l'environnait, le roi pinçait les lèvres et interrogeait du regard son entourage. Il finit par manifester son déplaisir.

— D'où viennent ce bruit et ce désordre ? Quels sont leurs causes et leurs sujets ?

Personne n'osait lui répondre, mais les visages parlaient d'eux-mêmes.

— Enfin, qu'en est-il ? Pourquoi ces figures contraintes ? Quelle nouvelle justifie votre accablement ? En veut-on encore à ma vie ?

Plusieurs voix se firent entendre chez les princes et les proches du roi. L'ensemble était inintelligible, et les réponses tellement évasives et confuses qu'à force de vouloir le rassurer, elles alarmèrent davantage le roi.

— Qu'ai-je fait ? dit-il en se levant brusquement de table et en jetant violemment sa serviette à terre. Qu'ai-je donc fait pour avoir de pareils ennemis ?

Un murmure de consternation et d'effroi parcourut l'assemblée. Le cortège royal se reconstituait à la hâte et le roi se retira pour gagner ses petits appartements. M. de Saint-Florentin, Sartine et Nicolas, entraînés par

La Borde, s'engagèrent à la suite du cortège. Le roi, qui s'était retourné un instant, aperçut son ministre et, l'air menaçant, pointa un doigt sur lui.

— Que s'est-il passé au juste ? Ne m'en imposez pas, développez-moi ce mystère.

— Sire, que Votre Majesté se rassure, l'affaire est entre nos mains et rien n'indique que subsiste le moindre danger.

Le mot imprudent était lâché et le roi s'en saisit aussitôt.

— Ainsi, il y a eu danger ! Monsieur, éclairez-moi sur-le-champ !

— Sire, voilà la chose. Truche de La Chaux, un de vos gardes du corps, vient d'être assassiné à coups de poignard, dans un des escaliers, par deux scélérats qui en voulaient à votre personne. Ces deux monstres ont pris la fuite, et votre garde est presque expirant.

Le roi s'appuya sur le bras du capitaine des gardes. Il était blême et Nicolas remarqua la sueur abondante apparue sur son front et les taches violacées qui marquaient son visage.

— Monsieur de Saint-Florentin, prenez bien soin de mon pauvre garde. S'il en réchappe, je récompenserai son zèle.

Le cortège se reforma et le roi quitta la scène. M. de Saint-Florentin rassembla son monde, moins La Borde qui avait suivi son maître. Ils gagnèrent le grand bureau du ministre où tous se tournèrent vers Nicolas, le seul à connaître Truche de La Chaux. Les questions fusaient. Pouvait-on faire fond sur une personnalité dont chacun connaissait l'ambiguïté ? L'homme malhonnête, le joueur, le voleur et l'agent double pouvait-il se transformer, du jour au lendemain, en héros défenseur du trône ? Selon Nicolas, il était impossible de se prononcer avant que de connaître le détail de l'attentat dont le garde du corps venait d'être la victime. Les premiers rapports affluaient, incomplets ou peu compréhensibles. Excédé, et après avoir guetté un signe négatif du ministre qui ne vint pas, M. de Sartine ordonna à Nicolas d'aller en personne aux nouvelles. Le garde du corps avait été conduit dans la partie basse du château, vers les cuisines. Il gisait sur un matelas jeté à terre dans une galerie faiblement éclairée par des torchères. On attendait le chirurgien qui devait panser ses blessures. Un exempt que Nicolas connaissait lui fit le point des premières constatations faites après l'attentat.

— Il paraîtrait que M. Truche de La Chaux était de garde au château. Entre neuf et dix heures, alors que commençait le grand couvert, il aurait quitté son service dans la salle des gardes pour aller acheter du tabac.

— Et par où est-il sorti ?

— De la salle des gardes, il a gagné le « Louvre ». Ayant emprunté la galerie des Princes, il était descendu ensuite dans un corridor fort long qui conduit du côté des bureaux du contrôleur général des Finances et permet de sortir à peu près vis-à-vis du grand commun. C'est là, dans ce passage très mal éclairé, qu'il a été découvert gisant par terre sans connaissance.

— Qui l'a découvert ?

— Un homme de service. L'ayant trouvé ensanglanté avec son épée cassée, il a appelé du secours sur-le-champ. Je crois qu'on a averti M. de Saint-Florentin et le grand prévôt de l'Hôtel, son adjoint, qui a fait les premières constatations et dressé le procès-verbal en présence de deux gardes du corps.

Nicolas pensa que le grand prévôt aurait pu se hâter de porter tout ceci à la connaissance du ministre.

— L'homme avait donc repris connaissance ?

— Oh ! certes oui, rapidement. Il a parlé aux gardes et leur a raconté sa mésaventure.

— Pouvez-vous essayer de me redire très exactement les propos qu'il a tenus ?

— Je vais faire mon possible. Je venais d'arriver, j'ai tout entendu. D'une voix faible et expirante, qui a fait croire au début qu'il allait passer, il leur a dit qu'il venait d'être assassiné. Ses propres paroles ont été « qu'on veille à la sûreté du roi. Deux malheureux m'ont frappé qui en voulaient à sa vie ! L'un était vêtu en ecclésiastique et l'autre en habit vert. Ils m'ont prié de les faire entrer au grand couvert ou de les faire se trouver sur le passage du roi sous la promesse d'une récompense considérable ».

L'homme consulta ses notes sur un petit papier.

— Il a poursuivi : « Cet appât ne m'a pas tenté et je leur ai refusé l'entrée. C'est alors qu'ils se sont jetés sur moi à coups de couteau. Ils m'ont déclaré que leur intention était de délivrer le peuple de l'oppression et de donner une nouvelle force à une religion presque anéantie. »

Ces phrases résonnaient étrangement dans la tête de Nicolas. Le texte du libelle trouvé dans les appartements de Mme de Pompadour reflétait la même philosophie. Il est vrai que tous ces pamphlets se ressemblaient plus ou moins.

— C'est tout ?

— Il n'en a pas dit plus. On l'a emporté pour le mener ici.

Le chirurgien chargé de donner ses soins au blessé venait d'arriver. C'était un grand homme sec à l'air sévère aux mains fines et étonnamment longues. Sous le regard de Nicolas qui observait la scène, il se pencha sur Truche de La Chaux et dégagea ses habits afin d'examiner les blessures. L'homme se débattait en criant et en poussant des plaintes douloureuses. Après quelques instants, le chirurgien chercha dans son sac un produit révulsif et de la charpie. Agacé par les manifestations du blessé, il le maintint fermement allongé afin de procéder plus aisément.

— Monsieur, lui dit-il avec dédain, vous faites bien du bruit pour peu de chose. Vous criez comme si vous étiez bien malade et, au lieu de blessures, je ne vois que des égratignures.

Après s'être enquis de la qualité de Nicolas et des raisons pour lesquelles il se trouvait là, le chirurgien lui demanda d'être son témoin. Il estimait, disait-il, qu'il y avait artifice et il ne voulait pas en rester là, désireux d'aller au fond de cette affaire dans une si grave occurrence.

— Regardez, monsieur le commissaire, et considérez l'habit et la veste de ce blessé. Pour tout homme sensé, il n'y a pas eu agression.

Il s'était penché et secouait l'habit de Truche de La Chaux qui geignait sourdement.

— Vous pensez, monsieur, dit Nicolas, qu'il y a tentative de fraude ?

— Et je le prouve ! Il n'a pu que se blesser lui-même. Regardez, les trous de l'habit et de la veste ne coïncident nullement avec les écorchures superficielles que nous constatons !

Poussé dans ses retranchements, l'homme égaré ressemblait à un animal pris au piège, cherchant de tous côtés la passe par où il pourrait s'enfuir. Il finit par être saisi d'une crise nerveuse et se mit à pleurer comme un enfant. Nicolas s'approcha.

— Je crois qu'il serait préférable pour vous de nous dire la vérité.

Truche le regarda et le reconnut. Il lui saisit la main comme s'il avait découvert un sauveur.

— Monsieur, aidez-moi. Je vais vous dire l'entière vérité. Je ne voulais faire de mal à personne. Je me suis retiré entre neuf et dix heures du soir sur l'un des escaliers où j'ai cassé mon épée et mis bas mon habit et ma veste. Je les ai percés de coupures en maints endroits, puis je me suis porté à moi-même des coups de couteau sur plusieurs parties du corps.

Nicolas était surpris de la candeur de l'homme avouant aussi facilement un crime capital.

— Et personne ne vous a découvert ?

— J'avais éteint les lumières qui auraient pu dénoncer mes préparatifs.

L'homme semblait désormais calmé, comme ayant pris son parti d'être convaincu d'imposture.

— Et ensuite ?

— Ensuite, j'ai remis mon habit et ma veste, je me suis couché à terre et ai réclamé des secours d'un ton plaintif.

— Et la raison de tout cela ?

— Monsieur, il faut bien vivre. Je souhaitais obtenir une pension du roi à quelque prix que ce fût.

Nicolas laissa le garde du corps aux mains des magistrats. Il courut faire son rapport à M. de Saint-Florentin qui le chargea de suivre de bout en bout cette affaire. Fort tard, il retrouva M. de La Borde qui était demeuré auprès du roi. Celui-ci s'apprêtait à passer une nuit d'inquiétude. Le fait que l'un des agresseurs était supposé être habillé en ecclésiastique conduisait certains à franchir le pas et à affirmer qu'il s'agissait d'un jésuite et qu'il fallait incontinent chasser la Société du royaume. Nicolas informa son ami du dernier état de l'enquête. Les jésuites pouvaient encore dormir tranquilles : ils n'étaient nullement impliqués dans la tentative médiocre d'un petit imposteur sans envergure. En revanche, songeait Nicolas, la favorite risquait sans doute de passer par des transes éprouvantes au su d'une affaire si grave et qui compromettait, qu'elle le veuille ou non, un de ses serviteurs occultes.

Le lendemain, la capitale fut informée du forfait et fut saisie d'épouvante ou d'ironie. Mais l'enquête se poursuivant et apportant des éléments nouveaux, chacun fut bientôt convaincu que le garde du corps était bien un fourbe réfléchi. Les interrogatoires serrés auxquels il fut soumis montrèrent qu'il avait conçu son plan coupable dès le mois d'octobre précédent. On apprit ainsi qu'il avait fait affûter un grattoir par un coutelier de Versailles, arme avec laquelle il avait tranché ses habits et s'était superficiellement coupé. Ceux qui étaient mieux informés colportèrent que ce malandrin sans caractère touchait au cercle le plus étroit de Madame Adélaïde, qui marquait toujours son faible pour les protestants convertis sans réflexion ni précaution. À aucun moment, Nicolas n'entendit évoquer la possibilité d'une collusion entre Truche de La Chaux et Mme de Pompadour. Tout cet aspect de l'affaire paraissait environné du secret le plus opaque.

Le 10 janvier, Truche de La Chaux fut emprisonné à la Bastille, puis transféré de la prison d'État au grand Châtelet pour son procès. De fait, la procédure aurait dû se dérouler devant le grand prévôt à Versailles, où s'étaient produits les faits, mais le transport à la Bastille l'avait tiré de la juridiction ordinaire. Il n'y eut ni témoin ni confrontation. On évoqua les précédents : en 1629, un soldat avait été rompu pour des faits identiques ; sous Henri III, un autre coupable avait été décapité. Truche ne fit pas usage de ses lettres de noblesse qui lui auraient permis d'être jugé par un autre tribunal. Le Parlement, par son arrêt du 1er février 1762, le condamna « à être mis dans un tombereau en chemise, la corde au cou, torche à la main, avec un écriteau devant et derrière portant l'inscription “fabricateur d'impostures contre la sûreté du roi et la fidélité de la Nation”, à être conduit dans cet état dans différents quartiers de Paris, à faire amende honorable devant Notre-Dame, au Louvre et à la Grève et, après avoir subi la question préalable, à être rompu vif ».

Le lendemain de cette condamnation, Nicolas reçut par un messager une instruction orale de M. de Saint-Florentin d'avoir à visiter Truche de La Chaux, qui se trouvait à la Conciergerie dans l'attente de son exécution. Il fut un peu étonné de la manière dont cette injonction sans explication lui parvenait. Il regagna Paris. Sa tâche à Versailles était d'ailleurs achevée, et il devait maintenant se mettre au travail pour rédiger son mémoire sur la sûreté du roi au château. Cette étude prenait d'autant plus d'importance après les derniers événements, qui avaient démontré de fâcheuses lacunes dans ce domaine.

À la Conciergerie, il se fit reconnaître, mais tout se déroula comme s'il eût été annoncé et qu'on attendît sa visite. Il parcourut avec le geôlier, dans le tintement du trousseau des grosses clefs, les galeries sombres de l'écrou. Ils s'arrêtèrent devant une lourde porte de bois renforcée de fer et munie d'un guichet. Plusieurs serrures furent actionnées et on le fit entrer dans le cachot du prisonnier.

Tout d'abord, il ne vit rien : une faible clarté tombait d'une ouverture fermée de barreaux entrecroisés. Nicolas demanda au geôlier d'apporter une torche. Celui-ci se fit tirer l'oreille : ce n'était pas là l'habitude et il n'avait pas d'ordres pour cela. Nicolas emporta ses hésitations avec une pièce ; l'homme accrocha sa propre torche à un anneau dans la muraille et se retira après avoir tiré et fermé la porte. Il put alors envisager l'ensemble du cachot. À sa gauche, sur un châlit couvert de paille une forme humaine gisait, étroitement maintenue aux pieds par de lourdes chaînes dont les extrémités étaient fixées à la muraille. Les bras étaient aussi entravés par des chaînes plus légères qui, moins tendues, permettaient au prisonnier de se redresser et de mouvoir ses mains. Nicolas demeura un moment silencieux. Il ignorait si l'homme allongé dormait. S'approchant, il fut frappé par le changement opéré sur le garde du corps. Sans perruque, le cheveu rare et collé sur le crâne, le visage grisâtre et creusé, il avait vieilli de plusieurs années en quelques semaines. Sur ses traits se lisait un profond accablement. La bouche ouverte laissait pendante la mâchoire qui tremblait. Il ouvrit les yeux et reconnut Nicolas. Il hocha la tête avec une manière de sourire et tenta de se relever, mais Nicolas dut l'aider en le prenant sous les bras.

— Ainsi, monsieur, on vous a laissé m'approcher ! Malgré tout.

— Je ne vois pas pourquoi on m'en aurait empêché : vous oubliez mes fonctions.

— Je m'entends. Sommes-nous seuls ?

Il regarda vers la porte du cachot, l'air inquiet.

— Vous le voyez bien. La porte est fermée et le guichet clos. Nul ne peut nous entendre, si c'est cela que vous craignez.

Il parut se rassurer.

— Monsieur Le Floch, j'ai confiance en vous. Je sens que vous ne me croyez pas si coupable. Vous avez eu l'occasion de m'arrêter avant l'événement, avant mon crime. Vous vous en êtes abstenu, vous aviez fait la part des choses… C'est pourquoi j'ai demandé à vous parler.

— Monsieur, ce n'est pas que je vous exonère de votre faute, ne vous y trompez pas. Votre crime est grave, mais je pense qu'il y avait chez vous plus d'inconséquence que de volonté de nuire. Pour le reste, je suis à votre disposition pour vous entendre, pour autant que vos propos ne traversent pas les obligations de ma fonction.

— Pouvons-nous passer un marché ?

— Vous n'êtes nullement en mesure d'imposer des conditions et je ne suis pas autorisé à traiter avec vous.

— Monsieur, ne refusez pas si vite. Accordez à un homme qui n'a plus que quelques jours, peut-être quelques heures à vivre, la grâce de l'écouter et, avec un peu de compassion, de l'entendre.

— Dites toujours, monsieur. Je ne vous promets rien.

— Tout d'abord, je vais vous donner une preuve de ma bonne foi. J'imagine que vous continuez à rechercher les bijoux de Madame Adélaïde ?

Il vit qu'il avait touché juste à l'espèce de sursaut qui agita Nicolas, lequel se le reprocha aussitôt.

— Il se peut, monsieur.

— Je me repens de cela aussi. La princesse a toujours été bonne envers moi. Mon infidélité à son égard est sans excuses. Monsieur Le Floch, vous irez au casernement des gardes du corps. Derrière ma couchette, sous la transversale en bois du torchis, creusez le plâtre et vous découvrirez le reste des bijoux dérobés, puisque aussi bien vous détenez déjà la bague à la fleur de lys. Allez-vous m'écouter maintenant, monsieur ?

— Certes, mais je ne peux rien vous promettre.

— Peu m'importe après tout, je n'ai plus rien à perdre ! Accepteriez-vous de porter un message de ma part à Mme la marquise de Pompadour et cela, par votre salut, aujourd'hui même ?

Il avait baissé la voix en citant ce nom. Nicolas demeurait impavide. Que signifiait cette requête ? Truche avait-il une dernière volonté à exprimer, une grâce à demander ? Connaissant les relations entre la favorite et le condamné, il s'interrogeait sur son devoir. Ce n'était pas de la crainte, mais il avait la nette conscience que cela pouvait l'entraîner lui-même plus loin qu'il n'aurait jamais dû consentir. D'un autre côté, pouvait-il refuser à Truche de La Chaux, dont la mort terrible et ignoble était si proche, de déférer à sa dernière demande ? Il estima ne pas pouvoir refuser. Il réfléchit aussi que s'il était là, dans ce cachot, ce n'était pas de son fait mais parce que M. de Saint-Florentin lui avait ordonné de s'y rendre. Il pensa aux propres relations existant entre le ministre et la marquise. Peut-être toutes ces puissances étaient-elles tombées d'accord pour qu'il fût leur messager vers un condamné à la veille de son exécution ? Que risquait-il ? Il rendrait compte et transmettrait et n'aurait pas sur la conscience le remords d'avoir refusé quelque chose à un homme qui allait quitter ce monde.

— Soit, monsieur. Comment souhaitez-vous procéder ?

— Je n'ai pas le droit d'écrire. Auriez-vous le nécessaire sur vous ?

Nicolas fouilla la poche de son habit. Il y trouva son contenu habituel : son calepin noir, une mine de plomb, un canif, un bout de ficelle, un mouchoir, une tabatière et du pain à cacheter.

— Une page de ce calepin et ce crayon feront-ils l'affaire ?

— Cela conviendra.

Nicolas détacha le papier fragile le plus proprement possible, le lissa et le tendit avec la mine au prisonnier. Celui-ci plaqua le papier contre la muraille et, après avoir humecté la pointe du crayon, se mit à écrire en très petits caractères. Nicolas constata qu'il n'y avait aucune hésitation dans la rédaction et qu'il avait dû songer longtemps auparavant à ce qu'il désirait transmettre. Il rédigea ainsi une vingtaine de lignes serrées puis replia soigneusement la feuille comme s'il se fût agi d'une petite lettre. Il regarda Nicolas d'un air gêné.

— Monsieur Le Floch, ne vous méprenez pas sur ma requête : je souhaite seulement vous protéger. Il vaut mieux pour vous ne pas connaître le contenu de ce message. Je sais que vous respecteriez mon vœu de l'ignorer, mais je ne sais si son destinataire aura les mêmes raisons de vous faire confiance. Aussi, je vous le demande, comment cacheter ce pli ?

— Sans aucune difficulté. J'ai là du pain à cacheter qui me sert à poser les scellés. Je vous en donne un morceau, vous fermez votre pli, et vous signez en travers.

Truche soupira comme si un poids pesant lui était ôté de la poitrine. Nicolas songea que, dans le malheur, l'homme avait recouvré comme une nouvelle dignité. La personnalité médiocre et même un peu vulgaire avait laissé la place à un être souffrant, mais qui paraissait comme apaisé par la certitude de son destin. Le temps des adieux était venu. Nicolas plaça le billet dans son habit. Au moment de sortir du cachot, il s'adressa une dernière fois au prisonnier.

— Pourquoi moi ?

— Parce que vous êtes un honnête homme.

Il frappa à la porte. La clef joua dans la serrure. Le geôlier apparut et récupéra sa torche. Le visiteur se retourna et s'inclina en direction du prisonnier dont la silhouette s'était déjà fondue dans l'ombre.

Nicolas avait craint que quelque difficulté ne s'élevât pour l'empêcher de rencontrer Mme de Pompadour ; il n'en fut rien. Dès que son désir fut communiqué à M. de Sartine, à qui il ne dissimula rien, tout obstacle fut écarté et sa mission s'en trouva à l'instant facilitée. Le lieutenant général de police, sans feindre d'avoir à en référer à son ministre, le pressa de se rendre aussitôt au château de Bellevue, où résidait la favorite. Il pouvait être sûr qu'elle le recevrait aussitôt. Il lui conseilla de prendre le meilleur coureur des écuries de la rue Neuve-des-Augustins et de brûler le pavé pour rejoindre Sèvres dans les plus brefs délais. Nicolas, désormais suffisamment averti des habitudes du pouvoir, soupçonna, derrière cette hâte et les facilités accordées à sa mission, comme une volonté de faire aboutir une démarche dont la signification lui demeurait obscure.

Dès son arrivée au château de Bellevue, il fut introduit dans les appartements de la marquise. Dans un boudoir blanc et or, beaucoup trop chauffé à son goût par un grand feu ronflant, la dame l'attendait dans une vaste bergère noyée dans des flots de tissus gris et noir. Il se souvint que la Cour portait le deuil de la tsarine Élisabeth Petrovna, qui s'était éteinte à Saint-Pétersbourg une semaine auparavant. Quand elle le vit, elle tendit une main languissante qu'elle retira aussitôt, agitée par une violente quinte de toux. Il attendit que le malaise passât.

— Monsieur, il me faut vous faire mon compliment pour l'affaire que vous avez si heureusement éclairée. Vous avez droit encore une fois à notre reconnaissance. M. de Saint-Florentin nous en a conté le détail.

Il ne répondit pas et s'inclina, notant le « nous ». Il se demanda si cette formule de majesté comprenait aussi le roi…

— Vous avez souhaité me voir, me dit-on ?

— Oui, madame. Il se trouve que M. Truche de La Chaux, garde du corps, qui vient d'être condamné pour crime de lèse-majesté au second degré, a souhaité me voir. Au cours de cette entrevue, il m'a remis un pli à votre intention. Je n'ai pas cru devoir refuser ce service à un homme qui vit ses dernières heures.

Elle hocha la tête avec véhémence.

— N'est-il pas extraordinaire, monsieur, qu'un aussi fidèle serviteur du roi consente d'être l'entremetteur d'un personnage aussi peu recommandable ?

Il pensa, à part lui, que l'homme était suffisamment fréquentable pour que la marquise de Pompadour l'entretînt. Il fallait désormais jouer serré. Il trouvait que la favorite retournait par trop aisément la situation à son avantage. Il décida de frapper fort.

— C'est que, madame, ce personnage s'est trouvé être à une certaine époque, et pour certaines missions, votre serviteur.

— Ceci est trop fort, monsieur. Je ne vous permets pas…

Il l'interrompit.

— Aussi bien ai-je cru de votre intérêt bien compris et, peut-être de celui de Sa Majesté, d'accepter de vous transmettre un pli dans lequel un coupable pourrait dévoiler des informations utiles.

Elle sourit en tapotant le bras de son fauteuil.

— Monsieur Le Floch, c'est un plaisir de jouter avec vous !

— Tout à votre service, madame.

Il lui tendit le pli. Elle l'examina avec attention sans l'ouvrir.

— Vous savez ce qu'il contient, monsieur Le Floch ?

— D'aucune façon, madame. J'ai fourni à M. Truche de La Chaux de quoi en assurer d'une manière insoupçonnable le secret et la discrétion.

— C'est ce que je vois.

Elle ouvrit d'un coup d'ongle et s'abîma dans sa lecture. Puis, d'un geste vif, elle le jeta dans le feu où il se consuma en un instant.

— Monsieur Le Floch, je vous remercie pour tout. Vous êtes un loyal serviteur du roi.

Sans lui tendre la main, elle le salua. Il s'inclina à son tour et se retira. Alors qu'il longeait au galop les berges de la Seine, il eut le pressentiment qu'il ne reverrait pas de sitôt la favorite. Beaucoup de choses indicibles étaient passées entre eux qui, d'une manière ou d'une autre, pèseraient désormais d'un poids trop lourd pour rendre à leurs éventuelles retrouvailles la légèreté et l'ouverture d'antan.

*Mardi 5 février 1762*

Nicolas prenait son chocolat assis vis-à-vis de M. de Noblecourt qui, les besicles sur le nez, lisait une feuille. Cyrus, sur ses genoux, tentait sans y parvenir de s'introduire entre le journal et le regard de son maître.

— Que lisez-vous ? demanda Nicolas.

— Ah ! mon cher, *La Gazette de France*. C'est une nouveauté qui paraît depuis le 1er janvier, les lundis et vendredis.

— Et quel est son objet ?

— Le premier est de satisfaire la curiosité publique sur les événements et sur les découvertes de toute espèce et le second de former un recueil des Mémoires et des détails qui peuvent servir à l'Histoire. C'est en tout cas ce que promet son prospectus.

— Et quelles sont les nouvelles ?

— Une qui vous intéressera tout particulièrement. Votre Truche de La Chaux, Nicolas, a bénéficié d'un bien étrange privilège. Finalement, sa peine a été commuée et, au lieu d'être rompu, il a été seulement, si j'ose dire, pendu…

Nicolas sursauta.

— Je vous ai raconté sous le sceau de la confidence ma dernière rencontre avec lui. Je demeure persuadé qu'il y a eu un accord secret avec Mme de Pompadour. Vous savez comme tout me fut facilité. Peut-être a-t-elle plaidé en sa faveur. Oh ! sans doute pas directement…

Il ne pouvait en dire plus. Depuis des jours, un soupçon affreux ne cessait de le hanter. À bien y réfléchir, Nicolas s'était interrogé sur le rôle réel de la favorite dans toute cette affaire. Il avait été frappé de la manière dont le garde du corps avait immédiatement avoué son forfait. Tout s'était déroulé comme s'il avait eu la certitude de n'être point poursuivi, et que son crime serait tenu pour rien. Ou peut-être, ce faisant, il pouvait nourrir l'espérance d'obtenir une grâce d'une puissance supérieure. Il était vraisemblable que le message dont il avait été le porteur avait touché la favorite et une certaine forme d'indulgence avait finalement prévalu, si l'on considérait comme un privilège le fait d'être pendu au lieu d'être rompu.

De quel ultime marchandage Nicolas avait-il été l'innocent entremetteur ? Truche de La Chaux savait sans doute qu'il ne pouvait sauver sa vie, mais que les conditions de son exécution demeuraient négociables. Oui, c'était un affreux soupçon de songer, au fond de soi, que la marquise de Pompadour avait pu ordonner de loin les apparences d'un attentat contre le roi. Poussée par sa détestation des jésuites, animée par sa jalousie envers les jeunes maîtresses du roi et sincèrement inquiète des risques réels qui pesaient sur la vie de son amant, elle avait pu tenter de faire porter le soupçon sur la Compagnie et le parti dévot. Oui, cela était de l'ordre du concevable. Il tenta de chasser ces pensées redoutables et prêta attention aux propos de M. de Noblecourt.

— Il est vrai qu'il pouvait beaucoup dire et que la question fait parler des plus endurcis. Voilà peut-être le secret de cet adoucissement de peine. En tout cas, l'affaire Ruissec et cette tentative dérisoire ne vont pas faciliter la situation des jésuites. On les dit perdus et, même s'ils sont innocents dans cette affaire, la calomnie va son train !

— Il y a beaucoup d'injustice dans ce qui leur est reproché.

— Je suis d'accord avec vous. Il y a plus de lumière chez eux que dans tous ces jansénistes rancis qui nous entêtent depuis quarante ans. Vous verrez, Nicolas, on les chassera. On détruira leur œuvre d'éducation. Et nous sommes tous leurs élèves ! Finalement, on travaillera pour le roi de Prusse !

— Comment cela ?

— Considérez le grand aïeul de notre roi actuel. Il a révoqué l'édit de Nantes. Qu'en est-il advenu ? Les fils les plus brillants ou les plus utiles de la religion réformée se sont exilés, en Prusse notamment. Vous verrez, ce sera la même chose avec les jésuites ! Ils iront chasser sur les terres du Nord et formeront des générations contre nous.

— Et qui les remplacera en France ?

— Voilà bien la question, mais je crains que ce ne soit pas celle que l'on pose... Mais, Nicolas, vous étiez à Versailles hier, contez-moi cela.

— M. de Sartine m'a conduit chez Madame Adélaïde pour que je lui remette moi-même ses bijoux retrouvés dans la caserne des gardes du corps.

— Voilà de la part du lieutenant général un geste qui l'honore et qui ne me surprend pas venant de lui ! Et Madame ?

— Madame a été fort bonne. Elle m'a invité à sa chasse.

— Peste ! Vous voilà lancé. Reste, ajouta-t-il en riant, à demeurer en selle !

Nicolas considérait la rue Montmartre qui se remplissait peu à peu de la foule du matin. La rumeur des passants et des voitures montait jusqu'à eux. Il songea à la multiplicité de tous ces destins. Lui-même oublierait bientôt les protagonistes de cette sinistre affaire, même si la pauvre silhouette de Truche de La Chaux dans son cachot continuerait longtemps à hanter son souvenir. Bientôt, les masques du carnaval animeraient à nouveau la vieille capitale. D'autres tâches l'attendaient. Il finit son chocolat. Le fond de la tasse, comme la vie, mêlait la douceur et l'amertume.

*Sofia, juillet 1997-février 1999*

## REMERCIEMENTS

Ma gratitude s'adresse d'abord à Sandrine Aucher qui a déployé compétence, vigilance et patience pour la mise au point du texte. Elle va aussi à Monique Constant, conservateur en chef du Patrimoine, pour son aide incessante et ses découvertes archivistiques sur la période. Ma reconnaissance est une nouvelle fois acquise à Maurice Roisse, pour sa relecture intelligente et typographique du manuscrit et pour ses utiles suggestions. Je remercie enfin mon éditeur pour la confiance manifestée à l'occasion de ce deuxième ouvrage.

*Du même auteur*
*aux Éditions 10/18*

Les enquêtes de Nicolas Le Floch,
commissaire au Châtelet

L'Énigme des Blancs-Manteaux, n° 3260
L'Homme au ventre de plomb, n° 3261
Le Fantôme de la rue Royale, n° 3491
L'Affaire Nicolas Le Floch, n° 3602
Le Crime de l'hôtel Saint-Florentin, n° 3750
Le Sang des farines, n° 3960
Le Cadavre anglais, n° 4169
Le Noyé du Grand Canal, n° 4369
L'Honneur de Sartine, n° 4505
L'Enquête russe, n° 4624
L'Année du volcan, n° 4780

Dépôt légal : novembre 2014
*Imprimé en Italie*
*par La Tipografica Varese Srl*